福建纪行

陈勇宁 著

图书在版编目（CIP）数据

福建纪行 / 陈勇宁著. -- 福州：福建美术出版社，2023.12
 ISBN 978-7-5393-4551-2

Ⅰ．①福… Ⅱ．①陈… Ⅲ．①散文集－中国－当代 Ⅳ．① I267

中国国家版本馆 CIP 数据核字（2023）第 255429 号

出 版 人：郭　武
责任编辑：郑　婧　李韩婧

福建纪行

陈勇宁　著

出版发行：	福建美术出版社
社　　址：	福州市东水路 76 号 16 层
邮　　编：	350001
网　　址：	http://www.fjmscbs.cn
服务热线：	0591-87669853（发行部）　87533718（总编办）
经　　销：	福建新华发行（集团）有限责任公司
印　　刷：	福州印团网印刷有限公司
开　　本：	889 毫米 ×1194 毫米　1/16
印　　张：	15.75
字　　数：	320 千字
版　　次：	2023 年 12 月第 1 版
印　　次：	2023 年 12 月第 1 次印刷
书　　号：	ISBN 978-7-5393-4551-2
定　　价：	178.00 元

版权所有，翻印必究

序一

此书写的是福建，为福建而写，我对福建不陌生。

自两岁起我生活在江西长达40年。江西与福建不仅山水襟连，而且区域与人文也有很强的关联性。譬如我工作过7年的南昌铁路局，就长期下辖南昌和福州两个铁路分局。南昌铁路局的机关报很多年都名之《前线铁道》报。江西鹰潭的龙虎山和福建三明的泰宁，是共同申报了世界自然遗产——"中国丹霞"的两个地区（另还有广东、湖南、浙江和贵州一共六省一道申报）。世界文化与自然双遗产的武夷山，主体在福建，却也与江西上饶铅山的武夷山联袂起伏，共同组成完整的中亚热带森林生态系统。

我恰是在去年《中国作家》杂志组织的作家采风中，从深圳赶去闽西三明，在泰宁县城再次得见陈勇宁。1971年生于南京的勇宁，1986年读初二时进入深圳蛇口育才中学，1990年高三毕业，其间担任过三年深圳蛇口育才中学的学生会主席、《育才报》的总编，编诗著文，词锋显露，辩才无碍，为同学之翘楚。初见陈勇宁时是十多年前参加深圳蛇口育才中学举办的校园网络文学深圳论坛上。东南大学毕业之后的陈勇宁，现为中央电视台科教频道《中国影像方志》《地理中国》等栏目的编导、撰稿人。我们作家一行在此采风、写作，勇宁则带着团队在此踏勘、拍摄，难得的一个相遇，我亦由此了解勇宁这几年所钟情、所倾注、所奋力的纪录片事业。

作为一个地处东南沿海、历史悠久、民俗深厚、地理多元、文化丰富的省份，福建堪称素材遍布，真需要勇宁的团队用文字和影像双重勾勒。

唐开元二十一年（733），此地设立军事长官经略使，从福州、建州各取一字，名为福建经略军使，与福州都督府并存。宋元时期泉州便是世界知名商港、海上丝绸之路的起点。福州乃郑和下西洋的驻泊地和开洋地。福建拥有经济特区、自由贸易试验区、综合实验区、21世纪海上丝绸之路核心区等多区叠加优势，也是全国著名侨乡。早在十多万年前，就有古人类在万寿岩一带活动。距今数千年的昙石山文化，闽南文化、客家文化、妈祖文化、船政文化等地域文化独具魅力。朱熹、郑成功、林则徐、严复、陈嘉庚、冰心、陈景润等古代及近现代名人光耀史册。

福建的世界遗产有中国丹霞（泰宁）、鼓浪屿、武夷山、福建土楼、宋元中国的海洋商贸中心。全省有多个项目入选联合国教科文组织非遗名录（名册），其中南音、妈祖信俗、中国剪纸（漳浦、柘荣）、中国传统木结构营造技艺（闽南民居）、送王船——有关人与海洋可持续联系的仪式及相关实践、中国传统制茶技艺及其相关习俗共6个项目入选"人类非物质文化遗产代表作名录"；中国木拱桥传统营造技艺、中国水密隔舱福船制造技艺共两个项目入选"急需保护的非物质文化遗产名录"；《福建木偶戏后继人才培养计划》入选"优秀实践名册"。

勇宁撰稿的《福建纪行》从距离福建省会福州市最近的闽侯县入篇，"公元前334年，越王勾践六世孙无疆被楚威王打败，越国随之瓦解，越王一族因此航海入闽。伴随着他们来到这片蛮荒之地的，还有中原和吴越文化。"拉开了八闽大地遥远的滥觞，之后进泉州，叩厦门，扣漳州，溯龙岩，瞰三明，

游南平,摹宁德,状平潭……古城寻踪,古厝探奇,老桥追影,土楼听音。此书挥洒自如而又不失严谨。撮其要有三:

一是,史料丰富,知识点多。如"在宋代,福建已有一府五州二郡,八个同级的建制,世称福建为八闽。公元1913年,闽县与侯官县合并,各取首字定名为闽侯县。闽侯由此正式得名,并沿用至今。"

二是,辞藻流利,准确翔实。如"不同于北方的舞龙舞狮,仁山拉线狮将表演的重心集中于精心打造的彩狮形象上。合多方协作之功而成的一头威风凛凛的雄狮,伴随着热烈的舞蹈与铿锵的鼓乐,使得整场表演高潮迭起,显得既华丽而又热烈。"

三是视野开阔、画面感强。如"岁月流逝,沧海桑田。大樟溪穿流而过,将深山之中的物资运往各地,也将永泰先民的生活与远方建立起了联结。竹排与船只装载着永泰先民的希冀出发,又满载着收获而归。"

袁枚在《随园食单》中说:"大抵一席佳肴,司厨之功居其六,买办之功居其四。"比照这个说法,我以为:音乐作曲之功居其六,写词之功居其四;纪录片拍摄之功居其六,撰稿之功居其四。纪录片中如果撰稿加入了编导的元素,则其功未可限量。

勇宁正当盛年,前途远景,风帆待举。

唐人有句:"道由白云尽,春与青溪长。"癸卯年将尽,甲辰年新来之际,序此,为勇宁祝福。

南翔

2023年12月

(南翔系深圳大学文学院教授、一级作家)

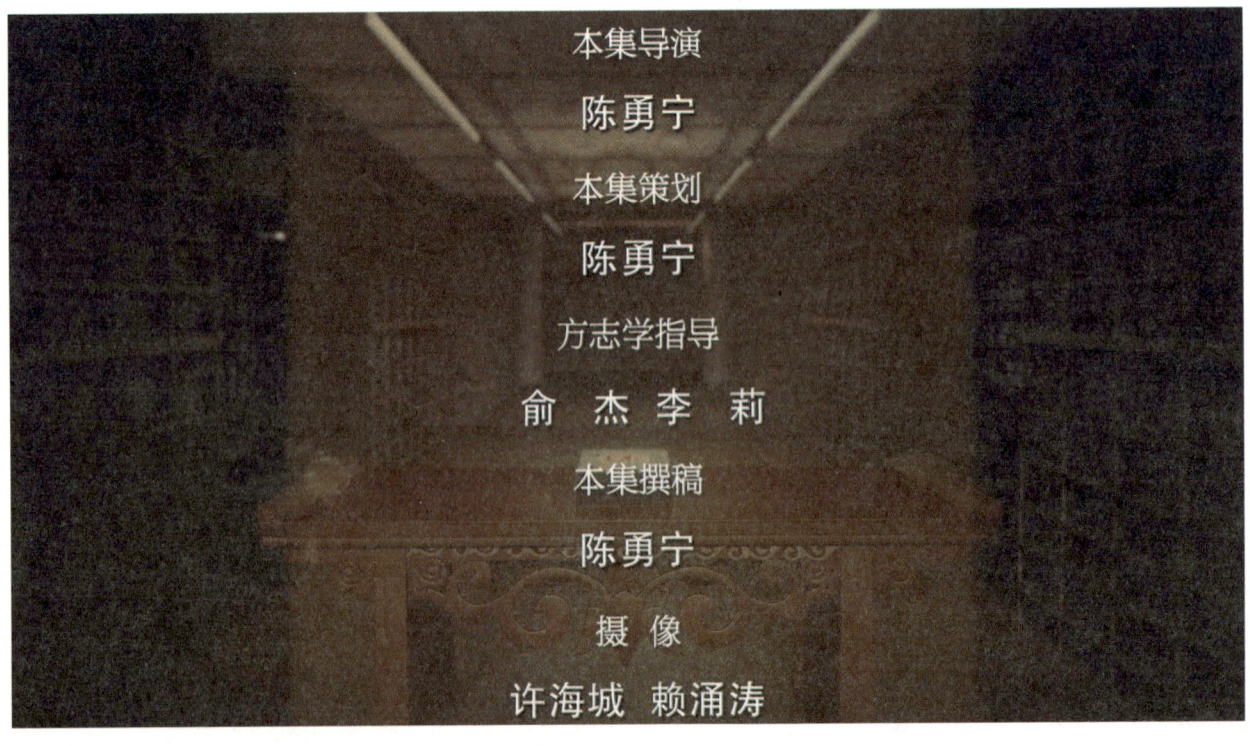

目录

第一章　福州篇

　　闽侯　　　　　　　　　　001

　　连江　　　　　　　　　　007

　　罗源　　　　　　　　　　012

　　永泰·闽中庄寨（一）　　　018

　　永泰·闽中庄寨（二）　　　022

第二章　泉州篇

　　丰泽·滩涂蚝村　　　　　　026

　　晋江·古厝探奇（一）　　　029

　　晋江·古厝探奇（二）　　　032

　　晋江·古厝探奇（三）　　　035

　　晋江·围头湾的神秘来客（一）　038

　　晋江·围头湾的神秘来客（二）　041

　　晋江·围头湾的神秘来客（三）　044

　　南安·绿野巨厝　　　　　　047

　　安溪　　　　　　　　　　050

　　闽南寻迹（一）　　　　　　055

　　闽南寻迹（二）　　　　　　057

　　闽南寻迹（三）　　　　　　060

　　闽南寻迹（四）　　　　　　063

　　泉州·古桥之谜（一）　　　065

　　泉州·古桥之谜（二）　　　069

第三章　厦门篇

　　厦门·寻找白海豚　　　　　073

第四章　漳州篇

　　南靖·土楼蜂影（一）　　　076

　　南靖·土楼蜂影（二）　　　080

第五章　龙岩篇

　　漳平（一）　　　　　　　　085

　　漳平（二）　　　　　　　　090

长汀·汀江古镇（一）	116		第七章　南平篇	
长汀·汀江古镇（二）	119		光泽	192
第六章　三明篇			建瓯	197
明溪	122		邵武	201
大田	127		顺昌·宝山探奇（一）	205
大田·山地奇居（一）	132		顺昌·宝山探奇（二）	208
大田·山地奇居（二）	137		顺昌·闽北奇村（一）	211
大田·山地奇居（三）	142		顺昌·闽北奇村（二）	214
大田·山地奇居（四）	147		**第八章　宁德篇**	
将乐	151		寿宁	217
将乐·深山兽影（一）	155		周宁	222
将乐·深山兽影（二）	159		柘荣·深山巨宅（一）	227
将乐·探秘龙栖山	163		柘荣·深山巨宅（二）	230
泰宁寻奇（一）	178		**第九章　平潭篇**	
泰宁寻奇（二）	182		平潭	233
泰宁寻奇（三）	185		平潭·海岛石厝（一）	237
泰宁寻奇（四）	188		平潭·海岛石厝（二）	240
			平潭·海岛石厝（三）	243

第一章 福州篇
闽 侯

一

"闽在海中,其西北有山。一曰闽中山在海中",这是《山海经》对"闽"字的记载。千百年来,这里襟山带水、形胜天成,与海洋形成了天然的联系。

距离福建省会福州市最近的闽侯县,呈月牙状绕了福州市区。这里群山连绵、气势雄伟,福建第一大江闽江流淌562千米后,也在横穿闽侯县后注入东海。

公元前334年,越王勾践六世孙无疆被楚威王打败,越国随之瓦解,越王一族因此航海入闽。伴随着他们来到这片蛮荒之地的,还有中原和吴越文化。越王族入闽以后,与土著闽人逐渐融合,闽越族因此形成。位于闽侯县洋里乡的闽越王庙,见证了这片土地与中原文化的第一次相遇。

汉初,汉高祖刘邦立勾践后人无诸为闽越王。无诸仿效中原,在闽侯冶山之麓,筑城建都,号"东冶"。冶之名与传说的欧冶子在冶山铸剑有关,而出土于古闽侯的汉初板瓦和战国时期的冶铁炉底座,也向人们展示着这段历史。然而无诸之后,闽越国陷入分裂割据的状态。据《史记》记载,汉武帝以"闽越悍,数反覆"为由,下令其宗族、军民迁往江淮之地。

2008年春,闽侯县博物馆原馆长曾江接到一个任务,他被要求编著一部闽侯历史的通俗读本——《闽侯简史》。他在梳理闽侯历史时发现,在闽侯建县之前,这里的大片区域都被称为"南蛮之地"。而在建县之后,这段文明真空期随之结束,福建也开始在历史中扮演重要角色。

据南朝《宋书·州郡志》记载,在汉武帝的强制迁徙后,"有遁逃山谷者颇出,立为冶县"。这次立县仍取"冶"字,但并非官方立县,直到东汉建安元年(196),冶县才改称侯官县。"侯官"这两个字原为汉武帝留守闽越军队的基层建制的名称,这时的侯官县管理着福建大部分的荒地、空地。这是福建历史上的第一个县,也是闽侯建县的开始。自此以后,闽侯县经历了东侯官、原丰、长乐等名称的更迭。南朝陈永定元年(557),陈朝于晋安郡设立闽州,侯官县为州的治所,福建由此开始自成一州。随着福建的逐步发展,中央政府对于这个以往的蛮荒之地也开始重视。

曾江发现,闽侯的发展和一个人有关,那就是王审知。

"污莱尽辟,鸡犬相闻。时和年丰,家给人足",这段文字出自唐天祐三年(906),唐哀帝李柷敕建《恩赐琅琊郡王德政碑》。这是对王审知治闽期间的当地繁荣景象的记录,也是中央政府对福建经济发展的肯定。

后梁开平元年(907),后梁太祖授王审知为中书令,晋封闽王。王审知在闽39年,建都于闽侯。由于王审知是河南固始县人,因此他大量招揽中原优秀人士到福建发展,众多士子、文人因此离开长安,前往福建。他们的迁入,为闽地带来了先进的文化和技术,这是中原文化第二次和福建本土文化的深度融合。

王审知治闽期间"尽去繁苛,纵其交易",开辟甘棠港,使"闽越之境,江海通津",大力发展了海外贸易。唐末,古闽侯的东冶港与广州、扬州齐名,是中国三大贸易港口之一。在王审知给中央政府的"岁贡"里,除了精美的织品之外,还有玳瑁、琉璃、犀象器等物品,其海上贸易繁盛程度可见一斑。曾江认为,闽侯乃至整个福建能摘掉"南蛮之地"的帽子,正是得益于王审知对福建经济发展的推动。

王审知重视教育，逐渐发展到州有州学，县有县学，就连乡间也设有私塾。他对教育的普及犹如一盏明灯，点亮了福建先民的前行之路，这束光芒在岁月流转中从未熄灭。自唐代开始，古闽侯一共出过26个状元、4000多位进士，享有"科举之城"的美誉。

至今，上街镇古侯官港边还遗留着一座历经千年的镇国宝塔。这座镇国宝塔是福建最古老的塔之一。据《闽都记》记载，唐末闽江洪涝灾害严重，县令因此建塔以镇水患。作为侯官港的码头标志，在此后的千余年里，镇国宝塔一直守护着闽江上往来的福船，也连通着中国与世界。

在宋代，福建已有一府五州二郡，八个同级的建制，故世称福建为"八闽"。公元1913年，闽县与侯官县合并，各取首字定名为闽侯县。闽侯由此正式得名，并沿用至今。

二

闽侯县昙石山地处闽江下游北岸，是一座相对孤立且高出海面20多米的长形山岗。1954年的一天，昙石村的几位村民在修堤取土的时候发现了大量白色蛤蜊壳堆积层。昙石村位于闽江之畔，是典型的低山丘陵地貌，距海最近的直线距离也有数千米，生活在海底的蛤蜊怎么会大量出现在这里呢？在长江以南地区，新石器时代的遗迹经常以贝丘的形式出现。昙石村发现的这些白色蛤蜊堆积层，是否意味着这里也曾孕育过先古文明呢？

这个发现引起了人们的好奇，在接到报告后，福建省文物管理委员会向华东文物工作队请求援助。1954年3月，华东文物工作队前往福建省闽侯县指导当地考古人员进行实地勘察，进行了首次小范围的发掘。

经过数次发掘，考古队发现了公共墓葬群，以及壕沟、灰坑、石器、陶器、骨器、贝器等大量遗迹，呈现在考古人员面前的正是一处史前文明。经碳-14测定，昙石山文化应存在于距今约4300至5000年。专家认为，它开创了福建山海文化的先河，福建文明的起源正是从这里开始。

在昙石山遗址博物馆里，第125座墓葬出土的"塔式壶"是中国考古发掘史上的一件孤品。这个引起大家好奇的陶器是昙石山遗址博物馆的镇馆之宝，通高28.6厘米，下半部为壶形，上半部为圆锥形。直到今天，它在我国出土的新石器时代陶器中也是绝无仅有的一件。它是一盏陶灯，但不又同于我们日用的灯具，因其出土位置在墓主人头顶上方，专家因此推测其为墓主人死后用于使灵魂升天的器皿。由此可见，四五千年前的昙石山人已经拥有了自己的原始宗教信仰。专家们根据现有的考古发掘成果，推测昙石山人应是先秦闽族的祖先。

2009年4月，福建博物院对昙石山遗址博物馆的遗址厅进行改造，并进行第十次挖掘。这个任务再次交给了参与过此前数次昙石山遗址考古发掘工作的馆长林恭务。同年10月，昙石山遗址厅修建完毕，保留了1996年第八次发掘中的30余座墓葬、陶窑和壕沟等考古遗迹，发掘出的文物也按原貌展出，增加观众亲临考古现场之感。

昙石山地区气候温热、靠山面海，地处淡水、海水的交汇口，为生活在这里的远古人类提供了丰富的物产。他们在海滩采贝，在江边捕鱼。他们在这里进行农耕畜牧、制陶纺织，创造了以海洋文明为基本元素的昙石山文化，在福建文明的发展进程中留下了不可磨灭的烙印。他们孕育出了福建古文明，滋养了先秦闽族的发展，为中华文明涂上了一抹大海的蔚蓝。

三

1987年8月，在广东省阳江市阳东区附近的海域，一艘深埋于海底800多年的宋代沉船被意外发现。沉船的船体保存完整，船舱内超过6万件南宋外销瓷器得以展示在世人面前，这就是令人瞩目的"南海一号"。

那么，作为一艘木质古船，"南海一号"是如何做到历经800多年而不腐的呢？

俗话说"水泡千年松，风吹万年杉"，由于松木较为耐得住水的腐蚀，因此在福建地区常被用作造船的木材，"南海一号"经专家证实正是中国宋代的"福船"，便是以松木作为主要材料。

从汉朝起，闽侯的东冶就是南方重要的造船基地。据《资治通鉴》记载："旧交趾七郡，贡献转运皆从东冶汎海而至。"东冶港位于古闽侯，汉景帝年间东冶就设立了专门管理造船的典船校尉。到了中唐时期，闽侯已成为重要的造船基地，可造"千斛大舟"。

船是大海的印记，它勾连起了人与海洋之间的联系。靠海而居的闽侯人，用船丈量这里与世界的距离。王审知治闽期间开辟了甘棠港并鼓励海外贸易，闽浙赣三省的货物通过闽江各干流、支流从水路运至东冶港交易。元代的意大利旅行家马可·波罗来到这里时，在他的游记中记述了当时的商贸盛况："有条大江（闽江）穿城而过，江面宽1.6公里，两岸有庞大的漂亮的建筑，这些建筑前面停泊了大批的船只，许多船只从印度载着商人，来到此地。"

闽侯县南通镇方庄村自明清起就有制造龙舟的传统。队员们见到福船制造工艺非遗传承人方绍晃时，他正在自己的工厂里赶制一批龙舟。此时正值端午前夕，是龙舟制作的旺季。因为方绍晃不墨守成规，能将传统龙舟的样式与现代样式相结合，所以方家的龙舟特别受欢迎。

方绍晃告诉队员们，虽然龙舟和福船所用材料皆为松木，但船型每年都需有所变化，因此每年造出的龙舟都是"升级版"。现在，方绍晃的龙舟订单不仅有来自国内的，还有来自国外的，他的名声已传扬至世界各地。

千百年来，船已成为闽侯的一张独特名片。闽侯人以船为尺，不断探索着远方的海域。他们以船为犁，在广袤的大海上耕耘出一片属于自己的天地。闽侯也成因此为了海上丝绸之路中一颗当之无愧的璀璨明珠。

四

"到山不识山面目，但见九鼻盘溪曲。"

这是朱熹到访福州五虎山时所创作的《方山》一诗部分，诗中提及的方山最大的特点，即有山无峰。5个山峰形似被剖开的5个巨大的桌面，与南非开普敦著名景点桌山有异曲同工之妙。

当人们仰视时，山峰又形似5只老虎盘踞。因各"虎"形神兼具，故被称为五虎山，它是古闽县和侯官县的天然界线。

20世纪80年代，五虎山周边的农户砍木头、养牛羊、建坟墓、放火烧山的情况非常普遍，山上植被破坏严重。闽侯县林业局高级工程师江立行告诉队员们，五虎山多为石灰岩、花岗岩地貌，表面土层薄，一旦植被遭到破坏将很难得以恢复，因此这里的每一株草、每一棵树都非常珍贵。

闽侯县人民政府非常重视五虎山出现的生态问题，实施经营的林区已经形成了很好的亚热带植物自然演替，大面积的中亚热带常绿阔叶林木得以生存，并得到较好的保护，当地政府还聘请护林员进行常态化巡查。2014年，五虎山获批"国家森林公园"。在闽侯，像这样国家级的生态名片还有旗山国家森林公园。

从远古的蓝色海洋到今日的山水江城，闽侯县将"山水兴、闽侯盛"的梦想不断延续，也成了中国生态文明建设的一个典范。

五

在北京天安门广场的人民英雄纪念碑上，第一块浮雕展现的就是林则徐虎门销烟的威壮情景。闽侯人林则徐也因此将自己的名字镌刻在了中国近代史的首页之上。

林则徐幼时家境贫寒，虽然"家无一尺之地、半亩之田"，但他十分好学。《云左山房杂录》就是林则徐当年在闽侯的鳌峰书院求学时所写的读书札记。"崇实行而不事虚名，秉公衷而不持偏见""博闻为馈贫之粮，贯一为拯乱之药"，透过札记中摘录的这些句子，我们似乎可以看到在青年林则徐心中便已树立起经世治国的远大志向。

19世纪中叶，英国人用鸦片打开了清政府闭关百年的大门。道光十六年（1836），作为鸦片"严禁派"领军人物林则徐在给道光帝的奏折中写道："法当从严，若犹泄泄视之，是使数十年后，中原几无可以御敌之兵，且无可以充饷之银。"或许是林则徐的一腔赤诚打动了道光帝，道光十八年（1838）冬，林则徐任钦差大臣赴广东禁烟。次年6月3日，在广东虎门海口，林则徐下令把查缴的20余万箱鸦片当众销毁。虎门销烟过去的148年之后，联合国第42届大会正式决定将每年的6月26日定为"国际禁毒日"。

林则徐还有一个美誉，那就是"近代大禹"。如今，走过林则徐当年为官的十四省，黄河决口的开封有他治水的功绩，水灾泛滥的江苏留下他治水的经验，新疆的"林公渠"也是他留给当地百姓的念想。

"水利之废兴，农田系焉，人文亦系焉"，这句话出自林则徐的《畿辅水利议》。对于林则徐来说，治水就是为民生计，而这也反映出林则徐当年在求学时的那颗初心始终未变。

林则徐外出为官后，因父母病重等原因先后曾5次回籍。道光八年（1828），他在第4次回闽侯时主持修浚了今天的福州西湖。

道光三十年（1850），65岁的林则徐回到闽侯。恰遇英国人强居城内高地乌石山事件，林则徐一方面率领人民驱逐英国侵略者，另一方面又抱病巡视海防，规划防守策略，重修了闽江口一带炮台。这些炮台修建得既牢固又隐蔽，后来的"洋务派"大臣左宗棠在亲自查看了这些炮台后也十分赞许。多年后，在中法马江海战中，法国装甲巡洋舰正是被闽江口炮台的击伤而逃走。

一生心系百姓的林则徐，对于自己却有着旁人难以想象的自律与节俭。林则徐在去世之前给3个儿子写下了具有遗嘱性质的《析产阄书》，当这封分家文书传到家乡时，闽侯父老莫不为他的清廉所折服。林则徐做了30多年官却没有经营家业，只有老宅数间留给子孙。

林则徐的伟大之处不仅在于其查禁鸦片、抗击侵略的铮铮铁骨，更在于他廉洁自律、关注民生的拳拳爱国之心。1996年，以他的名字命名的"林则徐星"闪耀在宇宙之中。

历史不会被埋没，英雄不会被遗忘。这位民族英雄对祖国的热爱也随着奔腾不息的闽江，感召着一代又一代闽侯人。

除了林则徐，宋代理学家陈襄、近代启蒙思想家严复、中国工人运动的先驱林祥谦都是闽侯人民的骄傲。他们用闽侯人独有的精神光芒，照亮了中华民族复兴的前行之路。

六

谢逸桢老人退休前是闽侯闽剧团的副团长。在回顾自己的艺术生涯时，他发现自己与《田螺姑娘》有着不解之缘。2009年，退休后的谢逸桢开始着手改编闽剧《田螺姑娘》，当改写到结尾时他犹豫了起来，因为历史上《田螺姑娘》有很多结尾，怎样的结尾才是今天人们所需要的一直是他苦苦探寻的答案。

《田螺姑娘》是我国家喻户晓的神话故事，以此为题材诞生了大量的电视、电影和文学作品，而这个故事就发生在闽侯。

当我们从卫星地图上查看闽江时，会发现流经闽侯的一段河谷就像一个镶嵌于闽江之中的巨大田螺，当地人也将闽江此段水系称为螺江。据清施鸿保《闽杂记》记载："螺江，一名螺女江，侯官县属。""螺女江"这个别称，就是由田螺姑娘的传说得来的。

西晋文学家束晳所著的《发蒙记》中记录了有关田螺姑娘的传说。晋朝时，侯官县有个叫谢端的孤儿。他被乡亲抚养成人，虽然生活贫苦，但他品行端正、勤劳善良，每天起早贪黑地耕作。他的处境及品行打动了上天，天帝令天河中的白衣素女下凡，帮他致富。

改革开放40年，勤劳善良的人们让闽侯发生了巨大的变化。古老的街巷，一边可以看到遥远的过往，另一边则可以看到令人期许的未来。而谢逸祯也由此找到了改写《田螺姑娘》结尾的灵感。

如今，由谢逸祯亲自改编的闽剧短剧《田螺姑娘》经常到闽侯各地演出，广受当地人们的喜爱。这是谢逸祯一直以来的梦想，他让更多的人喜欢上了田螺姑娘这个故事。田螺姑娘的故事在闽侯代代传唱，故事主人公谢端勤劳善良的美好品德也早已融进闽侯人的血脉。

七

福州评话是中国评书的一种。这种独特的说书，以福州方音讲述，并有徒歌体唱调穿插吟唱。表演时一人一桌，演员配有醒木、折扇、铜钹、扳指、竹筷。2006年，福州评话被列入第一批国家级非物质文化遗产名录，王秋怡成了非遗传承人。

王秋怡是福州评话"三杰"陈春生流派的传人。她至今仍记得自己16岁那年第一次登台演出时陈春生先生牵着自己的手走上舞台的情景。

王秋怡向队员们出示了一张珍贵的老照片，这是1960年陈春生赴京出席全国文教群英会时，与毛泽东和周恩来留下的珍贵合影。出生于福建闽侯的陈春生19岁开始学艺演出，他谦虚好学、刻苦钻研，逐渐形成了自己独特的艺术风格，在20世纪20年代成了福州评话"三杰"之一。

王秋怡一直致力于传播福州评话。如今，闽侯县教育局举办了曲艺进校园活动，王秋怡担任了闽侯实验幼儿园、闽侯职业学院、闽侯老年大学的专任教师。不仅如此，从1985年起王秋怡就开始出国演出。她将独具地域特色的福州评话传播到海外，用独特的艺术魅力征服了无数海外观众。

作为福州评话表演的佼佼者，王秋怡擅长9种唱腔。她又在继承"陈派"泪嗓的基础上，形成了自己独特的"牵丝嗓"唱法。

在一招一式、字句铿锵里，发源于闽侯的福州评话经历了几代人的坚守与传承，早已融入闽侯的文脉之中。它熠熠生辉，散发着永不熄灭的光芒。

八

闽侯人黄春平在我国的航天史上有着举足轻重的地位，他是"神舟一号"到"神舟五号"航天飞船的火箭总指挥。中国首次执行载人航天飞行任务的"神舟五号"飞船就是由黄春平担任总指挥的"长征二号F"火箭送上太空的。

黄春平出生在福建闽侯县一个贫寒的农家。在闽侯二中的校史馆里，仍然保存着已经泛黄的助学金4元和8元的凭证，它们见证了少年黄春平求学路上的坚忍不拔，也从侧面反映出闽侯这片土地对读书人的滋养与善待。

"尊文重教，文脉传承"早已成为闽侯这片土地的优秀传统。历史上，闽侯的中科及第者其众，享有"科举之城"的美誉，涌现出水西林氏十九世祖林春泽祖孙四代皆为进士、青口镇大义村陈氏的明代"九条金带"等这样的儒林佳话。可见，诗礼传家的观念已经深入到闽侯的每个家庭之中。而在闽侯二中的校园里，仍保留有一间清代书院和一间明代书院，它们仿佛在提醒着校园里的莘莘学子这片土地上深厚悠久的文脉传承。

对于闽侯的青少年来说，在这片文脉昌盛的土地上除了黄春平之外，还走出过许多他们值得学习的榜样。自中华人民共和国成立以来，闽侯先后走出了17位院士，其中"伯侄双院士"侯德榜和侯虞钧、"父女双院士"唐仲璋和唐崇惕、庄巧生和庄文颖尤为著名，闽侯因此堪称"院士之乡"。而今天的闽侯上街大学城，更是容纳了13所高校、30万余学子，成为名副其实的"智慧之城"。

虽然黄春平在22岁时就离开了闽侯，但是闽侯的文脉却早已根植于他的心中，他用自己的一生续写了闽侯文脉的辉煌。千百年来，闽侯在不断地发展，从"科举之城"到"院士之乡"，再到现代化的"智慧之城"，这座城市的生命力始终传承于蓬勃昂扬的千年文脉之中。

九

这天，昙石村像过节一样热闹，每个村民脸上都挂着笑容，因为这是大家前往村委财务室领取"农村集体产权改革"分红的日子。村民侯碧兰格外高兴，因为这是她的身份从出嫁女转变成"股民"后，从村中领到的第一笔分红。

侯碧兰身份的转变，源于闽侯县在2014年率先尝试的一次改革。在中央政府提出实施乡村振兴战略后，作为福建省唯一一个参与农村集体产权改革的试点县，闽侯率先揭开了福建新农村建设的辉煌序章。

闽侯县明确提出，实行农村集体产权改革要以保护农村集体经济组织及成员的合法利益为核心，使农民真正成为集体资产的主人。同时，也要让农村集体增产、保值、增值。

2017年，村里就建起了一个农贸市场，并开始收取租金。将人均面积不足5平方米的集体杂地收集起来建设为农贸市场，既为本村村民提供了更多的就业岗位，又能使村民们从农贸市场的租金中获取利益，可谓一举两得。

收入提高了，农民的幸福指数也在增加。如今，闽侯县已经基本完成了14个试点村的集体产权改革。闽侯人用自己锐意改革的精神，在新时代为闽侯的发展谱写了一曲曲盛世赞歌。

这些年来，已是耄耋之年的摄影师谢天中用手中的照相机记录了闽侯前行的脚步。如今，他开始使用无人机航拍着改革开放40年后闽侯的新景象。

风景秀丽的大型公园，气势恢宏的综合体育馆，这是谢天中镜头下的闽侯青口镇。短短30几年，青口是如何从一个农业乡镇发展为今天这座宜居宜业的汽车新城呢？

20世纪90年代，改革开放和投资兴业的东风为闽侯青口带来了发展的机遇。汽车工业落户青口，工业化带动了城镇化，城镇化也进一步推动了青口的城市化。

谢天中向我们出示了一张拍摄于20世纪80年代的老照片，拍摄的正是旗山脚下的农村，如今这片土地已变为上街大学城。这里鳞次栉比的崭新建筑书写着属于上街大学城独有的魅力。这里已成为福建省培养高级人才、进行科学研究和交流的中心，而大学城里的汽车专业，又为闽侯汽车城不断输送着专业人才，产学研一体的无缝对接让闽侯的产业链展现出勃勃生机。

斗转星移，春秋代序。当我们回首过往，才发现前行的动力早已写进闽侯人的血脉之中。新农村发展中的锐意改革，新兴经济体的蓬勃发展，教育与人才的传承与延续，无不体现着闽侯人的坚韧与智慧。闽侯正在八闽大地上谱写着新时代的盛世华章！

连江

引言

连江达海，背倚青山，自古因水路通达而成咽喉要道。

定海沉船记录了海上丝路的繁华喧嚣，含光古塔记录了郑和下西洋的壮阔豪迈。古老的城墙诉说着抗击外侮的英勇无畏，动人的故事流传着以天下为己任的家国情怀，精彩的舞狮昭示着人们面对生活的乐观豪迈。

碧波无垠，山海相依。穿越风雨，连江携山海之势成就历史的厚重繁荣，也开创了属于今天和未来的丰饶多姿。

一

20世纪90年代，连江的海湾迎来了中国水下考古史上的里程碑。

白礁是定海湾东北一个随潮水涨落时隐时现、20平方米左右的荒礁。20世纪80年代，当地渔民在白礁附近海域打捞出许多古瓷器。这引起了连江文物部门的注意。经考古专家初步探察，发现白礁附近的海湾内有多处古沉船遗址。然而如何打捞这些沉船却成为一个严峻挑战，因为在此之前中国还从未开展过水下考古工作，也没有专业的水下考古队伍。

1990年初，中澳合作的第一届水下考古班进驻连江县筱埕镇，开始以白礁水域沉船为对象进行水下考古培训。福建博物院文物考古研究所原所长栗建安老师向考察组介绍道，定海湾水下遗址具有能见度良好、水深适中、完整有序、距海岸近且有安全的依托等优点，是当时发现的我国沉船遗址中最适合开展水下考古培训的地点。

在定海湾水域中，其中一艘沉船被命名为"白礁一号"。水下考古培训班将此处作为中国水下考古第一站，以便于兼顾培训与工作。海洋地理的复杂性让水下考古程序极为复杂，队员们要先确定遗址范围，并给遗址建立"探方"系统，即一个类似给地球标经纬线的工作后，才能开始后续工作。

历经3个月的水下考古，队员们摸清了定海海域9处古代沉船遗址，拍摄了海底沉船分布地点和文物的录像，并通过测绘沉船地点与文物分布地形图，对沉船的坐标进行了标记。

连江有长达238千米的海岸线，境内分布着多处海湾和大河入海口。在唐代，闽王王审知发展海上交通、修建港口，唐昭宗亲自赐名"甘棠港"。其后，甘棠港凭借水深港阔，逐渐成为"闽江北喉"。

在宋代，海上贸易的繁荣使连江定海湾成为当时重要的海上贸易物资集散地。但是由于古代没有航标设置，加上这里的海域暗礁密布，船只在夜航时经常触礁沉没。

1995年和1999年，水下考古队对"白礁一号"沉船遗址进行了两次调查发掘，打捞出数千件古代陶瓷器等珍贵文物。

定海湾沉船考古的重大收获，见证了闽东沿海地区的经济与文化的发展，为中国东南沿海古代海洋社会经济史、中外海洋交通史等领域的研究，提供了重要的资料。而中国水下考古事业也在此正式启程，连江定海也成了中国水下考古事业的摇篮。

特殊的地理位置让连江这方古老的热土历经风云扰攘却实现了文化融合。跨越千年的繁华，踏实务实的连江人始终是华夏文明史的参与者、见证者、传承者,他们也必将成为独树一帜的新一代开创者。

二

据《连江县志》记载,明成祖永乐三年(1405)7月,郑和率船队经闽江口出海,于福斗山筑坛祭祀南海海神,而祈福祭海之地正是连江海湾。

在连江县敖江南畔的斗门山上,矗立着一座通高25.5米、八角七层的含光塔。它屹立于斗门山巅,俯瞰整个海湾。含光塔建于明神宗万历十六年(1588),是古代连江的标志性建筑之一。

由于地处东海之滨,连江自古就是海上通航的要道。矗立于山巅的含光塔除了起到为夜航人在茫茫海上指路的灯塔的作用,还具有"镇邪禳灾"之意。

郑和七次下西洋均在连江福斗妈祖庙前筑"南海神坛"进行拜祭,之后从粗芦岛港口誓师出发,经连江出海口五虎礁正式扬帆出海。

自然资源部第三海洋研究所教授级高级工程师余兴光认为,由于连江的海岸位置特殊,波浪的能量不同,花岗岩的抗触能力也有所不同,因此造成海岸线蜿蜒曲折,连江沿海因而岛屿众多。

连江县粗芦岛港口常年不淤不冻,北面透迤的低丘山峰对防风避浪起到了关键作用。粗芦岛江海交汇,水系发达,因此极大地提高了船只通行的效率。郑和率领的船队在出五虎礁后,便得以"云帆高张,昼夜星驰"。

郑和七下西洋是中国古代规模最大、时间最久的海上航行,也是世界历史上规模最大的系列海上探险之一,而连江因其独特的地理位置见证了这一伟大的历史事件。

时光荏苒,连江这片土地不断涌现出英勇豪迈、不断扬帆启航走向世界的进取之士。从历史到未来,他们脚下的世界广阔无垠、生机勃发。

三

农历五月初五是一年一度的端午节。伴随着铿锵的鼓声,在连江筱埕镇定海村的海面上,各色龙舟劈波斩浪,海上龙舟比赛正热烈进行。海上赛龙舟的传统源于连江的抗倭历史,始于明万历年间。

天险设虎门,大炮森相向。

海口虽通商,当关资上将。

唇亡恐齿寒,闽安孰保障?

这是清道光三十年(1850),林则徐抱病视察连江五虎门海防时留下《五虎门观海》一诗。诗中点出连江的战略位置十分重要,作为福州东大门的唯一水路通道,它既是兵家必争的战略要地,也是抵御外敌海寇侵扰的前哨阵地。清光绪十年(1884),在中法马江海战中,法国装甲巡洋舰正是在闽江口五虎门长门炮台遭到重创。

定海素称"闽江北喉",自唐末王审知开辟甘棠港,大力发展海上交通以来,连江便成为海上贸易重镇。"秋来海有幽都雁,船到城添外国人",这句诗出自晚唐诗人薛能的《送福建李大夫》,是当时定海港商旅云集的形象写照。在明代,定海设立守御千户所,开始成为福建五大军事水寨之一。如今,明代石匾"会城重镇"4个大字依然嵌于定海古城城门上。海路通达给古代连江带来了繁荣,也带来了自海上而来的倭乱。

定海古城建于明洪武年间,城堡由条石砌成,沿城凿壕灌水。古堡临海依山而建,面海的一段城墙至今尚存,斑驳的城墙讲述着数百年前烽火连天的往事。

明万历年间,沈有容出任海坛游营把总,驻防定海的小埕水寨。从此,他成为戍守海峡的名将。万历三十年(1602)冬,接到"令剿东番倭"密札的沈有容邀请曾随戚继光荡寇的连江名将陈第同行,亲率战船从金门料罗湾出发,向澎湖列岛挺进。途中遭遇台风,只有部分幸存的战船抵达澎湖,而在抵达澎湖后他们便立即与倭寇展开激战。经过一番鏖战,明军大获全胜，沈有容也成为中国历史上第一个驱逐外敌入侵、保卫台湾的功臣。

随行参与作战的陈第当时已近花甲之年。这位福建历史上文武双全的传奇人物，在随沈有容剿倭期间写下了名篇——《东番记》。这本书详录了台湾高山族的习俗、生产、贸易等状况，成为研究台湾历史的重要文献。

明万历四十五年（1617），倭寇流窜至连江沿海，劫掠来往闽江口的渔船，沈有容决定兵分三路将倭寇围困在东沙岛。他击沉倭寇的接应船只，使岛上倭寇无路可走，最终生擒69人，而明军无一人伤亡。为此，定海百姓竖立了"抗倭记事碑"记述沈有容历次抗御外侮的事迹。

在镇守这里的20多年间，沈有容督率闽省水师，护卫两岸百姓并屡建奇功，连江百姓尊称他为"冼海飞将"。

时光荏苒，战乱已随历史远去。只留下历经烽火洗礼的古城堡挺立于此。它们和一年一度定海湾上的海上龙舟赛一起，讲述着那个年代连江人守卫家国的峥嵘故事。

为写作一部记录连江历史脉络的地方史学著作，中共连江县委党史研究室原主任吴用耕决定从龙舟赛着手追寻连江的抗倭历史。经过他和众多文史专家的共同努力，讲述连江悠久历史和独特风俗的丛书《连江史略》出版发行。在凝练的文字里，我们看到的是千百年来激荡在连江人民胸中守卫河山的不屈精神和保卫家园的无畏勇气！

四

陈妹妹是福建省连江职业中专学校的舞蹈老师，受中共连江县委党史和地方志研究室委托，她编排了舞台剧《红军医院》。而在这部舞剧的背后，隐藏着一段连江波澜壮阔的红色历史。

1934年8月9日，一支衣衫褴褛的军队从瑞金来到了连江，他们正是由军团长寻淮洲、参谋长粟裕率领的中国工农红军北上抗日先遣队。先遣队在连江贵安汤岭古道茶亭、桃源梧桐山与敌人展开激烈交战，结果伤亡惨重，仅伤员就达五六百人。连罗苏区政府主动接应，火速设立红军医院，承接了抢救伤病员的重要任务。连江县革命历史展陈室里的一幅画描绘了当时的情景：当地百姓用竹竿做架、藤条做托，往来运送伤病员，让他们在山路上尽量减少颠簸。

在医疗物资十分匮乏的情况下，为了挽救伤员的生命，担架队昼夜不停、争分夺秒地抢运伤员，一共持续了三天三夜。重伤员被直接运到下宫的后方医院，伤势略轻的则分散在临时医院。

作为连罗苏区妇女领袖的王水莲，在了解到伤病员人数多、伤势重的情况后，迅速发动全区妇女参加到救治伤员的行动中。她们用草药膏将弹片吸出来，用嘴为溃烂的伤口吸脓再敷上药，和医生一道克服各种困难，完成救治伤病员的工作。

红军医院发动一切力量，尽可能地抢运救治了伤员。经过一个多月的治疗护理，100多名伤病员基本痊愈。

重新归队的红军战士们加入了闽东独立师，之后成了新四军三支队六团的一部，跟随叶飞将军驰骋于抗日疆场。

历时6个月，舞台剧《红军医院》终于完成排演并成功登上舞台。它再现了那段烽火连天的岁月里，发生于连江这片热土上的感人肺腑的故事。

为了中华民族的解放事业，众多连江优秀儿女奉献了绚烂的青春和宝贵的生命。硝烟散尽，烈士们在连江留下的足迹依然历历在目，他们的家国信念和奋斗精神筑起座座丰碑，成为连江最宝贵的精神财富。

五

赵名棋是省级非物质文化遗产仁山拉线狮代表性传承人。他在15岁时便从父辈手中接过拉线狮的传承任务，从20世纪80年代中期就开始制作拉线狮并参与正式演出。

仁山拉线狮是一种集舞蹈、娱乐、体育于一体的民间传统项目，始自何时已难以考证，人们只知道这是一种世代相传的独特民俗。狮子在民间有"镇邪恶，保平安"的寓意，在连江这片多灾多难的土地上，人们对于平安吉祥的祈盼格外强烈，狮子也象征着当地人英勇无畏的精神。

造型威武的彩狮由竹质骨架、用麻线捆扎而成的狮身和狮毛组成。狮子被安放在1米见方的"龙轿"中，"龙轿"顶部装饰着一条龙，约3米长。龙头向前伸出，嘴含龙珠，并吊着一个活动绣球。拉线狮艺人通过拉线灵巧的控制，展现出彩狮扑腾跃起、争抢绣球的场景。

表演时，龙轿后面有两人操纵拉线表演，后面跟随一班鼓乐队，演奏着曲调的独特狮鼓乐。操线者随着狮鼓乐的节奏拉动狮子，展现出不同的形态和动作。当演出快要进入尾声时，"狮子"会扑向绣球，火焰表演者同时喷火，将表演推向高潮。

不同于北方的舞龙舞狮，仁山拉线狮将表演的重心集中于精心打造的彩狮形象上。合多方协作之功而成的一头威风凛凛的"雄狮"，伴随着热烈的舞蹈与铿锵的鼓乐，使得整场表演高潮迭起，既华丽而又热烈。

仁山拉线狮深受当地百姓的喜爱，每逢重大民间节日都会登场表演，成为当地独具特色的民俗文化传统。2006年，仁山拉线狮被列入福建省省级非物质文化遗产名录。

2010年，赵名棋的团队受邀参加上海世博会的演出。为了这次演出，赵名棋专门做了新的拉线狮，并重新编排了拉线狮表演。世博会上，赵名棋和他的伙伴们将精彩的拉线狮表演奉献给了来自世界各地的观众。

如今，仁山拉线狮团队日益壮大，年轻的传承者纷纷成长起来。这种华彩飞扬的表演艺术，如同连江人乐观向上、勇往直前的精神，体现的正是不惧苦难的大勇和对美好生活的礼赞！

六

连江罗源湾南岸有一片广阔而肥沃的土地，那就是大官坂垦区。在当地的怀垦亭中，一幅幅石刻和碑文记录了大官坂垦区诞生的伟大创举。

由于连江自古以来人多地少，为了增加耕地面积，历经多年讨论之后，福建当时最大的人工围海造地工程——连江县大官坂垦区工程于1977年9月正式动工。全县4000多民工响应号召，自带粮食和工具，经过长途跋涉，从四面八方汇聚到大官坂围海造地。

大官坂既有淤泥又有顽礁，存在着一系列复杂的地质学、水力学方面的施工难题，在设计、施工和管理等方面都是一次前所未有的考验。

原有的机器既笨重又效率低下，一天只能打两三桩，按原本速度打砂桩需要三到五年。而在经过多次试验后，工程技术人员研发出了一种构造简单、适合海滩操作、轻便易掌握的打砂井工具。现场14个专业队，一个队一天就能完成30到40个砂桩，效率比原来提高几十倍。

堤身的建造需要大量的条石、毛石。为了解决石料运输问题，工程指挥部请造船师傅根据需要设计出一种新型运输船。这种船只由于外形酷似蝴蝶而被称为"蝴蝶船"。船舷两旁安装有活动甲板，只要拉动开关，两旁的石头就滑入水中，解决了抛石压载和最后的出口问题，山中开采出来的大量石料因此得以源源不断输送到工地上。

经过5年的建设，在铺展延伸14条海堤后，福建当时面积最大、海堤最长、软土基最深的大官坂围垦工程于1982年底全面竣工。

近40年来，大官坂围垦工程抵御住了无数次狂风骤雨与大潮的冲击，为连江人民提供了富饶的物产和进行综合开发的广阔腹地。连江县利用大官坂围垦工程，走上了立体化、生态型的综合科技养殖道路。

2018年，中国首个深远海机械化养殖平台"振鲍1号"成功问世，并在连江县海域启用。由于深海养殖的水质好且含氧量高，避免了常规养殖的许多灾害，这是连江县在深海生态养殖领域进行的具有重大意义的科学探索。

连江人用自己的勤劳智慧与无畏的精神，创造了人间奇迹。他们将一片苍凉的滩涂海域变成充满希望的膏腴之地。依托丰富的海洋资源，山海相依的连江走出了属于自己的全域资源现代化发展之路，成了一个丰富多彩、充满生机的滨海城市。

结语

摇曳的海面上，美丽的连江港湾为我们呈现着如诗如画的海上风情。

特殊的海洋地理结构成就了连江的美名，也见证了壮烈的历史风云，文化的碰撞与融合让连江的未来产生更多的可能。

江海交汇之地连江正以昂扬的姿态和宽广的胸怀不断走向世界！

罗源

引言

一条古道，记录着罗源厚重的历史。

一座古城，见证着罗源血与火的考验。

一道海湾，涌动着千年不息的涛声。

罗源，有着深厚的人文积淀，更有着奋发向上的激情。

一

石楼云卧对江城，
城角吟霞永夜清。

——朱熹《天庆观》

800多年前的一日，宋代著名理学家朱熹路过罗源，夜宿北洞宫山，诗人面对古寺胜景，留诗一首，便沿着官道匆匆离去，就这样在不经意间为罗源留下了千古佳作。

在《罗源古官道志略》编委吴顺良看来，这条穿越罗源城关的罗宁古道承载了罗源厚重的历史文化底蕴。

罗源县位于福建省东北部沿海，三面环山，东临台湾海峡。罗宁古道始建于唐天宝年间，全长约46.5千米，是古代福建直通京城的唯一陆路通道，历代南来北往的官学军商络绎不绝，带来中原文化的气息，罗源由此而兴盛。在吴顺良心中，罗宁古道记载着罗源的历史，他常常到这里考察，在残碑断石间探寻罗源旧事。

交流的通畅带来城市的发展，唐大中年间，朝廷在连江县设置罗源场。933年，五代后唐在罗源设县，名为永贞，这是罗源历史上第一次立县。

宋乾兴元年（1022），县名改为罗源县，并一直沿用至今。据《罗源县志》记载，古城罗江，源出县西境，东南入海，县以此命名。

北宋庆历年间，书法大家苏舜元到福建任职，途经罗宁古道时，发现一个造型奇古的石洞与几株小树相依相生，心有所动，题下"才翁所赏树石"6字。100多年后，南宋大诗人陆游邂逅"才翁所赏树石"，出于对前辈墨迹的珍惜，陆游请求罗源知县制护栏予以保护，并将这段故事记录在《老学庵笔记》中。

文人轶事赋予了罗源鲜明的人文气质，民间记忆的吉光片羽却常常勾起重要的历史片段。2009年，留学美国的罗源人卢逢源在耶鲁大学网上图书馆发现了一张罗源老城区的老照片，是曾在福州地区传教的夏咏美女士20世纪30年代所拍摄的，这引起了罗源博物馆馆长黄新强的关注，今天的罗源并没有城墙，照片中的城墙兴建于何时？为何又消失得无影无踪呢？

明嘉靖年间，当时的日本正处于战国时期，割据一方的日本领主勾结大量海盗、武士、奸商到中国沿海烧杀抢掠，尤其是福建东南沿海的倭寇尤为猖獗。

为抵御倭寇袭扰，1499年至1558年，经过历代知县的修建和扩建，罗源修建起了一座城池。《罗源县志》记载："是年三月，倭寇万余人破宁德而来，屯兵罗源城外，县令武瀛凭新建城墙固守。三日，倭退。"

这场战斗的影响非常大，这是戚继光到福建前的一场胜利保卫战，为罗源乃至福建抗倭，鼓舞了士气。

抗战初期，为阻止日寇装甲部队进犯，罗源县实行毁桥破路和拆城墙的策略，拆掉了罗源古城，罗源古城为抗倭而建，又为抗日而拆，一建一拆之间，罗源人在古城的庇护下度过了500多年的光阴。

一条古道沟通了罗源与中原，一座古城承载着历史的轮回。经受过血与火洗礼的罗源人，伴随着罗源湾千年不息的涛声，以不变的步伐构筑着他们心中的人文罗源。

二

2015年，罗源博物馆馆长黄新强受国家文物局指派，到罗源陈太尉宫进行调研，为这座珍贵的宋代木构建筑制定一份详细的修缮方案。

陈太尉宫坐落于罗源县中房镇乾溪村，始建于北宋，是福建现存三大宋代古建之一，占地面积约1100平方米，融宋、元、明、清四朝不同风格的建筑于一体，有"古代建筑博物馆"的美誉。

据《罗源县志》记载，陈太尉宫原为唐末宋初迁居于此的河南名士陈苏所建家祠，后其裔孙陈庆敕封太尉，祠堂遂改称"陈太尉宫"。

在黄新强心中，陈太尉宫是北宋建筑的杰出典范，与宋代建筑法典《营造法式》一书渊源颇深。

《营造法式》出自北宋建筑大师李诫之手，集建筑设计、施工手册、技术标准和劳动定额之大成，书中首先提出的材分模数制和斗拱结构是中国建筑史上极为重要的标准化成果，中国建筑史学大师梁思成称赞它是中国古籍中最完善的一部建筑技术专书。

《营造法式》的刊行，不仅全面提升了宋朝的建筑艺术水准，也成为元、明、清三朝国家建筑规范的核心组成部分，在世界建筑史上占有重要地位。

陈太尉宫大殿采用了复杂的斗拱结构，如《营造法式》所示，斗拱为"鸳鸯绞棋拱"，斗拱与昂都用榫卯结构。梭柱是福建宋构沿袭古制而形成的具有地域性特征的重要构件，陈太尉宫正殿柱子都是梭柱，尤以前殿殿身六柱收杀最为显著，柱身莳壮雄劲，柱下部三分之一处直径最大约尺余，向上下逐渐卷杀，与《营造法式》中所载梭柱技法完全一致，如此粗壮雄劲的梭柱，在福建地区非常罕见。

专家介绍，木构建筑中的材料，因年久失修常常需要更换，但规制一直都是《营造法式》的典型做法。

陈太尉宫历经千年风雨，依然坚固如初，它是研究我国古建筑的一个重要实物。2001年6月，陈太尉宫被列为全国第五批重点文物保护单位。

清华大学建筑系教授李秋香一直关注着陈太尉宫，在她主编的《中国乡土建筑》中，陈太尉宫作为《营造法式》的典范，在书中占有重要篇章。

李秋香老师说，罗源陈太尉宫是中国木构建筑艺术的一本史书，从五代到明清，翻开每一页，都清晰可见。

详尽的调研让黄新强洞悉了陈太尉宫的秘密，他充满信心地提交了精心制定的修缮方案，陈太尉宫的修缮工程，历经两年时间，最终顺利完成，这座在罗源屹立千年的文化地标，正以新的面貌续写着属于它的传奇。

三

1930年初春，寒风凛冽，罗宁古道上一群神情肃穆的汉子抬着一副灵柩走向罗源，灵柩中，静卧着中国早期马克思主义传播者、罗源最早的中国共产党党员林可彝的遗体。

在《罗邑春秋》主编林修果心中，林可彝是罗源革命的奠基人，在探寻罗源红色历史的过程中，林可彝的事迹不断震撼着他的心灵。

林可彝，1893年出生于罗源，为寻求救国之道，他先后留学日本、苏联，1923年成为第一个罗源籍共产党员。留学期间，林可彝利用回罗源探亲的机会，广泛宣传共产主义思想，赢得了罗源百姓的爱戴，林可彝还与友人创办了罗源毓秀小学，免费招收贫寒子弟，并亲自到学校讲课辅导。

1925年，林可彝奉调回国，曾与李大钊共事，并在北京的5所大学里任教，讲授《唯物论和唯物史观》等课程，向学生系统地传授马克思主义知识。他利用周末时间在平民大学主持马克思主义经济学说的讲座，并在北京、上海等地的10多种报刊上发表文章宣传马克思主义。他以笔为枪，发起了一次又一次进攻，林可彝笃定的共产主义信念，犹如黑夜中摸索前行时的明灯指引着一批又一批年轻人义无反顾地投身革命。

翠瑛怎样忆征夫，马革裹尸未裹吾。

乍看戎衣应苦笑，书生风度有耶无？

这首革命爱情诗是林可彝参加北伐战争武汉西征凯旋后，赠其夫人的。

1928年1月4日，时任武昌中山大学教授林可彝英勇就义，年仅35岁。

英烈的鲜血染红了天际，革命几度风雨兼程。当林可彝的灵柩运送到罗源时，罗源百姓自发涌上街头，伫立泣送。英灵虽已远去，他播下的红色种子却在罗源生根发芽。

1934年8月11日，一支衣衫褴褛却精神昂扬的军队沿着罗宁古道前往罗源，他们是寻淮洲、粟裕率领的中国工农红军北上抗日先遣队。为支持连罗党委提出的解放罗源城，将宁德、连江游击区连成一片的请求，先遣队决定攻打罗源城。

在林可彝的影响下，那时的罗源已经有相当多的群众接受了共产主义，1931年，罗源有了闽东第一个党支部。

得知红军抗日先遣队即将攻打罗源的消息，罗源百姓纷纷自发前来拥军、支前，承担了后勤支援工作，粟裕带领部队在罗源县游击队的引导下，快速挺进罗源城外的白塔村，石别区妇女主任带领一部分人走街串巷侦察敌情，使得先遣队对敌人的兵力部署、工事设置、地形地貌等方面都了如指掌，战事未开，胜负已决！

1934年8月14日凌晨，红军抗日先遣队仅用两个多小时歼敌千余人，俘敌300余人，收缴一大批军用物资，其中的轻、重武器有数百件。红军顺利解放了罗源城，这是红军抗日先遣队北上途中歼敌最多、影响最大的一次战斗。

粟裕曾总结，这场战斗，正是在罗源人民的全力支持下，事先进行详细的侦察，才以很小的代价全歼敌人。

罗源人在林可彝坚定的理想信念和人格魅力的影响下，早已渴望踏上了充满血与火的追求真理救国的道路。200多位热血男儿加入红军，踏上了北上抗日的征程。

15年后，1949年的8月14日，粟裕指挥的解放军第3野战军第10兵团再次解放罗源，林可彝烈士生前盼望的这一天终于到来。

1958年，罗源莲花山下，一座占地16亩的革命烈士陵园落成，林可彝等350位为解放罗源而牺牲的英烈忠骨位列其中。

在林修果和众多文史专家的共同努力下，罗源县政府整理了《罗邑春秋》一书，并将其列入罗源历史文化丛书。一个包括烈士文化园、故居和展览馆在内的爱国主义教育基地集群构成了一座传承红色基因的历史长廊，罗源人在这里回望历史，也让英烈精神烛照未来。

四

1953年8月的一天，一支由国家民族事务委员会派出的畲民识别调查组，悄悄住进罗源八井村，开始走家串户，对每户村民的民族身份进行细致的调研，年轻的陈元煦也参与到调查之中。

60多年后，年迈的陈元煦依然还能清晰地回忆起当时的情形。

经过3个月的调研，调查组从八井村的历史沿革、社会文化、风俗习惯等方面入手写出《福建省罗源县八井村畲民情况调查》。1956年12月，经国务院批准，正式认定畲族为单一的民族，并确定以畲族作为族称。

据史载，唐永泰二年（766），第一批畲族人迁入罗源，繁衍至今，罗源已经是全国畲族祖居地和主要聚居区之一，凤凰装成为畲族民族身份的重要标志。

每年农历的三月初三是畲族最重要的传统节日，这一天，罗源县霍口乡福湖村人头攒动，热闹非凡，上万名罗源畲民为观众奉上了一场别具风情的服饰文化盛宴，一些专家认为，畲族独具特色的凤凰装承载着这个民族的历史。

每逢重大节日，总能听到雷建银的畲歌，雷建银是罗源畲族山歌省级非遗传承人，《三公主的传说》是他经常唱起的一首叙事长歌。

根据歌中的唱词，凤凰装的前身是畲族始祖高辛帝的三公主出嫁时的嫁衣，后来演变为今天的凤凰装，凤凰装的头饰凤冠，是凤凰装最具民族特色的部分。

冠身像凤头，尾饰像凤尾，凤冠是凤凰的造型，凤冠上有一块圆银牌，前额下垂3个小银牌，这叫"龙髻"，表示是三公主戴的凤冠。

凤凰装色彩艳丽的纹饰几乎遍布全身，象征着凤凰美丽的颈项、腰身和羽毛，罗源畲族的凤衣边缘绣有五彩斑斓的花纹，纹饰多在衣服的襟角、襟边及领缘和袖口，在这些易损的部位滚边，并在滚边的基础上绣上美丽的花纹图案，使得罗源畲族凤凰装格外绚烂，与其他地区畲族凤凰装的朴素形成了鲜明对比，因此有"花边衫"的美称。1975年，罗源畲族服装就被国家民族事务委员会确定为全国畲族代表装。

相比较，罗源凤凰装比其他地区更华丽，有着宽大的花边，更重要的是，它保留了传统蝙蝠袖的样式。

罗源凤凰装与众不同的华丽，受到了广大游客的青睐，也让畲族人对自身文化价值有了更深的认知。

2012年，福建省民族与宗教事务厅授牌罗源为全省畲族服装保护基地，新一轮对罗源畲族服饰文化的挖掘、整理和保护被提上了日程。2018年，罗源"畲族服饰制作技艺"入选第一批国家传统工艺振兴名录。

近年来，以畲族民俗为依托，以"畲风海韵"为主题，罗源政府开始全力发展文旅产业，畲族古老丰厚的文化传统在被重新唤醒的同时，也让畲族人找到了新时代的历史定位。

五

在中国石雕界，素有"天下石，罗源工"的说法，曾经辉煌的罗源雕刻厂正是这一说法的缔造者。

20世纪70年代初，罗源安后村发现了福建省储量最大的叶蜡石矿脉，被命名为安后石，质地细腻、状如脂玉的安后石，是制作石雕工艺品的理想材料，罗源人抓住机遇，于1972年成立了罗源雕刻厂。

凭借精益求精的创作态度，罗源雕刻厂出产的香炉、镇纸等工艺品远销东南亚地区，罗源石雕一度成了罗源发展的金名片。这件罗源雕刻艺人集体创作的"九狮鼎炉"，通高1.28米，直径0.88米，香炉的雕刻融合了罗源雕刻技艺中的浮雕、圆雕、透雕、薄意、镂空等技法，并包含古兽、花鸟等元素，展现了罗源雕刻艺人们炉火纯青的刀工。1978年，"九狮鼎炉"荣获全国工艺美术"百花奖"，这是罗源玉雕博物馆的镇馆之宝。

这件获奖作品"九狮鼎炉"，让罗源雕刻工艺在国内开始声誉鹊起。

六年"香炉"的打磨，练就了全能型的"罗源雕工"。这座雕刻厂培养出来的石雕艺人对整个中国的雕刻行业影响深远，罗源人潘惊石在内的福州大部分国家级工艺美术大师都曾于雕刻厂工作过。

当人们去追溯罗源雕工精工思想的文化源流时，宋代学者陈善进入公众视野。

"百步穿杨始名善射，真可传者皆不苟者也。"（陈善）

罗源人陈善，生活于南宋高宗时期，传世之作《扪虱新话》15卷，载入清代《四库全书总目提要》，在中国文学史上拥有重要地位。

陈善强调文贵精工、诗以韵胜。他认为文章要不厌百回改，务必精益求精。

罗源栖云洞内的十八罗汉，是南宋罗源石雕艺术家陈曾缘依据佛教经典精心雕琢而成，是福建省早期石刻罗汉中现存最完整的雕像，刀法精妙、气韵生动，堪称宋代石刻艺术的巅峰之作。

千百年以来，陈善的思想早已融入罗源人的血脉，成为罗源人的文化自觉，罗源石雕艺人以刀为笔，用雕刻表现诗词书画的意境，形成了罗源独特的雕刻技法，拓展了罗源石雕的表现力。如今，罗源石雕产业中有石雕艺人近3万名，遍布全国各地，向世人展示着罗源雕刻文化的博大精深。

近年来，随着玉石资源日益枯竭，罗源雕工聚焦"俏色"工艺，潘惊石正是"罗源俏色石雕"的开创者之一。

俏色工艺的最大难度在于如何依色取巧。每一块玉石的花色纹理都是独一无二的，怎样利用这些花纹雕刻出生动的造型，考验着匠人们的手艺。

潘惊石利用玉石天然的颜色纹理雕刻了《盲龟浮木》这件作品，他巧妙地将木纹色部分雕刻成一段枯木，黑色石心则雕琢成一只随波浮沉的老龟，生动再现了佛经故事的情境。2016年，这件作品获得了中国玉石"百花奖"金奖。

潘惊石意识到，罗源石雕技术的传承，就是要弘扬精雕细琢的精神。

2019年5月23日，潘惊石受邀主持了罗源职业中学2019届雕刻艺术专业毕业生设计评审委员会的工作，工艺美术玉石雕刻专业是罗源职业中学最具特色的专业，潘惊石和一批罗源籍石雕艺人成为学校的客座教授，他日常讲授的《俏色雕刻的设计》课程，深受同学们欢迎，其他艺人也定期授课，帮助同学们学习雕凿、打坯、磨光、构思等雕刻环节。从2011年起至今，罗源职业中学已培养近千名学生，成为罗源石雕的人才基地。

利用传统工艺带动教育，进而促进产业提升，罗源人走出了属于自己的发展之路，罗源石雕这朵盛开在八闽大地的艺术奇葩，正在重塑它曾经的辉煌。

六

罗源湾海洋文明是罗源与生俱来的优势。罗源湾海域面积达240平方千米，是福建省六大天然深水良港之一，被誉为闽东"夏威夷"。600多年前，郑和7次下西洋，均驻泊闽江口外"伺风开洋"。

罗源县依托港口优势，打造以冶金建材产业为主导，集装备制造、新能源、新材料为一体的罗源湾千亿海港城。

2011年，从事钢铁工艺研究近30年的季志雷，被宝钢派往罗源基地。为填补国家冷轧产线的空白，2012年，挑战建设具有世界领先水平的四机架连轧、连退、连酸不锈钢冷轧生产线。

罗源宝钢德盛公司将原有几条独立的生产环节优化工艺后合并，既降低能耗，又提高效益。攀登一座未曾登过的科技高峰，这对项目组工艺技术总负责季志雷来说，是个挑战。

面对世界前沿的生产工艺技术，季志雷带领技术团队踏踏实实学习、消化、纠偏、纠错，历经2年多时间，项目正式投入运营。

在项目取得巨大成功的同时，他们将成功的经验毫无保留地与国内同行分享，推动了全国钢铁企业的技术改造和节能减排。为了保持长期的技术先进性，宝钢德盛公司专门设立了不锈钢技术中心。

2018年，宝钢德盛公司又迎来大发展，以物联网、大数据、人工智能为依托，建设世界一流的不锈钢和特钢为主的高端钢材制造基地。

宝钢集团将不锈钢产业合并到罗源基地，一方面引进国际先进技术，另一方面集团内部进行突破性研发，实现"智慧钢铁"。

钢铁是国家的重要战略性物资，科技的创新让这个传统行业焕发出勃勃生机。宝钢德盛从2011年起，投入近10亿元用于污染源专项治理和环保设施建设，实现了废水零排放，实现了传统项目的绿色制造。

在宝钢德盛环保管理技术员李潇达心中，千亿海港城代表着罗源人的进取，蓝天、碧海、绿树和青山才是罗源不变的底色。每逢休息日，李潇达都会背上画夹，去小村庄探望一群"神秘朋友"。

20世纪60年代，数只苍鹭从北方飞来，栖息在罗源湾深处一座始建于明清时期的古村落——濂澳村。善良的村民对苍鹭爱护有加，逐渐有更多的苍鹭蹁跹而至。

罗源湾湿地的大量海生物以及村后茂密的树林，为苍鹭的生活提供了良好的生态环境。如今，濂澳村已经有2000多只苍鹭在这里繁衍生息，与村民演绎了半世纪的人鹭情缘。

李潇达和小伙伴们用手中的画笔，绘出这群"神秘朋友"最美的仪态。

濂澳村村民与苍鹭的和谐共生，成为罗源湾一道亮丽的风景线，前来观鸟、拍鸟的游客络绎不绝。

罗源湾如今已成为东南亚最大的苍鹭基地。苍鹭是候鸟，每年11月份飞来，次年8月份离开。

陈世强和他的会员们用照相机记录罗源湾苍鹭的生活习性，当苍鹭迁徙离开濂澳村时，会员们上山整理并加固苍鹭的巢穴。

护鹭爱鸟已成为濂澳村代代传承的传统。这里的苍鹭一点儿也不怕生，无论在渔排岸边还是田间地头，总能看见苍鹭在人们身边嬉戏觅食。村里的老师还经常带领濂澳村中心小学的爱鸟小分队来探望苍鹭的家园，耳濡目染之下，孩子们养成了救护苍鹭的习惯。

2019年6月，首届"我与自然——苍鹭之美书画摄影展"于罗源文化馆开幕，现场300多幅作品向观众展示了"大美罗川"的生态之美，越来越多的人开始关注这群可爱的生灵。

依托罗源丰富的生态旅游资源，罗源县打造了"畲风海韵·大美罗源"品牌，新增逾5平方千米旅游生态区，陈太尉宫、林家旗杆林、古民居等历史文化景点也包罗其中。

一湾海色四面景，群山如黛绿如蓝。

罗源人在大力发展现代工业的同时，始终注重环境的保护与可持续发展，探索与大自然和谐共处之道，罗源湾千亿海港城的经验，正在成为可资借鉴的现代城市发展样本。

永泰·闽中庄寨（一）

引言

福建省永泰县的深山间散落着一座座民居建筑，人们称之为庄寨。永泰庄寨建筑群，是福建闽中山区一种具有防御功能的乡土建筑，集居住、防御功能于一体，同时也保留了鲜明的宗族文化，承载了当地农耕社会家族聚落的记忆。

永泰庄寨大部分是山寨，它们建于地势险要的高山之上，居高临下，易守难攻。但实际考察中，我们发现也有许多庄寨建于流经永泰的大樟溪两岸，这些庄寨周边常常没有山势依托，无险可守，那么，这样的庄寨又如何做到居住和防御并重呢？

一

永泰位于戴云山脉东北麓，大樟溪自西向东，深切永泰中部，形成长廊式谷地。地处闽中山区的永泰县，古时因交通闭塞，匪寇活动频繁，加之沿海一带屡遭倭寇侵扰和海盗劫掠，因此，永泰当地的民居建筑兼具居住和防御功能，被称为庄寨。

永泰庄寨中，厚重寨墙、跑马道、碉式角楼、斗形窗、射击孔等防卫设计一应俱全。同时，永泰先民们还将庄寨作为自己赖以栖息的家园，精心打造。完整的功能布局、雕艺精湛的石雕和木雕、大气的高挑厅堂、深厚的历史文化底蕴，这些都让永泰庄寨在我国古建筑民居中独树一帜。

据专家考证，历史上，永泰庄寨总量超过2000座，现存保存较好的共有150多座，体量之大全国罕见。这其中大部分为山寨，即建于地势险要的高山之上，依托地理优势增强防御能力。但是，考察组发现，永泰庄寨中有一部分是建在大樟溪沿溪的两岸。

作为承担着抵御匪寇侵袭任务的民居建筑，庄寨的选址尤为重要。大樟溪两岸一无山势可依，二无险可守，一旦出现匪情，匪寇来去自如。永泰先民为何会选择在这里建造庄寨呢？建于沿溪两岸的庄寨，在防御功能的设计上又有哪些与众不同之处呢？

为了进一步考察永泰庄寨的选址与建造之谜，考察组来到了永泰县西南部的嵩口古镇。

嵩口古镇地处五县的结合部，位于大樟溪和长庆溪汇流处的一二级阶地上，大樟溪如一条玉带般缠绕整个古镇。数千年前，就有先民们于此繁衍生息。

嵩口古镇作为永泰的南大门，大樟溪在这里拐了一个大弯，三个方向将古镇环抱其中，得天独厚的地理位置使这里成了闽中地区至为重要的水陆交通要塞和货物周转集散地。

永泰山区峰峦丛叠，自古交通闭塞。陆路运输主要靠人工挑运，山路崎岖险峻多有不便，因此货物运输以水路为主。

据《永泰县志》记载，大樟溪流贯穿永泰全境，永泰境内水面较窄，多急流险滩，全程有169处滩濑，其中35处为险滩孽濑。这里的"险滩孽濑"是指水流湍急，礁石密布，航道狭窄曲折，航行困难。干流仅一半里程可通木帆船，支流则多数只能结排筏运或散放流木，少数可通小舟。由此可见，永泰水路的自然条件十分恶劣。

福建省地质调查研究院高级工程师魏勇解释道，地处戴云山脉的永泰县，由于中生代侏罗纪和白垩纪大规模的火山喷发，加之新构造运动，地貌多呈沟谷深切，因此，在大樟溪中常常能看到岩石破碎，暗礁密布。

专家告诉队员，正因为如此，大樟溪永泰流域内，水势稍缓、暗礁较少、可装卸货物之处，便成了永泰先民聚集之地。

嵩口古镇码头作为大樟溪深入谷地的航运码头，为闽中水陆交通中心，是永泰山区的重要物资集散地。这里每月初一、十五都有赶圩风俗，由古代一直延续至今。嵩口古镇也因此地灵人杰，文教昌盛。

此时，队员观察到，嵩口镇古码头水流量并不是很大，从古码头的设计和装卸货的痕迹来看，以前的水位要更高，据当地人介绍，码头丰水期可以走船，枯水期只能放排。沿大樟溪支流顺水而下的竹子、木材，经过整理后沿着大樟溪运送到福州。

码头岸边不远处，一座异常高大的庄寨吸引了队员们的视线。

建于清咸丰年间的万安堡，占地面积4000多平方米，外观像一座城堡。当地人告诉我们，整个寨墙总高近10米，墙厚度超过了3米，非常厚实、坚固。

经历了数百年风雨洗礼，万安堡寨墙有些许斑驳的痕迹，但整体仍保存完好，气势宏伟。

队员发现，万安堡居然有两层斗形窗和射击孔，这是其他永泰庄寨中所不曾见到的。庄寨内设计有3层建筑，可进行双层防御，由此可见，庄寨主人对于防御是极为讲究和重视的。

来到万安堡内的跑马道，虽然已经荒废且被杂物给堵上了，但我们依然可以看到，这一层是斗形窗的下层，上层的斗形窗需要搭梯子上去观察。

向导告诉我们，万安堡寨墙厚实坚固，在当时，抵御匪患外侵时功不可没，而少有的3层建筑，也增加了万安堡内的居住空间。

庄寨居住与防御并重，寨门一关，固若金汤，危急之时，足以保境安族。匪寇袭扰嵩口镇时，四方民众入万安堡避祸。历史上，万安堡多次被土匪围攻，总能化险为夷，土坯墙上这些累累弹孔，就是过往岁月的见证。

然而，相比具有先天地理优势的山中庄寨来说，于无险可守的溪岸边建造庄寨，无疑会增加大量的建设成本。庄寨主人为何要坚持选址于此呢？

专家告诉队员，晚清时期，福州成为我国"五口通商"口岸之一，带动了永泰商品经济发展，由此也积聚了庄寨建设和宗族发展所需的财富。嵩口古镇得地利之便，收商旅之利，自古富庶，这或许就是庄寨主人选择将庄寨建于此地的一个重要原因。

嵩口古镇的天后宫建于清嘉庆年间，当时码头航运发达，往来的商人修建了天后宫供奉妈祖以祈求船行安全，可见当年永泰地区商贸之繁盛。

嵩口古镇的富庶，使这里成了盗匪的觊觎之地。向导告诉队员，除了建造坚固的寨墙外，永泰先民还会习武以自保。这一传统也成了永泰庄寨防御体系的一部分。

永泰县虎尊拳传人林德荣告诉队员，永泰是南拳的故乡，发源或流传至今的本地拳种有19种，有虎尊拳、白鹤拳、安海拳、檀家拳等。习拳可用来防身，保护家园。

永泰的虎尊拳是福建省七大拳种之一，借鉴山中猛虎的形、意、威、猛的特点，可以击爪入木、击掌毙牛，至今已有近300年历史。

虎尊拳取老虎凶猛为形象，以形为拳、以意为神、以节发劲、以气催力，拳势勇猛，劲力刚强，发劲凶猛。突出"以刚制刚"，见力生力，见力破力，刚极化柔，体现刚强凌厉的风格。

永泰历史上有好几位武状元，还有数十位武进士、武举人。武术之于永泰先民，不仅仅起到了强身健体和保护家园的作用，还为永泰习武之人开辟了一条科举致仕的道路。

二

通过对嵩口古镇的考察，考察组对流经永泰的闽江支流大樟溪有了初步了解。这条古时永泰经贸交通的命脉让永泰先民获利颇丰，并得以积聚起建造庄寨和宗族发展所需的财富。虽然由此引来了匪寇的袭扰，但是庄寨内部独特的防御设计与永泰先民习武自强的传统，使得这一独特的民居建筑群发挥出了最大的防御力量。

永泰庄寨的选址和建造还有许多令人意想不到之

处，永泰先民不仅仅在大樟溪两侧建造庄寨，甚至还把庄寨建在了溪中的岛上。这又是出于怎样的考量呢？

大樟溪梧桐段水面开阔，溪中央有一座孤岛。从高空俯瞰，整个岛形似静卧于水中的一颗巨螺，因此被当地人称为螺岛。

队员们乘坐竹筏过溪，只见大樟溪流到至此处便一分为二包围着小岛。左侧河道窄仄且略有落差，溪流湍急；右侧则水流平缓，水波浩渺。

眼前的螺寨显然已废弃许久，只剩下一个用鹅卵石垒砌的外轮廓和寨门。

螺寨主屋建于小岛顶端开阔平坦处，从岛上的植被来看，螺岛应该不是大樟溪的泥沙堆积区，而是溪里突起的礁石，浮土不厚，难长大树。螺寨屋舍早已荡然无存，大部分的寨墙砌石也所剩无几。但我们依然可以从墙基遗址中想象当年螺寨的规模，感受到螺寨主人在孤岛上建造庄寨的勇气和胆略。

队员们来到螺寨的第二个门，这个门正处于大樟溪的正下方。向导解释道，之所以螺寨于此设立一个门，一方面是因为此处位于一侧的高处，视野非常好；另一方面，因为是从这里前往大樟溪取水比较方便。

作为溪中孤岛，岛上的出行并不方便，生活物资也不易取得，为何庄寨主人当初会选择在这里建造庄寨呢？考察组决定到大樟溪流域的周边再考察一番。

专家告诉我们，大樟溪上游水浅，基本不能通航；从洑口至嵩口，水少滩多，多为竹排；嵩口至梧桐，水量始增，但在枯水期亦难行舟。梧桐以下，水量变大，才可常年通航。螺寨，修建于大樟溪梧桐段的起点，很可能是出于运送物资、贸易往来的需要。

考察中，队员了解到，大樟溪横贯永泰东西，有数十条支流。永泰先民将山中所产的木材、竹子、李干、茶油等顺着大樟溪的支流汇集到干流，货物可通水路直抵福州，返航时，再带回海货、油、盐、布匹、瓷器等物资。

魏勇老师解释道，永泰县地貌形态差异大，峰峦起伏明显，高山、中山带地势陡峻，溪沟成网，切割深，雨量多，地表水流速大。像大樟溪梧桐段这样良好的地理位置十分难得，这也是梧桐镇有码头、渡口的缘由。

或许正是因为大樟溪梧桐段的水势缓慢，暗礁较少，方便装卸货物，使得大量永泰先民汇聚于此，选择在这里建造庄寨。

距离螺寨数百米外的坂中街，已有数十年的历史。街道两边是统一建造的双层土木结构民居建筑，街道由石板铺就，与溪流大致呈"T"字形。当地的村民告诉我们，这里是大樟溪梧桐段货物集散销售中心，从留下的岁月印迹中可以感受到当时商贸的繁盛。据说这样的街道设计与当地的一户庄寨主人有关系。

庆丰庄也称坂中寨，位于梧桐镇椿阳村。考察组跟随向导前往庆丰庄，一路上空气中弥漫着浓郁的茉莉花香味，放眼望去，茉莉花田的尽头，是一栋墙堡巍然、方正庄重的巨宅，它矗立于大樟溪畔。

始建于清光绪年间的庆丰庄，占地近4000平方米。庆丰庄临溪而建，虽然视野足够开阔，却无险可依。一旦遭遇匪寇侵袭，庄寨将在劫难逃，该如何进行防御呢？

这时，庆丰庄寨墙上硕大的鹅卵石吸引了队员们的目光。每块鹅卵石尺寸接近，整齐划一，整堵墙高6至7米，非常壮观。外墙上的鹅卵石长度为30厘米，队员于福建南安市九溪村里考察时有见到类似的墙体，但庆丰庄寨墙的规模显然要大很多，并且鹅卵石的大小规格更整齐。

这些大型的鹅卵石应该是取自距此不远的大樟溪溪边，据说是因为砌墙而把临近溪边的鹅卵石都开采光了，只能从上游靠竹筏运来更多的石头。

仔细观察后，队员发现，庆丰庄的鹅卵石寨墙，虽然不及万安堡气势宏伟，但砌石的技艺更为精湛，干砌石缝丝丝入扣，严密厚实，牢不可破。

为了建造这个高大稳固的寨墙，据说庆丰庄主人在招募工人时，首选条件是"一餐能吃三大碗的干饭人"。因为垒寨墙所用的鹅卵石块大都上百斤，从溪滩里撬起来，再搬到工地，最后还要抬到墙上去，这是力气活，为了保证工程质量和进度，要找有力气的壮汉。

梧桐镇椿阳村村民陈秀丹告诉队员，永泰庄寨都是永泰当地匠人建造的，整块的鹅卵石搬到工地上后，再根据实际需要，将鹅卵石拦腰斩断，用天然河卵石密封干砌墙体，中间用小石块，采取错缝干砌贴面完成的寨墙，非常坚固。

队员看到寨墙的尽头便是碉楼，这是一座四角碉楼，作为平地上的瞭望哨，庄寨主人将碉楼建成3层，以确保碉楼是绝对制高点。为安全考量，碉楼上还架设防御土炮，从碉楼往外望，四周动静一览无余。

除此之外，寨墙上还留有斗形窗，布满射击孔，纵横交错，形成火力网。

队员们观察到，庆丰庄正门的寨墙，左右两边各有7个斗形窗，每个斗形窗都配了两个射击孔，这堵墙上共有14个斗形窗、28个射击孔。此外，大门上方另外设置了3个射击孔，专家解释道，不要小看这个射击孔，古时，用的铳都是散弹，覆盖面积好几平方米都有杀伤力，这样的设计加强了庆丰庄大门的防御能力。

从无人机航拍来看，庆丰庄背靠大樟溪，距离大樟溪数十米远，剩下三面都是较为平坦的田地，基本上无险可依，一旦匪寇来袭，完全依赖庄寨的防御能力。从庆丰庄大门留下的印痕来看，庆丰庄屡遭土匪流寇明火执仗围攻，但最终都能有惊无险。

当队员们进入寨门，准备继续探索庄寨内部的奥秘时，发现迎面出现的竟然又是一堵墙，而墙后的内院则是一个独立闭合的空间。

队员发现，内院的这堵墙，下面由鹅卵石垒砌，上面由夯土筑成，墙上也有斗形窗和射击孔，总高度比外寨墙略低，说明内院也具有一定的防御功能。像庆丰庄的这种"双寨墙"，是颇具特色的建筑设计。

村民陈秀丹介绍，这是之前的老院子，占地800多平方米；后来再建时，直接于外面建寨墙，扩建后的面积有近4000平方米；像这栋内院和寨墙之间的房子呢，建房时给匠人们居住，房子建好后，就给族人和帮工们居住。

永泰县传统村落与永泰庄寨保护与发展办公室主任张培奋告诉队员，类似庆丰庄这样"双寨墙"的设计，通常由父亲初建，儿子扩建，因此才会出现这样的建筑形制，这也是永泰庄寨的特色之一，像嵩口镇的成厚庄也是这样的情况。

队员们在内院的门上，依稀可以看见庄寨门额上面残留的灰塑、彩绘，它们依然艳丽，仿佛在诉说着庄寨主人曾经的辉煌岁月。

庆丰庄主人诚信经商声名远播。鼎盛时期，陈氏家族的生意甚至发展到了东南亚地区，而椿阳村坂中街便是为方便大樟溪梧桐段往来客商交易而设立的。

民间传说，庆丰庄主人因为在附近溪边捡到一个金脸盆而开始发迹，庆丰庄主人教导后人，这个金脸盆就是诚信。

岁月流逝，沧海桑田。大樟溪穿流而过，将深山之中的物资运往各地，也将永泰先民的生活与远方建立起了联结。竹排与船只装载着永泰先民的希冀出发，又满载着收获而归。

沿溪而建的一座座庄寨，历经数百年风雨仍岿然屹立，记录着随溪水浮沉的一段段往事，也见证着一个个家族繁荣发展的历史，它们是永泰先民们用心营造和守护的美好家园，也是永泰先民们用诚信与勤劳致富的见证。

三

沿溪而建的永泰庄寨，处处体现着当年建造者的智慧与巧思。透过这些独具特色的民居建筑，依稀可见永泰先民们在大樟溪溪流中搬货拉纤时坚韧不拔的身影。

永泰地貌以山地丘陵为主，高山深涧，交通闭塞，因此不少庄寨选择建在大樟溪畔，贸易交通线显得尤为重要。但除了高山之上与溪水两岸适合建造庄寨之外，还有一部分庄寨选择建在大山和溪流之间狭小逼仄的小盆地中。这当然是永泰先民面对特殊地貌时做出的必然选择。那么，选择在这里建造的庄寨又将呈现出怎样与自然融合的建造智慧呢？

永泰·闽中庄寨（二）

引言

永泰庄寨是福建闽中地区一种古老的民居建筑。庄寨与一般的村寨不同，村落主要承载的是生活功能，庄寨则是一种居住、防御功能并重的防御性建筑。这些庄寨具有传统聚落形态的独特性，也是一方地域文化的遗存。

据资料显示，永泰历史上曾有超过2000座庄寨，现仅存150多座。这些庄寨群的分布和选址呈现出明显的规律，庄寨主人依据不同的山形地势和自然条件，庄寨建筑的形态功能和营造技艺都呈现出不同的特点，这充分反映出建筑和自然环境之间相互依存的关系。

一

永泰县位居闽中，地处闽江支流大樟溪中上游，戴云山脉的东北麓。整个县域呈长廊形峡谷地貌，地势高峻，群山林立，海拔1000米以上的山峰有70多座。

古时，闽中山区交通闭塞，土匪活动频繁，而沿海一带又屡遭倭寇侵扰和海盗劫掠，因此，永泰出现了一种独特的民居建筑形态——庄寨。

永泰庄寨大都依山而建，充分利用天险可守的地理优势，例如"黄氏父子三庄寨"和"城寨"。还有一部分庄寨选择建于大樟溪两岸，以获取贸易之利，例如庆丰庄、万安堡。

永泰"八山一水一分田"，群峰耸峙，田地细碎，仅有山间小盆地可供人们生产生活，因此，还有一些永泰庄寨依据生产生活资料的场地位置选址，爱荆庄就选择建在大山与河流之间的小盆地上，这里虽靠近农田，但是四周平坦，无山峰庇护，也无大樟溪的贸易之利，庄寨主人在营造时，该如何考虑庄寨的防御设计呢？在永泰众多庄寨中，为何爱荆庄能够脱颖而出，获得世界瞩目呢？

为了进一步考察永泰庄寨的选址与建造之谜，考察组来到了永泰县同安镇。

远远望去，爱荆庄寨墙上的浅黄色石块与上端白色墙体搭配起来十分和谐。然而走近后，队员却发现，与此前考察的庄寨寨墙相比，爱荆庄寨墙垒砌的石块大小不一，且十分明显。

从小生活于爱荆庄的鲍坚，对故乡的一草一木极为熟悉。

鲍坚告诉队员，建寨时，先祖要求每次所有人路过溪边，都要带一块石头，小孩带小石头，大人带大石头，几个人就抬回一块更大的。远望寨墙，一粒粒浅黄色石头就像米粒一样，先祖名字鲍美祚，永泰方言是"米石"的意思，当地人就称这座庄寨为"米石寨"。

始建于清道光十二年（1832）的爱荆庄，占地5000多平方米，共361间房，整个建筑呈纵向长方形，寨墙尽头是对角碉楼。屋面飞檐翘角，层层叠叠，错落有致。虽建于平地之上，却显得气势磅礴。

爱荆庄的主人最早依靠养牛和给族人耕田起家，逐渐发迹，后来修建了这座庄寨。为了表达自己对妻子的尊敬和爱戴，便将此建筑取名为"爱荆庄"。

考察中，队员发现，爱荆庄通往碉楼的跑马道十分特别。

爱荆庄的跑马道与我们之前考察过的都不一样。和城寨是三合土的跑马道，绍安庄则是木楼梯的跑马道，另一侧通常都是居住区木隔墙，但爱荆庄的跑马道则是敞开式设计，是一间间的隔间，寨里人说，这些隔间按照不同的功能被划分为工作间、接待间、读书间，这样的设计最大的优点是充分利用了庄寨的空间，毕竟匪情来时还是少数。

碉楼是永泰庄寨防御的重要标志性建筑，碉楼上的斗形窗起到瞭望观察的作用，而射击孔则用于对敌人展开攻击。考察中，队员发现了爱荆庄碉楼的不同之处。

爱荆庄的碉楼有两个，一大一小，呈对角状，这里是爱荆庄大的碉楼，队员推测，这是因为这个庄寨只有一个门，大的碉楼就是门这一侧的。通过斗形窗，可以观察到爱荆庄两侧外墙，爱荆庄一面背靠小山包，另三面是水稻田，从碉楼斗形窗向外观察，视野很开阔。

碉楼是庄寨的制高点，通常都建造成三层楼，出于安全考虑，通常在第二层起，才设置斗形窗和射击孔，且二层和三层也有细微的分工。

爱荆庄碉楼的三层居高临下，视野较为开阔，但二层可以非常清楚地观察爱荆庄大门周边的情况。爱荆庄大门石台阶的设计非常巧妙，进大门前的楼梯呈"L"字形，这就意味着每一位来访者或者庄寨人进门，碉楼里的观察者都可以清楚地看到他的正脸，方便识别。

通过对进入庄寨的人仔细甄别，庄寨守护者对可能的匪情能够及时预判，这样的设计提高了爱荆庄的防御能力。

作为防御性建筑，人们日常进出来往的大门自然成为庄寨防御的重点。通常，永泰庄寨大都只设计一座大门，并重点监管。然而，向导告诉队员，距离爱荆庄1000米左右的仁和庄，竟然在大门的同一侧还开了两个边门。队员们决定前去一探究竟。

前往仁和庄的路上，队员们见到同安镇三捷村一处石台上，人们正在举行当地一种特殊的风俗仪式，村民们将有字迹的废纸逐一丢入"惜字坛"中焚化。

队员得知，这座"惜字坛"已有数百年历史。古时，永泰民居厅堂一角都悬挂一个字纸篓，所有有字的废纸均不许随意丢弃，每年农历八月统一送到"惜字坛"焚化。敬惜字纸的风俗背后，可见永泰先民对教育的重视。永泰人杰地灵，历史上人才辈出，与此不无相关。

仁和庄位于同安镇三捷村的一片谷地中间。此时正是秋收之际，一条小溪淌过寨前，四周田园环绕，视野开阔。

始建于清道光十年（1830）的仁和庄，占地6000多平方米，有300多个房间，可容纳数百人居住，是永泰规模较大的庄寨。

队员们很快就发现了一些特别之处。永泰庄寨的寨墙大都采用鹅卵石作为墙基，但是仁和庄的寨墙墙基却是青色的石块。

福建省地质调查研究院高级工程师魏勇解释道，永泰地区以火山岩为主，这种岩石学名叫辉绿岩，是火山岩的一种，具有高度耐磨性和耐腐蚀性，是上等的建筑材料。

由于整个仁和庄用石都采用青色的辉绿岩砌筑，当地人也将仁和庄称为"青石寨"。仁和庄由三兄弟建造，三兄弟年幼时靠磨豆腐和养鸭谋生，凭借勤劳与诚信，营造仁和庄时，已富甲一方。

仁和庄正面有三个门，一个正门两个偏门，但永泰庄寨通常只有一个正门，这是为何呢？专家告诉我们，仁和庄是三兄弟合建的大型庄寨，高峰时期里面能容纳两三百人居住，三个门也对应着三个厅，以满足人们生活、生产所需。

从高空俯瞰仁和庄，整幢建筑以"九宫格"形状布局，三间厅房三条轴线。专家介绍，仁和庄虽然开了两个侧门，但他们对门的防御是非常讲究的。

从石拱门的留痕来看，队员们判断这里原来也有一扇门，同时我们也可以看到这里有一个石孔，其他永泰庄寨的这个位置是一个注水孔，可以在孔里注入开水，一方面可以防火，另一方面可以攻击歹徒。但仁和庄情况不同，这下面还留有一处痕迹，原先应该有一个竖着的门挡，以确保前门的稳固。

考察发现，庄寨大门确实是防御的薄弱环节，仁和庄出于实际需要，不得已多开两个偏门，这也促使庄寨主人对大门的防御功能进行了精心设计，以确保庄寨的安全。

仁和庄的寨墙上安装着一种挂瓦，这在永泰其他庄寨中并不常见。村民告诉队员，这叫作"鱼鳞挂瓦"，它的作用是防水防火，且外形美观。这样的鱼鳞挂瓦，在永泰庄寨中常见于风火墙上，用于低矮的山墙上还是比较少见。它用竹钉来固定，竹钉是用老竹子炒熟后，再用白灰和黏土黏合起来的。

夯土寨墙经风吹雨淋极易受损，土墙上挂满了如鱼鳞般的瓦片，起到防风、防雨、防火的作用，延长了夯土墙的寿命。

除了强大的防御设计外，整个仁和庄的建筑高低错落、宽窄相宜，巧用自然环境和建筑技巧，延续着中国传统民居建筑的理念。

队员们还发现，前院庄寨寨墙的高度是低矮的二层楼，而仁和庄后院则是高大的三层楼。专家告诉我们，仁和庄修建于水稻田中，永泰先民选址讲究"后有靠"，故而房屋主人就自建高墙当作靠山。

无论是爱荆庄，还是仁和庄，它们的防御设施都十分巧妙并且实用。

让建于盆地之上、无险可依的庄寨依然拥有着强大的防御功能。坚固而安全的家园让永泰先民得以走出大山，在连通外界的大樟溪边安居，以获得更大的生存和发展的空间。

二

通过对永泰庄寨的考察，队员们发现，建设庄寨的难度除了初建，更在于后代持续的维护和修缮。永泰庄寨现存150多座，这种土、木、砖结合的大型建筑群如何经历数百年风雨保存至今？除了代代相传的精湛建筑技艺，永泰庄寨建筑中蕴含的文化凝聚力也是考察组想了解和探寻的内容。

作为永泰庄寨的代表，爱荆庄之所以能够脱颖而出，获得世界的青睐，除了其卓越的建筑特色以外，相信还有更多不为人知的奥秘。因此，考察组决定再次回到爱荆庄，希望有新的发现。

考察中，队员们了解到当年爱荆庄向联合国教科文组织申报时的一些情况。

申报之前，爱荆庄已进行了数年的修缮，像爱荆庄这样的永泰庄寨，木构建筑部分基本上是五年一小修，十年一大修。当时爱荆庄的修缮工作得到鲍氏各房族亲的大力支持，共筹集到近400万的修缮款项，按照文物部门"修旧如旧"的指导意见，对爱荆庄的房间、跑马廊、走廊等地方进行了保护性维修。

考察组于永泰各庄寨考察中发现不少庄寨的木构建筑因年代久远已受损严重，各庄寨后人也都积极参与到修复工作当中。然而，当地人在修复庄寨时却坚持"不设计、不招标、不外请、不外买"的原则，这让队员们有些费解，难道是各庄寨用这样的方式来节省投入？这样的做法能够保证修复的质量吗？

爱荆庄内，队员们见到一位工匠正忙着，通过交流得知，他的木雕手艺是从祖上留传下来的，永泰的木雕讲究一刀切，木雕的线条整体一气呵成，无须漆绘，当地人称之为"清水雕"。

张培奋告诉队员，永泰庄寨都是本地匠人营造的，匠人们被称为"永泰工"，老宅子让村民参与工程施工的管理、监督，族人和老工匠开展长期的"陪伴式"修缮，让1元钱发挥了5倍作用。花最少的钱、用最好的料、上最细的工，还能确保工程进度和质量。

庄寨是永泰先民世代安身立命的地方，因地制宜、就地取材的观念深深植根于永泰先民的脑中。由于营造庄寨的时间周期较长，且选址分散，庄寨主人往往采取就近用人的原则。日积月累，永泰大部分乡村都有建筑好手，匠人们利用当地的石材、木材，用自己的双手营造家园，同时，大量的建设资金给永泰匠人带来丰厚的报酬，邻里、宗亲、族人之间的关系也因此更加紧密。

考察中，队员们通过修缮好的跑马道，在爱荆庄后院的小坡上，见到了一栋三层楼建筑。

鲍坚告诉队员，这栋木构建筑是爱荆庄的女眷楼，楼上除了居住功能以外，还设有女红的房间，就是专门用来做针线活的地方，还设有女子书院。

爱荆庄在百余年前便设立了女子书院，这种对女性受教育权利的重视以及优良家风的传承，对后代子弟也具有深刻的教化作用。

鲍坚依稀还记得，小时候生活在爱荆庄，当时这里是书院，每天早上天不亮就要读书，那时觉得很辛苦，长大了方觉得能拥有这样的教育条件是十分幸运的事。

"月桂无根种出诗书甲第，黄金有脚行来勤俭人家"，这句楹联显示出庄寨主人对后世子孙的劝导和殷殷期望。庄寨主人通过经济上的奖励和支持，鼓励和引导后世子孙耕读两不误。历史上，永泰庄寨也上演了许多"鲤鱼跃龙门"的佳话，可见庄寨家族文化影响之深远。

队员们发现，爱荆庄之所以选址于此，主要是因为周边均是较为平整的农田，人们生产、生活比较方便。同时，相对平坦的地形，也使得爱荆庄具备了一项特殊的防御功能——团体防御。

专家告诉队员，建于盆地之上的庄寨，周边往往是人口较为集中的村庄，聚居着更多的村民，一旦有匪情，村里人便鸣锣预警，同时进入庄寨避祸，与庄寨主人共同御敌。正是平日里庄寨和村中族人互助互济，才构筑起了永泰地区村落和庄寨之间一体的防御力量。

考察中，队员们发现永泰很多庄寨都是夫妻、父子、兄弟齐心协力创业发家的结果，庄寨的保存和修缮也是依靠家族的力量才得以延续。那么，凝聚庄寨族人的文化力量究竟是什么呢？

跟随向导，考察组看到了爱荆庄保存的大量文书，这些文书记录下了爱荆庄过往的大事，以及营造和修缮的详细记录。

鲍坚指着爱荆庄的一层示意图，他告诉队员们，图上有5个颜色，其中红色部分散落于爱荆庄的各处。这是房屋主人以房屋登记地点、宜居程度作为考量，将房屋总价值平均分为5份，通过抓阄的方式分给5个孩子，并形成分房的文书，这样的文书被称为"析产阄书"。

庄寨主人采取这种公平、公正的处置财富的方式，潜移默化地影响着后世子孙的处世之道，同时也大大增强了家族的凝聚力。

永泰庄寨之所以兴盛，与当时永泰宗族文化传承密切相关，永泰先民将家族内公平公正的处事原则运用到商贸往来上，很多庄寨都流传着先人守信为商的故事。

千百年来，在与自然的相处过程中，永泰先民逐渐形成了先进的建筑理念、崇文重教的思想和公正诚信的处事原则，成了永泰庄寨文化的核心凝聚力。

永泰注重宗亲文化，近年来，虽然许多居民都搬离了庄寨，但宗族血脉的观念依然维系着庄寨人们之间的关系。只要有时间，迁居在外的庄寨人都会回到爱荆庄与族人聊亲情，谈谈爱荆庄的修缮和家族里的事。

藏在深闺人未识，撩开面纱惊八闽。

永泰庄寨镌刻着清晰的历史脉络，蕴含着厚重的文化沉淀、散发着迷人的人文魅力，它们是研究中国南方防御民居建筑的活化石，也是中国"家文化"的珍贵范本。

曾隐藏于山水之间、蕴含着家族风骨的庄寨文化，正以其得天独厚的历史和独特的人文魅力，吸引着世人的目光。

三

作为拥有数百年历史积淀的中国传统民居建筑，永泰庄寨中蕴含的人文地理奥秘远不止这些。

我们试图通过对这一建筑的形态功能、营造技艺等方面的考察和展示，探讨其建筑文化和环境因素之间的关系，为全面认识和了解永泰庄寨提供一个新的视角。永泰庄寨所拥有的文化价值和旅游特色，以及如何延续它的生命力，将是未来我们持续关注的内容。

第二章 泉州篇
丰泽·滩涂蚝村

引言

说到生蚝，相信大家都不陌生。作为海鲜的一种，它鲜美的味道令无数食客垂涎。其实，生蚝不仅味道鲜美，就连蚝壳也有特殊的作用，那就是作为盖房子的建筑材料。

用蚝壳建房子，在唐代的古籍中就有记载。时至今日，在我国东南沿海地区偶尔还能见到蚝壳屋，例如广东的江氏大宗祠外墙就是用一个个蚝壳砌垒而成。而在闽南沿海一座修建在沿海滩涂之上的村子里，就有100多座房屋全部用蚝壳建成，这些蚝屋历经数百年的风雨，至今依然坚固如初。

一

蟳埔村是泉州市丰泽区东海镇的一个渔村，位于泉州湾晋江市方向的入海口，是古代刺桐港的海路要津。这里至今还保留着100多座大大小小的蚝壳屋。大面积的灰白色蚝壳，与花白色岩石、红色砖墙构成了一幅幅色彩对比强烈、富有美感的图案，墙上的蚝壳宛如片片鱼鳞，十分好看。这些颇具特色的贝饰古民居，构成了闽南沿海传统民居中的一道独特风景线。它的历史最早可以追溯到唐宋时期，至今已历千余年光阴。虽然历经海雨天风的侵蚀，但这座滩涂上的蚝壳古村至今仍能完好保留原貌，不得不说是一个奇迹。

蟳埔村地处晋江的入海口，千百年来大量泥沙淤积于此，形成大片滩涂，当地人就在滩涂地上建起了村庄，营造了大量蚝壳厝。这里随处可见规模不一的蚝壳厝，都建造得错落有致。房屋之间的石巷曲曲折折，两边竖立着用蚝壳搭建的墙壁，吸引着考察队员的目光。村民黄荣辉告诉队员，房屋的形状有好几种，比如清代的蚝壳屋是从地面开始搭建，但村民们发现地面太潮湿，于是使用石头进行垫底。

队员们发现了一堵残墙，从红砖风化的情况看这座蚝壳厝已经有数百年的历史。蚝壳厝的墙从外侧看似乎只是一层装饰，但从横截面看，却发现里面只有少量的碎砖、碎石和用于粘蚝壳的黏土，其余材料均是蚝壳。队员们撷取了其中一个蚝壳，它的长度达25厘米，队员把手掌张开的长度都没有蚝壳长。大家又测量了一下墙的宽度，约为40厘米，当地人称为"尺二"墙。墙里的蚝壳用量大，村民们仅从这堵残墙里就收集了大量的蚝壳，由此可知，历史上300多座蚝壳厝的蚝壳用量是非常惊人的。

穿行于蟳埔村，队员们迎面可见衣着鲜艳、头上戴插花的村民大姐。她们穿着大裾衫、宽脚裤，挑着担子，展示着独特的当地风情。向导告诉队员，闽南人称这些身着独特服饰的村民为蟳埔女。蟳埔女通常会将头发盘起来，梳得像船帆；发卡左右各一根，代表船上摇橹的船桨；一根红头绳盘在发髻里代表船上的缆绳；再插一根银钗，代表船上的锚，寓意一帆风顺。

在与村民大姐的交谈中队员们得知，蟳埔村村民家家户户都有蚝田，采蚝、剥蚝、卖蚝就是村里的主要营生之一。听闻下午退潮后大姐要到蚝田作业，考察组在征得同意后决定前往蚝田一探究竟。

蟳埔村的蚝田距离村庄约500米，位于晋江出海口一侧的滩涂上。到达海边滩涂后，队员们穿上事先准备好的长筒雨靴准备进入蚝田，但在下到滩涂后才发现寸步难行，因为雨靴都陷到淤泥里拔不出来。同行的专家解释说，泥水与雨靴接触后产生了附着力，因而"吸"住了雨鞋。这时，热情的村民大姐给队员们送来的滩涂作业袜帮助大家解决了这一难题。

在观察蟳埔女的蚝田作业时，队员们发现附着于石块上的生蚝黏性非常强，需要用巧力才可以将生蚝完整地剥离下来。同行的专家告诉队员们，生蚝在幼年期能随海流漂动并寻找物体附着。一旦找到适合的岩体，便会分泌出酸性的黏液，将自身与岩体粘合为一体，终生不再移动。

专家告诉队员，蟳埔村周边水面是晋江的出海口。涨潮是海水，退潮又涌进来大量淡水，是咸淡水交汇处。这里有大量生蚝喜食的细小浮游生物，故而本地生蚝与其他地方的生蚝相比，口味更加鲜美。然而即使是本地蚝田里的生蚝，其蚝壳的大小也完全无法和营造蚝壳厝的蚝壳相比，那么上百座蚝壳厝使用的蚝壳究竟从何而来呢？

村民告诉队员这些蚝壳可能来自深海，但这也让考察队员产生了新的疑问，为什么大蚝壳在滩涂地的蚝田里难以见到踪影呢？

考察组跟随专家来到距离蟳埔村数千米外的洛阳桥。队员们于洛阳桥下发现一堆蚝壳，它们体积较大且与蟳埔村的蚝壳尺寸接近。常年从事海洋贝类科考工作的厦门大学教授柯才焕判断这是香港牡蛎，因为这里是洛阳江的出海口，与蟳埔村所处的晋江出海口较近，而且牡蛎苗在海里活动范围很大，所以可推断蟳埔村的生蚝也是香港牡蛎。

在石桥边的一个小码头上，队员们看见一位大姐正用海水清洗刚刚采上来的生蚝。村民说这是刚刚采下来的生蚝，大概生长了四五年，但是在蟳埔村周边大家没有见到类似的生蚝。柯才焕教授告诉队员们，贝类消亡的原因非常复杂，病毒或者地质运动、地理环境变化都有可能造成其消亡。之所以于洛阳桥下发现类似的蚝壳，是因为千百年来洛阳桥桥底贝类的生存环境基本没有发生变化。

同行的向导告诉队员，长期以来，蟳埔村大多数人都从事和渔业有关的活动。尤其是生蚝贸易，自古有之。距离蟳埔村数百米外的江口码头是宋元时期泉州港至为重要的码头之一，涨潮时两边都在装运货物，退潮时就用台阶搬运。柯才焕教授告诉队员，从目前的资料来看，蟳埔村周边应该有个生蚝礁群。当地的人们利用码头带来的便利，以及娴熟的捕鱼技术将海中的生蚝采集上岸。由于蚝壳较大且重，因此不便于往来运输，取肉之后常常被丢弃在码头。然而正是这一行为，给蟳埔村带来了意想不到的收获。村民们大量收集被丢弃的大蚝壳用于营造房屋，使蚝壳摇身一变成了当地独特的建筑材料，这显然是古泉州港带给蟳埔村村民的独一无二的福利。

蟳埔村蚝壳厝使用的是较大的蚝壳，那么本地蚝田出产的小休形蚝壳是否也能作为建筑材料呢？带着这个疑问，考察组跟随专家来到距离蟳浦村约35千米外晋江市东石镇的一家加工厂。

这是当地一家较大的蚝壳收集地。放眼望去，这里的蚝壳堆积如山。当地的人们会将小的蚝壳磨成粉，当作土法的混凝土使用，闽南地区的人们至今仍在沿用这项传统工艺。蚝壳的主要成分是含有胶结特征的碳酸钙，在压力和水的作用下它们特别适合充当建筑黏合剂，并且时间越久黏合得越牢。蟳埔村墙体缝隙的填充与黏合都是使用当地的蚝壳粉作为黏合剂。

回到蟳浦村，队员们看到村民正修缮一堵蚝壳墙，年近六旬的黄中宝师傅建造和修缮蚝壳厝已有30多年，他为我们道出了建造蚝壳厝的秘密。首先，建造蚝壳厝要对蚝壳进行筛选，分出上盖、下白之用；其次，外墙和内壁要同时砌，且要内外交义才能避免蚝壳脱落。

专家告诉队员，蚝壳呈鱼鳞状以宽面向下整齐垒砌，砌筑时凸面向外可以方便雨水下泄，避免了雨水浸入内墙因而能保持室内干爽。同时，蚝壳凹凸不平的表面在日照下可以形成大片的阴影，从而起到隔热效果，因此蚝壳墙又被称为"凸砖遮阳墙"。对于蚝壳的硬度和抗风化性，黄中宝师傅认为蚝壳本身硬度大，且主要成分就是碳酸钙，因此不易碎且不怕虫蛀和腐蚀，所以本地素有"千年砖，万年蚝"的说法。

蚝壳不怕渗水和虫蛀，不惧海风的侵蚀，堪称优良的建筑材料。闽南的沿海居民将小蚝壳磨粉制成墙体黏合剂，将大蚝壳直接用作建造房屋墙体的材料，无不体现着他们的智慧。

泉州优越的地理位置、丰富的海洋资源，以及像蟳埔女一样踏实肯干的先民，共同创造了闽南地区的海洋文化。一座座独具特色的蚝壳厝，不仅仅凝聚着沿海人民独特的生存智慧，更记载着"海上丝绸之路"的灿烂文明。

二

极具海洋文化特色的蚝壳厝，在海雨天风之中傲然矗立于滩涂之上，勾勒出一幅昂扬开拓的生活图景。海洋滋养着人们的生活，也锻造着人们的拼搏意识、创造精神。泉州湾这座蚝壳渔村的过去和未来，深深烙印着闽南先民"爱拼才会赢"的性格底色。千百年来，这种性格一直深深地影响着闽南沿海百姓，并成为当地的人们砥砺前行的精神源泉。

《地理·中国》栏目《滩涂蚝村》节目于2023年3月28日在CCTV-10首播

晋江·古厝探奇（一）

引言

我国疆域辽阔，自然环境多种多样，各个地区的气候状况、地域风貌、自然资源不尽相同。各地的传统民居建筑以其特有的外在形式、浓厚的地域特点和丰富的文化内涵向人们展示着不同自然环境下人与自然的关系，福建东南沿海的红砖古厝就是其中的代表。

闽南语中"厝"就是房屋的意思，红色则是中国古代建筑中一个特别的颜色，通常用于皇家建筑中，极少出现在民居建筑中。然而闽南红砖古厝却是以红砖为墙、红瓦为顶，而且其气势非常宏大，装饰也非常精美，颇具中国传统礼制规范。这使得它在闽地民居建筑当中自成一派。那么闽南人为何如此偏爱红砖建筑？红砖古厝为什么会集中分布在福建省东南沿海一带？

一

红砖古厝主要分布于福建省泉州、厦门、漳州等地。它以红砖为墙，配以飞翘的燕尾脊以及精美的砖雕、木雕、石雕、筒瓦，是福建闽南先民将中原砖木建筑艺术不断创新改进并推向极致的产物。

闽南红砖古厝中以庙堂类建筑最为常见，最能体现崇宗敬祖这一精神的便是宗祠和家庙。位于福建省晋江市的庄氏家庙是现存红砖古厝中年代最久远、保存最完整的建筑，为解读红砖古厝的历史提供了最佳样本。

据中国民俗学会会员粘良图介绍，庄氏家庙屋檐片瓦上都盖有筒瓦，这本是古时皇宫的一种标志，民居一般不能使用，这不符合古时规制。但是传说唐末五代时，闽王王审知的皇后黄惠姑的家位于闽南临海之地，因房屋简陋，大风大雨常常令住所茅飞屋塌，闽王恩赐皇后"汝府上皇宫起"。于是，泉州府滨海各县便纷纷仿皇宫式样建造大厝。

传说虽然难以考证，但却让我们对红砖古厝的身世愈发好奇。闽南靠近海洋，海风的袭扰和海水中盐分的侵蚀，对建筑的保存是极大的考验。闽南现存的红砖古厝历史最悠久的可追溯至明代，其外墙至今仍鲜亮如新。砖作为较易风化的材料，是如何做到兼顾美观和稳固的呢？红砖古厝中大量精美的木雕装饰又是如何抵挡住千百年来滨海地带的潮湿气候呢？带着这些疑问，考察组跟随专业人士来到了福建省泉州市进行考察。第一站，大家先来到了距离泉州市区15千米外的晋江五店市。

五店市的红砖大厝气势恢宏、错落有致，流光多彩的燕尾脊参差交错，像极了一座座宫殿，这里保存着福建省面积最大的闽南古厝群。在这之中，有一座明代建筑格外引人注目。那就是闽南地区保存较完好的红砖古厝——庄用宾故居。这栋历经400多年风雨的大宅，如今布满了岁月的印痕。

晋江自唐开元六年（718）置县以来一直是泉州府的首邑，五店市也逐渐成为晋江一大集市。庄用宾故居位于晋江青阳山上，坐北朝南，明显带有明代建筑特征。其脊顶、燕尾状的脊角与清代、民国的大厝相比较略显平直，红色条砖叠砌的山墙上微微露出的椽头、屋顶瓦垅间的瓦松，都见证了古厝经历的历史风霜。

专家告诉大家，闽南周边丰富的生土和杉木资源

福建纪行·泉州篇

为初到这里的中原人提供了建造家园的原材料。在多年的反复实践中，他们结合当地环境将兴盛于中原的砖窑技艺发扬光大，又充分利用榫卯构造修建起一座座红砖古厝。

队员们仔细观察了庄用宾故居，发现大宅墙体所用的红砖非常有特色。虽然历经数百年但仍带有包浆式的光泽。除了外墙，陶制花枳窗及地面也都是由红砖制成，正方形、长方形、六角形等应有尽有。这令大家对闽南一带古老的红砖烧制技艺产生了极大的兴趣。

红砖古厝建筑专家范清靖老师有着10多年从事红砖古厝建设管理经验。跟随范老师，队员们来到了一家距离五店市10千米以外的古法烧制红砖窑。曾连枝是这间古法砖窑的主人，他有着近30年的从业经验，谈及闽南红砖独特的烧制工艺，曾连枝如数家珍。

队员们到达现场时，正逢窑口两边师傅添加木材烧窑。此时的砖窑洞口仅留下一个狭小空隙用于将薄型板材塞入窑口。曾连枝告诉队员，最初几天是将大树根放进去烧，小火慢慢地将窑里的砖瓦初坯脱去水分。等到水分全部排出，便就将窑口再缩小，再用木屑来烧，直至烧窑完成。这样的工艺确保了窑里的砖瓦烧制时充分脱去水分，烧成的砖瓦硬度够且不易碎。

为了更好地观察砖窑的结构和造型，曾连枝领着队员们进入了隔壁一个闲置的砖窑。他说，由于一窑中常常是墙砖、地砖、片瓦、筒瓦一起烧制，要确保全窑的砖瓦质地良好、色泽均匀，如何摆放是门学问。为了近距离观察砖窑排气口和烟道，队员跟随曾连枝来到砖窑顶上。三层楼高的窑顶，只有简易的石台阶，爬石台阶对于已习惯了的曾连枝来说十分轻松，而队员们觉得则觉得异常吃力。曾连枝告诉队员，烧窑时需要经常上窑顶观察，一是查看烟道是否畅通，二是观察排气口的水汽排放情况，以此判定烧窑的进度，从而确保窑内砖坯渐进式将水分排出、排透，否则会导致出窑的砖瓦较脆且硬度不够。

闽南地处滨海，风大且潮湿，红砖烧制过程中，保持足够的硬度是建造红砖古厝最重要的条件。除了烧制工艺上的精准把握，砖坯原料的选择也十分重要。

从砖窑顶下来后，队员们发现不远处车间里整整齐齐地摆放着砖坯，这些青灰色砖坯表面非常光滑，质地细腻。曾连枝说这些砖坯的原料来自本地土壤。红壤在闽南地区分布广泛，而泉州地区的红壤因颗粒小、杂质少、黏性强，成为制砖匠人的首选。

泉州地区烧制出来的红砖在刚出窑时，呈现出来的颜色是红中带紫。然而经过多年风霜雨露的侵蚀后，红砖颜色会出现"返红"的现象，使得颜色倍加鲜艳。因此，明代庄用宾故居所用的红砖虽经岁月风霜却鲜亮如新，这也应是闽南人偏爱红砖的缘由之一。

考察中，队员们发现红砖古厝附近立着几个石头墩子。这些石墩看起来已有些年头，粘良图告诉队员这是明代或者清代留下来的石碾。这些石碾是由闽南当地的一种名为晶洞花岗岩的石头所制。晶洞花岗岩是一种二氧化硅含量很高的特殊花岗岩，它是由地球深处黏度极高的岩浆所形成的。由于在冷凝过程中岩浆里的气体无法释放，因此在固结后岩石中的气泡会形成圆形的晶洞，故而得名晶洞花岗岩。这种花岗岩硬度高，非常适合作为器具或者建筑用的石材。

如此坚硬的石材，要是能跟红砖一起作为建筑的材料，则既美观又坚固，而充满智慧的闽南人也早已想到了这样的办法，这也是闽南红砖古厝的另一大特色——出砖入石。

根据当地传说可知，闽南工匠采用砖石结合的方式建造红砖古厝源自明万历年间的一次大地震。闽南的能工巧匠们在震后就地取材，利用废墟中形状各异的石块、碎砖瓦交错堆叠，构筑墙体，创造出了"出砖入石"这种独具特色的砌墙方式。但即使是同样的"出砖入石"技术，在闽南地区不同的红砖古厝里，也有着不同的呈现方式。

专家带着队员登上了附近的灵源山，山上裸露出的石块与队员们之前见到的石碾所用石材一致，都是晶洞花岗岩。原晋江市地方志办公室主任蔡长安告诉队员，灵源山下有个村庄叫作灵水村。灵水村地面的表面土层非常薄，只要往下挖一米就能发现这种晶洞花岗岩，所以村民一直以来就是挖掘地下的石头来作为建筑材料，特别是用于砌墙。

红砖古厝"出砖入石"的墙体设计理念的初衷是就地取材、充分利用建筑废材，节省建房开支，却在无意中产生了一种红砖白石色彩对比强烈的不规则之美，闽南人以"金包银""鸡母生鸡仔""百子千孙"等寓意吉祥的名称描述这一景观。而今，"出砖入石"的建筑方式不仅增加了红砖古厝墙体的抗风化能力，也有效地抵御了台风和雨水的侵蚀，它也因为独特的审美意趣而成为中国民居建筑艺术中一道独特的风景。

专家告诉队员，闽南地区没有石灰岩，因此没有生产水泥的原料。但智慧的闽南匠人却找到了替代品，他们将海边的牡蛎壳磨成粉，当作土法的混凝土使用。至今，闽南地区修缮古厝时，人们还在沿用牡蛎粉黏墙这一传统技艺。

晋江市东石镇二乡埕边村村民陈清源告诉队员，牡蛎壳要经过7天炭烧、发酵后才能用于红砖古厝的修建。经过石磨的牡蛎壳会比较细，加水后再进行搅拌，其黏结性最好，且时间越久，黏合越牢。

临近中午，好客的村民特意为大家烹饪了几道牡蛎制作的美食。鲜香的牡蛎粥和让人食欲大增的牡蛎煎蛋令大家垂涎欲滴。这一带海域自古以来牡蛎产量大、味道好，是渔民们重要的经济来源和常见的菜肴，而牡蛎壳也被用作建筑黏合剂，可谓一举两得。

二

红砖白石双拨器，出砖入石燕尾脊，雕梁画栋皇宫式。这或许是对闽南红砖古厝、与环境和谐共生的乡土民居最贴切的写照。作为无数闽南人繁衍生息的安居之所，红砖古厝不仅予人们一处栖身之地，更是将一抹乡情永远镌刻在这坚固、温暖、充满生气的古老建筑里。

《地理·中国》栏目《古厝探奇》上集节目于2022年8月18日在CCTV-10首播

晋江·古厝探奇（二）

引言

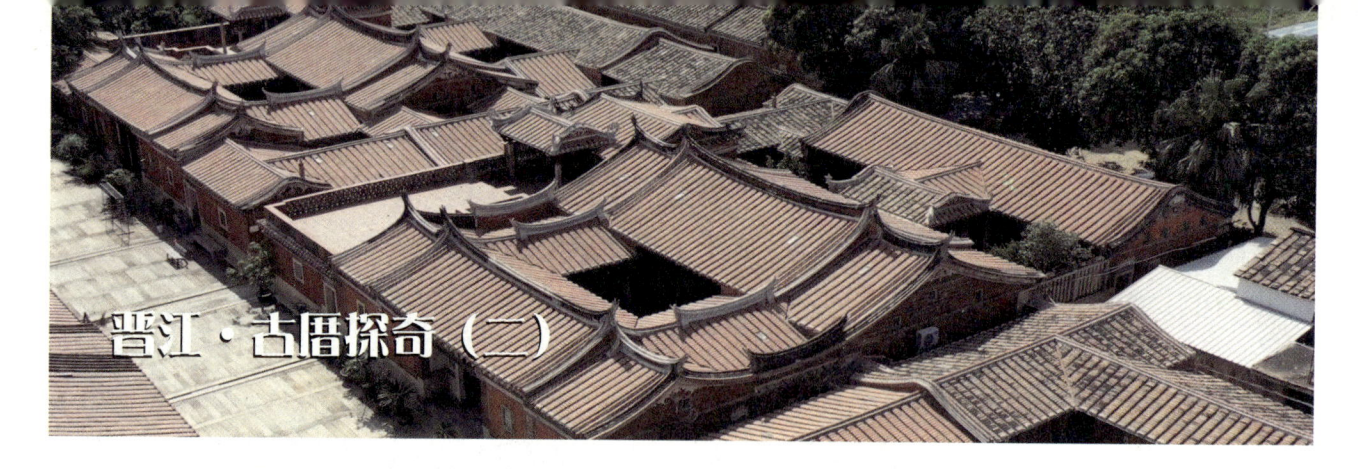

闽南地区山峦起伏，丘陵、河谷、盆地错落，地形各异，作为中国传统建筑的瑰宝，成片的红砖古厝群分布其间，有的依山就势，有的傍河而居，有的临海而建。红砖古厝是砖木结构，柱椽一旦受潮腐朽，房屋就会面临坍塌的危险。那么，古人建造红砖古厝时在选址、选材、建筑工艺方面采用什么方法来克服闽南潮湿的环境，才使得闽南红砖古厝历经数百年而无恙，成了中华传统民居当中的一个传奇呢？

一

漳州寮村位于福建省南安市官桥镇，这是一个距离海边数千米、地处闽南丘陵地带的古村落。蓝溪干流横穿镇区腹地而过，周边丘陵山地和溪谷盆地星罗棋布。村中的蔡氏古民居建筑群占地面积1.53万平方米，系清末旅居菲律宾华侨蔡资深历经数十年建造，迄今尚存宅院10余座，共计大小房间近400间。蔡氏古民居宏大的规模吸引了众多专家和学者的关注。作为闽南红砖古厝中具有代表性的建筑，也许从那里能寻找到更多闽南红砖古厝独特的营造技艺。

来到蔡氏古民居，首先映入眼帘的就是宽敞整齐的条石铺就的广场和通道，这些条石被当地人称为石埕。专家介绍道，闽南地区绝大部分的红砖古厝群都像蔡氏古民居一样，使用条石来铺成通道和房屋之间的空隙，这样厚实的条石正是于闽南分布很广泛的晶洞花岗岩。晶洞花岗岩的特点是硬度高，作为地面用石材具有耐磨、耐腐蚀的功能。

官桥镇年平均降水量约1200毫米，作为红砖古厝之间通道的石埕的设计，可以在雨天迅速排水，对于保持红砖古厝外部的干燥功不可没。

向导告诉队员，闽南人建造房屋时的选址和布局，很重视与当地地理环境的结合。一般来说靠山、向阳、面水是闽南民居建造的基本原则。然而，中国最大面积的红砖古厝群缘何集中分布在闽南始终是萦绕在队员们心中许久的一个谜团。福建省地质调查研究院高级工程师魏勇认为，要想了解红砖古厝的身世，需要先走出古厝，对它所处的闽南一带的山形地势做一个大致了解。于是，考察组跟随着魏勇来到了距离蔡氏古民居约150千米外的锅子崶山。

当一行人爬到海拔1200多米的锅子崶山顶时，远处层层叠叠的青山碧岭清晰地映入眼帘。远处的高山是博平岭山脉，犹如一道天然屏障。屏障的东南面即闽南，虽为丘陵地带但有小面积的平原，适合红砖古厝的建造。而屏障的西北面以山地为主，平地稀少，客家人便在此建造土楼。同时，博平岭山脉用它1500多米的高度挡住了东南沿海过来的台风和暖湿气流。滞留于闽南丘陵地带的水汽使得包括蔡氏古民居在内的广大地区气候湿润、雨量充沛，一年里有数月异常潮湿。那么，智慧的红砖古厝营造匠人是如何做到防潮防湿气的呢？

在专家的建议下，考察队员用设备测了一下古厝大门的朝向，结果发现古厝大门没有选择正南向而是略偏。专家认为这应该是千百年来红砖古厝设计者的巧思，因为闽南地处亚热带季风气候区，夏季午间炎热，这个角度刚刚好让南面的阳光晒不到室内；而到了冬季，后墙则能够将北风挡住。这样的朝向会使得房屋冬暖夏凉，避免了湿热和阴冷。

一般来说，柱椽容易因受潮而腐朽，经过岁月的洗礼，木构建筑常常会受到不同程度的毁坏。然而考察组发现，有着百年历史的蔡氏古民居基本上只有一些小的修缮并没有进行大规模的整修。这让队员对于红砖古厝里选用的木材及其所使用的工艺产生了好奇。

距离蔡氏古民居约30千米外的晋江市东石镇潘山村，是国家级非物质文化遗产潘山庙宇木雕技艺的发源地。潘山庙宇木雕有着典型的闽南地域风格，以精细繁盛见长，技艺精湛、工艺复杂，自明清传承至今已有数百年历史。木雕项目代表性传承人郑银聘告诉我们，红砖古厝的用材大部分都是选择杉木，杉木的稳定性较好、寿命较长，因此质量较好。樟木味道比较香，是红砖古厝里常用于雕刻神明所用的板材。

郑银聘为考察组详细介绍了镂雕。所谓镂雕是把木材上需要表现的部分留下来，其余部分掏空。镂雕充分表现木雕作品立体空间的层次感，也有助于房屋内外通风换气，保持室内干燥。除使用一般雕刻刀具外，镂雕还需要特制的专用刀具。镂雕受到内部空间限制，只能依靠增加入刀角度的方法来克服操作上的困难，操作十分不易，这不仅需要艺人高度集中注意力，还要有熟练的基本功。

红砖古厝中使用最为普遍的木雕是透雕。许多室内的隔断、花罩以及窗门花格都是以透雕的形式来制作。透雕窗棂中的空孔将光线引入室内，保证了空气的对流以及保大厅和内屋的干燥。这种"复杂的线形"与"密集的空洞"构成的特殊效果，在给人以精致感的同时，又起到通风、防潮的作用，正是红砖古厝在潮湿多雨的闽南地区得以建造和长久保存的重要原因之一。

据当地向导说，有一座古厝在防潮方面有着更加巧妙的设计。这就是清代收复台湾的名将施琅的府邸——靖海侯府。如果说，蔡氏古民居是红砖古厝位于丘陵地带的代表，那么占地2450平方米的靖海侯府可谓是临海而建的红砖古厝的典范。

位于福建晋江市龙湖镇的靖海侯府，古时距离海边仅有数百米，是一座硬山式屋顶、穿斗式木结构的闽南古大厝。其建筑风格基本承袭明代建筑简朴明快、雍容大方的遗风，与清代后期建筑的繁复雕饰迥然不同。走进大门，迎面就能看到一堵高高的青砖墙和矗立在前厅与中厅之间的天井。中间开着石框大门，两边各有一个砖砌的拱顶小门，隔墙朝内的一面还用相间的青红砖砌出精美的图案。粘良图告诉队员，施琅故居的边墙是比较有特色的。闽南建筑中隔墙的材料通常使用木板，而这堵边墙是用土坯做成，一方面起防火的作用，房间之间如失火，可以避免延烧；另一方面，由于施琅故居离海比较近，非常潮湿，这样的设计可以起到隔湿的作用。

红砖古厝防潮的方式不仅仅是挡墙或者是隔墙，最为重要的是排水要通畅。闽南地区夏季多台风，常带来充沛的降雨量。天井四周的瓦当将雨水导入天井，当地称之为"四水归堂"。屋檐上的筒瓦起到了挡水的主要功能，雨水顺着筒瓦末端的瓦当亦可被导入天井。对于临海而建的红砖古厝来说，一套完善的排水系统尤为重要，这是因为闽南地区常受台风侵扰，狂风暴雨到来时容易造成严重的洪涝灾害。匠人们建造房屋时特别注意环境、朝向的选择，把握住水往低、往外、往大海流等原则，经过合理的设计最终保证了整座建筑的排水通畅。

红砖古厝的防潮措施不仅体现在木雕工艺、排水系统等地面上的部分，还有一些巧妙的设计隐藏在地表之下的地基之中。

向导带领考察队员在一条古巷发现了一处破败的红砖古厝，墙体坍塌破损暴露出了墙角处的内部"肌理"。从这面清代红砖古厝的残墙截面来看，红砖古厝之所以结实，与墙的厚度很有关系，此外，用石块作为地基，在其中塞满土坯砖使墙体中不留空隙，确保了外墙的坚固性。同时，作为基石的大块石头也能起到在雨天隔离外部潮湿空气、稳固地基的作用。

古法烧制的红砖、精美实用的木雕、坚硬的花岗岩基石、防风挡雨的筒瓦，以及天然黏合剂蚝壳粉，这些最平常的材料构筑了闽南红色建筑的传奇。红砖古厝不仅展现了闽南先人的智慧，更是他们遵循自然、因地制宜、将朴素的生态理念运用到建筑艺术中的又一次极致体现。

闽南红砖古厝集中分布的区域里，青山、绿水、湖泊、树林等自然元素一应俱全，它们和红砖古厝相互映衬，体现出人与自然的和谐之美。

二

临海的地理优势，让闽南文化拥有海纳百川的包容，这种独特的文化底色，也体现在红砖古厝之中。

考察过程中，我们发现有一类红砖古厝与传统的古厝相比增加了许多西方建筑元素，这些充满了异域特色的红色建筑大量出现在闽南乡村，成为闽南红砖古厝群当中又一处靓丽的风景。

《地理·中国》栏目《古厝探奇》中集节目于2022年8月19日在CCTV-10首播

晋江·古厝探奇（三）

引言

红砖古厝以其砖石混砌和墙面的装饰及色彩纹样在中国建筑史上独树一帜。在闽南，不仅有像庄用宾故居、靖海侯府这样的传统古厝，还存在着许多具有西式风格的古厝。

福建省晋江市梧林传统村落地处闽南金三角的核心位置。占地面积不足100万平方米的梧林村里，现存近百座古罗马式、哥特式以及中西合璧风格的番仔楼，至今都保存完好。它们规模宏大，颜色绚丽夺目，细微处的石雕、砖雕、彩画、拼砖、灰塑等造型精美、异彩纷呈。偌大的窗户采用透明花玻璃镶嵌，室内楼梯也常见镂空雕花的华丽螺旋式造型，处处展现出一种独特的异域风情。梧林传统村落因此被众多研究学者称为"华侨建筑博物馆"。

这些番仔楼的细节体现并继承了传统闽南红砖厝建筑的样式。它们在岁月的长河中，逐渐形成了自己独特的风格。那么这些番仔楼有着怎样特殊的时代背景？传统理念和西方元素又是怎样完美地融合在这民居之中呢？

一

梧林村位于福建省晋江市新塘街道，从其上空俯瞰大地，点缀在闽南山谷间的红砖古厝群气势恢宏。古厝依山而建，溪水绕村而过，锦缎般的湖面铺青叠翠。独具的和谐之美，使这里仿若世外桃源。而在这个只有千余人小村庄中，竟产生了多达上万的海外华侨。

闽南临海多山，田地稀少，那些难以向土地讨生活的闽南人常利用便利的海上交通前往东南亚谋生。闽南和东南亚地区的气候、环境和风土人情较为相似，勤劳勇敢的闽南人既促进了东南亚的经济发展，也改善了自身的经济环境。

自古以来，闽南人凡于外面事业有成，都会返乡营建屋宇。华侨所建的番仔楼通常会借鉴东南亚的建筑风格。番仔楼的特点主要体现于三个方面：一是房屋正立面的屋檐上有一个山花形状；二是楼房的外形；第三是建有外廊。

考察中队员发现，番仔楼与传统红砖古厝相比，颜色更加鲜艳。在原有的红色基础上增添了闽南民众喜欢的黄色、绿色。同时，番仔楼与传统红砖厝外观上最大的区别就是传统红砖厝只有一层，充其量在屋内增设小阁楼。但番仔楼二层甚至数层的设计，使其在外观上更加气势磅礴。

19世纪，钢筋、水泥开始被大规模使用于海外的建筑中。闽南华侨利用水运将作为建筑材料的舶来品水泥、钢筋运回家乡营造民居。

与传统红砖厝所使用的牡蛎壳粉黏合剂相比较，番仔楼的水泥用量更大，同时，用它胶结碎石形成的混凝土硬化后强度较高，能够抵御住闽南沿海地区海风的侵蚀。在仔细观察后考察组发现，闽南番仔楼的样式不尽相同，大家的目光被很多建筑的细节所吸引。它们既不是东南亚建筑风格，也不是传统的古厝风格。专家提示我们，番仔楼之所以在闽南民居建筑中独树一帜，正因为其为中西合璧的建筑理念。

考察组跟随向导来到一座名为侨批馆的番仔楼。闽南语中"信"念作"批"，外出谋生的华侨寄回的家信与钱款，就叫作"侨批"。它是华侨与故乡亲人间坚韧的纽带。在这座侨批馆的楼顶上有很多类似人字形的水泥结构，这是传统红砖厝中从未见到的设计。这样的屋顶设计令大家十分好奇。中国民俗学会会员粘良图告诉队员，这些架子是用来隔热的。过去侨批馆顶棚的地面裸露着水泥板，太阳一晒的就非常热，致使下面的房间温度太高。于是主人做了这些架子，于架子凹槽处放上木梁，再盖上沟瓦，从而起到隔热的作用，但如今沟瓦已不复存在了。

侨批馆主人于房顶所加的隔热层，既使屋内阴凉，也让屋顶远离潮热，大宅的木质梁椽也得到保护，从而让梁yuan的使用时间变得更为长久。这样的设计理念在传统红砖古厝中并不多见，也正是华侨设计大宅时的不同之处。

行走于梧林传统村落，队员看到许多番仔楼采用了不同材质、不同风格的窗棂。它们与传统古厝的木雕窗棂相比更为时尚，尤其是带有异域风格的设计，吸引着往来游客的目光。

考察组跟随着专家走进"胸怀祖国楼"，从一楼向上望去，就被数个色彩鲜艳并张着大嘴的兽形瓷质器物给吸引了，当地人称之为"滴水兽"。滴水兽取代了传统红砖厝的瓦当滴水的功能，建造时有意为之的坡度也使滴水兽具有汇水的功能。不同于传统红砖厝，一面墙配有数只滴水兽即可实现排水。

番仔楼是中国传统民居建筑对西洋建筑逐步吸收、融化、演变的成果，为的是适应闽南多雨、多风、酷热的气候特点。梧林村是闽南番仔楼建筑群最集中区域，距此不远的灵水村里传统红砖古厝和番仔楼的分布则各占一半，这里使考察组更清楚地观察到番仔楼和传统红砖古厝之间的不同之处。

有着600多年历史的福建省晋江市灵水村是依山而建的古村落，明清传统红砖古厝与近代番仔楼交错其中。跟随专家登上村旁的灵源山顶，两种建筑的分布情况一目了然。粘良图告诉队员，以前建造房子时要讲究选址于环山抱水的地方，所以闽南的古厝大都建在山区里面，外围就是一些番仔楼。华侨吴良师的宅院建于20世纪20年代，这是一栋将天井巧装并植入了园林景观的中西合璧式古厝。考察中队员发现，在大厅入口处的上方房屋主人设计了一条长廊，这种设计在传统古厝中极少，其用途不禁引起大家的好奇。原来，华侨的红砖古厝每个房间都相通，这个隔廊就是使各个房间相通的一条通道，而这条木廊道，也起到安全防护的作用。

距离梧林村15千米的晋江龙湖镇福林村，也是当地著名的侨乡，村子里也有很多各具特色的番仔楼。其中一栋名为"端园"的宅子虽然在外表上与其他番仔楼并没什么差别，但屋内却别有洞天，尤其是其独特的安全防护设计吸引了队员的注意。防盗门闩是闽南传统红砖古厝中常见的安全防护措施，然而队员却发现"端园"的门背面有个类似水管口的物件，而且直通到二楼。这其实是房屋主人以类似电话的原理设计的一个管道，以方便楼上楼下通话。

跟随着专家走到二楼的阳台，这里处处是带有西洋造型的精美石雕。粘老师指着一处小小的圆形环状红砖告诉队员，这其实是枪眼装饰口。

设有机关的门闩、简易的通话设备、阳台上隐蔽的枪眼口，以及主人房里的暗室和隐藏着的三楼，从如此众多的安全防护建筑设计中，考察队员明显感受到华侨返乡建番仔楼时强烈的安全防护意识。专家告诉队员，华侨们事业有成回乡建房时因远离城市中心区域而需要考虑当时沿海盗匪猖獗的实际情况，故而将安全理念贯穿于建筑设计之中，而并非对异域建筑的简单模仿。

另外，考察组又发现了一种特别的番仔楼。它们因地处城市商贸核心区域，出现时通常是连排营造，有些建筑总长度可以达到数千米，被称为骑楼。向导告诉队员，闽南地区最有代表性的骑楼位于泉州中山路，这是城市中心的繁荣商贸区。

置身于闹市中，细雨中两层楼高的红砖联排建筑一眼望不到头。这里人来人往，商业气息与文化氛围奇妙地交织在一起。20世纪20年代，从菲律宾回来的华侨叶青眼总理泉州城区城建之事。为打破泉州古城长期闭塞的落后局面，他倡议修建了这条骑楼式建筑商业街。中山路骑楼历经近百年风雨，至今依然是泉州市区的商贸核心区。

专家告诉队员，骑楼的建筑理念源于东南亚。它既可以遮阳，又可以挡风避雨。东南亚骑楼建筑外观原以水泥为主，闽南的建筑者取其建筑结构的优点，融进闽南传统红砖古厝中，形成了中西合璧的红砖骑楼。

队员们发现骑楼的设计很特别，它的地面高于街面上的地面，雨水显然不容易溅进楼里。当地的民众称骑楼为"五脚基"，意思是说两根柱子之间相差五步。

骑楼作为商贸集中区的建筑，下做商铺，楼上住人。其跨出街面的骑楼，既扩大了居住面积，又变成与顾客的共享空间，这非常适合20世纪早期的个体商贸活动。

传统红砖厝是福建闽南地区一种特有的砖木建筑，它是智慧的匠人充分结合闽南丘陵地带的地理环境顺势修建的杰作；而番仔楼则是取异域建筑文化中符合闽南地理环境与气候条件的部分融入红砖古厝后的产物。

红色砖墙里，凝结的是闽南人祖祖辈辈的智慧与坚韧。造型各异的结构传递的是闽南人"爱拼才会赢"的奋斗精神，而无所不在的楹联家训则是闽南人对中华民族传统文化精髓的最好诠释。

二

作为拥有数百年历史积淀的中国传统民居建筑，红砖古厝中蕴含的人文地理奥秘远远不止这些。我们试图通过对这一系列建筑的形态、功能、营造技艺等方面的考察和展示，探讨其文化内涵和对其产生影响的环境因素，为人们全面认识和了解红砖古厝提供一个新的视角。

《地理·中国》栏目《古厝探奇》下集节目于2022年8月20日在CCTV-10首播

晋江·围头湾的神秘来客（一）

引言

每年的春秋两季，全世界有数以亿计的候鸟沿着固定的路线在繁殖地和越冬地之间迁徙。关于它们的迁徙，科学家们认为是自然选择的结果，主要与气候变化、食物周期变化、光照时长和生物钟等因素有关，因此研究鸟类迁徙规律也尤为重要。

勺嘴鹬也是长途迁徙的候鸟中的一员，它最大特征是黑色铲形的嘴巴，宛如自带的饭勺。然而，这种体型和麻雀差不多大的水鸟是世界自然保护联盟红色物种名录中的极危物种，目前全球只剩下500只到700左右，其境况不容乐观。

一

2022年的冬天，福建省泉州市的围头湾，勺嘴鹬再一次如约而至，鸟类爱好者和专业人士都非常地兴奋，因为他们发现，这些神秘来客在围头湾停留的时间已经远远超出了预期。

泉州市地处福建省东南沿海，气候温暖湿润，因此这里成了野生鸟类南迁北归的重要驿站。近年来，让人们欣喜的是，在晋江市围头湾的滩涂湿地陆续发现了勺嘴鹬的身影。2022年11月，观鸟爱好者再次发现了4只勺嘴鹬，其中一只勺嘴鹬已经是第四年来到围头湾，当地的观鸟爱好者亲切地称它为"小7"。

以往，勺嘴鹬只会在围头湾停留数周，补充体力后继续南迁至东南亚等地越冬，直至来年3月中旬再次路过围头湾，然后北迁返回繁殖地。然而在2022年12月，停留在围头湾的这些勺嘴鹬却没有继续南飞的迹象，人们猜测泉州围头湾很有可能要成为这群神秘来客的越冬地。

勺嘴鹬是一种仅分布于东亚—澳大利西亚候鸟迁飞区内的鸻形目鹬科涉禽，繁殖地位于俄罗斯西伯利亚的苔原带地区，越冬地则位于中国南方及东南亚地区的滨海湿地。迁徙时常于沿途海岸与河口地区的潮间带湿地浅滩泥地上觅食，泉州围头湾便是其中一处停留地。然而我们对它的迁徙、食物、栖息地的选择等方面知之甚少，这使我们难以了解勺嘴鹬种群数量下降的确切原因。

近日天气情况较好，不少观鸟爱好者来到围头湾的滩涂进行拍摄活动。此时围头湾刚刚退潮，广袤的滩涂仿佛一眼望不到尽头，蓝天、海水、滩涂在很远的地方汇于一起。滩涂之上，数量庞大的水鸟正在觅食，整个滩涂宛如一张硕大无比的餐桌。一只猛禽正在高空盘旋，似乎在等待着捕食的机会。

观鸟学会的工作人员正在登记今日飞禽的资料，他们此行的目的是为了调查晋江范围内鸟类资源的家底数据。随着潮水上涨，观鸟爱好者们开始收拾装备，准备结束数小时的观测。

他们告诉考察组，刚才共发现了3只勺嘴鹬在觅食。

而队员们很快发现，要想在围头湾滩涂上数量庞大的水鸟中找一个体型较小的水鸟，无异于大海捞针。此时，泉州市观鸟学会常务理事黄宝桐告诉队员，勺嘴鹬比较特立独行，它不会和很多鸻鹬类在一起，而是在涨潮到一定的程度时和其他鸟类混在一起。如果退潮退得较远时，它会独自在一个地方觅食，而一般不会混在其他鸟中觅食。其他鸟类是发现食物才低头捕食，而勺嘴鹬觅食的时候会一直把嘴伸到泥沙里或者水里。

根据目前的统计的数据显示，大约有8只勺嘴鹬曾经出现于围头湾滩涂。在黄宝桐展示的照片中，队员发现，有一只勺嘴鹬有些特殊，它的一只脚上挂着浅绿色的旗标。这只勺嘴鹬正是于2019年7月在围头湾出生的，环志代号为"7L"。它刚出生时通体淡黄，背上有黑褐色的斑纹，绒羽的尖端慢慢变白。勺嘴鹬出生后就要自己去觅食，它的食物以小昆虫和小型节肢动物为主。

浅绿色的旗标是野生状态下的勺嘴鹬的环志，"7L"是一个随机序号。这些独一无二的编码旗标，就像勺嘴鹬的身份证，能方便人们快速地区分出不同的勺嘴鹬个体，为它们建立起专属的繁殖和迁徙档案。每当环志旗标的勺嘴鹬被观察和记录到的时候，科学家可以通过查阅这些档案，了解它们的迁徙路线和家庭状况。

勺嘴鹬的迁徙路径通常是随着鸻鹬类的大家族，于每年的7月中下旬到8月下旬之间离开苔原，其间途经朝鲜半岛、日本列岛和我国的沿海滩涂，停留一到两个月后继续往南飞，其中部分会在我国泉州围头湾停留过冬。

听了专家的上述介绍，考察队员们心中产生了疑问，作为勺嘴鹬的繁殖地，西伯利亚的苔原与围头湾滩涂湿地的地理气候环境明显不同，大家不禁担心起迁徙至泉州围头湾的勺嘴鹬的食物来源。

这时，福建师范大学陈友玲教授给大家提供了一张前几日于围头湾滩涂拍摄到的照片。

队员们看到，这张照片里勺嘴鹬叼着一只小螃蟹，然而专家却告诉大家螃蟹并不是勺嘴鹬的主要食物。一是因为勺嘴鹬的嘴型不方便刺破坚硬的蟹壳，二是因为勺嘴鹬进食特点不是直立进食，而是把喙埋在泥沙里用触觉觅食。所以，这张照片是勺嘴鹬捕捉到螃蟹后处于一时难以处理的状况下被拍摄下来的。

同行的晋江市林业和园林绿化局高级工程师王碧英告诉队员，当地还有一种喙部像饭勺的水鸟，或许可以通过观测它们来试着寻找有关勺嘴鹬在此地觅食的答案。

黑脸琵鹭俗称饭匙鸟，因其扁平如汤勺的长嘴跟中国的乐器琵琶极为相似而得名。全球的琵鹭亚科有6种，其中以黑脸琵鹭的种群数量最为稀少，属于全球濒危物种之一。它不属于鸻鹬类水鸟，而是鹈形目鹮科，主要在中国东北地区繁殖，不少黑脸琵鹭在冬季会迁徙至泉州滩涂湿地。它跟勺嘴鹬的觅食方式很接近，都是将铲子状的嘴插入泥水中，一边沙水前进一边左右扫荡，通过触觉捕捉水底层的各种底栖生物。

通过仔细观察，队员们发现黑脸琵鹭虽然与勺嘴鹬嘴型类似，都是靠触觉在水下捕捉底栖生物，但黑脸琵鹭腿长、喙长，活动范围大且食谱更丰富。勺嘴鹬则相反，它只在滩涂小水洼处觅食，捕食的范围小，这使我们不禁为它们的生存境况感到担忧。它的体型小，因此容易成为大型猛禽的猎物，而那如同饭勺一样的喙部也限制了它获取食物的种类。

考察组决定先用望远镜观察勺嘴鹬，再到勺嘴鹬觅食的地方查看那里的泥沙中有何物种。在勺嘴鹬停留过的地方，队们发现这里的泥沙比较细腻，且是细沙和稀泥混合的部分。然而在这里好像只有一种类似蠕虫的生物在活动，并没有记载中的鱼虾小蟹。同行的厦门大学博士后王智告诉队员，这是滩涂的坡度较小但面积大，可为鸟类提供一个非常广阔的栖息空间。滩涂上有各种各样的底质，有像沙地前的泥滩，还有混合质的泥沙滩，以及一些水坑。像这种底质类型非常丰富的滩涂可以给各种生物提供一个良好的栖息环境，为不同的鸟类提供不同的食物。

王智和助手们在滩涂上开始了工作。在他们所携带的专业检测工具的样筛中，队员初步看清了围头湾滩涂湿地的底栖物种世界，大量的钩虾和沙蚕于海水中游弋翻滚。王智介绍道，沙蚕科是环节动物，该科

目已在中国海域记录了100多种,它的多样性是环节动物各科中最高的。钩虾属节肢动物门,是甲壳动物中非常大的类群。它们个体小、种类多、繁殖快、分布广,目前其类群已记录了几百个品种,在海洋食物链中具有重要的地位。而在半个月后,根据厦门大学海洋底栖生物学实验室的报告的陈述,围头湾潮间带共采集到20种生物,甲壳类钩虾和环节动物沙蚕、小头虫的丰度最高。

在实验室里,王智告诉队员,沙蚕是在围头湾滩涂采集到的一种大型底栖生物,它的丰度在整个围头湾中是最高的。它的长度可以达到2至3厘米。在现场采集的时候必须借助于专业的采集网筛,因为它们的运动能力比较强,如果直接用手采集会轻易地逃脱,不容易采集到。

结合已有资料中对勺嘴鹬摄食钩虾、海鸟普遍摄食沙蚕等底栖物种的记录,考察组初步判断勺嘴鹬将泉州围头湾滩涂湿地作为迁徙停留地的主要原因是这里的食物极度丰富。

虽然围头湾潮间带的生物多样性程度并不是非常高,但底栖生物状态不错且未受过自然或人为因素扰动,因此单个物种丰度极高,而它们也特别适合于勺嘴鹬的铲形嘴。只有单位面积食物丰度高的时候,这样的铲形嘴才能保证一次有足够多的进食数量,从而充分显示出它的优越性。

地处亚热带的泉州围头湾,冬季气候温暖湿润,滩涂湿地丰富的食物留住了勺嘴鹬继续南行的脚步。然而让队员一直疑惑的导致勺嘴鹬数量极其濒危的原因仍未找到,这些疑问需要进一步考察才能找到答案。

二

专家告诉大家,如果勺嘴鹬今年依然选择在围头湾度过整个冬天,那么围头湾很有可能会成为这个濒危物种全球较北的越冬地。此前的考察已经证明围头湾滩涂底栖物种丰富,能够给勺嘴鹬提供足够的食物。那么到了晚上勺嘴鹬在何处栖息呢?它们的栖息地足够安全吗?这些神秘来客真的会改变迁徙路线,选择围头湾作为它们最终的越冬地吗?

《地理·中国》栏目《围头湾的神秘来客》上集节目于2023年5月27日在CCTV-10首播

晋江·围头湾的神秘来客（二）

引言

迁徙，是鸟类为适应自然环境演化出的生存本领。候鸟的长距离迁徙能够让它们灵活利用不同纬度、不同气候带的资源，不仅大大拓宽了它们的生存范围，也提高了它们种群繁衍和适应坏境的能力。

在每年声势浩大的迁徙旅程当中，勺嘴鹬每年都会在西伯利亚和南亚之间迁徙，途径我国东南沿海的滩涂湿地。近年来，它们娇小的身影频繁出现在福建省泉州市的围头湾。令鸟类爱好者和专业人士兴奋的是，这些神秘来客在围头湾停留的时间越来越长，表示它们极有可能在这里度过整个冬天。

一

观鸟爱好者告诉考察组，勺嘴鹬以往在11月时在此停留十几天后便往南走，然后在来年3月、4月时又会在这儿待上十几天。然在去年的11月、12月以及今年的1月、2月，人们在围头湾都发现了它们的踪影，因此可以推断有一些勺嘴鹬可能在围头湾越冬。

从停留地成为越冬地，就意味着泉州围头湾会是勺嘴鹬一年中停留时间最长的地方。从厦门大学底栖生物学实验室对围头湾滩涂湿的取样检测报告中可以看出，围头湾滩涂湿地底栖物种虽然并不多样但单个物种如钩虾、沙蚕数量极高，这些正是勺嘴鹬的主食，这也从侧面证明了一推论。

观鸟爱好者观测勺嘴鹬的过程中，发现有一只腿上环志有一绿色旗标、代号"7L"的勺嘴鹬。它腿上独一无二的编码旗标，正是科研工作者在它刚刚出生时给所做的标记。记录显示，"小7"于2019年7月生于西伯利亚苔原带，当年10月就在泉州围头湾被监测到，之后每年都在此停留。2021年，科研人员第一次发现"小7"于围头湾滩涂湿地过冬。

正当考察组准备对勺嘴鹬进一步观察时，观鸟爱好者告诉大家，他们这几日在滩涂湿地上都没有见到"小7"的身影。与此同时，队员得到一个信息，晋江市林业和园林绿化局救助站在2022年曾救助过一只勺嘴鹬。大家决定跟随同行的鸟类救助员肖鹏程前往此前救助勺嘴鹬的地点。

据肖鹏程回忆，那一天，救助站在2022年5月18日接到了热心群众的报警电话。群众反映，在晋江东石镇白沙村的海边发现了一只长相非常奇特的小鸟，人们靠近的时候它都不会飞走。他们在赶到了现场后发现，那只鸟儿看到生人会害怕，扑腾翅膀的时候像是要飞走但却飞不动，于是便把它捧在手里，带回了救助站。经检查发现，这只鸟儿全身湿透但没有受任何外伤。它的翅膀非常紧实，证明它应是由于失温才造成无法飞行。查阅了资料后，他才得知这只鸟儿是濒危的国家一级保护动物勺嘴鹬。羽毛在湿润的时候呈现出土黄色，而在将它放到保温箱烘干后，羽毛呈现黄褐色，飞行羽上面还带有一点白色的羽毛。在观察两个多小时之后，他们就决定把它带回海边放飞，因为水鸟一般不能脱离水域太久，否则可能会对其造成二次伤害。

肖鹏程跟几个观鸟学会的工作人员一起把这只勺嘴鹬带到了海边，然后把它放在一个小纸箱里。不一会儿，小勺嘴鹬自己从那个小纸箱钻了出来，开始在海水、滩涂里面觅食，慢慢地就融入了海边一些鹬鸟类之中。

这次救助经历，让队员们对于早已适应水中觅食的勺嘴鹬，却出现羽毛湿透、无法飞行的情况产生了疑问。对此，同行的陈友铃教授告诉大家，2022年5月在晋江看到的勺嘴鹬翅膀上白色的羽毛是新羽，说明这只勺嘴鹬是2021年出生的幼鸟，当时还不满一周岁。幼鸟由于没有繁殖能力，所以第一年有可能在南方停留，不参与往北迁徙，到了第二年才会随着"大部队"迁徙到繁殖地。

原来，鸟类每年都需要换羽，鸻鹬类家族的鸟儿在出生约一个月后就开始南迁。勺嘴鹬要在迁徙途中完成换羽，因此需要补充足够的营养，这就对停留地的环境提出了更高的要求。围头湾发现勺嘴鹬幼鸟，说明围头湾的地理位置和自然环境优越，适合勺嘴鹬迁徙过程中停留、越冬并进行换羽。

专家告诉队员，勺嘴鹬的羽毛有一定的防水能力，但通体湿透并不是普遍现象，极有可能是体弱或长途飞行时遭遇了恶劣天气。而在调查后队员们得知，晋江属于亚热带海洋季风气候，全年均降水量达到1280毫米左右，2022年5月份时的降水量达到240毫米，且连续下了18天的雨。

围头湾滩涂湿地虽然生态环境良好，但仍存在一些威胁勺嘴鹬生存的危险因素。除了连续的大雨、台风等恶劣天气以外，猛禽也是勺嘴鹬的天敌，晋江目前有记录到的猛禽有几十种，还有人类的一些行为活动，也会给它们带来一些影响。

当考察组准备了解更多有关勺嘴鹬的情况时，肖鹏程又接到一个报警电话。原来，在距离围头湾10千米左右的地方又有一只鸟类出现了险情。大家决定跟随他前往该地。

一路上，肖鹏程告诉队员们一些日常救助知识。如到现场时需要观察一下受伤的鸟类身上是否有外伤。如果有外伤要查看伤口是否还在流血，如果有流血则要及时止血；如果没有流血，则有可能是一些骨头出现了断裂，需要将其带回救助站进行包扎。

一行人来到了一个临时安置点，看到一只受伤严重的苍鹭。它的一只脚被简易包扎，但依然不断有血渗出。肖鹏程发现，苍鹭的脚还在流血，脚掌也受了伤，需要带回救助站处理。

回到救助站后，他和同事解开这只苍鹭脚上简易的包扎，发现它的腿部受伤非常严重。但是将它的断脚截肢后，它仍可正常存活，因为只要它的翅膀没有断掉，它完全可以单脚站立在水中捕食，存活率可达90%以上。

我们无法得知这只苍鹭遭遇了什么，但专家们从苍鹭腿部受伤的时间和程度分析，认为它很有可能是在树林中受到了猛烈的撞击，且不排除一些人为的因素。

自然界中到处潜藏危机，相比成群结队的大型水鸟，体形娇小、种群数量稀少的勺嘴鹬将会面临更大的风险。考察组迫切地希望尽早看见"小7"和它的同伴的身影。

二

一只勺嘴鹬因为连月的大雨导致失温难以飞行，一只苍鹭因为腿骨受伤而需要截肢救治。暴雨、台风、天敌、沿海复杂的地形地貌以及人为因素，都有可能对生活在海边的鸟类产生威胁。数日来，考察组在围头湾都没有发现勺嘴鹬的行踪，大家不禁为这些濒危物种的命运担忧。

向导向考察组提供了一个信息，距离围头湾20多千米的石狮湿地公园，晚上到处都是鸟叫声，应该是一个鸟类固定聚集的地方，勺嘴鹬很有可能在那里栖息。

石狮湿地公园地处千年古港蚶江，扼晋江出海口之要冲。为了更好地进行观察，考察组当天傍晚来到了这里。随着夜幕降临，队员跟随向导进入了湿地公园里的一片树林。大家在黑暗的林中摸索前行，偶尔发现几个黑影掠过，但由于天黑的缘故，无法辨别出鸟的种类。

专家们分析，勺嘴鹬腿短且不会游泳，因此不可能站在浅水处歇息。而且它生性敏捷，为了迅速躲避天敌，也一定会选择视野比较好的地方歇息，湿地公园的芦苇丛与密林显然不符合这个条件。因此，它们的最佳栖息地应该就在围头湾附近，可以对周边符合条件的区域展开搜索。

专家告诉大家，其实大多数鸟类只有繁殖季才会筑巢，其余的时间都站在树枝或者地上睡觉，位置也不固定。而鸻鹬类水鸟则是涨潮休息、退潮觅食，即便是晚上退潮后也会出来觅食。所以，考察组可以尝试趁白天海水涨潮的时候，去找找有没有勺嘴鹬等水鸟聚集的地方。专家的建议让队员们调整了思路。

此时，队员突然想起之前村民提到的海边礁石。当时由于天文大潮，礁石被海水淹没而无法看见礁石，因此大家决定再次前去查看礁石的情况。

考察组再次返回围头湾滩涂时正逢退潮，距离岸边约200米处的一片礁石裸露于滩涂之上。这片礁石地势较为平坦，没有船只的打扰，远离了岸边的喧嚣，且边上就是围头湾滩涂湿地，可以说是鸻鹬类歇息的天堂。礁石上附着着大量的鸟类的排泄物，显然这里应该有大量的鸟类聚集。

当地的渔民告诉队员们，他们来的时候正好是一个小潮水位。虽然已满潮，但队员们依稀可以看到岛礁露出的一部分，可以看见岛礁上有很多的水鸟在上面栖息。由于距离相对较远，考察组决定使用无人机升空观察。可能是无人机上螺旋桨的发出的噪声惊扰到了礁石上的水鸟，所有的水鸟都同时起飞。它们并不是往上飞，而是贴着海平面掠过，极速飞行，之后于天上盘旋并发出叫声。

随着无人机降落，鸟儿们又徐徐降于礁石之上继续歇息。专家告诉队员们，鸻鹬类家族的歇息区域通常距离自己的"餐桌"不远，这样一旦开始退潮它们就能立刻觅食。它们有时也会选择站在海中的礁石上歇息，因为这里视野开阔，能够很好地避开天敌。如果海水淹过礁石或者遇到降温等恶劣天气，它们也会到周边塘埂暂时休息。鸻鹬类家族生性警觉，稍有响动就会迅速远离，这或许也是队员们在人类活动频繁的盐场、鱼塘并未见到鸟群的原因之一。那么，围头湾为什么会拥有这样一片得天独厚的巨型礁石呢？

同行的专家余兴光告诉队员，这片礁石是晶洞花岗岩，由于围头湾一带是被整体抬升出海面，因此岩体完整。它的质地纯净且硬度高，又长期受海水和鸟类排泄物腐蚀，因此表面相对比较平滑。

随着涨潮的开始，滩涂被逐渐淹没。觅食归来的水鸟此时展翅站立于岩石之上，鸟叫声不绝于耳，与海浪涛声共同奏响了大自然中最美的音符。此时，观鸟爱好者们也给考察组带来了好消息。今年元旦期间，他们又拍摄到了"小7"的照片，对比去年10月中旬"小7"刚刚到围头湾的模样，它的体形已经发生了明显的变化。看来，这位神秘来客在围头湾的生活非常惬意。

三

勺嘴鹬，在围头湾找到了稳定的觅食场所，过上了安定的生活，这令人感到欣慰。然而，据考察组进一步调查发现，整个泉州有数个湿地公园，为何只在围头湾能不间断地拍摄到勺嘴鹬呢？距离继续南迁的时间越来越近，"小7"和它的伙伴们会留下来吗？

《地理·中国》栏目《围头湾的神秘来客》中集节目于2023年5月28日在CCTV-10首播

晋江·围头湾的神秘来客（三）

引言

每年春夏两季，不论是体长超过半米的大杓鹬，还是与麻雀一般大小的勺嘴鹬，都遵循着本能的召唤，和数以亿计的候鸟奔波往返于繁殖地和越冬地之间，汇聚成一股生命的浪潮，实现壮观的生物大迁徙。

我国东部海岸线漫长，星罗棋布的滩涂湿地成为勺嘴鹬暂时停歇、补给养分的驿站。2022年12月下旬，科研人员发现围头湾的勺嘴鹬仍然没有继续南迁。如果它们选择留下来度过整个冬天，那么围头湾将会成为这种世界极危鸟类新的越冬地。

一

勺嘴鹬幼鸟的成长之路异常艰辛。勺嘴鹬的蛋大概需要3周的孵化时间。出生不久后成年雄鸟就会离开它们，踏上南迁的旅途。而当生命中第一次南迁来临时，勺嘴鹬幼鸟只能独自上路。它们需要两周左右的生长期，一边储蓄能量一边熟悉飞行技巧，依靠自己完成迁徙之旅。

在8月下旬之后的两周，霜冻和初雪将会覆在西伯利亚苔原带之上，这是勺嘴鹬幼鸟南迁的最后机会，否则它们将会被随之而来的寒冬给吞噬。它们将独自踏上漫长的旅途，面对的是和西伯利亚苔原带完全不同的陌生世界。即便是与鹬类水鸟结伴同行，一路依然危机重重，随时面临生存考验。

在此前的考察中，考察组得知一个重要信息。勺嘴鹬要在迁徙途中完成换羽，需要补充足够的营养。这就对停留地的环境提出了更高的要求。泉州围头湾发现勺嘴鹬幼鸟，说明围头湾的地理位置和自然环境优越，勺嘴鹬能够在此获取大量食物，适合在迁徙过程中停留于此进行换羽。对于很多勺嘴鹬来说，围头湾已经超越了迁徙驿站的功能，正在逐渐成为这种珍稀物种的理想家园。然而泉州沿海滩涂湿地众多，勺嘴鹬唯独选择了围头湾，这不禁使大家感到好奇。为了寻找答案，考察组决定先去围头湾周边的几个沿海湿地寻找线索。

考察组来到泉州湾河口湿地，这里的红树林连绵成片，不时可见反嘴鹬飞翔于其间。它们也属于鹬鸻类家族的一员，有着一个弯弯向上翘的嘴，和勺嘴鹬一样，也是将嘴埋到泥水中靠触觉来觅食，以底栖物种贝类和蠕虫为食。

考察中队员们发现，反嘴鹬的腿比勺嘴鹬更长，可以在海边浅水处边走边寻觅食物。同时它们善于游泳，这样它们的猎食范围和食谱就比勺嘴鹬宽广许多。小型甲壳类、水生类昆虫都可以成为它们的食物，鱼塘、水稻田、沼泽地都可以成为它们的栖息地。勺嘴鹬则不然，它们只在坡度较平缓的滩涂湿地上觅食。队员们将泉州湾河口湿地与围头湾滩涂湿地做了一个比较，果然发现河口湿地晋江段并没有坡度平直的滩涂，勺嘴鹬基本没有下脚的位置，所以这里并不适合勺嘴鹬生存。

这时，向导建议考察组到泉州石狮湿地公园去观察，因为那里的滩涂相对比较平直，于是大家便启程前往那里。

队员们来到石狮湿地公园外围的滩涂时这里已经开始涨潮，但滩涂上依然有数百只水鸟。大家发现，滩涂湿地觅食的小水鸟体形、体态都和勺嘴鹬十分接近。专家告诉队员，这种水鸟叫红颈滨鹬，是鹬鹬类家族中与勺嘴鹬互为近亲的水鸟，两者的体形外貌很相似，都有灰褐色的羽毛，眼部也有白色眉纹。从西伯利亚苔原带南迁时，这两种水鸟常常混群迁徙，从远处观察不容易辨别。两者最大的不同之处在于它们的喙部，这也直接呈现出了两者对环境适应程度的差异。

勺嘴鹬偏爱湿润的泥砂质滩涂，在海滩上活动时喜欢在浪头附近，觅食时嘴伸入潮湿的泥沙底部，前后左右来回扫动取食；而红颈滨鹬的觅食方式则更加多样，因为红颈滨鹬的嘴较为粗厚，既可以在地面啄食，也可以插入泥沙中探觅食物。在食谱方面，勺嘴鹬主要以泥沙中的沙蚕和钩虾为主，而红颈滨鹬不仅以海水里的底栖生物为食物，还猎取地面上的昆虫及其幼虫；在觅食地方面，红颈滨鹬除了海岸线外，还活动于沼泽芦苇地、湖滨地等，所以它在全球的种群数量一直保持得比较多。

同行的专家王智博士在此进行了取样，经研究后发现这里的滩涂坡度不大，泥沙地面积过小，一旦涨潮便会很快被海水淹没，这对于不会游泳的勺嘴鹬来说，也是一种潜在的危险因素。

二

专家告诉我们，勺嘴鹬迁徙的这条路线是全球候鸟种群庞大的迁飞区，同时也是人口密度较高的迁飞区。对于依赖这一区域的候鸟来说，潮间带滩涂的减少和质量下降，以及各种人为干扰因素都会直接导致鸟类数量减少。而体形娇小、嘴形特殊的勺嘴鹬对生存环境的要求更为苛刻，一旦合适的栖息地受到破坏，它们的生存就会受到严重威胁。

在我国东部沿海，还有一处很适合勺嘴鹬生存的区域，那就是江苏省东台市条子泥湿地。

条子泥湿地位于中纬度亚洲大陆东岸，地处我国长江、黄河出海口的中间地带，是东亚—澳大利西亚候鸟迁徙路线上的关键区域。勺嘴鹬也是这里的"常客"，它们每年在这里的停留时间长达3个月。这里拥有面积广袤的粉砂淤泥质海滩，底栖动物丰富，潮间带辽阔，吸引了无数鸟类在此停歇、换羽和越冬。

此时正是早春二月，条子泥湿地早上的气温在5℃左右，不远处有一些鸟儿在觅食，但是数量并不是很多。当地的观鸟爱好者告诉大家，再过1个多月从南方越冬地过来的勺嘴鹬将陆续到此停留，之后它们将北迁繁殖地。

通过对条子泥湿地的考察，队员们发现，勺嘴鹬之所以会在条子泥湿地和围头湾湿地出现，是因为这两个湿地都是泥砂质滩涂，都有大量的底栖物种。条子泥湿地是一个潮间带滩涂，粉砂淤泥质的海岸距离岸边有100多米。围头湾的泥沙底质有3种，但这里以这粉沙淤泥为主。

通过对石狮湿地公园外侧的滩涂底栖物种进行取样，我们看到里面是有一些沙蚕和钩虾，周围全是非常软的泥质底，且含沙量比较少。围头湾潮间带滩涂为泥沙底质，滩涂表面有一定的支撑作用，有利于勺嘴鹬栖息觅食。

通过多处湿地的对比考察之后，我们发现，中国东部沿海符合勺嘴鹬生存条件的区域并不多。江苏条子泥湿地因为占据了长江黄河出海口的地理优势而成了目前勺嘴鹬数量最多的迁徙停留地。福建泉州围头湾没有河流入海，滩涂区域形成的原因不禁再次引起大家的深思。

考察组决定再次返回勺嘴鹬栖息的大礁石附近，对围头湾滩涂周边的地理环境做深入考察。

中国民俗学会会员粘良图告诉队员，围头半岛南端的左侧为风高浪急的外海，通过的都是大船；它右侧是一片较浅的内海，旁边则是整片的滩涂。围头湾的外海部分受风力、波浪、沿岸洋流的强烈影响，发育出岩岸和沙岸，潮间带狭小，海滩为岩滩和沙滩；而内海部分的海湾则深入内陆，堆积作用显著，因此发育出了泥砂质海岸，形成了面积广大的滩涂湿地。

同时，这里的塘东有一条海沙堆积成的沙堤。粘良图告诉队员，这条沙堤的不寻常之处在于其延伸至茫茫大海中且沙堆很高，因此潮汐对沙堤影响不大。它的长约1300米，最宽处约170米。从空中俯瞰，其形状就像一柄"如意"，"如意"的头指向的就是围头湾滩涂湿地。同行的专家魏勇告诉队员，塘东触角沙堤是世界级的海洋自然奇观，像这样延展到海洋里的沙堤并不常见。

风力作用形成的沙丘或者沙堤，常见于我国北方的干燥的沙漠地区，而在南方滨海的地区是比较少见的。因为它有三个作用源，第一是有持续的风源，第二是有丰富的沙源，第三是有干燥的环境。因此专家建议，要想进一步了解围头湾沙堤的成因，可以到围头湾东北面的深沪湾考察。

晋江深沪镇坑边村的庵山是一个风积形成的低矮沙丘，这里距海边仅数百米。2007年考古人员在这里发现了距今3500年到2800年的青铜时代的文化遗存，具有非常典型的闽南沿海海洋文化特征。专家告诉队员，在每年数月的时间里，东北风都会将深沪湾的沙扬起并向南转移。同时，洋流遭遇围头湾海底长数千米的礁石或岩石阻挡形成回旋，风力因此减弱，沙体下沉堆积。天长日久，随着海陆的变迁，这条罕见的触角状沙堤逐渐形成。

这条沙堤是水动力自然形成的，海水在流动的过程中可能于此形成了一个涡旋，因此将海里的营养物质带到这一片滩涂来，为鸟类提供了非常丰富的食物来源。

站在围头湾岸边，海面上笼起金色的霞光，飞翔的鸟儿仿佛披上了彩衣。观鸟爱好者告诉队员，他们看到3只勺嘴鹬正在觅食，其中包括"小7"，还有一只环志旗标"H0"的勺嘴鹬，它2017年出生并首次在围头湾被记录。科研人员告诉我们，带有旗标的"小7"已经在西伯利亚苔原带成功找到"另一半"，诞下了自己后代，延续了勺嘴鹬的种群。对于它而言，泉州围头湾显然已经成为它每年栖息时间最长的乐土，这让我们对勺嘴鹬以及所有鹬鹬类候鸟的命运有了更殷切的期待。

三

围头湾这片古老的鸟类栖息地，尽管已经是繁荣的口岸，但依然保留了一片安静的生态湿地。这里依然是人类最亲密的伙伴——鸟类，安全幸福的家园。

与面积广阔的繁殖地和越冬地相比，候鸟在迁徙途中所依赖的歇息区的自然环境保护显得更为重要和迫切。也只有加强全球各地的携手合作，才能够为这些"国际旅行家们"，尤其是那些极度濒危的迁徙候鸟留住美好的家园。

《地理·中国》栏目《围头湾的神秘来客》下集节目于2023年5月29日在CCTV-10首播

南安·绿野巨厝

引言

在我国传统民居建筑中，木质建材占绝大多数。在一些特殊的地理环境中，人们会用石头建房子，比如在福建东南沿海一带，那里的石头房子可以更好地防风防潮。但在福建省中部山区有一处罕见的石头村落，那里的居民采用鹅卵石建造房屋，且最大的鹅卵石有1吨多重。这些石头房子经历了数百年的风雨，却依然坚固如新。在林木繁茂的闽地山区，人们为什么舍易求难，不用木头而用鹅卵石建造房屋呢？

一

戴云山是福建省第二大山脉，横贯福建中部地区，山势连绵起伏、瑰丽壮美。南安市官桥镇的九溪村位于戴云山南部支脉的群山深处，近年来随着旅游业的发展，越来越多的人领略了这片山岭的自然美景。

九溪村位于深山腹地，从山脚到达村庄仍需要近1小时的车程。这个隐匿在大山中的村落炊烟袅袅，在此已经存续了数百年。每一个初次来到九溪村的人，都会被这里奇特的房屋建筑所吸引。这里的石头房子全部用鹅卵石建造而成，石头房外观谈不上精致，甚至略显粗糙。它们沿山而建，大小不一却错落有致。当地村民将这些鹅卵石称为"石狗蛋"，称大点的鹅卵石为"大石公"，用鹅卵石修建的房屋则叫"石狗蛋厝"。

在中国和世界各地的民居建筑中，石头房子并不鲜见。相比木质结构的房屋，它们具有坚固耐磨、抗风化、保存时间更长久的优势。出于稳固性和便于垒砌的考虑，人们会采用外形规则、质地坚硬的石材来建造石屋。但用近圆形的鹅卵石盖房子并形成规模宏大的石头村落，在全国也属罕见。

从空中俯瞰，九溪村四面环山，山中枝繁叶茂，山涧中许多溪流于此地汇集，逶迤而东，当地人称之为九溪。虽然此时汛期已过，但流水依然充沛。

九溪村的石头房大多建于清代，至今仍有人居住。房屋之间的小道、岔道彼此相连。鹅卵石的石墙经过岁月的冲刷已是一片斑驳，但在阳光的折射和周围农田的衬托下，宛如一幅油画。

当地向导带着考察组寻访了村里大小不一的十多座石头房。经过一番查找，一面巨大的鹅卵石墙体出现于队员面前。仔细观察后，队员发现石墙虽历经数百年的洗礼，但上面的鹅卵石却少有风化的现象，这让队员们十分诧异。更令人不可思议的是，这些鹅卵石之间的石缝中完全没有黏合的痕迹，只有一些似乎可以随时取出的小石块。

福建省地质调查研究院高级工程师魏勇告诉队员，九溪村的鹅卵石属于长花岗岩，经过大自然的磨蚀打磨，能留下来的已经是最为坚硬的。形成鹅卵石的原始石块表面的风化部分已经被流水带走，留下的部分都是高密度岩石，它们质地坚硬，具有抗压、耐磨、耐腐蚀的天然特性，所以在九溪村的鹅卵石厝表面看上去少有风化的痕迹。同时，由于原始石块风化的位置和程度不同，形成的鹅卵石的形状也是千奇百怪。

考察组发现，垒砌石头厝的鹅卵石个体厚薄不均、高低不齐，没有一个平整的面。石与石之间的缝隙深深浅浅、宽窄不一，貌似随意堆叠，但它们历经数百年风吹雨打后仍岿然不动，原因令大家感到十分好奇。

为了进一步了解石头厝的结构，队员们来到了房屋内部。队员们发现，石头厝外墙的巨大的石缝里并没有见到黏土，但内墙里有非常多大小不一的鹅卵石填充其中，并用黄土抹平。

原来，数百年前九溪村先民在将这些鹅卵石砌成房子时，智慧的匠人发现外墙大块的鹅卵石缝隙过大并不适宜填土，但雨水顺着大块鹅卵石的石弧线轮廓滴落，却有利于保持外墙的干燥，而将黏土填充于内墙缝隙中则能起到遮风避雨、防潮保温的作用。

阳光下，鹅卵石厝显得浑圆厚实，别有一番返璞归真的韵味。然而仔细观察后，队员发现这些看似随意堆叠的石头实则富有营造技巧。鹅卵石厝的营造匠人利用石块与石块之间的楔形结构，将受到的重力和压力分解为向两边的力，最后由两端的基石来承受，即使取出下方的几块石头，墙体也不会发生倒塌。

考察至此，队员深感九溪村鹅卵石厝营造技艺巧妙、匠心独运。正是凭借这些技巧，这些放在平地都摇摇晃晃的鹅卵石被整齐地垒砌成石屋，数百年依然坚固如初。

村民沈诵约告诉考察组，距离这片鹅卵石厝大约2千米的九溪村还分布着一片石厝群。其中一座石厝体积巨大，在整个九溪村都非常罕见。

考察组来到九溪村院口社，这里的山坡上散布着大小不一的石头厝群，但山脚处的一栋房子却与众不同。这座巨大的石头厝被绿荫遮住了一部分，但依旧气势恢宏。垒墙之石皆为巨石，转角处的几块巨石尤为显眼。

队员们发现这座久未使用的巨石厝内部已是残破不堪，经了解后方得知，这座石头厝并非用来居住，而是具有防御躲避功能的石头"城堡"。

从地理位置上看，九溪村地处深山包围之中，古时是交通不便的闭塞之地，究竟是什么人到此处建造了数百座这样的鹅卵石厝令人感到十分好奇。

据说明末清初时，九溪村的先民从漳州迁居到这群山环抱的山谷中，沿溪流繁衍生息。他们从山外沿溪溯流而上。他们见到此处溪涧蜿蜒、泉水丰沛且有荒坡野地可供垦殖，便扶老携幼在此定居。渐渐地，有11个自然村在此开枝散叶。这里地处戴云山脉的南部支脉，属于亚热带季风气候。初来乍到的村民发现此地位于密林深山中，山上虽然树木众多，但如果在此建造木构建筑，它们的防潮能力较弱且易受损，更换频率较快。更为重要的一点是，古时深山密林中大型猛兽众多，木构建筑一旦破损，遭遇猛兽时后果不堪设想。而石头厝既能防潮防湿，又能抵御山中猛兽的袭扰。但问题是九溪村建造石头厝的鹅卵石究竟源自何处呢？

村民沈诵约告诉队员，营造石头厝的鹅卵石来自距此约50米的九溪。这里的鹅卵石层较深，下挖五六米还可见到巨型鹅卵石。

鹅卵石的形成需要具备地质剥蚀和水流搬运两个条件。魏勇告诉大家，这很可能和距离九溪村7000米外的黄巢山有关。相传黄巢山是因唐末农民起义军领袖黄巢于此地屯兵扎营而得名，是被誉为"闽中屋脊"的戴云山南部支脉中一座高耸的山峰，海拔1000多米。它的位置临海，高山将亚热带温暖的海洋季风阻挡于此。根据南安市气象局提供的数据显示，黄巢山一带的年平均降雨量明显高于周边地区，是戴云山脉南部的暴雨中心之一。一旦山洪暴发，山上的石块就会被流水大量地带入山脚下的九溪中。

由于遇到山脉地形的阻挡，雨季时黄巢山一带容易出现强降水。丰沛的降水形成宏伟壮观的瀑布群，三层瀑布落差竟然达到200米以上，其声如雷，十里可闻。此外，黄巢山为花岗岩地貌景观，大量花岗岩风化形成的球形"石蛋"遍布全山。专家认为，正是雨季到来之时，九溪上游的黄巢山瀑布水量暴涨，洪水倾泻而下，200米左右的落差产生的巨大冲力将山上数量庞大且沉重的花岗岩石块冲到了九溪中。

九溪村所属的溪段是九溪下游的中段，河道平均

坡降开始放缓，故从上游经流水搬运至此的石块逐渐失去动力，石块因此开始沉积。久而久之，九溪村所处的河道里堆积了大量经水流磨蚀后形成的花岗岩鹅卵石。

解开了九溪村鹅卵石储量丰富的奥秘，考察组还对一个问题感到好奇。如此巨大的石块如何搬运到村中呢？

原来，智慧的匠人们先用绳将石块捆绑结实，之后用大木棒向上牵引，搬运人员则分两组，采用平均受力的形式用小木棒转向挑起置于肩膀上，成吨的巨石一般需要12人才可以搬运至指定地点。

数百年间，九溪村先民就是这样靠肩挑手扛，建起一座座壮观的石头厝。石头厝不仅仅克服了周边地理环境导致木构建筑潮湿易损的不足，抵御住了风雨的侵蚀，还不易受人为破坏。正因为如此，戴云山深处的这片建筑奇观才长久地被保存了下来。

二

福建九溪村的先民就地取材，依靠勤劳智慧，建起了一座座牢固美观、冬暖夏凉的鹅卵石厝，成就了福建闽中深山里一道独特的人文奇景。

考察组了解到，每逢村里某户人家造房子的时候，乡亲们便会前来帮忙，这也正是闽地先民在创业的路上团结一心、守望相助的精神写照。

人类的文明与戴云山脉交相辉映的历史还在延续，天地、山水之间有了人作为纽带，寂寥的山野才能够于今天依然流光溢彩、风光无限。

《地理·中国》栏目《绿野巨厝》节目于2022年11月3日在CCTV-10首播

安溪

引言

繁荣昌盛的古泉州曾是世界上最大贸易港之一。每当海上的季风吹起时，蓄势待发的船队便会扬起遮天蔽日的风帆。

安溪，亦在泉州。

这里的人们曾用勤劳的双手，为海上丝绸之路的繁盛描绘了动人的一笔。如今他们续写传奇，用随处可见的藤条装点了全世界。

这座古老的闽南小城宛如一朵鲜花，正翩然绽放、风姿绰约。

一

清明前后的安溪县城热闹非凡，一年一度的民俗盛典"城隍春巡"将海内外的安溪人召回了家乡。这是亲人团聚的时刻，也是思念祖先的时刻。延续了几百年的古老仪式，在现代化的高楼广厦间诉说着安溪的千古往事。

"未有清溪县，先有廖长官"，这句广为流传的俗语讲述的是开发安溪第一人——廖俨。

安溪的历史是一部开拓者的历史。由于远离中原，福建所在区域在很长一段时期被称为"蛮荒之地"，而安溪更是山多林密、平地狭小，交通非常不便。唐朝末年，中原地区持续战乱，人们纷纷逃往南方。其中有一人也跟随迁徙的人流从河南跋涉到了偏远的福建，他就是廖俨。

廖俨以福建都团练散兵马使的身份来到了泉州小溪场。这里原为泉州南安县西南部的两个乡，唐懿宗咸通五年（864），唐廷在此设场，这也是安溪历史上的第一个行政建制。"场"由定期"墟市"发展而来，是百姓交换物品的固定场所。有了"墟市"，市肆街衢逐渐形成，因而升为"场"，并设有场监。

从中原来到小溪场的廖俨，为官以清廉、爱民、勤政著称，他率民除暴，招集流民，开垦山地，历经数年，小溪场发展成为人口稠密的集镇。于是廖俨在此基础上带领民众继续开发小溪场，并督造城池，建成凤城。小溪场因此逐渐成为闽南沿海和山区联系的重要交通枢纽。

时至今日，安溪人还在缅怀这位开发安溪的先驱者。廖俨奋发自强的精神，早已跨越时间的长河融入安溪人的血脉，激励历代安溪人凝心聚力、建设家园。

小溪场的繁荣为多年后安溪立县奠定了基础。后周显德二年（955），小溪场场监詹敦仁上书朝廷申请建县，他以境内溪水清澈之意将当地命名为"清溪"。这是安溪历史上第一次立县，而詹敦仁也被任命为首任县令。

安溪县博物馆馆长易曙峰告诉我们，廖俨是安溪的开拓者，让安溪实现大发展并走向繁荣的则是詹敦仁。

一身正气的詹敦仁为官清廉、淡泊名利。新建县城时，他为了减轻民众负担、不误农时，尽量利用农隙并征调城郊民众及轮值的士兵，共同兴建公共设施。城隍庙正是在建县的第二年修造起来的。

"报国丹心赤，传家黄卷新"，这句诗出自詹敦仁写给后代的《勉儿》，他勉励后代要永怀报效祖国的赤子之心。他深知教育传承的重要性，也因此教导后人常翻书卷。而在儒家笃行实践的精神熏陶下，安溪孕育出了耕读文化，一代代贤才不断从这里走出。

北宋宣和三年（1121），因与浙江睦州青溪县同音，遂改清溪为安溪，兼寓溪水安流才能太平之意，安溪这一地名沿用至今。

二

清康熙十二年（1673）编修的《安溪县志》序言中曾记载了安溪多山的地形。由于境内存在数千座千米以上的高山且危峰兀立，因此安溪土地贫瘠，耕地资源匮乏。然而这样的环境却成就了安溪一部延续至今的创业历史。

厦门大学建筑系教授戴志坚手持一封家信，来到了安溪西坪镇南岩村。这封写于20世纪的家信，充满游子的思乡之情。而信中所述的家，正是清末民初安溪最大的茶行——梅记茶行的发祥地泰山楼。依山而建的泰山楼是南岩村一座具有百余年历史的二层楼房，属于闽南地区极具特色的古厝式传统民居。

泰山楼的楼主是王三言。清同治十二年（1873），从小跟随父亲种茶做茶的他像许多安溪同乡一样，离开了家乡西坪镇南岩村，来到厦门，开设了梅记茶行。

"四季有花常见雨，严冬无雪有雷声"的气候条件让安溪的土壤环境非常适宜茶树的生长。唐宋时期，中原移民带来的先进制茶工艺让多山的安溪孕育出了独特的安溪茶。明朝正统年间，安溪代知县李森捐银凿通了湖头至泉州的水上航道，安溪内陆山区的特产得以从陆路运送到湖头，再通过水路运到泉州港。随着泉州港扬帆起航的商船，安溪茶被带往世界各地，成为海上丝绸之路的中国符号。

从枝头的树叶到杯中的芬芳，安溪茶要经历复杂的制茶工序。王三言首创布巾包揉技术，并研制出独特的烘焙技艺。

为了扩大经营规模，王三言派儿孙前往东南亚等地开设茶行。到了清末民初时期，梅记茶行成为内安溪经营的最大茶行。

戴志坚手中的家信，正是在印度尼西亚开茶行的王三言第四代后人所书。家信是远在异乡的安溪人联系亲情、寄托思念的纽带。

现在地图无法查得"榜头市"这一地名，然而在100多年前，安溪海外华侨在家信地址写上中国榜头市却可使收件人收到信件。考察组经查证后得知，"榜头市"正是龙门镇榜头村，村民白宝义对这些收藏于家中的百年前的家信可谓如数家珍。

因为交通便利，安溪人每月有12个集市日，集市日时他们皆会前往榜头交易或中转，故而有了"榜头市"。这里随处可见具有百年历史建筑以及卵石铺成的商道，它们无不向我们展示着榜头昔日的繁荣。

数百年来，勇敢坚韧的安溪人带着种茶的技艺和种田经商的营生本领，在东南亚各国开拓发展。安溪茶叶世家代代相承的传统工艺，迎难而上的开拓创新精神，使安溪茶更加以香迷人、以韵留人。

三

"谨慎清勤，始终一节，学问渊博"，这是康熙皇帝对李光地的评价。身为文渊阁大学士，安溪人李光地从离开家乡那一刻起便坚持一边做官，一边做学问。早年的他为收复台湾建言献策，中年治理畿辅名垂史册，晚年仍为国家的长治久安鞠躬尽瘁。

康熙五十五年（1716），75岁高龄的李光地回到了家乡安溪。他深知一个人的成长成才与教育密不可分，于是亲自拟定了家规家训。他在《家训·谕儿》中认为，书不仅要看，还要读和写，只有做到这样，才能记得牢。同时，他还告诫后人，读书的根本目的在于修身养性、完善人格。

为了消除族人陋习，他亲自订立《本族公约》："自今以往，有犯规条，我惟有从公检举"，像这样言辞恳切的公约成为李氏族人恪守的基本准则。

良好的家规家训让李氏后代人才辈出，创造了"四世十进士七翰林"的科举盛况。李氏家风也深深影响了当地的民风，泉州府因此设立府学，用以革新乡风民俗。

矗立于安溪文庙的《皇清重修学宫碑记》石碑记述了安溪文庙最重要的一次重修盛况，也留下了李光地与安溪教育发展的历史渊源。当年为了重修文庙，李光地组织安溪工匠赴山东曲阜等地进行观摩学习，吸收各地建筑精华后再返乡进行重建。如今，安溪文庙已是全国重点文物保护单位。这座保存完整的古建筑艺术群因宏大的建筑格局，获得了"秀甲东南""名冠八闽"的美誉。

崇文、重教的传统理念融进了安溪人的文化基因，深深影响了安溪人的文化品格。受李光地的影响，安溪人才辈出，为数百年来的发展之路奠定了基石。

2014年，湖头镇文化站站长李绍清为筹建湖头镇阆湖博物馆，在李光地的故居对先人李光地的相关史料进行了深入的挖掘与整理。2017年，湖头镇阆湖博物馆正式开馆。经过系统整理，李绍清将李光地的资料整理成册，永久保存于博物馆。"家国"二字的内涵在一件件文物中清晰地展现在当代人面前。

四

延绵不绝的群山滋养了安溪的千年文化，孕育出了雅俗共赏的安溪高甲戏。

高甲戏是闽南诸剧种中传播区域最广的地方戏曲。2006年，它被列入首批国家级非物质文化遗产保护名录。高甲戏表演风格古朴、诙谐幽默，深受闽南乡亲喜爱。

《玉珠串》是安溪高甲戏的一部代表作，讲述了古时皇帝为了寻回公主失去的玉珠串而演绎出的一个个妙趣横生的故事。从20世纪90年代开始，安溪县高甲戏剧团排演的经典版《玉珠串》深受好评，曾创下了两年内演出400多场次的记录。

2016年，在安溪县高甲戏剧团工作近60年的吕忠文接到县里委托，要求重排传统高甲戏《玉珠串》。经典版《玉珠串》已经演出近30年，重排并不是一件容易的事。重排经典需要创新，这对吕忠文来说也是个挑战。

为此，吕忠文决定在动作设计中融入观众喜闻乐见的泉州提线木偶戏的元素。泉州提线木偶戏古称"悬丝傀儡"，每个提线木偶身上设置16至30余条纤细的提线，表演者用灵动的指尖与纤细的提线，让木偶的表演活灵活现。

吕忠文将木偶受操纵的姿态，融入了高甲戏的经典表演"傀儡丑"中，增强了高甲戏的诙谐感。这一串串的丑行表演，生动自然地为全剧定下"谐而不谑，婉而多讽"的基调。

重排《玉珠串》进入倒计时。排练场里，年轻演员们尽管经验不足，但在一张张认真的脸上，吕忠文似乎看到了自己年轻时的样子。2019年正月初一，新版安溪高甲戏《玉珠串》片段在央视戏曲春晚上成功上演。

老艺人们以对传统戏曲视若信仰的执着坚守在戏曲舞台上，年轻艺人的加入让传统戏曲舞台继续演绎着各种悲欢离合。高甲戏在安溪记录着属于中国文化的审美情趣。

五

在1991年的广州交易会上，名不见经传的安溪人创造了一个轰动全场的奇迹。那一天，安溪藤铁工艺品"葡萄"系列藤篮样品一经展出，就受到欧美客商的青睐，3天时间里总共卖出了500万美元。从那时起，每届广州交易会都会设立"安溪藤铁工艺"专区。

早在1000多年前，竹编织技艺就已是安溪人重要的谋生技艺。如今，安溪"竹藤编"被誉为"指尖上的魔幻艺术"，已列入第四批国家级非物质文化遗产代表性项目名录扩展项目名录。

作为安溪藤铁工艺发展历程的见证人，陈清河的一生与竹藤编结下了不解之缘。1969年，竹编专业科班出身的陈清河回到家乡后，投入竹藤编产业。20世纪90年代初的一天，陈清河正在为广州交易会设计样品发愁。突然，他想到欧美客户采购藤器制品多用于家居装饰，十分强调外观的变化。于是，他尝试着用藤皮、藤芯编织篮身；用钢筋作为把手、将铁皮剪成葡萄叶状、把钢珠焊在一起做成"葡萄串"，作为篮身的装饰。就这样，新创的葡萄系列藤篮在广州交易会上大获成功。

将藤的柔软和铁的坚硬完美结合，陈清河在无意中首创了"藤铁工艺"。专家认为，将工业设计与传统工艺相结合会产生许多精彩的作品。这些设计是跨界的，传统的技艺也需要现代的表达。

黄连福是藤铁编织工艺的传承人。他从19岁起便从事工艺品外贸订单代理工作。在陈清河的指导下，他研制出一批款式新颖独特的藤铁新样品，在广州交易会上也成功取得了客人的订单。

创新是近30年来安溪藤铁工艺发展史上最鲜明的特征。安溪企业不仅引进外籍设计人员，还组织设计人员到国外考察风土人情，设计出符合当地审美的产品。

如今，安溪藤铁工艺从研发设计到量产销售，从原、辅材料生产加工到物流贸易，构建起了一条遍布全国乃至全世界的完整产业链。安溪120多万人口中有40多万人受益于藤铁工艺行业，这也推动着安溪百姓在脱贫致富的道路上不断前进。2019年6月14日，世界手工艺理事会授予安溪"世界藤铁工艺之都"称号。

凭着一根随处可见的藤条，心灵手巧的安溪人创造出了一个上百亿的产业。从中国制造到中国创造，藤铁编织成为安溪一张闪亮的城市名片，这是安溪人在世界手工艺行业中织就的一个独有的符号。

六

2000年，长期从事崩岗现象治理的福建农林大学黄炎和教授带领一支科研队伍专程来到安溪。经过调研，他发现安溪地表多为粗粒花岗岩，在温暖湿热的条件下极易产生强烈的化学反应。在地表径流和重力作用下，土体极易崩塌形成崩岗。

安溪县12000多处崩岗共造成了61平方千米的水土流失。崩岗数量之众多、地貌特征之复杂对科研团队来说是个巨大的挑战。经过长期调研，科研团队建议根据安溪崩岗区的不同特征，将其分别打造成为工业区、水保生态区、生态旅游区和经济作物区，创新和总结出4种值得推广的治理模式。

2013年，大学生李友田返乡创业。他向官桥镇政府租赁了400亩崩岗地，将其改造成为鸟语花香的生态旅游区。如今，这里已经成为闽南青少年喜爱的户外拓展基地。

曾经的安溪官桥镇崩岗侵蚀区，通过推平崩岗、配置排水与拦沙设施等整治措施，已成为"点亮"整个福建产业发展新格局的南翼新城。福建省首个大数据产业重点园区中国国际信息技术福建产业园便落户于此。它宛如一个"超级大数据平台"，矗立于南翼新城。

崩岗这种罕见的地质灾害，在高科技的参与下反而为安溪创造了前景广阔的未来。

科学技术是第一生产力。十多年来，黄炎和团队围绕着安溪崩岗治理这一主题，先后主持了10个国家级崩岗课题，将治理安溪崩岗的成功经验推广到全国。

安溪湖头镇的"中科生物"是中国科学院植物研究所将植物科学领域的研发成果进行光生物技术产业转化的基地。基地将安溪LED光谱技术与中国科学院植物研究所的生物技术相结合，促进了农业科技与生物医药领域新动能的产生。

"中科生物"根据植物不同生长阶段的需要对光进行调配，从而保证植物每一阶段最佳的光需。通过LED光来调控植物的品质和产量，这是太阳光所不能实现的。中国科学院院士匡廷云向我们介绍道，2016

这里年成功打造出了世界上面积最大、占地近 1 万平方米的植物工厂。

"中科生物"还研发了水培技术，植物根系只需浸泡在高度为 0.5 到 2 厘米的营养液里面就可吸收足够的养分。经过不间断的科学研究，"中科生物"研制出了全球第一套模块化整合栽培系统。

2017 年 8 月，660 多公斤新鲜蔬菜由安溪生产基地发往金砖厦门会晤组委会。植物工厂蔬菜荣登国宴，获得了来宾们的一致好评。

1985 年，安溪还是国家级贫困县，经过 30 多年的发展，它早已改头换面，成功进入全国百强县行列。

今天的安溪已不再是八闽的一块贫瘠之地。现代建筑装点着城市的繁华，绽放着安溪的自信与活力。从传统中汲取能量，在新时代开拓进取。这是安溪人的精神，也是新时代的安溪精神。

结语

高山的阻隔曾经让安溪饱受贫穷落后的困扰，现在的安溪，已通过自身的努力跻身于中国百强县之列。从"中国茶叶之乡"到"藤铁之都"，从文化名城到科学之城，安溪正以不断前行的勇气和为时代担当的魄力，在八闽大地上走出一条传承发展、开拓创新之路！

闽南寻迹（一）

引言

千百年前，因北方战乱或者是灾荒而被迫南迁的人们中，一部分从浙赣进入福建，并最终选择在闽南落脚，过上了耕海牧渔的生活。浩瀚的大海、连片的滩涂，以及起伏的丘陵孕育出了独具魅力的食材，这些自闽南先民传承下来的传统食物和做法，经过历史的沉淀被当地人称为"古早味"。这不仅仅是深受当地人们喜爱的食品风味，也是人们了解闽南地区的历史、文化、风俗的窗口。

一

安海湾位于泉州的西南部，从高空鸟瞰宛如一个"布袋"卧于闽南海岸线上，而有着近千年历史的安海古镇位于"布袋"的底部。漫步于古镇街头，随处可见"安海土笋冻"的字样。这种闽南地区的特色食材，被盛放在小盒之中，呈现出类似果冻的状态。考察组了解到，它既可以在路边作为被食客品尝的街头美食，也可以在酒店中作为宴请宾朋时的一道凉菜。

闽南地区的海货种类丰富和这里的自然环境密切相关。"安海土笋冻"的食材是生长在海滩泥沙中的一种软体小动物，因形似"小笋"而得名。明代屠本畯的《闽中海错疏》和清代周亮工的《闽小记》中都有关于土笋冻的记载，前者描述道："其形如笋而小，生江中，形丑味甘。"后者则称："予在闽常食土笋冻，味甚鲜异，但闻其生于海滨，形类蚯蚓。"

考察组来到安海湾时正逢涨潮，潮水退去后滩涂开始显露，然而滩涂之上并没有多少生物，只有一些小鱼小虾在水洼里游动。队员们走近仔细观察时，才发现滩涂上到处都是密密麻麻的小孔洞。当地村民身背箩筐，在这些小孔洞中搜罗着"土笋"。

"走船跑马三分命"是闽南当地的一句俗语。古时候由于海航技术相对落后，闽南先民在风高浪急、变化无常的大海上捕鱼是非常危险的。相较于大海，滩涂自是更加安全，因此人们常常从沿海滩涂上获取食物来源，这或许正是闽南先民在滩涂上发现了"土笋"这一特色食材的原因。

"土笋"的学名是弓形革囊星虫，是星虫中较大的种群。它们喜欢栖息在海边滩涂和草类丛生的泥沙中。水草边的动力较弱，有机质含量也更高，同时还能够给星虫提供遮盖，避免被天敌摄食，因此它们在此得以大量存活。但是，考察中队员们发现安海湾滩涂只见淤泥不见沙，这种特殊的滩涂环境与"土笋"的繁殖之间的关系不禁使大家感到疑惑。

这时，海湾内的安平桥引起了考察队员的注意。大家发现安平桥下的桥墩形状不尽相同。安平桥的桥墩有3种类型，一种是方形的桥墩，它主要在水流不是很急、滩涂较浅的地方；船形桥墩通常设置在水流较急处，起到分水的作用。

专家分析，安海湾的上游有不少溪流流入，然后汇于大盈溪附近，然后往下流到安海湾。

闽南地区属于亚热带季风气候区，每逢强降雨天气，溪水便将山中泥土冲到安海湾，而安平桥船形桥墩的分水之力则将泥土冲散于两侧岸边，慢慢沉积。整个安海湾呈布袋状，而安平桥的位置正在口袋的里面，通往外海的海门处较窄，因而涨潮时所带来的海

福建纪行·泉州篇

沙对"口袋"底部的滩涂影响较小，这就是安海湾滩涂只见淤泥不见沙的原因了。

据队员们了解，星虫属于环节动物，其肠道内容物会受生境类型的影响。在泥沙底质中生活的星虫，肠道内会有砂。而土笋冻制作者在清理内脏的时候通常采用石磨直接挤压的方式。如果"土笋"肠内有砂，难免会被压嵌到肉里，从而影响土笋食用时的口感，但安海湾滩涂上的土笋则不会存在此问题。

作为闽南的传统美食，土笋冻广受当地人的喜爱。但是持续的采挖会影响到它们的自然繁衍，因此当地的人遵循着古老的挖采传统：每年只在从农历八月十五日到来年的四五月份挖采，其余时间里土笋便可自由生长与繁衍，这是闽南先民与自然形成的默契。

安海在古代是个贸易大港，这里的船只往来于国内及东南亚地区的各大城市。土笋冻在冬季可以保存较长时间，所以他们于冬季把安海的这种美食带到各个地方。

闽南滩涂美食土笋冻跟随着商船，作为故土礼品漂洋过海，将这种带着浓郁海洋风味的小吃传播到远方。

二

海雨天风中，闽南人劈波斩浪，构筑起一片昂扬开拓的生活图景。而在滩涂之上，闽南人用自己的智慧合理地向自然索取，不断发现新鲜的食材用以丰富生活的滋味。在历史的长河中，这些凝聚着家乡情感的美食文化随着海浪飘向世界各地的时候，承载着无数人关于乡愁的记忆。

《地理·中国》栏目《闽南寻迹》第一集节目于2023年8月2日在CCTV-10首播

闽南寻迹（二）

引言

泉州一带的百姓们对面食也有着特殊的偏爱。在当地，一种被称为"面线"的食物常常出现在人们祭祖、敬神、婚丧喜庆的各种重要仪式当中，显示着它在闽南人生活中非同一般的地位。

一

作为闽南古早味之一的面线，在闽南又称为"线面""面干"，这一闽南地区的特色食物，几乎贯穿于闽南人一生中各个阶段的重要时刻。婴儿满月酒的头道美食必须是面线，生日第一顿要吃鸡蛋面线，老人的寿辰桌上也一定要有面线，在过年和祭祖的时候更是少不了一碗热腾腾的面线，因为面线有着祝愿人们福寿绵长之意。在遇上这些喜事时，邻里也会相互送上面线作为礼品，上面还会用红纸箍住以示祝贺。

为了进一步探寻闽南面线背后的故事，考察组来到了福建省晋江市安海镇。这里的人口不足千人，但至今仍保留着已流传百余年的手工面线制作技艺。

行走于梧埭村，队员们发现，无论是小道边还是寻常人家的前庭后院，都能看到一些形状特别的木架子。这些木架高约两米，上面横竖排列着许多木条，木条上打有许多孔眼。当地的村民告诉大家，这是制作传统面线专用的架子。

队员们了解到，晾晒是闽南面线制作工艺的最后一道环节，它关系着面线成品的最终品质。村民们凌晨起床开始和面，到晒面环节，往往已过5个小时。另外，制作手工面线不仅是一种力气活和技术活，还需要靠天。若遇上雨天或潮湿的天气，制作的面线就会黏在一起，那么一天的辛苦劳也将白费。

闽南地区气候潮湿多雨，这使得晾晒这道工序显得尤为重要，晾晒的技巧也颇为讲究。

而为了进一步了解其中的奥秘，考察组来到了距离梧埭村约10千米的龙湖镇后坑村。但是在这个与梧埭村制作面线齐名的村落，队员并没有见到晾晒的木架。

只见这里的村中央的一片空地上竖着一排排木架子，四面连排的石头房将空地合围起来。每间石头房面积都不大，看上去并不像住宅而像一处劳作场所，这正是后坑村的一个制作传统面线的场所，当地人称之为"工坊"。在工坊里，队员们看到十几间小房间，这里的每一个房间都是一个大户人家制作面线的公共场所。

后坑侨乡手工线面制作技艺第五代传承人汎朝牙告诉队员，后坑村制作面线的工坊已有几百年的历史，中间的木架是公用的。早年这里有种植小麦，村民就将小麦磨成面粉制成手工面线来营生。作坊的功能齐全，放盐、晒小麦、磨面粉一应俱全。晒面线的时间也各有不同，在晴朗的天气里一般花20多分钟就可以将面线晒好。

队员们发现空地上的木架子都朝一侧倾斜，这是因为闽南地区潮湿多雨，晴朗的日子不多，晾晒的时间有时需根据气温的变化和阳光的强弱而定，有经验的师傅会通过面线晾晒时的干湿度来判断。场地上晾晒面线的木架会朝一个角度倾斜，正是因为在晾晒中随着水分的蒸发，原来弯曲的面线会开始绷紧，因此需要通过调整竹竿插孔的位置来控制晾晒中的面线的角度，使之不易折断。而由于长期单向受力，木架便朝一个方向倾斜。

同行的专家粘良图告诉队员，后坑村制作传统面线的这种公坊可以算是闽南早期工业化生产的萌芽。而随着时代的发展，后坑村已经拥有了新的面线制作基地。

不过，最令考察队员惊讶的还是面线细如发丝的工艺。洪朝芽说制作的原料一定要选用上等的面粉，且在制作过程中要让面团充分发酵。除此之外，在面团中加盐可增加面条的韧性，从而使面条拉得更细。此外，加水、盐的比例也要根据季节的不同而进行相应调整。

面线的粗细是由晾晒架上竹竿的多少决定，同一块面团，使用拉伸面线的竹竿越多，它们就越细。所谓"四支杆"就是用4支竹竿来拉成的面线，"五支杆"则是用5支竹竿拉起来的面线。人们所说的"细如发丝"的闽南面线，其实就是指"五支杆"面线。

传统手工制作的面线以其外观精细、久煮不糊、口感香醇而深受闽南人喜爱。正是闽南人独特的生活智慧和辛劳汗水的凝聚，最终成就了这样一道细如发丝、口感顺滑的闽南古早味，可是队员心中对于闽南的人们为何将面条做得如此之细仍存有疑惑。

专家告诉队员，千百年前因北方的战乱或灾荒被迫南迁的人们从浙赣进入福建后成为闽南的先民。他们带来了小麦、水稻的种子，用熟悉的农耕技术在这片土地上耕耘劳作。然而，闽南沿海的土地贫瘠，粮食产量很少。人们珍惜不多的产出便将面条尽可能地拉到最细，以此让更多的人品尝到家乡的滋味。

对于闽南先民来说，面线承载着故乡的记忆。数百年来，手工面线的制作工艺代代传承，那细如发丝的面线早已化为闽南人说不完、道不尽的脉脉深情，更是闽南人由口而入、融入心底的美好回忆。

二

如果说面线是闽南人见证人生中重要时刻的食物，那么番薯则是闽南人日常生活中餐桌上的主角。考察中，队员听闻一个有趣的说法，闽南地区的晋江市过去被称为"地瓜县"，一座城市和地瓜之间竟有如此紧密的联系不禁引起大家的好奇。

相传明洪武年间，安海人苏得道从南洋引进了番薯苗，并开始在当地种植。安海镇苏厝村的龙泉宫至今还供奉着"番薯公""番薯婆"，以此来纪念苏得道引进番薯苗的这段历史。由于安海镇苏厝村距离海边数千米，属于亚热带季风气候，因此和东南亚地区的气候、土壤条件相似，苏得道在引进番薯种后历经数月试种终获成功，并开始大规模推广种植。

相比小麦、水稻等农作物，番薯对闽南盐碱地土壤适应性强、产量高，能够满足闽南百姓的主食需求。据史籍记载，明朝末年福建已经成为著名的番薯产地，此后番薯种植更是逐渐传播至全国各地。不论南北，番薯在中国人的餐桌上都扮演了极为重要的角色。

队员们了解到苏厝村至今仍保留着不少跟番薯有关的民俗传统。村民曾胜利告诉大家，每年的正月初一村里都有煮番薯粉团、吃烤红薯的风俗习惯，且只有这样吃过一餐才能算过完春节。每逢家中有喜事，如建新房子、男女婚嫁或者是小孩子周岁，也会将"番薯公""番薯婆"请到家中供奉。

番薯的到来，也使盐碱地变成了良田。据史料记载，明万历年间泉州闹灾导致粮食歉收，只有番薯依然丰产。泉州的大部分农民靠番薯充饥，度过了这场自然灾害。番薯也使当地人口数量也有了大幅度的增加。可见，苏得道引种、推广番薯种植的历史功绩是不言而喻的。

闽南盐碱地上种植小麦、水稻这些粮食作物十分困难，然而番薯却在这片土地上很快安家，成为闽南百姓一日三餐中的绝对主食。而为了让番薯变得更加可口，人们还用各种方法丰富它的烹调形式。如村民们提及的炸枣就是将红薯蒸熟后，捣烂成泥，搓成团，装入馅料后油炸而成。

对于中国北方地区来说，番薯也许只是人们餐桌上的一道补充，但对于闽南先民来说则是维系生命的重要食物，它决定着古时闽南人们的生计和发展。

番薯和闽南的特殊缘分，除了源自食材本身适应性强的特点之外，闽南地区的地理环境也是重要的因素。番薯的适应能力较强，喜欢带沙红土，在带沙红土中个头长得较大。村民依照祖上的种植方式，每年的二三月份种植一季，七八月份获得收成后再种第二季。一年能做到两季种植使得番薯的收成较高。村民告诉队员，闽南地区种植番薯的流程比较简单，基本不用过多打理，连杂草都不需要除去，闽南春夏季的雨水刚好给予番薯自然灌溉。

考察中，队员了解到，闽南地区的番薯不仅产量大、品种多，口味上也与其他地方的番薯不同。当地百姓自豪地告诉我们本地的番薯主打一个"甜"字，因此它不仅是主食，还可以做成各种各样的甜食小吃。

戴云山是福建省第二大山脉，南安市官桥镇的九溪村就藏在戴云山深处。当地村民告诉我们，这里的山区地势高、温差大，因此当地的番薯较山下的生长时间要久一些，虽然小一点但特别甜。不过，闽南地区春夏季台风频繁，随之而来的狂风暴雨，稍不留意就会给番薯种植地造成严重的水涝灾害，而番薯含水量过多有可能会降低甜度。特别是在收成的时候，村民们需要格外关注天气，一旦降水过多就要及时进行排水以防止烂根。

此外，村民告诉队员，当地先民常在山涧河谷中挖采丰富的河沙，并搬运至不远处的耕田里。富含沙质的土壤可以确保番薯良好的长势和甜度。

闽南先民最擅长将番薯制作成当地的风味零食风吹饼。将番薯先清洗、再去皮并挖掉虫蛀的部分，再上蒸笼蒸熟后就可将它捣成薯泥做成风吹饼了。风吹饼外形扁薄、口感酥脆，富含烤番薯的香味，获得了考察组队员们的一致称赞。

勤俭持家是闽南人的传统，即使是廉价的材料，村民也物尽其用。村民告诉队员，干的番薯藤可作为牛羊的食物，因此每家都会储存它。除此之外，每年大年夜村民都要"过火"，也就是烧晒干的番薯藤，寓意来年红红火火。

滩涂中的土笋、细如发丝的面线、浑身是宝的番薯，这些最平常的食材构成了闽南古早味传奇。独具魅力的饮食文化展现了闽南先人的智慧，更是他们遵循自然、因地制宜，将朴素的生态理念运用到生活艺术中的极致体现。

三

依山傍海的地理优势，让闽南文化拥有海纳百川的包容。这种独特的文化底色，也体现在闽南的传统食材上。虽然广袤的滩涂和丘陵山地都馈赐予了当地百姓不同的食材，但面对临海而居的闽南人来说，丰富的海洋鱼类资源才是闽南百姓生存的真正基础，而由此诞生的名目繁多的海鲜"古早味"也塑造了一方水土孕育下的地域文化。

《地理·中国》栏目《闽南寻迹》第二集节目于2023年8月3日在CCTV-10首播

闽南寻迹（三）

引言

闽南地区弯曲的海岸线自古以来为沿海居民提供了优质的渔获资源和繁荣的海上贸易。渔民世世代代在这里繁衍生息、形成聚落。他们向浩瀚的大海获取生活资源，在与狂风巨浪的博弈中积累生存的智慧，天长日久形成了独特的地域文化。

深沪古镇保存着众多别具特色的民俗，其中各种海鲜的加工制作，丰富了闽南多彩的"古早味"饮食文化，使得这座小镇成为闽南地区一个独特的存在。

一

福建省晋江市深沪镇古称"沪江"，其三面临海、一面依山的独特地理位置素有"崎海金狮"的美誉。作为闽南渔港重镇，这里港宽水深，自然条件得天独厚，自古以来就是闽南沿海渔获的重要集散地之一。每天清晨，无数新鲜的鱼类从深沪码头直接进入古镇人家，带着海洋独特的鲜美气息，成为制作闽南"古早味"美食的优质食材。

渔船陆续靠岸，渔民们从船上的冷库中不断向岸上搬运货物。大筐小筐的鲜鱼，让深沪湾充满了欢快的气氛。渔获中价值较高的会用于交易以获取收入，价值一般的则会由渔民们留作自用。为了最大限度地留住海鲜的原味，深沪湾渔民千方百计地创造出了丰富多彩的海鲜小吃。

在深沪湾，如果想寻觅地道的小镇风味，少不了在蜿蜒窄巷中穿行，那里常隐匿着最正宗的闽南"古早味"。

南春社区庵宫口，是深沪镇买卖鱼鲜的集市。一条小街仅两三米宽，但地上的石块已被磨得发亮。店铺老板在做生意之余，常隔着街道与邻居们寒暄。这条古老街道的末端通往渔港，当渔船返航的时候，大大小小的船就停泊在湾澳里，一筐筐的鲜鱼得以在街区里贩卖。如果渔船在晚上返航，整条街上便到处都是火把，别有一番景致。

深沪港是宋元时期泉州刺桐港的中枢港之一，由于寒暖洋流在此交汇，因此鱼虾的种类众多，是我国重要渔场之一，大量的渔获从深沪港上岸、集散。深沪镇既有丰富的食材，又有大量的流通人口，因而有旺盛的食物需求，并催生了近百种风味小吃。它们以特色见长，原料均出自本地海鲜和农产，并在实践中不断地完善，终于自立一门、独具一格。其中，最负盛名的当属庵宫口鱼丸。旅居在外的深沪游子每当踏上家乡故土，一定会来品尝正宗的深沪鱼丸，以此慰藉远游他乡的味蕾与心灵。

当地的鱼丸制作者一般从凌晨便开始工作。他们一般会选择渔港里面的大型鱼类作为原料，以马鲛鱼和鳗鱼为主。处理鱼时要先放血，再去头尾，只有这样才可以保证打出的鱼丸鲜、嫩、脆。一颗颗小鱼丸从拇指和食指的指缝间被挤出来，随着勺子的拨落依次落入装着热水的盆中，从原本黏稠状的鱼泥变身为大小一致、富有弹性的鱼丸。其肉馅的取料也十分讲究，主要用肉骨清汤和油葱、瘦肉等。

在和鱼丸制作者的交流中队员得知，深沪鱼丸只是一个统称，制作者往往会根据深沪港上岸的不同渔获选择不同的原材料制作鱼丸。

深沪湾周边海域的地形、气候多变，出海捕鱼面临极大的危险和挑战。向导告诉队员，从古至今，深沪湾周边的海底有不少沉船。在泉州海外交通史博物馆里，有一个在深沪湾周边海域发现的长7.5米的宋元时期巨型双爪木锚，专家推断这条沉船的长度应该在60米左右。由此可见，在宋元时期深沪港已经拥有了海上巨型船舶和先进的航海技术。

宋元时期，泉州以"刺桐港"之称闻名于世，被誉为"东方第一大港"，也是全国的造船中心。为了保证出海捕鱼与商贸往来行船的安全，让泉州海船笑傲沧海、行走天下的，便是智慧的福建先民创造出的"水密隔舱福船制造技艺"。专家们通过一张1974年泉州港一处南宋沉船挖掘现场的照片，考证出照片中的沉船应为一艘中型远洋货轮。从照片上可以清楚地看到船壳板由多层木板构成，整条船多有10多个水密隔舱。

晋江市级非物质文化水密隔舱福船制造技艺代表性传承人陈春来告诉队员，中国船舶使用水密隔舱结构技术至今已经有1000多年的历史。所谓的水密隔舱是指在船舱中通过隔舱板将船舶分割成若干个彼此密封、互不透水的船舱，它最重要的一个作用就是提高船舶航行中的安全性。万一其中的一个船舱进水，其他的船舱还能保持一定的浮力，使船舶不至于马上沉没，船舶可以航行至附近的港口或者其他地方进行修理。除了增加船舶的安全性之外，它还能方便货物的分类，便于货物的搬运和存放，同时，隔舱板数量的增加也会使船的强度更好。

水密隔舱的发明最大限度地保障了古时木帆船的行船安全性，也为明代郑和下西洋时的船队提供了技术保障。虽然今天的渔船已不再是木帆船，但船舱之间的分隔依然在采用水密隔舱的原理进行设计建造。

考察中队员们了解到，闽南各地将渔获制成干粮的做法各不相同，体现了各地的区域文化差异。距离深沪镇40千米左右的惠安县崇武镇的海鲜做法与众不同，身着当地特色服饰的惠安女常会制作一种名为"鱼签"的特色小吃。这是一种专门用小型鱼类制作的小吃，而在惠安女的日常劳作中，制作"鱼签"是她们必备的一项技能。

闽南的渔民出海捕鱼时常面临生命危险，所以他们对安全归来与家人团聚十分重视。这个思想也体现在了闽南的食品上，因此闽南的食品常被成圆形的样式，寓意着一家人团圆美满。

二

无论是鱼丸还是鱼签，都是闽南自然环境的产物。依托天然渔港的优势，闽南地区向来不缺渔获资源。不过，渔民们出海捕鱼需要长时间在海上作业，会消耗巨大的体力，渔民们仅靠海鲜不足以补充体力。此外，遇到台风暴雨和禁渔期渔民也不能够出海打鱼，渔获并非一年四季都有。于是闽南沿海先民发挥聪明才智，又制作出了一种当地渔民出海必备的食物。

考察组再次来到晋江市深沪镇时已临近禁渔期，渔民们正加紧修整，为下一次出海做准备。靠海而生的闽南先民，在接受大海慷慨馈赠的同时，也始终在用自己的智慧与力量与大海进行着"博弈"。在"博弈"中，除了在海上与风浪搏击之外，装船和卸船也是一项繁重的体力劳动，渔民和码头搬运工因此对食物提出了能量充足、方便实用、便于保存的三项要求，而一种叫"拳头母"的随身干粮便应运而生，这是一种可用作出海干粮的猪肉丸。

深沪半岛地处泉州东南突出部，位于明代的永宁卫和福全所之间，战略位置十分重要，历来有重兵驻守。深沪"拳头母"含有猪肉和淀粉，因此比较耐饿，既可做渔民出海的干粮，又可作为海上驻军巡航时的军粮。

修补好渔网和渔船，准备好干粮，再碰上良好的天气，便是绝佳的出海时机。伴随着声声鸣笛，满载着渔民希望的一艘艘渔船又一次开始了远航。

三

深沪半岛的气候环境复杂，秋冬季有凛冽的东北风，春夏季则是台风盛行，这对于行船者来说意味着危险和挑战，当然也意味着机遇和收获。

闽南人以无畏的勇气和对生活的饱满热情，主动适应和面对各种危险，努力掌控住各种不利因素，既发明了"水密隔舱"技术为全世界的航海业做出巨大的贡献，又将不易储存的海鲜食材制作成便于携带的干粮，为进行艰苦捕鱼作业的人们提供了能量补给。人与自然的相互依存，成就了闽南地区传承百年的"古早味"文化。

《地理·中国》栏目《闽南寻迹》第三集节目于2023年8月4日在CCTV-10首播

闽南寻迹（四）

引言

福建闽南沿海地区，寒暖洋流在这里交汇，吸引了种类繁多的鱼虾。这些丰富的鱼类资源在勤劳智慧的闽南人手中经过加工创造，成了闽南地区别具一格的特色美食。大海的馈赠虽然慷慨，但是浩瀚的海洋自然环境复杂多变，对靠海而生的人们来说永远充满未知和挑战。

一

福建省晋江市深沪镇三面临海、一面靠山。自古以来，得天独厚的自然地理环境让这里成了闽南的渔港重镇，也是闽南地区渔获的集散地之一。无数新鲜的海货从深沪码头直接载进古镇人家，带着海洋独特的鲜美气息，进入沿海居民的一日三餐。

酱油水小杂鱼是闽南人一年四季饭桌上常见的美味。小杂鱼价格实惠却肉质鲜嫩，而且无须坐船出海，在咸淡水交汇处就可以捕获。它的烹饪步骤也很简单，只需刮鳞片、去内脏，油煎后再加入料酒、酱油、葱、姜、蒜，一盘色香味俱全的闽南家常菜便能端上饭桌。

在闽南地区，传统待客的最高礼仪就是为客人奉上一道石斑鱼面线。来自深沪湾周边海域的新鲜石斑鱼，配以闽南特色面线，共同成就了这道闽南名菜。石斑鱼作为底层定居鱼类，喜欢栖息在海岛礁洞，出没于岩礁丛生的砂砾性水底，而这些地方根本无法下网，因此，沿海渔民只能采取延绳钓与手钓的方式捕获石斑鱼。

简单易得的小杂鱼成为闽南人餐桌上的家常美食，稀少难得的石斑鱼则被用来制作成待客名菜，各种不同的渔获都来自深沪湾外这片浩瀚的大海。而要想获得这些美味，就要面对变化莫测的海洋环境，以海为生的渔民们在闯海的过程中积累了丰富的经验。为了探寻这些海鲜食材的采集过程，考察组决定跟随着深沪港渔民出海一探究竟。

听当地的老人们说，每逢春夏季，深沪时常会发生没有预兆的几十分钟乃至几个小时的狂风骤雨。为了应付这样的情况，大船靠的是"牵帆转舵，随风驶船"的本事，小船则要具备"纵、跃、腾、翻"的水上功夫。千百年来，在一次次与这样的突发气候的抗争中，闽南沿海居民练就了善水性、悉航道的本领。

对于渔民来说，每一次出海都有很大的偶然性。一年之中出海的机会并不多，付出也不能保证一定有收获，这是海边渔民的生活常态。吴天祝是深沪镇老渔民，出海捕鱼已经超过50年，是一位名副其实的捕鱼"好手"。谈及出海捕鱼，吴天祝小心翼翼从船舱里搬出了一摞笔记本，向队员展示自己多年来的"秘笈"。他告诉队员，灯光船在出海时即使见到了鱼群，也要在观察洋流的流向和速度后才能确定下网。因为海底地形地貌复杂、洋流众多，如果水流过急且不能掌控渔网在海中的位置，就起不到围捕的效果。

就吴师傅笔记本中所提及的海中鱼汛规律和水文状况，专家告诉考察队员，海底地貌复杂，台海海峡地处寒暖洋流交汇之处，因此鱼虾种类多。鱼类对于居住环境有不同喜好，像竹䇲鱼喜欢栖息于沿岸水与外海水交汇处，如果生存环境没有出现重大变化，竹䇲鱼的活动规律是有迹可循的。

二

十多本笔记本描绘出了一幅深沪渔民出海捕鱼的航海地图，字里行间是闽南渔家与大海博弈的苦辣酸甜。或许正是这一次次危险而艰辛的出海经历，赋予了闽南"古早味"深厚的历史底蕴。

这一天天气晴朗，是一个出海的好天气，考察组决定跟随吴天祝师傅出海捕鱼。吴师傅此次目的地是台湾海峡的南出口处、鱼类资源丰富的寒暖洋流交汇之处、我国重要的渔场——东山渔场。

渔船上共有9位船员，他们各司其职。除了驾驶员外，其余船员则抓紧时间在简易的床铺上休息。因为他们所驾驶的灯光船是在夜间利用灯光吸引鱼群进行作业，那时候才是真正忙碌的时刻。

渔船在轰鸣的马达声中前行着，不知不觉中天色渐渐暗了下来。由于还没有开始捕鱼，吴师傅就用从岸上带来的"拳头母"准备了第一顿晚餐。与鱼类相比，用新鲜猪肉与番薯粉制成的"拳头母"更能补充能量且吃法简单，是闽南一带流传已久的"古早味"美食代表。

深沪渔民们常常会在出海的过程中唱起闽南语歌曲中的一种民间小曲，以此来营造一些轻松的气氛，驱散途中的寂寞和孤单。

10小时后，渔船到达了吴师傅之前设定的捕鱼地点。然而一阵忙碌后，船上的雷达并没有显示出鱼群。直至下半夜，雷达显示器上陆续出现许多白点。但吴师傅并没有着急下网，而是在记下坐标后向前开，观察了渔情后再以三角形路线折回。

队员们了解到，吴师傅之所以谨慎下网，是因为台湾海峡内存在着多种洋流和沿岸流，同时海底丘谷相间、起伏不平，海底水文情况复杂，这就需要渔民准确判断放网。稍不注意就有可能造成笔记本上所提及的"放网尾捆浮"，即看到鱼捕却不到的情形。

考察组的队员们在收网时看着网尾满满的鱼群显得很兴奋，但船工们的表现非常淡定，因为跟着经验丰富的吴师傅出海，满载而归已是常态。

晨光熹微，船员们也开始了忙碌。然而就在大家准备清点鱼群时，吴师傅却将渔船开到了沉船地并且下了锚。原来，他安排船员去仓库中取出鱼竿，上好了饵料，准备在这里引鱼上钩。

石斑鱼作为肉食性凶猛鱼类，喜欢栖息于海底砂砾、珊瑚礁底质的区域，并常以突袭的方式捕食底栖甲壳类、头足类动物，以及各种小型鱼类。而海底沉船是各种鱼类的生活栖息地，也是石斑鱼觅食的绝佳地点，因此沉船处也是捕鱼的绝佳地。

不一会儿，钓上来的石斑鱼就有小半盆了。此时，吴师傅从手机上的天气预报得知，两天之后将有大风，于是立即决定返航。晌午时分，吴师傅的渔船满载而归并安全靠岸，船员的脸上虽略显疲惫但也带着收获的喜悦，吴师傅的老客人早已在岸上等候多时。

千百年来，南迁至此的中原先民停下了脚步，和当地渔民一起围海造田、出海捕鱼。面对复杂多变的自然环境，闽南先民依然能够将生活过得有滋有味。这不仅是一种因地制宜的变通，更是顺应自然的生存之道。

三

翻阅闽南"古早味"的历史，我们感受到先民在筚路蓝缕中团结一心、守望相助的精神力量。闽南饮食文化繁荣的背后，既是大自然的眷顾和慷慨赠予，也是闽南人的开拓意识、创造精神和闯海信念共同铸就的成果，这样的文化力量一直深深地影响着闽南沿海百姓，并成为今天这里的人们继续前行的动力。

《地理·中国》栏目《闽南寻迹》第四集节目于2023年8月5日在CCTV-10首播

泉州·古桥之谜（一）

引言

距今几千年前，中国人就留下了制服洪水的佳话。大禹治水的传说，至今为人们耳熟能详。除了治水，开山修路也是咱们老祖宗特别擅长的，如举世闻名的秦蜀古道，位于崇山峻岭当中，2000多年前修建的道路却对中国历史产生了重大影响。

我们祖先还有一项伟大创造——建桥梁。但有一种桥梁既不是建在险山之中，也不是建在大河之上，而是建在风高浪急、变幻无常的大海之上，且建造的年代不近，距今已快千年。

一

泉州市位于福建省东南部，距省会福州市约150千米。这是一座享誉中外的历史名城。早在唐代，它便成为连通海内外的重要港口。宋代之后，作为"海上丝绸之路"的起点，被世人誉为"东方第一大港"。千百年来，这里商贸繁荣，人才辈出，留下深厚的文化底蕴，不少遗迹至今都令人叹为观止。

距泉州市中心东北方向5千米是宽阔的海湾洛阳口。海湾中有一座醒目的石桥，那就是洛阳桥。洛阳桥长834米、宽7米，如一条玉带横亘在海上，连通海湾两岸。桥侧有清道光年间的石碑，将此桥誉为"天下第一桥"。

千百年前，在气候无常、台风频繁、浪涛汹涌的海上建起宏伟的石桥，至今仍屹立不倒，这不得不说是一个奇迹。

无独有偶。在泉州市西南方35千米的另一处海湾中，屹立着一座更长的古桥——安平桥。安平桥建于800多年前的南宋年间，桥的长度超过2000米。史料表明，安平桥在始建时比如今更长，有2700多米，是中国现存最长的海上石桥。

桥梁的建造，自古以来便是难度大、技术含量高的工程，在海上建桥更是对建造者的极大考验。2018年，世界上最长的跨海大桥——全长55千米的港珠澳大桥正式通车，震惊世界。在工程机械尚未诞生、工程技术尚不发达的古代，中国东南沿海的人们，为什么要在海上建造桥梁，又是用何等手段，建造起洛阳桥、安平桥这样宏大的跨海桥梁的呢？

为一探海上古桥的建造之谜，考察组跟随专业人士来到了福建省泉州市进行考察。第一站，大家先来到了安平桥。行走于古桥上大家看到，桥面的条石多数已历经800多年风雨，布满了岁月的印痕。队员发现石桥上有几块石条非常古老，风化得厉害，上面甚至有类似石外皮的包浆。专业人士告诉考察组，安平桥依然坚固如初。经测定，其载重量可达十几吨。由于安平桥被列入重点文物保护范畴，因此不允许通车。不过专家认为，这种天然石材构筑的桥梁的使用年限是远远长于钢筋混凝土建成的桥梁的。

那么比安平桥更为古老的洛阳桥情况又如何呢？考察组驱车来到洛阳口海湾。登上桥后，队员们发现洛阳桥虽然建造年代早，但石材看上去比安平桥更新。原来，洛阳桥在历史上曾因台风、地震等原因多次毁坏。如今桥体的石材多是后来修缮时重新安装、铺就的。相比之下，百年后建造的安平桥历史上却多次抵挡住自然灾害，因此还大量保留始建时的石材。考察组观察到，洛阳桥与安平桥相比，长度较短、桥面更宽，

065

看起来似乎更为坚固。同处在台风频繁的东南沿海，又相距不远，为什么洛阳桥没有像安平桥那样，始终如一、稳固如初呢？

原来，这与它们所处海湾的地理环境密切相关。地图显示，洛阳桥所处的海湾直面外海，因而较容易遭受海浪的冲击；安平桥所处区域，千百年来有大量泥沙淤积入海口，人们在沉积层上建起了村镇。河流沉积的沙洲有效地抵挡住外海风浪对大桥的影响。

古往今来，在当地人悉心的维护下，两座古桥虽经历近千年风雨，但始终安卧如初。专家说，两座古桥所在海域如今看上去风和日丽、波澜不惊，但在当初建造时，其地质环境复杂凶险、施工难度巨大。它们能屹立近千载，背后凝聚着古人超人的智慧和无尽的辛劳。

今天的人们建桥修路有着现代化的勘测设备和工程机械，使用的是科技含量极高的钢筋混凝土，可千百年前古人的工具只有锤和凿、滚木和绳索，运输得靠肩背马驮。面对风浪难料的大海，情况就更复杂了。比如浪花拍打之下，如何筑起桥墩；建了桥墩，如何用成吨的巨石铺桥面，如何面对狂风击打，如何防止海流掏空桥的根基……这么多的难题摆在这儿，古人该如何着手，又为何要如此大费周章呢？

福建省有着漫长的海岸线。远古时期频繁、强烈的台风以及众多河流的侵蚀，使福建省的海岸线异常曲折，港湾林立。这种海岸地貌对古人既有利，又不利。海岸曲折、港湾林立有利于贸易和海运，然而沿海港湾众多、滩涂密布，很多地方仅一湾相隔却要绕行很远，极大地影响到贸易通行。

北宋政权建立后，以泉州为代表的东南沿海城市迎来了空前的建设发展期，海上修桥、畅通道路自此成为官民的共同需求。史料记载，宋朝时修建的桥梁达百余座之多。

安海古镇与安平桥仅一箭之隔。这里的街巷井然有序、商业气息浓郁，人们至今缅怀着名士的功德。

与文化气息浓厚的安平桥相仿，洛阳桥的主持修建者是北宋一代名臣蔡襄。蔡襄担任泉州太守时，泉州商贸发达，但交通设施薄弱。修筑一座跨海石桥，畅通泉州、漳州、福州等地的贸易网络势在必行。但这前无古人的工程对建造者来说无异于天大的难题。

在桥梁建设中，坚实、稳固的桥墩是难点和重中之重。洛阳口区域江流、海流交织，海底布满淤泥流沙。史料记载，这一带"水阔五里""深不可址"，一船船石料抛到水中，霎时便被汹涌的水流卷得无影无踪。那么，建造者们是如何化解重重难题的呢？

传说，愁眉不展的蔡襄有一天做了个梦，他在梦中得到的启示是一个"醋"字。蔡襄醒后顿悟："醋"字拆开来，不就是"廿一日酉时"吗？这是在暗示退潮的时辰正是修筑桥基的最佳时刻。蔡襄当即命令工匠们，提前做好抛石奠基的准备。果然，到了"廿一日酉时"，汹涌的海潮退尽，滩涂暴露在外。数千工匠趁机出动舟船，抛石奠基、砌筑桥墩。这个传说虽难以考证，但说明当初人们修建桥基时，把握退潮的时机非常重要。

这天，队员们在考察时幸运地赶上了退潮，洛阳桥的基体一览无余。队员们看到海湾中遍布泥沙滩涂。在洛阳桥的桥墩下方，堆满古人经年累月抛下的石料，宽度达到数十米，一直延绵到远方。这道垒石的堤坝被称作矮石堤，洛阳桥的桥墩正是建在矮石堤上。

智慧的北宋桥工们首先用小船将石头抛到海里，逐步垒起了矮石堤。筏形桥基就是建筑在矮石堤上，用长条石交错垒起，有效减轻了海浪对石桥的危害。

在洛阳桥的中部，3座巨大的船筏型桥墩格外醒目。专家解释说，桥墩的位置位于海湾水流最急的区域，而桥墩筑成筏型，最大限度地减缓了海浪的冲力，保证了桥梁的稳固安全。著名桥梁专家茅以升认为，洛阳桥的筏型桥基远远领先于世界。在国外，这种桥墩是近一个多世纪才出现的。

考察组来到洛阳桥的时间是2021年农历五月

十六（公历6月25日）下午3点，这天是有天文大潮的日子。队员看到桥下退潮的速度非常快，中间3个筏形桥基是水流最急的地方。

由此，大家又心生一系列问题：古人把石块抛到泥滩中，石块经年累月难道不会被水流冲走？即便石块不被冲走，那个年代又没有混凝土进行加固，桥墩和下面的基石又是靠什么固着在一起的？因为桥的一侧是汇流而下的江水，另一侧是海上袭来的风浪，它们在此还会搅起各种乱流。那些古人抛到淤泥中的石块，到底是如何支撑起一座石桥，让它屹立千百年不倒的呢？

专家考察和研究后发现，古人对此有高招儿，那就是用竹笼盛放石料抛入水底。用竹笼盛石奠基堤坝，早在2000多年前已被兴修水利的祖先们广泛使用。竹笼可将数十块石料连为一体。将盛石料的竹笼投放水中，可以有效地抵御湍流的冲击。900多年前，洛阳桥的修建者们用舟船将盛满石料的竹笼抛到滩涂中，这是稳固桥基的必要措施。

竹笼盛石虽可一时固着基底，但时间一长，竹笼在水中朽烂，石料便流散各处，依然无法保证基底的稳固安全。即便基底未遭到破坏，在没有钢筋混凝土的古代，又如何将基底与构筑的桥墩固定为一体呢？

天色已晚，在洛阳桥附近的小渔村，考察组品尝了几道用牡蛎制作的美食。队员们了解到，这一带海域自古以来牡蛎产量大、味道好，是渔民们重要的经济来源和家常菜肴之一。而在对渔村的造访中，大家捕捉到一个重要的信息，千百年来洛阳口一带的渔民在采集牡蛎时，始终都谨遵着一条祖训：洛阳桥桥基上的牡蛎不允许收。

渔民们不允许到洛阳桥桥基上采集牡蛎，这又是为什么呢？第二天，乘坐村民刘新民的渔船的队员们在洛阳桥下看到，桥墩和桥基上布满了层层叠叠的牡蛎。它们看上去保持着原生态，没有经过任何人为的撬动。眼前的景象让队员们突然意识到，这密密麻麻丛生的牡蛎是否正是加固整座洛阳桥的天然黏合剂呢？

同行的专家告诉考察组，牡蛎在幼年期能在水中随海流漂动，寻找物体附着。牡蛎苗一旦找到适合的岩体，便会分泌出酸性的黏液，将自身与岩体黏合为一体，之后终生不再移动。牡蛎以海中的藻类为食，繁衍速度极快。一般来说，投放到水中的石块不到半年时间表面就可以被牡蛎完全占据。因此，海湾中的牡蛎正是聪明的古人用来加固洛阳桥桥基和桥墩最廉价、最便捷的天然黏合剂。正是出于这个原因，洛阳口一带才留下那条不允许采集桥墩、桥基牡蛎的祖训。

"故忠惠公于桥之南北，表石为台，以识其界，禁敢取蛎界内者"，这段文字表明当时蔡襄非常清楚附着于桥石的牡蛎对固基的重要性，并对石桥以及周边的牡蛎进行了保护。

近千年前，泉州桥工们修筑"筏型桥基"并运用"牡蛎固基法"法，成就了北宋时期最先进的海上桥梁，体现出高超的智慧。不过，在不利的环境下构筑桥基只是完成了桥梁修建的第一个环节。接下来，人们构筑桥体、铺设桥面还面临着重重困难。在没有起重设备的古代，如何将重达千钧的石材运到海上并严丝合缝地黏结成一体，如何让石桥抵御住各种自然灾害，这是考验古代桥工们的更大难题。

考察中，专家告诉队员，和洛阳桥相比，晚一些建成的安平桥不仅长度为古桥之最，其所使用的石材体积更大，构筑、铺设工作更为艰巨。为一探究竟，队员们随即对安平桥展开考察。一番观察后队员们发现，安平桥桥体所使用的石材多数重达5吨到8吨。这些石材来自何处，如何通过陆路、海陆运达工程所在地，如何架设与铺就呢？与此同时，考察组还了解到安平桥在历史上不仅经受过无数风雨的洗礼，还曾经历过大地震的考验。相比起较早修建的洛阳桥，安平桥的建造工艺更为先进，但古人们又是如何实现这一切的，这还需要进一步的考察。

二

从自然地貌上看，福建省沿海很多地方都有建造优良港口的条件。但成就一座良港绝非一日之功，仅仅是修一座桥，便需要数以万计的工匠们经年累月的努力，还有无数聪明的头脑和各种艰苦的尝试。他们非凡的技艺，成就了古泉州港。他们钻研出的一项项技艺，即便对今天的专业人士来说，也是一本生动的教科书。

《地理·中国》栏目《古桥之谜》上集节目于2021年10月23日在CCTV-10首播

泉州·古桥之谜（二）

一

泉州是海上丝绸之路的起点，洛阳桥和安平桥都建于宋代，是当时泉州港重要的基础设施。八九百年后的今天，这两座桥依旧光彩如初。

这两座古桥，洛阳桥建在先，安平桥建在后。建造洛阳桥时，智慧的桥工们使用了竹笼垒石奠基、筏型桥墩，以及巧妙的"牡蛎固基法"等手段，让这座800多米长的海桥挺过了无数惊涛骇浪。而安平桥不仅更长，建造难度也更大，历史上还曾经挺过了重大的自然灾害。

历史上，泉州的海桥建设以宋为盛，享有"闽中桥梁甲天下，泉州桥梁甲闽中"的美誉。

据统计，泉州地区仅在明朝就遭遇了30次强烈的台风、60多次水灾和30多次较强的地震。明万历年间，泉州地区遭遇特大地震，洛阳桥损坏严重，然而相距42千米的安平桥却安然无恙。安平桥的"金刚不坏之身"以及当初的建造之谜，一直为专业人士所瞩目。为此，考察组与专家们一同前往安平桥进行考察。

登上安平桥，队员们看到狭长的古桥笔直地跨过海湾，向远方一路延伸，气势不凡。大家脚下，是历经800多年岁月的巨大条石，其中不少重达20余吨。

队员发现，桥墩和桥面中间的承托石块形状非常特别，是一个圆弧形，这种造型加大了接触面，使受力面积增加，且每个桥墩都有，这也是宋代石匠的智慧的又一体现。桥墩上面，海水浸泡的地方也有很小的牡蛎，但是和洛阳桥的不能相比。这说明安平桥也采用了牡蛎固基法之一建桥技艺。

安平桥水流最湍急的地方，桥工们设计了双向桥阀，洛阳桥设计的是单向桥阀。

安平桥使用了数以千计的大体积石材。专家通过分析认为，安平桥虽比洛阳桥更为狭长，但它大量使用了既长且重的石材，因此得以抵御海上狂风暴雨，并在大地震中免遭损毁。除此以外，石材的铺设连接也运用了特殊的手段。队员发现，有几块石头很特别，它们风化得很厉害，上面也有石皮。这些花岗石很可能是建桥时留下来的，上面铁钎的痕迹虽然模糊，但依稀可辨。两钎之间的距离有的是13厘米，有的12厘米，有的14厘米，应该都是手工凿痕留下来的自然误差。队员们现场发现，安平桥桥体的石材以纵向条石为主，在条石连接处横向铺设石梁。石材与石材间严丝合缝，工艺严谨。专家认为，古人在石材连接的关键部位有可能使用了两种特殊的工艺。

在此前的考察中，队员们了解到，古代桥工除使用牡蛎固基法加固桥基外，还会将牡蛎壳磨成粉，当作混凝土使用。至今，闽南地区修缮古厝时人们还沿用牡蛎粉加固墙体的传统技艺。牡蛎壳粉粘墙技艺传人陈清源告诉队员，闽南一带的牡蛎壳炭烧7天，发酵完以后用于红砖古厝的建筑上。还有一种是经过石磨的牡蛎壳，比较细、黏结性较好，可以作为闽南古厝红砖墙修复黏合剂使用。

专家告诉考察组，牡蛎壳的主要成分是含有胶结特征的碳酸钙。在压力和水的作用下，它们适合充当建筑黏合剂，并且时间越久，黏得越牢。

除此以外，古代工匠对安平桥的石材进行固着和连接，有可能还使用了另一种工艺，就是在石材间加入硬木或者金属进行榫接。对石桥进行榫接，借鉴的是中国木建筑的榫卯工艺。这样做不仅可以起到加固作用，而且当大地震发生时，这样的构造可以缓冲地震波对桥体的破坏力。由此可见，800多年前，泉州先民在安平桥的修筑中，可谓将技术和工艺发挥到了极致。

然随着考察的深入，考察组更迫切地想要弄清几个问题。首先，安平桥所使用石材的长度，短则五六米，长则能达10米左右。远古时期，福建沿海地区地质运动活跃，地表岩石较为破碎，风化严重，这样优质的石材是从何而来的呢？其次，轻则五六吨，重则一二十吨的石材是如何运送到工程所在地，又是如何在缺乏起重设备的情况下，严丝合缝地架设成桥的呢？考察组经商议，决定先对安平桥周边的区域展开考察，寻找石材的来源。

向导告诉考察组，距离安平桥不远处有一座石山，至今还保留着元代的石雕。石雕位于晋江华表山南麓，山中草庵寺始建于宋绍兴年间。草庵寺内依山石刻了一圆形浅龛，圆龛内雕刻一尊摩尼光佛。

中国民俗学会会员粘良图老师说，很多人诧异于这个石像脸、身、手有不同的颜色，这是当时的能工巧匠巧妙地利用这个石头表面跟里层颜色不一样的特点雕刻而成。

粘老师告诉考察组，闽南沿海使用石头作为建筑材料非常普遍。除了石头厝，还有"出砖入石"之说。考察组跟随着专家来到晋江"五店市"，这里的数百栋古厝是闽南红砖建筑的代表。这种"出砖入石"，是一种建筑材料的再利用现象，在旧的墙倒塌后要建新墙时，就把这些碎砖乱石捡起来再利用。

然而，无论所见到的石雕还是石头厝所用的山中石材，虽然看起来与安平桥的石条材质相同，但应该都不是提供安平桥石料的地方。因为安平桥上的石料单体体积大，周边的石山规模都不大，承担不了2000多米石桥所需的用量，且运输不便。

安平桥与洛阳桥这两座屹立近千年的古桥，所使用的石材均为花岗岩。花岗岩在福建沿海分布较广、随处可见。不过这种亿万年前形成于地深处的火成岩，在沿海地带往往是裂隙遍布、支离破碎的，难以用作建筑材料。完整的花岗岩在深山中比较多见，但在古代陆路运输条件下几乎不可能将它们运到海上。考察组认为，古桥使用的石材来源，最大的可能是在沿海地带就地取材，并使用大型的船只运输和安装。因此，考察组决定在以安平桥为中心、半径2000米的海域范围进行调查。

考察组一方面向当地老乡多方打听，另一方面反复查阅《安平桥志》等历史文献。功夫不负有心人，大家很快锁定了一个名为大百屿的海岛。史料记载，大百屿岛位于安平桥正南方向9海里的围头湾内，是一座无人岛。大白屿岛属于泉州南安市的海域范围，据说岛上有着储量丰富的石材，非常适合造桥使用。然而800多年过去，岛上的情况如何了呢？

大百屿岛海域危险异常，巨大的礁石遍布小岛周边，水下更是暗藏凶险。岛上目光所及之处，布满巨大的花岗岩岩体。自然资源部第三海洋研究所教授级高级工程师余兴光告诉队员，这是晶洞花岗岩。这种花岗岩很纯净，可作为石材。晶洞花岗岩是一种二氧化硅含量很高的特殊花岗岩。它的前身是地下深处黏度极大的岩浆。由于在冷凝过程中岩浆中的气体无法释放，因此固结后的岩石中的气泡会形成圆形的晶洞，故而得名晶洞花岗岩，这种花岗岩的硬度很高。大百屿岛是由于地质运动而被整体抬升出海面的，因此岩体完整，裂隙相对较少，非常适合作为建筑使用的石材。

那么，当初安平桥的建造者们，真的是在这座岛上采集的石材吗？经过仔细搜索，队员们陆续发现在峭壁和海滩间的许多巨石上有着整排的矩形石孔。石孔的间距不大、排列整齐，有轻微程度的风化，显然是人力所为。专家余兴光说这些石孔正是采石作业中的"凿眼"。经过测量，队员发现"凿眼"差不多是6.9

米，这和安平桥大多数的石条长度是接近的。这里的凿眼很清晰，可以看到这些凿眼的特征，从凿眼风化程度的不同，可看出被开采的石条具有一定的时间跨度，说明这里曾在不同时期被采过石的事实。而同一石体相邻两排"凿眼"的间隔，也与安平桥一些桥面石条吻合。另外，凿眼的长度不一，这是根据天然石头纹理而定。这种选择可以提高采石的效率，这或许正是安平桥早期桥板宽度不同的原因。

可以推断，安平桥所使用的大型石材，在大百屿岛即被开掘和加工，不用经陆路搬运，仅用船只就可以从原产地直接运达使用地，这大大降低了工程的成本。然而接下来的问题是，这些重达数吨乃至数十吨的石材，又是如何被精妙地架设、安装到安平桥上的呢？

宋代的人们已经能造出载货量达百吨的大船，从如今文物工作者打捞出的沉船来看，运送当初建桥所用的巨型石料可以说是轻而易举。不过，把那些巨石一块块严丝合缝地码放安装到桥体上可不是件容易的事。古代的桥工们是如何做到的呢？

从大百屿岛返回时，海上又恢复了平静。随行的专家告诉考察组，沿海地带的海潮每天都会有规律地涨落。人们习惯将发生在早晨的海潮称作"潮"，把发生在晚间的海潮称作"汐"。在东南沿海，潮汐涨落每日会有一到两次，时间随季节有所不同。沿海百姓对潮汐的规律了如指掌，近千年前海上石桥的修筑者，正是利用它来进行桥体石材的铺设。专家余兴光为队员们描述了当时的景象。原来，人们在落潮时驾船驶向大百屿等地采集石料。在装船后，人们利用涨潮返回工程所在海域。此时水位较高，人们得以将石梁运载到桥墩区域并与桥墩对齐固定。当潮退时，船随水位降低，人们便不失时机地将石梁铺设完成。涨落的潮水成了天然的起重机，帮助人们完成最艰巨的一道工序。

古代工匠卓越的创造力，让考察组成员赞叹不已。然而专家告诉大家，已经完成的考察只是了解了安平桥水面之上的工程和技艺。而在水下，这座古桥的基底还藏有鲜为人知的秘密。安平桥的建成时间，比大家之前考察的洛阳桥晚了近百年，在这期间，桥梁建造的工艺有了新的突破。这个突破，也是安平桥后来抵御特大地震的法宝。

泉州市文物保护中心原主任陈鹏鹏介绍说，安平桥的桥墩有几种形状，一种是长方形的桥墩，一般是处于水流比较不急或者滩涂比较浅的地方；另外一种是单面船形桥墩，放于水流比较急、需要分水的地方；第三种是双面船形桥墩，因为安海湾会涨潮退潮，这种桥墩在涨潮退潮时都可以实现分水。

浅滩可铺条石固着基底，但到了深水区域该如何行事呢？对此，陈鹏鹏当初百思不得其解。但在反复研究和思考过后，他终于悟到了其中的奥秘。泉州有一座顺济桥，晚于安平桥几十年建桥，曾有游泳爱好者下去摸到过木桩一样的物件。也有记载说泉州鲤城的石笋桥下面放了带松叶松枝的整个树干。这让陈鹏鹏马上联想起古籍中提到的"睡木沉基法"。由此他确信，在安平桥的深水区域，古人是通过大量打桩、铺设圆木等手段，才在泥沼深厚的海底构建起稳固的桥基。古人很早便发现木材在空气中虽然容易朽烂，但在海底环境却能长久保存。松木埋在土里面或者是水里面，如果不暴露在空气中就不会受到氧化，所以泉州有"千年杉，万年松"的说法。

安平桥的"睡木沉基"是继洛阳桥创造的筏形基础后又一可贵的创造。这是针对有些港道水深泥烂，抛石容易陷下而设计，其法是将椿木打桩式打进淤泥中，松木平行置于上面，形成一个门型，两边再打护挡，防止滚动，然后垒压上大石条。这样既牢固，又稳定。

陈鹏鹏在海边滩涂上为我们演示了"睡木沉基法"这一古代造桥工艺的原理。在现场的试验中，即便木料上方压上沉重的石条，木排也没有沉陷淤泥里，受力情况良好。这是第一层的桥墩，可以再往上叠桥墩，

一直叠到架桥板的高度。"睡木沉基法"不仅使安平桥桥基坚固,还有效避免了倾斜、下陷的情况,并具有抗震功能。数百年后,安平桥未因特大地震而损坏,这种工程技术的运用功不可没。

陈鹏鹏说,如果不打桩,木头同样会陷下去。现在的演示是在这个桩基础上把这个睡木加上去。如果担心睡木往外滚,可在它的旁边打个桩,把它固定住,睡木便不会往外滚。当这个桥墩两边的墩石砌好后,就可以用比较零碎的石头去填补墩石间的空间,如此建成的桥墩比较美观整洁。

七八百年前,安平桥、洛阳桥等海桥的修建,使泉州沿海的海陆联运能力大大提高。不仅带动了海内外贸易的繁荣,也使泉州成为多元文化的兴盛之地。人们通过修建桥梁,摸索出大量建筑学、工程学的技艺和门道,并广泛运用到当地市镇建设与景观规划当中。如今,泉州各地,随处可见的惠安石雕、闽南古厝,还有泉州南音、晋江布袋木偶戏等非物质文化遗产,都在见证着先人们的智慧、勤劳,也见证着技艺的传承、文化的流传。

二

洛阳桥、安平桥,两座宏伟的古代桥梁,如今安卧在海湾中,静静诉说着古人的智慧和辛劳,讲述着海上丝绸之路的辉煌历史。海港商业贸易的繁荣,带来的开拓意识、创造精神和闯海精神,一直深深地影响着沿海百姓,并成为今天的人们充满自信和创造力的精神源泉。

《地理·中国》栏目《古桥之谜》下集于2021年10月24日在CCTV-10首播

第三章 厦门篇
厦门·寻找白海豚

引言

在自然界里，白色哺乳动物的数量是相对比较少的，如羊、白鼠、白兔等。它们多为人工饲养，因为在野外白色的体色过于显眼，对于动物们的生存不利。不过，在为数不多通体全白的动物中，还有一种生活在海洋中的鲸目动物，那就是中华白海豚。

一

海豚是广泛生活在地球各大洋中的哺乳动物，它们有1000万年左右的进化历史，常见的海豚颜色为青色或灰色，行动敏捷、善于跳跃，是海洋中游速较快的动物。中华白海豚是海豚家族的一个特殊成员，大部分分布于我国东南沿海的入海口区域。因其较为珍贵，素有"海中大熊猫"之称。

早在1000多年前，唐代的文献中就有关于中华白海豚的记载。成年白海豚体长2米多，通体洁白，经常游弋在渔船附近，惹人喜爱。海边的村民记得，他们小的时候常常能见到白海豚，出海十天里有五六天能见到。以前在海上抓鱼时看到它来，老人会拿竹竿去船边敲打驱赶它们。因为在起网的时候它们会追来吃鱼，有时甚至在吃掉鱼后把渔网咬一个小洞。

厦门湾位于福建省厦门市，九龙江从这里入海。从古至今这里便是中华白海豚重要的栖息地，当地的渔民们祖祖辈辈都对这种海中精灵钟爱有加。厦门沿海居民如果外出看到白海豚，会说今天运气很好，因为白海豚代表着吉祥。

然而在20世纪末前后，厦门湾一带的渔民反映白海豚在相当长的时间里已经难得一见了。为此，1997年厦门成立了中华白海豚保护区。在那之后，科研人员长期关注着这片海域白海豚的行踪，但情况却不容乐观。科研人员一方面需要摸清中华白海豚实际的数量、活动规律，另一方面还要关注厦门湾的发展对物种生存的影响。

王先艳是从事海洋珍稀物种保护的专家，2009年以来他与同事在厦门湾海域总计拍摄了50多万张各类海豚的照片。海量的照片如同一个数据库，通过精确比对便可发现每一只海豚的体征不同之处，进而确认其身份。通过对比，研究者发现厦门湾海域常年活动的海豚主要有宽吻海豚和中华白海豚。

在漳州市的一处海豚研究基地，考察组见到了宽吻海豚。工作人员告诉考察组，智商颇高的海豚，天生与人类亲近，能很快与训导者建立起信任关系并形成条件反射。在研究基地里，考察组没有见到中华白海豚。工作人员说，相比其他种类的海豚，中华白海豚最为神奇之处是它们的体色，且并不一定是白色。自然资源部第三海洋研究所教授级高级工程师余兴光告诉队员，白海豚刚出生的时候是浅灰色的，到中青年的时候就慢慢地变成了灰色，年纪再大一点变为粉红色，到了老年才变为白色的。

最终，专业人士锁定了厦门湾海域的中华白海豚真实的种群数量。这个数量令研究者们心中着实有些不安，近10年来有记录可查的仅仅60多只。

我国东南沿海中华白海豚一共有三个分布区域，第一处是数量最多的，位于广东珠江口海域，生活着2000只左右；第二处是位于广西的北部湾，有300只左右；第三处便是上文提到的厦门湾。

研究人员发现，与数量较多的宽吻海豚相比中华白海豚是"喜暖"动物，厦门湾是目前发现中华白海豚种群生活的最靠北、水温较低的海域。而之所以中华白海豚能够长期在此繁衍生息，是因为厦门湾特有的优势。

九龙江汇入厦门海湾，使大量陆地的有机质、矿物富集海水中，形成了丰富的海产。在临近的一处鱼市，考察组看到相当一部分海产都是在海湾处养殖和打捞的。从事海洋珍稀物种保护的专家牛富强告诉考察组，他们研究后发现，中华白海豚最喜食的狮头鱼、石首鱼、黄姑鱼等在厦门湾水域数量大、分布广。食物充足，是白海豚生存的重要保障。与此同时，厦门湾对白海豚种群的生存还有一个重要的有利因素，那就是这里的水文条件。

厦门中华白海豚保护区海域总面积55平方千米，平均水深不超过20米，海中分布着大量滩涂、礁石和海生植物。这样的水域中白海豚的天敌大型鲨鱼是极少出没的。专业人士认为深海中白海豚的体色容易招致天敌的攻击，这或许是这个种群只分布在近海区域的原因之一。另一个原因是自古以来沿海居民们出于喜爱，从不伤害这些海中的精灵。

综合这些因素，科研人员意识到，长久以来虽然厦门湾的白海豚数量有限，但优渥的生存环境一直让"海中大熊猫"们在此生生不息。不过，还有一个重要的问题，那就是白海豚在这片海域的繁衍问题，这决定了这个种群的未来。

顺着海流，考察船慢慢地向火烧屿靠近。这片淡水与海水交汇的区域，是白海豚最佳的捕食地。就在大家准备端起相机的一刻，令人欣喜的一幕出现了。只见船舷左侧30多米的海面上，六七个黑白色的身影在正在游弋、嬉戏。在观察后大家发现，白海豚的身影中居然有两只黑色的幼崽相伴，这温馨的场面让王先艳兴奋不已。王先艳的目光锁定在了一只1米左右的幼崽的身上，它换气时用力将头部向上，显然泳姿还稍显稚嫩。由此可见，厦门湾的日新月异并没有过多打扰到白海豚这个古老物种的生息繁衍。

不过，王先艳长期关注的一只名叫"大白"的白海豚，这天却没有出现。因为"大白"是一只母海豚，且年龄已经超过30岁，相当于人类70岁以上的年纪了。而就在不久前，王先艳发现"大白"高龄产子了，这可太不容易了。但与此同时，王先艳又非常担心。这样高龄的母亲和它的幼子，能否安然度过这段艰难的时期呢？

王先艳找出了一年多前拍摄到的"大白"母子的照片。王先艳告诉队员，2013年时科研人员就记录到它带了一只大概刚出生一两个星期的幼崽。白海豚生子后会哺育后代长达两年，漫长的两年对于高龄的"大白"是非常艰巨的挑战。这是因为刚出生的幼崽是没有任何生存能力的，一是声呐系统没有成熟，二是不能独立捕鱼，必须依靠母亲的照顾。如果母豚和幼崽分开，那幼崽就有可能面临死亡。

王先艳告诉队员，"大白"背鳍部分有一个很深的凹陷，应该是以前受过伤，这是"大白"明显的标记。而最让她担忧的是，在过去的一年中"大白"母子始终杳无踪迹。就在这期间，一只白海豚的意外死亡，更让所有人心中一紧。

在厦门大学生物博物馆解剖室里，我们见到了白海豚的遗体。通过解剖分析，专家们初步认为白海豚的死亡是其声呐系统出现紊乱后冲到岸上搁浅所致。每年全世界的鲸类都会出现此类死亡事件，那么"大白"长达1年多的消失，会不会也是遭遇了这样的不测呢？

牛富强告诉考察组，为了预防港口建设对海豚的不利影响，多年来，当地政府做了大量针对性的工作。除去跨海大桥等大型工程的建设，即便是日常为清理航道而对暗礁进行爆破时，相关部门也会组织渔民用简单的方式驱赶海豚，以避免伤及它们的声呐系统。多年来，由于人们的细心呵护，厦门湾各个海豚群落基本适应了新的港口环境，即便在繁忙的航道上也时

常能见到它们的身影。但越是这样,"大白"母子的命运越是牵动人心。

2022年1月6日,这件事情的转机终于出现了。一位从海上归来的渔民打来电话,声称"大白"在距港口1千米左右的一处海面现身了。听闻这个消息,考察组立即启程前往那片海域进行确认。

到达该区域后,大家紧张地注视着海面。突然,海面上出现了两个模糊的身影。见此情形,船长立即关闭发动机,让船徐徐漂向目标。不久,在距船舷50米开外的地方出现了一白一黑的两道身影。白色的那一只,背鳍上有一道明显的印记,它们正是大家苦苦期盼的"大白"母子,所有人都为此感到兴奋。队员们观察到,小海豚灰色的皮肤上出现了浅色斑点,这表明其身体发育良好,已经具备了独立生存的能力。

为了更真切地观察"大白"母子,队员们将摄影装置放入海面之下。当水下摄影机往前走的时候,队员发现一件有趣的事。或许是对于设备发出的声响比较敏感,"大白"母子慢慢地远离这个设备,反而不是很怕船上螺旋桨声音。也许螺旋桨发出的声音是熟悉的声音,它们已经习惯,而水下摄影机是一个新的事物,因此让"大白"充满着警惕。

二

一年多的漫长等待,老母亲"大白"和幼子双双平安的喜讯足以表明厦门湾这片古老的白海豚栖息地虽然已经是繁华的口岸,但其生态环境依然良好,依然是海洋中人类最亲密的伙伴——海豚们安全、幸福的家园。

《地理·中国》栏目《寻找白海豚》节目于2022年7月21日在CCTV-10首播

第四章　漳州篇
南靖·土楼蜂影（一）

引言

说到土楼，大家都不会陌生，这是数百年前迁徙到福建省南部山地的先民在群山之间狭小土地上建造起来的民居。虽然从这些散落在连绵山岭间的土楼群的地理位置可以看出，古时这一带的环境和条件较为恶劣，但对那时因躲避内地战乱而辗转到此的中原汉民来说，这片暂无战火波及的荒僻之地已然成为收容他们的一处世外桃源。他们驻留于此，改造生产和居住环境，繁衍生息。

一

南靖山势逼仄，无法出现像平原地区那样整个村落或是一家一户的小四合院，所以当地人聚族而居，建起封闭式、城堡式的建筑。族人聚集在一座楼里共同生活，既巩固了血亲，一旦发生危险或不测，楼里一众人等也能做到互帮互助，起到了固守设防的作用。

土楼的作用一方面是防止匪寇的袭扰，另一方面是防范山岭间大型猛兽的袭击，其中尤以华南虎、黑熊为甚。但有一种野生动物却可以与土楼的人们长期共存，一起生活，这就是野生中华蜜蜂。

作为土生土长的南靖人，陈艺杰的童年在土楼中度过。眼下，他正进行蜜蜂巢穴和蜜源地关系的课题研究，为了寻找理想的研究样本，陈艺杰想到了家乡南靖。近些年土楼里的野生蜂巢已不多见了，这不同寻常的现象引起了陈艺杰的关注，土楼里的蜜蜂由"常客"变成了"稀客"，这背后的原因，是自然环境的改变还是人类活动的干扰？陈艺杰决定回到南靖对土楼野蜂进行调查。

考察组得知此消息后，跟随着陈艺杰从省会福州市来到他的家乡南靖土楼寻找野生蜜蜂。

刚到南靖，考察组就收到了村民提供的一个线索，被当地人称为"四菜一汤"的田螺坑土楼群中有发现蜜蜂的身影。田螺坑村，由于轮廓形似田螺，地势又相对低洼而得名。其土楼群由5座土楼组成，包括1座方楼和4座圆楼，是福建省土楼群中的精品。考察组跟随着楼长，进入文昌楼中。文昌楼有近一个世纪的历史，建成不久就有蜜蜂前来安家。即便是前些年进行大修，蜂群也没有受到干扰和影响。陈艺杰在二楼发现了四下飞舞的蜜蜂。循着蜜蜂的踪迹，他发现蜜蜂的巢应该位于一间居室旁的夹层当中。文昌楼是比较特殊的一个土楼，它的形状是椭圆形的，在整个福建地区也是比较少见的形状。而蜜蜂在这里筑巢，不知道是否和这个楼的形状有关系。

陈艺杰观察到，文昌楼周边的山野植被葱郁茂盛，蜜蜂们采蜜的通路也十分畅达。蜂巢的位置距离文昌楼这个"椭圆"的中心是最短的，也就是圆弧里面最扁的地方。这样蜜蜂的视野会开阔，它出去活动的范围也会宽阔一点，同时蜂巢正对着方向也是蜜源植物生长较好的地方。

队员和陈艺杰仔细地观察了这个小小的蜂巢出入口。只见蜂巢出入口的蜜蜂很繁忙，进进出出的比较多。此时正值乌桕的流蜜期，许多蜜蜂回巢时腿上挂着花粉。正当考察组准备进一步研究时，土楼房东由于担心被蜜蜂袭扰，委婉拒绝了打开阁楼房门的请求。考察组感到十分遗憾，同时心中也不免产生疑问：为何整座文昌楼内只发现了一处蜂巢？难道说如今土楼的中的蜂巢都已如此罕见？别的土楼也是这样的状况吗？带着这些疑问，考察组决定到其他土楼继续考察。

考察组寻找野生中华蜜蜂的消息传开后,一座被当地人称为"东斜西歪楼"的裕昌楼里的居民提供了一个线索,在其顶层的阁楼旁常常会看到一些蜜蜂飞舞,不知道是否有筑巢。考察组当即决定驱车前往7000米之外的裕昌楼。

从裕昌楼外表上看,围墙虽然早已遍体斑驳、千疮百孔,但仍不失一派恢宏的气势。考察组来到顶层四楼环绕一圈后,并没有发现飞舞的蜜蜂。但陈艺杰却表示,此时因为下雨,蜜蜂通常没有外出,而是藏于蜂巢中。经过仔细的搜索,陈艺杰于一处房梁的隐蔽角落处发现了数十只蜜蜂,正伏于一个小指头大的木洞门口,也由此确认这里有一群野生蜜蜂筑巢于楼顶的阁楼里。

陈艺杰推测这里面应该是个强群,但现在看不出来它的规模有多大。土楼的构造有冬暖夏凉这种优点,蜜蜂的习性也喜欢冬暖夏凉。筑巢位置上它们选择在顶层而不在楼底,是因为土楼的楼底住户比较多,比较嘈杂,蜜蜂喜欢比较安静的地方;同时,蜂巢的朝向正对东南,太阳从东边升起的时候它们就能感知到。从当地的气候来看,在土楼筑巢也是很有优势的。因为这里夏季吹的是东南风,东南风可以吹到巢门里,因此比较凉爽;冬天吹的是西北风,不会对着巢门口直吹,就可以起到保温的作用。小蜜蜂很聪明,给自己选了个冬暖夏凉的房子。

考察组还发现,这处蜂巢的朝向竟然也正对着距离土楼最近的山包。山包上植物茂盛,绿意葱茏,这个现象和椭圆形的文昌楼极为相似。

站在裕昌楼四层,队员突然发现一个奇怪的现象。整个土楼的立柱从二层开始就是歪着的,特别是三楼门柱朝左边倾斜,四楼门柱却朝右边倾斜,感觉已经有些支撑不住的样子。但看着楼下居民神色自若地忙着手中的家务活,队员们才渐渐放下了心。

裕昌楼是南靖土楼中最早的土楼建筑,始建于明末清初,圆形的土楼楼高5层,每层54个房间,裕昌楼最为独特的是从三楼开始严重向左倾斜,四楼又向右倾斜,据说建楼不久就发现这样的情况,但数百年都不倒。专家告诉队员,这应该与楼体当年修建时的地形特征以及特殊的建造流程与工艺有一定关系。种种迹象表明,是土墙和木结构的共同作用才让土楼维持住了基本的稳定和平衡,同时土楼的圆形有受力均匀和互相牵引之功效,即使木结构发生错位、偏移,土楼各部位会受到相互的牵制和支撑,最终相安无事。同时,这样结构的土楼冬暖夏凉,不仅人居住舒适,也有可能是吸引野生中华蜜蜂成为土楼住客的重要原因之一。

通过对两处土楼的考察,考察组发现野生蜜蜂确实喜欢在土楼内筑巢。这是因为土楼建筑冬暖夏凉,木质材料提供了天然的孔洞缝隙,同时土楼是多层建筑,高层人活动少且较为隐蔽,因此土楼的高层往往是蜜蜂筑巢的选址。

而此时,考察组不禁有个疑问,既然土楼很合适野生中华蜜蜂筑巢,为何两栋土楼都只发现一处蜂巢?陈艺杰也深有同感,因为陈艺杰儿时的记忆中,土楼里总是能看到野生蜜蜂的蜂巢。它们会在密闭的粮仓、楼顶的房梁,甚至在无人使用的衣柜里筑巢。考察组决定到土楼的周边进一步调查。

在考察过程中,考察组了解到南靖自古以来养蜂业发达,野生蜜蜂资源丰富,蜜源植物繁盛。考察组得知这座山城有一座蜜蜂博物馆,便有了兴趣,或许在那里可以获取更多的信息。考察组当即便前往南靖著名的旅游风景区云水谣古镇,即土楼蜜蜂博物馆所在地。

从博物馆展示的资料中队员清晰地了解到,南靖自古就是贡蜜产地。明正德《南靖县志》记载,明正统年间,南靖每年向朝廷进贡蜂蜜39斤、蜡85斤。历史上鼎盛时期养蜂人数多达2000余人。博物馆里陈列了很多旧时养蜂器具,角落边上放着一台老旧的摇蜜机。这是20世纪50年代南靖养蜂人曾甲寅手工制作的,其木制外壳早已破旧不堪,但内部结构依旧完整无损,清晰地呈现出半个多世纪前的南靖土楼人家养蜂工艺。在博物馆一楼，队员见到南靖自产的很多品种蜂蜜的展示。1月的梅花蜜、3月的龙眼蜜、4月的荔枝蜜、7月的乌桕蜜，还有冬至前后采集的野桂花和鸭脚木蜜，当地人称为冬蜜。

南靖县是一个冬蜜的主产区，在当地百姓的心目当中冬蜜是他们最喜爱和珍视的一种蜂蜜。当地不管是日常饮食还是各种民俗节庆，人们都喜欢食用冬蜜。走出博物馆，考察组遇到了一位本地婆婆，她正在制作当地小吃。如今，溪岸两侧被当地政府开发为旅游风景区，婆婆在自家土楼前向游客售卖祖传的手工小吃——仙草蜜。婆婆告诉队员，仙草蜜看上去像果冻，是一种夏天吃的凉品，可以清热降火。用的甜味剂是荔枝蜜。婆婆自定了价格，加白糖3元一碗，加南靖本地蜂蜜5元一碗。2元钱之差，体现的却是家乡物产在婆婆心中的分量。考察组深刻感受到南靖养蜂历史的悠久、蜂蜜品种的众多，以及传统蜂蜜小吃的特色。

此时，房东将钥匙送了过来，考察组决定再回裕昌楼进一步观察。

陈艺杰一直守在蜜蜂出入的洞口旁静静观察，他发现蜜蜂的进出频次比较高，个体很活跃。陈艺杰首先用笔给进出蜂巢的采集蜂作了一些记号，这将用于之后对蜜蜂采集蜜源植物方向的观察；接着，他将一只测温仪慢慢伸进洞口，结果发现内部温度竟高达34℃。此时室外才21℃，居然相差13℃之多。内外温差如此之大，这表明阁楼内隐匿的是一个大型的蜂巢。陈艺杰解释说，蜂巢内的蜜蜂数量越多，巢内的温度越高。与外界13℃的温差表明，阁楼内的蜜蜂族群十有八九是一个年代久远、规模庞大的蜜蜂家族。

经过主人同意，陈艺杰和队员进入了蜂巢正下方的阁楼里。陈艺杰告诉队员，蜂巢一般不会出现在房间的储物柜或者书架，这间屋子有吊顶，可能在阁楼的隔板上面。接着，陈艺杰举起一只手触碰天花板，并不停地换着位置，他的这一奇怪举动让队员很是好奇。他解释说，蜂群的温度是恒定的，如今室温是20多摄氏度，而蜂巢里的温度是34℃左右，所以蜂巢所在的位置与周围应该会存在温差。陈艺杰推测蜂巢里面的温度会高一点，湿度也会高，从而导致隔板变形。

队员发现变形的隔板外表面有一些黑乎乎的东西，陈艺杰告诉队员这是蜂蜡碎屑。它可能是因为隔板里面不好清理而长期堆积在楼板上面形成的，而这更能说明此地方很可能就是蜂巢所在地，且离入口很近。

要了解在土楼筑巢的蜜蜂生存境况，打开蜂巢是非常重要的。而如何打开蜂巢加以观察，成了众人讨论的一个话题。就在大家举棋不定时，热心肠的楼长带来一位木匠师傅协助大家打开尘封已久的阁楼，这令队员们兴奋不已。

因为打开阁楼有些难度，木匠师傅提议爬上房顶，撬开顶板。但陈艺杰觉得不妥，这是因为蜂巢通常固定在顶板下方，拆顶板极有可能破坏蜂巢。他觉得最佳选择还是破拆外墙木板，这样做不至于惊扰蜂群。木匠师傅对此表示赞许，颇具经验的他也有了主意。他找来一个大螺钉，开始慢慢地楔进挡板，并一点一点将隔板向外拉出。

在大家的凝神关注下，隔板终于被缓缓地打开，一个大型的蜜蜂蜂巢出现在了众人面前。

有队员率先爬上去观察眼前的蜂巢，推测是一个强群，因为蜜蜂数量特别多。至于深度，队员无法估计它有多深，但是能够看到一层又一层的蜜脾，且又厚又多。这应该是一个野生蜜蜂的蜂巢，原本应该是在丛林里面的树洞里或者是土坑里，但是现在出现在了土楼的房梁上，想必是因为这个地方非常隐蔽。

经过一番观察，蜜蜂种群的兴旺令人惊讶。蜜脾层层叠叠，密集、整齐地向纵深排列，有数不清的工蜂正在忙碌。

陈艺杰刚刚检测到的温度34℃，其实正是子脾的温度。而此刻最让陈艺杰关心的莫过于这群野生中华蜜蜂的蜂蜜质量如何，于是他开始尝试取一点蜂蜜样品进行鉴定，然而这还是有点难度的。因为难以计数的蜜蜂密密匝匝地覆盖在蜜脾的表面，他只能伸出手指轻轻地拨开蜂群。然而蜜蜂又快速覆盖上来，反复了数次，陈艺杰才终于看到蜜脾上的巢口，他用专业监测计提取了几滴蜂蜜，波美度显示为41.5度。

波美度是鉴别蜂蜜所含营养物质的重要指标。波美度越高，蜂蜜的浓度越高，水分越少。

陈艺杰告诉队员，如果是人工饲养的波美度能达到38～40度就已经很高了，这里的居然能达到41.5度。这应该与蜂巢的位置很有关系，这位置比较高，不像底层那么潮湿；另一方面可能是因为它是天然蜂蜜，没有人取过蜜，且经过很长时间的酿造。酿造时间越长，波美度就越高，浓度也越高。

陈艺杰告诉考察组，野生蜜蜂选择筑巢点的标准，除了隐秘安全之外，更为重要的因素就是要易于采集花蜜。这个测试表明蜂巢正处于旺盛阶段，同时也说明蜂群生活的大环境蜜源充足、条件优越，对壮大种群非常有利。

那么，土楼周边的蜜源植物分布情况实际如何呢？考察组决定与陈艺杰就土楼周边的蜜源植物做一个调查。

考察组和陈艺杰首先选择爬到裕昌楼对面的山包上一探究竟。队员发现，山包所在的位置距离裕昌楼有150米左右，野蜂巢就在他们正前方位置。

陈艺杰告诉队员，裕昌楼周围的环境很好，山包上的这棵梅花树是蜜源植物，它的花期一般在元旦到2月份，现在果子都已经落完。它的蜜比较特殊，味道有点苦中带甜。至于为什么会苦，推测是因为植物的某一种成分带到蜂蜜里发生反应而产生苦味。土楼里的老人们常说，梅花蜜能止咳润肺，还会入一些药，起到辅助作用。

考虑到蜜蜂采蜜的活动半径在2000米左右，考察组决定扩大考察范围，于是来到距离裕昌楼1000米外的山上。爬到半山腰处，陈艺杰示意队员们停下脚步。他告诉队员，这里可以看到一年四季的蜜源植物，有3月的龙眼树、5月的槐花、6月的乌桕树、7月的盐木树、9月的茶树，还有11月中旬的鸭脚木树。

南靖地区养蜂历史悠久且蜂蜜种类丰富，其中最值得一提的就是冬蜜。冬蜜来自一种特殊的植物，当地人称其八叶五加，学名叫作鸭脚木，因其8片叶子的形状像鸭子的脚蹼而得名。鸭脚木也是一种中药材，有着清热解表、舒筋活络的作用，蜜蜂采集它的花蜜酿制出来的冬蜜也具有相同的功效，因此深受到当地百姓的喜爱。

7月的南靖正值乌桕花开。队员发现好多蜜蜂的后腿上还带花粉。乌桕花的蜜量非常大，肉眼都可见溢出的花蜜。天气晴朗时，流蜜期的乌桕花蜜会直往下滴。陈艺杰告诉队员，7月是乌桕的大流蜜期，这也和跟当地的气候有关系，这一时期会持续一个月。而在这里，考察组竟然发现之前陈艺杰在裕昌楼蜂巢做过颜色标志的蜜蜂，这说明距离裕昌楼1000米外的乌桕花也是裕昌楼蜜蜂的蜜源采集地。

至此，考察组确信南靖拥有极为适合蜜蜂生活的自然资源。蜜源植物环抱着土楼，让野生中华蜜蜂生存无忧；土楼建筑结构冬暖夏凉的特点，适合蜜蜂生存，而土楼的高度，为野生中华蜜蜂提供了更加隐蔽的栖息地。数百年来，土楼居民从未打扰它们，与它们如同邻居，和睦相处。

二

南靖独特的地形在造就了土楼这一建筑奇迹的同时，也为蜜蜂的生存提供了极为便利的条件。大自然是如此的慷慨，万物各取所需又能和谐共生。千百年来，人蜂共居的美好画面在土楼中日常上演，令人赞叹。然而在这幅美好图景背后，是否隐藏着不为人知的秘密？为何条件如此优越的土楼也只有少量蜂群入住呢？陈艺杰儿时看到的众多蜂群去哪儿呢？土楼居民与野生蜜蜂真的能够相安无事地共处一室吗？

《地理·中国》栏目《土楼蜂影》上集节目于2022年3月9日在CCTV-10首播

南靖·土楼蜂影（二）

引言

一座土楼，其实还是一个小生态圈。每座土楼中，花草虫鸟与人朝夕相伴，其中就有着蜜蜂家族的身影。平日里，那些飞来飞去的小蜜蜂们，与土楼的居民们相安无事。不过，也会有意外的情况发生。不久前，在一座历史悠久的土楼中，有人就目击了一个惨烈的蜜蜂集体死亡现场。

一

在土楼中长大的人都知道，每座土楼中藏有很多群蜜蜂。蜂巢一般位于较为隐蔽的地方。平日里，蜜蜂与土楼居民相安无事。时间长了，有人壮着胆儿从蜂巢中取出少量蜂蜜打打牙祭，但并没有扰乱蜂群的正常生活。于是，蜜蜂在老屋中有了安全、稳定的家，人们又能时常分享到小小的甜头，人与蜂之间，关系变得更和谐了。然而近年来，土楼里的蜜蜂不常见了，例如裕昌楼这样的标志性土楼中也只发现一群而已，而且是位于高层隐蔽处，这是由于周边的环境发生改变呢？还是人为因素？

正当考察组感到疑惑时，一则消息吸引了队员的注意。那是6月的一天午后，已经搬到城里的刘梅回到老屋中收拾物品。当她走进许久未归的家时，小屋场景让她目瞪口呆。只见，落满尘土的屋中，从内到外，密密麻麻地堆满了蜜蜂的尸体，景象触目惊心。闻声而至的邻里们见到这番场景，每个人的心中也是七上八下。这么多的蜜蜂，缘何死于非命呢？蜜蜂们的集体死亡，又是否隐含着一些不祥的兆头呢？

蜜蜂的族群，由蜂王、雄蜂和工蜂组成。一般来说，蜂王的寿命能达数年，雄蜂的寿命有三四个月，而大家最常见到的工蜂存活期一般只有1个月左右，因此在外界发现死亡的蜜蜂个体还是较为常见的。但是，在裕昌楼的老屋中人们一下子发现上千只的死蜂，这对土楼居民来说是件让人忐忑不安的事。这件事再次引起了蜜蜂专家陈艺杰的关注。

在土楼中长大的陈艺杰自小就对蜜蜂喜爱有加。眼下，裕昌楼出现的事令他颇感意外。他猜测，这要么是它们的生存环境出现了异常，要么是蜂群的习性发生了异常的改变。如不及时搞清原因，他担心会有更多的蜜蜂群落会出现意外。因此，他希望通过实地探访，揭开蜜蜂集体死亡之谜。考察组也跟随他一起前往进行调查。

路过土楼最为密集的田螺坑村时，陈艺杰决定先确认一下此前发现蜂巢的文昌楼里的蜜蜂们是否安然无恙。刚到二楼，陈艺杰便发现了漫天飞舞的蜜蜂。蜂巢位于一间居室旁的夹层当中，但打开夹层观察蜂巢的请求被居室的主人谢绝了。许久以来，文昌楼居民们始终守着绝不惊扰蜜蜂的传统。既然不能查看蜂巢，陈艺杰便将目光投向蜜蜂生活的外界环境。

大家看到田螺坑村及周边蜜源植物充足，蜂巢位置适宜，蜜蜂活动正常。看来，这一带的蜂居环境并无异常，不远处裕昌楼出现的蜜蜂集体死亡，至少没有影响到这一带的蜜蜂群落。

午后时分，陈艺杰和考察组到达了位于书洋镇的裕昌楼。蜜蜂集体死亡的现场位于裕昌楼的四层。

陈艺杰带着考察组攀着狭窄的楼梯上行，大家脚下，木结构楼体发出吱吱呀呀的响动，响动声和着淅淅沥沥的雨声，浸染出浓浓的岁月沧桑感。

一行人首先来到了蜜蜂集体死亡的现场。楼长告诉大家，听说专家要来，屋主人和邻居将死亡现场原样保护起来，他们也希望尽早搞清事件的原委。队员隔着窗户木栏的空隙向内看去，果然看到，满是灰尘的屋中地板上铺满了一层死蜂，数量多得数不清。

楼长打开门，陈艺杰小心地步入屋中。望着成片的蜜蜂尸体，他神情沉重，眉头紧锁，空气仿佛凝固了一般。面对数以千计蜜蜂的死亡，陈艺杰一时也找不到头绪。他首先考虑的是房间是否有问题，例如开了盖子的蜂蜜瓶会吸引着蜜蜂到房间来采食，之后又飞不出去；抑或常年有房间亮着灯，特别是在夜间，蜜蜂易被灯光吸引飞过来却迷了路。

队员通过楼长找到了房间的主人。了解到4楼35号房间是刘梅的房子，队员们找到了刘梅，并得知之前是刘梅的婆婆住在那里面，而两年前婆婆已离世，刘梅就一直没到那个房间去。这间没有人住的房子的旁边就挨着野生蜜蜂蜂巢。那边是一副欣欣向荣的采蜜景象，这边却显得非常地凄惨，不知道造成这样一个死亡现象的原因与旁边的蜂巢是否有关联呢？

通过与房东的交流以及现场查看，陈艺杰并没有发现预想的夜间开灯情形或桌上有开了盖子的蜂蜜瓶等诱导源，这基本上可以排除房屋内的设施导致出现死蜂这一可能了。大家决定用排除法，对每一种可能性进行排查。第一步要排查的就是蜜蜂是否遭受了天敌的袭击。而可能造成蜜蜂大量死亡的头号天敌，便是凶猛的胡蜂。

向土楼居民询问后，陈艺杰得知周围确有胡蜂活动。不远处的一个村子，就有一个胡蜂的蜂巢。听闻之后，大家决定去实地查看一番。

在塔下村的一处民居的屋檐下，大家果真见到了胡蜂的巢穴。陈艺杰仔细观察后，发现胡蜂的蜂巢从大小上看应该已存在半年左右，巢穴是由植物纤维构成的，是胡蜂工蜂采集的木浆建成的蜂巢。

与蜜蜂同为膜翅目的胡蜂性情凶猛，它们以蜜蜂为食，还会侦查、攻击蜜蜂的巢穴。蜜蜂群落一旦遭受胡蜂袭击，其结果是毁灭性的。胡蜂的这个巢距裕昌楼约5000米，筑成时间不长。在考察组看来，蜜蜂之死与胡蜂脱不了干系。不过，陈艺杰却并认同此定论。他告诉队员，其一，在裕昌楼的现场，蜜蜂尸体的形态完好，没有看出搏斗伤残的痕迹；其二，胡蜂发起攻击，一般直指蜜蜂蜂巢。然而裕昌楼的死蜂却处在空屋中，因此很难推断蜜蜂之死是胡蜂所为。

那么裕昌楼大量蜜蜂非正常死亡，是否就能排除胡蜂的攻击这一原因呢？陈艺杰认为，接下来需要查看空屋隔壁蜜蜂的巢穴，因为此处距离之前发现的野生中华蜜蜂蜂巢仅一屋之隔。大量死亡的蜜蜂来自这个蜂巢还是外来的蜜蜂？抑或是土楼中还有未发现的蜂巢？考察组决定回到裕昌楼再次打开蜂巢观察，这是解开蜜蜂死亡之谜的关键一环。

木匠师傅小心翼翼地再次打开房梁间的木隔板，大家经过一番观察后发现，蜂巢周边不见任何蜜蜂尸体，蜜脾层层叠叠，工蜂从容有序地忙碌。因此，尽管隔壁有数以千计的蜜蜂遭遇了不测，但并没有撼动这个蜜蜂大家族的兴旺。由此可以推断，蜜蜂遭受天敌攻击的猜测可以彻底排除。与此同时，另一种可能性又浮上了陈艺杰的心头，那就是中毒。

原来，在亚热带的福建地区，植物的种类繁多，其中有一些植物粉蜜中含的物质会影响蜜蜂消化系统的功能，例如松柏类、茶树类，甚至造成蜜蜂成批死亡。南靖地区茶树开花通常在9月至10月，因茶花蜜中含有蜜蜂不能消化的半乳糖，常会造成蜜蜂幼虫中毒。而裕昌楼周边正好有茶树，要想获知是否有中毒这一可能，有必要对采集的蜂蜜样品进行鉴定。

为此，陈艺杰小心翼翼地拨开覆于蜂巢上的蜜蜂，使用专业工具揭开黄豆大小的蜂蜡，用试管收取了蜂蜜样品。同时他也收集了空屋部分死蜂。他决定将相关的样品带回福州实验室做分析，在实验室里检测死蜂是否中毒，并对野生蜜蜂蜂蜜做一个花粉结构试验，以此确认蜂蜜中的植物来源，看看是否有中毒的风险。

通过显微试验和化学试验，陈艺杰可以确认裕昌楼的周边野生蜜蜂采集的蜜源植物有乌桕、山乌桕、油桐、龙眼。野生蜜蜂的采蜜半径为2000米左右，这与考察组上山目测的蜜源植物基本相符，而检测数据表明蜜蜂没有中毒迹象。

由于土楼是人蜂共处，居民日常活动产生的电磁场是否会对蜜蜂造成干扰从而迷路，这个问题也是陈艺杰考虑的一个重点。陈艺杰决定通过做磁场实验来探究磁场对蜜蜂的影响。他在蜂巢房外加装了一台电子计数器，自动统计采集蜂进出数量。当打开围绕蜂箱的磁场设备时，电磁场会对蜜蜂的定向能力产生一定干扰，有可能会使一些采集蜂因迷路而难以返回蜂巢。

陈艺杰发现，磁场开启后蜜蜂进出数差了2000多次，这表明有一些蜜蜂没有及时回巢，从而证明磁场对蜜蜂归巢是有一定影响的。这样的实验结果让陈艺杰心中焦虑起来，裕昌楼里的电磁场是否很大？是否已经影响到蜂群？带着疑问，考察组决定返回南靖进行进一步调查。而接下来的重点则是对当地饲养蜜蜂的蜂农做面对面的寻访。

南靖蜂农肖新展是陈艺杰作为福建省科技特派员科技帮扶的对象，队员们见到蜂农肖新展时，他正在做着一件精细活儿——给蜜蜂剪翅膀。老肖告诉队员们，被剪去翅膀的是一只老蜂王。现在的季节蜜源充足，蜂群会迅速壮大。这种情况下一个蜜蜂群落会相继出现多个蜂王，从而引起分家，甚至出现打斗的现象。如果老蜂王带走了一半工蜂，且没有及时追回，常常会造成蜂场的损失。此时，从蜂箱中取出老蜂王，剪去其翅膀，可以大大降低该隐患发生的概率。这样它就不会飞远，没有蜂王的带领，飞出去的工蜂也会回到蜂巢里去。

闲聊中，肖新展提及以前整座楼都住满人，二楼一般都是做仓库，全部门窗封闭，但有一些木头小洞，蜜蜂就特别爱在二层楼仓库里面、门上或者是一些阴暗的角落筑巢。后来大楼里比较少有人住了，旧的衣柜没有搬出去，蜜蜂就经常钻进衣柜筑巢。当队员向他问及土楼里的蜜蜂为何数量不多，文昌楼或者裕昌楼都只发现一群，并不像过往那么多时，肖新展告诉队员这可能与他们土楼蜂农有一定的关系，因为他们也会常常将蜂箱放到土楼。在土楼放的蜂箱有两种，一种是把蜜蜂引到土楼来，一般都是在夏季和冬季。因为夏季外界特别炎热，冬季特别寒冷，而土楼内冬暖夏凉，所以夏天跟冬天把蜜蜂引到土楼里面。另一种是放空箱，引蜜蜂过来。夏天的时候，把蜂箱放到比较阴凉的地方，比如山乌桕树荫处就容易吸引蜜蜂，因为山乌桕是大蜜源，那个时候分蜂比较厉害，蜜蜂常会来筑巢。冬天的时候把蜂箱放到有阳光的地方会比较暖和，也较易吸引蜜蜂。此时盛开的鸭脚木是个大蜜源，蜜蜂也会分蜂，分蜂的时候也会到蜂箱筑巢。

肖新展的回复让队员茅塞顿开，原本可能存在于低楼层的野生蜜蜂绝大部分被土楼蜂农用空箱所收，而队员见到的野生中华蜜蜂都筑巢于阁楼和夹层这样的隐秘环境中，正是因为蜂农不会损坏隔板而取蜂巢，蜂巢才被保留了下来。对于裕昌楼中蜜蜂成批死亡的情况，肖新展认为有两种可能，第一种可能是蜜蜂巢穴中一旦出现了新蜂王，老蜂王会带着工蜂集体出走。人工饲养的蜜蜂通过干预后，这种情况可以大大减少。但野生中华蜜蜂，类似情况却无法避免。与此同时，分家的蜜蜂，同样会寻找相对安全、隐秘的区域安家落户，筑就新巢。裕昌楼出现大量蜜蜂死亡，同时死蜂都在与原蜂巢相隔不远的另一间屋内，可能正是蜜蜂分家造成的惨剧。第二种可能是盗蜂。所谓盗蜂就是蜜源植物未到流蜜期，为生存，蜂群间互相偷盗蜜糖进而发生的打斗。山乌桕大开的时候，别群的蜜蜂即使放到这边也不会打架。因为花期的时候，蜜蜂采到同一种蜜，身上差不多为同一个味道。但山乌桕还没开的时候，外界蜜源都很稀缺，估计外地的蜜蜂要迁到这边来准备筑巢，而土楼的蜜蜂不让筑巢，因此发生打斗。

肖新展的分析听起来不无道理。陈艺杰决定根据第二种猜测，再度回到蜜蜂死亡的现场进行新一轮的勘察、鉴别。

在裕昌楼的顶楼，陈艺杰和队员们仔细观察，不放过现场的每一个细节。大家注意到一个问题，蜜蜂死亡的屋室除了木窗户的缝隙外并没有可供进出的通道。大量的蜜蜂是从哪里进入这间屋内的呢？陈艺杰在屋内仔细查看，有了一些新的发现。

原来，陈艺杰发现蜜蜂的残骸并不是一次形成的，而是慢慢累积形成的。接着，他的目光锁定了屋顶一处不起眼的缝隙。小屋木吊顶有一处不太明显的缝隙，但这一缝隙足以让蜜蜂进出。在一番仔细观察后，他发现了几只雄蜂的尸体，因此就要排除盗蜂了。因为盗蜂时雄蜂是不参与的，只有工蜂参与。如果是分家，那一定有蜂王带头。然而陈艺杰在对蜜蜂尸体再度甄别一番后，没有发现蜂王的残骸，看来分家也不是蜜蜂进到这里的原因。不过，在这一轮甄别中陈艺杰发现，死蜂的个体多数是尚未长大的幼蜂，正是这个发现，让蜜蜂死亡的答案有了明确的指向。

陈艺杰告诉队员，造成这种情况的最大可能性是幼龄蜂因为趋光性而不慎从缝隙中爬入，却因难以返巢而死于这里。

在自然界，蜜蜂的外出活动有两个显著的特点：其一，与很多昆虫一样，蜜蜂有着趋光的本能，它们会向着光亮的方向聚集；其二，蜜蜂外出采蜜和回巢，是依靠自身的导航功能。成年的蜜蜂，一般不会迷路，然而未长大的蜜蜂，因趋光性爬出蜂巢，来到外界，在进入另一个入口狭小的空间中后，却由于导航功能尚不健全而无法找到回巢的路，因此被困在较为封闭的屋中，直至最终力竭、死亡。

数以千计蜜蜂死亡的原因终于找到了。不过陈艺杰还没有释然，他从车中取出了一件特殊的仪器。原来，陈艺杰担心楼中的各种电磁场会干扰蜜蜂身体中的导航系统，从而引起蜜蜂行为的紊乱。他手中的设备，正是一个电磁场检测仪。

在对土楼各处进行电磁场检测后，陈艺杰松了一口气。整座土楼电磁场情况正常，这意味着土楼居民的生活并未对同一屋檐下的蜂群造成不利影响。有着数百年悠久历史的裕昌楼，即便到了家家有电器的今天，人与蜂之间依旧沿袭着相生相伴、相得益彰的和谐关系。陈艺杰告诉队员，蜜蜂的进化历程比起我们人类要久远得多。亿万年中，这小小精灵的生存本领非常强大。一般情况下，种群中的新老交替每天都在进行，出现部分个体的死亡不会影响一个大家族的延续。

依山而建的南靖土楼，最初是为适应先民聚族而居的生活和防御需求而建。千百年来，土楼里的居民安居乐业，而土楼里的"常客"野生中蜂也在这里忙忙碌碌酿造着属于自己的甜蜜生活。

2008年，南靖土楼被列为"世界文化遗产"。伴随着南靖土楼逐渐进入更多人的视野当中，越来越多的游客涌入土楼，南靖土楼里的居民搬了回来，原来空置的房屋又热闹起来，土楼各方面的资源都适合养蜂，于是，土楼蜂箱里黄灿灿的蜂巢成为他们甜蜜新生活的象征。

临近端午，土楼景区举办了"土楼乡情碱水粽大赛"，土楼养蜂人肖新展则像往年那样，给土楼里的乡里乡亲派送冬蜜，原本没有味道的碱水粽蘸上冬蜜，便成了令人垂涎的绝佳美食。

二

南靖土楼带给人们的震撼，不仅仅是那些视觉上的奇观，更是创造了这些奇迹的人。当地先民尊重自然、因地制宜，在崇山峻岭间创建了土楼民居。而自然也给予了这片土地丰厚的馈赠，亚热带气候孕育了闽南地区繁茂的植物资源。一年四季盛开的鲜花，为蜜蜂提供了不间断的蜜源。人类的智慧与勤劳让自然的馈赠有了更加丰富的表达，古老的养蜂技术在这里得以传承和发展，酿造出闽南独特的甜蜜风味。

南靖土楼和蜂蜜的故事仍在继续。它是一部人类变不利为有利的奋斗史，也是一曲人类与自然和谐共生的赞歌。

《地理·中国》栏目《土楼蜂影》下集节目于2022年3月10日在CCTV-10首播

第五章　龙岩篇

漳平（一）

引言

"千山之中，此地独平"，这是自然界对漳平独有的厚待。三山襟连于此，守护着一方安宁，九龙江蜿蜒而过，滋养出两岸清平。

生于此间的漳平人，心胸之广，不囿于山野，既可乘风破浪远下西洋，又可穿洞架桥，铸就铁龙连通四方。

山水之灵，万物以成。漳平，这座得天独厚之城，在袅袅茶香里，延绵着千年的底蕴；在青山碧水间，谱写着不朽的传奇。

一

在闽西的千山之中，漳平把守着东大门。千百年来，从东海吹来的季风使漳平形成温热湿润的气候。

福建博物院考古专家范雪春从 2009 年起带领史前洞穴古人类遗址考古队，在漳平先后进行了 3 次考古调查和发掘，发现了一个轰动考古学界的史前人类遗址——奇和洞遗址。

范雪春记得，第一次到奇和洞看到宽敞的洞厅就感觉很震撼，当即判断奇和洞非常适合史前先民居住，里面应当有史前人类遗迹。考古工作者从中发现了完整的古人类颅骨以及居住面、火塘及灶等遗迹；还有打制石器、磨石器、压印、刻划纹饰陶器、骨器及动物牙齿等遗物。从出土的人骨遗骸体质学特征分析判断，他们很可能是目前已知最早的南岛语族先民。

出土的遗存中，最为珍贵的是骨质磨制鱼钩、石质磨制鱼形胸佩饰件。这反映了史前时期居住在漳平奇和洞的先民们熟练的制作技能和较高的审美眼观。

根据地层的连续性，以及出土遗物明确的叠压关系，专家判断这是距今 17000 到 7000 年前，从旧石器时代晚期过渡到新石器时代早、中期的遗址。考古队在奇和洞的支洞内还发现了大量第四纪哺乳动物化石，从动物化石的石化程度来看，其年代在 10 万年以上。因为距今 10 万年前，漳平地区气候温暖湿润。丰富的森林资源吸引了各种大型动物来此生活。

到了约 1.7 万年前，寒冷的气候迫使第一批先民来到温暖的奇和洞居住。他们搬来石头，搭起石凳，利用不同的工具改造生活环境。

随着考古的深入，考古队员从 1 万年前的文化层土壤中发现了块根类植物，从 8000 年前的文化层土壤中发现了禾本科植物。这些淀粉粒遗存引起了范雪春的极大关注。

从目前的资料来看，包括敲砸坚果、切割或挖掘块根等室内作业，都要求人们制作出相应的工具。奇和洞中出土的各种打制石器、磨制石器、打制骨器和磨制骨器等，都记录了打制石器、骨器从局部磨制到通体磨制的转变。这是福建地区出旧石器时代向新石器时代过渡的证明，也预示着原始农业的兴起，其意义重大。

透过这些上万年前的遗迹，依稀可见智慧的漳平先民早期的植物利用与农业起源，他们用简单的石器和骨器编写出漳平的史前史。

2011 年，漳平奇和洞遗址被评为当年全国十大考古新发现，填补了福建省新、旧石器时代考古的空白。

在万年时光里，漳平先民将蛮荒之地变成人丁兴旺的陶陶乐土。这种"蛹变蝶化"是人类进化史的缩影。漳平的山川见证着文明的缘起与兴盛，记录下生命演替的恢宏进程。

二

明宣德九年（1434），航海家王景弘以外交使团正使身份统率船队出使南洋诸国。他以敢拼敢闯的精神和面向大海的开放胸怀，完成了郑和病故后鲜为人知的第8次下西洋。这个出生于乱世的漳平人，将自己的名字镌刻在了中国古代航海史上。

2015年，为了编写一本王景弘研究专著，福建省民间文艺家协会会员曹木旺开始专心搜集资料。从并不丰富的史籍记载中，曹木旺了解到出生于香寮村的王景弘入宫为宦官。明永乐三年（1405），王景弘奉明成祖之命，协助郑和统率巨型海船62艘、官兵与水手27800人，出使西洋。

福建是富有航海传统的地区，宋元时福建有众多世界著名贸易港口，作为福建人的王景弘在航海方面有着天生的优势。从资料来看，他在下西洋中应该是负责航海线路与管理船队的事务。

香寮村至今流传着王景弘出海的故事。600多年前，香寮村年轻力壮的村民在王景弘的鼓励下，纷纷前往数百里外的沿海报名参加船队。心远志坚的他们，就此踏上了扬帆远航的征程。

在郑和与王景弘的带领下，明朝外交使团历经30多个国家和地区，发展中国与亚非国家间的通商关系。福建省文史研究馆原馆长卢美松认为，王景弘与郑和下西洋，开启了中国船队远航的历史，为促进中国航海事业发展做出重要贡献。

随着遗存史料的搜集，王景弘出使西洋波澜壮阔的画面逐渐清晰。2019年，由曹木旺等人主编的《王景弘研究》一书由海洋出版社正式出版。在国家海洋博物馆里，王景弘的雕像矗立于郑和旁；在文莱首都斯里巴加湾市，有一条以王景弘命名的"王总兵路"；南沙群岛中一座叫"景宏（弘）"的岛屿也是以王景弘命名，人们没有遗忘王景弘及其做出的贡献。

数百年间，文化迁徙带来的大融合，使远离中原的漳平人的身体里流淌着报效国家的热血。岁月悠悠，九龙江滔滔。航海家王景弘成为漳平包容开放、勇于开拓的精神象征。当万里丝路于盛世重启，这片古老的土地也开始了新的远航。

三

"红旗跃过汀江，直下龙岩上杭"，这句诗描写的正是1929年，毛泽东、朱德、陈毅率领红军入闽，开辟闽西革命根据地的事迹。

漳平市象湖镇杨美村是一座建于清代，依然保留着传统闽西院落样貌的村庄。村里的这座名为"荣福堂"的普通民居则是漳平珍贵的革命遗址。

"老板，你不在家，你的米我买了廿六斤，大洋二元，大洋在观泗老板手礼（里）。 红军"。当年，红军在这里的墙上用黑色墨汁写下了这30个字，让居住在这里的苏家人代代呵护，视若珍宝。

1929年8月，朱德率红军攻下漳平县城后进驻象湖镇杨美村休整。由于漳平地处崇山峻岭，交通不便、信息不畅，老百姓不明就里，纷纷逃往村外。

为了购买粮食，战士们在村里寻找到一位老汉，并向老人解释红军是穷人的队伍，遵守买卖公平的纪律。随后，老人带领红军来到侄子苏和家。在为主人留下充足的口粮后，红军战士称了26斤大米，并请苏观泗老人转交米钱二元大洋给苏和，临行前在墙上写下了这封珍贵的"留款信"。

红军留言信传递出的真诚，让百姓们感到无比温暖。数日后，当红军再次途经杨美村时，百姓们纷纷出门迎接。

苏正回忆，他爷爷拿着二元大洋要还给红军，红军首长对他说红军不拿群众一针一线，要买卖公平。我爷爷很感动，决定将红军的墨宝保留下来，就在这间房间里放了一张床，并挂起深色麻布蚊帐，才将这30字保留至今。

红军在漳平境内前后行动20多天，漳平乡亲主动将敌人的岗哨、工事告诉红军，并带着部队抄小路、搞突袭，打赢了红军入闽后七大战役之一的溪南突袭战，成为红军战史上的经典案例。

不仅如此，之后在百姓的帮助下，红军乘胜追击，再次占领漳平县城，扫清残敌，彻底粉碎了敌人会剿的阴谋。

如今，这封保存完好的红军"留款信"的复制件，陈列在中国人民革命军事博物馆和古田会议纪念馆中，成为红军严格遵守"三大纪律八项注意"的珍贵物证。

中共福建省委党史研究和地方志编纂办公室研究员王盛泽认为，漳平的红色留言墙，是红军以诚信得民心的见证，昭示了红军是真正的人民军队，具有严明的纪律。诚信爱民是取信于民的保证。

中国工农红军在漳平境内革命活动足迹遍及13个乡镇，红四军第二、第三纵队发动群众，建立乡村苏维埃政权。当年的革命斗争活动留下了永福总区苏维埃政府遗址、龙车革命遗址，以及中国工农红军第一份铅印军报《浪花》创刊号等珍贵文物。

2014年，《漳平市红色旧址通览》一书编辑成册，由60余处革命旧址组成的爱国主义教育基地集群也在漳平落成。红色深情在漳平大地绵延不绝，而90多年前写在墙上的字迹，经历风雨沧桑，早已成为刻在百姓心中的精神丰碑。

四

早春时节，漳平鲜花盛开，装点着闽西大地。湿润的季风如同画笔，涂抹出丰富的色彩。

新桥镇农民的生活比调色盘上的色彩还要丰富。

1993年，在全国现代民间绘画画乡作品邀请展中，农民画作品《竹马灯》荣获一等奖。这幅取材于漳平本地乡村民俗的作品形象生动、妙趣横生，将漳平农民画的"乡土韵味"表现得淋漓尽致。作者吴玉环是新桥镇地地道道的农村孩子。她从小就喜欢画画，10岁就开始跟随父亲学习农民画。

漳平新桥农民画历史悠久，它以长期流传于农村的实用民间绘画为基础，是原始经验和民俗文化的积淀。

20世纪70年代末，吴玉环的父亲吴全森和当地一些民间画师在吸收当地传统民间绘画艺术的精髓后，采用勾线平涂手法来展现农村生活，把民间味、乡土味、装饰味融为一体，开创了具有漳平山区民间特色的艺术造型。

漳平农民画最大的特色是把看到的山乡文化用写实、夸张并用的手法表现出来。

漳平农民画立足本土，大多数取材于民俗活动、生产劳动、日常生活，受到收藏家的青睐。忙的时候，吴玉环全家动员起来，老老少少五六人围桌而画。

1989年，漳平新桥镇被文化部（现文化和旅游部）命名为"中国现代民间绘画之乡"，是当时全国唯一的乡镇级"画乡"。2010年，漳平获得"全国民间文化艺术之乡（农民画）"的称号。

然而，一度十分红火的漳平农民画却遭遇了发展上的困境。两大瓶颈限制了漳平农民画的进一步发展，一是画法固化；二是农民画销售市场难以扩大。如何在全国农民画领域做出特色，为漳平农民画发展探索一条新的发展之路，成为吴玉环和漳平农民画从业者们思考最多的问题。

2016年，在漳平农民画院举办的福建省农民画创作培训班上，吴玉环和同伴意外发现，农民画跟漆画有着神奇的契合。它们既古老，又年轻；既重外在形式的表现，又重内在精神的发掘，最重要的是，两者有着同样艳丽的色彩。

吴玉环创作的《闹春大轿舞起来》，表现的是闽西客家新春民俗活动。造型圆满夸张，对比强烈，整幅作品充满着丰富的细节以及深邃沉稳的色彩。天然生漆漆液、瓦灰用于漆画底板制作，借助金属箔粉、螺钿、蛋壳等特殊材料，通过髹、堆、嵌、撒、罩、磨等特殊手段，营造出画面的雕刻感及厚重朴实的效果。漆画这门古老工艺的感染力，通过农民画的形式彰显出来，给予观众强烈的视觉冲击。2017年，该作品在由中国美术家协会举办的"二十四节气·柯城全国农民画作品展"上获得了优秀奖。

获奖的喜悦，让漳平农民更加坚定了农民画与漆艺相结合之路，传承400多年的农民画探索出了全新的艺术形态。农民画和漆艺的融合，不仅在视觉效果上提升了档次，也提高了经济价值，创作的路子也越走越宽。在当地市政府的推动下，漳平市成立了农民漆画院。如今，漳平农民画系列乡土教材已经走进了校园，同学们用手中的画笔勾勒着漳平灿烂的未来。

喜庆吉祥、平安如意，这是漳平人在画作里寄托的质朴情感和虔诚祝福。漫长岁月里，漳平农民耕耘田园庄稼，也耕耘墨海砚田，将血脉中继承的勤劳和智慧，定格在了浓墨重彩的画卷中。

五

明崇祯元年（1628），徐霞客从江阴出发，第三次游历福建。他在《闽游日记前》中记载了行船至宁洋时的惊险。

宁洋之溪，是八闽水系绝险之处。

2017年，为了梳理漳平的交通发展史料，作家陈龙林沿着徐霞客的足迹开始了调研。徐霞客曾两次到访漳平，他的《闽游日记前》一文将流经漳平的河流湍急、周边山势的险峻描绘得惟妙惟肖。

漳平地处戴云山、玳瑁山和博平岭三山交接处，因千山阻隔，古时漳平的交通只能依靠九龙江航线进行水运来连接古驿道。一路跋山涉水，十分艰难。直到1956年，漳平建成了历史上第一条公路——龙漳公路，交通的困境才有所改善。

1958年，一个振奋人心的消息传来，国家决定要投建漳平至泉州的铁路，这是福建省第一条地方铁路。这条铁路线自鹰厦线上的漳平梅水坑车站引出至泉州肖厝镇，全长240千米。漳泉肖铁路动工时，数千名筑路工人从四面八方汇聚到安溪、漳平交界处的深山密林。

漳泉肖铁路复杂的地质状况，对设计、施工和管理的质量都提出了前所未有的要求。当时施工现场的机械化设备有限，铁路的修筑异常艰辛。这条线路的桥梁、隧道比例高达18%，这给当时建设施工造成很大困难。

岩顶隧道的地质条件较差，施工时多次发生塌方。经过多次试验，工程技术人员研发出在隧道的挖掘中使用钢管棚消除塌方隐患的处理方式。

为加快施工进度，建设者们采用了当时全国铁路单线隧道较少使用的无轨运输。无轨运输方式的采用，就当时施工条件而言，无论对缩减成本还是对后续工程的工期，都有着重要的保障作用。虽然当时筑路地质差、难度大，但漳泉肖铁路的施工进度却一再地提前。

漳平因铁路而迈入了高速发展的时代。1957年，鹰厦铁路通车至漳平；1962年，漳龙铁路通车；之后，漳泉肖铁路漳平至大深段、剑斗段通车。漳平火车站成为福建西南部的铁路交通枢纽。2018年，随着南龙铁路的通车，漳平成为"环闽"快速铁路线通道上的重要交通节点，也迈入了"动车时代"。

在陈龙林的梳理下，讲述漳平悠久交通历史的《漳平交通史话》成功发表。时间凝练成的文字，记录下漳平人的创业豪情。千山之中，改变漳平命运的"交响乐"诗篇依然回荡，经久不息。

六

2019年，北京世界园艺博览会开幕。在展会上，来自"中国杜鹃花之乡"漳平市永福镇的大型杜鹃花盆景让观者流连忘返。

腊月的闽西山村，气温持续降低，位于永福镇的杜鹃花基地却花意正浓，一株株艳丽夺目的杜鹃花盆栽将从这里销往全国春节花卉市场，这正是花农陈子望最忙碌的时节。

20世纪80年代初，陈子望就开始从事花卉种植，凭着漳平人勇于探索的精神，他成了当地小有名气的花卉专家。30多年来，陈子望见证了永福花卉产业的发展。

永福镇自古就是花卉之乡，已有700多年栽培花卉历史，花卉品种众多，其中兰花就有300多种。

永福地处永安盆地的西南边，由于大山的阻挡，这里没有受到台风影响，温差大。永福的海拔落差大，物种丰富。早年，这里的兰花都是由山里采摘的野生兰花培育出来的。

20世纪80年代末，永福的花农便开始引进种植盆栽西洋杜鹃花。杜鹃花最大的特点是通过科学培育后可以四季开花，是一种非常好的观赏花卉。

然而，随着杜鹃花扦插法繁殖技术的普遍掌握，市场价格越走越低，这对永福花农是个严峻的挑战，但永福花农很快认识到引进新的品种依然不能改变市场的低迷。这时，陈子望发现，大棚中有一种高山杜鹃的市场销售较好，价格也高。这种高山杜鹃是一种天然带造型的花卉，陈子望意识到造型花卉更符合市场的需求。

经过调研和反复实验，陈子望运用花卉盆景种植工艺，根据不同品种，对大棚里的杜鹃花进行加工，改制成不同的造型。经过塑形的杜鹃花，色彩艳丽，形态各异，赢得了世界各地客户的青睐，也让永福花农走上了一条可持续发展的致富新路。

为了将花卉培育技艺一代一代传承下去，20多年前，陈子望的女儿陈巧妍也投身永福花卉产业发展。经过十来年的磨炼，陈巧妍已经掌握了培育杜鹃花的技艺，也深深领悟了父辈身上的执着精神。

陈子望的记事本记录了他踏遍永福各地的足迹，更见证了漳平市花卉产业从传帮带到抱团发展取得的巨大成就。如今，漳平花卉种植面积达到2300多万平方米，永福镇被中国花卉协会授予"中国杜鹃花之乡"荣誉称号。

随着花卉产业不断发展，漳平市政府大力发展观光农业。

"小园新种红樱树，闲绕花行便当游"，正如白居易的这句诗所言，每年春季樱花的盛开吸引了大量游客。2016年，永福茶园樱花照片刊登于《中国国家地理》杂志的封面，每年立春前后，近10万株永福樱花盛然绽放，给游客带来一场视觉上的梦幻盛宴。

2019年，以漳平台湾农民创业园和省级农业科技园区为核心的龙岩国家农业科技园区通过验收。作为国家级可持续发展实验区，漳平依托厚重的文化底蕴，正全力构建人文景观和自然景观交融的生态文化新城。

从事摄影工作30多年的摄影师陈秀容一直在用照相机记录漳平的变迁。陈秀容镜头下的漳平自改革开放以来发生着巨大变化，正如闽西大地上并存的乡村与城市，一边可以看到遥远的过往，另一边则是令人期许的未来。

从文化古城到生态名城，漳平以不断前行的勇气和为时代担当的魄力，在八闽大地上走出了一条传承发展、拓展创新之路。

结语

数万年前，奇和洞先民用骨器和石器书写下文明的序章。

大海之上，劈波逐浪，航海家王景弘用一生荣光扬起漳平的精神风帆。

墨痕之间，红色情深，荣福堂留言墙用半壁文字擎起漳平的信仰丰碑。

一幅幅农民画，描绘出丰富多彩的安居图景；

一树树杜鹃红，映照出红火喜乐的发展之路。

漳平，这座位于闽西千山之中的菁菁之城，正在春风中书写新的篇章。

千山藏福地，洞中日月长。

红色深情传故志，锦绣花乡谱新章。

纪录片《中国影像方志·福建卷·漳平篇》于2020年9月20日在CCTV-10首播

漳平（二）

引言

接到拍摄任务后，我与摄制组得知此次将前往福建省漳平市进行考察与摄制工作。此次采访拍摄的主要内容是通过梳理漳平的历史文化脉络，回顾漳平改革开放40多年来的成就。

漳平是一个历史悠久的县级市，在拍摄前我已整理出5万字左右的素材稿，并从这些素材中，初步明确了拍摄亮点。本篇即为我根据素材稿，并结合实际拍摄经历所做的整理。

一

博物馆留给我的疑问

漳平市博物馆里一些关于兰花的资料引起了我的注意。永福兰花在明代被册封为"宝花"，在花市里也可以见到永福兰花的身影，当代永福镇更是有"中国杜鹃花之乡"的赞誉。

我向黄大义馆长请教，黄大义请来了漳平市博物馆老馆长黄秀燕。从黄大姐这里我了解到有关朱德与永福兰花的三件事：

第一件事：1929年8月，时任红四军长的朱德在永福的办公室桌上摆放有一盆素心兰。

第二件事：1962年，朱德托人到永福带30多盆兰花回京，赠送国际友人。

第三件事：1982年，邮电部出版了朱德的4联兰花邮票，其中有一首诗是朱德的《咏兰》，写的就是永福的兰花。

幽兰奕奕待冬开，绿叶青葱映画台。
初放红英珠露坠，香盈十步出庭来。

——朱德《咏兰》

朱德爱兰，路人皆知，但要查明这三件事的真实性，仍需要资料进行佐证，其中的疑点如下：

第一，为什么朱德办公桌上摆的是一盆而不是两盆兰花呢？

第二，1962年朱德一共带回30多盆兰花，《漳平县志》中为何有没有记录？

第三，《咏兰》这首诗是赞美永福素心兰，其出处是何处？

黄大姐说查完资料后回复我，我也马上调借了一本1986年出版的《朱德诗集注解》并专门从北京邮寄过来。

戴老师的书

我拜访了漳平市委党史和地方志研究室戴革平老师。戴革平老师是漳平的文化人。他于2014年跑遍漳平60余处革命旧址，写作了《漳平市红色旧址通览》一书。此次由他带我们去感受中央苏区的重要组成部分——漳平的红色事迹。

戴老师对漳平的历史很了解，于是我请戴老师帮忙解决两个问题，第一是朱德与红军留言墙的故事的出处。他从柜子里拿出了《朱德传》，找到了相关的部分。第二是雷锋日记中提及向龙均爵学习的出处。他说要去家中查阅原书来核实，并约定了下午再见面。可见他是个治学谨慎的人。

当天下午，我们见到了他手中的《雷锋日记》。戴老师将泛黄的书交到我手上，由于是较为稀见的书籍，因此无法让我借阅，但可以拍照。戴老师介绍说这本书是1964年版的，是一本地道的"老书"。

红军留言墙

中央革命根据地，简称中央苏区，范围包括江西南部、福建西部，是土地革命战争时期全国最大的革命根据地，全国苏维埃运动的中心区域，中华苏维埃共和国党、政、军首脑机关所在地。

1929年8月，朱德率领红四军第二、三纵队出击闽中，一举攻占宁洋县城。在红四军的英勇战斗和地方群众的配合与支持下，1929年9月初，红四军成功瓦解了敌人的三省"会剿"。

1937年，朱德在接受美国记者史沫特莱采访时，这样回顾这段历史：红军这时分成两支队伍，毛泽东率领一支留在闽西骚扰敌军，朱德率另一支展开大规模牵制战，深入敌区，直到沿海，以切断敌军主要补给线，至少要压迫福建军队离开苏维埃根据地。

红军

在漳平象湖镇杨美村一座昔日的苏氏祠堂"荣福堂"左边辅厝第二间的内墙上，红军用黑色墨汁写下了这30个字："老板：你不在家，你的米我买了廿六斤，大洋二元，大洋在观泗老板手礼（里）。红军。"

《朱德传》同样记述了这段历史：1929年8月20日，朱德率红四军攻下漳平县城后向大田县进军，进驻象湖镇杨美村休整。当时杨美村只有十多户人家，由于地处崇山峻岭，交通不便、信息不畅，红军攻打漳平时，城里一批土豪劣绅曾逃到这里，散布谣言，造谣诬蔑红军在县城杀人放火。老百姓"谈兵色变"，红军还未进村，许多乡亲就纷纷逃往村外。

为了购买粮食，战士们跑遍全村，在一间阴暗的屋里寻到一位身残体弱的老汉苏观泗。一位红军战士和气地询问他是否有米卖，老人吓得只是摇头，什么话也不说。这时，朱德微笑着走进来，耐心向老人解释红军是专门打土豪劣绅的队伍，宣传红军买卖公平的纪律，并请老人帮忙购粮。老人这才松了一口气，带着红军战士来到苏振远的爷爷苏和家中。

红军战士在为主人留下充足的口粮后，从米缸中称了26斤大米，并请苏观泗老人转交米款二元大洋给不在家中的苏和。临行前，红军战士在苏和家存放大米的房中写下了那封珍贵的"留款信"。

苏和的孙子苏正告诉我们，当年他爷爷拿着二元大洋要还给红军，红军首长对他说："红军不能拿群众一针一线，买卖公平，这大洋您一定要收下。"苏正的爷爷很感动，决定要保护好红军的墨宝，于是将这间房间改成睡房，并挂起深色的麻布蚊帐，将"留款信"遮得严严实实，才得以保留至今。

在那些烽火连天的岁月里，这几行文字朴实的"留款信"，映照出了红军队伍的内在精神，像一座历史丰碑，印证了当年红军军纪严明、秋毫无犯、不拿群众一针一线的历史事实。

如今，这封保存完好的红军"留款信"的复制件，陈列在中国革命军事博物馆和古田会议纪念馆中，成为红军严格遵守"三大纪律八项注意"的珍贵物证。

我认为，红军留言墙是漳平红色记中最璀璨的部分，它证明了人民子弟兵的本质，这是最为珍贵的遗存。

红军留下百姓的口粮后，再取26斤大米，是从内心深处先想着老百姓，再想自己。这26斤大米，可能只够几十位红军战士一顿的口粮，但却是人民子弟兵纪律严明的反映。

军部里的大妈

来到红军墙时,拍摄的任务仍然较多。天快黑时,我们得知红四军军部距此不远,于是马不停蹄地赶过去。从远处就可以看到朱德的汉白玉雕像屹立于军部旁。

由于太阳即将落山,我们便抓紧先拍摄雕像。随后,我们打着灯进入红四军军部拍摄。工作人员介绍说,1929年8月28日晚朱德就曾留宿于门口的这个小房间。

看护军部的是一位大妈,精干瘦小的她看到我们来了,急忙烧水煮茶。由于天色已晚,她便从房间里拿出鸡蛋,要让我们垫垫肚子。谢绝大妈的好意后,我们继续前行拍摄。临走时,我们与大妈话别,而她正忙着煮着鸡蛋。

浓浓的鱼水情谊荡漾于我们摄制组每个同事的心里,唯有将漳平篇的纪录片拍摄好,才能表达我们的敬意与感谢。

龙均爵的事迹

在我们进行拍摄时,龙均爵烈士墓已经整修一新,漳平市大深小学的同学们专程过来瞻仰和献花。

我们路过了非常多的轨道,且轨道上还有压痕,我们猜想这段铁路应该是还在通行的。航拍师小熊忙打听什么时候会有火车通过,听说早上会有两班火车通过时,摄制组都很兴奋,能拍到老式火车通过,这可不是能轻易遇到的。

果然,没多久,远远地就听到汽笛声,这种小时候常常听到的声音,让人感觉非常熟悉。

拍摄中,一位老师模样的中年人走到我面前,从包里拿出一本书对我说:"陈导,这本书送给您。"

我一看,这是一本1962年版的《永不凋谢的红花》,书里专门记载了龙均爵烈士的事迹。对我这酷爱藏书的人来说,这本1962年的书的价值是不言而喻的!

看到他的胸口挂了一块吊牌,上面写着:龙均爵志愿者小分队——陈万福。我明白了他的身份。陈万福是大深村的医生,关注和研究龙均爵事迹已经十几年了,他在全国收集龙均爵的材料。之后,我们从大深村委会的龙均爵事迹陈列馆里看到了可贵的资料。他给我的这本书也是他从网上花重金购入的,格外珍贵。

漳平的龙车暴动

据龙岩市委党史研究室编撰的《闽西人民革命史》一书记载,朱德率红四军攻占漳平后,广泛开展宣传和组织工作,并帮助建立了漳平县工会办事处、县农民协会、妇女会、漳平县城防第一赤卫队等革命团体和革命组织。

1929年8月至9月间,进入闽西的红四军第二、三纵队3000余人挺进闽中,他们在漳平境内革命活动足迹遍及13个乡镇,建立了100余个乡村苏维埃政权,革命烽火迅速燎原。

戴革平老师告诉我,1929年9月1日,红四军进驻漳平永福之后,朱德亲自领导重建永福总区苏维埃政府,指导规模浩大的"龙车暴动"。9月2日,龙车暴动胜利,拉开了漳平武装斗争的序幕。

1928年夏秋之交,漳平永福镇龙车村的一批热血青年加入中国共产党。8月,邓子恢到龙车具体指导筹建党组织的工作,成立了中共龙车支部,这是漳平第一个党支部。

龙车纪念馆的解说员用漳平话念了一段当地的民谣,来纪念漳平的烈士陈国华,非常感人。

内容如下:

《漳平出了个陈国华》

深坑砍竹好做箩,漳平出个陈国华;

领导工农闹革命,推翻地主和军阀;

山上羊角开红花，铮铮铁骨陈国华；

为咱穷人谋幸福，工农暴动保伊出。

1929年9月2日，龙车赤卫队在朱德的指导下发动了著名的"龙车暴动"，胜利后，朱德率领红四军军部和第一、三纵队进驻龙车，帮助组建龙车党支部和扩大地方赤卫队。

1930年，龙车暴动委员会改为龙车苏维埃政府，发动群众开展分田斗争。龙车成为红八团和岩南漳游击队的政治、军事集训基地，是闽西革命根据地的重要组成部分。老一辈无产阶级革命家朱德、邓子恢、谭震林、魏金水、伍洪祥等都曾在这里留下战斗的足迹。

革命英雄的足迹将永远烙印在漳平大地上，指引着漳平人前进的方向，在中国人民的解放事业中，300余位漳平革命者用生命诠释了对中华民族的忠诚。

红四军的《浪花》报

1985年7月，漳平文物普查小组于漳平双洋镇观音庙里发现墙上印着"浪花"的宣传品，写着"一九二九年七月二十七日""红四军政治部上办"等字样。后经鉴定，这是红四军政治部编印的《浪花》创刊号，是中国工农红军创办的第一份铅印军报。

1928年7月，中国共产党第六次全国代表大会通过《宣传工作决议案》，为贯彻执行中共六大决议的精神，在1929年7月27日，由朱德任军长、毛泽东任党代表的红四军，首开红军办报的先河，创办发行了红军的首份军报《浪花》。

这张珍贵的红军报纸背后有着怎样的故事呢？

为了打破湘赣两省国民党军对井冈山革命根据地的第三次"围剿"，1929年春，毛泽东、朱德、陈毅率领红四军主力离开井冈山向赣南闽西进军，红军经过半年的艰苦转战，开辟了以龙岩、永定、上杭三地为中心的闽西革命根据地。

为了配合红四军的武装斗争，广泛宣传党和红军的政策，红四军政治部决定创办《浪花》报。

戴革平老师介绍说，当时决定采用漳平特有的玉扣纸来印刷《浪花》，主要因其纸质薄，用糨糊粘贴在粉墙上不易被撕毁；采用铅印技术，是因为铅印的刊物尽管费时，但是不会像油印一样因渗油而变得模糊，且易于保存。

1929年7月27日，红军第一份铅印军报《浪花》（创刊号）在闽西正式出版。四开两版，创刊号设有"发刊词""特讯""短评"等栏目。《浪花》刊载了龙岩县革命委员会制定的农村政策，全面阐述了苏维埃政府的分田政策和夏收条例。报道了闽西各地举行的工农暴动，创建和发展闽西革命根据地的良好局面。

红四军《浪花》报文字通俗易懂，成为当时红四军宣传战绩、发动群众、揭露和打击敌人的有力武器，很好地配合了红军的武装斗争，为创建和发展闽西革命根据地发挥重要作用。现在，这份珍贵的《浪花》（创刊号）真迹被收藏于古田会议纪念馆。

毛泽东起草的布告

古田会议纪念馆里还有一件在漳平发现的红色文物，这便是《红军第四军司令部布告》。

这张《红军第四军司令部布告》由时任红军第四军党代表毛泽东起草，并经军长朱德等签署发布。布告为竖写四言律诗，这张布告于1929年8月被张贴在漳平的双洋太平桥廊木柱上。

正如这张在赣南、闽西人民中间产生过巨大影响的布告所示，彼时的红军革命行动，唤醒了广大贫苦百姓，极大地鼓舞了工农群众的革命热情。几十年后，毛泽东再见这张布告，欣然提笔标注：这是1929年1月从井冈山下山向赣南闽西途中的布告。戴革平老师也参与了古田会议纪念馆部分的拍摄。

由60余处革命旧址组成的爱国主义教育基地集群在漳平落成。从爱乡到爱国，从君子的气节到烈士的忠骨，绵延了80多年的红色情结对漳平影响深远。

二

一说王景弘

路过景弘公园，我们停下了脚步。远远望去，一尊巨大的古铜色雕像屹立于江边。

这尊铜像设计得非常讲究，一看就是大师的杰作。王景弘身穿官服，持剑凝望远方，下面是一个船型设计，他仿佛正思索着如何调整前往爪哇的航道。

王景弘是这次漳平拍摄行程的重中之重，他曾与郑和一起下西洋，是郑和最亲密的伙伴和最重要的助手。《明史·郑和传》中写道："永乐三年六月，命和及其侪王景弘等通使西洋。"这里的"侪"，明确指出王景弘与郑和同等地位。王景弘的事迹和他不为人知的历史，都是我需要探访的地方，也是此次漳平之行的焦点之一。

郑和下西洋是一种国家行为，郑和船队则是一支战略力量，船队也是明代朝廷的一支外交使团。

王景弘是闽南人，从目前王景弘的相关资料可知，他的工作主要是船队的航海管理和船务船技管理，主要负责内部事务，船队里的水手、船工基本上都是漳州、泉州以及福州的长乐、连江藉人士，王景弘与他们沟通，语言上没有障碍。

郑和则是整个船队的统帅，总理船上的部队和涉外事务。

据史书记载，郑和首次航海之时，乃是"自福建五虎门扬帆，首达占城，以次遍历诸番国"，意思是从福建沿海地区正式出发远航。据《玉光剑气集》记载："宝船六十三号，大者长四十四丈，阔一十八丈。"约相当于现代船身的138米长、56米宽，这种巨型海船充分显示当时中国造船业已遥遥领先于全世界。

郑和舟师也会面临"风暴潮灾害"，即由台风、温带气旋、冷锋等强风作用和气压骤变等强烈变化的天气系统引起的"海面异常升降"，在历史文献中一般称其为"海溢""大海潮"，其实就是海啸，多发生在沿海地区。

航海管理需要丰富的航海经验，同时还需要与郑和有无间的信任。在第七次下西洋时，郑和病逝于古里，王景弘带领船队历时3个月安全返航。之后，王景弘独自为正使第八次下西洋，这些都说明了王景弘伟大的航海功绩。正如雕像的眼神那般，坚毅而无畏的王景弘，是中国航海事业当之无愧的伟大航海家，也是漳平的骄傲。

关于王景弘的疑问

航海家王景弘的一部分材料留存于龙岩市博物馆。我想从中找出这几个问题的答案：一，他的功绩到底有多大；二，他为家乡做了什么；三，除了学术界以外，为什么大家都不了解王景弘。

博物馆三楼有一个仿制石碑，原碑是来自福州长乐的一块碑，上面刻着"正使 郑和 王景弘"几个字。此外，博物馆里还有一张照片，拍摄的是现今斯里兰卡的一条路，叫王总兵路。

为了进一步了解王景弘，大家推荐我去采访曹木旺老师。作为最资深的研究王景弘的学者之一，他为我讲述了更多关于王景弘的史实。

"考试"

我邀请曹木旺老师讲讲王景弘的历史，但他说要先"考验"我一下再决定。意思是如果我"考试"不及格，他就不参加拍摄。而对于漳平的山山水水，以及对历史进程有影响力的人和事，我自认还是比较有把握的。

在等待了5分钟后，一位戴着口罩的中年人出现在酒店门口，他就是曹老师。

曹老师很健谈，我与他交流了一些自己关于王景弘的理解和看法，他惊讶于我对王景弘的了解。

交谈中，我和他提起福州市连江县中国影像方志节目也是由我拍摄的，节目中有提到连江粗芦岛是郑和水师的誓师地、扬帆地和回程地，他说这是第一次听到这样的说法，打算有机会要去看看。

曹老师拿出手机告诉我，在国家海洋博物馆二楼可以看到介绍郑和下西洋的这段历史，郑和雕像旁站立的另一尊雕像就是王景弘的。我按过手机后定睛一看，觉得很眼熟，这与王景弘公园的雕像是同一造型，应是公园里的雕像的放大版。

至此，我顺利通过"考试"，曹老师决定参加拍摄。

千年古村落

2019年，漳平市香寮村被列入第一批福建省地名文化遗产"千年古村落"名录。

"千年古村落"这一殊荣对于立县只有500多年的漳平来说特别有意义，也让我可以搜集到更多资料。

漳平地处福建西南部，是闽西的东大门。由于这里气候温热潮湿，冬短无严寒，夏长无炎热，于是成为漳平先民的宜居之地。

天台山下的香寮村是漳平最古老的山村。据地方志记载，早在唐朝末年，先民就来到这里生产、经营香木，山间时常香雾弥漫，"香寮"一名由此得来。

香寮村素有"百姓村"之称，然而一个总人口数不过千人的偏远古村落，为何能汇聚近百个姓氏？他们究竟来自哪里？

香寮村四面环山，群山中间豁然开朗，开辟出了一个土地肥沃、水草丰美的平原。它远离城市，既非军事要塞，更非兵家必争的关隘，属于历朝历代的"末梢神经"。

曹木旺老师介绍道，历史上香寮村盛产木材、毛竹、笋干、土纸，无论从生产到运销，都需耗费大量劳力。唐宋以来，广东、浙江以及八闽大地上的先民陆续迁居于此。

四方的先民们像种子般在这里生根发芽，不同姓氏、籍贯、语言，甚至风俗习惯互异的人们在这里和平相处，融聚在一起。

纵观香寮村的迁移史，每逢兵荒马乱的岁月，便是外来人口迁入香寮村的高峰期，香寮村成了许多人保平安、报平安的桃花源。来自天南海北的各姓人，依然保存着"民多务本""质朴畏谨"的赤子之心。互相派工的好习俗，强化了香寮村人与人之间蜜糖般的关系。

"千枝归一本，世代源流远"，赤水镇香寮村仿佛是中国姓氏聚合流变的当代标本，百姓村穿越幽深的历史隧道，至今还在天台山下绽放着民族和谐共处的光芒。

香寮村自古以来有着强烈的重文崇教风气，历史上每个姓氏都筹置有众产，凡是考取功名的本族子弟，都将得到来自众产的奖励，宗族将为他在祠堂边立"功名柱"，以示荣耀。

王景弘故里

还未进村，我们就先看到了立于王景弘故里的石碑。出生于香寮村的明代航海家王景弘，就是从这里走出去的，这位中国航海史上的大人物，成为漳平人心中的一座丰碑。

据1995年版《漳平县志》载，明洪武年间，王景弘入宫为宦官。永乐三年（1405），王景弘奉明成祖之命，首次以副使太监身份协助郑和，是郑和的得力助手和亲密战友。他们统率巨型海船62艘，官兵、水手27800余人出使西洋。宣德五年（1430）与郑同为正使，兼任总兵，人称"王三保"。

"命尔奉使继前功，尔往抚谕敷朕衷"，这句明宣宗赐予王景弘的诗，正是写于第七次下西洋之际。史书记载，王景弘参加了第一、二、三、四、七次下西洋。

关于出使西洋之说，据《明史·郑和传》载："永乐三年六月，命和及其侪王景弘等通使西洋。"这里明确指出王景弘与郑和同等地位，是郑和的亲密战友和得力助手。

位于福州长乐的明宣德六年（1431）所立的《天妃灵应之记碑》，将正使郑和、王景弘的名字同刻于碑上。

曹木旺老师说，福建是富有航海传统的地区，宋元时福建有众多世界著名的贸易港口，身为闽南人的王景弘从事航海事业有着极大优势。从目前资料来看，他在下西洋中应该是负责航海线路与船队的事务管理。

明宣德九年（1434）六月，郑和病故，王景弘受命以正使身份独自统率船队出使南洋诸国。船队先到苏门答腊，后到爪哇。回国时，苏门答腊国王遣其弟哈尼者罕随船队到北京朝贡。

至今，在文莱首都斯里巴加湾市中心大街，还有以王景弘命名的"王总兵路"，而南沙群岛中的"景弘岛"，亦是以其名命名。

然而，在中国过往的航海史上，为何世人只知郑和，而不知王景弘呢？曹木旺老师认为是因为明代中晚期开始海禁，以及由于种种原因致使航海资料缺失。而直到1904年梁启超写了《祖国大航海家郑和传》后，世人才开始了解郑和下西洋的历史。

可以说，郑和是明代外交使团下西洋集体的一个代表和缩影，而不是仅仅只有他一个人。

福建是古代海上丝绸之路的重要起点。600多年前，在郑和下西洋的庞大船队上，汇聚了一批福建籍的航海人才。在王景弘的鼓动下，香寮村年轻力壮的村民们纷纷前往数百里外的沿海报名登船出海，为开拓海上丝绸之路做贡献。

香寮村民俗馆

香寮村于村中心的位置设立了香寮村民俗馆，里面主要是介绍王景弘的历史。

纪念馆展示考古发现的影印件，其中有王景弘购置的地券（墓地收据），购地时间为正统元年（1436）。作为太监，为了其后继有人，明成祖赐王祯为其义子，纪念馆中亦陈列出其第一至九世世系。

清乾隆年间编修的《龙岩州志·人物·中官》记载："王景弘，龙岩集贤里人，后分属宁洋。明永乐年间随太宗巡狩，有拥立皇储功，赐嗣子王祯，世袭南京锦衣卫正千户。"

香寮村王景弘纪念馆内陈列明代兵部卫所《武职造簿》，记载籍贯"龙岩县集贤里赤水乡香寮村军职人员"中，还有王英、王琪、王臣等人，当中详细记录了王祯跟随王景弘船队下西洋时，在苏门答腊多次与海盗搏斗、立下战功的事迹。

从史料推证，王景弘义子王祯曾出使西洋立下战功，升任正千户。第六代的王贞吉因多支粮受到处分。从《武职选簿》档案可以考证出，王景弘后代在南京生活了200多年，有8代的后人，从明初至明末一直世袭锦衣卫正千户。锦衣卫是明朝专有的搜集情报的机构，掌管皇帝仪仗和侍卫。

香寮村民俗馆的工作人员老吴介绍，王景弘对家乡感情很深，因此许多家乡人跟随王景弘下西洋。

其中之一的王祯因下西洋而立了战功，也可一证。

王景弘的功绩

在郑和与王景弘的带领下，明朝外交使团历经30余国和60多个地区，发展中国与亚、非各国间的通商关系，发展了"海上丝绸之路"，比哥伦布、麦哲伦等西方人的远航活动早了近100年。

为表彰他的功绩，据康熙版《宁洋县志》记载："王景弘，集宁里人，恩赐嗣子王祯，世袭南京锦衣卫正千户。"

明宣宗与王景弘的个人感情应该是非常好的，专门为王景弘写了一首长诗来表扬他。

昔时将命尔最忠，大船摩曳冯夷宫，
驱役飞廉决鸿蒙，遍历岛屿凌巨洪。
——明宣宗《赐太监王景弘诗》部分

这首明宣宗赞许内官王景弘的长诗，道出了王景弘管理明代外交使团船队下西洋时做出的重大贡献。由于下西洋的费用和其他种种原因，第八次下西洋后，明朝廷停止了外交使团下西洋的任务。之后，王景弘担任南京守备之职。

在明代罗懋登的《三宝太监下西洋记通俗演义》中，记载了舟师往满剌伽途中，发现前方出现一片古怪的白茫茫的水，旋成三五里的一大水涡，如天崩地裂一般轰响。郑和不知究竟，询问王景弘，王景弘脱口而出："这是个海眼泄水之处，其名为尾闾。"这说明王景弘对海上的水势非常熟悉。

王景弘晚年曾埋头著书，他撰写的《赴西洋水程》和《洋更》等航海实用手册，在民间航海者中广为流传。相传"太监王三保《赴西洋水程》有赤嵌汲水一语""舟子各洋皆有秘本，云工二保所遗，余借录，名曰《洋更》"。

由此可见，王景弘曾编纂航海必备的针位簿或航海图式，向广大民间航海者传播实用的航海知识。王景弘的航海技能和经验，不单使其在指挥船队航海探险中做出独特的贡献，而且在对民间航海者传播航海技术和成果方面也做出了很大的贡献。

对历史的解读

至于世人很少研讨王景弘在下西洋事业中的地位与作用，未能充分肯定王景弘的历史功绩，究其原因，我总结一下专家学者的以下几种说法：

其一，郑和下西洋之后，明王朝推行"海禁"的对外政策，朝野上下反对下西洋的声音渐强，认为下西洋是劳民伤财之举。作为下西洋核心人物的王景弘必然受到排挤与冷落，以致于他于史书中销声匿迹、湮没不彰。

其二，明成化年间，兵部侍郎刘大夏下令烧毁或隐藏了下西洋的史料，有关王景弘的资料消失了。基于这种"海禁"背景，方志中对王景弘下西洋史实也只能缄口不提。

其三，王景弘从第一次下西洋开始，就以郑和的副手身份出现，大多主事于船队的航海技术部门，以内部治理为主。

其四，据目前的资料来看，王景弘可能曾以另一名字出现在历史上，因而声望大不如郑和。

其五，正如曹木旺老师所述，《明史》只为最为著名的郑和立了传，因为郑和是下西洋外交使团的代表人物。

重要的传播者

除了以上总结的几种说法外，我还有一点想说的是，郑和下西洋的事迹从明代到为后世之人所知晓，其中间隔了将近500年。直到梁启超先生于1904年在《新民丛报》第3卷第21号中以"中国之新民"署名，发布了一篇名为《祖国大航海家郑和传》的文章之后，郑和的事迹才开始被广为传颂。

作为中国海洋历史比较权威的单位，中国海洋博物馆介绍王景弘时，为何明确他为副使，这是之后仍需要跟进了解的。

关于海禁事宜，可以从福建市舶司的变迁来了解明代海禁的政策。为此，我曾专门对泉州和福州的市舶司作了研究。

明朝的海禁政策自洪武年间开始到明末海禁的废弛经历了一个多变的过程。这些政策对明朝历史发展产生了深远的影响。

市舶司职掌检查进出船舶蕃货、征榷、抽解、贸易诸事。

明永乐三年至宣德八年（1405—1433），郑和第七次下西洋，舟师累驻福州长乐和五虎一带，"伺风放洋"。自明朝政府对琉球通商，朝廷册使封舟多由福州往返。

福建省文史研究馆原馆长卢美松老师点评王景弘时说，漳平人王景弘与郑和同为正使下西洋，开启了中国船队远航的历史，为促进中国航海事业发展做出重要贡献。

香寮村虽是千年古村，但所留的古迹不多。王氏宗祠已经只剩下短墙片瓦，王氏的后人于香寮村里多以务农为生。即便这样，王景弘的伟大事迹依然足以让香寮村自豪。

三
徐霞客

漳平的九鹏溪景区矗立着两尊徐霞客的雕像。明崇祯年间，著名旅行家徐霞客为探访漳州的亲戚，前后两次来到漳平。他从九鹏溪沿水路到达漳州，并将漳平之行记录于他的著作《闽游日记（前）》。

徐霞客，名弘祖，号霞客，明朝南直隶江阴（今属江苏）人。明代地理学家、旅行家和文学家，地理名著《徐霞客游记》的作者，被称为"千古奇人"。他"一生志在四方"，力求"达人所之未达，探人所之未知"。所到之处，探幽寻秘，并写下游记，记录观察到的各种现象、人文、地理、动物、植物等状况。他经30年考察撰成的60万字著作《徐霞客游记》，开辟了地理学上系统观察自然、描述自然的新方向，既是系统考察祖国地貌地质的地理名著，又是描绘华夏风景资源的旅游巨篇，还是文字优美的文学佳作，在国内外享有盛誉。《徐霞客游记》开篇之日（5月19日）被定为中国旅游日。

为了更好地研究徐霞客的漳平之行，我在到此拍摄之前专门采购了一套线装的《徐霞客游记》全集，并认真进行了研读。

漳平境内崇山峻岭、沟壑幽深、溪涧密布，是典型的喀斯特和丹霞地貌。在诸多纵横交错的溪流中，九龙江北溪在漳平境内就有45千米，其复杂的地貌吸引了徐霞客多次前往。

历史上，徐霞客一生五次游历福建。明崇祯元年（1628），他从老家江阴出发，这是他第三次游历福建。20多天的行程，形成了约3000字的《闽游日记（前）》。

农历四月初一，当徐霞客行船至宁洋溪时，"宁洋之溪，悬溜迅急，十倍建溪"的记载赫然出现于日记中，可见八闽水系险峻之极就在宁洋溪。徐霞客日记中描述了宁洋溪的三大险滩：

第一险为石嘴滩。"乱石丛立，中开一门，仅容舟，舟从门堕，高下丈余，余势屈曲，复高下数丈，较之黯淡诸滩，大小虽悬殊，险更倍之也。众舟至此，俱鳞次以下，每下一舟，舟中人登岸，共以缆前后倒曳之，须时乃放。"据文中所记，放空船溜下险滩时，需纤夫与旅客齐心协力倒拉住船，否则船将失控，可见该滩之险。

第二险为溜水滩。"峰连嶂合，飞涛一缕，直舟从云汉，身挟龙湫矣。"即层峦叠嶂之中，一缕腾飞的波涛载着船，如同从天河上直落而下，仿佛置身于飞瀑之中，再见其险。

第三险为石壁滩。"险与石嘴、溜水而三也。"即一座石崖从南岸伸入溪中，飞驰而下的船稍不小心便会撞上石崖，船毁人亡，三见其险。

经历了宁洋溪三大险滩，徐霞客作出了一个著名的科考论断："盖浦城至闽安入海，八百余里，宁洋至海澄入海，止三百余里；程愈迫则流愈急。"

据《闽游日记（后）》载，崇祯三年（1630）七月，徐霞客第四次入闽，仍走第三次闽游路线。从宁洋县乘船，经漳平而下，沿途经九龙江石滩最险处，记述了以下文字，"遥望西数里外，滩石重叠，水势腾激，至有一滩纯石中断而不见水者，此峡中最险处"。

陈龙林主任介绍道，明代旅行家徐霞客两次到漳平，《闽游日记》一文将流经漳平的河流之湍急、周边山势之险峻描绘得淋漓尽致，由此可以看出，即使是水路航运，这里的自然条件也同样恶劣。

漳平地处福建省戴云山、玳瑁山和博平岭三山雄结处，因千山阻隔，使得"漳道之难冠闽道"，人货进出主要依靠九龙江船筏运输和古驿道、乡村古道，靠简易公路通过人畜力运输，跋山涉水，费时费力，十分不便。

从徐霞客的文字描述中，我们可以看出，用一个字形容漳平水路，即"险"，用两个字形容，即"险绝"。但是到目前为止，我还没有看到九鹏溪特别险绝之处。陈主任说这是因为上面建了一个水电站，此外，水道中间突出的礁石也已经清除，因此水势变得平缓。

航拍师的素养

陈龙林主任安排了一条游船，让摄制组得以重走徐霞客途经的水路。

上船没多久，航拍师小熊安排航拍机起飞，计划拍摄游船在水中的画面和两岸的山势空镜。然而，即使对小熊这样有经验的航拍师来说，在船上让航拍机起飞也是一个挑战。第一次，小熊将航拍机放到塑料桌上起飞，螺旋桨已经启动了，不料，船的摆动让航拍机从桌上掉下来了，小熊赶紧用手拿住航拍机，但手指却被螺旋桨割破了。

作为熟练的航拍师，他没有气馁，手指简单包扎后，就让摄制组中的另一航拍手小王帮忙手持机座飞行，当航拍机飞上蓝天时，传输回的画面十分精彩：碧波荡漾的水面上，一条游船前行，游船带起的水波有规则地向两岸扩散开去，而两岸陡峭的山崖和浅水处的万年水杉，让航拍机镜头中的画面空灵传神。

随着游船不断地往前进，我渐渐开始感受到不一样的图景，两边的山崖，特别是裸露出的岩石，异常陡峭，依稀可以感受到徐霞客当年行船的艰辛。

无限风光

当天下午4点45分，冬季的最后一缕阳光散落在对面的山峰上，阳光散落的部分和周边渐暗下来的光景构成了鲜明的对比。而这一切，又映照了九鹏溪的河滩水面上。"无限风光于险滩"这句话也只适合距离下午5点前仅剩5分钟的九鹏溪，或许就是徐霞客两次来九鹏溪的缘由吧。

太阳在5分钟后下山了，河谷里的凉风吹过，每个人都觉得瑟瑟发抖，太寒凉。此时，我们深刻地感受到漳平冬季的温差大，从30℃降至10℃，而摄制组的小赖还穿着短袖。

结束了在九鹏溪的拍摄，摄制组一行人返回市区。临走之前陈主任说，博物馆里提及的朱德邮票和《咏兰》的诗词经查证应该与漳平永福没有直接关联。至于1962年朱德巡视福建时，托人到漳平带走几盆兰花的事是有记载的，不过不是素心兰而是建兰。历史就是这样，只要慢慢地深究，真相的面纱就会揭开。

四

奇和洞的遗存

奇和洞遗址从外部看只是一个小小的角落，内部也有一点点遗迹，不了解它的人以为奇和洞没有什么，但实际上，它的发掘是福建考古史上最伟大的成就之一。考古研究结果证明，这里是距今7000年至17000年漳平先民的遗存。这个考古论断即使放到中国考古史上也是响当当的，更不要说奇和洞的支洞还发现了10万年前动物的遗痕。

黄大义馆长说，重要的考古遗迹已被龙岩市博物馆收藏了，这里只剩一些遗存。听到这里，我计划前往龙岩市博物馆进行拍摄。

奇和洞的宝贝

按照漳平宣传部帮我制定的方案，我将先前往龙岩市博物馆拍摄奇和洞的实物。

龙岩博物馆里确实珍藏着许多奇和洞的珍贵遗物，从仓库保管员小心翼翼取藏品的样子就可以看出。

2011年，漳平奇和洞遗址，被评为"全国十大考古新发现"之一，填补了福建省乃至华南地区旧石器时代向新石器时代过渡的历史空白。漳平地处福建西南部，是闽西的东大门，气候温热潮湿，因此成为漳平先民的宜居之地。

自2007年起，福建博物院考古研究院研究员范雪春带领的史前洞穴古人类遗址考古队，先后对奇和洞遗址进行了4次考古发掘。出土的一系列重要遗物，包括打制石制品、磨制石器、陶器、骨器装饰品等，特别是出土的装饰品，成为目前福建省发现的时间最早的艺术品。

范雪春老师认为出土的遗存中，最为珍贵的是骨质磨制鱼钩和石质磨制鱼形胸佩饰件，这承载着史前时期居住在漳平奇和洞先民们熟练的制作技能和较高的审美眼光。

考古专家认为，对距今3万到1万年前的古人类生活研究特别重要，因为这一时期人类在体质演化、生产力发展、社会组织结构上都处于革命性阶段，对现代人类社会的形成发展具有奠定性意义。奇和洞遗址是一处能看出从1.7万年前到7000年前人类生活进步痕迹的遗存。

考古队还在奇和支洞内发现了大量的哺乳动物化石和一枚已灭绝的中国犀臼齿化石，属于中国南方常见的"大熊猫——剑齿象动物群"。从这些化石的石化程度和胶结物的钙化程度分析，其年代至少在10万年以上。这些动物骨骼化石的遗存，是研究史前人类从狩猎采集经济到农业经济最好的实物。

考察奇和洞

我与从福州前来的考古专家范雪春老师、漳平博物馆的黄大义馆长等人相约一起前往奇和洞考察。

和黄大义馆长一起来的，还有漳平博物馆老馆长黄贞英。她说当年第一次请范老师从福州来考察前已经请了好几批考古队来过了，但都没有什么特别发现。

黄馆长不甘心，于是再次约了福建博物院文物考古研究所研究员范老师来看看。据她回忆，范老师第一次来时还没进洞就往洞门口反方向走去。他在穿过一片稻田后站于一条小溪旁，过了一会儿才过来兴奋地说那里一定有东西，可以看看是否有文化层。

听到这里时，我也还没有进洞，因为正等着当地的村民拿来开门的钥匙。环顾四周，昔日的稻田已经不在，如今都是杂草和基建留下的泥土痕迹，我一边沿着范老师第一次走过的路前行，一边感受着范老师的思路。

奇和洞位于一座巍峨的大山山脚下，洞前是一片开阔地，之后便是山泉水汇成的小溪，一直自北向南流淌着，溪水很清澈。溪水的对面是另一座大山，一样很雄伟。

徘徊于小溪旁，我想若我是奇和洞先民也会选择在这里居住，因为这里是一处开阔地，可以作为工作场所，清洗、晾晒、烧烤、制陶样样活动都可以在此开展。前面有高山挡风，一条河流在此经过且是活水，可以作为当地的生活用水。奇和洞的位置比开阔地高3米，即便山洪暴发河水泛滥也影响不到这里，是非常好的居住地。摄制组小许很有默契地跟了过来，我交代他大环境要拍到位，并要让观众看到奇和洞先民挑选居住地的条件。

看到我走到溪水边，范老师也走了过来，他说原先这里的溪流比如今要宽，可能是一条很宽的河流。

"鱼多吗？"从小喜欢捕鱼捉虾的我，但凡遇到小溪，我一定要问上这句话。

"应该很多，在出土的文物中，有一个骨质鱼钩，很精美，如果评级的话，够得上一级文物。"范老师说。

提到"骨质鱼钩"，我想到之前专门去拍摄龙岩博物馆奇和洞出土的文物时，仓库的保管员小心翼翼拿着保鲜盒装的小物件，那就是装在保鲜袋里的鱼钩。如此小的物件，需要极大的细心和专业的态度才能找到。

看门老哥的故事

露天的铁栅栏打开了，我和范老师走了进去。看门的老哥与范老师很熟悉，看来他们俩没少接触，他满脸的皱纹中还透着一丝精明。

交谈之中，奇和洞发掘过程的脉络渐渐清晰了起来。

看门老哥应该是奇和洞尚未发掘前的洞窟承包人。奇和洞是石灰岩，俗称钟乳石，灯光打上去有一定的观赏性，但与中国其他钟乳石保护区的档次还是有点差别。

于是看门老哥灵机一动，将这里改为歌厅，地面用水泥铺平，钟乳石上挂几盏霓虹灯就开始营业。这是个冬暖夏凉的好地方，前面有一个天然停车场，估计生意不差。

由于当地的石灰岩产量丰富，政府将整座山用来开矿，至今还在继续开采着。拉着矿石的大货车常常从奇和洞门口的马路经过，由于载货车的吨位大，马路距离奇和洞仅三五米，所以大货车经过时奇和洞里可以感受到明显的震动。

看门老哥遇到这种事情自然是不乐意，而此时有考古队来考古，他自是非常欢迎的。

范老师来了之后，铺平的水泥板被砸掉，露出了软土层，他所说的文化层就出现在了大家眼前。

文化层里古文明

文化层为考古学术语，指古代遗址中，由于古代人类活动而留下来的痕迹、遗物和有机物所形成的堆积层。每一层代表一定的时期。考古工作即是从地层上正确划出上下文化层的叠压关系。

文化层的概念，可以说主要是一个文化的时间概念。它从文化发展的历史过程中，从不同阶段文化的比较中，看出文化的不同层次。一定历史阶段的文化模式就是一个文化层。通过不同历史阶段文化层的比较研究，可以看出一个群体文化模式发展和演变的序列，特别是文化发展中经历的质的变化。

文化层是古代遗存的载体，古代先民的衣食住行的遗迹，如果没有文化层的保护，遗迹就会全部风化，我们就找不到任何先民们居住过的遗痕了。福建大部分地区是酸性土质，遗痕数百年就会全部溶解风化，找不到了。

我拍摄的闽北六朝、隋唐古墓，大部分是没有见到尸骨和服饰的，哪怕是第一次打开墓穴也没有，因为酸性土质会将所有的东西溶解和风化。只有陶器、石器和墓室本身有考古价值。在福建博物院里有一部分藏品就是墓室的墓砖。

考古队打开奇和洞的文化层后没挖多少就停下来了。为什么呢？因为找到了重要的遗迹。

之后，便连夜就向漳平市和龙岩市相关单位进行报告。石灰岩矿场朝奇和洞的这个方向的采掘也停下来了。我们在拍摄时奇和洞的一个支洞已经被开矿的设备打通了。

看门老哥当时应该很激动，虽然歌厅停业了，但无论如何奇和洞终究被保留了下来。范老师应该也很激动，因为奇和洞文化层里的重要遗迹非常多。奇和洞发掘了4年，每年发掘两三个月，我想这应该就是"好菜一口一口吃"的道理，每一次发掘的进展都打开了一束福建的文明之光。

福建的文明之光

奇和洞（距今7000—17000年）是至今发现最早的福建先民的遗址。在它的支洞中，发掘出了10万年前动物牙齿的遗存。

在奇和洞未被发掘前，福建有平潭壳丘头文化（距今6500—5500年）、明溪的南山遗址文化（距今5500—4500年）、昙石山文化（距今5300—3800年），这些都是我作为编导拍摄过的地方。接下来，范老师向我们详细地描绘了奇和洞遗址的历史画面。

奇和洞遗址出土的不同时代动物群落遗迹，反映出当地环境的几度变化。早在距今10万年以前，漳平地区气候温暖湿润，生态环境优良，原始森林茂盛，动物种类繁多。硕猕猴、黑熊、东方剑齿象、中国犀、巨貘行走于大地，野猪、豺、狼、虎、豹自在地捕食，一派生机盎然的景象。此时的人类还处在旧石器时代的中期阶段，但这时候古人类并未发现奇和洞，所以考古学家在这里没有发现任何这一时期人类活动的遗迹和遗物，而是发现了大量的动物化石。

而到了距今1.8万年前，全球处在末次冰期高峰阶段，高纬度地区寒气逼人，冰雪覆盖原野。福建气候也随之变得干凉，森林衰退为草丛，高大的树木减少，许多喜暖动物远走他乡。这时的人类在室外生存已经十分困难，"搬家"进洞穴成为他们必然的选择。

寒冷干凉的气候迫使第一期先民来到奇和洞，以此为居住场所，躲避寒冷天气和动物的威胁。面对洞口凹凸不平并且时而还有点潮湿的地面，他们进行一番整治。他们从河沟捡来了砾石铺成活动面，洞厅前部巨石周边用大石块围筑作为石凳，中间为火塘，先民围聚在一起用火取暖，以避严寒。万寿岩船帆洞的石铺地面完美的延续到了这里，并在随后的历史进程中创造出磨制石器、烧造陶器、筑灶、挖排水沟等，不断改善自己的居住条件。

在奇和洞中，出土的众多打制石器和磨制骨器表明，那时的人类已经初步掌握磨制技术，并认识到不同生态环境需要不同的工具组合。他们分工明确，野外采集的人群使用的是挖掘和砍伐的较大型工具，如砍砸器、薄刃斧、手镐等，还有削刮木竹或兽皮用的石刀、刮削器等工具；而以狩猎为主的人群，则有石箭镞、石矛，剥兽皮及砸骨骼用的多刃刮削器、石刀等。那个时代，打制石器还是最重要的生产工具。

在旧石器时代晚期，磨制骨器的问世象征着人类社会在工具改进中的重要进步。制作骨器的原料，通常采用哺乳动物的骨骼、牙齿和角，奇和洞遗址出土的骨器类型众多，有钓鱼用的鱼钩、缝制衣物用的骨锥和骨针、切割用的骨匕和骨刀等。

距今1.3万年至1万年前，末次冰期走向结束，间冰期来临，原始森林逐步恢复，动物种类明显增多，猕猴、野猪、豪猪、赤狐、黄鼬、金猫、麂羚、赤麂等动物出现，让先民们有了更多的猎物选择。最重大的变化出现于奇和洞居住的第二期先民，这时开始进入农耕社会，他们种植根茎类植物和驯养猪狗，过着相对稳定的洞居生活。

随着农耕、驯养家畜和定居时代开始，更多的室内作业包括碾磨谷物、切割或捣碎块根等，都要求人们制作出相应的工具。奇和洞中出土的石斧、石锛、石刀、石匕、鱼钩等各种磨制石器，记录了磨制石器从局部磨制到通体磨制的转变。

时光流转，距今1万至7000年前，全球进入气候温暖时期，脊椎动物兴盛，大、小体型的哺乳动物增多。鱼类、蛇、鳖、龟等爬行类、鸟禽类以及螺、蚌、河蟹等无脊椎动物，为第三期奇和洞先民提供了丰富的食物来源。他们依靠更先进的工具采集和狩猎，进一步开拓农耕和驯养业，过着丰衣足食且稳定的洞居生活。

此时的人们，一方面改进磨制石器和骨器，增加获取食物的能力，另一方面开始了对美的追求，这首先体现在他们对工具加工定型中的美化。在磨制骨器技术成熟的推动下，先民模仿大自然实物，在石块或骨骼上刻画出各种动物或人物形象，从而出现最早的艺术品。奇和洞遗址出土的装饰艺术品，成为目前福建省发现的最早的艺术品，其中又以石质磨制鱼形配饰最为精美。骨管、钻孔饰品和线条刻画，反映出先民的才智和制作技术。

陶器的出现，是人类文明步入新时期的重要标志之一。为了饮食，人类需要多种陶器，包括罐、釜、盆、钵等。早期陶器质地以夹砂陶为主且多灰色，表面纹饰多戳点纹、刻划纹、指甲纹、锯齿纹、绳纹、镂孔和附加堆纹、篦纹等，多种组合而成的装饰纹饰开始出现。随着时间推移，先民的审美观念也在改变，陶器纹饰种类增多，绳纹与方格纹、网格纹成了主流，施衣、堆饰波浪纹也开始出现。

在距今1万年左右的第三期文化遗址，奇和洞出土了属于3个个体的人类骨骼，代表了生活在洞内不同时期的居民，其中关于旧、新石器时代转变过程中人类体制特征、南北方人种差异等问题，仍待专家们的进一步梳理和研究。

一个新的发现

通过范老师的介绍，我们得以想象出先民的生活场景。我们请看门老哥为我们打灯带路。

范老师停下来的时候，我与他于下一组要拍摄的钟乳石前驻足观察，看到钟乳石距离地面5米处有一个很小的石窟，且有一个30厘米见方的小口。

"不知道里面有没有东西？"我问道。

"我来。"黄大义馆长一边说着话一边拿着边上的竹梯子爬了上去，并且用一个手伸进去摸了一会儿。

老馆长黄秀英在边上介绍说，黄大义之前就是跟着范老师一起发掘奇和洞的，所以对这里很熟悉。

"有东西！"黄馆长的话语间带着惊喜。他掏出了两块石头，都是可以一手握住的石块。

范老师拿着石头端详许久，说道："一个是石锛，一个是石削器，应该有七八千年了，可惜不在文化层，不好断定年代。"

"来了4年，居然没有发现。"范老师感慨地说道。

"这可能就是'灯下黑'吧。"我得意地说道，仿佛自己立了功。

就在我们拍摄这两块文物时，范老师和黄大义居然在现场又开始考古。这次不是向下发掘文化层，而是考察起钟乳石周边的小石洞。原来这里还有不少类似的小石洞。只见黄大义一会儿向上爬，一会儿向下爬，不停挪动竹梯子，看着他忙碌的身影就知道他挺激动的。我们也期待着重大发现，可惜没有更大的发现了。

但当我听到"带回博物馆"这句话时，我还是感到有些激动，因为这次考察自己至少也为福建考古事业贡献了一点绵薄之力。

范老师说这两块石制的生产用具，应该是先民藏在里面的，之前的文化层没有这么厚，这个小石窟应该距离地面有6米左右，先民可能具备一定的攀岩能力。

五

漳平九龙璧

漳平农民画院的边上有间奇石馆，我出于好奇便走了进去。好客的馆主人为我沏上一壶茶，我则细细地观赏着漳平特色之九龙璧。

九龙璧玉石系距今约2.5亿年的古生代二叠纪的海相沉积岩，属钙硅（质）角岩。经权威的地质部门鉴定后，被命名为"九龙璧玉石"。

九龙璧玉石经过千万年河水的冲刷，形成了千姿百态、绚丽多彩的图案。随着时间的推移，各种各样的石头不断出现在漳平九龙江两侧河岸的浅滩上。

漳平已知的奇石石种有九龙璧、梅花石、页岩石等各种原生态的矿物晶体。有重达数吨甚至几十吨的可作室外布局的园林景观石，也有盈尺之间、玲珑剔透、可为案头清供的室内观赏石，其中最负盛名的当属九龙璧奇石。其因质地坚实细腻、造型图纹色彩丰富，在2000年被中国宝玉石协会定为"中国四大名玉"之一。

对于收藏者来说，每一块石头都是独一无二、具有生命力和灵性的天然艺术品。以石作乐、以石修身、以石养性、以石悟道，这也许就是藏家爱好奇石的原因吧。漳平的奇石收藏历史悠久，早在唐宋时期即有诸多精品为民间名家收藏，且被奉为贡品。

今丞相奇章公嗜石……其数四等，以甲乙丙丁品之，每品有上中下。

——白居易《太湖石记》

白居易深爱太湖石，曾作《太湖石记》，成了唐代赏石鉴赏方法创始人。从这篇文章我们可知，唐人已将太湖石按其优劣分为4等12级。

天然奇石是大自然的艺术品，蕴含着大自然赋予人类的宝贵精神财富。因为在玉石本体之外，乃是超然脱俗的精神所在。

2014年，漳平"首届观赏石宝玉石文化旅游节"开幕，它向世人展示了漳平奇石宝玉石这一文化品牌的丰富内涵。

六

漳平水仙

福建盛产茶叶，安溪铁观音、福安坦洋工夫红茶、政和白茶、武夷岩茶等都是久负盛名的名茶，但漳平水仙的外观与其他茶叶都有所不同，被制成了长方形茶饼。

漳平水仙茶是漳平茶农创制的传统名茶，漳平九鹏溪地区是漳平水仙茶主产区，其优越的自然环境条件，形成了漳平水仙茶独特的品质。

漳平水仙茶叶有悠久的历史和深远厚重的茶文化。漳平从元代就开始了茶叶种植，到明清时期已有相当规模，并有了专门的茶叶加工作坊。

水仙茶属乌龙茶，茶梗粗壮、节间长、叶张肥厚、含水量高且水分不容易散发。汤色橙黄或金黄清澈，香气清高细长，兰花香明显，滋味清醇爽口透花香。

茶汤入口，兰花香扑鼻而来，回甘萦绕在舌尖。我从中品出了它与安溪铁观音之间千丝万缕的联系，特别是盖碗里舒展开的茶叶，与铁观音很接近。

七

永福花卉

永福花卉有着悠久的历史，据1995年版《漳平县志》记载：漳平的永福镇是著名的花乡，其花卉栽培技艺已有700多年历史。早在南宋时，所产花卉已蜚声江南，在清代曾远销东南亚。栽培花卉至今还是漳平永福人的主要营生方式之一，它的存在体现了花卉栽培技艺的有序传承。

初见陈子望

在确定拍摄永福花卉后，我准备前去拜访花卉专家陈子望。

见到陈子望后，我发现他是一个非常健谈的老汉，谈到花卉他几乎无所不知。

漳平的永福自古就是花卉之乡，据《漳平市志》记载，漳平永福花卉栽培技艺已有700多年历史。其中兰花就有300多种，是永福建兰的原产地。1929年，朱德带领红四军路过永福时，对村民家中清香优雅的兰花十分赞赏。1962年，他到闽视察工作时，仍不忘永福建兰，并特地带回几盆。

陈子望说道，永福的地理位置好，这里是福建高山盆地的最南边，受大山的阻挡，且没有台风的影响，也是热带雨林的最北边，温差较大。永福的海拔垂直落差大，物种丰富。这里的兰花，早年间都是从山里直接采下的野生兰花培育的。而在20世纪80年代，永福的花农便开始引进种植盆栽西洋杜鹃花。

已是耄耋之年的陈子望从事花卉培育种植已有40多年了，对永福花卉的发展如数家珍。他认为杜鹃花的最大特点是通过科学培育后可以四季开花，是一种非常适合观赏的花卉品种。

朱德与永福兰花

为了拍摄兰花，摄制组第二次踏上前往永福的路。我们到了陈子望先生家楼下时，摄制组准备去吃午饭，我则到陈子望先生家里与他确认了午饭后的出发时间，我们决定先去拍摄永福兰花。

去拍摄兰花之前，我让友人寄的《朱德诗词注解》也到了。我一路上在车里翻阅，找寻着与永福兰花有关的事宜。这本1986年出版的书中只有一处地方提到了漳平的天台山，但朱德与兰花的故事世人皆知。

漳平的永福自古就是花卉之乡，据《漳平市志》记载，漳平永福花卉栽培技艺已有700多年历史。其中兰花就有300多种，是永福建兰的原产地。1929年朱德带领红四军路过永福时，对村民家中清香优雅的兰花十分赞赏。1962年朱德到闽视察工作时，仍不忘永福建兰，而且特地带回几盆。

中国传统名花中的兰花仅指分布在中国兰属植物中的若干种地生兰，如春兰、蕙兰、建兰、墨兰和寒兰等，即通常所指的"中国兰"。兰花具有质朴文静、淡雅高洁的气质，在中国有1000余年的栽培历史。

中国人历来把兰花看作是高洁典雅的象征，并与"梅、竹、菊"并列，合称"四君子"。通常以"兰章"喻诗文之美，以"兰交"喻友谊之真，也有借兰来表达纯洁的爱情。

陈巧妍

我们与陈子望老师约好拍摄永福花卉的日子前，我们和陈老的女儿陈巧妍约定先在永福邮电局见面。

第一次见面是在2020年元月14日，当时感觉陈巧妍的名字和她本人的外形有点不相配。小陈长得非常结实，且因为长期在野外工作，所以看起来"虎虎"的。

到了陈巧妍的花卉养殖场，我们都被现场的景象给震撼了，满园的杜鹃花竞相开放、争奇斗艳。蓦地，陈巧妍的名字让我恍然大悟。原来她父亲给她取这个名字，正是希望她能心灵手巧，让培育的杜鹃花姹紫嫣红。

福建纪行·龙岩篇

看到如此规模的花卉场地，我对这位实业家发自内心地感到钦佩。走着走着，我感觉到一丝不对劲，竟然发现花棚里有一些地方空着。因为此时已是农历的腊月二十三，那些作为年宵花的鲜花应该已经卖完了才对，但在这个大棚里70%的空间仍覆盖着各类杜鹃花。

春节是我国民间最古老且最隆重的传统节日之一。人们习惯用各色花卉来装饰房间，增添节日喜庆气氛，这样的花卉又称为年宵花。在我国广大地区，由于这个季节开放的鲜花种类并不多，因此习惯上主要用花期正好在春节前后一两个月开放的蕙兰、杜鹃、水仙来点缀。

再往前走，感受就更不一般了。原来，七八位大棚里的工人正做着一件匪夷所思的事情，他们将正盛开的杜鹃花摘掉，甚至包括花蕾。我想，难道满棚盛开的鲜花都要被摘掉吗？

我将我的疑问说了出来，旁边的陈巧妍非常平静地说道，因为节前卖得不好，摘掉花蕾，可以不消耗养分，来年春天，还可以再销售。

雇用的七八位工人每天工资只有150元，但他们只有一个工作，那就是将盛开的花朵和花蕾摘掉。

大棚里有一片非常有特色且有造型的杜鹃花，她说这是比利时杜鹃品种，叫作克丽丝汀麦琪，它的母种来自中国的映山红。小陈说到比利时杜鹃品种的外国名时很专业，真是"干一行，爱一行"。

比利时杜鹃是从比利时引种到我国的，一年四季都可以开花，且花期可以控制。这种杜鹃花株形矮壮，花形、花色变化大，且色彩丰富，是杜鹃花中最美的一类。也是世界盆栽花卉生产的主要种类之一。

空闲时，陈巧妍说杜鹃花如果培养得好，一年四季可以一直开花且生生不息，这也是漳平永福人培养杜鹃花的原因。杜鹃花的培育非常简单，只要取一段茎，就可以了，所以但凡好的品种，永福人家家都在种。

兰花专家陈日明

陈巧妍带着我们到了培育兰花的基地，一位精干的花农正摆弄着大棚里的兰花，他叫陈日明，30年间他不断地培育出各式兰花品种。

说到兰花，小陈介绍道，目前他主要培育的是寒兰。寒兰的品种也很多，他给不同兰花起了各种好听的名字。

寒兰花常为淡黄绿色而具淡黄色唇瓣，也有其他色泽，常有浓烈香气。株型修长健美，叶姿优雅俊秀，花色艳丽多变，香味清醇久远，凌霜冒寒吐芳，实为可贵，因此有"寒兰"之名，也为国兰之一。在《永福寒兰》一书中，也有永福兰花的相关资料。

陈日明培育的兰花中除寒兰外，其他品种也有很多，如建兰、墨兰等。摄制组将他的兰花请出大棚，摄制组小伙以他健壮的身躯撑起了拍摄背景，让永福兰花的高雅淡泊得以彰显。

陈子望的大棚

拍摄完兰花，我们出发前往陈子望老师的花卉基地。在陈老师女儿陈巧妍的带领下，我们进入花卉大棚。一进入棚内，一股热浪涌来，摄制组小许提醒我这里的气温有37℃，大棚中间有个LED的温度和湿度显示器。

大棚里的花卉有很多品种，看来陈子望老师兴趣广泛，因为都是年宵花，大部分盆景中的花儿开得正艳。

随后，摄制组前往拍摄永福的樱花和茶园。而由于我们来时樱花尚未开放，因此只能拷贝往年樱花盛开之景的视频片段。

永福樱花之美冠绝八闽，其品种主要有中国红、绯寒樱、云南樱、染井吉野樱、牡丹樱、福建山樱等，数量多达42种。

永福樱花园及西山村种植了近万株樱花，园内修建了花语梯、樱缘桥、浴花亭等33处小品景观，成为集旅游、休闲、度假为一体的自然生态新景观。

经过多年培育，永福当之无愧地成长为"中国最美樱花圣地"。永福樱花种植规模大，境内的茶园、樱花园等地种植胸径8厘米以上的樱花近10万株。另外永福还建成了两个连片上百亩的樱花繁育基地，种植樱花苗220多万株。

相比其他地区，永福樱花的花期颇具优势，开放时间大约在每年立春前后至3月中下旬。而我国其他较为知名樱花园的樱花要么在11月、12月份开，要么在3月份以后开。因此春节期间盛然绽放的永福樱花时令全国最佳，在增添喜气的同时，也成为春节长假人们踏春赏花的首选对象。

樱花给审美疲劳的人们带来了全新的视觉盛宴，也成为永福的一张靓丽名片。

专家的水平

陈子望老师的专业水平主要体现在他在杜鹃花造型上所下的功夫，即通过剪枝、分枝、捆蓝等操作，让杜鹃花的形体呈现艺术之美。

在杜鹃花的整体造型上下一番功夫，杜鹃花的价值就能有所不同，档次也因此不同，这可能是陈老师走花卉艺术加工之路的原因吧。

"术业有专攻"，陈老师一辈子就研究杜鹃花，因此也走出了不一样的路子。

我们需要拍摄陈老师修整花卉的画面，因此跟着陈巧妍来到一处之前没有人注意到的地方。那里有一片矮矮的盆花正静静地绽放着。走近了一看，确实不一样，这些杜鹃花不但没有盛开，也没有花蕾，且还有不少枯叶。

小陈说同一大棚下的花，有的需要高温，有的需要低温，不同的花周期不同。前段时间，大部分杜鹃花要高温催花，这些喜低温的品种就会被烤枯萎了。

人生或许也是这样，个体的每个成长阶段所需要的东西不同，如果无区别地对待，势必造成"千人一面"的结果。

"出现这样的情况后还可以修复吗？"我问道。

"可以，但是要慢慢地调整。"陈老师回答道。

陈老师细心剪去枯枝和多余的部分，我们则静静地拍摄，仿佛在等着花儿恢复生长。

当我问及陈老师自己引进的花卉品种时，他指向了不远处的地上。这一块的花卉确实不同，花朵与之前看到的完全不一样，浅黄色的花瓣带着粉红色的花边，花卉不大，但透露出与众不同的高雅。

"这是我出国考察时带回来的，很特别。"陈老师一边忙着修剪花朵，一边愉快地向我们介绍道。

陈子望的愿景

当天下午，我们再次前往陈老师的培育基地。

相比陈巧妍的大棚，陈老师大棚里的品种可就杂多了，不光是杜鹃花，还有很多叫不出来的品种，大棚边上有栋建筑正在装修，一块写着"漳平市花卉研究所"的牌子靠墙放着。

陈老师说他要办一个漳平的花卉展示中心，无论永福花农和还是客商都可以来。从他60岁学开车的精神和他坚毅的眼神来看，这事估计能成。

采访和拍摄很快结束了，在此行的一路上我们还看到很多永福的花场。这里是中国杜鹃花之乡，中国80%的杜鹃花产自永福，甚至还出口到越南。有像陈老师这样的执着专家，永福杜鹃花定会一路绵长。

八

农民画

我与摄制组到农民画院拍摄漳平农民画和漆画时发现，漳平农民画很有特色，非常喜气，且画面很轻松。漆画比较讲究，创作周期长。两者合二为一的效果，应该是生活气氛浓郁的经典画卷。

在画院，有个人突然拍了我一下，我回头看了一眼，是一位50多岁的女老师，但我并不认识。可她一开口我就知道她是谁了，原来她是省级非遗漳平农民画的传承人吴玉萍。

农民画是通俗画的一种，多系农民自己制作和自我欣赏的绘画和印画。由于风格奇特、手法夸张，素来有"东方毕加索"之美誉，其范围包括农民自印的纸马、门画、神像以及在炕头、灶头、房屋山墙和檐角绘制的吉祥图画。自20世纪50年代以来，漳平各地也逐渐形成了数个农民画乡。

在画院，我见到不少漆画作者，并且进门就能闻到一股刺鼻的油漆和橡胶水的味道。漆画工艺的整套流程对人的皮肤和呼吸道都有伤害，有些作者会因此轻微过敏。

乡村写生

此次拍摄还有一个任务，那就是拍摄农民画家吴玉环老师和她的学生叶丹花写生。

写生的地方是个古老的且没有被开发的村落，较好地展现出土夯墙原始的美。田地间，大妈大伯都戴着斗笠干农活，几只漳平特有的番鸭嬉戏于小溪间。

两位农民画师坐于三开间的大门石阶上便开始了写生。

农民画的特色

我约请了农民画非遗传承人吴玉环进行采访。和吴玉环交流的内容主要有三个方面：第一是漳平农民画的特色；第二是什么原因致使他们决定调整方向，改为创作漆画；第三是农民画与漆画融合之后，会有怎样的效果。

1993年，在全国现代民间绘画画乡作品邀请展中，漳平人吴玉环凭借一幅农民画作品《竹马灯》，荣获一等奖。这幅《竹马灯》取材于吴玉环家乡民俗，形象生动，妙趣横生，将漳平农民画的"乡土韵味"特色表现得淋漓尽致。

这个民俗活动流传至今已有500多年历史，每到春节当地群众便自发组织这一活动，用这一古老的方式祈求新的一年五谷丰登、幸福安康。在春节，家家户户恭迎竹马，以祈求安康和祛病求福。至正月十五，在村里的祖祠进行最后的表演后，竹马将被统一烧毁，寓意着扫除邪气，迎春接福。

漳平新桥农民画已有400多年的历史，这是农民表现原始艺术感知能力和表达审美情感的一种艺术形式，也是民俗文化的一种积淀。20世纪70年代末，当地一些民间画师在吸收当地传统民间绘画艺术精髓的基础上，把民间味、乡土味、装饰味融为一体，创作出具有漳平山区民间特色的艺术造型的作品。吴玉环说，她从小就喜欢画画，10岁就开始跟父亲学习农民画。

吴玉环认为，漳平农民画最大的特色是把看到的山乡文化用写实、夸张并用的方法表现出来。它们立足本土，吸收传统艺术精华，联系生活实际，大多取材于民俗活动、生产劳动、日常生活等，受到各地爱好者、收藏家的青睐。

1989年，漳平新桥镇被国家文化部命名为"中国现代民间绘画之乡"，是当时全国唯一的乡镇级"画乡"。2010年，漳平被命名为"全国民间文化艺术之乡（农民画）"。

农民画的难处

一度十分红火的漳平农民画产业，近年来发展瓶颈逐渐显现，漳平农民画的发展陷入低谷。

提起遇到什么样的困难，吴玉环一直在想一个恰当的词汇来表达，旁边的漳平市文联秘书长陈永凤便接过了话。她认为，两大瓶颈限制了漳平农民画的进一步发展：一是画法固定化；二是农民画销售市场难以扩大。通俗点说，就是农民画的画风单一，价格低且销路窄，画完销售不了，这才是问题的根源所在。

如何在全国农民画领域做出特色，为漳平农民画发展探索一条新的发展之路，成为漳平农民画从业者们思考最多的问题。

与漆画的融合

2016年4月，农民画创作培训班在漳平农民画院举办，这为漳平农民画的发展提供新的契机。漆画师们发现，农民画的创作跟漆艺特别搭，两者结合能产生一种崭新的艺术语言。

之后，漳平20位农民画家参加了省里主办的农民画创作群体漆画技艺实验班。而学员们创作的首批40幅农民漆画一经展出，即受到省内外文化界同仁的充分肯定。

集美大学美术学院原院长赵胜利教授来过漳平，考察过农民画和漆画的融合。他认为漆艺是一门有着悠久历史的古老工艺，漆的表现力很强，漳平农民画的造型圆满夸张、色彩鲜艳，且装饰意味浓厚。农民画与漆艺的结合，带来了创作的多样性。

2018年，漳平市农民漆画院成立，画院相继举办培训班和农民漆画展，漳平农民漆画学习与创作的热情呈现快速上升的良好态势。2023年，漳平市农民漆画院成功入选"福建省新时代特色文艺示范基地"。

吴玉环认为农民画和漆艺的融合，不仅在视觉效果上提升了档次，还提升了农民画的经济价值，而且创作的路子也更宽了。

农民画与漆艺相结合，创造出一种全新艺术形态，是一种动态的文化遗产。这样的艺术创新为传统文化艺术添加了新时代的注解。

叶丹花是吴玉环的学生，她从吴老师那里学到了精湛的绘画技艺。她的作品《迎元宵》以漳平乡村元宵节为题材，生动再现了人们欢天喜地闹元宵的场景。2017年，这幅作品荣获了中国首届全国农民画作品展银奖。

大师传帮带，画艺代代传。近年来，漳平十分重视民间农民画艺术的传承，创建了漳平现代民间绘画培训基地、漳平漆画创作培训基地。在政府的积极推动下，吴玉环编写的漳平农民画系列乡土教材，走进了中小学。全县幼儿园、中小学纷纷开设农民画体验课，普及农民画艺术。

吴玉环的爸爸

在农民画传承人吴玉环的家里，我计划拍摄一组她和她父亲的画面。她父亲十分精神，也很配合拍摄。

离开的时候，吴玉环送了我一本有他父亲作品的画册，打开之后我就被吸引住了。据我之前的了解，她的父亲曾经做过一段时间门卫。这本画册里居然有不少是他父亲做门卫时所画的各种类型画作，有国画、水彩、水粉，还有好几幅油画裸女像。涉猎范围广，画功扎实。

九

漳平的"非遗"

在我看来，漳平的民俗文化中，最具特色的莫过于板凳龙和炸龙了。

板凳龙共100多节，有300余米长，由西埔村村民集体完成，一道道工序下来，使整个制作过程花费时间比较长。每家负责一节，男性负责设计"龙身"，制造花灯，女性负责折纸花糊纸，孩子则在一旁学着做，一家男女老少齐上阵。

按照习俗，村民会将做好的龙身拼接起来，形成一条巨型龙。当龙身起舞时，老百姓们将设案祭拜、鸣放鞭炮、接龙接福，祈求新的一年风调雨顺、五谷丰登。

在明代隆庆年间，漳平双洋就有火龙闹元宵的民俗活动。开初，村民的爆竹是在各家门前迎龙时燃放，后来村民发现把爆竹往龙身上丢容易烧坏"龙身"，舞龙的人为避免价格不菲的龙被烧坏，只好摇头摆尾躲着爆竹，这也使龙舞得更为壮观，很快就形成爆竹炸龙——火龙闹元宵的风俗并延续了400多年，最多时有九条火龙汇聚双洋。

漳平音律文化中的"打八仙"以及戏曲文化中的闽西汉剧，也都非常有特色。

漳平市灵地乡游山头村、上孟自然村流传的"打八仙"是在"打八音"的基础上，加配京班鼓、梆子、唢呐等乐器，由7至8人组合打、吹、说、唱奏出的乐曲。据传，在宋末元初，该村的先祖游千八从永安青水池迁徙而来，带来了"打八音"设备。乐器大都以纯铜制造，声音清脆、悠远，配上鼓声，按"铛铛切铛切铛空"等音律来敲打，紧而不散，忙而不乱。

闽西汉剧是福建的地方戏曲剧种之一。它脱胎于外来剧种，吸收闽西客家方言和民间音乐而逐步形成独具风格的地方剧种。闽西汉剧源于湖南祁阳的楚南戏即祁剧，自清代乾隆年间传入闽西，迄今已有200多年历史，其间不断吸收当地方言和民间音乐，于嘉庆年间逐步衍化成闽西本地的地方戏曲剧种，20世纪30年代初定名为汉剧，20世纪50年代末为与湖北汉剧相区别，正式改称闽西汉剧。

闽西汉剧音乐以西皮、二黄为主，并有昆腔、梆子腔、弋阳腔、佛调、民间小调等多种声腔；角色行当有小生、老生、丑、乌净、正旦、青衣、婆角等；以外江弦即闽西人称"吊规"作伴奏弦乐，配之以月琴、三弦、月胡、笛、唢呐、古筝、琵琶及青铜大锣、圆通大鼓等各种乐器，舞台气氛热闹、紧张。

2006年5月20日，闽西汉剧经国务院批准列入第一批国家级非物质文化遗产名录。

这些非遗和民俗彰显着漳平独特而极富魅力的文化特色，都在我心中留下了很深刻的印象。

漳平美食

范雪春老师的老朋友很热情，一直推荐着漳平的美食。我到漳平拍摄近10天，基本是拍到哪里就吃到哪里，应该算是吃到了一些漳平本地的特色美食。

永福镇的魔芋得益于永福的气候及水土，因此成了独一无二的芋科品种。魔芋是芋类中特殊的一种，生长在永福镇农家田间地头，其茎头大小与普通芋头相差无几，但芋叶呈碎花状，且叶茎秆带有虎斑纹，芋棵比普通芋矮小。永福的魔芋不能单纯蒸熟煮烂食用，而是需要制作成块冻后炒食。

漳平麻糍有多种制作方法。其中的一种制法是用纯糯米蒸透，用石臼打舂；另一种制法则是磨浆压干蒸熟，然后用手挤成大小差不多的小团团，蘸拌用白糖、芝麻、花生仁混合碾碎的佐料。

漳平菜头粿的制法是先将萝卜洗净锉丝，同肉丁、虾米、香菇碎片和胡椒粉等佐料一起炒蒸，然后放在米浆中搅拌均匀，再放下蒸床蒸熟，最后切成菱块，有的则是用油煎过。

漳平拱桥番鸭汤是漳平拱桥镇的一道招牌菜，一锅热腾腾的番鸭汤，表面上泛着油花，让人不禁联想到深山奔跑的番鸭。

上面所提到的这些漳平美食，我都有品尝过。应该说美食的含义是因人而异的，而家乡的古早味，就是每个人心中最好的美食。我想，这些漳平的特色美食，对于即将见面的郑南峰老师来说，一定是他心中念念不忘的家乡味道。

十

漳平的铁路交通

20世纪50年代，国家兴建的重要铁路鹰厦铁路路过漳平，之所以路过漳平，与漳平的自然资源有关，这里有潘洛铁矿。

福建省潘洛铁矿由潘田、洛阳两矿区组成。洛阳矿区位于漳平市芦芝乡大深村；潘田矿区位于安溪县感德乡潘田村。该矿建于1958年，现为福建省最大的铁矿石生产基地，国家中型铁矿山。

1958年，交通十分不便的漳平收到一个振奋人心的消息，国家决定要投建漳平至泉州的铁路，这是福建省第一条地方铁路。

漳泉肖铁路，曾称梅福铁路，线路自鹰厦线上的漳平梅水坑车站引出，东经大深、福德至泉州，全长240公里，沿途设19个站点。为了修建这条铁路，数千名筑路工人从四面八方汇聚到安溪、漳平交界处的深山密林。

漳平文庙

按照计划，我将去漳平文庙拍摄空镜，同时约请了漳平市委党史和地方志研究所主任陈龙林前往拍摄漳平交通史部分。

漳平的文庙规模不大，特别之处是它的位置。它坐落于漳平市委的后门，可以确定的是，从明代开始，漳平的行政中枢没有挪过位置。

中国古代的文庙通常设立于县衙附近，是文化教育之地，当地的有声望或退休的学者、文人都会被邀请前来讲学论道。漳平文庙于20世纪60年代另做他用，直到近些年才得以重修，只有主殿大成殿是明代的建筑。

能够将市中心的文庙重修，对于闽中山城来说是非常难得的，这是漳平人崇尚教育、尊师重教的体现。

正当摄制组小许拍着空镜和文庙里退休老人休闲的镜头时，陈龙林主任到了。他将协助拍摄漳平的交通史部分，这部分对漳平很重要，漳平县改市的重要原因就是它是福建的交通枢纽。

古码头讲古

中水门古码头碧水蓝天、大河东去，颇有气势。但原来的古码头已经不见踪迹，取而代之的是漳平的沿河步栈道。

在陈龙林主任的指引下，我们还是可以依稀看到往日的繁盛景象，这里还有一段明代的古城墙，陈主任介绍说，当时这里有四个小城门，分别为中水门、上水门、小水门和朝阳门，码头就在城门外。

码头外的水势开阔，两边的景致错落，看着遗存至今的中水门城门，可以想象当年的热闹场景。

档案馆里的交通史

在陈龙林主任的带领下，我们再次赶回漳平市档案馆，查阅漳平铁路修建的资料并拍摄相关的部分。

档案馆的资料不少，有很多修建铁路时留下的珍贵照片。陈主任介绍说，这条线路的桥梁、隧道修建比例高达18%，这给施工造成很大难度。漳泉铁路修筑的过程十分艰辛。

由于岩顶隧道的地质条件较差，且当时施工现场的机械化设备工具有限，施工时发生过多次塌方。经多次研究，现场工程师们决定用钢管顶着隧道顶部，先把隧道的其中一段固定，然后一段一段地进行"接力"，这也是福建省第一次在隧道的挖掘中使用钢管棚的施工方法。

以往，隧道修筑中留下的洞渣和土石一般是工人用矿山车推出来的。为了提高效率，漳泉铁路的建设者们提出了一个大胆的建议：把大卡车和装载机开进净宽只有3.9米的隧道运废渣！卡车利用避车道调头，装载机也采用侧向装沙的方式，这种方式大大提高了工作效率，加快了施工进度。这样的无轨运输作业方式，在当年全国铁路单线隧道施工中比较少见。

为了修筑铁路，龙均爵的战友们冒着生命危险，每天工作十多个小时。他们的精神，给这条钢铁长龙注入了不朽的精神力量。

漳平因铁路而兴。1957年4月贯通漳平南北的鹰厦铁路建成通车，该线成为沟通闽西与闽北、闽南以及外省市的大动脉。1961年11月，漳龙铁路通车；次年，漳泉铁路漳平至大深段通车。漳平火车站成为福建西南部的铁路交通枢纽。

正是漳平的铁路交通枢纽地位及由此带来的工矿业的发展，漳平发展迎来新纪元，为漳平县改市，奠定了重要的经济基础。

然而，进入2000年后，随着高速公路时代的到来和周边铁路的建设发展，漳平逐渐失去了交通枢纽地位。漳平火车站那人潮如流、熙熙攘攘、货进货出的繁忙景象成了那一带漳平人的永恒记忆。

随着2013年莆永高速公路开通，2015年漳永高速公路通车，2018年南龙铁路通车，漳平境内设漳平西、双洋两个动车车站，漳平再次成为"环闽"高速铁路线通道上的重要交通节点，并与全省、全国高速铁路网相连。漳平人又找回了昔日的荣光。

交通线路的变迁折射出漳平在随浩浩荡荡向前的历史潮流中发展进步，漳平不再为崇山峻岭所阻隔，告别了"路难行"历史。在时间凝练成的文字里，记录下筑路英雄的献身精神和漳平人勇往直前的气概。

陈主任写了一篇讲述漳平悠久交通历史的《漳平交通史话》，该文于漳平微信的公众号上发布，也让更多的读者了解了漳平的交通史。

档案馆里记录下了漳平交通的过往，这是一个非常好的保留历史记忆之处。

十一
联系

2020年元月14日，我造访了漳平第一中学，与一中刘校长进行交流。与中国首届"科学探索奖"的得主郑南峰老师进行数次沟通后，他答应回到漳平，接受我们的采访拍摄，为此我需要做一些准备工作，提前安排好拍摄的内容和地点。

在中国首届"科学探索奖"的得主中，只有两位福建籍的专家，除了郑老师外还有一位李毓龙老师，他们均毕业于漳平一中。福建好学校不少，但相比其他省份培养的杰出科学家的数量来说并不算多。

坦率地说，对于此次采访我也没有太大的把握。虽然我接触过不少院士，纪录片里也曾以国内顶级院士作为专题内容，但采访如此年轻的科学家，特别是刚刚获奖的科学家也是头一次。

虽然面临种种困难，但我没有放弃与郑老师的联络。有一天，他突然打电话过来，我立即说明来意并表示出诚意。郑老师可能是被我的真诚打动了，他说将在20日左右回到漳平，可以配合摄制组进行拍摄。我立即通知了宣传部，大家都感到很高兴。稍后，他又发了一个短信告知我他的行程安排，大致是说17日晚上会和漳平的老师聚餐，18日将到漳平一中做报告，当天下午就返程。

我的拍摄计划通常是提前安排好的，但从来没有这么紧张过。我常常和采访对象说拍摄时间在1小时30分钟左右，但实际上最少需要3个小时的时间进行连续拍摄，空镜则需要另行安排时间拍摄。

为了18号能顺利、快速地拍摄，摄制组只得先把漳平一中、火柴空间、文庙的空镜以及航拍的部分镜头都先行拍摄完毕，再等待着郑老师的到来。

郑南峰的故事

在与郑南峰老师会面的途中，我在漳平一中门口遇到了刘校长。于是我便跟着刘校长来到一家餐厅。推开房门后，只见一位个头不高眼睛却炯炯有神的中年人站在房间里，他看到刘校长便迎上前去欢迎，他正是郑南峰老师。

一番寒暄过后，我们便步入正题，郑南峰老师的基本情况也随之得以了解。

郑老师于1994年在漳平一中高中毕业后，本科、硕士均就读于厦门大学化学系，后到美国加州大学攻读博士学位，留美7年。

回到厦门后他被厦门大学破格聘为教授，那年他才30岁。之后他便一直从事化工领域的基础科学研究，如今他下面有70多位硕士生和博士生，还有10多位教授。

郑老师提及，基础科学在人类的物质文明和精神文明中是物质运动最本质规律的反映，与其他科学相比，抽象性、概括性最强，是由概念、定理、定律组成的严密的理论体系；与生产实践的关系比较间接，需通过一系列中间环节，才能转化为物质生产力。

2019年，他参与了院士的评选。第一轮评选中他以1分之差遗憾落选，但在年底他却收获了国家首届"科学探索奖"。目前，他带领的团队在8个方面进行基础性研究，发表了很多具有分量的论文。由此可见，郑老师是一位非常杰出的科学家。

谈话中，郑老师当年的高中老师走了进来，于是便开始聊起往事。郑老师是农家的孩子，即使是全额奖学金到美国留学，其生活依然非常艰难。刚去的第一个月，仅靠45美元维持他的日常生活。

郑老师的家庭条件比较艰苦，即使在读研究生时，暑假时仍要在地里劳作。他回忆说，天快黑了的时候弯着腰干活，回首望去可以看到一群蚊子在背上飞舞。

虽然做了多年的教授，其生活条件已经完全得以改善，但从他的举止中依稀可以看到昔日农家孩子的节俭和勤奋。

郑南峰的科学观

在郑老师提到目前自己所从事的基础研究特点时，他说就是要保持好奇心。好奇心是人的本质，虽然基础科学会四处碰壁，但每一次碰壁都为下一次可能的成功奠定了基础。

基础研究不像需要资金的风投，因为风投需要在短期内有所回报。说到这里，我也深有体会，自己的能力永远在于积累，只有这样才能做到厚积薄发。每一次的失败，都使我们离日后的成功更近一些。

没有人可以随随便便成功，摄制组的老师们也是如此。为了一部好的影视作品，他们每天工作14个小时以上，且作品需要不断地打磨，这与科学研究的过程十分相似。

聊着聊着，我们因有着许多共同语言而成了好朋友，这也为第二天的顺利拍摄奠定了基础。

状元桥

2020年元月17日与郑南峰老师一起吃晚饭时，郑老师提到了第二天与同学们交流的题目：保持一个永久的好奇心，这是研究基础科学的必需条件之一。想到这，我决定将其作为一个采访内容。

可能是因为心里想着采访的事情，元月18日早上6点20分我就醒了，于是跟郑老师约定7点30分在漳平文庙门口碰面。这是摄制组在漳平起床最早的一次。我们摄制组很少提前踩点，但大家都知道这天的拍摄很重要，是没有办法重新拍摄或者让郑南峰老师再来漳平一中的，于是在之前便让摄制组的小伙伴提前去火柴空间孵化园踩点。前一晚聚餐时，郑老师提及这是20多年来他第一次回到母校，可见这次的拍摄机会十分难得。

我们早早起床，提前了20分钟到达文庙。

7点25分，我发了一个短信告之郑老师摄制组已经到达文庙了。郑老师回复道："我也在路上，快到了。"但这时我发现文庙的大门没开。

这时候，刚好路过一位环卫工人，我就问他文庙什么时候开门。他告知我大门左边的一个院子有人住。我赶紧走到围墙边上，看到有一扇窗户便喊了几下。不一会儿，一位看门老哥探出头来并给我开了门。他说正常的开门时间是在8点30分。可能是因为我们已经来拍摄过两次的缘由，他已认识我们，所以为我们提前开了门。

不一会儿，郑老师也到了。他说为了今天早上和学生们交流，昨晚还专门加班为同学们做了一个幻灯片。在会议大厅里看到他做的幻灯片时，可以看到上面写着"科学研究需要一个好奇心"的字样，与我选定的采访内容不谋而合。进入文庙后，中间有一座桥，平时是被封住的。这座石桥的两端放着三盆盆景。桥中间的一个铁皮上标明这座桥叫状元桥。郑老师30岁时已是厦门大学最年轻的教授，同时又是2019年首届"科学探索奖"的获得者，他有资格走这个桥。

在文庙的状元桥上拍摄时，郑老师显得非常高兴，他似乎明白我们这样安排的意义。

孵化园

文庙部分的拍摄在8点15分已经完成，8点30分我们便到了火柴空间孵化园。在孵化园里，企业的负责人和孵化园的管理人员已在此等候许久。

在火柴空间里，郑老师参观了一家做LED灯具及相关配套产品的电缆企业。

郑老师对这里很感兴趣，在与企业负责人进行交流时他提及自己的一个研究方向是关于铜的导电性，因为电缆里面的材料是铜芯，铜作为导体，如果出现了绿色的铜锈就会变成绝缘体了。而他的一个研究方向正是让铜不产生绿锈，可以替代一部分黄金的功能。

他与这位企业负责人热烈地沟通着，拍摄画面的效果非常好。

之后，郑老师也详细询问火柴空间孵化基地的运营模式，包括租金和税收优惠条件，可能想以此和厦门的实际情况做一个比较。

科学家需要了解与研究相关的配套服务，也说明基础研究和应用研究本身是相辅相成的。

郑老师与漳平一中

回到漳平一中后，我首先安排了对郑老师的采访。

通过查阅之前的资料，我们得知郑老师在2014年即提出：科学除了上书架以外，还应该上货架。也就是说，基础科学和应用研究应该是相辅相成的。因此我们决定首先让郑老师就这一提法进行阐释。

其次，我也想让他讲一下对同学们的好奇心的看法。因为在我看来，漳平的教育是当地最大的特色。

漳平一中一本通过率虽然只有50%，但是杰出的学生非常多。漳平的教育氛围是非常好的，每年都有考上清华大学、北京大学、浙江大学、复旦大学这样名校的学生。

采访结束后，郑老师和同学们在学校化学实验室里进行交流，这近10个同学都曾经在化学竞赛中获过奖。

学校原本安排每个班10个同学来听郑南峰老师的报告，但现场显然超出预想，300个座位都坐满了，还有很多同学坐在台阶上。郑老师第一次返回母校，爆满的大厅是对他最好的褒奖和赞赏。

在报告开始前，我先请摄制组的同事放了一支录音笔在郑老师的身旁，用以记录郑老师上课的内容，以便进行后期处理时将郑老师作报告时的纲要整理出来。

以下是我根据郑老师在漳平一中所作的交流报告进行的总结：

1. 学习、工作都需要一个好的身体；
2. 坚持运动，合理安排好时间；
3. 自律地学习和良好的生活习惯；
4. 不为学习和生活所左右，保持一颗好奇心；
5. 保持想象力，一定会有所作为。

（本书即将出版之际，郑南峰老师当选 2023 年中国科学院院士，在此向他表示祝贺。）

结语

拍摄结束，但我的心绪依然系于漳平。拍摄的十多天里，我感触良多，其中最深的感受是漳平的文人和专家很多，漳平人对教育极为重视。

这一点，从漳平一中刘校长自豪的眼神里可以看出。福建省仅有的两个获得首批"科学探索奖"荣誉的科学家都毕业于漳平一中。获得这样的荣誉，我想既有偶然性，也有必然性，因为他们非常重视教育。无论是茶馆里喝茶，还是与漳平各单位的工作人员聊天，他们都有一个重要的话题就是关于自己孩子的教育。

从本质上来说，良好的教育会形成一个良好的文化环境，良好的教育也预示着漳平更美好的明天！

长汀·汀江古镇（一）

引言

我们常说"一江春水向东流"，这是因为我国的地势西高东低，因此绝大多数的河流都是自西向东流。但是也有例外，比如福建四大河流之一的汀江就是从北向南流。自古以来，就有"天下水皆东，汀江独南也"的说法。古代堪舆依照"五行"学说认为南方属于丁位，人们便将其称为"丁水"，后来这个丁、水合为"汀"字，这才有了"汀江"这个名称。

千百年前，因北方的战乱或灾荒被迫南迁的人们从江西进入福建，由于闽西以丘陵地貌为主，车马较为易行，故而一部分迁徙至此的人们选择在汀江流域停留下来，开始以此为家。汀江流域也逐渐发展形成了独具魅力的客家文化。

汀江上游的禾田镇据说是客家文化的起源地之一，自古以来关于这座古镇的选址、建造以及生活方式都充满了传奇的色彩。

一

位于福建省龙岩市长汀县的河田镇，始建于唐朝开元年间，至今已有千余年的历史。从空中俯瞰，河田镇地处闽西山区的腹地，属于武夷山山脉崇山峻岭中的一块河谷盆地。古镇有较大面积的丘陵坡地，山脉环绕四周，中部较为开阔，呈锅形地貌。古镇现存20多处各具特色的各姓宗祠，宗祠的门联基本讲述各个姓氏的渊源和祖宗的功德。它们的门楼或高或矮，门面或宽或窄，装饰或简或奢，但无一例外地都有着相似的门联，上面一律书写"世泽""家声"四字。

一座座宗祠，延续着一代代血脉亲情，也承载着后人对当年从中原地区迁徙而来的客家人先祖的缅怀之情。为探寻古镇的身世之谜，考察组跟随专家来到了长汀县的河田镇。

行走于河田镇，队员感受到南方小镇特有的烟火气息。走进小巷，考察队员们看到，眼前20多座宗祠被修缮得熠熠生辉、肃穆坚挺。穿过逼仄的巷子，一栋壮观的大屋赫然出现在队员眼前。这栋被当地人称为"李氏下大屋"的建筑建于清康熙年间，占地1300多平方米。大屋两边的封火墙绵延几十米。它的外观造型非常有特色，共由9个大小厅堂、18个大小天井组成，堪称河田古镇客家建筑中最具代表性的客家府第式建筑。

队员发现，李氏下大屋厅井布局科学合理，各厅各有功用。其设计构思秉承了"先后有序、主次有别"的传统观点。它继承了中原宗族府第式的建筑风格，沿中轴线向两边展开。这样规模宏大的民居可以容纳下一个上百人的家族。具有浓厚传统建筑特色的李氏下大屋，是客家文化的重要载体和象征，它见证了客家人在河田这片土地上扎根创业、宗族绵延的历程。

古镇街市中心上一群村民正在劳作，人们拿着一条不停喷出热水的水管，来回清洗不同盆里的鸡鸭。不远处椭圆形水泥地面上，一个泉眼正冒着热气。向导告诉队员，河田镇自古以来就有丰富的温泉，当地人除了习惯用温泉水宰杀禽畜之外，还喜欢在温泉泡澡。因为河田镇地处中亚热带季风气候区，冬季颇为湿冷，当地的人们因此有泡温泉取暖的习惯。自然资源部第三海洋研究所教授级高级工程师余兴光从小在河田镇长大，提及家乡的一切他如数家珍。他告诉队员，从记事起他每天都会来洗澡，她的母亲还会挑温泉水回家洗脸、洗衣服、擦桌子，甚至还可以喂猪。

除了泡汤外，河田人自祖上就传下温泉养鱼的传统。队员来到一处冒着蒸汽的温泉鱼塘，这里主要养殖鳗鱼，澡堂出来的一部分温泉水就流会入池塘中。专家介绍道，烧水塘只有冒出蒸汽的进水口水温较高，塘里温度常年维持于25℃至30℃。由于鳗鱼喜暖，且温泉富含矿物质，因此这里的鳗鱼病害少，生长也较快。

经过进一步考察，队员们发现河田镇的地热泉脉广、温度高、流量大，非常罕见。

地热通常是依靠大气降水补给，沿断裂渗入地壳深处"大锅炉"加热，通过热对流、热循环而向地面运移、扩散，与冷水混合之后形成的"热异常区"。同行的专家魏勇告诉大家，温泉主要有两种，一种是火山岩喷发形成的，如日本和欧洲的冰岛，另一种就是地下水。河田镇的上面是第四纪的花岗岩，断层里面又有裂隙，热水因此从裂隙里喷涌而出。

镇上的温泉出露于冲积层中，底部基岩为燕山早期黑云母花岗岩，本地的红壤便是这种花岗岩风化所致。

河田镇的位置处于全国6个地热带之一的东南沿海地热带。通过进一步调研，队员们发现河田镇的温泉储量很大，分布范围约为1600平方米，且含有氟、偏硅酸、硫化氢气体及多种微量元素。专家告诉队员们，地处粗粒风化花岗岩区的河田镇，原本土壤贫瘠、植被稀少，且缺乏一般取暖用的木材、煤炭等资源，正是花岗岩裂隙中的高热温泉解决了当地的能源问题，也成就了河田镇千余年的历史，为河田镇的发展与繁荣提供了条件。然而，土壤贫瘠、植被稀少对于当地人生的存和发展来说，依然是个严峻的问题。

队员们跟随专家前往河田镇周边的坡地调查当地的植被情况。河田镇地处丘陵地貌区，乌石崠是当地一座海拔较高的坡地。虽然这里看上去有不少植被，但仔细观察可以发现，这里土壤贫瘠无腐殖质层，都是花岗岩风化的粗粒，这与武夷山其他森林茂密的地区的土壤大相径庭。

站于乌石崠山顶，队员见到山下一条长河横亘于一块较为平整的土地之上，河的两边都是绿油油的田地，这与地处粗粒花岗岩风化区的河田镇的贫瘠土地形成了鲜明的对比，不仅使大家感到疑惑万分。

二

考察过程中队员从向导口中得知了一个信息，原来河田镇最早并不叫"河田"而是叫"柳村"。经查找资料，考察队员们了解到自宋代以来，每到梅雨季节汀江都会洪水泛滥，尤其是汀江河田段。山洪暴发时甚至出现"柳村无柳，河比田高"的景象，"河田"因此而得名。

考察组来到河田的这些日子，当地一直下着小雨。镇里的防汛工作人员正忙于检查汀江河田段的岸堤情况。考察队员推测可能是因为河田镇以及周边地区的降雨量特别大，才导致了洪涝灾害。但是长汀县气象局工程师王法健告诉队员们，这里年平均降水量约1734.8毫米，河田镇年降水量为1604.2毫米，相比之下河田镇要少一些。由此可见，降水量并不是导致河田镇出现洪涝灾害的主要原因，队员们因此决定扩大考察范围，到河田镇周边汀江流经的其他乡镇进行调查。

位于长汀县西南部的四都镇，距离河田镇约23千米，是一个地广人稀的山区乡镇，境内有4条河流，经濯田汇入汀江。队员们跟随专家沿江考察发现，四都镇沿河两岸数百米处都是高山密林，而河田只有些树木并不茂密的低矮丘陵，其镇大部分区域属于福建汀江源国家级自然保护区，区内的主要保护对象为原生性的亚热带常绿阔叶林，以及境内珍稀、濒危的野生动物。

同行专家魏勇认为，四都镇境内土壤类型比较丰

富且植被茂密，具有很强的涵水功能。如果出现强降雨，当地的水位不会马上高于汀江水位，而会在两日之后慢慢渗透出去。此时，暴雨带来的水位已逐渐被汀江所消化，因此对汀江两岸的堤坝没有产生太多的影响。而河田镇地区大部分都是粗粒花岗岩，其风化后的土壤缺少腐殖质层，植物没有富水的能力。河田镇周边又没有高山，因此没有涵养水源的功能；同时由于河田河道纵横、水系发达，当上游出现连日降雨时就容易迅速形成径流，从而容易导致山洪暴发。

通过翻阅史书，队员们发现自宋淳熙年间以来，长汀水害频繁发生。考察组决定返回镇区，进一步查找相关线索。

当队员们回到李氏下大屋时，经仔细观察后发现墙上有淡淡的水迹。原来，这里发生过两次比较大的洪灾，特别是1996年的"八八洪灾"，整个河田镇都被淹没。看着墙上的水线，再看看如今依然矗立于此的居宅，队员们心中不禁对这座古宅如何进行防水防洪感到好奇。

李氏族人李文明告诉队员们，李氏下大屋有两套排水系统。第一套是通过后院处的天井排到旁边的排水沟，从这暗沟流出；第二套是前厅的九个天井。这里的水在汇合之后统一直排到外面的水塘。

专家告诉队员们，客家人结合北方的庭院建筑理念，采用厅与庭院相结合的方式来构建客家民居建筑，同时也为适应南方多雨潮湿气候增加了相关的功能。

千百年来，那些从中原一路迁徙，最终决定在汀江流域落脚的客家人，在对自然资源的利用和与自然灾难的斗争中，总结并创造出了一系列实用又简便的方法，写下了独属于客家文化的精彩华章。

汀江为脉，遂有客家之兴；宗祠绵延，更显忠孝千年。

三

经过考察，我们发现由于河田镇周边没有可以涵养水分的高山与植被来延缓汇水的时间，使得雨季时汀江迅速汇流，水位因此抬高，最终导致了大坝的决堤。然而，数百年来饱受洪涝灾害的河田镇，却并没有阻止早期客家人驻足于此，世代繁衍。面对如此不利的自然环境，河田人是如何变不利为有利，建设家园的呢？

《地理·中国》栏目《汀江古镇》上集节目于2023年3月24日在CCTV-10首播

长汀·汀江古镇（二）

引言

作为汀江两岸客家人早期的聚居地之一，长汀县的河田镇至今仍保留着为数众多的各姓氏宗祠和具有典型特征的客家民居。然而，我们在考察时却发现，河田镇一带洪涝频发，但即便如此，客家先民依然世代坚守于此，建设宗祠，开枝散叶，这又是为什么呢？

一

长汀县城东大街有一座规模宏伟的天后宫，供奉的是被沿海渔民奉为"海神"的妈祖。原来，汀江沿岸有很多集镇，宋代以来汀江的水路运输繁忙，由于汀江水流湍急，供奉护海女神妈祖主要就是为了护佑船只的平安。由此可知，汀江自古航运发达，是重要的贸易通道，这可能是客家先民落脚河田镇的一个重要因素。

汀江流域因地处武夷山南麓与玳瑁山之间，沿岸地形复杂、河道纵横交错且暗礁众多，全线有大小急滩众多，自古被航行者视为畏途。南宋绍定年间，长汀知县宋慈发现长汀的食盐价格贵得离谱，主要是因汀江水路交通不畅所引起。于是，他举汀州全府之力，发动百姓用蚂蚁搬家的方式去除了横亘在汀江中的若干个暗礁，终于使汀江航道全线贯通。

正是汀江水路的贯通使这里于宋代成为一座繁忙的水陆码头，每天往来商船多达几百只，一举成为闽、粤、赣三地的物资集散地。河田镇上类似李氏下大屋这样的大宅营造中所需木材，也是利用航运便利运至河田。

同行的向导告诉队员，虽说汀江流域常有洪水，但像河田镇这样，因洪水泛滥而改镇名的却只有这一处。这让队员们更加困惑了。看来河田镇山洪暴发、河比田高的景象，不仅仅是周边缺少植被无法涵养水源造成的，可能还有更深层的原因。

结束上游的考察后队员们返回河田镇，而近日连续的雨水已经让汀江水位发生了变化。大家发现，水面上看到的小漩涡是因水流从上游而下时与河床底的石头冲击而形成的，由此看来河床底是不平的。汀江是福建四大河流中左右两岸最不对称的水系，其中一侧支流多而大，和主流流向作直角相交或斜交汇合。

沿江而行的路上，大家听了到一种具有特色的当地音乐——长汀公嫲吹。公嫲吹是古汀州传承下来的乐器，对奏是它最具特色的一种演奏方式。两把唢呐之中的高音部分就是"公吹"，模仿男子说话，吹起来比较高亢；另一支低音的，叫"母吹"，也叫"嫲吹"。一问一答，犹如山歌对唱，有起有落、跌宕起伏，让人们能够随乐曲的情感而产生共鸣。它起源于当地百姓的日常劳动，特别是汀江河段年年洪水泛滥，先民每逢下河清沙时，一段公嫲吹便可让劳动中的人们忘却劳累和艰辛。千百年间逐渐演化成独特的艺术形式，融入了客家人的日常生活之中。

八十里河与汀江平行，距离汀江仅仅数百米。初看之下，八十里河似乎就是村边一条寻常沟渠，然而经过仔细观察，队员们很快就发现了它的不同之处。防洪堤的左边是八十里河，右边是广袤的农田，河的水位明显比田高，这与河田镇"河比田高"的景象十分相似。队员们决定跟随专家到八十里河的上游一探究竟。

福建纪行·龙岩篇

队员来到八十里河的上游乌石崠。这里海拔410米，周边都是被苔藓包裹住呈褐色的花岗岩。专家告诉队员，由于山上植物并不茂盛，乌石崠涵养雨水的功能薄弱。每逢梅雨季节特别是发生暴雨时，裸露的花岗岩粗粒就会随泥沙而下，短时间内便会形成洪峰涌向八十里河。八十里河本身较窄，因此洪水极易形成一个喇叭口并漫出堤坝。

八十里河不能消化上游蜂拥而至的洪水，形成的径流在迅速汇集后涌向汀江的支流朱溪河。然而朱溪河也没有足够的接受能力，导致径流的洪水回流倒灌，从而引起大规模的洪水泛滥，这就是河田镇"河比田高"的现象发生的原因。

队员们了解到，汀江河河田段丰水期的时候百姓们常会用木桩来加固堤坝；枯水期的时候，则会利用有月亮的晚上到汀江和八十里河将河道里面的泥沙挖出，用以加固堤坝和降低河床高度。

二

考察至此，河田镇"河比田高"现象背后的真实原因终于浮出了水面。据了解，当地政府近年来一直在致力于疏导和治理洪灾，包括对八十里河上游乌石崠的水土流失情况进行治理。经过数十年的治荒，山河披绿，逐水荒山在逐渐向绿水青山转变。

这么多年来面对汀江河田段常常决堤的问题，当地百姓的生活劳作问题似乎没有受到较大的影响。汀江两岸分布着绿油油的农田，看起来似乎没有受到洪涝灾害的影响。

专家告诉队员，以前河田长期以来都是只造林只种树，不砍树。到了第二阶段树种优化，就把马尾松换成杉树或木荷。在提升森林质量的过程当中砍了很多松树，老百姓便利用松树兜种植茯苓。但是茯苓作为经济作物并不能完全解决古镇居民的生存问题，因此居民们还种植了蚕豆、槟榔芋、水稻以及番薯。大家从村民处了解到，当地的人们冬季种植蚕豆，春季种植槟榔芋或者种一季水稻、一季番薯。

汀江河田段的主汛期为每年的五到七月，河田镇村民这个时期一般会种植具有耐涝习性的经济作物。河田镇的洪涝属于暴涨暴落型，因此对耐涝性农作物的生长影响不大。专家告诉队员，河田村民每年通常会保证一季水稻的种植，其他时间则根据市场需求进行选择。而轮作的作物，无论是番薯、槟榔芋还是蚕豆都有着喜湿耐涝的习性。

千百年来，正是一次次的洪涝，将八十里河上游乌石崠的泥沙带到了汀江河田段的低凹处。大自然带来洪涝的同时，也赋予这块水土"福利"。肥沃的土壤沉积以后，于八十里河和汀江中间形成一块三角状的河谷盆地。吃苦耐劳的客家人不断地在这块土地上进行适应和改造，将其平整成了近万亩的良田。在"八山一水一分田"的闽西地区，这近万亩良田显弥得足珍贵。

懂得因地制宜的河田人不断适应和改造着现有的生存条件，即使数百年间洪涝频发，依然过上了丰衣足食、安居乐业的生活。他们通过合理的农作物轮流种植和错峰安排，将连年洪水给农业生产带来的影响降到了最低。

"门前一对桅杆竖，表旌门第是书香"，河田镇宗祠的大门上、柱子上特意镌刻着这对歌颂先祖业绩、激励后人拼搏的楹联。在浓郁书香的熏染下，一座座宗祠里走出了无数英才。

一年一度的"世界客属公祭母亲河庆典"活动开始了，很多的海内外乡亲和各界人士，不远万里来到客家首府——长汀县河田镇，参观拜谒客家人的宗祠。这些客家宗祠，经历百年风雨依然保持着古朴优雅的魅力。宗祠文化、客家精神也将在这块神奇的土地上闪耀光芒。

三

特立独行的汀江作为客家人的母亲河，孕育出了独具魅力的客家文化。团结奋进的客家人，血液里流淌着祖先传承下来的开拓精神。即使面对恶劣的自然环境，依然能够将生活过得有滋有味，因为他们懂得发现那些看起来恶劣的自然环境背后所蕴藏着的慷慨馈赠。而在将自然资源的劣势与优势进行转换的过程中，一代代河田人通过努力，在这片土地上勾勒出了一幅昂扬开拓的生活图景。

《地理·中国》栏目《汀江古镇》下集节目于 2023 年 3 月 25 日在 CCTV-10 首播

第六章 三明篇
明 溪

引言

紫云深处，候鸟群在季节轮回里吟唱着人与自然的和谐之歌。

青山之间，红豆杉在时代春风中繁荣着生态产业的发展之路。

古村落里，锔瓷匠人以瓷为巾，穿针引线，修补着缺憾之美。

文庙高堂，理学大儒立雪程门，尊师重道，闪耀着人文之光。

溪水流淌不息，滋养着一方山明水秀，记载着千年风雨春秋，造就出一座宜居之城——明溪。

一

在闽西北绵延的山地与丘陵间，分布着大大小小的溪流。流淌在明溪县境内的条条溪水，滋养着万物，也蕴藏着历史。

2018年初，经过多年发掘的明溪县南山遗址被评为"2017年中国考古新发现"之一，这让中国社会科学院考古研究所副研究员周振宇感到无比欣慰。南山遗址位于明溪县狮子山南侧，是福建省首次发现的洞穴和旷野相结合的史前文化遗存。自1986年在全国第二次文物普查期间被发现以来，考古学者们对南山遗址进行了多次考古发掘，出土了石镞、陶纺轮等反映史前人类生活劳动的大量器物。经过碳-14检测，南山遗址年代确定为距今5800至3500年前，跨越新石器时代和青铜时代。

在发掘的最初阶段，引起周振宇注意的是一些磨光黑陶陶片。新发现的磨光黑陶的陶器，是此前闽西北地区没有发现的，显示出当时高超的制陶技艺。随着发掘的深入，5万多粒植物种子出现在周振宇面前。经过鉴别，这些已经炭化的植物遗存分属38个种类，既有水稻、大豆和绿豆等农作物，还有梅子等鲜果类植物。这些植物遗存充分说明，明溪早在数千年前就是鱼米之乡，那时正在从捕鱼狩猎向农耕文明迈进。不过，让周振宇和考古专家们感到诧异的是，在这些植物遗存中出现了产自北方地区的粟、黍，即小米和糜子。那么，这些北方物种是如何跨越万水千山来到明溪的呢？

明溪是闽西北的一个内陆县，位置偏远，却在历史上接纳了一批批移民，他们以先进的生产技术和发达的文化，促进明溪地方农业和冶炼业的发展。专家们沿着连接福建和江西、浙江的通道，通过寻找一系列考古发现，勾勒出了粟、黍的传播线路。周振宇认为，南山遗址出土的水稻是目前在武夷山东麓地区发现的最早的水稻遗存；粟和黍两种小米是目前在整个华南地区最早的小米遗存，这为探讨整个华南沿海地区的稻作农业和粟作农业的来源问题提供了关键的考古实物证据和新的线索。

2019年，南山考古遗址公园开放，蕴藏着5000多年沧桑往事的南山遗址，等待着周振宇和他的团队继续发掘。悠久的文明之光，穿越时空，照耀着生生不息的未来。

二

"孔颜道脉，程子箴规，先生之德，百世所师"，这是朱熹在杨时遗像前的题词。杨时是中国思想史上将二程理学传入福建的第一人。明溪也因为诞生了这位伟大的学者,而让偏远的闽地沐浴着中原儒家文化的思想之光。

杨时的故居所在地建有文庙,古时县政府春秋两祭时,祭完孔子后,便要赶到龙湖祭杨时。为方便计,便将文庙迁到龙湖村来。

聪颖好学的杨时,24岁得中进士,后来投于学者程颢门下,研习理学。程颢过世后,杨时向程颢的弟弟程颐学习。相传,一天杨时前去拜见程颐,正逢程颐休息,杨时与同学便默默侍立在厅堂外等候。当程颐察觉时,门外的雪已经1尺多深了,这便是成语"程门立雪"的由来。

杨时一生潜心研究和传播程氏理学。理学是儒学思想的继承和发展,将传统儒家思想推到一个新的高度。在《寄伊川先生》一文中,杨时阐述了中国古代哲学著名的"理一分殊说",意思是天地间有一个理,这个理能在万事万物之中得以体现,这是中国古代思辨哲学的熠熠生辉之处。

北宋时期由于北方连年战乱,"兴儒学、倡理学"唯一的出路是将理学思想传播到南方。文化重心南移的使命,历史性地落到了杨时的身上,其二传弟子朱熹更集是诸儒之大成,建立起了新的理学思想体系——闽学,而杨时被尊为闽学鼻祖。

杨时一生践行着自己的理学主张,为官期间,他将理学的思想付诸政务上,深受百姓爱戴。南宋建炎二年(1128),杨时辞官回乡,为了给家乡父老带来福祉,他奏请宋高宗给福建豁免租赋。

传统儒家思想,为明溪人注入了文化基因,融入了明溪人的文化品格。受杨时的影响,明溪人才辈出,延绵近千年的学风,为明溪的发展奠定了坚实的基础。

三

宁化、清流、归化,路隘林深苔滑。

今日向何方,直指武夷山下。

山下山下,风展红旗如画。

——毛泽东《如梦令·元旦》

这是1930年1月毛泽东率领红军在闽西行军途中写下的著名诗篇,而诗中的归化便是今天的明溪。明溪是中央苏区的重要组成部分。20世纪30年代,中国工农红军在明溪大地上浴血奋战,留下了一处处红色遗迹。

1933年秋,蒋介石调集了50万兵力向中央苏区发动第五次"围剿"。作为中央苏区的东方屏障——归化,也就是今天的明溪,成了第五次反"围剿"战争的前沿。为了保卫中央苏区,掩护主力红军长征,归化苏区军民进行了一场浴血奋战,这就是著名的"归化之役"。

明溪县和将乐县交界的这片山峦,群峰连绵,山路蜿蜒。2015年,当地村民在上山砍柴的路上,发现了大片埋藏于荒草中的壕沟,这就是归化之役的战争遗址。明溪县党史和地方志研究室主任王远松认为,这是1934年3月归化之役红七军团战士挖掘的运输战壕。蛇形的战壕主要功能是运输物资、转运人员。这里没有松竹,下面就是前方指挥所。

归化之役是红七军团军团长寻淮洲领导下的一场精心准备、布置周密的阻击战。为了阻击敌人,红七军团在军团长寻淮洲的率领下,在地势险要的山岭修筑工事,先后两次截击敌十师等部队,粉碎国民党军队从归化、将乐一线突入中央苏区的图谋,保卫了中央苏区。中共福建省委党史研究和地方志编纂办公室副主任研究员王盛泽认为,归化之役是红军第五次反"围剿"战争中,打破国民党对中央苏区构筑东方封锁线的一次重大胜利。为了纪念在这次战役中浴血奋战、英勇牺牲的革命战士,明溪人民于1987年在铁岭山巅建立起了"归化之役遗址"纪念碑。

青峦翠岭上,激荡着红军栉风沐雨、奋勇杀敌的英勇气概,也铭记着明溪群众舍生忘死、救助伤员的鱼水情谊,军民一家的佳话至今仍在明溪流传。让明溪群众最为感动的是红军纪律严明、说话和气、买卖公平。红军传递出的真诚，让百姓们感到无比温暖。红军在明溪得到了物资补给，也得到了人员补充。

在中国人民解放事业中，无数明溪人前赴后继，用生命诠释了对中华民族的忠诚。2019年，一个包括革命纪念园和纪念馆在内的爱国主义教育基地集群在明溪正式落成。革命先辈们用理想和热血书写的历史，指引着一代又一代明溪人传承历史，建设家园。

四

"没有金刚钻，别揽瓷器活"，这句中国古话说的是一门古老的民间手艺——锔瓷，即把打碎的瓷器，用像订书钉一样的金属"锔子"修复起来。这个化腐朽为神奇、使残瓷得以再造的补瓷工艺，在明溪有着悠久的历史。

萧家山村是有着千余年历史的古村落，相传明溪王氏的锔瓷手艺肇始于宋，衣钵相传，保留到了今天。王艳青是从爷爷那里学习锔瓷技艺的，从小跟着爷爷走街串巷的王艳青，在"锔盆、锔碗、锔大缸"的老调中开始学习锔瓷，从此对锔补手艺痴迷不已。经过刻苦学习，王艳青以一手精湛的指尖锔艺在瓷片上穿针引线，修补着缺憾之美。2019年10月，明溪县萧家山村的锔瓷技艺传承人王艳青接到了来自法国的邀请，请她参加一个国际主题展，明溪古老的锔瓷手艺将走出国门。

锔瓷首先是找碴，就是找出破损的位置，然后对缝，进行拼合，准备修补。根据瓷器的纹饰结构、样式以及拼合的位置，确认锔钉数量。对锔瓷匠人来说，用金刚钻打孔是最具挑战的技艺。金刚钻是长约10厘米的铁钻杆，在几毫米厚度的瓷器上，打孔必须毫厘无差，锔瓷匠人手要拿得稳，钻要对得准。

其次是制作锔钉。锔钉的韧性，决定着锔补器皿的使用寿命。先将一根0.8毫米的铜线在一块厚铁上敲出菱形样式，再用铁剪剪出需要的大小，最后用铁钳弯出订书机样式的铜钉。为了不缺失拉力，锔钉要保留一定弯度。这样修复后的瓷器非常牢固，可观赏亦可使用。

经过无数代锔瓷人的传承发展，传统锔瓷技艺日臻完善。然而王艳青渐渐发现，传统锔瓷技艺已经无法满足当代瓷器精细化修复的要求。为了做到与时俱进，王艳青需要将新材料、新技法、设计、美学融合进来。她向锔瓷界老匠人、錾刻师傅请教。在摸索中逐渐形成了自己的锔瓷特色，她扩展了锔瓷中花钉的材质，在传统的铜片、银片外，还使用玛瑙等材料来修饰。为了增加作品的光感，王艳青使用经纬錾刻法，将铜板錾出线状图形来修饰器皿。

王艳青潜心钻研古瓷的锔瓷技艺，通过对清代民窑豆青小碗的修补修饰，将它设计为艺术灯饰的灯罩。其流线形的造型设计，加以古瓷天然包浆，透过豆青釉薄壁的柔光，古瓷通过锔瓷技艺焕发出非凡的魅力。2020年1月15日，这件被命名为"青豆"的锔瓷设计作品亮相法国。在这个以"陶瓷再造"为主题的展览上，明溪锔瓷技艺的魅力征服了世界。

"喜庆吉祥，平安如意"，这是明溪人在一件件锔瓷作品里寄托的质朴情感和虔诚祝福。在漫长岁月里，锔瓷之美惊艳了时光，积淀了明溪人的勤劳和智慧，更是千年工匠精神的凝聚和升华。

五

红豆杉是世界上公认濒临灭绝的天然珍稀植物，在地球上已有250万年的历史，是名副其实的"植物界大熊猫"。它在我国境内分布稀少，而小小的明溪县却生长着50多万株红豆杉，形成了独特的红豆杉产业。被称作老林业的余能健，见证了明溪红豆杉产业从无到有的全过程，也见证了明溪林产业的发展壮大。

1969年，福建林业学校（现福建林业职业技术学院）毕业的余能健作为人才引进明溪，在明溪一待就是 50 多年。山多地少的明溪，林业始终缺乏特色。为了让农民的收益得到提高，从 20 世纪 90 年代起，余能健开始在明溪的山间寻找突破口。余能健回忆，当时他走遍闽浙赣，发现明溪属于亚热带气候，雨量充沛，土壤肥沃，全县境内都有野生红豆杉的分布。于是就组织技术力量来人工培育具有药用、绿化等功用的南方红豆杉品种。

由于在自然条件下红豆杉生长速度缓慢、再生能力差，当时世界范围内还没有形成大规模的红豆杉原料林基地。很多林业专家都有培育红豆杉幼苗的经历，但多因发芽少、成活率低，不能形成规模造林而放弃。

为了培育出优良的红豆杉品种，余能健一边开展优良药用种子选择，一边挑选合适的贮藏点，以保持种子的水分、调节合适的温差，并克服病虫害。试验田里的种子发芽后，余能健便开始尝试多种育苗方法。然而近年来明溪经常出现长时间的雨季或干旱，极端气候让人工培植的南方红豆杉幼林经历了严峻考验。

经过 5 年的探索与实践，余能健和他的科研团队在红豆杉人工育苗造林技术上取得重大突破。采用良种精细化培育的方式，使南方红豆杉这一"植物中的大熊猫"变成了可大规模人工培植的绿化苗，遍栽明溪山间。在乡村振兴方案的推动下，6000 多农户参与了红豆杉种植。6 万余亩的红豆杉每年为林农带来可观收入。

从红豆杉中提取的紫杉醇是世界公认的广谱性好、活性强的抗癌药物之一。2001 年，明溪县与复旦大学的"紫杉醇清洁纯化技术"对接，一个生态山区县与高等学府共同孕育的产学研项目让明溪成了当时全国最大的紫杉醇生产基地。养在深山无人识的红豆杉在明溪枝繁叶茂，成就了一个支柱产业。

如今，明溪境内各条大道栽满红豆杉，成为一道亮丽的风景线，迎接着南来北往的游客。漫山遍野的红豆杉林汇聚成"绿色金库"，开拓出属于明溪的美好未来。

六

距离明溪县城约 15 千米的萧家山村，森林覆盖率高达 85%，造就了这里丰富的自然生物资源。然而交通不便使大山深处的萧家山村一度闭塞、落后，面临着发展的困境。如何将生态优势转化为可持续的发展动力，成了摆在萧家山村村民面前的难题。

受明溪县政府的邀请，从事艺术工作 40 多年的余润德从北京回到明溪，为家乡的发展出谋划策。

肖家山村是一个具有丰厚历史文化的传统村落。40 多座明清古民居沿山脚环布，形成一个不规则的圆。圆内有池塘、篱笆墙、廊亭，连同古民居雕花的滴水青瓦、精美的窗花以及别致的门楼，构成了一幅古老的山水画卷。

余润德建议，萧家山村应将古意作为文化发展的基石，立足村庄原始风貌，遵循修旧如旧的原则，发展旅游业。同时，当地政府部门斥资修建了公路，直达明溪县城，古村落因此得以与外面的世界相联通。

萧家山村坐落于常绿阔叶林的山顶，负氧离子含量高，空气清新，夜间拍摄星空时无照明光污染，深受星野爱好者的喜爱。随着"创作写生实践基地""天文爱好者摄影基地"的挂牌，这里吸引了众多学生、摄影爱好者前来采风创作。

萧家山村将保护与发展并举，为全国山村旅游探索出一条文化与自然和谐共生的发展之路。

森林资源丰富的明溪不仅仅造就了生态产业，也吸引了大自然中鸟类的青睐。立冬时分，明溪又进入了候鸟迁徙季。大学生杨水清怀着对家乡的深厚感情，萌生了从事观鸟创业的想法。2016 年，杨水清和他的伙伴们开始实施"紫云·鸟生态"项目，以观鸟为基础，打造观、食、宿、行一体化服务。"紫云·鸟生态"项目服务的 12 个乡村累计接待了全球数十个国家超过 5 万人次的游客，明溪县也因此成为中国重要观鸟基地。2019 年 10 月，杨水清和他的伙伴们设计的"紫云·鸟生态"项目获得中国"互联网加"大学生创新创业大赛银奖。这个注入梦想与心血的项目,不仅打开了"观鸟兴村"的致富路,也勾勒出乡村振兴的美丽画卷。

纯净的生态环境、多彩的人文风情、蓬勃的现代经济构成了明溪的当代风貌,明溪正逐渐成长为一颗熠熠生辉的闽西北明珠。

结语

日月不居,山水长情。林深水秀的明溪把绿色融入生命,把红色写入基因。

千年时光指尖流转,镉起文明碎片,锻造人文底色。

生活在钟灵毓秀之地的明溪人,把日子过成了山水田园诗,把未来写进了绿水青山。

明珠耀八闽,文明之光延绵千年,泽被后世。

溪光映双阜,自然之美滋养万物,造福桑梓。

纪录片《中国影像方志·福建卷·明溪篇》于2021年1月29日在CCTV-10首播

大田

引言

闽中环绕的群山，藏着一座"岩城"，却藏不住它明艳灼灼的华彩。

文辞优雅的作场古戏，在九重山间唱出历史的回响。

抗战烽烟里的琅琅书声，激荡出文脉相传的壮志豪情。

异彩纷呈的民俗文化，点亮了古今相承的文化灯火。

大田，这颗八闽大地上的星辰，折射出古老历史与美好明天交相辉映的璀璨光芒。

一

大田位于闽中山区，民风古朴，一直都尊崇着"庆贺多尚彩联，宾宴不离红蛋"的风俗。这里的民间游艺活动异彩纷呈。大田民俗文化丰富，与大田建县前隶属三府四县管辖有关。由于同时受到闽南文化和客家文化的影响，因此有着"十甲不同族，隔河不同雨"的说法。

文江镇朱坂村每五年都会在农历正月初一到清明节举行隆重的戏会，最热烈的场面莫过于这个乡村的作场戏剧团的演出，古老的戏台上，老艺人的曲调激越高昂。2011年，福建省艺术研究院研究员叶明生第一次来到大田朱坂村看作场戏。据叶明生回忆，第一次看到作场戏感到非常兴奋。大田杂剧作场戏保留了许多南方古杂剧的主要特征，其音乐唱腔原始，化妆与面具并用，体现了杂剧艺术形态初始样貌。场上"啰嗹队"全场伴唱"啰哩嗹"，都是古杂剧形式的遗存。

随着戏曲研究专家调研的展开，大田朱坂村作场戏的神秘面纱被徐徐揭开，大田久远的历史展现于世人面前。

据县志记载，大田是福建重要的矿产地，宋元时期，采矿冶炼之风已相当盛行，采炼矿种有铁、铜、石灰石等，被誉为"闽中宝库"。矿产的开采促进了大田的发展和进步。明嘉靖十四年（1535），朝廷析周边四县之地建大田县。"九山半水半分田"的大田，采矿冶炼活动的兴盛，带来了不同文化的融合。作场戏的产生可能与采矿产生的人口迁徙及文化融合有关。

作场戏唱词以本地方言演唱，如"田大熟，表字满仓""人来人看人欢喜，来时平安，回时清吉"等。这些从未改变的方言唱词，表达了古往今来大田乡民对美好生活的向往。叶明生发现，作场戏戏文优雅，大量引用唐诗宋词，可以看出历史上大田人的深厚文化底蕴。

大田作场戏因其独特的文化价值和历史价值，填补了中国杂剧、南戏史研究的空白，更向世人展现了大田人生生不息的历史。

神秘的面具演绎着一部民族融合的历史，高亢萦回的唱腔记录着大田人的质朴与汇融，让这座群山环绕的"岩城"延展出了悠远宽广的文化意蕴。

二

2017年，中共大田县委党校副校长郭立新接到一个任务，搜集整理元代学者郭居敬的史料，以丰富居敬书院展品内容。位于大田广平镇的居敬书院，是曾居于此的元代名儒郭居敬教书育人之地。

元代时，郭居敬将中国流传深远的虞舜以下至宋代的孝子孝行故事进行增删，配以图画和五言绝句，编成《全相二十四孝诗选》。书中故事通俗易懂、情节感人，诗句朗朗上口，成为普及孝道的通俗读物。鲁迅在《朝花夕拾·二十四孝图》里描述道："这虽然不过薄薄的一本书，……那里面的故事，似乎是谁都知道的；便是不识字的人，例如阿长，也只要一看图画便能够滔滔地讲出这一段的事迹。"

他的人生经历史料记载甚少。据《大田县志》记载："郭居敬字仪祖，四十五都广平人，博学好吟咏，不尚富丽，……性至孝，事亲左右承顺，备得其欢心，居丧哀毁尽礼。"透过文字，依然可见郭居敬博学笃孝的品质。他的品学为当时世人所推崇，得到名士虞集、欧阳玄的举荐。但他力辞不就，终生隐居于当地担任乡村教师。他结合自己教书实践的经验，根据传统对孩童蒙学的要求，编写出了《全相二十四孝诗选》。

在郭立新看来，《全相二十四孝诗选》之所以流行是因为在中国的传统文化里，从帝王将相到平民百姓都把"孝"当作立身的根本。《全相二十四孝诗选》最大的特色在于虽然只有24个小故事，涵盖面却十分广泛且时间跨度大，为各式各样的人树立了孝行榜样，各行各业都能从中找到自己效法的对象。

"唱目怜"是数百年来大田乡村流传下来一种弘扬孝道的民间盲人说唱艺术。相传，当年郭居敬同情当地盲人的谋生之难，将《二十四孝》故事改编为24首七言十六句的民间歌谣，既使盲人有谋生之技，又弘扬了孝道。

明洪武元年（1368），在郭居敬去世14年后，存世最早的《全相二十四孝诗选》版本刊行出版，因此这本书被广为流传，成为数百年来儿童启蒙教育的教材。

在郭居敬所处的时代，大田已有数间较大规模的书院。当地耕读传统深厚，私塾教育兴盛。居敬书院就是当年的明堂，即是郭居敬当年"授训童蒙"、传播孝道的场所，而一批批孝子忠士也从这里不断走出。

为弘扬孝道文化，大田县每年在全县中小学生中评选出"十佳小孝星"，并将"小孝星"们感人的孝行编入《孝满岩城》刊物，作为学校课外读物。

如今，孝道已经成为中华民族传统美德的精髓，成为人们自觉遵守的日常行为规范。孝德传芳的星火在大田这片土地上薪火相传。时光的流逝并没有让这片星光黯淡，反而更加璀璨夺目，光耀千秋。

三

大田素有"九山半水半分田"之称，多山的地理环境，导致这里自古以来匪患猖獗，当地先民为抗击匪寇，修筑了土堡这种防御性建筑。大田土堡始于宋元，盛行于明清，一直到民国时期，仍有零星建造。如今，大田土堡尚存近百座，主要分布于戴云山脉西侧。

2009年，大田土堡群被列为第三次全国文物普查中的重要新发现。对大田土堡群持续关注了30多年的大田县博物馆馆长陈其忠，一直对土堡的形态进行研究。

陈其忠发现，土堡和土楼最大的区别在于土堡的堡墙与居住区是两个分隔的区域，墙倒楼倒的也是土楼，而土堡靠墙通常有一条跑马道，跑马道的内侧才是居住区。

位于均溪镇许思坑村的芳联堡，是大田土堡群中规模最大的一座，由清代张氏父子建成。

前方后圆的芳联堡占地约3000平方米。三合土抹面的堡墙，有着大田土堡群中与众不同的双重外凸碉式角楼。它是一座府第式堡垒建筑，平面呈箕形，其建筑设计以中轴线为基准，对称分布，建筑高度随地势逐级而上，势如飞凤张翼。

桃源镇东坂村山高林深，四周碧绿掩映，矗立其中的一座不规则半圆形土堡叫作安良堡。在陈其忠眼里，它是大田土堡群里建筑最有特色的一座土堡。安良堡前后共由32栋组成，从上而下像鱼鳞似的重叠着。这是山民们为了防卫盗匪的骚扰，按照中原的传统建筑艺术营造的防御性营垒住居。陈其忠发现，当时的营造顺序很特别。安良堡先建前楼再建后楼，使得依山而建的它从内挖出土方却不用反复搬运，这样既省工，又减少了后方紧迫的山势，这一大胆的施工方法和精湛的工艺令人赞叹。安良堡的墙体异常坚固，工匠在夯墙时用石灰、糯米汤做黏合剂，并以当地特产毛竹和杉木条做筋骨，以此来增加墙与墙之间的拉力。同时，安良堡还采用堡间吊柱来增大空间，左右扶厝显得错落有致，是大田土堡的代表作之一。

陈其忠认为堡墙外的木桩很特别。从目前的资料看，这些木桩有三个作用：一是威慑作用，二是稳定墙体作用，三是为以后可能建造吊楼而预留的墙梁架。

在大田大地上，还散落着各式各样的土堡，都具有坚固的防御力和可居性，与当地秀美的山川，构成一幅幅巧夺天工的画卷。它们建造的初始定位是防御性建筑，但实际建设中却富有变化，无论是布局、结构，还是通风、排水等都十分科学合理，展现出中华民族古老建筑传统中的精髓。

大田土堡不仅凝聚了大田人古老的生存智慧，也见证了大田人的历史。历经数百年风雨沧桑，在新的时代依然精彩纷呈，成为大田当之无愧的文化地标。

四

2017年7月7日，是"七七事迹"爆发80周年纪念日，这一天，位于大田县均溪镇玉田村的"第二集美学村"旧址热闹非凡，来自十余所著名高校的师生同日造访此地。抗战时期，集美的三所学校由厦门内迁大田，师生们与玉田村村民结下了血浓于水的情谊，并在这里培养了众多人才，被誉为"福建的西南联大"。

福建省大田第一中学退休教师范立洋的父亲范鸿声当年就在大田"第二集美学村"读书，他曾接待过多批回访的老校友。受父亲的影响，范立洋多年就前开始收集整理这段历史。

20世纪20年代开始，秉持着兴学报国的理念，伟大爱国学者陈嘉庚先生先后在厦门集美开办十多所学校和教育机构。1923年，孙中山批准"承认集美为中国永久和平学村"，"集美学村"之名由此而来。

1937年，全面抗战爆发。厦门成了抗战前线，敌机不时的轰炸，使集美学村师生危在旦夕。为了保存民族教育血脉，集美三所高级职业学校决定内迁大田，14个班的614名学生在老师的带领下来到大田县城。之后三校合并，省政府定校名为福建省私立集美职业学校，简称集美职校。

然而，在大田县城办学不久后，日寇开始轮番轰炸大田，导致集美职校文庙校舍损失严重。学校的处境引起了大田民众的关注。距离县城约1000米的玉田村，背靠森林茂密的仙亭山，是办学的最佳地点。深明大义的玉田乡亲慷慨腾出了宗祠、民居、庙宇等43处设施，安置了流离失所的集美师生。

玉田村民将家族的祠堂腾出来作为学生的校舍，停止祭祖活动，把祠堂门口的风水池填平做了操场。在那段特殊的岁月里，集美师生与大田人民结下了鱼水深情。战争最困难时，开明士绅也打开粮仓送粮，出手支援。

1940年，积极投身于抗日救国斗争的大田籍共产党人林其蓁，在狱中英勇就义，年仅21岁。在林其蓁烈士事迹的感召下，集美职校师生们掀起了新一轮的抗日热潮。同年，陈嘉庚率领"南洋华侨慰问团"回国慰问抗战将士并专程视察集美职校。在欢迎大会上，陈嘉庚慷慨陈词，发表了《有枝才有花，有国才有家》的演讲，让集美职校师生看到了未来。在"一寸山河一寸血，十万青年十万军"的从军号召下，从1944年起，集美职校共有200多位师生报名参加"中国远征军"。

集美职校从1939年1月迁入大田县到迁回原址，一共历时8年。正是大田人民无私的帮助，集美职校得以保存力量、持续发展，而集美职校正是今天集美大学的前身。

悠悠的仙亭山作为抗战历史的见证者，以宽广的胸怀接纳了远道而来的莘莘学子。集美高级水产航海职业学校（现厦门海洋职业技术学院），是抗战时期中国唯一没有停招学生的航海学校。它因地制宜，创造了"船舶模拟避碰"和"溪河高台跳水"等教学模式，堪称世界航海教育的奇迹。

抗战岁月，烽烟弥漫；九龙河畔，书声琅琅。时光荏苒，大田古城始终秉持的文教兴邦、履仁蹈义的优良传统，已成为大田人所崇尚和坚持的城市精神。当代大田人也在这样的城市精神指引下，探索着一条属于今天的发展之路。

五

接近年终，在均溪镇玉田村范家祖祠，已经制作了几十年板灯龙的范初庆开始忙碌起来，他要为来年元宵节的庆典制作龙头。

每年的新春时节，大田往往万人空巷，热闹非凡，各村的舞龙队员身着盛装，于无数人的随行关注下，手举板灯龙在村落中穿梭游走。这便是当地的特色民俗活动——大田板灯龙。

板灯龙因龙珠、龙头都置灯烛，龙身以木、竹材质的长板连接，故而得名。据大田范氏族谱记载，大田迎板灯龙的民俗由唐末传到此处，发展于明清，兴盛于今，至今已逾千年。"簇簇绛云红，星球滚数重。涌来人似海，游出火中龙"，清代大田知县叶振甲在《咏元宵绝句》诗里，生动描绘了当地民间春节迎龙和闹花灯的盛况。

板灯龙龙头有3米高，需要先在一块木板上用竹片、竹篾扎成龙头的形状，糊上彩纸、画上鳞纹，配上宛如铜铃的龙眼，然后在一张一翕的龙嘴上缀上彩纸铰成的龙须。龙身由一节一节硬实的灯板连缀而成，每节灯板长约两米。龙身两侧画上鳞纹或花草，而前方、后方则书写祈颂语。

舞龙队所到之处，家家户户都会放鞭炮或烟花迎接。当几条"龙"至开阔处相聚时，宛如上千条"龙"在疾走穿行，盘旋翻腾，大有呼风唤雨、翻江倒海之势，把迎龙活动推向高潮。而此时，距离均溪镇玉田村42千米外的太华镇汤泉村陈永星也开始排练傩狮舞，为正月十五的演出做准备。

流传于大田县境内的傩狮俗称"打黑狮"，历史十分悠久，是一种傩面舞与南狮表演相混合的民俗活动。扮演黑狮者手持狮状傩面，后面数人身裹由各色麻布扮饰的狮身，而头戴傩面的驯狮人则引导着狮子，与武术表演者玩耍嬉戏。大田县18个乡镇均有舞狮民俗，充分展现了大田先民对自然的敬畏，洋溢着原始、古朴的韵味。傩狮舞蹈是舞蹈和武术融合的表演形式，武术表演者踩着傩舞的节点，与黑狮嬉戏，激烈争斗，震天的吼声，让观众惊叹不已。

福建省哲学学会常务理事肖仕平认为，龙和狮都是中华文化中的图腾象征，大田板灯龙和傩狮舞历史悠久、长盛不衰，原始的民俗特点保存完好，非常难得。

元宵节夜幕降临，锣鼓喧天，大田人的笑容宛如朵朵鲜花，绽放在数千米长的板灯龙上，盛开在雄浑的傩狮舞姿上。从远古的祭祀到今天的舞蹈，大田的民俗表演穿越时空的隧道，点亮了古今悠久文化的灯火，也将当下的生活舞出了最美的姿态。

六

居于深谷山林之间的大田县，方言非常复杂，全县大体可分为前路话、后路话、闽南话、桃源话和客家话等5种，只要出门三五十里，语言就不通了。60多年前，大田就开始了普通话推广，陈进四老师取得了很大的成绩。

"'推普'工作创奇迹，红旗永飘戴云山"，这句20世纪50年代流传在大田的民谣，正是当时推广普通话的写照。20世纪50年代，大田县兴办1000多所民校，组织全县90%青壮年参加学习，掀起了万人教、万人学的推广普通话热潮。1958年《红旗》杂志第4期发表《福建一个乡的奇迹》，报道大田县吴山乡普及普通话的事迹。陈进四作为推广普通话的先锋，受到周恩来总理的接见。大田成了推广普通话的全国先进县。

随着普通话的推广，在原本方言繁杂的大田，人们的交流变得顺畅。当地政府以此推动文旅产业的发展，而星罗棋布于山岭间的土堡是当之无愧的重头戏。

为了撰写一部系统介绍家乡地方文化旅游的著作，中国散文家协会会员林生钟再一次来到大田古堡，探寻大田的文化脉络。一直以来，大田土堡群被众多专家学者定性为闽中文化的标志性建筑。因此，如何利用大田土堡资源，成为探寻大田当代发展之路的当务之急。

大田土堡历史文化丰富，但土堡散落大田各地，最远的距离相差一两个小时车程，这对发展大田土堡文化旅游业是个挑战。大田县在保护土堡主体结构和面貌前提下，对古堡进行开发利用，将大山土堡与众不同的特色呈现于世人面前。

安良堡所在的东坂畲族村改造了安良堡周边环境，修建了水上木栈道，并增加了仿土堡式民宿、茶屋、休闲驿站等观光旅游设施。古堡民宿旅游让游客流连忘返，大田古堡也得以重焕生机。2015年，东坂畲族村获评"中国少数民族特色村寨"。

如今，大田县内乡村旅游景点游人如织。古村、古寨、古桥令游客们目不暇接，一幅幅古老的乡土画卷，在生态与文化的结合中走上了振兴之路。

悠久的历史，秀丽的山川，淳厚的乡音，丰富的民俗，大田如八闽大地的一颗星星，熠熠闪光。

结语

作场古戏在这里落地生根，生长出质朴而旺盛的艺术生命。

二十四孝从这里名扬四海，成了一代代学童的修身之本。

大田土堡，凝聚着古老的生存智慧。

板灯长龙，绽放传统的民俗韵味。

大田，在新时代的凯歌中，描绘出生态发展的蓝图。

民俗缤纷，灼灼光彩点亮千年人文之灯。

孝道启蒙，琅琅书声传诵万家含饴之乐。

纪录片《中国影像方志·福建卷·大田篇》于2022年3月17日在CCTV 10首播

大田·山地奇居（一）

引言

我国历史悠久，疆域辽阔，自然环境多种多样。在漫长的历史发展过程中，逐步形成了各地不同的民居建筑形式。这些传统的民居建筑，不仅烙印着地理环境的独特印记，也生动地反映了人与自然的关系。

于闽中戴云山脉的深山里，有两种独具特色的民居建筑——土堡和庄寨。和我们所熟知的福建土楼不同，土楼以居住为主，防御为辅；而土堡以防御为主，居住为辅；庄寨则是防御和居住并重。

那么，同样地处闽中山林叠嶂的自然环境中，为什么会出现样式各异的防御性民居建筑？本篇我们将带领大家探寻土堡和庄寨这两种截然不同的民居建筑，梳理它们诞生和发展的脉络，以及建筑和环境之间的奇妙关系。

一

大田县位于福建省中部，戴云山脉西侧，境内群山连绵，层峦叠嶂，千米以上的山峰有百余座。这里山高谷深，盆谷错落，一座座巍峨的土堡屹立于深山峡谷、山乡田野之间。虽历经数百年岁月的洗礼，这些由夯土建造的堡垒，依旧气势巍峨。

据史料记载，土堡这种民居建筑始于隋唐，盛行于明清。鼎盛时期，闽中土堡有数千座之多，且各具特色，主要集中于三明市的大田、永安、尤溪等地。作为古代一种防御性的乡土民居建筑，土堡结构奇特，形式生动活泼，被专家学者誉为"散落于高山深谷中的明珠"。

闽中土堡与土楼、庄寨相比较，土堡的历史最为久远。土堡的建筑风格、构筑体系独特，整体保存良好，同时，闽中土堡群展现出高超的建筑艺术，且作为防御性民居建筑，堪称我国古代村落建筑的孑遗之作。

大田山地众多，而盆谷、平原面积狭小，自古就有"九山半水半分田"之说。由于农田稀少，大田先民对赖以为生的耕田极其珍视。至今，在大田当地仍流传着"仙人犁田"的故事，传说有一位五谷大仙云游至此，见到高山之上一片荒废的平地，觉得非常可惜，便留在此地垦荒，种植五谷，普济众生。

"仙人犁田"的故事寓意着当地人对耕田的珍视程度。即使是高山之巅，只要有可开垦的田地，大田先民也会选择扎根于此。因此，闽中地区多见依山而建、借山势之险而建的山寨建筑。

从大田县城出发，约1小时的车程，考察组来到了石牌镇盖山村。据当地人介绍，传说中"仙人犁田"的地方，就在这一座海拔约1200米的高山之上。

考察队员们在山顶斜坡上发现了一片形状奇特的岩石，可以看到岩石以沟垄相间的形式出露，面积有数千平方米。从空中俯瞰，似铁耙耙过田地后留下的痕迹，由于并非人力可以为之，当地先民将大自然伟力形成的奇观称为"仙人犁田"。

福建省地质调查研究院高级工程师魏勇告诉队员们，盖山村的"仙人犁田"现象，实际上是因为这里有个古火山口，火山喷涌出的岩浆中含有不同的物质，坚硬的有火山集块岩、火山角砾岩，较软的有火山凝灰岩，风化剥蚀作用下，软的剥落下来，由此形成了这种火山岩地貌奇观。这里的岩石呈褐色，应该是岩石里大量的铁元素氧化所致。

考察中，队员们听到砍伐竹子的声音，循声望去，民居建筑零零散散地散落于山坳里。这些民居依山而建，地基利用当地坚硬的石块垒砌，两侧的木构厢房多为两层，院前留有空坪，外部都无围墙，也没有独立的外门楼，黑瓦黄土墙掩映于绿竹林中。

队员们发现，这些民居建筑建于深山之中，并无院落或者篱笆隔挡，门前的空坪应该是他们的生产作业区，村民介绍说，他们的建筑自古便是如此。然而，这样开放式的建筑在福建民居中却颇为少见。

此时，队员们心中有些疑惑，位于高山之上的民居，四周没有阻挡，古时更有匪寇的袭扰，像这样敞开式的民居怎么抵御危险呢？

大田县石牌镇盖山村村民解释道，山里民居都没有院子，因为山里作业主要工作就是处理竹子和木头，这些物体的外形较长，有院子反而不方便。猛兽很少会到院子来，但偶尔也有偷鸡鸭的小动物出现，像黄鼠狼大都晚上出现，村民就在灶台下挖个土坑，把鸡鸭都赶到里面去，再盖上木板。通常卧室就挨着厨房，一有动静便会知道。

难道真如村民所说的那样，这些敞开式的民居仅仅是为了方便，它们真的安全吗？

考察组继续前行，一片颇为平整的小块山间盆地出现在队员们面前，与此前见到的山间民居建筑不同，这里的建筑比较集中，耕田也被分割成一块块的。队员们注意到，出村的山路边有一个很大的黄土包。

村民告诉队员们，这个山包是村里盆地上的一个制高点，村里老人说以前这里设了一个寨门。这里是闽中到闽南的茶马古道，唐宋时期就有了。盖山村只有这一条山路可供人们进出，其他三面都是陡坡，原来土包上还有个铳楼，对面山间也有两个铳楼，面对匪寇冲击时，可以加强关卡的防御能力。

队员们来到山腰间两个铳楼的位置，铳是古代的枪械，铳楼面积较小，没有居住功能，只有防御功能。尽管面前的铳楼已经荒废，但我们依旧可以看到铳楼原本的一些设置，从观察口可以清楚看到进出山路上的情况。

大田县博物馆研究馆员陈其忠解释道，像盖山村这样依托山险、于要道口设立的防御设施，就是闽中地区的山寨特点。从采集到的陶瓷残片来看，南朝时期闽中山寨就已经出现，是闽中早期的防御性乡土建筑。

大田县以山地为主，山峰多且陡峭，先民们依托山势构建山寨，进寨的路大都是盘旋回绕的险道。盖山村三面是陡峭的深沟峡壑，一面是狭窄弯曲的山岭式通道，易守难攻。制高点上建有铳楼，扼守进寨的道路，所以居住于山寨内的居民比较安全。

陈其忠说，山寨是古时保全身家性命以及财产安全的建筑物。由于山寨一般离村庄不远且偏僻，在隐蔽性、据险性、防守性、逃生性等方面有优势，因此历史上闽中山区的山寨不乏其数。

集美大学美术与设计学院教授陈其端从小生活于大田县，对故乡的一草一木极为熟悉。

陈其端告诉队员们，他小时候就生活在梅山乡，经常跑到村边的山上玩。村里老人讲，这里就是以前遭遇土匪时用来避祸的山寨，如今荒废了，只剩下一些石块遗址了。

队员们了解到，山寨建筑一般选址于相对孤立的山顶上，依托山势地形而建，这样可以瞭望到山下的村落、道路和关口等地。山寨建筑比较简单，多为平房，建筑材料基本上是就地取材。

据史料记载，山寨始建于南朝，之后的1000多年没有明显变化，而土堡始建于隋代，可以说山寨是土堡的前身。相比较而言，闽中山寨寨内建筑和设施因陋就简，因战而设，而土堡堡内建筑规矩而繁复，建筑艺术性较强；山寨建筑材料简单粗糙，而土堡用材讲究。历经岁月洗礼，山寨已逐渐衰败，目前看到的大都是遗址。

陈其端介绍，村里也有土堡，都是村里大家一起入股集资营造的，平时没有住人，每家每户一个小房间，当仓库用，存放稻谷。遇到匪寇来袭，全村村民都会躲到土堡里。

山寨和土堡，是广大民众在抗击匪寇过程中所营造的特殊防御性建筑。山寨作为土堡的前身，依托山势而建，就地取材，体现了大田先民的生存智慧。而当人们将各自的智慧与力量凝结在一起，共同构建起更为坚固精美的土堡，当地百姓的生活也就有了更为长久的安全保障。

二

通过对盖山村山寨遗址的考察，队员们发现，闽中山寨与土堡是源流关系，二者性质相似，均为防御性建筑。那么，作为山寨的进阶版，土堡的防御能力究竟如何呢？

据当地向导介绍，大田山区有一座土堡建于高岗之上，因为这个土堡形如"琵琶"，被当地人称为"琵琶堡"。据说，"琵琶堡"所处的位置和此前考察的山寨很相似，我们可以一窥闽中土堡的发展演变过程。

前往琵琶堡的路上，考察组被一阵锣鼓声所吸引。只见乡村戏台上正在上演戏剧，老艺人口中的曲调激越高昂。福建省艺术研究院研究员告诉队员们，第一次看到作场戏，他非常兴奋。大田杂剧作场戏多方面保留了南方古杂剧原生态的主要特征，常出现在宗族祭祀的仪式中，音乐唱腔十分原始，化妆与面具并存，体现了杂剧初始艺术形态样貌，场上"啰嗹队"全场伴唱"啰哩嗹"，都是古杂剧形式的遗存。

作场戏唱词以本地方言演唱，这些从未改变的方言唱词，表达出大田先民对美好生活的祈盼。作场戏戏文非常优雅，戏文大量引用唐诗宋词，可以看出大田人的深厚文化底蕴。

考察发现，大田杂剧带有明显的中原文化元素，那么，坐落于大田山岭间的古堡群，是否为古时中原移民所建呢？

大田县文化馆馆长连福石介绍，大田民俗文化丰富，与大田建县前隶属三府四县管辖有关，受到闽南文化和客家文化的相互影响，有着"十里不同俗，隔河不同雨"的说法。

专家解释道，大田作场戏是一种古老的杂剧，起源地已无从可考。相传明朝时，前来大田负责采矿炼银的官员，为了可以平安顺利地完成任务，便请来江西的民间信仰阔公神以及与之相关的戏曲加以庇护。群山环绕的大田，古时交通相对闭塞，故而作场戏得以原汁原味地保留至今。

大田作为福建重要的矿产地，宋元时期，采矿冶炼之风已相当盛行。当地采炼的矿种有铁、铜、石灰石等，被誉为"闽中宝库"。大田地层发育、构造复杂，岩浆活动频繁、强烈，成矿条件好，像煤、铁、锰、硫铁矿等总储量很大，大田矿藏的种类、储量、价值等居福建前列。

据《大田县志》记载："宋代，境内已采矿炼铁。元朝，仕坑采石烧灰名扬四邻。明朝，'徽人'徒入冶炼，采炼大增。"由此可见，"九山半水半分田"的大田，由于采矿冶炼活动的兴盛，带来了不同文化的融合。开采矿石的矿工也成了早期的大田先民。明嘉靖十四年（1535）朝廷析周边四县之地建大田县。

神秘的面具，高亢萦回的唱腔，仿佛在诉说着大田先民因地制宜和艰苦创业的历史。大自然的馈赠，让生活于此的先民对民居建筑有了更高的需求。

向导介绍，闽中早期土堡大都距离矿场不远。考察队员们跟随向导，穿过村庄，沿着"之"字形的小路前行10分钟左右，一座黄褐色的雄伟建筑出现于前方山巅之上。

队员们脚下是通往前方土堡唯一的一条路，其他三面都是陡坡。这条路呈"之"字形，好处就是从土堡的斗形窗可以清楚观察到进堡人员的具体情况，这样的营造理念与山寨的设计一脉相承。

琵琶堡建于群山中的一座孤峰之上，就像是一个巨大的琵琶镶嵌在山岭之间，任凭"风雨弹奏"。环绕土堡的层层梯田，则像是它弹奏出的天籁之音。

队员们发现，琵琶堡外观之所以呈不规则的圆形，是因为土堡选址于山岗之上，完全根据山岗自身形状修建。土堡堡墙底部为石头垒砌，上部为黄褐色土坯筑成，加之山岗的高度，整个土堡气势恢宏。而堡墙上数量众多的斗形窗和射击孔，显示出比之前的山寨更为完善的防御系统。

据当地人介绍，像琵琶堡这样异形的土堡是闽中土堡中较为罕见的堡墙造型，琵琶堡堡墙用黄色生土夯筑而成，看上去亮晶晶的是石英沙粒，整个堡墙高达9米，非常坚固。

据考察发现，山寨与早期土堡都营造于山势险绝之地，利用天然山体优势增强防御力量。但琵琶堡所处的位置在此之前未曾营造过山寨，这是因为山寨建筑多为单层建筑且所需场地颇大；而琵琶堡所处之地虽陡峭，但只有一个山包，占地面积不大，建设土堡大小相宜。

队员们看到，整个琵琶堡仅有一座小门可以进入，大门采用双木门的设计，用材是非常厚实的硬杂木。石质拱券顶门洞上有两处注水孔，遭遇匪寇侵袭时，滚烫的热水、热油从注水孔往下倒，可以起到防御和消防的作用。大门通常都是土堡防御的薄弱环节，这足以见得琵琶堡主人对大门防御的考虑十分周详。

坚固的堡墙内部以木构建筑为主，环绕着堡墙内侧的是一条颇具规模的跑马道。

琵琶堡主体占地约1000平方米，这条跑马道是土堡主要通道，2.2米宽，这条跑马道上有廊形屋面加遮护，外檐出挑，显示出琵琶堡主人对这条跑马道的重视，上面的遮护阻挡了风雨的侵蚀，延长了跑马道以及堡墙的使用年限，堡墙上建有瞭望窗、射击孔，可由此观察外部环境，并展开攻击。

琵琶堡内只有中间的两层阁楼有10多个房间，用以提供居住功能的房屋似乎并不多。在此前的考察中，我们了解到山寨的出现单纯是为了防御，那么结构和功能都更完善的土堡是否居防一体了呢？

大田县建设镇建国村村民告诉队员们，他们平时没有住到琵琶堡里，这是因为干农活需要的场地比较大，而堡里空间太小，距离比较远，各方面都不方便。

在与村民的交流中，我们了解到，琵琶堡是建设镇建国村游氏族人集资建造，平时并无人居住于此，遭遇匪寇袭扰时，村中族人会到琵琶堡避祸。于琵琶堡的后院可以看到仓库，不远处还有灶台和一口废弃的水井，这些都是紧急情况下所需的食物和淡水保障。

日常生产区和紧急情况下防御区之间的关系，决定了土堡地位基本建筑形态。大田"九山半水半分田"，耕地显得尤为珍贵，建设土堡不能占用田地；同时，土堡建设用地面积不大，要选择易守难攻的险要之地，才能护卫一个村庄的安全，占据地势之利的陡坡和山岗是最佳选择。

队员们见到琵琶堡不远处有一条溪流，在半山腰处跌宕而下，形成宽约数米、高约20米的瀑布，水声激昂喧哗，宛如"大珠小珠落玉盘"的琵琶急奏曲，让人意犹未尽。

福州大学建筑设计学院李建军教授说，琵琶堡营造年代早，距今已有600多年历史，琵琶堡依山势而建，从选址上我们可以看出与闽中山寨的选址原则基本相同，都选择有天险之地，以方便出入口的管理。从历史的沿革来看，山寨应该是土堡的前身，琵琶堡是闽中土堡建筑中山岗型的典型代表。

大田成矿条件好，矿藏资源丰富，早期的先民大都在矿场及周边作业、生活，获取财富，同时营造防御性民居建筑于周边高岗山坡上守护家园，而强大的宗族力量则是营造早期土堡的重要力量。

考察中，常常见到许多土堡矗立于高山深谷间，黄褐色的堡墙、黑灰色的瓦片与闽中山水融为一体，这是与乡土民居环境和谐共生的贴切写照。

作为闽中先民繁衍生息的安居所在，土堡不仅仅许以一处栖身之地，更是将一抹乡愁镌刻在这坚固、温暖、充满生气的古老建筑里。

三

专家告诉队员们，由于营造山寨对山势和地形要求比较高，历史上，有些山寨距离村庄很远，防御的效果并不佳；而土堡通过建造高大的堡墙和坚固的防御设施构建防御能力，与山寨相比，土堡内部多为两层或三层结构，占地面积不大，所以，明清时期，闽中土堡大量出现。

考察中，队员们发现，土堡的堡墙通常下层为石头，上层为土坯。土坯最怕潮湿天气，而在气候温暖适中、雨量充沛的闽中地区，闽中土堡却历经数百年不倒，智慧的匠人是如何做到的呢？据说，这土堡的"土"很不一般。接下来，考察组将去探寻更多闽中土堡背后的故事。

大田·山地奇居（二）

引言

在我国北方的农村地区，有不少用泥土建造的传统民居。泥土作为建筑原材料，造价低廉，而且适合北方相对干燥的气候环境。但是，在降水丰沛的东南沿海地区，温暖潮湿的环境显然不利于泥土房屋的保存。然而，就在我国福建省，至今仍留存着大量土堡建筑。这些土堡历经数百年风雨，依然巍峨、坚固，更有着极强的防御能力。

此前，我们于闽中山区的大田县了解到古堡这种防御性民居建筑，经历了从山寨到土堡的演变过程。选址也从险要的山岗、陡坡发展到稻田和河滩附近，那么，在南方潮湿多雨的环境中，用泥土建造的土堡如何经久不毁呢？当地人告诉我们，这土堡用的土不简单。

一

大田县位于福建省的腹心地带，戴云山脉西侧。境内群山连绵，层峦叠嶂，整个地貌多山地和丘陵，平原面积狭小。

据文物普查发现，数千年前大田境内已有先民于此聚居耕耘，繁衍生息。山高谷深、交通不畅的地理环境造就了闭塞的生存空间。

福建省地质调查研究院高级工程师魏勇介绍，整个大田基本上是"九山半水半分田"，地形属于山区丘陵地带，山峦蜿蜒，高峰峻立，沟涧密布，是福建的闽江、九龙江、晋江三大水系支流的发源地之一。这些地貌特征导致当地交通非常闭塞，这也是古时盗匪形成的重要原因。

大田地层发育构造复杂，成矿条件良好，是福建重要的矿产地。宋元时期，这里的采矿冶炼之风已相当盛行，被誉为"闽中宝库"。矿场的开采促进了当地经济的发展，使得大田先民生活富足，然而却引来了匪盗垂涎。为了应对匪盗的侵袭，当地出现了一种以防御为主、居住为辅的民居建筑形态——土堡。

大田县博物馆研究馆员陈其忠说，早期的闽中土堡，大都以村庄为单位，宗族集资建房，故而土堡的选址都是村庄至为重要的地方，例如大道边，可以扼守要道；或者村头水尾，占据制高点，选址的原则是以守护村庄的整体利益为原则。

作为山寨的进阶版建筑形态，土堡用材讲究，较之山寨更为精美、坚固。在防御功能的设计上，大田土堡十分重视选址和堡墙的建造。然而，大田土堡中却有相当一部分是建造在谷地水稻田和河滩之上，并不符合闽地民居"靠山、向阳、面水"的选址原则，这样独特的选址蕴含着建造者怎样的考量？而在多雨潮湿的南方，采用泥土作为原材料修建土堡，又该如何保证堡墙的稳固呢？

从大田县城出发，约一个半小时的车程，考察组来到了广平镇栋仁村，闽中土堡中较少见的圆形土堡——潭城堡就坐落于此。

潭城堡建于河道一侧，圆形的堡墙边矗立着一座碉楼。堡墙的墙基由1米多高的石块垒砌而成，上面是数米高的黄褐色土坯。古朴、雄浑的堡墙透露着历史的沧桑。

村民介绍道，之所以叫潭城堡，是因为堡主人想让匪寇进攻土堡时陷入深潭之中，另外，字面意思为水潭中的城堡，也让人对土堡产生敬畏。

大田的土堡选址讲究，依山就势，例如明代建于山岗上的琵琶堡和清代建于山坡上的安良堡。然而，潭城堡却选择建于河滩之上，而且还将土堡修建成不同寻常的圆形。

陈其忠告诉队员们，这里以前没有水泥路，都是淤泥滩涂，这条铭溪呈半圆形流经这里，规模很大，潭城堡建为圆形，应该与铭溪河道的形状有关，同时两侧各有一个较深的水潭，溪流成为潭城堡天然的护城河，增强了土堡的防御功能。

队员们发现，潭城堡正大门的进出口很有特色，一共有三道门，都是非常厚实的木门，可以发现两门之间的拱形券顶上有两个注水孔，这个注水孔可以注入热水用来消防或者御敌。大门通常来说是土堡防御的薄弱环节，由此可见，潭城堡主人对防御十分重视。

更为特别的是，潭城堡有两个出口。其中一个出口设计与土堡常见的进出口明显不同，人们需要搭梯子才能上去，而且只有弯着腰才能进出。

陈其忠说，另一个门的阶梯很高，是因为这个门平时并不常用，只有第一个门被堵住了，才启用这个门逃生或者报信。潭城堡三面环水，建于河滩之上，这个门的后面就是河道。

危险来临时，门后的河道便成为方便逃生或报信的救生通道。然而，万一雨季来临，河水暴涨，这用来救命的河道是否会给土堡带来安全隐患呢？

据当地村民介绍，2014年7月24日，潭城堡边上的水位突然上涨，但当晚就退了，对潭城堡没有太大影响。

专家告诉队员们，潭城堡所处的河滩位于溪流上游，土堡被淹的情形应该是非常罕见的。土堡地势高，泄洪能力强，同时1米多高的石块墙基挡住了山洪的冲击，故而洪水对土堡影响不大。

看来，洪水难以对土堡造成致命的威胁，那么，于河滩淤泥之上建造土堡地基，又会对土堡整体造成怎样的影响呢？专家提示队员们可以到潭城堡跑马道去考察一番。

队员们看到这里的跑马道很宽敞，宽度几乎超过其他土堡中的跑马道一倍多，有3.3米宽，再加上斗形窗这堵墙的厚度，潭城堡一二层的堡墙厚度接近4米，异常厚实。

陈其忠说，潭城堡建于河滩之上，建造时首先要在淤泥里用松木打梅花桩，然后再打2米左右的地基，设计者加宽加厚堡墙，主要是为了增加承压的面积，解决堡墙的整体沉降的问题。

大田当地的耕地资源十分稀缺，大田先民在修建土堡时，尽可能不占用耕地，而是选择将土堡建造在水稻田周边或者河滩淤泥之上。

考察中，队员们发现，潭城堡跑马道上每隔数米都有一根粗木横于土道上，这在此前对闽中土堡跑马道的考察中，从未见到过。

陈其忠告诉队员们，潭城堡跑马道上，可以看到有粗壮的长木横过跑马道，于木柱榫卯结合处突起，这主要是因为这里原先有两层的悬屋。像这样的悬屋，整个潭城堡有60多间，这些横木就是起到受力支撑的作用，横木的榫卯结构是让整个屋檐受力，而不是堡墙承重，这就是支点，简单来说，悬屋的设计减轻了堡墙的整体承重。

所谓悬屋是指悬空的房屋，没有地面一层，支撑房屋的力量除了地面的立柱外，其他支撑点来自侧面横木，这样的设计是出于何种目的呢？专家解释道，一方面，通过力学原理减轻建于河滩淤泥之上的潭城堡堡墙承压；另一方面，潭城堡建筑为圆形，悬屋的营造充分利用了堡内空间，而宽敞的跑马道也增加了悬屋住户的活动和生产空间。

考察组回到一楼继续考察堡内细节，队员们发现，潭城堡堡墙石块垒砌上方的土坯墙上附着一些黑色物质，大约有1米高，超出这个高度，就渐渐消失了。这究竟是什么呢？

队员们发现，潭城堡石基上端的土坯墙上周边一圈都有黑色的痕迹，初看上去，像是堡内居民使用灶台时产生的烟灰熏黑的，但很快队员们就否定了这个想法，为什么呢？这是因为土堡内多为木构建筑，灶台设置是很谨慎的，不可能围绕着堡墙一圈都是灶台。那么会不会是油漆呢？用手摸上去并没有油漆的质感，况且油漆是浮于表面的，而这些物质已经渗透到石头中。

这些黑色物质究竟是什么？一同考察的福建省地质调查研究院魏勇给出了答案。

土堡营造土坯墙所用的土都是就地取材，黑色的部分就是土壤中含有铁锰物质，受到温度、空气、水分的作用，土坯墙外部出现氧化现象。墙上的40到60厘米宽的黑色带状应该与土堡的堡墙制作工艺有关。专家告诉队员们，大田先民营造堡墙时常常将采矿废弃的矿渣掺到泥土里。

那么，土堡使用的泥土里掺杂一些矿物质，是否是土堡坚固稳定的主要原因呢？同为防御性民居建筑，土堡的土和土楼的土有哪些不同呢？专家建议大家前往周边其他土堡考察一番。

路上，山道边出现的几个土洞吸引了考察队员们的注意。

这是坪山乡的山道边，队员们见到3个土洞，这3个土洞间隔5米左右，进口宽约1.5米、高约1.5米、深约3米，土洞里没有木柱等支撑物。中间的土洞会小点，另一个土洞则与这个土洞面积相当。从土洞里的痕迹以及洞壁上附着的青苔来看，土洞应该有些年头了，从土洞门口把门的植物来看，这个土洞应该也有一段时间没有使用了，隔壁两个土洞也是如此。

在村民的带领下，队员们来到了村民住宅旁的一个土洞。借助光线，队员们看到这座土洞内部的规模，明显比之前所见到的要大许多，而且这座土洞洞壁上并没有青苔，且黄土的印迹清晰，仿佛昨天才建成。

大田县坪山乡杨梅村村民告诉队员们，这样的土洞，这里家家户户都有，这间土洞已有300多年历史，这是因为边上的木房子已建300余年，村民建房子的时候会跟着一起建造土洞。

这里的土洞又叫地瓜洞，地瓜是这里重要的粮食，牲口也是要吃的，霜降以后收的地瓜都放在这里。

土洞冬暖夏凉，夏天气候炎热的时候，村民就到土洞来睡觉。夏天吃酒席的食物也拿到土洞里存放，以前没有冰箱，村民们就将食物放在这里保存。

队员们发现土洞虽然装了门框，却没有安装木门，而是用几块门板来代替，每块门板上还有编号。

村民说，土洞大门不是一扇门，而是用一块块板搭起来，这样更方便透气。

看来，队员们之前见到的3个路边土洞，很可能是因为修路的原因被村民废弃，而洞壁上的青苔则是因为与外部环境缺少阻隔，加上气候潮湿所导致的。但村民说，这里下再大的雨，土洞也不会滴水，就像前一段时间刮台风下大雨也没有影响，我印象里没有见到局部崩塌的现象。

用泥土建房屋，在北方可以说是司空见惯，不过地处中亚热带季风气候的大田，雨量丰沛，气候温暖，出现类似北方的窑洞的居住形态，实属罕见。那么，这里的泥土究竟有着怎样的独特之处呢？

魏勇解释道，这种土壤颗粒比较细，我们之前做了分析，大田土壤中所含的胶结物成分明显高于其他地区。土壤成分中二氧化硅含量低，二氧化二铁含量高，是真正的高强度黏土，这样的黏土能起到隔水、防潮、保温功能，大田以及周边地区山高林密，这样的土壤遍布。建造高大的土堡，高黏度土壤必不可少。

专家告诉队员们，像这样黏度很高的土壤，整个闽中地区都较为常见，但是大田地区，大量富含矿物质的土壤使得土堡堡墙黏度高且更为坚固，同时采矿业的发展增加了先民对土堡的需求，这也是大田出现大量土堡这一特色民居建筑的主要原因。

二

通过对潭城堡及其周边的土壤考察，队员们对闽中土堡的建筑材料有了了解，考察组开始关注土堡的内部结构。潭城堡圆形的构造和福建土楼有些接近，然而，内部的结构却不同，举个例子，潭城堡设置了碉楼、数量众多的斗型窗、射击孔和堡内跑马道，这些设计都是土楼所不具备的，这说明土楼主要用于居住，而土堡以防御为主、居住为辅，那么，土堡为什么要如此设计？闽中地区的其他土堡都是这样吗？

考察组来到尤溪县梅仙镇汶潭村，一座土堡赫然出现在众人眼前。构筑于山间台地之上的莲花堡，四周环绕着一条巨大壕沟。

大田潭城堡建于河道边，宽阔溪面天然成为土堡的护城河，尤溪莲花堡则是人工挖了一个环堡墙的壕沟，这条壕沟约7米宽，里面都是淤泥，遍种荷花，这里既可以赏花又可以取藕，还能起到防御的作用，一举三得。

尤溪县梅仙镇汶潭村村民告诉队员们，原先这里没有通道，而是设置人工吊桥，夜晚或匪寇来袭时，村民们会把吊桥升起，有环堡护壕的阻隔，来敌很难靠近土堡。

建于清康熙年间的莲花堡占地总面积4000多平方米，这么大的土堡于闽中地区并不多见，它精巧的防御设计也区别于一般的土堡。

闽中土堡堡墙通常是封闭式，上面设置斗形窗和射击孔，但莲花堡的堡墙上却设置了垛口，这样的垛口整个莲花堡一共有34个，每个垛口宽40厘米，这样的垛口设计在闽中土堡中很少见。可能是因为外围已经设置了7米宽的壕沟，防御能力大幅增强，而垛口可以更直观地观察墙外敌情，进行安全巡视、及时打击匪寇。

考察中，队员们发现，整座莲花堡中间是一个面积颇大的广场，广场中间只有一口深约4米的水井。除此之外，只在土堡一侧修建了七开间的二层木构建筑，作为商议族中大事和祭祀的场所，还有一部分作仓储之用。

如此规模的土堡却只建造了少量房间，反而留出大面积的空地，颇有些令人不解。

然而，向导告诉队员们，像这样的堡内设计，大田的凤阳堡更显夸张。

远远望去，凤阳堡巍峨壮观，大门门额为青石构筑，向人们传递出其悠久的历史。

建于清乾隆年间的凤阳堡，距今已有200多年历史，占地面积达2200多平方米。来到凤阳堡，我们感到非常宽敞，仔细观察后，我们发现这里除了堡墙里的跑马道外，周围三面都没有建筑，只有我左手边有一排二层建筑，中间的广场也没有建筑，只剩一口古井。当地的村民告诉我们，凤阳堡建造之初就是如此，这与我们通常见到四周都是木构建筑、中间设厅堂的设计完全不同，这种设计在闽中土堡中也是十分罕见的。

偌大的堡内核心位置留出巨大的空地，这是很多闽中土堡的结构布局。这究竟是为何呢？

大田县博物馆研究馆员陈其忠告诉队员们，平时没有人住在土堡里，只有土匪侵袭的时候，才用来紧急避祸。为了可以多容纳一些村民，就没有多建房子，只有一口水井，还有一个伙房，这里的二层楼，一楼是专门寄管牛羊的场所，二楼则是堆放谷物和其他物资的场所。

原来，闽中早期的土堡通常都是宗族所建，即便土堡面积很大，但分到每家每户的面积却很小。而且，古时闽中先民多以田间务农或是山上伐木取竹为营生，大都需要较大的加工场所和活动空间，所以，人们会将分配到的土堡中的房屋作为仓库，只有匪寇来袭时才会暂时来此避祸。

考察中队员们发现阁楼二层的房间门口有一挂牌写着：集美师生抗战内迁投宿点。这张小小的挂牌背后竟尘封着一段发生在大田的峥嵘往事。

1937年，抗日战争全面爆发。厦门被日寇轰炸，由陈嘉庚先生在集美创办的多所学校师生危在旦夕。为了保存民族教育血脉，集美三所高级职业学校决定内迁大田，614名学生在老师带领下前往大田县城。

集美大学美术与设计学院教授陈其端告诉队员们，之所以选择到大田，应该说，除了看好大田深居闽中腹地、物产丰富外,更看好这里民风淳朴、尊师重教的优良传统。当几百位集美师生路过济阳乡时,他们利用凤阳堡广场的大空间稍做歇息。

集美师生离开凤阳堡后,便来到大田县城办学。不料日寇轮番轰炸大田,学校的处境引起了大田民众的热切关注。均溪镇玉田村的乡亲们慷慨腾出了宗祠、民居、庙宇等场地,安置了流离失所的集美师生。

当地村民将家族的祠堂腾出作为学生的校舍,把祠堂门口的风水池填埋起来做操场,还把村里的土堡让给学生们居住。

萃秀堂见证了这段波澜壮阔的历史。萃秀堂堡墙上斑驳的土坯向人们述说着沧桑往事,智慧的大田先民充分利用大自然的慷慨馈赠,就地取材,充分利用废弃的矿物质石块、矿渣、高黏度的土壤,因地制宜地将土堡修建得更加坚固,家园的一方平安也就在土堡的守护之中得以实现。

巍峨的闽中土堡作为抗战历史的见证者,以宽广的胸怀,接纳了远道而来的莘莘学子。时光荏苒,古民居里的人们始终秉持着文教兴邦、蹈仁履义的优秀传统,这正是闽中先民所崇尚和坚持的精神。

三

散落于高山谷地的土堡处处体现着当年建造者的智慧与巧思。透过这些独具特色的民居建筑,依稀可见闽中先民于"九山半水半分田"环境中求生存、谋发展的过程中坚韧不拔的身影。

闽中地貌以山地丘陵为主,高山深涧,交通闭塞,古时土匪肆虐,先民们营造土堡守护家园。明清时期是土堡建设的高峰期,也是闽中土堡群的高光时刻,规模宏大、精心设计、防御力强大的背后是先民的智慧。

土堡选址是闽中先民面对特殊地貌时做出的选择,那么,这一时期土堡又将呈现出怎样与自然融合的营造智慧呢?

大田·山地奇居（三）

引言

闽中戴云山脉的高山深谷中，孕育出了我国传统建筑的瑰宝——土堡。始于宋元时期的土堡建筑，在明清时期达到全盛，历史上闽中地区共有大大小小的土堡数千座。考察组走进建于全盛时期的闽中土堡，去看看这些土堡的选址和防御能力究竟如何？它们又是如何成为中华传统民居中的一个传奇呢？

一

大田县位于福建省中部，戴云山脉西侧，境内群山连绵，层峦叠嶂，山高谷深，盆谷错落，千米以上的山峰百余座。

地处闽中山区的大田，古时交通闭塞，加之这里矿藏资源丰富，早期生活于此的先民生活比较富庶，这也引来匪寇的垂涎，而具有防御功能的土堡就成了当地人们用以自保的"庇护所"。

大田县博物馆研究馆员陈其忠告诉队员们，土楼突出居住功能，外墙内侧是居室，而大田土堡则突出军事防御功能，墙体内侧是各种防御设施。

历史上，大田土堡数量众多，可谓是村村有堡垒。作为承担着抵御匪寇侵袭任务的民居建筑，大田土堡在历史上一次次激烈的战斗洗礼中，是否真正做到了固若金汤和守护一方平安呢？闽中土堡在防御设计上又有哪些与众不同之处呢？为了进一步考察闽中土堡的选址与防御设计之谜，考察组准备前往大田县桃源镇。

考察组此行的目的地是位于桃源镇东坂村的安良堡。历史上，安良堡曾经被匪寇多次侵袭，据说当时的战斗非常激烈，但是安良堡始终没有被攻陷过，因此也成为闽中地区颇具传奇色彩的一座土堡。那么安良堡在防御设计上到底有怎样的特别之处呢？我们到实地去看一看。

从县城出发，30多分钟的车程，考察组来到了桃源镇东坂村。这里山高林深，四周碧绿掩映。

此时，一座黄褐色的土堡呈现于队员们面前。安良堡依山而建，颇具规模。整个安良堡前方后圆，堡墙上屋脊高翘如雁阵列队。

走入堡内，只见安良堡厅堂楼阁，均依山向上逐级而建，四周的跑马道沿堡墙层层架构，形成大阶梯状，数十间房从上而下像鱼鳞状重叠，整座建筑宏伟森严。

陈其忠介绍，当时营造安良堡的方式很特别，是先建前楼再建后楼，依山而建的安良堡从堡内挖出的泥土不用反复搬运，这样既省工，又减少了后方逼迫的山势和隐患，这一大胆的省工设计方法和精湛工艺实属少有。

安良堡的堡墙异常坚固，村民告诉队员们，当年工匠夯土墙时以本地特产毛竹和杉木条做筋骨，以此来加固墙与墙之间的拉力，重要位置用石灰、糯米汤做黏合剂。堡墙是闽中土堡防御功能的重要组成部分，安良堡主人显然对此非常重视。

考察中，队员们在安良堡后院内墙上发现了数十根木桩。这些木桩水平插在内墙上，分布得比较有规律，不知作何用处。

陈其忠说，从目前的资料看，木桩有三个作用：一是起到防御的威慑作用；二是稳定墙体作用；其三，有可能是为以后建造吊楼而预留的墙梁架。

向导告诉队员们，安良堡历史上曾多次遭遇匪寇袭扰，其中最危险的一次是盘踞在深山的匪寇突然来袭，令人措手不及。村民们迅速集结到安良堡中，凭借着安良堡超乎寻常的防御能力，给了匪寇迎头痛击。

土匪遭遇迎头痛击的原因并不单纯是村民人多势众和弹药充足。安良堡独特的建筑格局对打击悍匪也起到了重要作用。安良堡中，沿跑马道逐级向上，一侧是密布射击孔的墙体，另一侧则是数十个房间，每一间都有两到三人据守，可以轮流打击敌人。

眼见突袭不成，土匪改变了策略，转而展开了对安良堡的长期围困。然而连续多日，土匪却只见到堡内每天炊烟照常升起，一切都显得泰然自若。这又是怎么回事呢？实际上为了抵御土匪的长期围困，村民们早早做好了准备。

队员们发现，村民们存放粮食的粮仓和堡内可以居住的房屋多达48间，所以说饮食起居都不在话下。接下来还有一个重要的问题就是饮水。考察组于堡内查找一番，却没有发现水井。然而，堡内遍布的水渠和水槽表明，堡内应有充足的水源，那么水又是从何而来的呢？

福建省地质调查研究院高级工程师魏勇解释，安良堡建于山腰之上，安良堡后山茂密的森林和竹林，涵养了大量的水分，这个地方地下水是很丰富的。堡内后墙的垒石缝隙较宽，中间未填夯土，这样山上土层中的水分会源源不断地渗流到安良堡中。

这种取水方式很特别，可以避免外面的土匪截流或下毒，保证了堡内饮水的安全。

安良堡凭借其卓越的防御能力，历史上多次成功抵御匪寇侵袭，守护着周边村民的财产和人身安全，在闽中山区书写了一段传奇。

考察中，队员们还发现，安良堡主人在设计时，并没有如常见的闽中土堡那样设计外凸碉楼，这又是为何呢？

专家告诉队员们，碉楼的主要功能是增强土堡大门的防御能力。从安良堡的建筑结构来看，它只有一个大门，而且大门建于石块垒砌的高台之上，同时大门口的斗形窗和射击孔也可以确保大门安然无恙，因此也就无须再增设碉楼了。

不同于安良堡没有碉楼的设计，距此20余千米之外的芳联堡，一口气设置了两重碉楼。芳联堡主人的这一设计，究竟是为土堡的防御功能加了"双保险"，还是多此一举呢？考察组决定前往芳联堡一探究竟。

占地约3000平方米的芳联堡，规模宏大。从高空鸟瞰，整个芳联堡状如箕形，势如飞凤张翼。

穿过小径，队员们果然见到了并肩而立的双重碉楼。陈其忠介绍，芳联堡是闽中土堡高峰期的代表性建筑，它是前正后圆的围屋式设计，每一角都设有双碉楼，大门在一处碉楼的下方，另一处碉楼可以观察和防御，芳联堡有3个门，都位于碉楼的防御空间下。这样的双碉楼设计，可以多方位观察外部情况，从而使其防御能力变得更强。

原先，芳联堡大门建于碉楼下方，碉楼的门本身没有防卫作用，反而成了一个防卫死角，因此需要再建一个碉楼加强对大门的防御，双重碉楼由此而来。看来芳联堡主人在土堡的防御功能设计上颇费了一番心思。

专家告诉队员们，闽中深山里散布着各式各样、大小不一的土堡。除了常规的防御设计之外，土堡主人还常常因地制宜，设计出一些特别的防御措施。

考察组前往距离芳联堡数十千米外的尤溪县台溪乡。位于台溪乡盖竹村的茂荆堡，又名盖竹堡，坐落于一座相对独立的山坡上。

茂荆堡始建于清光绪八年（1882），由当地盖竹村的陈氏四兄弟修建，堡内共有108间房。建堡时房屋主人利用高坡辟出了3个台基，落差高达数十米，这样的高落差在闽中土堡中较为少见。在土堡前，村民还利用水田的低洼处，用毛石垒砌成高而长的石阶。

这些石阶的高落差正是茂荆堡独特的防御设计。

进入堡内，队员们发现面前的木构建筑共有4层，房间众多，功能设施齐备，两侧的护盾层层叠叠，犹如凤凰展翅。

尤溪县台溪乡盖竹村村民陈思锴告诉队员们，茂荆堡里厨房很多，一部分是供住户使用，另一部分是预留给匪寇来袭时避祸的族人使用。每间厨房门下都有设鸡舍、灶前或灶后置地窖；前楼二层几乎是粮仓，且编有固定的仓号。

行走于跑马道上，队员们见到茂荆堡后院的跑马道上有一个外凸的木构设计。

原来，由于茂荆堡建于山腰之上，堡墙后院距离山体较近，这里就成了土堡的防御重点，因此后院设置了外凸角楼，安排专人值守。并用斗形窗户和射击孔增强后院的防御能力。

考察中，队员们发现，茂荆堡的位置偏僻，周边并没有见到其他民居建筑。而堡内楼道交错，通道复杂，从堡内木栅栏和石阶的磨痕来看，历史上应该有人长期于此居住生活。

村民告诉队员们，茂荆堡内楼道纵横交错，跑马道与内楼道为两个不同的体系。这是因为茂荆堡建成后，先民就居住于此，这些族人平时只是将空置的房间用来存放粮食，增加内楼道是为了方便居民日常通行。

专家解释，全盛时期的闽中土堡与早期土堡有所不同。早期土堡大都是村庄宗族集资兴建，并没有归属于某一家。而到了晚清时期，福州成为我国"五口通商"口岸之一，带动了闽中地区商品经济发展，由此也积聚了土堡建设和先民发展所需的财富，开始出现了父子、兄弟为主建造土堡的情况。主要出资人作为房屋的主人会居住在土堡中，而其他出资或出力较少的族人，则只拥有土堡里的小间房屋，这些房屋由于面积过小，平时并没有人居住。

考察至此，队员们发现，全盛时期的土堡，无论是安良堡、芳联堡抑或是茂荆堡，堡主人都选择在山腰之上修建，这样的选址又是出于何种考量呢？

魏勇解释，闽中土堡散布于丘陵和山地间，中后期建的土堡很多都建于山腰之上，这是因为大田闽中山间盆谷有数百个之多，这些盆谷面积大小不一、形态各异，盆谷底部较为平坦，四周有一定倾斜，堆积物较厚，温湿条件好。盆谷是先民不可多得的耕地，一部分富裕的先民就将土堡建于山腰山上，不占用原有耕地。

闽中大地上，建于不同时期的一座座土堡，在确保其防御功能的同时，都选择了尽量不占用人们赖以生存的耕田。散落于闽中山区之中的土堡，与当地秀美的山川构成了一幅和谐相生的画卷。

二

土堡的整体设计和闽中当地的地理环境十分契合，由于土堡的建筑功能以防御为主、居住为辅。故而闽中土堡内的木构建筑，整体上呈现出装饰简洁明了、实用性强、少见精工的特点。

然而，当地向导却告诉考察组，闽中地区有一座土堡，堡内柱高梁大、富丽堂皇，漫步其中便可感受到其建筑之匠心非同一般。清华大学陈志华教授将其称为"国内保存最完好的大型木构建筑"，这就是位于永安市的安贞堡。

前往安贞堡的路上，考察组被一阵锣鼓喧嚣声所吸引。原来，这是大田县太华村民在排练傩狮舞，为元宵节的演出做准备。

流传于闽中地区的傩狮舞历史悠久，俗称"打黑狮"，是一种傩面舞与南狮表演相混合的民俗活动。表演过程中，头戴傩面的驯狮人引导着狮子，与武术表演者玩耍嬉戏。

队员们发现，"傩狮舞"中的武术表演者使用的都是真刀真枪，对练之时，身姿矫健，金革之声不绝于耳。说是表演，但更像是搏斗，一招一式皆有章法，且颇具气势。

专家告诉队员们，闽中地区山高谷深，古时交通闭塞，依靠采矿带来的富庶使这里成了盗匪的觊觎之地。除了营造坚固的土堡外，闽中先民还会靠习武强身健体。这一传统，也成为闽中土堡防御体系的一部分，傩狮舞就是将十八般武艺融到狮舞中。

谈及习武能强身健体的话题，向导告诉队员们，安贞堡门前有一个1000多平方米的训练场，这样的设计在闽中土堡中相当少见。考察组跟随着向导继续前往永安市槐南镇。

占地面积约1万平方米的安贞堡，是我国罕见的大型民居建筑。安贞堡前方后圆，建筑随地势起伏而逐次升高，远远望去，整个安贞堡如同一艘行驶在碧海上的巨舰，气势恢宏。

安贞堡又名"池贯城"，位于永安市槐南镇洋头村，由当地乡绅池占瑞始建于清光绪十一年（1885），历时14年完工，堡前有一片荷花池，这是一块面积为千余平方米的训练场，安贞堡的正面两侧有凸出的角楼，从外面观察，堡墙高大，粗估有10米高，整个城堡非常壮观。

走近土堡，可见一道丈余高、用巨石砌成的拱形大门。推开厚重的铆铁大门，队员们拾级而上。堡内前后三进院落，共分为两层，木楼结构以穿斗式的构架为主，辅以抬梁式构架。安贞堡内柱高梁大、富丽堂皇，到处是圆的、方的、六角形和弯月形的花窗，把各房间装饰得异常柔和与明亮；檐下、斗拱、雀替、柱础处处可见精雕细凿的各种装饰，浮雕华丽精致，壁画彩绘生动夺目，还有各种泥塑也栩栩如生。

安贞堡内于中轴线上排列层层厅堂，左右对称，每进3间，各有特色，既有整体美感，又有布局格式的变化。堡内共有18个厅堂，大小房间300多间，可供千余人安身居住。

专家告诉队员们，安贞堡内部装饰如此考究，不同于闽中其他土堡，是因为安贞堡是父子一起修建的。那么除了装饰精美，是否还有其他的细节？安贞堡功能看似偏于居住，其防御能力依然强大吗？

考察中，队员们发现一进天井的左侧有一口古井，古井的井圈边沿由于常年使用，泛出微微的包浆光泽。

这是安贞堡里唯一的一口井，村民告诉我们，这口井有5米深，但我们发现这口井很特别，井水的位置非常高，水位甚至高出地面2至5厘米。

与此同时，队员们还发现石砌的天井上到处都是碧绿的苔藓，甚至还有一些积水。整个安贞堡的天井非常潮湿，地面上还有一片苔藓。难道是刚刚下过雨吗？据了解，永安地区已经有一周多都没有下雨。

永安市槐南镇洋头村村民告诉队员们，他从小就生活于安贞堡周边，安贞堡天井地面上常年潮湿，无论是晴天还是雨天，一年365天都是如此。

很快，队员们发现，二进天井并没有像一进天井那么潮湿。由于整座土堡是封闭结构，后院的地基有数米之深，经过初步判断，队员们否定了前院天井的水来自后山植被涵养水源的猜测，那前院天井究竟为何会如此潮湿呢？

专家告诉队员们，整座安贞堡前低后高，前半部分建于沼泽之上，后半部分则建于山坡上，故而位于前院的水井水位非常高。

闽中先民对于土堡营造的选址非常讲究，要靠山、朝阳、面水，一旦选定后，就需要解决实际的营造问题了，安贞堡的前部建于沼泽之上，在沼泽之上建房的技术问题早在数百年前就被福建先民解决了，像福建沿海的南宋安平桥以及大田的潭城堡都是如此。它们通常采用杉木做梅花桩，之后用石块加固地基，沼泽地也是土堡防御的一个天然屏障。

队员们来到安贞堡后院堡墙的外围，高大的堡墙中间有一个角楼，角楼外凸1.2米、宽约4米，角楼下面有4个孔，应该是观察和射击的位置，从孔里可以观察到角楼的正下方，村民告诉队员们，有匪情时他们会派一到两人值守，三面都有斗形窗，视野开阔，防御没有死角。

安贞堡的堡墙用厚石垒砌加土夯筑成,高达11米,厚达4米,牢不可破,加之高耸的角楼和密布的射击孔,以及堡内充足的粮食和饮水储备,共同构建起安贞堡固若金汤的防御体系,使其屡屡得以成功抵御匪寇的袭扰。

安贞堡建好后不久,就遭遇了匪寇袭扰,周边村庄的族人都会到安贞堡来避祸,村里老人说,最长的一次被围困40多天,那一次,堡里住了1000多人,最后匪徒无功而返。

专家告诉队员们,闽中土堡群,应该说,建设时的主要目的是防御匪寇的侵扰,它是一个避难场所,但实际建设中却富有变化,在布局、结构、通风、排水等方面都十分科学合理,展现出中华民族传统建筑中的精华。

巍然屹立的土堡是大自然与人类共同谱写的山河篇章中一道神奇的华彩。时光荏苒,如今那段动荡不安的历史早已成为往事,而散布于高山深谷中的一座座土堡,依然在诉说着闽中先民的智慧和勇敢。时移世易,今天,这些土堡早已成为闽中地区的独特文化符号,装点着这里的山水画卷,见证着人们幸福安宁的生活。

三

闽中土堡集中分布的区域,有青山、绿水、湖泊、树林,几乎所有的自然元素都具备,它们和闽中土堡相互映衬,体现出人与自然的和谐之美。

考察过程当中,队员们发现有一类土堡,它们与传统的土堡相比,增加了许多其他地域的建筑文化元素,甚至出现了异域建筑的身影,这种现象出现在群山环绕、交通闭塞的闽中山区着实令人有些意外。

那么,诞生于清末的土堡建筑,在那个匪患依旧猖獗的时代,究竟发生了怎样的变化呢?

大田·山地奇居（四）

引言

在前文中，我们带大家一起走进了安良堡、安贞堡、茂荆堡这样的闽中传统土堡，但事实上，闽中土堡的样式远不止这些，比如外形独特、选址特殊的"袖珍堡"，还有融合了其他地域建筑风情的土堡，被当地人称为"洋楼"。

到了清末，闽中土堡无论是形态还是建筑风格都发生了比较大的变化。为何于同一片土地上会诞生出如此风格迥异的土堡建筑？后期的闽中土堡建筑相较于全盛时期的土堡，又有着怎样不同的设计和变化呢？

一

清末以及之后的几十年里，闽中土堡的外观、规模、功能较之于传统土堡都发生了显著的变化，逐渐形成了自己独特的风格。这些与传统土堡风格迥异的土堡建筑背后，有着怎样特殊的时代背景？闽中土堡又是如何将其他地域的元素与民众传统理念完美结合的？这引起了考察组的浓厚兴趣。

从大田县城出发，经过约1小时的车程，考察组来到了大田县广平镇铭溪村。坐落于此的下新堡，占地面积很小，与考察组此前考察过的土堡相比，只能算袖珍土堡。

建于铭溪村水稻田中的下新堡，距今已有百余年历史，队员们从大门的落差上可以看出，由于道路的建设，下新堡堡墙原先高度比目前还要多出1米。下新堡的大门端有2个射击孔，碉楼有1个斗形窗，起到瞭望和射击的作用，门上还有2个观察孔，需要时也可以发动攻击。由此可见，下新堡虽然规模不大，但防御能力还是很强的。

考察中，队员们发现，二层结构的下新堡，规模虽不大，但角碉楼、斗形窗、射击孔等防御设施还是很齐全的。

来到下新堡内部的二层，队员们看到，二楼面阔三间，房屋的架梁为穿斗式，屋架为悬山顶，内部依堡墙一周建有廊道、角楼和门，且不同方向的射击孔特别多。

从下新堡内部的设计以及楼道的磨损情况来看，队员们判断这里应该有居民常住，而并非只是用来避祸。只是，队员们根据之前考察土堡的经验来看，心中不禁产生疑惑，规模如此之小的下新堡，能够在匪寇侵袭时护佑整个家族的平安吗？

大田县博物馆研究馆员陈其忠告诉队员们，下新堡是闽中土堡晚期的建筑，这个时期的土堡面积小，且呈家庭化现象，下新堡就是大家族中的一户人家建起来的，建的位置就是他们生产劳作的地方，他们有老房子于附近，平时他们居住于此，应该说下新堡既有防御功能，也有居住功能。

这个时期的土堡还有一个特点，一个地区或一个村落会出现多个土堡，形成一个土堡群，像下新堡周边一共有9个堡，这些土堡相互依存，相互支援，形成了特别的防御能力。

专家解释道，大田耕地资源稀缺，即使是一小块可以耕种的田地，当地村民也尤为珍视。像下新堡这种见缝插针建于水稻田间的袖珍土堡，就是是为了看护好这片赖以为生的田地。

闽中土堡发展的晚期，开始出现微型化、家庭化的现象。但即便如此，土堡的防御功能始终不变。同时，随着时代发展，闽中土堡还根据不同地理环境，因地制宜地吸收了其他地域的民居建筑特色，盛德楼就是其中的代表建筑。

考察组跟随着向导翻山越岭，来到了济阳乡泮林村。远远望去，一座规模不大的土堡高高地耸立于山坡之上。近看才发现堡墙的部分已经破损，裸露的黄褐色土坯仿佛在述说着历史的沧桑。

泮林村盛德楼是闽中土堡中修建较晚的建筑，距今不过百余年的历史。然而，由于年久失修，现在已经荒废，队员们也没能进入堡中考察。盛德楼共有3层，占地约100平方米。队员们发现，盛德楼背面堡墙上有很多射击孔，初步估算了一下，有三四十个之多，但其他三面堡墙上却难以见到防御用的射击孔。队员们判断，这应该是因为盛德楼建于近乎45度的半坡之上，它的防御威胁主要来自背后的山坡，其他方向不足为虑，故而堡主人便将土堡防御的重心放在了背面的堡墙上。

在陡坡之上营造土堡，这和队员们此前考察闽中土堡的选址原则大相径庭。这样独特的选址背后，究竟蕴藏着土堡主人怎样的考量呢？

魏勇解释道，大田的盆谷散布于丘陵和山地间，面积比较狭小，底部较为平坦，四周有一定倾斜，盛德楼就建于山坡上。盆谷堆积物较厚，形态各异，大田属中亚热带季风湿润气候，农作物四季都可种植。对于"九山半水半分田"的大田来说，这样的盆谷，大田先民都非常珍视，整个大田像这样的山间盆谷近200个。

盛德楼是晚期闽中土堡中较有特色的，属于山岗型的土堡。盛德楼的面积不大，下面又有村庄，建于山坡之上，实际上是起到了铳楼的观察和预警的作用，同时，盛德楼又比铳楼的面积大，遇到匪情，村民可以到盛德楼里避祸。

所谓铳楼，是指古时配置火器的防御性民居建筑，能起到预警和防卫的功能，通常面积较小。而盛德楼的占地面积较普通铳楼面积稍大些，不仅发挥了铳楼的作用，还可以让山下的村民进楼来避祸。

融合了传统铳楼特点的盛德楼，是闽中土堡与其他民居建筑理念融合的完美例证。专家告诉队员们，这种类型的土堡其实很早就有了，比如位于太华镇小华村的泰安堡。

泰安堡历史悠久，公元1857年进行重建。四角的碉楼、方正厚实的堡墙以及排列有序的斗形窗和射击孔都在向队员们展示着它强大的防御能力。

整个泰安堡有50多个房间。泰安堡是大田林氏合资兴建的，当时分为十股，出钱或出物均可入股，大田林氏但凡遭遇匪情，都可以到泰安堡来避祸，这应该是闽中土堡中集资建堡的典范。

从外观上看，泰安堡与其他土堡似乎并没有太大的区别，但是它的内部结构却独具匠心。整座房屋的结构采用了福建土楼的营造原理，且用堡墙作为受力的支撑点，这在闽中土堡中是较为少见的。

博采众长，兼收并蓄，闽中土堡在遵循当地地理环境特色的基础上，吸收其他民居建筑的特色理念，让土堡焕发出更加动人的魅力，也展现出了闽中先民非凡的建筑智慧。

二

通过对闽中土堡中的袖珍堡和融合了其他建筑特色的土堡进行考察，队员们了解到在山高谷深、田地稀少的闽中地区，当地先民利用自己的生存智慧，不断改良土堡的建筑风格，以更好地适应当地的地理环境。

与此同时，到了清末时期，随着当地交通逐渐便利，越来越多的闽中先民前往他地谋生，凭借着自身的勤劳勇敢，不仅积累了财富，也促进了当地的经济发展。闽中土堡也因此吸收、融合了更多其他地域的建筑文化，呈现出更加与众不同的形态，当地人称之为"洋楼"。从土堡到洋楼，究竟发生了怎样的变化？这些变化的背后，又蕴藏着怎样的时代故事呢？

位于小华村的广崇堂，建于水稻田旁的缓坡上。

从远处看，便可发现其与传统的闽中土堡外观相差甚远。

被当地人称为"洋楼"的广崇堂，从外观看，它的设计与传统闽中土堡截然不同，从远处看有点像北方的四合院，堡墙高度有3米多。一般闽中土堡所用的材料都为土木石，广崇堂用的则是砖土木石。大门用砖砌成。左右两边各建有一座碉楼，碉楼上设有多个斗形窗，这是传统土堡的特征。

考察中，队员们发现，广崇堂的整体建筑为我国传统建筑风格，前洋池、主堂、副厝、正厅、厢房等一应俱全。同时，堡墙上设有一个石窗，中间则用石料拼成外圆内方镂空的铜钱状图案，显示出与众不同的设计理念。

来到广崇堂后院的堡墙外围，队员们发现，广崇堂建于缓坡之上，房屋主人将后面的山坡用石头垒成了三阶，最下面的一段宽度为1.2米，这样确保了山体对广崇堂的防御无碍。

仔细观察后，队员们发现，广崇堂的后院堡墙即为房间的隔墙，这与我们常见的土堡结构不同。正因如此，堡主人在山坡用多层次的半圆形石头进行垒砌。

只是，大田属中亚热带季风湿润区，雨量丰沛，建于缓坡上的广崇堂，又该如何应对雨天积水或者山洪灾害的侵袭呢？

有着百余年历史的广崇堂，以正堂为中心，两侧均设有副厝、碉楼、堡内"过水"和外墙排水。在队员们面前的是堡内的雨水排出通道，远处的通道则可以让堡外山洪迅速排出。无论是雨水还是山洪，最终都排到土堡前面的半月形池塘中。

考察中，队员们发现广崇堂虽然占地面积不大，却有7个出口。而我们此前考察的闽中土堡，通常大门不会超过3个。村民告诉我们，这是因为广崇堂里有好几户小家庭，为了方便出入，所以多设置了几个出口。我们也发现，虽然大门众多，但所有的大门都位于碉楼可观察的范围内，由此可见，广崇堂的设计十分周密和巧妙。

广崇堂碉楼的建造很有特色。考察队员们发现，广崇堂内的斗形条窗分布十分密集，这在其他土堡中较为少见，与此同时，碉楼内的射击孔比其他土堡设计都更少。这一多一少的设计背后，究竟藏着怎样的秘密呢？

队员们发现，广崇堂碉楼与闽中土堡其他碉楼相比较，碉楼里的斗形窗居然有6个之多，可以多方位地观察广崇堂的大门。此外，碉楼里并没有见到太多射击孔，专家告诉队员们，这是因为广崇堂营造时间正是世界冷兵器和热兵器转变的时期，此时应该说广崇堂主人已经拥有热兵器的防御能力。而原来的射击孔主要是为冷兵器时代的铳所设计的。

后期出现的洋楼中射击孔就较为少见了，这是因为热兵器时期两三杆枪就可以守护整个洋楼了，土堡防御还是以威慑为主。

进入厅堂，队员们看到广崇堂的建筑材料十分讲究，其木雕装饰艺术精美，制作工艺精细，这样的设计在闽中土堡中颇为少见。

村民介绍，广崇堂建好后，堡主人后代的五六个小家庭，共有二三十人居住这里。此时的广崇堂，已经达到居住和防御的功能并重。

专家告诉队员们，洋楼与此前的土堡相比，造型上开始融合闽中之外其他地区的建筑风格。由于闽中地处闽西和闽南的交汇处，故而受两地民居建筑影响较大，例如广崇堂的部分设计理念与闽南红砖厝的建筑风格接近；后院土坡石砌的半圆形状是闽西客家围屋的营造特色；广崇堂的排水系统"过水"则与庄寨的排水设计有着相同的理念。

发展到后期的土堡，千姿百态，异彩纷呈，土堡的功能也从最初的防御为主调整为防御和居住两用了。

考察中，队员们还发现了一个特别的现象。站在广崇堂二楼厢房的一扇窗户旁，可以清楚地看到不远处的泰安堡，甚至还能看清对面比画的手势。房屋主人为何会专门修建这样一个窗户呢？

陈其忠介绍，广崇堂主人是从泰安堡林氏族人一支分出来自建的，广崇堡与泰安堡遥相呼应，直线距离只有100多米，这应该是方便两个堡之间联系的一个窗口。如果是人数较少的匪寇袭扰，广崇堡就可以自己应付；如果遇到匪寇人数多，广崇堂居民就到隔壁的泰安堡去避祸。像这样的母子堡，闽中地区有很多，济阳乡阳中堂和凤阳堡也是这样的关系。

为了进一步探寻"洋楼"与传统土堡之间的关联，考察组决定前往济阳乡阳中堂一探究竟。

来到济阳乡阳中堂，队员们发现，它的外观建筑设计理念与广崇堂很接近，大门也采用了砖砌方式，内部与闽南红砖厝的构造类似。阳中堂距离此前考察过的凤阳堡直线距离也就200米左右，它们都是涂姓族人所建，可以相互照应。

专家告诉队员们，闽中多为高山深谷，先民民居大多地处偏僻之地，先民们事业有成回乡建房时，需要考虑当时匪寇猖獗的实际情况，故而除了将安全理念贯穿于建筑设计之中，也将周边的防御性民居建筑都纳入安全考量范围内。

考察至此，队员们发现，传统土堡作为福建地区一种特有的土木石建筑，源于智慧的匠人充分结合闽中山区的自然地理环境顺势修建；而洋楼则取其他地域建筑文化中符合闽中地理气候环境的部分融入土堡。

阳中堂内，考察队员们见到一群人正在围着一位老者听其说唱。向导告诉队员们，这是当地一种名为"唱目怜"的说唱艺术。

"唱目怜"已在大田乡村流传数百年，是民间盲人弘扬孝道的独特说唱艺术，演员表演时表情丰富，说唱结合，韵律动听。

世居大田县广平镇的元代名儒郭居敬将中国流传深远的孝子孝行故事进行增删，配以图画和五言绝句，编成《全相二十四孝诗选》，书中故事通俗易懂、情节感人，成为普及孝道的通俗读物。

《全相二十四孝诗选》最大的特色在于虽然只有24个小故事，涵盖面却十分广泛，为各式各样的人树立了孝行榜样，对闽中乃至全国都影响巨大。

相传，当年郭居敬同情当地盲人的谋生之难，将《二十四孝》故事改编为24首七言十六句的民间歌谣，使盲人既有谋生之技，又弘扬了孝道，感化了百姓。

郭居敬所编写的《二十四孝》图书，对中华孝道文化传承产生深远的影响。郭居敬所处的时代，闽中地区就已经有了众多较大规模的书院。当地耕读传统浓厚，私塾教育兴盛，土堡不仅仅是学子们读书获取科举功名之所，更是他们学习格物穷理、修身立人之地。

时光荏苒，闽中土堡正是大自然与人类共同谱写的山河篇章中一道神奇的华章。日月如梭，一座座巍然屹立的土堡依然在诉说着大田先民们的勤劳智慧和勇敢。

土堡选择闽中地区的自然环境、利用选址地的天然屏障，设计易守难攻的人工障碍，制造齐备的防御设施，达到绝对安全的目的，这其中承载着丰富的文化内涵。其强大的防御能力，良好的"原真性"成为我国传统民居建筑中的一朵奇葩。

青山百里，描绘数百年来的足迹。春风猎猎，吹奏山海交融的旋律。闽中土堡不仅凝聚了先民古老的生存智慧，更见证了闽中先民拼搏奋进的历史。历经数百年风雨沧桑的土堡，早已成为闽中地区当之无愧的文化地标，不惧岁月洗礼，始终精彩纷呈。

三

作为拥有数百年历史积淀的中国传统民居建筑，闽中土堡蕴含的人文地理奥秘远远不止书里呈现的这些。我们试图通过对这一建筑的形态、功能、营造技艺等方面的考察和展示，探讨其文化内涵和环境因素之间的演变规律，为全面认识和了解闽中民居建筑提供一个新的视角。如何发挥土堡的文化价值和旅游特色，以及如何延续它的生命力，将是未来我们持续关注的问题。

将 乐

引言

将溪之阳，土沃民乐。藏在闽西北群山之中的将乐，是一方安居乐土，更是一座文化之城。

中原文化远道而来，在这里有了家的归属。

擂茶飘香，浸润了将乐古窑里的烟火升腾；西山纸贵，书写着客家文化的方正乐观。

传唱了200多年的南词，在闽西北的青山绿水间，唱出了将乐过往的故事，也唱出了新时代的乐章。

一

位于福建省三明市西北部的将乐县，因境内丰富的瓷土资源，以及金溪便利的水运交通，自唐宋之际便诞生了遍布全县的窑口，更以青瓷、青白瓷、酱釉瓷等齐全的瓷器品种，在中国陶瓷史上开创了自成一派的将乐窑。

站在一件件文物面前，将乐县博物馆馆长郐骅感到无比自豪。他认为，从目前的资料来看，宋元时期将乐陶瓷业吸收了当时中国先进的烧瓷技术，包括江西、浙江地区的窑业技术。同时北方制瓷工匠的到来，更使将乐制瓷技艺处于当时中国的先进水平。

2019年1月，在北京大学赛克勒考古与艺术博物馆，一场名为"乐土瓷韵——福建将乐窑文物展"开幕了。这次展览将过去30多年间出土的历代将乐窑瓷器精品汇聚一堂，是将乐窑瓷器第一次系统全面地对外公开展示。

"乐土瓷韵"文物展向世人完美展示了将乐窑的悠久历史和传统的制陶工艺。而在展出的133件完整的瓷器精品以及200多件将乐窑标本中，器形独特的擂茶器具格外引人注目。2009年，考古人员在将乐县古镛镇玉华村发掘了一座宋代窑址。窑长45米，窑头、窑室与窑尾具全。经过发掘，一系列大小不等的擂钵、素面钵、执壶、流口把手罐、壶等擂茶器具重见天日。随后，考古人员还发现了廖厝山、横窠崇、牛角山三处同类窑址，这是国内发现的较大的专门烧造擂茶器具的窑址群。之后，将乐各地又陆续发现了多处不同时代擂茶器具窑址。

为何这么多的宋代擂茶窑口出现于将乐？郐骅通过对历史的探究，逐渐找到了原因。

位于闽西北的将乐县是福建较早设立的古县之一。三国吴永安三年（260），以"邑在将溪之阳，土沃民乐"为寓意，将乐立县。东晋以来，随着大批中原汉人南迁将乐，定居繁衍，将乐成为客家文化的摇篮地之一。而擂茶就是中原汉人南迁时带入的特色饮食。

将乐擂茶的考古发现，完善了将乐擂茶从唐代至当代发展的历史链条。

擂茶作为民间风俗，体现着将乐民众文化认同感，浸透着儒家文化倡导的和谐思想。

元代以后，随着江西景德镇窑、福建德化窑的崛起，将乐窑瓷器在市场上的竞争力逐渐下降。但具有客家特色的擂茶文化一直传承至今。

时光荏苒，擂茶依旧飘香。高山峻岭无法阻止人们迁徙的脚步，也无法阻挡文化的交汇与延续，经过千百年的岁月积淀，将乐正孕育着更璀璨的传奇。

二

将乐是连接中央苏区和闽浙赣苏区、宁清归苏区及建黎泰苏区的战略要地，也是中央苏区在东方的重要门户。1933年到1934年，为应对国民党第五次"围剿"，将乐人民做出了巨大贡献，付出了重大牺牲。

1933年秋，蒋介石调集了百万兵力向中央苏区发动第五次"围剿"。作为中央苏区的东方屏障，将乐县成了第五次反"围剿"的前沿。为了保卫苏区和掩护主力红军长征，苏区军民携手进行了一场浴血奋战。这就是著名的归化战役。

将乐县白莲镇墈厚村至今还留存着一座气势恢宏的清代土堡。村民汤祖光说，1933年夏天，村里听到有国民党军队来，全村人就躲到土堡；听到是红军来，就杀猪煮饭慰问红军。红军的指挥部就设在村里。

铜铁岭群峰连绵，山路蜿蜒盘旋，是中央苏区连接着闽西北的交通要道。1934年3月，为了阻击敌人，红七军团在军长寻淮洲的率领下在地势险要的铜铁岭修筑工事，将乐百姓全力支援红军。他们把自己的口粮送上战场，把伤员从战火中抬下来，军民一家亲的佳话至今仍在将乐流传。

将乐人杨锡光是一位医生，从小就具有坚忍不拔的精神。红军第二次攻占将乐时，杨锡光在自己创办的医院收治许多红军伤病员。在红军战士们的引导下，杨锡光于1934年参加了红军，并跟随红一方面军第五军团长征北上抗日。在长征路上，他加入了中国共产党。

在烽火连天的岁月里，杨锡光用自己精湛的医术救死扶伤，做出了杰出的贡献。他曾担任延安枣园中央机关卫生所所长，1952年被国家选派到苏联学习，回国后任中国人民解放军第四军医大学校长。

在中国人民解放事业进程中，数千位将乐人前赴后继，用生命诠释了对中华民族解放事业的赤诚。

革命先辈们用理想和热血书写的历史，在将乐留下不朽的红色记忆，指引着一代又一代将乐人传承历史，建设家园。

三

苍翠欲滴的闽北竹海让将乐生产出了享誉海内外的西山纸。

据《中国书法工具手册》记载，将乐是我国较早造出毛边纸的地方之一。西山纸完整传承蔡伦造纸工艺的传统技艺，在唐宋时代就颇负盛名，迄今为止已有1000多年的历史。西山纸选料考究，原料是立夏前后3天的嫩毛竹。这样造出的纸，纤维质量好，不腐不蛀，因而有"纸寿千年，玉洁冰清"之誉。

清乾隆皇帝曾命钦差大臣到将乐调纸用以印刷鸿篇巨制《四库全书》。20世纪70年代，国务院办公厅、国家新闻出版署也几次到将乐调纸印刷《毛泽东诗词》线装本和重要历史文献，而西山纸销往海外的历史已有数百年。

西山纸的生产，从原料到成品需要大小数十道工序，而其中最重要的就是手工捞纸。一张纸，全凭造纸艺人一双眼和一双手的配合。帘床入水、水量多少，都在手工艺人的掌控中，出帘的速度和水流的大小决定了纸张的厚薄。只要时间多了半秒，纸张就会变厚，即成为残次品。

手工捞纸技艺凝结了历代传承的丰富经验，全凭目测与手感。竹纸制作技艺传承人刘仰根能够轻松捞出一张立体感强、渗透力好、具有拉力的西山纸，这是他在50多年的造纸生涯里练就的本领，1刀纸的重量误差只有正负0.1千克，这一精准捞纸的绝活需要很长时间才能练就。

为了能让这门手艺传承下去，刘仰根收了多名徒弟。他教徒弟的第一课就要求做纸就像做人，要一丝不苟。学徒们从十几岁起就开始练习烤纸，抄完的纸必须及时烘干，不能停歇。

2008年，将乐竹纸制作技艺被列入第二批国家级非物质文化遗产名录。2010年，刘仰根成为代表性传承人。从那时起，这个造了一辈子纸的将乐人有了一个念头——建一座造纸展示馆。为了保护古老的手艺，将乐县长期以来一直进行收集整理传统造纸工艺流程、原料配方和造纸器具的工作。2020年，在县政府部门的支持下，刘仰根终于将想法变成了现实，当将乐西山纸非物质文化遗产展示馆向公众开放的那一天到来时，已逾花甲之年的刘仰根欣喜不已。

西山造纸工坊里，一道道传统工艺汇成绵长的历史，诉说着1000多年的将乐手工文明。在将乐人勤劳的双手中，古老的手艺重获新生，鲜活如初。

四

清乾隆、嘉庆年间（1736—1820），滩簧小调从苏州传入南平，并与闽北的民间艺术相结合，在长期演唱中，逐步形成了带有地方韵味的将乐南词。

老艺人刘怀中21岁开始学习南词，半个多世纪的舞台生涯，将乐南词早已融入他的生命里。刘怀中从小就看食闹音乐和南词，21岁那年他辞去工作，拜师学习食闹音乐和南词。唱了一辈子南词的刘怀中，演的最多的传统曲目就是《天官赐福》。这部将乐南词既是最有代表性的清唱曲目之一，也是南词音乐的启蒙唱本。二胡伴奏时运用了许多滑音，使得乐曲既透着浓郁的传统韵味，又充满喜庆气氛。作为将乐南词传承人，刘怀中在守住经典的同时，也在不遗余力地创排新剧。

2018年，刘怀中接到县里委托，创排将乐南词新戏《一面五星红旗》。这部新戏取材于小学语文课本，表现了一个海外留学青年对祖国的热爱。传统戏剧要讲好新时代故事，要与时俱进，这对于已是耄耋之年的刘怀中来说，无疑是个挑战。

将乐南词最大的特色是唱腔种类繁多，声腔齐全。刘怀中找来了师妹徐素娥，两位老艺人经过深入探讨，认为新戏要有创新的唱腔设计，也要有创新的表演形式。在20世纪60年代，刘怀中编词作曲的将乐南词说唱《赵书记治水》曾以一种崭新的表演方式登上舞台。这次为了新戏，刘怀中提起了笔。将小学语文课本中的课文改写，编词作曲。为了展现剧中主角钟向华爱国的高尚情操，他设计了主唱手执小鼓键，击鲍鼓说唱，辅以手势动作的表演形式。2019年8月，新编将乐南词《一面五星红旗》在第三届福建省曲艺丹桂奖大赛的舞台上演出。演员们精彩的演绎，受到评委和观众的好评。

自将乐被文化部（现文化和旅游部）命名为"南词表演之乡"和"音乐之乡"以来，众多爱好者加入南词学艺的行列。在当地政府的扶持下，将乐南词焕发出了前所未有的活力。将乐县戏曲广场常年汇聚着切磋唱功的将乐南词票友。

绵长的曲调传唱着千百年来的民间故事，也讴歌着时代的进步。将乐南词在一代代南词艺人的传承下，成为将乐一道独特的风景，也成为将乐一张靓丽的名片。

五

玉华洞位于天阶山山腰，以其独特的喀斯特地貌和原始的亚热带常绿阔叶林景观闻名于世。全长逾5000米的玉华洞有6个支洞、百余处景观。自汉代被当地村民发现以来，玉华洞留下了无数文人雅士的游踪，宋代杨时曾到此洞游览，留下众多摩崖石刻。明代成化年间，将乐人萧慈以玉华洞内外实景为依据，将百余处古迹和景点以诗解意，以画示形，留存下了一套《玉华洞胜景图》。"炫巧争奇，遍布幽奥"，这是明代地理学家、旅行家徐霞客探访玉华洞时，对眼前奇景的赞叹。

大自然慷慨的馈赠带动了将乐人的生态保护意识。在天阶山入口处，矗立着一座醒目的石碑，这是清雍正年间为保护该山景观立的碑刻。数百年来，尊重自然、保护自然的理念，深深烙在将乐人的集体记忆里，代代传承。1987年起，将乐政府在环保理念指导下整修玉华洞。遇斜坡砌石阶，过溪流架桥梁。在工匠的精心整修下，玉华洞始终保持了"以风取胜、以水见长、以石求异、以云夺奇"的瑰丽景观。

玉华洞被国务院列为第四批国家重点风景名胜区，这个集火山岩地层地貌、生态景观于一体的综合性生态公园吸引了世界的目光，各国游客在将乐的原生态美景中流连忘返。

位于武夷山脉南段的龙栖山，古树资源丰富，多见珍稀物种。而在20世纪80年代，龙栖山植被破坏严重。为了保护环境，将乐县政府采取保护与发展共进的模式，经过几十年治理，龙栖山如今成了国家级自然保护区。

福建龙栖山国家级自然保护区管理局科技科的罗春首发现，从红外线影像的资料来看，龙栖山有20多只黑熊。黑熊的生存对周边环境、食物链的要求严苛，这说明将乐龙栖山生态环境好，为其生存提供了有利条件。为了更好地保护黑熊的生存环境，保护区管理局工作人员计划人工种植一些大型的浆果类植物，通过增加黑熊的食物储量方式，扩大黑熊领地范围，增加保护区内黑熊的可容量。

千年古树依然葱郁，万千生灵自由栖息。将乐勾画着人与自然和谐共生的美好景象。纯净的生态环境、蓬勃的现代经济、深厚的历史文化让将乐熠熠生辉，在闽西北大地上散发着夺目的光彩。

结语

古窑烧制的茶器，留住了穿山越岭的擂茶香气。

大儒杨时的德行，承载了文化重心南移的使命。

龙池砚氤氲的墨香，挥洒在客家先民造出的西山纸上。

南词戏悠扬的腔调，流转在将乐后辈唱出的新曲目里。

红色基因，让这片热土前行的姿态始终昂扬。

绿色生态，让这片乐土发展的蓝图越发美好！

北迁之客，将之为家，因此方乐土，居之可安。

南移之学，将之为宗，因此处毓秀，文可生辉。

纪录片《中国影像方志·福建卷·将乐篇》于2022年3月15日在CCTV-10首播

将乐·深山兽影（一）

引言

在自然界，猛禽、猛兽的种群数量多少，是衡量一个区域生态环境好坏的重要依据。像鹰、鹫，还有虎、豹、狼等，它们占据着食物链的顶端，如果没有它们的身影，那么这个地方的动物种群就缺少了关键的一环。

一般来说，猛禽、猛兽都有着极强的领地意识，这意味着外来者莫要闯入，而它们也不轻易闯到外界去。一旦猛兽出了"圈"，尤其是进入人类活动的区域，则有可能表示其领地内的生态发生了变化。

一

龙栖山国家级自然保护区位于福建省中西北部，距省会福州约350千米。这里连绵的群山属武夷山脉向东南延伸的支脉。龙栖山国家级自然保护区内千米以上山峰多达40座。由于这片区域森林广袤、草木幽深，因此少有人涉足其间。即便是生活在周围的村民，也由于惧怕山中的毒蛇猛兽，不轻易进入林区半步。在这片山岭，人与动物之间保持着互不干扰、相安无事的状态。

然而在2019年，龙栖山周边的村镇连续发生了几起人与猛兽相遇的事，上地自然村民余宗腾就是其中一位亲历者。那是9月的一天，余宗腾去竹林中采红菇。这片竹林是镇上的一块宝地，所产的毛竹被村民大量用于造纸。由于竹林距村镇不远，平日里很安全。但那天临近傍晚时，余宗腾却遇到了意外。一个奇怪的声响让余宗腾心中一惊，他循着声音望去，只见前方一个黑影从高处蹿到了地上，就像一只书包掉到地上，发出"嘭"的一声。眼前的一幕让余宗腾胆战心惊，他拔腿就向村子跑去。由于天色暗，加上受了惊吓，他没有看清到底遭遇了哪种动物。但那一声吼叫令他记忆犹新，那是一种猛兽的叫声。

第二天，惊魂未定的余宗腾来到龙栖山国家级自然保护区管理局反映情况。村边竟出现了猛兽，这引起了管理局的高度重视。由于近期管理局连续收到几起类似情况的反映，这不由得让大家联想起十几年前山中的一次猛兽伤人事件。

2003年的3月2日，村民金体宽在杨梅岭牧羊时与一只大型猛兽遭遇，并受到攻击。好在周边的茶农及时赶来，金体宽才保住了性命。前几年，金体宽因病离世。为核实他遭遇猛兽的情况，管理局工作人员向当初接诊他的卫生所医生了解情况。医生陈钦记得当时中午，突然收诊一个满身是血的病号，给他做了一个简单包扎后，就让他转到上一级医院去。另一村民记得伤者被抓得满脸是血，都肿了起来。

村民遭遇猛兽袭击看来不假，但究竟是哪种野兽发起的攻击却是说法不一。有人说是熊，有人说是豹，还有一种说法认为袭击金体宽的是一只老虎。为此，管理局工作人员在网络上查询了一番，果真发现了当时关于老虎伤人的报道。

这则多年前的报道非同寻常。要知道几十年来，不要说龙栖山，即便整个福建省都几乎难觅华南虎的踪迹。十几年前那则报道是否属实呢？华南虎真的现身山林了吗？如果龙栖山真有华南虎出没，那么近期反映情况的余宗腾在竹林中遭遇的难道也是华南虎吗？

华南虎是山地林栖的虎种，在古代曾经遍及我国东部和中部。然而近几十年来，各地已经难觅它的踪迹，这种极度濒危虎种因而被列入了世界级的濒危物种之列。山中是否有虎，亟待了解确认，村民们的疑虑和恐惧也亟待消除。因此，管理局的决定要尽快开展一轮龙栖山野生动物的摸底考察。

二

十几年前，山中猛兽致人受伤；如今，村民在家附近又接连见到猛兽出没。这个情况引起了龙栖山自然保护区管理局的高度重视。首先，猛兽可能会危及山下村民的安全，制定防范措施刻不容缓；其次，猛兽离开深山中的领地闯入外界，这很不寻常，有可能是它们领地内的生态环境出现异常；再者，当初那则报道的主角——华南虎，特别令人关注。华南虎是极其濒危的物种，如果它能在龙栖山的山林中重现，这绝对是一个重大的发现。

10月，龙栖山国家级自然保护区管理局组织了一支经验丰富的考察组，准备前往山中进行大规模的排查，并对野生动物的生存环境，特别是猛兽的栖息情况进行深入的调研。考察组中，有福建省的林业专家张勇和有着丰富野外探险经验的我。

考察组走访的第一站，便是十几年前村民金体宽遇猛兽袭击的地点。向导告诉我们，这里叫小沛，是2003年龙栖山牧羊人金体宽遇袭的地方。考察组发现，当初金体宽遇袭的地点与近期余宗腾目击猛兽地点的直线距离并不远。大家决定在进山前再到余宗腾所在的村中走访一下。

直线距离虽不远，但山路走起来却颇为费时。翻过两道山梁，考察组来到上地自然村。让大家没有想到的是，这座几乎与外界隔绝的山村竟然是一座有着几百年历史的古村。进入上地村中队员们看到，古街和老屋错落有致，村民的口音与外界不同。问后得知，村中的居民大部分姓余，都是很久以前从外乡迁入的客家人。它们在这偏僻的村中世代生活，靠的就是一手加工竹纸的独门技艺。

作为考察组领队的我兴致勃勃地向传承人刘仰根讨教起造纸的手法。刘仰根一边演示一边说："首先，你的右手握住帘鼓，左手抓这里，这个叫栋子。其次，下去的时候，一过水你的手马上要放回这里。"几经尝试，队员们发现练就这手绝活儿并非易事，无怪于这儿用土法产出的竹纸，上百年来都被用于重要典籍的誊抄和印制。而在刘仰根看来，造出优良竹纸的关键在于村旁那一大片优质的毛竹。这片毛竹纤维细韧、色泽纯净，是天然的造纸佳品。

考察组离开纸坊后来到竹林，这里正是村民余宗腾目击猛兽的地方。大家仔细查看一番，并未见到明显的兽类活动迹象。林业专家张勇进一步提出质疑，他认为这片竹林很茂密，像虎、豹这样身型庞大的兽类一般不会进入这里，然而他也说并不能就此排除山中有虎的可能。因为近年来随着各地自然生态恢复良好，许多地区的濒危物种都有所恢复，龙栖山的珍贵动植物数量更是大幅增加。奇迹或许就会在此次考察中真的出现。

带着满心的期待，大家开始向深山跋涉。经过一个多小时的行进，大家在穿过一道沟谷后，进入了人迹罕至的原始森林边缘。张勇发现林地上有根白鹇的羽毛，羽毛很完整，还没有破损，这可能就是最近一段时间留下的。与此同时，一位队员在一面坡上发现了动物留下的足迹。张勇判断这应该是偶蹄类动物的蹄印，它可能有停下来观察这里，也有可能是在此进食。旁边一个小灌木的半片叶子有可能是因为被鹿科植物或者牛科动物吃过而留下的痕迹。张勇告诉大家，林地动物多数是昼伏夜出的。但初入密林便发现多处动物的踪迹，看来此行前景八成是乐观的。

向林地深处迈进的途中，植被越来越茂密，空气愈发潮湿，光线也变得昏暗起来。很快大家就见到两旁的树干和岩石被苔藓包裹住，脚下的落叶和腐殖变得又厚又软。种种迹象表明考察组已经进入原始森林的核心区。身为队长,我不断提醒队员们切忌掉队,并时刻留意林间的蛇虫攻击。

一路上,队员们并未见到动物的踪迹。下午2点多,在穿过密林后大家进入一片空地休整。张勇向四周环顾一番后认为,这片区域应该是野生动物频繁出没的地方。这个地方是个典型的鞍部,两边都有小山头,中间地势很低,这就是鞍部。动物翻过这座山的时候,穿越鞍部是它能量消耗最少的路径。

原来,考察组此时所在的地方位于一处垭口,继续向前则是一道山谷。这样的区域地势低平,多有溪流和水源,因此也是观测动物出没的理想区域。张勇建议在这里安放一两台红外线摄像机,用来记录野生动物的活动情况。

就在几位队员安装设备时,不远处另一路队员有了新的发现。循着声音,张勇急忙赶了过去。原来,这是一处山坡顶端。坡顶的一侧是陡坡,两边是缓坡,上面是松林,下面是浆果林,四边通透。在这里,一位队员在草间发现一处可疑的印记,印记呈不规则椭圆形,最宽处有1米多,一看就是被大型动物压倒的。张勇判断曾有动物卧于这里,这应该是一种中大型的兽类,周围视野和警戒条件都很好。张勇告诉队员,动物在休息时一般会选择高处。他发现这处印记十分新鲜,兴许是听到人的动静才刚刚逃走的。

究竟会是哪种兽类在此栖身呢?大家一下子兴致倍增。我吩咐队员们在周边继续搜寻,队员很快就有了可喜的发现。顺着较缓的山坡向下走,大家看到地面上的腐殖层被连续翻开且翻开的路线很长,但逐渐前方消失在密林之中。张勇凭经验很快得出了结论:这片痕迹是野猪觅食所翻动的痕迹。野猪翻动的时候,会一边走一边用嘴翻动地表腐质层。痕迹很新,应该是这两天留下的。

不知不觉中,天色开始昏暗。过了下午4点,出于安全考虑,大家需要立即返回。因此,大家把希望全都寄托在这一天安放在林地中的红外摄像机中。

一整天的原始森林考察,虽没有见到兽类的身影,但收获不小。大家发现了珍贵的白鹇活动的迹象,还陆续发现了山麂、野猪等动物的踪迹,而这些动物都是大型猛兽的捕食对象。但专家又认为华南虎出现的可能性微乎其微。因为老虎的习性是奔跑,而不擅长爬树,因此它们的生存空间需要相对开阔的林地。而通过这天的考察,专家认为龙栖山的原始森林并不适合华南虎的捕食和活动。

华南虎出现的可能性微乎其微,这意味着周边的老百姓所遇到的是另一类的野兽可能性大。那么究竟会是哪种神秘动物打扰了人类的安宁呢?

当天抹黑回到驻地的队员们疲惫不堪,然而一个消息却又让大家兴奋起来。得知考察组正在开展猛兽的摸排调查,附近的一位老乡找上门,讲了一件前不久发生的事。那是夏季的一个夜晚,天下着大雨,老乡开着摩托车从山脚上山,路上突然看到一只野兽直立着。老乡惊慌中按了一下喇叭,野兽听闻后奔跑着离开公路下到溪流中,蹦蹦跳跳着奔到了对岸。听到这个描述,林业专家张勇马上做出一个推断:在各种大型兽类当中,能直立的为数很少,根据老乡对野兽形体和姿态的描述,有一种野兽非常符合,那就是熊。

在我国华中、华南等地,生活着一定数量的亚洲黑熊。成年亚洲黑熊体长在1.5米左右,最大的能达1.8米。黑熊是杂食动物,性情凶猛,能够捕食羚羊、野猪等动物,极端情况下会攻击人类。

近年来龙栖山周边的村民目击的猛兽真的是黑熊吗?第二天一早,在老乡的指引下,考察组来到了现场。这是龙栖山山民雨天遭遇疑似黑熊的地方,疑似黑熊是踩着石头跳过去的。

可是根据有关部门的记录,近十几年来在龙栖山的多次科考活动中,工作人员始终没有见到黑熊的踪迹。周边的村民见到黑熊,也是几十年前的事。龙栖山山民温际贤回忆,那年他才30多岁,在山上做事时看到了3头熊。他有点害怕,便躲于一块大石头背

后。他听到熊呜呜地叫,可能有3个小时。它们洗澡、打架的时候,水花飘得很高。队员现场考察后发现,龙栖山的山民躲藏的石块的后方,与3只黑熊的距离并不远,黑熊敏锐的嗅觉应该可以察觉石块的后面有个人待着。

难道黑熊已经重新回归这片山林了?张勇认为,熊类在地球上已经生活了上千万年,生存能力极强。在生态环境不利时,它们的种群缩小,活动范围也会缩小。而当生态好转时,熊的种群会很快加大,活动范围便有可能触及人类活动的区域。

接着,张勇针对之前的事件作出综合分析。他认为几起事件中村民所遇到的野兽,大概率都是黑熊。然而多数情况下,黑熊不会主动攻击人类。2003年村民金体宽被袭击的事件,有可能是他无意间进入了正在哺育幼崽的母熊领地。

考察组决定开展第二次进山考察。队员们分析,目前是10月,再过1个多月便进入冬季。为了能养足体力过冬,黑熊在这段时间会频繁活动。而考虑到黑熊多在夜间捕食,大家决定,增加装备,夜晚进入密林探寻熊的踪迹。这天午后,考察组一行十人踏上了进山的路途。想到此一行极有可能路遇久违的黑熊,队员们都很兴奋。

金秋时节,龙栖山的广袤山林溪水潺潺、果实飘香。踏着崎岖的山路,队员们意欲一窥秘境当中神秘的兽影,探寻这片古老山林中不为人知的秘密。

大型的猛兽对一个区域生态的影响非常重要。成年的亚洲黑熊,除了吃浆果、树叶和草根,一年还要捕食成吨的动物,饥饿的时候也会吃腐食。它们的存在,有利于山林生态的良性循环。考察组二度进山追寻黑熊的踪迹,正是为了获得整个龙栖山区域生态环境的一手信息。

《地理·中国》栏目《深山兽影》上集节目于2021年10月9日在CCTV-10首播

将乐·深山兽影（二）

引言

位于福建省武夷山东南方的龙栖山，近年来常有野生动物闯到周围的村庄附近，其中不乏大型猛兽。为此，龙栖山自然保护区管理局组织了一支专业考察组，深入山中进行实地探查，结果发现让周围老百姓谈之色变，甚至造成过伤人事件的猛兽，可能是珍贵动物亚洲黑熊。这个结果让考察组亦喜亦忧，喜的是在这一带销声匿迹多年的黑熊又现身了；忧的是这些黑熊为什么不在领地待着，而要闯入人类的家园呢？

一

2020年10月，考察组第一次进山，便发现了大量野生动物活动的踪迹，然而却并没有见到熊的身影。林业专家张勇认为，一般情况下野生动物多在夜间活动。要想找到黑熊的线索，进一步了解龙栖山野生动物的生存状态，最好是在夜间进行考察。

夜晚进入原始森林考察是一件充满危险的事。考察组为此做了周密的部署，作为队长的我专门来到南平市九峰山动物园了解黑熊的习性。

进入熊舍，出现在我眼前的是一只幼熊。它听到陌生人进入的动静立刻警觉起来。为安抚幼熊的情绪，管理员投喂了一些食物。我见到熊宝宝在苹果和胡萝卜之间毫不犹豫地选择了苹果。它的爪子非常锋利，而且很有光泽。吃到食物后，幼熊显得平静许多。然而，当我试图与它拉近一点距离时，幼熊突然间暴躁起来。

管理员告诉我，这只幼熊只有1岁多但同样很危险。当它发脾气时，一个成年人都敌不过。原来，幼熊暴躁是出于对陌生人的恐惧。考虑到它的安全，我退出熊舍，前往另一处熊舍看望幼熊的母亲。母熊和幼熊要分开喂养的原因是幼熊长大后，母熊便再度发情寻找配偶，雌雄交配期间，公熊有可能会杀死幼崽，因此必须隔离。而交配完成后，管理员担心母熊会不再认识幼崽，进而造成伤害，因此还是要相互隔离开。

通过向管理员请教，我学到不少预防黑熊攻击的经验，最为重要的是要格外当心养育后代的母熊。当人类于野外遇到黑熊幼崽，应该迅速离开，这是因为黑熊幼崽会和黑熊妈妈一起生活18个月，甚至30个月。当我们看到幼崽时，黑熊母亲应该离此不远，而母熊认为幼崽受到威胁的时候，它会毫不犹豫展开攻击。

秋季是黑熊最为活跃的时间。为了在冬季到来前多补充热量，黑熊的觅食范围会扩大，攻击性也会有所加强。因此，一方面大家路遇黑熊的概率会加大，另一方面一定要做好各种规避风险的准备。

两天后，装备齐全的考察组员们踏上进山的路途。想到这趟极具挑战性的考察，队员们都很兴奋。但队员们心中有个疑问，东北的黑熊的冬眠季是每年的11月份到来年的5月，龙栖山自然保护区每年差不多有半个月气温接近零度，但是还有一些食物可以供给，龙栖山黑熊会冬眠吗？带着这个疑问，考察组选择了另一条路线进山。当晚，大家夜宿于一个山中溪谷，夜遇野生动物的概率很大，危险性也不小。为了防身，队员们携带了麻醉剂、电击枪等器械。然而对于那些草间树梢上的隐秘杀手，队员们便只有瞪大双眼、小心行事了。

行进中，前方队员突然让大家停下脚步。原来，草丛间出现了一条不起眼的小蛇。但专家提醒队员，这只蛇学名叫原矛头蝮，毒性非常强。原矛头蝮俗名烙铁头，这是因为它贮存毒液的头部形如烙铁。这种蛇善于伪装，爬行迅速，是对附近山区造成伤害最多的蛇种之一。

正当大家相互提醒安全时，一位队员的身边又出现一条花蛇。大家定睛一看竟是毒性更强的银环蛇。专家警示大家，银环蛇的危险性在于，被这种蛇咬伤往往疼痛并不明显，然而其毒液却大概率能置人死地。

小心翼翼地避开两条蛇后，前方队员挥舞竹棍驱赶蛇虫，大家相互紧跟着向目的地迈进。

在南方亚热带深山考察，毒蛇和毒虫是给人造成意外伤害的大敌。除此以外，数量较多的野猪也是极其危险的，因为野猪在发脾气时会乱冲乱撞，而它的一对大獠牙特别容易给人造成伤害。与它们相比，黑熊休息时多在树上，反而不容易受惊。而一旦遭遇黑熊，最重要的是要镇静，最好是长时间直视黑熊，多数情况下，黑熊会转身离去。而最危险的反应是惊声尖叫、掉头就跑，这样反而会增加熊的攻击性。总之，人类极少踏入的自然环境，各种各样的生灵、各种难以预测的场景都有可能遇到。

前往兰花溪谷的山路旁是一条小溪。专家告诉大家，林间的溪畔是动物出没频繁的地方。

一种奇怪的叫声传来。队员在小溪边经过几分钟的搜寻，在石缝中找到一只体型硕大的蛙。专家黄晓春一眼认出，这是一只雄性的棘胸蛙。棘胸蛙是我国特有的大型野生蛙。它白天躲在山涧的石缝中，黄昏后外出觅食，活动规律与蛇类相似。它的胸部有比较多的肉质的棘刺，它的爪也有棘刺。黄晓春说，棘胸蛙胸部生长的棘刺有利于其在流水中附着在石头上，伺机觅食水中生物；一旦发现猎物，则会快速出击。更为有趣的是，成年的棘胸蛙竟然能吃幼蛇，但它们又是体型更大的蛇类的美餐。蛙吃蛇，蛇吃蛙，这正是龙栖山国家级自然保护区里错综复杂的生态链的缩影。同时，棘胸蛙对水质的要求很高，能够在山中轻而易举地发现这种蛙类，说明龙栖山的水质状况良好。

不知不觉间，天色暗了下来。在山中走夜路需要格外留神。当晚10点，大家经过了9个小时的艰难跋涉，终于到达目的地。刚到此地，有队员便发现了难得一见的动物——鼯鼠。

鼯鼠，一种凭借前肢下类似翅膀的肋膜在空中滑翔的鼠类，它善于飞行，但必须栖身在高大的树木上。它的出现说明大家此时已经置身在原始森林的核心地带。为了保证安全，考察组决定原地休整，迎接第二天的考察。

清晨的山岭，幽静中带着几分神秘。突然，有队员发出惊呼，原来是一条浑身碧绿的蛇蹿到了队员的帐篷边，我立刻来到了他旁边。

这是一条幼年的竹叶青，是一种非常危险的毒蛇。它对人类以防御为主，但它的毒性还是比较强的，攻击力也是有的。不过在我手中，这条蛇却异常温顺。这条竹叶青是雄性的，它和雌性的主要区别是它的腹线。同时，这条竹叶青摸上去没有想象中光滑。之所以可以触摸蛇的皮肤是因为我一直用手杖控制蛇头，蛇头上的颊窝没有办法进行"热定位"，因此没有办法发动攻击。蛇是变温动物，清晨时气温低，蛇要到开阔的地方晒太阳升温，故而来到了大家栖身的空地。此时蛇的活动能力弱，攻击性不强。但为了安全，我还是将它放归到林间深处。

一番准备后，队员们溯着溪流开始了考察。这里有棵南方红豆杉，它是龙栖山的树王，有1000多年的树龄，直径有5米多。

秋季，亚热带的原始森林依旧生机盎然，道路两旁的灌木结出不少果实。专家告诉队员们，黑熊虽然性情凶猛，但多数时候是吃素的，尤其喜爱味道甜美的浆果和各类落在地上的坚果。随后，队员们的身旁接二连三出现了各类浆果。野生葡萄、野生阳桃都成熟了，它们不仅是动物的美餐，也可以成为人类的美食。

在山外，酸枣树多长势低矮，呈现灌木的形态。而到了森林深处，队员们见到了长势高大的酸枣树。林业专家张勇在其中一棵十几米高的树干上观察后认为，这个树洞做巢穴的可能性很小。因为这个树洞开口太大，不背风又不避雨，周边人类活动比较频繁，因此这个树洞被熊利用的可能性不大。

考察组找来了一些黑熊越冬的资料，照片中的黑熊就是利用树的洞穴越冬，洞口出现挂霜的现象，正是因为黑熊呼出来的空气结了霜。在我国华南地区，冬季最低气温在零摄氏度上下，这个温度对黑熊不会造成伤害。

张勇推测，黑熊在龙栖山一带生活，应该多是栖身在一些天然的岩穴中。他提醒大家，多多留意道路两旁的类似环境。

这天中午，大家攀登到海拔700米以上的区域后，进入了一片相对开阔的林地。张勇说，这里位于山坡顶部，湿度较低，视野开阔，很适合黑熊栖身，建议大家在这一带展开搜索。

不久，队员在一处巨石下发现了端倪。洞穴里垫着厚厚的竹子，竹子的折断处是不规则的折痕，而不是一些利器造成的。人类一般都是用刀，会留下很整齐的切口，而这应该是猛兽花大力气连根拔起后留下的痕迹。竹叶还是绿的，近期很可能有大型猛兽于这里待过。护林员提醒大家警惕猛兽的出现，于是队员们拿出了防护用具。

经过一番观察后，张勇认为这是一处火山岩被侵蚀后形成的岩穴。背风向阳，空间大，又处在高地上，非常适合黑熊栖身。从这整个山洞能背风避雨，以及周边的河流、阔叶林的情况来看，这里应该是会被其他动物包括黑熊选择作为洞穴的地方。

大家在忙活的过程中嗅到了一丝食肉动物特有的气味，张勇推断这里应该是一个熊窝。同时，有队员在不远处发现了野兽留下的新鲜印记。这是一个大型猛兽翻动的痕迹，张勇认为这可能是黑熊这几天在周边活动留下的，这里应该是它在这段时间内很重要的栖息地。

张勇的一番话让队员们又兴奋又紧张。不过他告诉大家，熊类动物具有极强的听力和嗅觉，眼下这么多人进入深山老林，气味足以让熊退避到远处不敢靠近，因此建议在岩穴前安放一架红外线摄像仪，以便进一步观察它们进入冬季前的活动迹象。

两度进山考察，队员们在克服了不少困难后终于见到了一处大型猛兽可能栖身的岩穴。但此时尚不能断定这里就是熊的巢穴，也不能推测龙栖山原始森林中，熊的生存环境是否良好。不过考察组在沿途的重要区域都布置了红外线摄像仪，大家便把希望寄托在了这些高科技"眼睛"上。

2021年1月，考察组第三次进山，查找相关的证据。在十余个布点处，队员们收集了两个月来红外摄像仪的监控资料。回到驻地，大家怀着期待的心情，仔细地注视着电脑上每一帧的画面。画面中有3只猕猴很有特点，它们集体坐了下来，好像把红外照相机当成自己的照相机了，还拍了张全家福；一只熊的身影最为吸引大家，这个画面是在森林边缘处拍摄到的，大家便把希望寄托在那处疑似的熊窝边。

果不其然，一只个头不大的熊若无其事地回到窝边。这是一只离开母亲单独出来的幼崽。

从它的体型和神态看，即便是冬季，它的发育依然良好，神态自若，这让考察组员们长舒了一口气。看来，近年来在当地相关部门大力的维护下，龙栖山的生态环境越来越好，曾经一度销声匿迹的黑熊又进入兴旺的繁育阶段。

二

经过历时3个月的考察和研究，专家认为龙栖山所在的福建省山地环境，在政府前些年大力推进退耕还林之后，其森林生态得到快速修复。龙栖山自然保护区火山岩遍布，岩层的垂直节理显著，这有利于沟谷、溪流和洞穴的发育，对野生动物，尤其是黑熊的生长十分重要。同时，专家对当地政府建议应加大防护，减少人与动物的交集，保护人的安全，同时维护好动物的领地，以利于人与生态的和谐、共荣。

《地理·中国》栏目《深山兽影》下集节目于2021年10月10日在CCTV-10首播

将乐·探秘龙栖山

福建纪行·三明篇

一

地理记

地图上常常会有一条条纵横交错的线，我们管纵向的线叫经线，横向的线叫纬线，这样我们就可以通过经纬度来明确一个地方的位置。东经117°11′~117°21′，北纬26°27′~26°37′，这一串数字背后藏着一片神奇的自然乐园，它就是位于三明市将乐县西南部的福建龙栖山国家级自然保护区。

这片总面积达15693公顷的自然保护区，为武夷山脉东南延伸支脉，区内地层发育较全，既具有大陆气候特征，又兼有海洋性气候特征。由于未受第四纪冰川的袭击，各种植被保存完好，自然资源十分丰富。

保护区地处我国南北亚热带交替区域，按世界动物地理分布，位于东洋界北部；按植物分布，处于泛北极植物区与热带植物区过渡带。保护区保存着较完整的森林植被及森林生态系统，森林覆盖率达97%，区系成分复杂，仍保存了许多古老且珍稀的动植物种类，被誉为"天然植物园""珍稀濒危野生动物的基因库"。

岩石与矿物

我们的星球是一个巨大的岩石球体。岩石用不同的组合方式，为地球塑造了山脉、峡谷、平原等不同的地貌特征。有的岩石是巨大的，有的则像一粒沙子那样小。多数原生岩石都来源于地幔深处。

地下的巨大岩石一层一层地"叠罗汉"，就成了记录这片地区地壳发展历史的一页页"书页"，这就是"地层"。龙栖山保护区位于上扬子古陆东南滨浅海与浙闽古陆的边缘，区内地层发育较全，共有11个系的地层出露，分布面积以侏罗系上统的兜岭群地层最广。

如果按照地层中每一层岩石的岩性来区分，龙栖山保护区的地层中包括沉积岩、变质岩和火山岩，以紫、红、灰、黄色厚层砂砾岩和熔岩为主；地层的下段以深灰色玄武岩为主，新鲜、致密、坚硬，强烈球形风化；而上段则以黄褐色砂砾岩为主，砾石多为玄武岩，易风化而疏松。

在龙栖山保护区地下这一层层"书页"之中，也蕴藏着无尽的"宝藏"，那就是珍贵的矿产资源。龙栖山的矿产资源十分丰富，主要有煤、铁、云母、银等。

再坚硬的岩石，也会在漫长岁月的流逝中逐渐成为土壤的一部分。龙栖山保护区内的土壤以黄壤为主，土壤的母质主要由花岗岩、变质岩、砂砾岩、石英岩、云母片岩等组成，在高海拔区域，土壤就会呈现出土层较薄的特点。

巨大的岩石耸立在地面之上，就成了山峰。龙栖山保护区内千米以上的山峰有40多座，主峰海拔1620米，是将乐县的最高峰。由于这些山峰由兜岭群火山熔岩构成，致密坚硬，极难风化，又有柱状节理发育，所以地貌上常呈现为高山陡壁，极为壮观。这些山峰相对高度大于500米，坡度多在35度以上，部分地区大于50度，沟谷多呈V型谷，构成鲜明的自然景观。

进化

动物和植物都需要一个能让它们茁壮成长和繁衍的特定环境。植物生长需要适宜的温度、降水和土壤，动物则需要充足的食物和庇护它们的栖息地。

生物通常会为适应环境而改变习性，而习性的改变又使某些器官发生变化，从而使它们的外貌和行为更适应所处的环境。这个过程就叫作进化。

有一句话叫作"一方水土养一方人"，其实地球上生长的每种生物都是这样的。有些物种只在地球上的某个地区环境中才能生存，这些物种称为本地物种，它们进化得尤为适应当地环境。龙栖山保护区里生长着一种特色物种——南方红豆杉。要知道，它可是中国特有的物种，多生长于海拔1000～1200米的山林中。

自然地理

如果说岩石的组合塑造了地球不同的地貌，那河流的走向则为地球编织出了细密的脉络。龙栖山保护区内水系发达，溪流众多，多呈树枝状分布，主要有兰花溪、里山溪等两条溪流，均系闽江水系。各溪流上游地区大都处于深山峡谷之中，流速较快，水源充足。

保护区具有大陆气候特征，又兼有海洋性气候特征，属亚热带季风气候区。由于境内多山，海拔较高，因此云雾多，湿度大，风力小，季节变化明显。夏日凉爽无酷暑，冬有霜雪无严寒。保护区内年平均气温16℃，常年平均负氧离子浓度4000个/cm³，气候温暖湿润，环境清幽。

二

历史记

你想拥有穿越时空的时间机器么？事实上，如果我们想了解过去这片土地上发生的事情，不用时光机器，只要去翻开那些典籍资料，就能借助文字回到过去了。

龙栖山自然保护区在很久之前是什么样子的呢？我们可以从明弘治十八年（1505）版的《将乐县志》中找到这样的记载："龙栖山，在县南义丰都。群峰峭拔，势耸千仞，缘坑深入，鸟道萦纡，林木幽映。山底多石潭，有龙潜止，故名。"

明清时期，余家坪、石排场等村属隆荫都，龙栖山村属义丰都。

龙栖山自然保护区创建于1984年，1989年晋升为省级保护区，1998年升级为国家级自然保护区。

古时银场

你在电视剧里肯定见过古人买东西时，掏出一锭锭银元宝或者是碎银块，那就是古代人所使用的"钱"，由此可见银在当时是一种贵重的金属，而龙栖山曾经就有着丰富的银矿。

宋初，由于矿冶业的兴盛，朝廷在矿业较发达的地区分别建立了不同的管理机构，分别是监、场、务、坑。重要矿区或冶铸中心设"监"和"务"，主管收税和征集。生产单位有"场""坑""冶"。

《中国古代矿冶史（2）》记载，宋初全国银产量较高的有南剑洲将乐县安福银场，以及信州、潭州和虢州的银场。以上四州银的总收入量相当于全国总收入量的66%。

据《宋史·卷八十九·第四十二地理志五》载："将乐，上。太平兴国四年（979），自建州来隶。有石牌、安福二银场。"这里的石牌就是龙栖山石牌场。

据《宋代福建的矿冶》载："又龙泉场、石牌场、新兴场。银课税元额25610两，元丰元额51227两。南剑州漆坑、石牌、龙门、安福大演场，铜岁课元额为125974斤，元丰元额114051斤。"这些记载说明，宋代龙栖山石牌场不仅产银，还产铜，且产量还比较高。

时光荏苒，这片土地上留下的遗址静静地向我们诉说着往日的故事。

西山造纸

"洛阳纸贵"这个成语相信大家都听过，成语说的是西晋著名文学家左思的文章写得很好，于是豪贵之家竞相传写，所以洛阳为之纸贵。那么"西山纸贵"的说法你们是否听说过呢？

西山造纸始于宋代末年，距今已经有700多年历史了，因为造出的纸质量很好，所以古时候就有"西山纸贵"的说法。当地造纸业的辉煌期在民国时期，百余家作坊年产纸5万余担。

民国时期，来到龙栖山造纸的汀州籍客家纸工已有2000余人，加上他们的家属子女共有4000余人，分布在大大小小100多家西山纸作坊中。民国二十九年（1940）《福建省地政丛书·将乐分册》中收录了一首当时流行的《做纸歌》：

清水漂漂造纸张，纸张造起运四方。
客人来到自倾茶，客人吃饭自己来。
莫道工人是剀薄，厂内工夫乱忙忙。

这首歌谣描写造纸工人一天忙到晚，连客人来了，给他们倒茶、装饭的时间都没有，可见其工作之繁忙。

红色传承

说到红色，你会想到什么？是燃烧的火焰，还是流淌的鲜血？

龙栖山是一片红色的土地，这里曾经燃起过革命的火焰，照亮了中华民族前行的路；这里曾经挥洒过英烈的鲜血，谱写出中华民族波澜壮阔的壮丽诗篇。

龙栖山保护区是红三军团开辟和创建的将归泰红色边区，是3年游击斗争的重要区域，是中国共产党闽赣边地委活动的中心根据地。

1931年至1934年，中国工农红军曾解放龙栖山，一大批长汀籍纸业工人踊跃参加红军，并建立了工会、农会等红色组织。1935年至1937年，闽赣省机关及红军游击队在此开展活动并坚持游击斗争。1946年至1948年期间，中共闽赣边地委率闽赣边游击纵队二次进驻龙栖山，创建根据地，全面开展游击斗争。保护区内余氏宗祠是前闽赣省委最后一次500人会议的革命遗址。

1929年5月至10月，红四军主力先后两次进入闽西，不仅3次占领了龙岩城，而且还横扫了长汀、永定、上杭、连城等地的国民党军队和反动民团。在龙栖山屋边纸厂做工的陈泽龙参加了当地秘密的纸业工会。

1931年6月，红三军团第六师在政委彭雪枫的率领下解放了将乐县城。红军在将乐活动长达50多天，派出了红军小分队进驻龙栖山。

在斗争中，陈泽龙报名参加了红军，随红军工作队在杨梅坳、常溪等村建立了苏维埃政府和游击队，在上地、余家坪、石排场、田角、沙溪仔等村建立了农会和赤卫队组织，开展了轰轰烈烈的打土豪分田地、减租减息和剿匪活动。陈泽龙因作战勇敢，被提升为副连长。

1934年3月将乐苏区沦陷后，杨根荣、陈泽龙等转移到归化县，与归化县的地方武装合并为"归化县游击队"，有3个连，共200多人，陈泽龙担任了一连连长。

一次，陈泽龙率领红军游击队从白莲进入龙栖山，战斗中，陈泽龙因掩护战友突围负伤掉队，弹尽力竭被捕。但他始终坚贞不屈，壮烈牺牲，时年仅28岁。

1989年，龙栖山管理处建了一座纪念亭，以缅怀在龙栖山牺牲的革命先烈。纪念亭上的楹联书写着对革命先烈的深切怀念：

红旗漫卷，星火燎原，难忘亭前弹洞。
绿树葱茏，竹松迎客，纵观眼底江山。

三

文化记

文化，可以说是一个国家和民族的生命和灵魂。中华民族的华夏文明和悠久的传统文化，是每一位中华儿女涌动在血脉之中的骄傲。

在龙栖山自然保护区的土地上，悠久的历史文化如同一本厚厚的无字书，在代代相传的传统技艺与历史遗迹中，默默诉说着昔日的辉煌。

造纸作坊里，依旧保存着自西晋永嘉之乱后从中原传来的原始手工造纸工艺。作为"国家非物质文化遗产"的西山竹纸技艺，是"将乐三绝"之一，素有"玉洁冰清"的美誉，至今已有千年历史；客家擂茶，更是被誉为"中国古代茶文化的孑遗"。

区内有始建于唐代的石构无梁建筑青云堂和清幽洁净的仙人堂；"昔宋傅尚书世居于此"；有宋明时期便大量采银、炼银的石牌场；有清顺治时期农民起义所营造下的七十二营寨的遗址和清代书院的遗址，文化积淀深厚。

西山造纸技艺

闽西客家人最早来到龙栖山，他们用自己的巧手和匠心，将山野之中的毛竹制作成流淌着墨香的纸张。以春笋为原料制造的毛边纸称为"西山纸"，商号"大广纸"是这里古老的名产。"西山纸"始于唐代，盛于明清，其纸质细嫩、响张少疵，久负盛名，享誉东南亚。

"西山纸"的制作过程要经过修山、备灰、修湖塘、砍笋、溜笋、断筒、剥皮、削片、挑竹麻、落湖、洗漂、剥料、榨料、踏料、耘槽、抄纸湿压、湿纸切边、烘焙、干纸切边、包装等28道工序。

客家擂茶

龙栖山的居民都是客家人，招待客人最普遍、最隆重的礼节，便是"喊吃擂茶"。

擂茶被称为"中国古代茶文化的孑遗"，历史源远流长。喝擂茶的习俗在中原流行以后，南迁的中原汉人把这一习俗传到将乐县和其他客家区域。

"月光仔，月闪闪，喊您下来吃擂茶。擂茶喷喷香……"将乐人自古以来把喝擂茶叫作"吃擂茶"，还有把"请人喝擂茶"叫作"喊吃擂茶"的习惯。

2009年，将乐县古镛镇发现迄今为止国内唯一一处专门烧制擂茶器皿的古窑址群，出土器物有大小不一的擂钵、茶盘、带柄煮罐等。经福建省考古研究所专家研究，认定这一窑址群建于宋代。

2010年，在将乐县五马山脚又发现有唐代专烧擂茶器皿的古窑址。这些实物证明，早在唐宋时期，将乐喝擂茶的习俗已经很盛行。将乐县被国家文化部命名为"擂茶之乡"。

不过，龙栖山的擂茶和将乐其他地方的擂茶又有一些不同，那就是龙栖山人喜欢在擂茶时加入一些生姜、桂皮、陈皮、鸡爪草之类的东西。这主要是因为龙栖山山高雾多湿气重，加了这些辛温的材料，不仅可以去寒去湿，而且可以使擂茶别有一番清香的滋味。

摩崖石刻

摩崖石刻是起源于远古时代的一种记事方式，盛行于北朝时期，直至隋唐以及宋元以后连绵不断，有着丰富的历史内涵和史料价值。

龙栖山上有许多摩崖石刻，众多文人骚客所留下的石刻，无不展示着人们对龙栖山的眷恋和赞美。

这些摩崖石刻与秀美的山水交融在一起，不仅让人赏心悦目，而且包含了美好的祈愿和人生的哲理，充满了文化气息。

仙人堂

仙人堂又称仙人塘庵，位于龙栖山余家坪东北8.8公里处，海拔1200米。该庵始建于唐开元二年（714），后经几次兴建、损毁，最后一次重修于民国十四年（1925），至今保存完好。

仙人塘庵宽24米、纵深26米，分成主殿和厢房。传说有三位异人，分别是龚杰、刘绪、杨王郎，他们发现此山和山上的一泓清泉，于是此修炼成仙，故名"仙人塘"。庵外正对面的那块绝壁飞石就是三位异人成仙得道的升天之地，当地人称之为"成仙石"。在"成仙石"的西面，有一块巨大的岩石，用硬物敲击，发音铿锵如鼓，被称为"石鼓"。

庵前有一株茶树，所产茶叶品质极佳，能消食化积、驱邪治病，功效显著，被誉为"三仙茶"。山上那一泓清澈的泉水，常年饮用有助于身体健康。正因为如此，该庵虽山高路远，但香火旺盛，来自周边以及本县各地的游客常不辞劳苦，慕名而至。

圣水岩

圣水岩位于将乐县龙栖山与万全乡交界处，海拔1561米。清乾隆《将乐县志》记载："上有泉，不盈，不涸。病者饮之即痊。天旱祷之即雨。"故名圣水岩。

圣水岩山僻路险，人迹罕至。峰顶石林林立，巉岩怪石遍布。山石似鹰，似象，似虎，似龟，琳琅满目。立岩顶可望将乐、泰宁、明溪、清流、宁化五县城，观四野只见绿涛滚滚，云烟浩渺，云雾变幻莫测，恍若置身云霄。

西侧奇石环抱一座始建于唐贞观二年（628）的古刹——青云堂。青云堂正殿面积约30平方米，建筑材料全部由石条打造。殿中央原有一尊约1米高的佛像，造型神采飞扬、俊逸大方。另有38尊石佛像排列两旁，姿势各异，神态逼真。殿四壁雕有佛像、佛龛等佛事浮雕。这组雕像最高者1米多，最矮的约30厘米，浮雕线条刚柔有致，有的佛像眼睛是用黑宝石镶嵌而成，雕刻艺术极为精湛，堪称古代雕刻艺术的一枝奇葩。青云堂年久失修，现已荒废，堂中所有的雕像均被三明市博物馆收藏。

四
植物记

生活中，我们随处可见植物的身影，甚至有时候我们会对它们熟视无睹，但是，你们知道吗？植物对于我们的生活有着至关重要作用。

植物作为食物链的起点，它的能量来自它所吸收利用的太阳能。能量从植物开始被一系列更大型和更具捕食性的动物传递下去。因此，植物在地球的生物链中扮演了极其重要的角色。

气候湿润、四季分明的龙栖山自然保护区，由于在地质史上没有受到第四纪冰川的袭击，因此成为典型的中亚热带南缘植物分布区域，保留着许多原始状态的森林，有"天然植物园"的美誉。

龙栖山植物资源丰富，经初步调查，高等植物有1786种。国家重点保护的野生植物有19种，其中国家一级保护植物有南方红豆杉、伯乐树、银杏3种；国家二级保护植物有16种。

区内名木古树繁多，有目前已知胸径为世界之最的檵木王、胸径为福建省之最的南方红豆杉王、深山含笑、青钱柳、香榧，还有柳杉王、红楠等；特殊保护群落有大胸径南方红豆杉群落、柳杉群落，还有成片的黄山松纯林、闽楠林等。

龙栖山自然保护区里的植物区组成复杂，植被类型较多，地带性植被为典型的常绿阔叶林，依据植物群落的种类组成、外貌结构和生态生理分布，按照《中国植被》的分类系统，龙栖山森林植被类型可分成6个植被类型、21个群系。

植被类型主要有：常绿针叶林、落叶阔叶林、常绿阔叶林、竹林、灌丛以及草丛与草坡。据初步调查，龙栖山有大型真菌资源60多种，其中有珍稀的莘克莱虫草、灰树花、蚂蚁草等，还有较大经济价值的大型真菌资源，如红菇、泥菇、竹荪等。龙栖山自然保护区素有"天然植物园""珍稀濒危野生动物的基因库"之美称。

南方红豆杉王

南方红豆杉材质坚硬，刀斧难入，有"千楸万杉，当不得红榧一枝丫"之称。红豆杉的边材呈黄白色，心材赤红，有质地坚硬、纹理致密、形象美观、不翘不裂、耐腐力强等优点。

位于龙栖山自然保护区田角村将溪的南方红豆杉树王，树龄已长达1700年，胸径2.46米，树高38.8米，冠幅17.7米。这棵南方红豆杉树王于2016年被世界纪录鉴定委员会鉴定为世界最大野生红豆杉。

柳杉王

生长在上地后山的"李生柳杉王"，下部围径13米多，从地面往上十几米处断然分成3株。

相传这树是宋元丰年间，余姓氏族迁居龙栖山时栽下的，至今已近千年历史。在龙栖山的古树群中还有一棵树龄800多年的柳杉，胸径6.3米、高38.4米，在5米处分成双叉，因而又名"雌雄柳杉"。此树虽饱经风霜磨难，向阳的一面被雷电劈得伤痕累累，看似枯萎，然而又奇迹般地"枯木逢春"、互相砥砺，长出茂盛的新枝。粗壮的枝干虬曲地伸向天空，展现出顽强的生命力，这株柳杉被当地村民奉为神树。

在石排场村尾溪边有12棵柳杉，据说每棵柳杉按先后顺序代表着一年12个月，分别掌管着该月的农事，调配雨水，浇灌农田。它们在风风雨雨中已经相伴了几百年。

传说，当年客家人刚到石排场定居时，时常遇到天灾，颗粒无收。有高人点拨山民：在一片空地种上12棵柳杉，一年12个月，一棵柳杉掌管一个月的农事，负责协调发配雨水，灌溉农田。山民照办后从此石排场年年风调雨顺，山民都认为这是由于神树的庇佑，因而对它们崇拜有加。

兰科的世界

兰花是中国最古老的花卉之一，早在尧帝之时就有种植兰花的传说。古人认为兰花"香""花""叶"三美俱全，又有"气清""色清""神清""韵清"四清之誉，是"理想之美，万化之神奇"。

最早赋予兰花人文精神的是孔子，据东汉蔡邕《琴操》载："孔子自卫反鲁，隐谷之中，见幽兰独茂，蔚然叹曰：'兰当为王者香'。"

兰花以高洁、清雅、幽香而著称，叶姿优美，花香幽远。自古以来，在中国人心中，兰花就是美好事物象征。

（一）见血青

见血青是兰科羊耳蒜属植物，地生草本。茎圆柱状，肥厚，肉质，有数节，通常包藏于叶鞘之内，上部有时裸露。生于林下、溪谷旁、草丛阴处或岩石覆土上。

见血青不但对于治疗出血有奇效，而且对于一些毒蛇毒虫的咬伤也有很好的止痛、解毒作用，当山村孩子被马蜂蜇伤，使用见血青捣烂外敷，可以有效止痛、解毒，能起到减轻疼痛、去除毒素的作用。

（二）小舌唇兰

在龙栖山自然保护区海拔1200米的道路边坡上，生长着10余株兰科植物小舌唇兰，这是一种被列入《濒危野生动植物国际公约》附录Ⅱ、世界自然保护联盟IUCN濒危物种红色名录低危等级的珍贵兰花。

尽管小舌唇兰没有香气，不过因为它们花朵的唇瓣下垂如舌状，使得它们看上去非常清新可爱。它的植株高达60厘米，块茎呈椭圆形。每年的5月至8月，在龙栖山可以看到小舌唇兰开花。

（三）狭穗阔蕊兰

在龙栖山自然保护区海拔1100米至1200米的陡壁上，分布有50余株狭穗阔蕊兰，这是保护区内2020年新记录的物种。

狭穗阔蕊兰植株通常高11厘米至38厘米，干后变为黑色。块茎卵状，呈长圆形或椭圆形。茎直立，有时细长，无毛，它的花期为7月至9月。

在这叠峰连绵的保护区里，或许还有更多的稀世野生植物，年复一年默默地发芽、开花、结果，正在等待科研人员的一个转身与惊喜的发现。

保护区不仅植物种类繁多，而且四时绚丽多彩。春兰、夏荷、秋菊、冬梅、杜鹃花、松木花、梧桐花、山樱花、秀丽四照花、山含笑、山茶花等竞相争艳，姹紫嫣红，给大森林平添了许多色彩和韵味。丰富的森林植被类型，则形成了多种多样而又富于变化的景观。

五

动物记

每个人都有自己的家乡，我们的饮食习惯、口音方言会带有我们家乡的独特印记。你们知道吗？动物们也都有自己的"家乡"，不过我们管它叫作动物的"栖息地"。

栖息地是动物寻找生存所需资源的地方。在自然选择的奇妙作用下，每一种生物都在其特定生存条件下"定制"而成，它的身体和行为都与其所在的栖息地相适应。

正因为如此，我们可以通过动物的一些行为举止来推断出它的栖息地。例如，如果某个动物在受到惊吓时总是会爬到树梢顶端，那么这个动物在野生状态下可能是生活在树上的；那些群体采食的动物，总有一个个体在放哨站岗，它们可能来自开阔的草原，因为在草原上生活，必须时刻防范捕食者。

龙栖山自然保护区作为黑熊的栖息地，也影响着生存在这里的黑熊。北方的黑熊都有冬眠的习惯，这是由北方的冬天气温低且食物匮乏等诸多因素造成的，而龙栖山的黑熊基本没有冬眠，因为这里气候温暖。

除了黑熊，龙栖山优越的自然条件，也吸引了很多动物将这里作为它们的栖息地。

福建龙栖山国家级自然保护区按世界动物地理分布位于东洋区北部，动物区系属于东洋界中印亚界的华中区东部丘陵亚区。现已初步查明，野生动物共计2323种。国家重点保护动物有57种，其中国家一级保护动物有金钱豹、云豹、黄腹角雉、白颈长尾雉、黑麂、小灵猫、中华穿山甲等8种，国家二级保护动物有49种之多，其中有我们熟悉的猕猴、黑熊、豹猫、平胸龟、蟒蛇、虎纹蛙、鸳鸯，也有我们不太熟悉的，例如拉步甲、阳彩臂金龟、戴叉犀金龟、黑冠鹃隼、黑翅鸢、红头咬鹃、蓝喉蜂虎、白胸翡翠等，还有野外拍摄时非常难得一见的斑头大翠鸟，龙栖山自然保护区被誉为"珍稀濒危野生动物的基因库"，受国家保护的有益、有重要经济和科学研究价值的陆生野生动物212种。

区内鸟类250种，占全省鸟类资源一半以上，以"斑头大翠鸟"为代表的稀有鸟类吸引着各地"鸟友"到区内观鸟拍鸟。

两栖爬行动物

在龙栖山自然保护区生活栖息的动物中，有很多爬行动物和两栖动物，你们知道它们之间的区别吗？

地球上约有8000种爬行动物，它们以鳞状皮肤而著称，繁殖方式为卵生。在生命进化的过程中，它们有着极其重要的地位，因为爬行动物的胚胎可以在产于陆地上的羊膜卵中发育，所以它们的繁殖和发育可以摆脱对外界水环境的依赖，从而成为真正的陆生脊椎动物，我们生活中常见的蛇、龟、蜥蜴、鳄鱼等都属于爬行动物。

地球上两栖动物的数量比爬行动物稍微少一些，约有6000种，大家看名字就能猜到，两栖动物是可以适应两种不同的栖息环境的，其中大部分种类都是一半时间生活在水里，另一半时间生活在陆地上。它们的幼体在水中生活，用鳃进行呼吸，长大后就可以用肺兼皮肤呼吸。虽然两栖动物可以爬上陆地，但是它们一生都不能离水，所以，两栖动物其实就是脊椎动物从水栖到陆栖的过渡类型。

不管是爬行动物还是两栖动物，它们都有一个共同的名称，叫"变温动物"，因为它们都无法靠自身内部调节体温，而是完全依靠外部环境来调节体温。

例如，海龟在经过一夜冰冷麻木的状态后，会挣扎着爬上一块浮木晒太阳，通过吸收太阳的热量让自己的体温恢复过来。当体温达到一定值时，它们体内的体温调节机制就会发出指示，它们就会返回水中让自己降温。

而鳄鱼在炎热时，会张开大嘴打哈欠。打哈欠也能降温？没错！动物张开嘴巴，水分从湿润的口腔蒸发出去，会带走热量从而使体温下降。这也是人们刚从泳池出来时身体会发抖，以及出汗能够帮助降温的原因。

（一）毒蛇

尽管蛇没有四肢，但依然是令人恐惧的动物。蛇的品种约有2900种，其中300种是毒蛇。还有一些蛇被称为蟒，它们能将猎物缠住盘紧并挤压，直至猎物窒息而亡。

蛇能在全世界任何地方存活，从寒冷的冰川雪原到热带的沙漠和雨林地区随处可见，甚至在水底都能发现它们。如此强大的生存能力，离不开蛇身体的特殊构造。你们知道吗？我们虽然看不到蛇的耳朵，但是它们却拥有发达的内耳，虽然它们听不到从空气中传过来的声音，却能接收到地面震动传播的声波。除此之外，蛇的嗅觉也很强大，它们可以通过自己的叉状舌闻取或品尝身边的空气，判断自身所处的环境情况。

1. 竹叶青蛇

竹叶青蛇是一类具有颊窝的管牙类毒蛇。可不要被它美丽的名字和外表所欺骗，全身翠绿的它，像青翠的竹叶一般美丽，黄色或红色的眼睛，搭配焦红色的尾巴，可以说是颜值很高的蛇。但是如此美丽的竹叶青，却是世界上十大最致命的生物之一。这种毒蛇在龙栖山自然保护区比较常见，产生的毒素是血循毒。如果大家看见了它，一定要记得躲远一点。

2. 原矛头蝮

原矛头蝮为蝰科原矛头蝮属的爬行动物。头呈三角形，头长约为其宽的1.5倍。原矛头蝮为管牙类毒蛇，有剧毒。

原矛头蝮头部呈典型的长三角形，颈部细小，形似烙铁，故俗名烙铁头。体形细长，尾纤细，有缠绕性，善于攀爬上树。原矛头蝮吃鱼、蛙、蜥蜴、鸟、鼠等。

3. 银环蛇

银环蛇毒性极强，为陆地第四大毒蛇。白环较窄，尾细长，具前沟牙。背面黑色或蓝黑色，具30～50个白色或乳黄色窄横纹；腹面污白色。

银环蛇会捕食泥鳅、鳝鱼和蛙类，也吃各种鱼类、鼠类、蜥蜴和其他蛇类。银环蛇毒腺很小，但毒性极为猛烈，为亚欧大陆上最毒的毒蛇之一。但由于该蛇生性胆小、性情温和、不主动攻击人，因此为其所伤的案例并不多。

4. 如何应对毒蛇

（1）无论它们看起来多温顺，都不建议直接用手去抓它们。

（2）尽量避免它们的头部正对你的手，它们可能会突然一口咬过来。

5. 如何处理蛇伤

（1）在野外被毒蛇咬伤，最初的十分钟是非常重要的，需要正确有效地进行伤口局部处理。清除局部毒素的好办法是立即用身边的净水，甚至用尿液冲洗伤口内外的毒液和污血，并用手纸吸干伤口的渗液，如有条件，可涂上碘酒，或用食盐或硫黄等直接敷到伤口上，这些办法能不同程度地清除伤口内的蛇毒。同时还要配合负压吸毒的方法。

（2）由于蛇毒本身也是一种蛋白质，易受高温而被破坏，重金属离子、强酸、强碱、氧化剂等也能有效破坏蛇毒。因此，被毒蛇咬伤后，早期最简便而有效的方法是火柴爆灼法，即紧急用火柴头6至8根堆放于伤口，然后点燃爆烧。

（3）毒蛇咬伤的急救治疗，以破坏局部蛇毒，中和、对抗全身蛇毒素，保护重要生命器官为原则，应尽快到医院继续观察治疗，合理使用抗蛇毒血清，辩证施用中草药，才能有效救治。

6. 蛇的生存之道

蛇有很多防身之道来保护自己不受敌人侵犯。

（1）装死：草蛇张开嘴躺下装死。

（2）伪装：蜂蛇的颜色使它得以隐蔽在树叶中。

（3）发出响声：响尾蛇会摇动尾巴，发出一阵吓人的巨响。

（二）两栖动物之棘胸蛙

大多数两栖动物出生在水中，幼体通过鳃进行呼吸，等到长大后就上岸生活，在陆地上便用肺和皮肤呼吸了。它们栖居在潮湿的地方，大多数会回到水中繁殖。

蛙和蟾蜍都是非常出色的游泳健将。它们长着蹼状脚，有助于在水中快速游动。游动时腿部一伸一缩，人类的蛙泳就是模仿它们的动作。

棘胸蛙是中国特有的大型野生蛙，夏、秋季的白天生活于山涧或阴湿岩石缝中，黄昏以后才出洞活动，其活动规律和生活环境与毒蛇相似，但它皮肤颜色与环境融为一体，不易被天敌发现。

棘胸蛙的名字源于雄蛙的胸部有点状凸起，也叫棘刺，与雌蛙交配时具有吸附作用。棘胸蛙是流水型蛙类，为适应流水环境，进化出了棘刺用于雌雄抱对。其他流水型蛙类，如武夷湍蛙，前掌也有这样的棘刺。

成年棘胸蛙吃幼蛇，而成年蛇类又将棘胸蛙作为食物，这是龙栖山自然保护区里错综纷杂的生态链缩影。

（三）两栖动物之平胸龟

在自然界中，龟的品种约有255种，包括陆龟、海龟和淡水龟，从它们坚硬的壳上就很容易将它们区分开。那些行动缓慢的龟类多数是吃植物的，因为行动缓慢，它们难以捕捉猎物。大多数水生龟吃肉，它们通常在水中坐等鱼类到来，或者是从猎物身边游过时，猛地咬住猎物。

平胸龟是生活在东南亚森林溪流里的一种濒危动物。它们在较浅的溪水里觅食，在水底行走，而非游泳。这种小型的食肉性龟长着一个扁平的身体，具有强壮颌部的大头和一条长长的尾巴。平胸龟的头大，不能缩入壳内。头背覆有完整的盾片，上、下颚钩曲呈鹰嘴状，为国家一级重点保护动物。

平胸龟主要生活在山涧清澈的溪流中，一般多在夜间活动，可攀附石壁或爬树，借尾部的支撑可攀登比自身更大的墙壁、树枝。平胸龟是典型的食肉性动物，尤喜食活饵，在野外，主要捕食蜗牛、蚯蚓、小鱼、螺类、虾类、蛙类等。

哺乳动物

除了两栖动物和爬行动物，地球上还生活着5000多种哺乳动物，区分它们的唯一标准是幼崽是否以母体的乳汁喂养。绝大多数哺乳动物的繁殖方式都是胎生。

和"变温动物"的两栖、爬行动物不同，哺乳动物是恒温动物，大多数具有毛茸茸的身体。它们的皮肤和毛发是它们遮挡风雨和隔绝冷热的保护层。所以，不论天气多么寒冷，哺乳动物都能依靠它们的皮毛来保持体温的恒定，以适应各种复杂的气候环境。

哺乳动物是动物发展史上最高级的阶段，它们的四肢及躯干的肌肉具有高度可塑性，为适应不同运动方式出现了不同的肌肉模式。它们也是与人类关系最密切的一个类群。

自侏罗纪晚期起，哺乳动物便开始登上大自然的历史舞台。中国的吴氏巨颅兽是最早的哺乳动物化石，它生活在2亿年前的侏罗纪。

（一）灵长动物之猕猴

猴子、狐猴、猿和人类都是灵长类动物。灵长类动物拥有能抓握的手和能向前看的眼睛。

在龙栖山自然保护区栖息着一群机灵淘气的猕猴，猕猴属国家二级保护动物。

它们身躯苗条，跳跃飞腾之时洒脱利落，身姿健美。猕猴通人性，有自己独特的语言，能通过眼睛、动作和叫声传递各种信息。我们用红外摄影机拍到过一张珍贵画面，是猕猴一家三口面对镜头留下的"全家福"。

（二）猛兽之黑熊部落

龙栖山上有个黑熊部落，根据目前资料显示，有20多只黑熊。熊是地球上最古老的动物之一，古生物学家根据化石记录认为，2500万年前，祖熊就开始出现，和狗的大小一般，而150万年前，亚洲黑熊才开始出现。

亚洲黑熊胸前有一块很大的白色"V"字形标志，口、鼻、耳是棕色的。

1. 黑熊的身体特性

所有的现代熊都属于跖行类哺乳动物。和人一样，熊是靠脚掌来行走，而不是像趾行动物马、狗、猫那样用脚趾来行走。这种跖行类动物的特点使得熊可以用它们的后腿直立行走。

尽管熊的耳朵很小，但它们有着非常敏锐的听觉。熊还有非常灵敏的嗅觉，它们能发现1.6千米以外的猎物。

黑熊和人类一样是杂食动物，熊吃植物、根茎、坚果、浆果和昆虫，这些构成了黑熊的主食，除了植物之外，黑熊也会吃蜂窝、昆虫、小动物和腐肉。但从熊的身体特征来看，除了大犬齿之外，熊还有食肉动物的一些其他身体特征。例如食肉动物与食草动物的不同之处是肠道比较短。食草动物里的马和牛，它们肠道的长度是它们体长的20到25倍，而熊的肠道长度只有其体长的6到10倍。

亚洲黑熊为独居动物，只有交配的时候才会雌雄相会，龙栖山的黑熊在每年的6月至7月份进行交配，它们的幼崽通常在12月至翌年的2月间出生。

熊在自然界里没有天敌。所谓天敌，是捕食和被捕食的关系。网络上的视频中，我们很难看到熊和老虎、豹子争斗的画面，大自然是弱肉强食的世界，强强争斗，大都两败俱伤，作为食物链顶端的霸主，都懂得这个道理。

2. 黑熊的习性

雄性黑熊会在方圆37平方千米左右的范围里漫游，在植物最有营养价值时寻找食物。领地是动物寻找生存所需资源的地方，它不是一个地理意义上的区域，而是动物所面临的所有机会和挑战，包括竞争、气候、食物、捕食者，以及无法用语言描述的诸多其他因素。

黑熊前掌上的5只锋利爪子能够迅速撕裂猎物，虽然熊科动物的爪子不能伸缩自如，但粗钝的利爪的破坏力却是非常大的。

3. 人与黑熊

《续搜神记》云："熊居树孔中，东土人击树，呼为'子路'则起，不呼则不动也。"

熊，凭借其庞大的体型和利齿，在弱肉强食、腥风血雨的动物江湖中占据一席之地。然而，和狮子、老虎等陆生猛兽相比，熊却天生自带一种萌感，获得了人类的青睐。儿童玩具的店铺里，随处可见熊造型的玩偶；动画片里，熊的形象也总是一副憨态可掬的样子。熊为何能够和人产生强烈情感共鸣？答案可能是，熊比其他猛兽具有更多的人类特征。熊，是自然界里古老的物种，属于跖行类哺乳动物，可以和人一样靠脚掌直立行走。

福建省龙栖山国家级自然保护区，地处武夷山脉东南支脉的一片原始森林。在这片山野密林中，栖息着超过3000种动植物。从红外影像可以看到龙栖山的密林深处栖息着一个数量庞大的黑熊部落。

在龙栖山上采摘红菇的山民大多数都有与黑熊相遇的经历，多数情况下，如果给熊有效的警告，或它们的幼崽没有受到威胁，熊一般会选择离开。

如今，大部分造纸产业已迁出龙栖山，这片森林更增添了一分葱茏和静谧。龙栖山自然保护区管理局的工作人员计划人工种植一些大型的浆果类植物，可以增加黑熊的食物储量，缩小领地范围，增加保护区的黑熊数量。

4. 科学探索

在科学和医学领域，相关专家针对熊的习性，提出一些有趣的问题，比如，既然熊在冬眠期间不吃、不喝、不排泄，它们怎样避免因细胞分裂而生成的尿素所导致的尿中毒？我们知道，人类的身体只会循环利用大约四分之一的尿素，重新合成蛋白质后将其余的尿素排出，但是熊在冬眠时，显然将体内产生的尿素全部循环利用了。如果未来这个问题能够得以破解，那么这个答案可能会帮助到那些罹患肾衰竭的人们。

另一个科学谜团是熊的定向能力。熊从一个地方迁移之后，它们是怎样毫无偏差且几乎是沿着直线回到故土的？它们是有很强的记忆功能吗？还是说有一张领地地图存在它们的记忆中，龙栖山的科研工作者也发现，同样的浆果成熟季，第二年差不多时间，黑熊就会再来饱餐。

从龙栖山野外红外摄像机里,可以看到无论是山脊还是山坳口,都有黑熊的身影,画面中还有黑熊妈妈和幼崽嬉戏的场景,黑熊作为食物链顶端的霸主,栖息于龙栖山,也让龙栖山增添了一道神秘色彩。

5. 如何应对黑熊

如果人们是悄悄地走过熊的居住地,其实这是非常危险行为。较安全的办法是不断发出声响表示你的存在,这样可以使附近的熊撤退或绕道而行。徒步旅行者明智的办法是吹口哨、唱歌。偶尔高声叫喊、自言自语或与同伴交谈,同伴之间不要远离。

如果野外遇到黑熊幼崽,千万要远离,因为一般来说幼崽要和母熊生活18到30个月才会离开并独立生活。通常当我们看到幼崽时,它的母亲一定离它不远。

如果母熊认为幼崽受到威胁,它就会愤怒,这时会非常危险。黑熊爬树的本领在猛兽中数一数二,且黑熊擅长游泳,跑步时速能达40多公里,所以一定要远离幼崽。

(三) 偶蹄类之野猪

这种长着硬毛的野猪是家猪的主要祖先。它们身体上的条纹,能在茂密的灌木丛中起到隐蔽作用。它们的皮毛很硬,短小的尾巴末端具有流苏状的尾尖毛。

野猪体躯健壮,四肢粗短,头较长,耳小并直立,吻部突出似圆锥体,其顶端为裸露的软骨垫;每脚有4趾,且硬蹄,仅中间2趾着地;雄性上犬齿外露,并向上翻转,呈獠牙状。它们主要为杂食性动物,只要是能吃的东西都会吃,会用鼻子和獠牙挖掘食物。

一般的野猪群有2至3只母猪与一群幼猪。龙栖山上,四处可见野猪觅食的刨痕,红外摄像机里也可以看到野猪的活动画面。三三两两的野猪幼崽,它们身上咖啡色条纹的被毛分外引人注目。

(四) 云豹

哺乳动物中的食肉目具有一些独一无二的特征,如长着锋利的颊齿。很多食肉动物能杀死比自己体型大的猎物。为捕猎而生的典型的食肉动物非常擅长捕猎,它们有良好的视力、敏锐的听觉,以及定位猎物的敏感的嗅觉,能高速追踪猎物或长距离地追捕。

猫科动物都长着能抓住猎物的锋利爪子,以及可撕咬猎物的强有力的下颌和牙齿,豹子就是其中的佼佼者。

云豹体色金黄,身上覆盖有大块的深色云状斑纹,因此被称作"云豹"。深色的云纹和斑点构成了云豹天然的伪装,当它们安静地蜷伏在树枝上时,即使是天上飞过的鸟都很难发现它们。

云豹体长70至110厘米,尾长70至90厘米,体重16至40千克,为豹亚科最小者。可是,别看它们身量较小,捕猎的本领却不小。粗短的四肢使得云豹的重心较低;带有长长利爪的脚能帮助它们在树间跳跃时牢牢地抓住树枝;又长又粗的尾巴则是它们在攀爬时重要的平衡工具;柔韧的后腿脚关节能极大增加脚的旋转幅度。

同时,云豹的牙齿也与众不同,它犬齿的长度比例在猫科动物中排名第一,犬齿与前白齿之间的缝隙较大,犬齿锋利,舌面和唇面均有两道明显的血槽,与史前已灭绝的剑齿虎相似,因此云豹又有"小剑齿虎"之称。

云豹的面颅下颌骨和颅骨颧弓关节窝的结构,可以使它的双颌能张开到接近90度,而大多数的猫类只能张开65度至70度,就连剑齿虎也只能张开到约85度,这样的头骨结构使得云豹具有惊人而致命的咬杀力。

除了这些身体结构上的优势外,云豹还非常善于攀爬,作为高度树栖性的物种,它们在夜间常伏于树枝上守候猎物,待猴、鸟、鼠、野兔、小鹿等小型哺乳动物临近时,从树上跃下捕食。

其实,云豹在地面上的狩猎时间要比在树上的时间更长,它们还会通过挠抓树木、喷洒尿液、剐蹭等行为来标记它们的地盘。

如今，云豹的数量越来越稀少，已经成为国家一级保护动物。

龙栖山有云豹吗？据《将乐县志》记载，龙栖山有云豹出没；而龙栖山的老人说起2007年上山采红菇时，曾见到过"大猫"；龙栖山自然博物馆里陈列有一只云豹的标本；距离龙栖山100多千米的南平市九峰山动物园，20多年前就有10多只云豹，由于没有掌握繁殖技术，就渐渐消亡了。

但我认为龙栖山的自然条件优越，有云豹作为栖息地的条件。虽然放于野外的红外摄像没有拍摄到云豹的踪影，但期待着有一天可以见到云豹矫捷而美丽的身影。

鸟类天堂

地球上的鸟类品种约有9700种，鸟类与哺乳动物一样，也是温血脊椎动物。和大部分哺乳动物不同的是，它们卵生，身体被覆羽毛，大多数能飞行。适于飞行的羽毛不仅能保暖，更能在飞行中保持翅膀和尾巴的合适形状。羽毛由角蛋白的物质构成，这种物质也是人类头发和指甲的组成成分。

（一）黄腹角雉

黄腹角雉雄鸟上体栗褐色，满布具黑缘的淡黄色圆斑；头顶黑色，具黑色与栗红色羽冠；飞羽黑褐带棕黄斑，因腹部羽毛呈黄色，故名"黄腹角雉"，为国家一级保护动物。

黄腹角雉是中国特产的一种鸟，食物主要是蕨类植物的果实。性好隐蔽，善于奔走，常在茂密的林下灌丛和草丛中活动，非迫不得已，一般不起飞。常成5只至9只的小群活动。

黄腹角雉身体粗笨，不善飞翔，喜欢潜伏，胆子很小，活动隐秘，反应迟钝，有时还会干出"埋头不见"的傻事。

（二）白颈长尾雉

白颈长尾雉是大型鸡类，体长81厘米。雄鸟头灰褐色，颈白色，脸鲜红色，其上后缘有一显著白纹，上背、胸和两翅栗色，上背和翅上均具1条宽阔的白色带，极为醒目，为国家一级保护动物。

白颈长尾雉喜集群，常成3只至8只的小群活动。它们多出入于森林茂密、地形复杂的崎岖山地和山谷间，生性胆怯而机警，活动时很少鸣叫，因此难以见到。

白颈长尾雉主要以植物的叶、茎、芽、花、果实、种子和农作物等植物性食物为食，也吃昆虫等动物性食物。它们早晚出来活动，一边游荡一边取食，中午休息，晚上栖息在树上。

（三）斑头大翠鸟

翠鸟及其近亲都是坐等猎物出现的捕食者，它们以较大的猎物为食。

斑头大翠鸟家族羽毛鲜艳，比普通翠鸟个头稍微大点，耳羽呈蓝色，国家二级保护动物，是龙栖山的明星鸟，斑头大翠鸟对栖息环境质量要求非常高，龙栖山是全世界观察最稳定的区域。斑头大翠鸟上体主要为黑褐色，渲染蓝绿色，背部中央具一亮绿色纵线，耳羽蓝色，胸和腹栗色，头和颈黑色。

斑头大翠鸟栖息于海拔1200米以下的低山丘陵和山脚平原地带的森林河流岸边。平时常独栖在近水边的树枝或岩石上，伺机猎食，食物以小鱼为主，兼吃甲壳类和多种水生昆虫及其幼虫，有时兼吃一些植物性食物。

翠鸟扎入水中后，还能保持极佳的视力，因为它的眼睛进入水中后，能迅速调整水中因为光线造成的视角反差，所以它们捕鱼的本领很强。

（四）白鹇

白鹇翎毛华丽、体色洁白，在中国自古便是名贵的观赏鸟。《禽经》记载"似山鸡而色白，行止闲暇"，因此宋代李昉所饲养的5种珍禽中，白鹇被称为"闲客"。唐代李白曾作诗《赠黄山胡公求白鹇》；清朝更把白鹇作为为五品文官官服的图案。现在它是我们国家的二级保护动物。

说来有趣，一只昏昏欲睡的动物所打的一个简单哈欠却是动物行为学领域的前沿研究问题。极少行为是鸟类、哺乳动物、爬行动物、两栖动物甚至是鱼类所共有的，但打哈欠却是其中之一。因为在所有脊椎动物中都存在打哈欠的行为。

打哈欠有着多重含义。它可以是极度恐惧、激烈攻击或极度疲倦的象征，也可以是动物为打斗或睡眠而做的准备。它能够给血液注入新鲜的氧气、伸展一下疲倦的下颚肌肉或者仅仅是让动物在紧张的状态中稍事休息。

将龙栖山动物的动作习性记录下来，通过专家的解读，从而将龙栖山的特殊地理地貌和野生动物的分布、种类展示出来，这样一种新的科学考察方式，可以帮助我们更直观地感受到保护区动物和野生动物之间的关系。

地球的演变史上，动物与人类的关系也总是在发生着变化。例如黑熊曾作为食物链的顶端，是一方霸主，可是一段时间后，由于人类发展，黑熊也几近消亡；而今大龙栖山保护区里黑熊群落的生存，则标志着人与自然的关系走入一个崭新的阶段。

六

生态记

地球是人类的家园，但人类却不是这个家园里唯一的住客。所有的生物都需要一个能让它们生活并繁育后代的地方，这个地方就被称为生境或栖息地。生境可以大如大草原，小到小水洼。在陆地或海洋中某个独立的区域里，可以有很多不同的生境。虽然每个生物所栖息的环境不同，但正是万物之间和谐共存的状态才构成了良好的生态环境，也才能让我们的地球家园变得更美更宜居。

福建龙栖山国家级自然保护区内溪流弯曲跌宕、水清多潭、奇峰耸立、飞瀑遍布、竹林似海、古木参天，如此优良的生态环境为众多生物提供了赖以生存的生境。同时，龙栖山自然保护区的水杉大道、山前云海、龙潭飞瀑等原生态的绮丽风光，吸引着众多游客来区内观光、猎奇。

保护区境内地貌多以紫、红、灰、黄色原层砂砾岩的熔岩为主，砾岩、砂砾岩结构紧密，经风化形成孤峰、陡壁，构成丹霞地貌，其奇特的地势、高耸的山体、裸露的岩壁、陡峭的山坡，炫巧争奇，构成了龙栖山自然保护区的骨架；缭绕的云雾，喷薄的朝阳，飞悬的瀑布，层叠的竹海林涛，给保护区披上了神秘的面纱。古树奇木，葱茏满目；清泉石涧，鸟语花香。曲径通幽，苔藓藤萝蔓延；峰回路转，云山雾海重升。

细雨中游龙栖山，但见满山烟云，一片迷蒙山岚竹树，若隐若现，似有似无；云雾中游龙栖山，群山如大海之波涛，汹涌澎湃，白云从容不迫地在你的脚下徐徐而过，置身其间，如在仙境；倘若雨过天晴，空中流云隐现，云埋半山，烟藏屋角，彩虹远跨群峰，别有一番韵味；每逢旭日东升，霞光万道，流云飘烟从峡谷升起，山岚秀色尽收眼底，给人以"人在画中游"之美感。

半山云海

半山云海在保护区往白莲的半山腰公路上，距余家坪6千米，海拔600米，由于此处森林茂密，加上山下小王水库的蒸腾作用，空气中富含水蒸气。在气压较低的晴朗日子，早晨会形成一片广阔的云海。白莲镇的大部分村落和低山全部覆盖在云海下，偶尔露出的山峰像是汪洋中的小岛，大树似灯塔。此时的云海有一种静态的美。日出后，朝霞堆烁，扎起一轮红日，蔚为壮观。

龙潭飞瀑

龙潭位于余家坪东南7千米处，这里林密谷深，余家溪弯曲跌宕,比降增大,形成一串瀑布群,最大一处落差20余米。瀑布下跌积成深潭。水声如雷,两边巨石嶙峋,峭壁陡立。

圣水岩

圣水岩位于龙栖山与万全乡交界处,海拔1561米。清乾隆《将乐县志》记载:"上有泉,不盈,不涸。病者饮之即痊。天旱祷之即雨。"故取名圣水岩。

峰顶突兀着3座30米高的山头,俨然一个"山"字,风姿独特。圣水岩怪石奇岩,千姿百态,形似雄鹰、神龟、山羊、伏虎、怒狮、群猴、石笋、石柱、石幔以及一线天、连环石、小石林等,构成一幅幅奇特石景。

十字坳自然风光

十字坳距余家坪12千米,海拔1310米,是到达里山和攀登主峰的必经之地。南北山脊5公里范围内天然形成大片黄山松林。虽因雷击多次引起森林火灾,但"春风吹又生",黄山松林益加郁郁葱葱,最大的母树胸径已达70多厘米,树形舒展美观。十字坳东西两侧山坡上还长满了各种杜鹃。春末夏初,映山红、丁香杜鹃、毛果杜鹃鲜花盛开,寂静的山脊上姹紫嫣红、绚丽夺目。

自然选择的奇妙作用下,每一种生物都在其特定生存条件下仿佛"定制"而成,它的身体和行为都与其所在的栖息地相适应。正因为如此,我们可以通过动物的一些行为举止来推断出他的栖息地。

七

研学记

将乐县2014年至2016年连续3年被评为"中国深呼吸小城百佳"榜首,2017年获"美丽中国·深呼吸第一城"荣誉称号,而龙栖山自然保护区正是将乐县的绿肺。

龙栖山自然保护区作为"中国人与生物圈保护区网络成员",先后荣获"中国森林氧吧""中国森林体验基地""全国森林康养基地试点建设单位""全国科普教育基地"等荣誉称号,成功创建了福建省生态旅游示范区、福建省水利风景区。

龙栖山自然保护区以"深呼吸、慢生活、大健康"为主题,把将乐打造成为全国知名的"深呼吸:大健康休闲养生旅游目的地"。同时,龙栖山国家级自然保护区的"中小学生自然教育研学基地""三明市研学实践教育基地""福建省首批保护母亲河行动生态教育基地"的建设,也为广大中小学生的生态研学和自然教育提供了强有力的支持。

自然教育产业: 结合将乐县森林康养产业规划,充分利用龙栖山自然保护区森林和生物资源优势,以鸟类调查监测、生态教育研学为抓手,对龙栖山学校、龙栖山自然博物馆进行改造提升,打造全省首家自然教育和生态研学实践基地,可为同学们到保护区内开展自然教育、生态研学、素质拓展、团建培训等活动提供有力支撑。

森林体验产业: 以创建中国森林体验基地为契机,完善路网建设,举办山地越野、山地马拉松、山地自行车等国际赛事,吸引体育爱好者到龙栖山开展森林体验活动,已成功举办了两届龙栖山国际越野跑挑战赛。

休闲康养产业: 以创建全国森林康养基地为契机,全力支持"尚云栖"精品民宿和"龙栖山贡生舒院"特色民宿建设,进而带动村民发展民宿,推动乡村振兴战略实施。

野拍乐园

龙栖山是鸟类的天堂,每年都吸引着众多观鸟爱好者前来进行野外拍摄。龙栖山将逐步建设几处田角地块的湿地天然观鸟平台。拍摄者可以在伪装棚里尽情拍摄低飞水鸟,难得一见的斑头大翠鸟出现在龙栖山的溪流中时,游客可以拍到精彩的瞬间。

博物观察逐渐为人们认知，渐渐成了很多人的一种爱好。中国目前已知的蝴蝶种类大约2000种，美丽的蝴蝶总能吸引人们追寻的目光。巡山观蝶，以图记趣，配上音乐，每一只蝴蝶都成为大自然的笑脸。博物者每次进入龙栖山自然保护区，都会收获大自然的厚礼，山中的故事时时在上演，让博物者有无穷无尽可以表达的内容和情感，也可以顺手写篇蝴蝶札记。

龙栖山自然科学博物馆

龙栖山自然科学博物馆，堪称龙栖山动植物资源的缩影，陈列了珍贵动植物标本近万种。这里的图片、标本、模型和文字，让人们在踱步之间就能走进核心区的神秘园。

龙栖山自然保护区的秀美风光为游客提供了独特的旅行体验，而保护区的自然科学博物馆，则为孩子们提供了丰富的科普教育资源。

自然科普小径

前往龙栖山的龙潭路上，保护区专门修缮了一条自然科普小径，游客们可以一边领略龙栖山山涧溪流以及沿岸的自然风光，一边可以通过扫码了解植物的知识，可以说是一场有关植物研学的现场教学。

驿站是古代传递军事情报的官员途中食宿、换马的场所。保护区内修葺了许多植物驿站，供游客作为山路上的歇息之所。驿站里有非常多龙栖山植物的自然科普知识，可以让游客边休息边学习。

南方红豆杉王广场

龙栖山自然保护区气候湿润、四季分明、环境优美、空气清新，在地质史上没有受到第四纪冰川的袭击，成为典型的亚热带中南缘植物分布区域。

南方红豆杉耐荫，喜欢温暖湿润的气候和腐殖质丰富的酸性土壤。龙栖山湿润荫蔽的山谷、溪边和山脚，是吸引它们栖居的天然宝地，因此，在山上你能看到大片南方红豆杉群落。

保护区内的南方红豆杉树王树龄已长达1700年，如今这棵红豆杉树王所在的广场，已经成为吸引各方游客的自然人文康养点。身处此地，不仅可以感受保护区内良好的环境，更可以借助这棵红豆杉树王，去感受岁月的流淌，静静地与历史对话。

西山造纸体验园

一刀传承千年的西山纸，记录着历史长河的痕迹。相传清乾隆年间（1736—1796），《四库全书》用西山纸编印；西山纸印刷的线装本《毛泽东诗词》，蜚声中外。非物质文化遗产的造纸工艺至今仍在龙栖山闪耀着。

龙栖山至今还保留了一个西山造纸作坊，作坊的主人是西山造纸国家级非物质文化传承人刘仰根，如果5月到10月间探访作坊，说不定可以看到造纸工匠们正忙碌着生产着西山竹纸呢。

梅花鹿苑

龙栖山石排场附近有一间梅花鹿苑，里面饲养了近百只梅花鹿，只要游客抓着一把草或树叶，抑或是玉米粒，就可以与梅花鹿亲密接触。

而鹿苑的位置正是古代银场堆放矿渣的地方，游客会看到地上满是亮晶晶的银矿渣，这也是龙栖山的历史文化见证之一。

结语

龙栖山是一座庞大的自然博物馆，她以绚丽无比，保存完好的原生态环境而被世人所称道。远眺近览，乔木森然，绿波荡漾，峰峦或开或合，或收或放，或悬崖峭壁，险峰突兀；或平远绵亘，幽深曲折。立体空间参差有致，置身其间，步移景异，仿佛在欣赏一幅幅连续多变、风光旖旎的山水画卷。

泰宁寻奇(一)

引言

宋徽宗赵佶开设皇家画院时曾出一考题,即为"深山藏古寺",由此可见我国古代寺庙建筑多选址于幽静山林之中。而在闽西北的群山之中,就藏着这样一座堪称神奇的古寺,它始建于南宋时期,却直到1958年才被当地有关部门在进行文物普查时偶然发现。更加令人惊讶的是,这座寺庙竟高悬于离地面30余米的崖洞之中,且整座建筑仅由一根木柱支撑。

一

泰宁县位于福建省西北部,地处武夷山脉中段的支脉杉岭东南,是两省三地市交界之处,甘露寺则隐藏于杉岭耸峙的群峰之间。从空中俯瞰,它仿佛是赤石深壑中镶嵌着的红宝石。这座始建于南宋的全木构悬空建筑,至今仍完整地保留着初建时的风格样貌。

考察组在前往甘露寺前查阅了《泰宁县志》,发现关于甘露寺有一段简单的介绍。南宋绍兴十六年(1146),甘露寺主持僧了凝募捐并修建了甘露寺。根据考察组已有的调查经验,闽西北民居讲究建筑与山水的融合,山区的人们常常选址于朝阳的山坡之上建房屋,然而甘露寺却选择建于崖壁岩穴的上部。如此大的操作难度,在科技尚不发达的古代究竟是如何实现的?这个问题不禁引起了考察组的浓厚兴趣。

甘露寺位于大金湖的西侧,考察组因此乘船前往。大金湖地处泰宁县城西南山地间,这条凹陷狭长的谷地中汇聚了百川之水,形成了山地湖泊。湖水两侧紫红色山体如同焰火一样灼日。专家告诉队员,眼前这样"色若渥丹,灿若明霞"的地貌,被称为"丹霞"。气势磅礴的大金湖烟波浩渺,蔚为壮观的丹霞地貌与碧波水色交相辉映,共同构成了美不胜收的水上丹霞景观。

考察队员下船前行数百米后,一座红色建筑在大金湖畔的丹霞地貌之中隐约可见。队员们继续攀登,山路两边参天的古木与翠竹仿佛好客的主人在夹道欢迎着队员们。走进山门,抬头可见甘露岩寺建在丹霞岩壁上的一处天然岩穴之中,一根大木柱自岩穴的底部支撑着整个寺庙,蔚为壮观和神奇。

甘露寺是一组全木构的建筑群,建筑之间以木栈道衔接。由于岩穴空间有限,整个寺庙布局紧凑、错落有致。除了主建筑外,其他建筑也一应俱全。由于是全木构建筑,甘露寺几经失火焚毁,如今所看到的是20世纪80年代时所重建。其所处的岩穴高80余米、深约30米,岩穴上部宽约30米,下部宽约10米,整个岩穴呈倒三角状。岩壁上还有着数量众多、大小不一的岩穴。而这根支撑起整个寺庙的木柱直径1.35米,目测高度约为9米。

甘露寺因内岩裂隙处一年四季都能流出清冽甘甜的泉水而得名。一路走来,队员们看到山体崖壁上长满了青苔,鞋子也被露水打湿,但在如此潮湿的环境中因水得名的甘露寺却显得十分干燥,这也引起了大家的好奇。

面对这些疑惑,考察组决定扩大考察范围,继续观察周边的地理环境。

通过与当地村民交流,队员们得知金湖原为金溪的一段,是条落差大、险滩多的溪流,当地因此素有"金溪十八滩,滩滩鬼门关"的说法。而眼前的大金湖其实是一个人工湖,是在1979年由于水利建设的需要才筑坝蓄水而成。

考察组了解到，由于地质构造原因，泰宁四周为大山所环绕。境内近500座千米以上的山峰如锯齿般林立于县界线上，成了一道天然屏障。古时泰宁陆路交通非常不便，只有供步行的古驿道和大小山路，县城到较远的乡、村要步行一两天。航道只有衫溪的一段和金溪可通小木船，且水险滩多。从泰宁县城前往省会福州，要花费将近半月的时间。

专家告诉队员，闽北一带深山峡谷中的溪流咆哮奔腾，滩多水急。泰宁当地民谣《芦庵滩头哭五更》中，就有"四更鸡，声声泣，沉船浦里篙桨满，芦庵滩下万骨集"的描述，足以说明河道的艰险。芦庵滩在泰宁金溪上游，如今已成了拦水筑坝之地。

泰宁是我国青年期低海拔山原峡谷型丹霞地貌的代表。其特征就是独特的崖壁洞穴群、密集的深切峡谷曲流和原始的沟谷生态。在其区域内，各种洞穴难以计数，深切峡谷众多，无论峡谷数量、密度、窄度，还是峡谷曲流的曲度以及组合形态之复杂多变都十分罕见。专家告诉队员们，或许正是因为这样独特的地理环境所导致的交通不便，才使得这岩穴寺庙建筑一直深藏在泰宁的深山之中，鲜为世人所知。

独特的山川地势和险绝的交通条件，造就了当地人与众不同的生活方式和风俗。考察组在行进过程中来到了泰宁张地村一个叫紫云岩的地方，大家在此发现了一排排码放整齐的岩棺。当地村民告诉队员，张地村里男丁出生时家里就会为他准备一对福寿棺材，寓意是夫妻双方福寿双全。岩棺用的材料是杉木，放进去直到几十年后拿出来时都不会有虫蛀，且能保持干燥和完好。岩棺堆放于几块坡度差不多为30度的石块上，已有些年份。上面的油漆已经脱落但仍可以看见写着"福""寿"等字样。

岩棺处非常干燥，但其周边的环境非常地潮湿。连续的降雨使得岩壁一直滴水，周边的植物也非常地茂盛，岩棺下方的土壤非常潮湿甚至还有积水，而在岩棺的后面则是一条湍急的溪流。

同行的专家魏勇告诉队员们，岩棺的位置是丹霞地貌中倾斜的岩槽，并没有直接接触地面。岩棺处的砂砾岩透水性比较好且干燥，岩棺放置的位置也非常巧妙，没有阳光直射因此始终处于阴凉处。此外，旁边的溪流流速很急，也会带动周边空气流动，使得岩棺上的空气始终保持通畅，从而将大部分潮气带走。

虽然张地村岩棺处于岩穴的下方，甘露寺位于崖壁高处岩穴的上方，受潮湿空气侵袭程度不同，但是砂砾岩透水性是相同的。正因为如此，泰宁高山的岩穴内，都是非常干燥的。

据向导介绍，泰宁地区的岩穴不仅产生了甘露寺这样的寺庙建筑，还诞生了更多令人意想不到的用途。距离甘露寺约10千米外的状元岩，据说是南宋状元泰宁人邹应龙的读书处。大家决定前往那里一探究竟。

一路上，队员们见到这里的丹霞地貌并不是想象中的红色，而是近乎黑色。专家告诉大家这是因为泰宁的丹霞地貌被武夷山茂盛的树木、地衣、苔藓所覆盖，因此呈现为绿色、青色、黑色，裸露出来部分则是紫红色的沙岩或砂砾岩。

状元岩下的这条小路就是当地人口中的"斗米阶古道"，相传当年邹应龙就是负笈担粮，从这条古道一步一步爬上险绝的山崖，并在那里潜心读书，最终在25岁便考上了状元。

队员们从坡地爬至山顶大约花费一个半小时，来到了相传邹应龙穴居苦读的地方。当地村民告诉我们，丹霞岩穴冬暖夏凉，此时7月本应是酷暑难耐，但这里却格外凉爽。大家在此地最人的感受就是安静。可以不发一语、默默感悟、独自浅吟。同时，丹霞地貌使得岩穴的蚊虫很少，因此这确实是静心读书的好去处。

泰宁县博物馆研究员连小琴告诉队员，古时泰宁的学子都会选择一个自己认为是福地的岩穴。在此，他们可以潜心读书，借助山川灵气启迪文思，从而打开科举之路。像叶祖洽中状元前就在叶家岩苦读，明朝的太仆寺少卿江日彩和兵部尚书李春烨则分别选择了黄石寨和李家岩。

独特的丹霞地貌发育出许多形态各异、宽敞明亮的崖壁岩穴，这不仅是读书人的理想佳地，更是泰宁历代书馆经院授课的场所。泰宁先民常将书院建到距离村庄不远的岩穴中，如清代的双溪书屋、明镜山房；际溪丰岩村、南会云岩村、赤溪村等地的洞穴中学堂，除此之外，还有建在岩穴之中的村落。

队员们来到泰宁杉城镇圣丰岩。在这个扁长的岩穴内可以看到一些建筑，当地村民告诉队员，他们祖祖辈辈都生活于此，前些年才搬到外面居住。而通过对圣丰岩的考察，大家发现这里与甘露寺所处的岩穴地理环境较为接近，但甘露寺的岩穴空间大、采光好，空气更为流通。

专家告诉队员，这些天然形成的丹霞岩穴因其既可躲避风雨，又可采日月之光的地理特征，遂成了佛寺、道观的理想福地。而泰宁先民对大山充满了敬畏，尤其是丹霞岩石地貌红色的庄严感和险绝神秘的地形，更使得历史上泰宁道教、佛教盛行。

泰宁先民或是在天然岩穴中修建寺庙、诵经祈福，或是走进深山、栖居岩穴、苦读成名，不管是出世还是入世，他们都在这一方岩穴里演绎着属于自己的人生。一岩一壑间，流传的是泰宁先民崇德尚教的精神与对理想生活的不懈追求。

二

考察组发现，甘露寺的建筑构架采用一根立柱的承重方式，在空间上造成悬空建筑群景观，楼阁布局别致，构架严谨，形制奇巧。整体建筑既体现了传统的营造法式，又有所突破。

其台基以3根粗大的木梁横跨岩穴空间，架设在两侧崖壁凿制而成的岩台之上，建筑体的正面第一根梁木因空间跨度较大，在岩穴基岩上置立柱用于承受建筑群的垂直重力，避免了中间凹曲。由于梁木横跨两端崖壁，建造者充分利用水平梁木能承载建筑物体量的作用，分解了岩穴内阁楼的垂直承受力。

考察中，队员发现，甘露寺在正面前方区域设置正殿，其余建筑则错落分布于崖壁其他位置。它们借助山体固定，无须立柱承担重力。同时，建筑材质均为木质，以榫卯结合为主要连接方式，这也减轻了梁木的负荷。

设计者没有按以往的习惯从下往上建，而是充分地利用泰宁丹霞地貌岩穴的特征，以一根立柱擎托建筑，从而使地面空间增大。岩穴因接近顶面，空间大、采光好且空气流畅，这样借用空间的做法十分巧妙。

甘露寺的每幢建筑之间皆留有适度空间，形成密中见疏的效果，因而不会觉得空间狭小。建筑错落有致，呈现出高低叠架之势，极富层次感。

然而，考察队员还发现了一个奇怪的现象，整个甘露寺的屋檐上都没有瓦片，还有一些建筑甚至没有门但却没有什么灰尘。专家告诉队员，由于泰宁地形四周高、中间低，西北为武夷山主脉和杉岭山脉，阻挡了冬季的寒潮南下。而南部又有君子峰这样的大山掩护，夏季台风刮到泰宁时风力已经很弱，故而泰宁一年四季大都处于静风区中。

泰宁静风的特殊气候使得建于岩穴中的甘露寺无需用门，屋顶的设计也无须考虑风雨的侵袭。而古时身处岩穴中苦读的学子们也因此可以静心读书，不用担忧风雨的袭扰。

甘露岩寺始建于宋绍兴年间，距今已有800多年。古人充分利用泰宁丹霞地貌岩穴特点以及独特的地理气候环境特征，采取"一柱插地，不假片瓦"的独特结构建筑。全部采用木质材料和榫卯结合的方式悬于崖壁之上，堪称我国建筑史上一大奇迹。

自然的造化为泰宁这片土地绘上绚烂的丹霞之色，又将其怀抱于群山之中。悬崖峭壁之上，千姿百态的岩穴为泰宁先民的生活提供了更多可能。从栖身之所到读书之地，再到悬于岩穴之中的佛寺建筑，泰宁先民凭借其智慧与坚韧，绘制出丹霞岩穴中独特的人文景观，也绘制出了拼搏向上的生活图景。

三

独特的丹霞地貌，孕育出了泰宁独有的岩穴文化。透过岩穴内的寺庙建筑，我们仿佛能穿越历史，去感受当年设计者的巧思与匠心。

泰宁地区除了独特的岩穴文化之外，当地的老百姓生活也值得探究。据了解，泰宁地区的丹霞地貌山高谷深、平地稀少，再加上风化作用造成了植被稀疏，当地先民能够在此居住也是一个奇迹，那么他们是在哪里建设村落呢？他们又是如何在赤壁丹崖间建设自己的家园呢？

《地理·中国》栏目《泰宁寻奇》第一集节目于2023年9月16日在CCTV-10首播

泰宁寻奇（二）

引言

在探寻悬于岩穴之中的甘露寺的建造之谜的过程中，考察组了解到丹霞地貌虽然神奇瑰丽，但是其自然条件却并不适合人类居住，因其存在土地稀缺、植被稀疏等不利因素。因此，泰宁先民们选择在此聚居的原因着实引起了大家的好奇。

一

专家告诉队员，由于地质构造的原因，泰宁四周大山盘绕、陆路崎岖、水道险绝，交通十分不畅。但是据相关史籍记载，泰宁自古产金，在唐代即被称为"金城场"，是当时福建向朝廷进贡黄金的县份。从四方过来开采黄金的工人成了早期泰宁先民的一部分。

泰宁县西北部杉城镇的际溪村坐落于赤壁丹崖间，这里奇峰俊秀、岩穴棋布、丹崖斑斓、流水清幽。此地因明代兵部尚书李春烨中于参加科举前在此避世读书而闻名，亦因村中李家岩槽长241.3米成为中国最长的丹霞岩槽而著名。

考察中，队员发现际溪村范围内有许多高矮不一的丹霞地貌山体，但村里的民居建筑大都选择较为低矮的山体，这些山体由于长年的风化和雨水侵蚀，表面基本上已很难看到裸露的紫红色砂砾岩，而是被茂密的植被覆盖。

行走于际溪村中，队员发现村里的民居建筑大部分都建于低山的缓坡之上，而且还有许多土坯墙。这些土坯墙有的作为侧墙，有的作为正面墙体，也有的与砖墙混砌，历经数百年而不倒塌。

在际溪村一座已经废弃的民居里，队员们从破损的墙截面处得以确认这堵墙为土坯墙结，因其内部为砖与黏土混合而成，当地人又称之为"空斗墙"。与砖墙不同，土坯墙通常是在1米左右的石基和砖基之上建造，不过它和砖墙一样可以起到挡雨、防潮、防寒的作用。

建造土坯墙，通常需要选用黏性较好、含砂质较多的土壤，因此在福建大田县的土堡和南靖县的土楼中较为常见。但是，这种黏土在泰宁丹霞地貌的砂砾岩层中并不常见。际溪村的民居中土坯墙数量众多，所需黏土数量庞大，如果全从外地运来，考虑到当地的交通情况和建造成本，实在有悖常理，这不禁让考察组队员感到疑惑。

专家告诉队员，际溪村位于泰宁的丹霞地貌的边缘地带。这里的第四纪沉积物具有黏性物质和黏性较高的土壤，因此可以成为制作土坯墙的原材料。

队员们还了解到，独特的丹霞地貌除了为当地民居的建造提供了黏土之外，还提供了另外一种特别的建筑材料，那就是民居建筑的台阶和石头小径所铺的红色石块。这些红色的石砖，当地人称为"红米石"，是丹霞地貌的红色砂砾岩中密度好、颗粒小的岩块。红米石的特点是较脆且透水性好，因此当地人将其用作地面材料，以方便排干积水。

泰宁先民在漫长的生存探索中，充分发挥自己的智慧，尽可能地利用当地资源，搭建起足以遮风避雨的栖身之所。然而面对交通不便和缺少腐殖质的土地，生活物资又成了泰宁人需要解决的一个问题。

泰宁雨量充沛，金溪的三大支流汇集于此，周边县区的诸多溪流也汇聚至泰宁，泰宁先民故而能充分利用潮湿温热的气候条件和水量丰富的优势,将水稻作为主要农作物。田地面积无论大小,都优先种植一季水稻,然后再安排其他农作物或经济作物轮种。专家告诉队员们,泰宁先民之所以选择在低矮的山丘聚居,就是因为这里的风化土壤上已覆盖了繁茂的植被。随着时间的推移,先民们逐渐将原来缺少腐殖质的沙土改造成了良田,而田地里的轮种安排也有利于增加土壤的肥力。

考察中队员还发现一个有趣的现象,村子里几乎家家户户都有一块不小的菜园,种植了各式各样的蔬菜。这是由于交通不便,自古以来泰宁先民除了将部分稻谷用以交易之外,还依托本地温暖潮湿的气候,选择适合丹霞地貌下风化的沙土土壤种植的果蔬,这确保当地食物的自给自足,也长期维持了当地以自然经济为主的社会生活。

由于泰宁先民较少出远门且和外界交往不多,泰宁话成了一种不同于周围各县的独特方言,也因此形成了泰宁地区特色的文化传承。如当地盛行的"梅林戏",是以徽调为基础,并吸收了泰宁当地的歌谣小调以及地方土戏的精华,又因传艺地在梅林,故得名"梅林戏"。

泰宁先民之所以喜欢梅林戏,是因其传统剧目较多且大都为历史故事剧。聆听梅林戏的戏词以及观看演员的表演,既能丰富人们的精神生活,又能寓教于戏,这对于生活在闭塞山区的人们来说显得十分有意义。

梅林戏记录下了泰宁先民在这片土地上筚路蓝缕的艰辛岁月,更是人们在与自然的相处中智慧与坚韧的表达。

二

泰宁先民充分利用当地的自然资源,在山峰环绕的环境中选择相对低矮的丹霞山丘,因地制宜地建设自己的家园。然而低矮山丘资源十分有限,更多的先民需要不断地向深山中挺进。

向导告诉考察组,在泰宁的深山当中还有一些村落。它们的年代非常古老,民居样态和我们前面看到的际溪村完全不同,甚至在武夷山脉中也是极为罕见的。

里坑村位于泰宁县大龙乡,已有数百年的历史,由于地处深山老林,村落周边常有猛兽出没,当地百姓称其为"老虎际"。村民们告诉考察组,在 60 多年前的一个傍晚,在听到猪圈里的猪叫后突见到了一只老虎的背影,100 来斤的猪随即就没了踪影,在这之后狼和狐狸也时常来光顾。

"老虎际"古村落一面依山,一面悬空。悬空部分用两至五根杉木撑起,山中溪水顺势而下,穿过村子中心。村道均由石阶砌成,而那些高高的撑脚,容易让人联想到苗寨的吊脚楼。村里的石板路纵横交错、曲折盘旋。建筑的材料基本以石头和杉木为主,石基、石阶、石巷构成村落的肌理,原木、板材榫接的吊脚楼在石面上鳞次栉比,既有单层建筑也有双层楼阁。

村民告诉队员,"老虎际"的吊脚楼通常一楼摆放杂物农具、圈养家畜,二楼住人。因为地处山林,因此猛兽较多,会危及圈养的家畜。如果发现紧急情况,村民们会敲锣打鼓,集体前来帮忙。

"老虎际"依山而建,背靠的山脉为龙王岩,整座山的主体形状呈开怀跌坐的弥勒大佛。据村民所说,这座山上有一处十分神奇的景观,被称为当地人的天然"时钟",也称为"白崖"。以前没有钟表时当地的人们就把白崖当成天然时钟,太阳照到白崖,当光影成一根线时,就是 10 点 40 分左右;当白崖上面没有光影出现时就是 12 点。"白崖"因此成为当地的天然"时钟",周边 3 个村庄都可以看到。

队员们实地观察后发现,弥勒岩壁上有一个巨大的心形,岩石中间有两条裂缝,就像一个有角度的时针和分针。此时天气晴朗,一缕阳光正照射着弥勒岩,大家看了一下手表发现时间为 11 点 50 分,天然"时钟"

上确实还有一片光影，等到阴影完全消失时正好为12点，确如村民们所说。专家告诉队员们，弥勒岩是丹霞地貌的一个岩堡，由岩石风化和节理剥落形成崖壁，从而产生了一个类似时针和分针的形象，当地村民因此得以巧妙地利用天象和阳光投影来判断时间。

考察过程中，队员们还发现了一个奇怪的现象。当地村庄所有房屋顶上的瓦片上也都如考察组之前到访的闽南沿海地区一样压着砖，这不禁使大家对当地的风力状况感到疑惑。而在调查走访后队员们了解到，"老虎际"的风力确实很大，半边屋檐都会被吹开，在立秋之后尤为明显。

之前探寻甘露寺时，队员们了解到整个泰宁县由于高山环绕四周，阻挡住了冬季的东北风和夏季的台风，因此整个泰宁县大部分地区一年四季都处于静风的状态。但是"老虎际"的位置处于两山之间的缝隙，在狭管效应的影响下"老虎际"比其他地区的风力要大得多，故而屋顶上需要加压砖块，以防瓦片被大风掀翻。不过，干燥的东北风对于老虎际全木构的吊脚楼也起到了天然防潮的功能，使之不易因受潮而损坏。

由于老虎际的吊脚楼建于坡度较陡的石坡上，村民会穷尽办法找来石块堆叠起来，以确保家门口有一块平地。同行的专家魏勇告诉队员，"老虎际"古村落所处的位置周山环绕，为疏松粗粒和质地密实的两座砂砾岩山体相邻之处，再加上有水源，这就使得泰宁先民选择在此建造自己的家园。疏松粗粒的砂砾岩风化后形成梯田状的土壤可作为水稻耕作区，坚硬密实的砂砾岩则成为吊脚楼的基石，这或许就是"老虎际"先民将自己"赶"上石山，用本地杉木支撑起了丹霞地貌中独具特色民居的原因。

考察至此，队员们发现对于闽西北山区的先民来说，山脉、水系是村落选址、建筑规划考虑的重要因素。同时，由于泰宁独特的地理环境导致的交通闭塞以及与外界的物资交易不畅，使赖以为生的耕田变得尤为重要。泰宁先民常将民居建于斜坡、陡坡之上，或许也是为了保证有尽可能多的耕田。

赤壁丹崖间，历经数百年风霜雨雪的泰宁古村落如同一本厚重的史书，记录着人与自然和谐相处的历史。在这片拥有丹霞般绚烂色彩的土地上，泰宁先民那不屈不挠的奋斗精神，将会一代代地传承相续。

三

就地取材的红米石、依山而建的吊脚楼在绚烂丹霞染就的群山之中，默默诉说着泰宁先民的生存智慧。虽然身处岩壑之间，但他们仍在陡坡山腰之上筑房安居，用双手在极为有限的山间平地上，耕耘出属于自己的幸福生活。

《地理·中国》栏目《泰宁寻奇》第二集节目于2023年9月17日在CCTV-10首播

泰宁寻奇（三）

引言

在领略了泰宁丹霞地貌间的古村落，探访了这里独具特色的民居建筑后，我们可以发现无论是古朴的土坯墙，还是依山而建的吊脚楼，都是这片区域人地关系不断发展和演变的结果。虽然泰宁地处武夷山脉深处，自古就是一个交通闭塞之地，但是这片土地却积蓄了深厚的文化底蕴，比如县城中一座保存完整的明代私人府邸就充分体现了中国古代南方民居建筑高超的智慧。

一

在泰宁县城中，建于明天启年间的尚书第至今仍保存完好。这座明朝兵部尚书兼太子太师李春烨的府邸俗称"五福堂"，呈坐西朝东一字排列状，占地面积5000多平方米，是福建现存规模最大、保存最完整的明代民居。它的布局严谨合理，是一座典型的按照泰宁传统"三厅九栋"形式排列的古建筑，是泰宁最具代表性的明代建筑。

为了进一步探寻泰宁明代民居的建造之谜，考察组来到了泰宁县城。明代修建的泰宁城墙，至今仍有一小段尚存。残留的城垣中有一扇小门叫昼锦门，相传昼锦门是为了表达对泰宁的第一位状元叶祖洽的敬意而命名的，寓意状元衣锦还乡。在泰宁的科举史上，除了叶祖洽外，还有南宋的邹应龙、明代的江日彩，以及尚书第的主人李春烨，他们都是泰宁的名人。

来到尚书第门口，队员首先感受到的是这座拥有数百年历史的民居的古朴与庄重。尚书第主体呈5栋一列排布，整体规模宏大，幢幢构造精美。进入其内部，迎面而来的是贯通5栋主体建筑的甬道。甬道的五重门楼都嵌有石匾，路墙均以坚石砌就，行走其间不禁使人感到庄严和肃穆。门口高大气派的石抱鼓，门额上的石匾以及匾额的枋檩柱头上雕刻的各种精巧图案，无不显示出大宅主人身份的尊贵。建筑内部精美繁复的砖石雕刻、斗拱花饰处处体现着明代工匠的高超技艺。

尚书第的一个特点就是"大"，大甬道、大台阶，进门之后大天井、大长廊、大厅堂。第一幢的中堂采用粗大的杉木材料，硕大的木柱使人充分感受到厅堂的气派，而从这根杉木柱子的保存状况来看应是营造时的原木，由此可知其在数百年间未曾更换。

泰宁属于亚热带季风气候，温暖湿润，雨量充沛，同时丹霞地貌的砂砾岩风化后疏松的砂土特别适合杉树的生长，故而泰宁又被称为"杉阳"。尚书第的主要建筑全部采用泰宁当地的杉木。运用巨大的杉木来建造大宅院，一方面是因为就地取材、方便易得，且足够坚固耐用，另一方面也体现了房屋主人的尊贵显赫，可谓一举两得。

在尚书第里，木柱和梁枋之间随处可见斗拱的承托。斗拱是木结构建筑中的支撑构件，其形式优美、结构精巧，是我国传统建筑造型的主要特征之一。泰宁明代民居建筑中，同一时期的建筑等级体现在斗拱上，有斗拱的级别高于没有斗拱的，斗拱层数越多表明建筑级别越高。

专家告诉队员，像尚书第这样的木结构古建筑通常难以保存。因为木材不同于砖石，不仅容易腐朽且遇火即燃。虽然明清古建筑是我国古代建筑的一个高峰，然而那些辉煌建筑真正能够留存下来的却寥寥无几。据说，尚书第在历史上也出过几次火灾，但最终都化险为夷，得以保存至今，其独特的防火方法着实令考察队员感到好奇。

队员们发现，尚书第里每个天井内都摆放着石雕花架与长方形石水缸，花架上装饰着各类浮雕。架下所配的水缸以素面为主，并兼有少量刻花。专家告诉队员，这些安放于天井中部的大石缸平时用以浇花养鱼，增添古院情趣，关键时刻也起到蓄水灭火的作用。

除此之外，尚书第在最初设计和建造时，房屋主人也充分考虑了防火的问题。尚书第是砖石结构房屋，采用硬山顶营造屋面。所谓硬山顶就是木架不外露，因为这样有利于防火。"封火墙"则是尚书第的重要组成部分，墙的厚度均在0.4米以上，墙基深2米有余，底部平砌特制大块眠砖，上部采用薄砖空心斗。墙体高于屋面表明建造者对防火问题的重视。

专家告诉队员，由于泰宁古县城地处丹霞地貌河谷低洼堆积区，土质较为疏松，所以常常会挖较深的墙基以确保高墙的稳定性。历史上尚书第出现的数次火灾，都为局部受损，未伤及整体，其中高大的"封火墙"和外围墙起到了关键的隔绝作用。

考察中队员发现，在尚书第内无论是厅堂、甬道、庭院、走廊、天井，还是天井里雕刻的石柱、花架和石水缸，随处可见一种红色石材。天长日久，这些石头的表面已微微显现出包浆的光泽。这种红色的石材被当地人称为红米石，它来源于丹霞地貌砂砾岩中密度高、颗粒小的岩块。这种石材脆性较高，优点是透水性好，因此在泰宁县城的周边村庄里，红米石常常被作为地面用材。在尚书第中，门楼上的石柱、石梁，还有门口的石抱鼓的石材选用的都是红米石。

泰宁县城周边广泛分布红米石，先民建造房屋时本着就地取材的原则，也避免了长途运输带来的损耗，同时，红米石的颜色非常契合中国传统文化的偏好，寄托了房屋主人希望后代子孙兴旺红火的美好祝愿。

由此可见，尚书第这座古县巨宅十分具有当地特色。它就地取材，在制作上精益求精，既有《营造法式》中宋代建筑粗犷的结构特点，又不乏明代建筑中的文气，是宫廷式建筑与民间建筑相结合的产物。如此精湛的营造技巧竟然出现在闽北深山之中，实在令人惊叹。

然而，向导告诉队员们，像这样的营造方式在泰宁古城中并非只有尚书第一座，周边的明代建筑也大都有着类似的风格。紧邻尚书第东面的世德堂就是一座建造时间比尚书第还要早许多的民居。

世德堂是元末明初古建筑，有500多年历史。它的建筑风格古朴，与尚书第较为接近，都展现了明代泰宁民居建筑艺术的精湛。它们之所以能穿越数百年风雨完整保存下来，与泰宁地理环境闭塞，历史上很少遭遇战火有很大关系。也正是在这样相对安全的环境中，泰宁先民才能够静心读书、用心仕途、光耀门楣。

泰宁县博物馆研究员连小琴告诉队员，尚书第的建筑非常高大，单层的高度就接近10米，这样的建筑规模应该与房屋主人的身份有关。房屋主人李春烨时任兵部尚书，为一品衔，尚书第营造规制就是按他的官阶来建造。同时，泰宁县以及周边的工匠有参与过故宫的修缮工作，因此积累了许多营造经验，这也对包括尚书第在内的许多泰宁建筑的营造都产生了深远影响。由于所处的气候和地理环境相同，且都将杉木、红米石作为主要的建筑材料，加之工匠的技法相近，因此泰宁在一个时期内形成了一种较为统一的建筑风格。

历经数百年风雨的尚书第的第5栋建筑大堂前挂着"孝恬"二字匾额。"孝恬"这块匾记录下了房屋主人李春烨的孝道。相传，李春烨母亲九十大寿那一年，他决定辞官归乡侍奉老母以尽孝道，皇帝被他的孝心所感动，故赐"孝恬"二字。

二

根据之前的考察，我们可知泰宁地处武夷山脉东南侧迎风坡上，雨量充沛，加之金溪的三大支流以及其他县区的诸多溪流都汇于此地，所以当地气候非常潮湿。对于木结构建筑来说，防潮与防火同等重要，尚书第建筑群能够历经数百年而不腐也着实引发了大家的好奇。

队员们了解到每年"梅雨"季节时，由于冷暖空气的交汇常常导致出现强降雨，进而使泰宁局部地区河水猛涨并出现山洪暴发，强降雨导致的洪涝灾害大约每隔五六年就会发生一次。

尚书第所处的泰宁县城地势低洼，2010年6月连续降雨数日致使杉溪河水上涨，导致堤坝被河水冲破并倒灌至县城。尚书第也未能幸免，被淹至2米左右，不过其主体建筑却安然无恙。

尚书第的甬道用大型条石铺砌，竖条道牙微微倾向两边的排水沟并形成一个散水面，当短时间内雨下得较大时，雨水汇聚于排沟中并很快流入金溪。

队员们发现，尚书第每一栋都有3个天井且都非常宽敞，有利于采光和空气流通，雨天时四面房屋屋顶上的雨水也都流入天井。

同行的连小琴告诉队员，尽管泰宁的天气潮湿、雨水丰富，但尚书第的高墙可以阻挡水汽。建筑体势前低后高，天井也带有斜度。他们在修缮尚书第时发现出水道不是直的，而是弯曲的，出水口还有个蓄水池用来过滤，传说那里曾放了一只乌龟用来清淤。

尚书第的排水除湿设计是全面的，除了之前提到的大甬道上的散水面、水井，高大的围墙隔绝外面的水汽，厅堂条格状窗户也起到了通风透气的作用。此外每间房间的下方还有透气孔，差不多为15厘米高，它们的上面是房间的木板，因此可以将上面的湿气排出。由此可见，排气系统也是一个古建筑系统性的设计中的一环。

系统性的建筑设计理念对于建筑群的营造非常重要，可以防止房屋间的顾此失彼和突发情况的发生，这也是古人经过周密考虑，兼顾各方需求后精心设计的成果。

考察中队员发现一个奇怪的现象。在水量充沛的泰宁，偌大的尚书第内竟然找不到一口水井。按照尚书第的建筑规模来算，一口水井可能是不够用的，可从目前看到的情况来看，尚书第内确实没有发现水井。但是在考察组到城区进行走访后，发现了这里独特的公共水井文化。

泰宁县城内，至今还保存着从唐代到明清各个时期的水井，井圈用石块或陶砖砌砌，各水井的井沿外壁镌刻着井名和凿井人的姓名及凿井日期。队员们发现了一口明万历年间的古井，它的直径为1.15米，井圈高度约0.8米，可以供几个人同时取水，井圈的高度可以防止周边的孩童有跌落的危险，由此看来这是一口公共水井。此外，它还有一个特别之处，那就是它的位置处于尚书第的墙角处，而为了使用这口井，尚书第还改变了墙角的位置。

在泰宁，很多人一天的生活都是从古井的一担清水开始。水井周边甚至成了街坊们日常生活中最重要的"民间议事厅"。

一口口公共用井，无论是凿井人、用水人，还是尚书第围墙的一个小小的挪让，都使我们感受到泰宁的先民们能抱团取暖、和睦共处的融洽的邻里氛围。

团结奋进的泰宁先民，血液里流淌着祖先传承下来的开创精神。环绕的群山也许暂时挡住了他们与外界连接的道路，但也让他们更容易发现身边所拥有的珍贵与美好。于是，满山的林木和红色的石头，再加上人们的智慧与勤劳，共同搭建成稳固的家园，在这片土地描绘出了一幅昂扬开拓的生活图景。

三

规模宏大的尚书第，是树木与山石的默契配合，凝聚着泰宁先民对这片土地的热爱与依赖。一代代英才不断从这里走出，那历经数百年风雨的尚书第却一如当初的模样。

《地理·中国》栏目《泰宁寻奇》第三集节目于2023年9月18日在CCTV-10首播

泰宁寻奇（四）

引言

武夷山脉高峰林立、隘口众多，例如福建光泽县古时就有"九关十三隘"一说。然而在武夷山脉西南侧的高山隘口处却有一座千年古村落。福建地区的高山隘口很多，但一般是作为驻军之地，形成千年古村落则非常罕见，这不禁勾起了考察组队员们的好奇心。

一

泰宁县新桥乡大源村，地处县城的西北山区，以花岗岩地貌为主，坐落于闽赣省界的山口间。这座始建于北宋初年的古村落，至今已有千余年的历史。

作为省界隘口，这里地势险要、山高林密、易守难攻，在古时是驻军的绝佳场所。但是，大源村的先民，却从千年前开始在这里聚居繁衍。村落里的一些古建筑超越了普通民居的规制，呈现出"官厅"的格局，至今还保留着原始傩舞等众多奇特的民俗。一座建在高山隘口上的村庄，拥有如此深厚的人文底蕴不禁使人想一探其背后的原因。

考察组来到大源村进行实地探访，首先造访的就是位于其上方的巫寮隘遗址。巫寮隘如今已经荒废了，但队员从这些石头建筑以及周边的环境可以清楚地明白当年选择于此处设立隘口的原因，因为这是一个典型的鞍部，所谓"一夫当关万夫莫开"指的就是这样的地方。

专家告诉队员，泰宁县内隘口并不多，主要原因是泰宁县以丹霞地貌为主。丹霞山体大都笔直陡峭、自成天险。而巫寮隘所处的山体为花岗岩地貌，海拔虽高但坡度较缓，徒步即可到达，于此地设隘口镇守是很好的选择。

距离巫寮隘下方的大源村平均海拔约为800米，是泰宁县海拔最高的村庄，终年云雾缭绕。队员们发现村庄四周都是茂密的树林，一条5000米长的古道静静地穿村而过。村中古民居大都依着古道两侧而建，两边分别耸立着两座高大的阁楼式建筑，一座名为文昌阁，另一座名为魁星楼。

大源村有着千余年的历史，横穿村中的古道在古时是闽地前往京城的重要驿道，是泰宁通往江西的唯一通道，也是泰宁学子进京赶考必经之路。古时过路的学子行至大源，都会到文昌阁祈求高中。村中至今还保留着颇具规模的驿站。古时泰宁县陆路交通只有供步行的驿道和山路，驿道以条石铺砌，阶梯高低不等，石缝之间布满了青苔。

驿站是古代供传递宫府文书和军事情报的人或来往官员途中食宿、换马的场所。我们常常听说的"600里加急""300里加急"指的就是各地驿站协作完成的工作。向导告诉队员，大源村中规模最大建筑的便是戴氏官厅，这座占地面积4600余平方米的古建筑群，曾扮演着驿站的角色。

戴氏官厅建于明代后期，是一座组群式的高墙式大宅院。主座建筑由并列的3条轴线组串成，每条轴线上分布前后三堂。因为泰黎古道从门前经过，来往闽赣的官吏衙役在此歇息，民居便有了"官厅"之称。或许正是因为有这条官方驿道的存在，出于进行贸易和服务往来商人及旅客的需求，大源村的先民渐渐在这里定居繁衍。

二

经过一番考察后队员们意识到了大源村所处地理

位置的重要性。古时泰宁通往江西黎川唯一的驿道穿越这里，官府的驿站也设于村里，可见大源村在当时福建与江西往来通行的官道上发挥了重要的作用。

考察中，队员在戴氏官厅斜对面的一堵高墙上发现了一条明显的缝隙。有人说是年久失修导致的，也有人说是干燥开裂导致的，但更多的观点则认为是当初建房者的巧思妙想。这道墙缝距离地面有3米左右，目测来看应该不是建筑事故所造成的，而是房屋主人有意为之，因为缝的上面有一个拱形烧制件。从这所民居中的一间偏房可以看见那道缝位于房屋的斜上面，这里虽然已经废弃，但是通过此处可以发现这所民居采用了外沿窄、内沿宽的设计。这个缝的作用应是将光线引进屋内，同时起到从里面可以观察外面，而外面不能窥视里面的作用。

古时驿道及两旁的房屋共同构成了大源村的"商业中心"，人们在这里进行贸易，场景十分热闹。房屋主人通过高墙上的缝隙，便可一览墙外集市的繁华景象，又不会被市集的喧嚣打扰，一道缝隙既起到了"窗户"的通风作用又具备了瞭望的功能，这使我们不得不钦佩于古人的智慧。

时过境迁，大源村古街巷上的繁华景象已难再见，但是队员们在这里却非常幸运地见到了当地流传至今的风俗活动——傩舞。

大源傩舞起源于北宋时期，相传是由入闽始祖之一的严续从宫廷中带来的。它的舞蹈动作简朴、刚劲，基本依靠传承人口传身教，保有较多的原始韵味。

傩面具是大源傩舞表演最重要的道具，也是傩文化的主要特征。共有15个面具扮相，分别代表着风、雨、雷、电、水、火、太阳等15个自然神，舞蹈动作也因此不尽相同，这正是它和其他地区傩舞的不同之处。它们皆用樟木雕刻彩绘而成，因而不怕虫蚀、不易腐朽。

专家告诉队员，傩舞中的面具扮相中出现了大量的自然神并不常见，这应该与大源村地处高海拔的高山密林有关。由于古时生产力不发达，地处偏远地区的人们对大自然的依赖性很强，因此十分敬畏大自然，而傩舞仪式对于大源村先民来说就像一场天、地、人三者之间的无声对话。

大源傩舞在当地还有一个重要的作用，那就是每年农历五月二十五日在田间进行祭祀仪式中的重要一环。大源村的百姓对农田十分珍视，因为泰宁以丹霞地貌为主，山间平地面积有限，大源村的数百亩较为平整的水稻田在此显得弥足珍贵。

和丹霞地貌紧邻的花岗岩山体，既为隘口的形成提供了条件，也造就了一片长势良好的水稻田，这或许也是当年大源村先民选择停下脚步，于高山密林中建造家园的重要原因之一。这里稻田面积虽然比较大，但由于海拔高且冬季常常下雪，所以只能种单季稻。这片稻田的收成，直接关系到村民的生计。

村民们将那份对于丰收的期盼，寄托在了傩舞仪式之中，传递着对幸福生活的祈祷与渴望。

三

由于泰宁以丹霞地貌为主，耕地面积稀少，因此这里的先民对于可耕作的土地极为珍视。但即便如此，先民们仍不畏艰难地在平均海拔800米的密林之中建造家园。如此偏僻闭塞、远离其他村落的封闭环境想必会给生活在这里的人们带来一定的影响，可是考察组却在古道边的木屋里，发现了一种有趣而罕见的装置。

在大源村中，随处可见一座座小木屋，它们有的靠近山边，有的在村道的一侧，木屋里还有一些造型奇特的木质装置，当地人称之为"笋榨"。大源村周边的山上有许多盛产竹笋的毛竹林，村民们在挖完笋后便运送到山脚下的这些"笋榨"中进行集中处理。

村民告诉队员，将去了笋壳的笋放到锅里煮熟后稍微晾置一会儿，便可入榨笋机中制成笋干。榨笋机利用杠杆原理，随着木杆的不断施压，数百斤的竹笋被挤压后，其中的汁水便被榨干。在人力与大自然风干的共同作用下笋干由此诞生。

每年清明前后的20多天，正是到大源村的毛竹山采挖竹笋的好时间。这里海拔高、气温低，相比低海拔地区的竹笋生长得较慢，但肉质比较饱满。村民告诉队员，大源村毛竹山的竹笋产量极大，一年里采挖笋的时间非常短。除极少数鲜笋作为自用之外，大部分都需要煮熟、榨干水分后保存起来，一方面可供一年内食用，另一方面也方便运输并销往各地。

此时队员心中产生了一个疑问，那就是每一件榨笋机都需要花费不少精力和金钱来制作，可村里家家户户却都选择自制，统一建造一座笋榨供全村人共用，不是可以节省更多成本吗？

原来，竹子的生命力极其旺盛，即使已经离开土壤，笋还会继续生长，甚至变硬变坏，所以竹笋采摘下来后需当天就煮熟，而煮熟的竹笋放置几天都没有问题。竹笋是大源村主要的收入来源，大量的竹笋都要在最短的时间内得到处理，因此每家都须盖有"笋榨"。

漫山遍野的毛竹林，是大自然给予大源村民的珍贵馈赠。人们用灵巧的双手努力留住春天的馈赠，也将春天的味道封存在了一片片笋干当中。

虽然潮湿的气候给大源村村民带来这些丰厚的物产，但是对于长期生活在这里的人们来说，空气中的湿度也是不得不面对的一大挑战。走在大源村中，房屋角落、石制台阶以及古道的石缝里随处可见丛生的青苔。村民告诉队员，在村里晒干的衣服如果没有及时收回，衣服会再次返潮，梅雨季节时晾晒的鞋子一不小心就会长出绿毛。

大源村的潮湿主要有三个原因，第一是泰宁县位于武夷山东南侧的迎风坡，降水量丰富；第二是大源村位于高海拔的山林，湿气较重；第三是夏季台风的强降雨引发的山洪常常侵袭村庄。

面对潮湿的气候与洪水的侵袭，千百年来大源村先民在建筑房屋时便创造了一系列排水除湿的方法。

村民卢远兴告诉队员，戴氏官厅天井的高度比其他民居的天井要高得多。这样的天井容积大，下暴雨时可及时排出雨水。同时，戴氏官厅每间房的地下都有透气口，可将地面到地板之间的湿气排出。

考察中队员们发现，戴氏官厅的附属建筑在靠近山林的墙上开了透气窗。这个窗户很特别，从窗户里可以看到戴氏官厅建于山林的坡地上，并紧挨着山中树木。每逢大雨便可从这个窗户来观察山林的情况，以便及时作出应对。而排水渠的作用则是一方面可以接住屋檐的滴水，另一方面可在大雨来临时及时将山林下来的洪水排放出去，从而保护整个大宅的安全，这是在泰宁古县城的尚书第内也未曾见到的。

千百年来，大源村村民为排水除湿穷尽各种办法，比如每栋建筑高高的石头地基，刻意加深的天井排水槽，各种规格不一的镂空窗棂，以及屋檐下方砌的砖孔等，这些精巧的建筑设计，无不透露着大源村先民适应自然的智慧。

天色渐晚，村民严建华为考察组展示村里的另一个特色民俗，那就是赤膊灯表演。

大源村赤膊灯表演有着数百年历史。相传，由于高山密林中常有猛兽出没，大源村先民常在晚上集体用火把驱赶野兽，后来逐渐发展成当地元宵时一种特殊的迎灯活动。每年元宵节前后，大源村村民便一起舞动数百米长的赤膊灯，祈盼着来年风调雨顺、五谷丰登。

队员们跟随着严建华来到大源村周边山上的一株灌木旁，当地人称其为"糠梢枝"，学名大叶胡枝子。这是制作赤膊灯灯芯的主要材料。专家告诉队员们，大叶胡枝子是一种生长于高海拔地区的直立灌木，大源村先民通过长期的摸索和实践，不仅了解到这种灌木的药用和饲料用途，更利用其茎部的植物油，将其作为赤膊灯的灯芯，即使在潮湿雨天也可以做到不熄灭。

智慧的泰宁先民充分利用泰宁的自然地理环境，既能因地制宜、就地取材，又能博采众长，将各地建筑文化中符合闽西北地理气候环境的部分融入当地的民居建筑之中，在同大自然的不断磨合与适应中，创造出属于自己的美好家园。

四

青砖黛瓦与赤壁丹崖交相辉映，散发出人与自然和谐共生的气息，泰宁人血液里流淌着祖先流传下来的开创精神。即使面对不利的自然条件，他们依然能够充分利用身边的一草一木，适应和改变周围的环境，并唱响生命的赞歌。古老建筑和特色民俗，凝聚着历代先民的智慧和巧思，也成为泰宁这方水土的无价之宝，值得我们去不断探寻和永远珍藏。

《地理·中国》栏目《泰宁寻奇》第四集节目于2023年9月19日在 CCTV-10 首播

第七章 南平篇
光　泽

引言

武夷北麓，闽江源头，一座千年古县，扼守闽赣咽喉。

一滩高一丈，光泽在天上。境内连峰竞千仞，这里是福建屋脊。

3000多年前的池湖商周遗址展现出闽北文化的灿烂，也滋养出一方风韵。光耀天地的红色传奇在绿水青山间久久流传，泽被苍生的愿景在光泽人心中生根发芽。

光泽，在山环水抱中，把座座高山和片片林海打造成了盛满希望的风帆，奇秀东南，续写新的华章。

一

光泽县博物馆馆长黄富莲多年来一直在研究印纹硬陶。这些蕴含着沧桑往事的古陶，见证了光泽的历史。

20世纪50年代到80年代，光泽县池湖村相继发现了一些土碗、陶器。省文物考古专家组来到池湖村，发现了10处古墓葬。1995年10月，经过考古队员们发掘，一座长7.9米、宽5米、深2米的古墓重见天日。黄富莲认为，从古墓的规制来看，墓主的身份应该是氏族社会的部落首领。专家推断，这座古墓是迄今为止福建发现的最大商周古墓。经过碳-14年代测定，池湖遗址的年代为新石器时代到商周时代。

在池湖遗址的出土文物中，黄富莲发现了数量繁多的黑衣硬陶。黑衣硬陶是陶和瓷的过渡阶段的产物，通体着黑的原料很可能是含铁锰的草木灰水。烧制硬陶温度需要1000℃以上，专家研究发现，当温度超过1200℃时就会烧成酱褐釉，这为原始瓷技术起源的研究提供了新的视角。

象鼻盉是最吸引黄富莲的一件文物，通高35厘米，器形饱满，线条流畅。其工艺复杂，各部分独立制作后再拼合而成。兽形器首，斜直上扬，后端为椭圆形器口，腹圆鼓呈扁球形。

关于出土的象鼻盉的用途，至今还有不同的说法。黄富莲认为象鼻盉应该是礼器，是身份的象征。它的出现也是光泽地区精湛的制陶工艺的体现，足以反映出3000多年前这片土地上的人们富足而美好的生活。一件件神奇的陶器蕴含的丰富想象力，让今天的人们依然赞叹不已。

就在光泽池湖遗址发掘引起国内外专家关注之时，2013年5月，考古部门在崇仁乡砂坪村一带再次发现了一处商周村落遗址。这个福建省罕见的聚落遗址，让光泽获得了"闽北文化古摇篮"的称谓。黄富莲认为，从目前资料看，如此众多的礼器和日用器的出土，可以判断距今3000年左右，光泽地区应该有一个初具礼制的文明形态。

在出土的陶器上，精美的纹饰再次吸引了学界的关注。这些神秘硬陶上的印纹，是久远历史的印迹，也是人类文明的符号。经过研讨，专家们认为光泽县池湖一带曾经是闽北乃至中国南方印纹硬陶文化的中心。

地处闽赣交界的光泽，是中原入闽的主要通道。自古以来无数中原移民翻山越岭从这里进入福建，繁衍生息、辛勤耕耘，创造了博采众长的闽文化。

高山峻岭无法阻止人们迁徙的脚步，也无法阻挡文化的交汇与延续，经过3000多年的积淀，光泽正孕育着更璀璨的未来。

二

2012年，中共光泽县委党史和地方志研究室副主任官茂友接到一个任务，为《光泽历史文化传奇故事》的出版挖掘光泽历史上杰出人物的史料。

光泽人何秋涛在当地口口相传的故事中充满了传奇色彩。这位清代学者在短暂的一生中为中国地理学和方志学做出了重要贡献。

"自乾隆后边徼多事，嘉道间学者渐留意西北边新疆、青海、西藏、蒙古诸地理，而徐松、张穆、何秋涛最名家……"这是梁启超在《清代学术概论》中对何秋涛的评价。而《中国通史》的主编，历史学者白寿彝更是认为何秋涛与林则徐、魏源的工作，开拓出新的研究领域。

福建省文史研究馆原馆长卢美松认为，光泽人何秋涛是我国著名的地理学家、方志学家，他所著的《朔方备乘》，是一部论证缜密的高质量地理方志名著。

世代居住在光泽福民坊的何秋涛，少年时代便展露出对地理学的喜好与天赋。清道光二十四年（1844），年轻的何秋涛得中进士。

由于当时印刷技术的限制，清代方志古籍的抄本错误百出。何秋涛倾其官俸，购书数万册，对古籍纠察错误，进行校正。他先用蝇头小字在题记、行间进行眉批，待语句通顺后粘缀草稿，最后再进行补正移录。他严谨的治史态度在当时的学术界备受赞誉。

清代著名地理学家张穆临终前嘱托何秋涛续补遗志书《蒙古游牧记》。何秋涛花费10年时间，校补了前12卷、补辑4卷，完成合计16卷的《蒙古游牧记》，至今仍是经典的西北地区地理名著。

何秋涛有感北疆历史地理未有专门的论述，于是将官私著述中有关北疆的史料进行分类、汇总、考订，汇成《朔方备乘》一书。

《朔方备乘》是何秋涛的心血之作。这部被咸丰皇帝赐书名、由重臣李鸿章作序的80卷专著，记述了自汉到清道光年间2000多年中俄边界关系。该书融纪传、编年、纪事、考据、注释等形式于一体，其中考订、辨正诸书达20卷之多。详尽辨正，成为何秋涛方志著作的一个重要特色。

《朔方备乘》记录了北疆各民族的历史、风俗、迁徙等众多的风土人情，并置《图说》一卷，共25幅地图，图文结合，大大提高了《朔方备乘》一书的史料价值。这种以"兼方志外纪之体"的编纂，形式独特、论证缜密、措辞精当，是后人编撰方志的楷则和目标。

光泽县城，何秋涛故居静静地伫立在后街小巷中。100多年前，年轻的何秋涛就是在这里识字读书，走向京城。何秋涛的治学精神深深影响着光泽的民风，四乡学子勤学苦读，书香氤氲了周边村镇，高山林海中的光泽成为礼义文教的兴盛之地。光泽人至今保留着何氏故宅，也保留着往昔的书香岁月，而方志文化在光泽这片土地上的弘扬与传承，历经岁月洗礼，更加璀璨夺目、光耀千秋。

三

地处闽赣交界的光泽，在与江西接壤的边界线上，遗留着唐代至明代修建的九关十三隘。因地势险峻，光泽自古就是一座兵家必争之地。

1934年秋至1937年冬，在中国工农红军主力长征后，坚守在中国南方8省15个地区的红军和游击队，同持续进行围剿的国民党军进行了长达3年的游击战争。

1934年10月，中央主力红军从中央苏区战略转移后，闽北苏区成为敌人重点"清剿"的对象，数万敌军围攻了闽北革命根据地。1935年初，留守闽北苏区的红军转入游击战争阶段。为保存革命力量，以黄道为书记的中共闽北分区委、中共闽赣省委领导红军游击队独立开展了3年艰苦卓绝的游击战争。光泽的诸母岗上，激荡着红军游击队栉风沐雨、砥砺前行的英勇气概，也铭记着光泽群众舍生忘死、送粮送衣的鱼水情谊。

光泽人蔡金街从小就具有侠义精神，忧国忧民。他曾担任牛田区苏维埃政府军事部部长，主动要求保护安置于山洞中的红军伤员。1936年，他在与敌斗争中英勇牺牲，年仅30岁。

蔡金街烈士孙子蔡礼盛回忆，他的大伯10岁时就给爷爷送情报。爷爷牺牲后，他就给山上的红军游击队送情报，将情报放到棉袄里送上山。

光泽，这块烈士鲜血染红的热土，红色的旗帜一直高扬。

中共福建省委党史研究和地方志编纂办公室研究员王盛泽认为，闽赣省委领导的3年闽北游击战争，保存和发展了革命力量，开辟和坚守了闽北游击区。特别是1937年后，闽赣省委迁到光泽诸母岗，并以此为中心，紧紧依靠光泽和闽北人民群众，领导游击战争并取得胜利，在中国革命历史上写下了光辉的篇章。

1936年，西安事变后，中国共产党关于"停止内战，一致抗日"的呼吁得到各界响应。中共闽赣省委书记黄道推动并促成了国共大洲谈判，与国民党代表在光泽寨里镇大洲村达成停止内战、抗日救亡的协议，促成第二次国共合作在闽赣地区的实现。

对于闽北红军游击队的战斗历史，陈毅元帅在《纪念黄道同志》一文中深情地写道："在与我党中央三年隔绝的情形下，在进攻者长年的包剿下，……终于完成了保持革命阵地、保持革命武装、保持革命组织的光荣任务，……这是黄道同志对革命对民族的绝大的贡献。"

乌君山不语，隐藏着多少红色的故事。坪溪水潺潺，见证了无数革命壮举。

2018年，在张善铮和众多文史专家的共同努力下《红色记忆——光泽革命老区》一书顺利出版。一个包括烈士文化园、故居和展览馆在内的爱国主义教育基地集群构成了一座传承红色基因的历史长廊。光泽人在这里回望革命历史，也让英烈精神烛照未来。

四

每年农历六月二十三，光泽县儒堂村都会举行隆重的庙会。戏台上，三角戏业余剧团的表演是庙会最吸引人的节目。每到这一天，摄影爱好者沈少华都会早早过来。十多年来，他一直在用手中的照相机记录着三角戏在光泽的传承。

因演出时角色通常只有小生、花旦、丑角、青衣等几个角色，这种传统的地方戏曲被称为三角戏。光泽三角戏有着300多年的历史，是福建地方乡土戏的代表。起源于江西的三角戏，在明清时期传入光泽后，不断融入福建民间的茶灯戏等地方戏曲的特色，形成了质朴诙谐的特点，在光泽县传承至今。

吴龙兴是远近闻名的三角戏艺人，17岁向父亲学习三角戏，先演花旦，再演小生，后演丑角。

作为地方小戏，光泽三角戏朴实亲切，活泼自由。由于从江西采茶戏、赣剧及皖南黄梅戏演化而来，三角戏的对白依然运用江西方言，而唱词则采用普通话和光泽本地方言。舞台上，生角手执扇，旦角手挥帕，丑角手拿烟杆或折扇，表演神形兼备。

光泽三角戏最大的特色是没有皇帝没有官，讲的都是身边的家庭事，乡土气息浓郁，是个地道的农民戏。演员是农民，演的也是农家事。像经典剧目《双扶船》在江西无人会演，在光泽却能看到。

这个在其他地区已失传的三角戏剧目，在光泽仍能看到，吸引了地方学者沈少华的关注。他认为，这应该与传统三角戏的特色有关。三角戏中丑角唱丑角的词，旦角唱旦角的词，都是口口相传，没有一个完整的唱本。但光泽三路坑剧团传承有序，将几近失传的剧目保存下来，这一点非常难得。通过几年的田野调查和文献查阅，沈少华对三角戏进行了系统的研究与解读。2019年，记录三角戏传承的画册《武夷古韵——光泽三角戏》出版发行。一幅幅图片,生动展示了一代代戏曲艺人在舞台上的坚守。

为弘扬乡土文化艺术,近年来,光泽县文化馆开展了"三角戏"进校园活动,吴龙兴等一批优秀民间艺人应邀担任指导老师。2017年,鸾凤中心小学成功申报福建省第二批"传统戏曲艺术扶贫基地"示范点。

三角戏,穿越高山的阻隔和时间的流逝,在光泽演绎着古老的腔调与韵律,也传承着无限宽广的文化意蕴。

五

2008年北京奥运会开幕式上,数百位演员用6分钟的时间,演绎了让世界惊艳的一幕。因为这段表演,人们重新记起了中国古老的四大发明之一——印刷术。千百年来,活字印刷在闽北山城光泽不断传承。

宋代《梦溪笔谈》中记载的活字印刷术用的是泥雕陶字技艺,弥补了当时木雕活字不能长久使用的缺陷。经过后人不断的改进,到了明清时期木雕活字技术日渐成熟,字模使用硬质材料,例如花梨木等,并得到广泛应用。

面积不大的光泽县博物馆,专门辟出一间展室陈列一套文物,这就是光泽县博物馆的镇馆之宝——木活字印刷工具。每当有专家学者来访,光泽人都会向来宾介绍这套有着极高历史价值、科学价值和收藏价值的文物。这套清代的"木活字印刷"用具是光泽人的骄傲。光泽的这套木活字印刷工具,拥有近3万个活字及完备的配套工具。其数量之大,保存之完好,堪称木活字印刷术的活化石。

光泽县寨里镇,邹常明老人依然沿用家传的技艺,用木活字模为乡邻们印刷族谱。这是光泽仅有的一家木活字印刷作坊。光泽依然保留着古老的手工印刷技艺。这种小作坊之所以能继续存在,与本地的民间习俗有关。一些宗族编修族谱时,还是习惯用木雕印刷,此外,有些庙宇印制经籍也喜欢用木雕印刷。

光泽木活字印刷术的最大特色莫过于刻造木活字技艺。匠人要先把字反写在梨木块上,用尖刀刻字,用细齿小锯将木块上的字锯成单个字,再将单字修理整齐,使之高低大小一样。大的字模字面有2厘米,小的1厘米左右。每个字按其大小分类,再按字的偏旁部首有序地排放在字盘里。

光泽木活字印刷工序中,最引人注目的是一套包含着3万至4万个木活字的字盘。排版时一人念稿排版,一人取字供应,印刷工匠按照应印的文字资料,根据文字的偏旁,从字盘中找出所需的字模逐一排好,并在木格中用木块、木签等将其挤紧,制作成一个活字印刷版。完成一本族谱印刷往往需要耗费数十天,但印出来的文字点划分明、笔锋犀利,深受赞誉。

校园里,兴趣小组的同学们跟着邹常明学习雕刻和排版,孩子们有板有眼的动作和专注的眼神让老人看到了手艺的传承和文化的延续。闪耀着中国古代文明之光的活字印刷术不仅陈列在光泽的博物馆里,也无声地走进了新一代光泽人的心中。

六

2017年,国家林业局(现国家林业和草原局)公布了第一批国家森林步道名录。其中,武夷山国家森林步道穿越光泽县境内,为光泽带来了一批批领略闽北风光的游客。

随着旅游业的兴起,越来越多的光泽古民居和古戏台、古廊桥等建筑物得到修缮。闽北古民居营造技艺传承人毛景荣最近和他的团队接到了一个新的任务,修复许多因年久失修而造成墙体坍塌的民居。毛景荣通过力学原理,先利用铁葫芦将墙体受损处承压减轻,再用锅形钦片均匀插入墙缝隙处,采用微调的方式,直接将倾斜的墙体扶正。为了让建筑物经久耐用,毛景荣在维修古建筑物时,制作门窗不用铁钉,只用热砂炒制出的竹钉。而这恰恰是传统古民居营造技艺的关键。门框和柱子要想没有缝隙,就要用长的竹钉。竹钉还可以代替一部分榫卯的功能，且不会生锈，修的房子数百年不会坏。

2009年，为保护闽北古民居营造技艺，光泽县成立了"光泽县文物保护维修中心"。而运用闽北古民居营造技艺修复的一座座建筑成了游客们访古探幽的好去处。

巍巍山岭，莽莽密林，生态是光泽最大的财富和优势。在发展旅游业的同时，光泽利用科技创新把生态优势转化成了产业优势，一个个绿色果园、绿色农场掩映在山间林下。

青山耸翠，碧波潆秀。这是古人对光泽的诗意描写。勤劳智慧的光泽人把一座座高山建成了一座座绿色金库，装满了四季的喜悦，也装满了千年的幸福。

结语

灿烂的商周文化，在陶器纹饰中重现；经世致用的思想，在古老方志中流传。

活字印刷印刻下传统手艺的光华，三角戏文吟唱出古朴的风土人情。

岁月的光影在闽北群山之上，折射出璀璨千年的光泽之美。

商周遗迹，文明之光，光耀天地。

山光水色，生态之美，泽被后世。

纪录片《中国影像方志·福建卷·光泽篇》于2020年11月27日在CCTV-10首播

建瓯

引言

东南丘陵地，万顷竹海中。一座千年古县书写着属于"八闽首府"的历史兴替与岁月痕迹。

建州古城的变迁，勾勒出福建历史的脉络；方志史籍的书写，代代延续着民族的记忆。

青铜大铙的礼乐之声激越回响，风过竹海演奏出自然和谐的天籁。

这就是建瓯，一座风雅如竹的城市。

一

在建瓯市博物馆里，一件20世纪70年代发现的西周青铜大铙上，整齐排列着乳钉和流畅的云雷纹。铜大铙具有礼器与乐器的双重功用，为我们展现的是3000多年前这片土地上发达的礼乐文明。

东汉建安元年（196），这个地处闽越之地的偏远山城，因靠近富庶的江南而被汉王朝寄予厚望，设立了建安县。据民国版《建瓯县志》记载，献帝建安年间，分侯官之北乡置建安、南平、汉兴三县，为建安初年、平定南方、汉室复兴之意。建安县因此成为中国历史上得名于帝王年号的县。

唐初，中原移民入闽促成了闽地大开发。武德年间（618—627），唐高祖设建州。建中年间（780—783），建州刺史陆长源将州县二城合一，构筑了雄峙八闽的建瓯古城。扩建后的建州古城全长4.7千米，成为当时全闽设立最早、规模最大的州城。建瓯古城至今仍然保存完好和具有代表性的就是通仙门，共有两道门，一道是闸门，还有一道上面有石臼，这里城门的内门比外门大，是出于防御的考量。

陆长源大力发展教育，并于乡间兴办学校，之后建州名儒辈出，被誉为"海滨邹鲁"。同时，陆长源发布法令，均赋役，辟田地，种农桑，当地百姓因此歌颂道：令我畜成群，令我稻满囷。建州逐渐发展成为闽地经济文化中心之一。

由于远离中原，福建的历史在唐以前鲜有文字记载。"福建"二字也是到了唐开元年间，取福州、建州两州首字而来。建瓯不仅为福建贡献了一字地名，也用博物馆里的文物和古城里的遗存，记录下了被史书遗忘的过往。

五凤楼是建瓯的历史地标，它曾经见证过建瓯的千年风云。后晋开运二年（945），南唐进攻建州，建州城危在旦夕。据《建瓯县志》记载，危难之际，南唐攻城将领得知曾经施恩于他们的五代闽国将领之妻练氏夫人居于建州，特赠金银布匹以谢，并授予白旗放置于其门前，以告诫士兵勿冒犯。为了保全城中百姓，练氏夫人退还馈赠和白旗，并郑重告知南唐将领，如果将军们顾念昔日恩情，就应放弃屠城。如果屠城，他们一家人愿意与百姓共存亡。南唐将领答应了练夫人的请求，古城因为练氏夫人的无畏躲过了一场浩劫。夫人辞世后，城中百姓打破城内不得建墓的惯例，将夫人的墓建在州署后堂，立碑称"全城众母"。直到今天，每逢清明，建瓯家家户户仍在门前插柳，以示纪念。

得以保全的建州古城在宋代步入了全盛时期。南宋孝宗皇帝在成为皇太子前曾被封"建王"，建州为其封地。因此，南宋绍兴三十二年（1162），孝宗皇帝破例恩准"建州"擢升为"建宁府"，成为福建历史上最早设置的府。拥有一府五州二军共八个同级建制的福建从此有了"八闽"之称。

如今，残存的城墙遗址仍在静静地述说着建瓯的往事，曾经的峥嵘岁月化作古城石墙上的苔藓。历经劫难后的平和练达早已刻入建瓯人的性格，成为这片土地走过艰难、创新发展的内在力量。

二

吴章中是福建省作家协会会员，为了给新书《建安纪事》进行补充调研，他再一次来到了建溪支流上的通仙门码头。在他心中，建溪是建瓯历史发展最好的见证。自古以来，建瓯都是闽北水陆交通的咽喉，连接闽浙赣三省的交通要道。随处可见的古老建筑和卵石商道，透露出建瓯昔日的繁景。

距离建溪支流3000米的一处规模恢宏的古宅群，是被誉为"建瓯西出第一家"的伍石山庄。伍石山庄占地约9000平方米，由三大院落环连一体，整个大院布局严谨，建筑考究，规范而有变化，不但整体造型优美，而且单体建筑各有特色。吴章中发现，伍石山庄是一处一景，整个建筑群精美如诗。

伍石山庄主人伍玉灿，同很多当地人一样，从小跟着父辈种茶做茶。"一山有四季，十里不同天"的气候条件，让这片偏僻的山区的地理环境非常适宜茶树的生长。唐宋时期，中原移民带来的先进制茶工艺，让此地孕育出了独特的建茶。

据《建瓯市志》记载，南宋淳熙年间诗人陆游来到当时的建宁府，担任"提举福建路常平茶事"，主管位于凤凰山的北苑御茶。北苑，是宋代朝廷制造御茶之所，据北宋赵汝砺的《北苑别录》记载，当年北苑御茶的操作有7道严格而规范的采造工序。明代张谦德的《茶经》更强调"择之必精，濯之必洁，蒸之必香，火之必良"。陆游在建宁府任职仅短短9个月，却留下了多首诗作，在《建安雪》中写下了千古名句——"建溪官茶天下绝"。东峰镇裴桥村至今留存的一块宋代刻石，记录下了北苑御茶的高光时刻。这个摩崖石刻落款"庆历戊子仲春朔"已明确时间为宋仁宗庆历八年（1048），这正是北苑御茶园鼎盛之时期。建茶通过水路运到福州港，随着福州港扬帆起航的商船，被带往世界各地，成为海上丝绸之路的中国符号。

随着调研的深入，吴章中发现宋代朝廷很重视建溪的运输功能。南宋淳熙初年修建北岗水道，以确保建溪的通畅。古城百姓栽桑养蚕，纺织品已负盛名，这些商品都是利用水路分流到全国各地。

商贸的繁盛，为这片土地上的文化教育的繁荣奠定了基础。朱熹少年时于当时的建州度过数年的时光，晚年更立下遗嘱让后世子孙定居于此。虽地处中原文化的边缘，这里却一直秉持尊师重教的传统。学宫、精舍、家塾、义学，这些不同称谓的学校遍布这片土地。千年文脉在琅琅书声中世代传承，建瓯的历史上出过1100多位进士，诞生了福建省第一个状元徐奭、明代天文学家伍文忠、明代画家谢纯等俊杰，为建瓯赢得了"历史文化名城"的美誉。

一条建溪沟通了建瓯与世界，一座古城见证了建瓯的历史。伴随着万顷翠竹的不屈气节，建瓯在岁月的长河里沉淀出独特的文化品格。

三

"临民则以治辨闻，立朝则启沃忠谏，各举乃职，为世师表。"这是《宋史》对南宋建安人袁枢的评价。除了为官正直尽职、受世人爱戴之外，袁枢更为世人瞩目的成就是由他编纂的《通鉴纪事本末》一书。如今，在建瓯当地街谈巷议口口相传的讲古中，这位杰出史学家早已成为家乡人的骄傲。

中共建瓯市委党史和地方志研究室主任赖少波，2008年为《风雅建瓯》的出版挖掘建瓯历史上杰出人物的史料，第一个想到的就是袁枢。

袁枢是中国著名的历史学家、方志学家。他所编写的《通鉴纪事本末》是中国第一部纪事本末体史书，它开创了以"事"为纲的本末体史书体例。南宋绍兴年间，年轻的学子袁枢离开家乡，赴太学就读。南宋隆兴元年（1163），袁枢得中进士，开始了以学报国的人生历程。

袁枢在编修史书时发现，记述了1300多年历史的《资治通鉴》，虽取材宏富，但对于一件连续好几年的事情，却未能连贯记述。《资治通鉴》采用编年体，事件分散，阅读起来头绪纷乱，难得全貌。就是在这样的背景下，袁枢用完整记录事件本末的方式整编《资治通鉴》，编著了《通鉴纪事本末》。凭借着对《资治通鉴》内容的熟悉，袁枢在归纳和剪裁资料上下功夫。为求得一事之本末，他将纪传、编年贯通为一体，形成了新的史书体例——纪事本末体。南宋淳熙元年（1174），中国第一部纪事本末体史学巨著——《通鉴纪事本末》编纂完成。42卷的《通鉴纪事本末》将1300多年史事转换为239个完整连续的故事，实现了史书编纂体的突破。从此，中国的史书体例出现了编年、纪传、纪事本末三足鼎立的局面。

梁启超先生说，纪事本末体和"理想的新史最为相近"。中国近现代志书一般采用章节体，兼取古代3种主要史书体裁之长，尤以纪事本末为主干，充分体现了袁枢所开创的纪事本末体的深远影响。

凭借世代传承的方志史籍，中国人拥有了自己丰富的历史记忆，纪事本末体、纪传体和编年体一起书写了中华上下五千年的民族智慧。灿若繁星的闽地学者，在中原文化的照耀下，构筑了建瓯文化的精髓，也写下了建瓯历史的华彩。

四

夏秋之交，建瓯漫山硕果累累，装点着闽北大地。飘逸的竹叶宛如刻刀，勾勒出建瓯丰收的颜色。

2015年，在第二届全国少儿美术教育学术展中，版画作品《盏上千年》成功入选。这幅将非物质文化遗产建盏和傩舞融合为一体的作品，造型夸张、形象生动、色彩鲜艳，将建瓯版画的人文内涵表现得淋漓尽致。

抗日战争时期，著名版画家杨可扬、郑野夫等人在闽北创办了"抗日版画社"。战争年代，图画是比文字更直观的传播手段，凭借富有张力的艺术语言，版画成为呼吁民族觉醒的利器。从那时起，建瓯与版画结下了不解之缘。

《盏上千年》的作者蔡建惠是建瓯市建安街道中心小学的美术老师，常常为寻找创作灵感而深入劳作现场。层叠的梯田风光、错落有致的古民居和建瓯人的劳作之美，是建瓯版画创作者指尖下的灵感源泉。建瓯丰富的竹木资源和灿烂的古城文化让建瓯版画特色鲜明，杰作频出。

在《古巷遗韵》系列版画作品中，蔡建惠着重研究了单色版画中的"灰"色的表现方式。为了突出古巷的独特结构、层次感和空间感，蔡建惠通过各种刀法的组合使用，以及运刀的深浅、拓印的技巧，使画面中呈现出"灰"的浓淡变化，渲染出了版画作品的历史沧桑感。

建瓯的版画创作者在保留传统单色木刻技艺的基础上，还引入了绝版套色木刻技法，使得民间版画焕然一新，艺术创作进入更广阔的空间。《盏上千年》就是蔡建惠运用绝版套色木刻技法制作的作品。每刻印完一种颜色，就要把底版清洗干净，重新刻印另一种颜色，完成所有颜色的刻印之后，母版自然销毁，这让每一幅作品都成为独一无二的。

从20世纪80年代开始，建瓯就开展了少儿版画培训工作，老一辈版画家陈德亲自教学，30多年来共培训了十余名学员。如今，这支民间版画学员队伍已成为中国美术界不可忽视的一股力量。随着版画教师人才队伍的壮大，成熟的版画教学也让雕刻之声回响在建瓯校园里。

以版为纸，以刀为笔，建瓯人描绘生活，激荡思想，雕刻着建瓯文化的风骨。

五

建瓯人的生活，离不开竹。一根长约10米、重达40斤的毛竹，在建瓯人的手里成就了一项绝技——挑幡。

一根毛竹，经过削枝打叶、晾干、烤直，刷上朱红漆，画上吉祥图案，便成了幡杆。套上竹片和彩绸制成六角幡顶，再用竹骨和彩绸制成六角宝塔，塔底顺杆悬挂一幅锦幡，挑幡就制作完成了。挑幡艺人们在热烈的舞蹈和铿锵的鼓乐中，运用各种动作让绵幡屹立不倒，这样的表演在建瓯已经有300多年的历史。

相传，明末建瓯大洲村造船工匠们参加了民族英雄郑成功收复台湾的队伍。当将士们凯旋时，他们将军旗捆在长竹竿头，尽情挥舞，以此怀念壮烈捐躯的同乡。大洲村这一告慰英烈的礼节，逐渐演化成特有的挑幡民俗，也让挑幡有了"镇邪恶，保平安"的寓意。

吴涛是一名"90后"，但也热衷于挑幡。为了更好展现挑幡动作的舞台效果，吴涛在训练时大幅提升了旋转动作的幅度和速度，并取名为"郑和掌船舵"。同时，他运用儿时训练挑幡的身体平衡感和爆发力，将几近失传的"跟踢冲云霄"招式运用起来。在首届建瓯挑幡"幡王"争霸赛中，他凭借精湛的技艺一举夺得个人幡"幡王"称号。

惊险热烈的建瓯挑幡，体现着建瓯人乐观向上、勇往直前的精神风貌。屹立不倒的绵幡彰显着建瓯人英勇不屈的精神追求，也飞扬着建瓯人对美满幸福生活的真诚祈盼。

六

郁郁葱葱的竹海是建瓯的一座绿色宝库。1957年，国家公布了第一批重点自然保护区名录，建瓯的万木林就名列其中。这片茂盛的竹林经过600多年的自然演变，已成为一座亚热带植物博物馆。林中高低起伏的翠竹也孕育了建瓯县经济的支柱——竹产业。

1989年，福建林学院（现福建农林大学）毕业的林振清作为人才被引进建瓯。30多年来，林振清见证了建瓯竹产业的发展。山多地少的建瓯农业始终缺乏特色，为了让农民的收益得到提高，林振清开始在建瓯的山间寻找突破口。20世纪90年代，建瓯改变以农耕为主的产业结构，在全县大力推广毛竹丰产种植。全县竹农们开始"把山当田耕，把竹当菜种"。

与好技术相比，竹农更习惯于眼见为实。林振清在担任村科技特派员期间，建立了数百亩的试验区，大力推广竹阔混交林经营，实现竹林可持续经营。竹农尝到了种植生态竹林的甜头，笋竹产业渐渐发展成为建瓯的支柱产业。

在乡村振兴政策的推动下，建瓯100余万亩竹林层层叠叠、郁郁葱葱，奏响了绿色和生态的主题曲，富裕了竹林里的万千人家，也为建瓯人提供了竹工艺制作的天然宝库。

以竹为原材料制作的竹桌面收纳盒，将竹的自然与布艺的多元结合，作品线条柔顺、色彩淡雅温馨，功能简单明确，收储空间理想。2018年，该作品获得环球至酷大赛设计大奖。该作品的设计者杨辉在设计创意中，一方面融入了中式风格的古典元素，另一方面与现代工艺相结合，体现了浓郁的东方美学与文化底蕴，同时充满着时尚气息。

青山不减诗情，流水更添画意，无边的竹海风光蕴含着建瓯历史的深邃。从千年古城发展成繁荣昌盛的现代化城市，建瓯用绿色发展的智慧创造出了属于自己的诗情画意。

结语

万顷竹波，自然的箫声吹奏出建瓯的风雅。

千年遗韵，历史的茗香氤氲出建瓯的清逸。

风雅如竹的建瓯，以竹节为脊，在史册里书写文化的风骨；以竹木为纸，在版画中镌刻时代的印记。

竹竿挑动彩幡，建瓯人擎起勇往直前的精神风帆；竹林汇成绿海，建瓯人奏响生态产业的发展乐章。

竹色映建溪，清雅风骨锻造出八闽首府的文化底色。

茗香满茶瓯，诗书礼乐传承着千年古县的历史回响。

纪录片《中国影像方志·福建卷·建瓯篇》于2021年4月30日在CCTV-10首播

引言

闽省西北，武夷南麓，层峦叠嶂的险固地势造就出一座"铁城"。

中原文化入闽的脚步，叩开古城之门，浸润出独特璀璨的闽北文化。

古朴神秘的傩舞里，有对先民文化的传承与追溯；优美流畅的三角戏，唱出对传统戏曲的坚守与创新。

一缕文脉绵延千年，名相巨匠古今相承。

这就是邵武，一座底蕴深厚的宜居之城。

一

邵武是座山城。不过，这座山城最初的名字并不是邵武，而是昭武。"武者，以地在武夷山南，古以南为昭，故为昭武。"这是《邵武府志》对于"昭武"一词由来的论述。

土生土长的邵武人高绍萍，对家乡的历史了如指掌。20多年的文博考古工作让他在一件件文物身上触摸到了邵武的前世今生。

1995年，福建博物院文物考古研究所对斗米山遗址进行发掘，高绍萍参加了发掘工作。在7000多平方米的土地上，考古队经发掘后共清理出3组房屋建筑遗迹和22座墓葬，出土了数百件石器、玉器和陶瓷器。经碳-14年代测定，斗米山遗址属于距今5000至4000年的新石器时代。

一件散发着温润光泽的石璜，让高绍萍看到了邵武历史中一脉相承的包容气质。出土的斧、璜、玦等，无论形制、色泽都与安徽的薛家岗文化和江浙的良渚文化十分相似，这说明当时闽北地区新石器文化受到江淮地区新石器文化的强烈影响。由此可见，邵武在数千年以前，是江淮地区移民及其后裔的聚集地之一。

因地处中原入闽的主要通道，邵武早在数千年前便不断接纳着外来移民，并逐步形成了人烟密集的村镇。三国吴永安三年（260），吴主孙休在闽地设建安郡，建昭武镇。不久，昭武由镇升县，开启了建县历史。晋太康三年（291），因避司马昭之讳，昭武改名为邵武。

和平古道是历史上江西到福建的必经之路，有1000多年的历史，原名禾坪，是指此地物产丰腴。但禾坪历史上发生多次战争，人们期盼和平，遂将其改名为和平。建县1700多年来，邵武经历过战火硝烟，也在武夷山下创造了辉煌的文化。始于唐朝的和平古镇是福建省历史悠久的古镇之一。这个盛唐时期因中原移民定居而形成的古镇，为邵武带来了中原先进的生产技术，也带来了中原的耕读文化。

古镇上留存着众多的宗族祠堂、家庙和气派非凡的明清古宅。一条长达数百米的青石板街和数十条卵石铺砌的古巷道，无不昭示着古镇曾经繁盛的商贸和灿烂的文化。

在明代和平已建有义仓。义仓主要用于救助孤寡贫病和灾荒之年赈济外来灾民。位于古镇东面的义仓虽已年久失修，但嵌于墙中的石板上刻着的义仓条规和功德碑仍然清晰可辨。

在20多年的文物考古工作中，高绍萍实地考察了邵武的每一处古迹。厚重的文化底蕴为邵武积淀了众多珍贵的人文景观。120多处古文化遗址、300多处古建筑、30多处摩崖石刻在闽北起伏的山峦间连缀成灿烂的邵武历史。

崇山峻岭阻挡不了文化的交汇与延续。邵武深厚的文化底蕴所绽放出的包容精神，浸润了独特的闽北文化，从远古璀璨到了今天。

二

"进退一身关庙社，英灵千古镇湖山"，这是林则徐的一副楹联，赞美的是宋代抗金名臣李纲。

位于邵武市中心的李纲纪念馆前，李纲的雕像静静地迎来参观的人群。身处两宋之际的李纲，在国家生死存亡之际，对内力谏改革弊政，对外力主团结抗金，成为万世景仰的抗金英雄。而林则徐一生以李纲为楷模，也成了抵御外侮的民族英雄。福建文史研究馆原馆长卢美松认为，邵武人李纲是宋代抗金民族英雄、一代名相，其爱国忧民的情怀，是中华民族的宝贵精神。

北宋政和二年（1112），29岁的李纲得中进士，开始了出将入相的生涯。在几度沉浮的宦海生涯中，李纲坚决主张抗击金兵。面对金兵南侵，李纲主张收拾人心、施惠于民、蓄积财力、以强国势。他多次上疏力陈抗金大计。纵使不被采纳亦锲而不舍。北宋靖康元年（1126），金兵入侵汴京。危急关头，担任京城四壁守御使的李纲团结汴京军民以及各路勤王军，击退金兵，取得了汴京保卫战的胜利。

李纲的传奇，不仅在于抗击侵略的功绩，更在于他关注民生的拳拳爱民之心。"以宗社为心，以生灵为意"，这是李纲一生思想的精粹所在。为让百姓过上好日子，李纲即使身居于野，也心系百姓。他屡屡上书，为国为民，出谋献策。他位卑时不忘忧国，入仕后不忘初心，虽然被构陷、被排挤，亦无怨无悔，在两宋之际的懦弱朝臣中，活出了一种不一样的担当和坦荡。对于李纲"扶大厦于将倾"的精神，《宋史》记载："纲虽屡斥，……若赤子之慕其母，怒呵犹嗷嗷焉，挽其裳裾而从之。"

李纲的忠义赢得了后世的敬仰。南宋淳熙十三年（1186），邵武百姓为纪年李纲修建了李忠定公祠，朱熹为其撰写了建祠碑记。千百年来，李忠定公祠几经迁址和重建，邵武百姓依然奉祀着这位"出将入相"的南渡第一名臣。1984年，修葺一新的李忠定公祠被辟为李纲纪念馆。站在纪念馆里，穿过历史的时空，仿佛看到李纲不屈的身影，耳边回荡着他抗金杀敌的呐喊。李纲炽烈的爱国热忱，至今仍深深影响着邵武儿女。

李纲纪念馆，犹如一艘乘风破浪的轮船，在时空变幻的历史中航行，激励着一代又一代中华儿女。

三

每逢农历六月初一，邵武的乡村便迎来前来表演的傩舞队。村民们沿途设香案、摆祭品、放鞭炮，隆重地迎接傩舞队的到来。

傩是中国最古老的祭祀文化，至今依然活跃在邵武乡村。古人认为，戴上代表神魔的面具，便有了抵御灾祸的法力，而用法术使危害人类的妖魔鬼怪不能动弹的人便是傩。以西周时期《周礼》的记载为始，中国傩文化在数千年的流传过程中融入了诗、歌、乐、舞、戏、礼等元素。傩礼、傩祭、傩仪、傩舞、傩戏都属于傩文化范畴，往前追溯可以关联到原始宗教。

福建省艺术研究院研究员叶明生在1993年发表了一篇关于邵武傩舞的论文，引起了业界专家学者的极大关注。从那以后，叶明生和邵武傩舞便结下了不解之缘。

邵武傩舞在面具、服饰和舞蹈动作上都散发着古风余韵，舞者头戴面具，以舞蹈动作走村串户，没有故事情节，没有说唱，保留着最原始的傩舞状态，是名副其实的傩文化活化石。在古风礼仪逐步消亡的今天，邵武传统的傩文化之中印刻着远古礼仪和民俗的遗风古迹，原始的邵武傩舞有着文化研究的重要价值。叶明生发现，邵武傩舞是中原文化、楚文化、古越文化交汇融合的产物，非常少见。地处崇山峻岭的邵武，百姓生活艰辛，人们不得不寄希望于神灵。驱疫逐鬼的跳傩风俗从中原传入邵武后便传承至今，这对研究闽北历史文化、民俗艺术等有着重要的学术价值。

在收集整理邵武傩文化遗存中，叶明生在坎下村欣喜地找到了道光年间的一方记载傩祭活动的石碑。和平镇坎下村的中乾庙保存了一部《中乾庙众簿》，当地群众称之为"庙谱"。实际上是一部庙志，其中就有关于傩祭的记载，非常难得。

为了保存古老的傩文化，邵武市政府启动了傩文化修复工作。大量散落在邵武偏远乡野的傩文化元素被逐步挖掘出来。2012年，邵武市三角戏傩舞民俗文化研究中心成立，根据邵武傩舞改编的舞蹈《傩魂逐梦·春》获得了2018年第十五届闽浙赣皖四省四市民间艺术节金奖。

传承千年的邵武傩舞曾经伴随着人们走过了艰辛岁月，如今，它已经成了邵武人寓教于乐、回味历史、传承文化的艺术载体。

四

已有300多年历史的邵武三角戏朴实亲切、活泼自由，深受闽北乡亲喜爱。邵武传统三角戏的特色是没有皇帝没有官，讲的都是身边的家长里短，因此三角戏又被叫作"家庭戏"。它的内容贴近生活，唱腔表演为观众所喜爱，是一种特别适合反映当代社会家庭现象的艺术表现形式。

《六斤四》是深受观众喜爱的三角戏传统剧目，讲述的是母子和婆媳之间的孝道故事。三角戏老艺人陈秀珍将传统剧目进行新编，创排了一部反映当代社会家庭的现代三角戏。在陈秀珍看来，邵武三角戏最独特的地方莫过于特有的唱腔、道白。由于吸收了赣剧、江西采茶戏以及邵武当地民歌的优点，三角戏曲调优美流畅，民歌色彩浓郁。

为了突出特色，陈秀珍决定在《六斤四》的唱腔中，融入现代音乐的元素。节奏跳跃欢快，既丰富了丑角唱腔的变化，又能引起观众的共鸣。与此同时，她节选了张三丰的太极拳招式，使之表演化，既保留了太极拳速度适中、步法灵活、运行自然等特点，又将邵武地方文化特色展现出来，生动刻画了县官和众衙役的舞台形象。

20世纪60年代是邵武三角戏的辉煌时期。邵武三角戏剧团编演的经典剧目《沿山红路》，到福州参加全省戏剧会演，曾经出现一票难求的盛况。

虽已是古稀之年，陈秀珍依然在为振兴三角戏而忙碌。她一边苦练自己扮演的角色，一边指导青年演员排练，从唱腔、身段乃至表情都亲自示范。尽管青年演员经验不足，但那一张张认真的面孔，让陈秀珍看到了邵武三角戏的未来。2015年，三角戏《六斤四》参加第六届福建艺术节暨福建省第二十六届戏剧会演。舞台上的精彩表演博得了观众的阵阵掌声，陈秀珍带领青年演员们获得了好成绩。

一代代三角戏艺人怀抱着对传统戏曲的执着坚守，让传唱了300多年的优美唱腔继续演绎着各种悲欢离合，也继续书写着属于邵武的审美意趣。

五

2018年10月24日上午9时，总长55千米的港珠澳大桥正式通车。烟波浩渺的蔚蓝大海上，这座世界上最长的跨海大桥就像一根银线，串起了东方明珠香港、珠海和澳门。这首壮丽的建筑诗篇，让世人记住了它的副总工程师，来自邵武山村的方明山。

熙春文脉，秀水出焉。虽地处中原文化的边缘，但邵武一直秉持尊师重教、蹈仁履义的传统。有着1000多年悠久历史的和平书院，开启了闽北宗族办学的教育先河。唐末五代年间，18岁得中进士的黄峭在归隐家乡后，创办书院，授徒讲学，造福桑梓，为邵武营造了读书求学、重视教育的文化氛围。至明代，邵武已有樵溪、福山、矩墨、白渚等多间书院，谈学论道蔚然成风。直到清代，邵武依然保留着独特的书灯田风俗。宗族将共有的田亩收入，用于支付后世族人读书、赶考的费用。

1000多年过去了，和平古镇民居上"忠孝持家远，诗书处世长"的竹木刻楹联依然流淌着儒家文化的芬芳，诗书传家的精神早已浸润了邵武。出身于桥梁世家的方明山，从小就看着父辈拿着造桥图纸在家乡的小河上建桥。高中毕业时，方明山怀着"修路造桥，造福桑梓"的朴实愿望，报考了重庆交通学院。一颗赤子心在邵武人文精神的哺育下，化作了对国家和民族的责任担当。

怀着家国情怀，方明山从一个农村娃成长为一名桥梁专家。2001年，他担任了杭州湾跨海大桥工程指挥部副总工程师。据方明山回忆，第一次去杭州湾现场勘探，透过南岸滩涂的芦苇丛看到一片茫茫大海时，异常恶劣的建设条件让他和所有的造桥人感到这是一次艰巨的考验。虽然肩背负着沉重的压力，但方明山和他的研究团队最终经受住了考验。成功架设的杭州湾跨海大桥为方明山设计港珠澳大桥打下了良好的基础。2019年，在港珠澳大桥顺利通车后，方明山再次担任了宁波舟山港主通道工程指挥部总工程师兼副总指挥，继续为中国跨海大桥事业披肝沥胆。

在方明山的母校邵武第一中学的校史馆里，一张张老照片记录了方明山的青葱岁月，也见证了邵武崇文重教的浓厚氛围。

时光荏苒，无论是抗金英雄李纲，还是宋代理学家何兑与何镐父子、南宋爱国诗人严羽、清代方志学家施鸿，他们都用邵武人海纳百川的胸襟和壁立千仞的意志砥砺前行，为中华民族开拓出一条民族进取之路。

千百年来，邵武这座城市在世代延续的文脉哺育下，焕发出蓬勃的生机，迸射出进取的活力。

六

金秋时节，邵武市金坑乡迎来了络绎不绝的游人。他们行走在金坑红色小镇，领略丰富的红色革命遗迹和明清古建筑，仿佛在时空中穿梭。这样的诗情画意难以让人将这里与贫困联系在一起。"90后"的官君大学毕业后回到家乡，在家乡从事旅游工作。几年来，他见证了金坑依靠旅游资源脱贫致富的过程。

地处闽赣两省三县市交界处的金坑乡，自古为重要的入闽关隘和商贸通道，是中国革命初期的重要区域和战略要地之一，也是中央苏区重要组成部分。虽然拥有丰富的红色资源和历史文化资源，但常住人口却很少，这使金坑乡一度成为邵武经济落后的代表。如何立足资源优势、推进乡村振兴，成为邵武市政府发展的重要课题。

2011年，邵武市提出"红色金坑"构想，金坑乡两处革命遗迹被列入《全国红色旅游经典景区名录》。红色研学开始成为金坑旅游的重要载体，金坑乡作为红色文化研学基地打造出了一套可供借鉴的革命老区发展红色旅游的样本。2019年，金坑乡金坑村入选第七批中国历史文化名村名单。

20世纪50年代末，鹰厦铁路通车。邵武作为入闽第一大站，成为闽西北重要交通枢纽和物资集散地，经济发展进入快车道。进入21世纪，随着纵横四方的交通网络把邵武融入"福建四小时经济圈"，邵武南接北连、东进西扩的区位优势凸现。2012年，邵武入选第三批全国发展改革试点城市。

如果说傩舞是邵武先民对丰收平安的祈盼，那么今天的邵武人正用自己的双手扮靓美好生活。邵武正以不断前行的勇气和为时代担当的魄力，在八闽大地上走出了一条传承发展、包容创新之路。

结语

和平书院，遗风犹存，浸润出诗书传家的优良家风。

名相祠堂，高节千古，锻造出为国为民的民族之魂。

古老文脉的延续，让一颗赤子之心穿山跨海，筑起海上长虹。

红色血脉的传承，让一方美丽水土引人入胜，书写发展新章。

闽北风情与中原文化交融，孕育蔚然文脉、高洁风骨，流芬清邵。

武夷山峦与红色热土辉映，描绘发展蓝图、创新之路，未来可期。

纪录片《中国影像方志·福建卷·邵武篇》于2022年3月16日在CCTV-10首播

顺昌·宝山探奇（一）

引言

登高山之巅、望四海之远，自古以来就是无数中国人所向往的境界。如果说登高望远体现的是人对自然永不退缩的探索与挑战，那么在山顶建筑房屋，则是人类对于与自然和谐共生之道的探寻与实践。

我们将在武夷山脉的崇山峻岭当中去观赏一座矗立在山巅之上的建筑。自古以来，关于它的选址、建造背景以及建筑工艺一直充满了神秘奇幻的色彩。

一

宝山，地处福建省顺昌县大干镇，是武夷山脉南部一座高耸的山峰。从空中俯瞰，满山苍翠、云雾弥漫，仿佛一幅缥缈的画卷。在海拔1300多米的山顶上，巍然矗立着一座年代久远的古寺。这座修建于元代的仿木石构建筑，至今仍完整地保留着初建时的风格样貌。

闽西北民居讲究建筑与山水的融合，在建筑选材上注重就地取材，尤其在林木繁茂的山区，民居多采用木材或砖石。宝山山顶的这座古寺却采用看似更加费力费工的石材，而且建筑形态完全仿制木构建筑，其工艺之精巧、操作难度之大，令人惊叹又着实费解。为何在植被丰富的宝山之巅要修建如此宏伟壮丽的石构建筑呢？

为了体验闽北山区建筑独特的魅力，考察组跟随专家来到了福建省顺昌县大干镇宝山山腰的上湖自然村。首先映入队员眼帘的是村中有着数百年历史的古老银杏树群。高大的树干，繁茂的枝叶，以及树下的青砖瓦房，仿佛陶渊明笔下的桃源仙境，让队员们感受到一种悠远宁静的田园氛围。在村民的口中，宝山似乎有着通神明、佑苍生的灵性，这更为宝山山顶上的那座古寺增添了一抹神秘色彩。队员邀请了几位村民做向导，向宝山顶峰攀登。

沿着崎岖的山道拾级而上，只见漫山遍野都是苍翠的林木。由于四周都是密林，即使是下午两三点，队员们依然觉得光线昏暗。队员们了解到，脚下的这条山路名为月梯古道，相传是元代时开凿的。为了能在天黑前返程，队员们加快了步伐。

"绝顶一庵，梁柱椽瓦之类，皆斫石为之。"《顺昌县志》中记载的所谓"斫石"，即被整理过的石块。而这座"庵"，应为宝山寺。经过约1小时的路程，考察组终于登上山顶，来到了这座由石料所建的宝山寺。伫立于海拔1300多米的宝山之巅，大家感到犹如置身蓝天白云之中。

队员们站在宝山寺的拜石上，见到屋顶上的瓦片皆为石瓦，须弥座的雕工也非常精美，且年代久远。进入宝山寺的大殿，可见大殿面阔五间，进深四间，规模十分宏伟。从地面到梁柱、椽瓦乃至墙垣等皆采用石材。殿内的梁柱用料十分粗大，正契合了中国古代木构建筑"肥梁胖柱"的特征。殿脊上至今还保留着石刻的纪年文字："维大元至正二十三年癸卯岁七月二十八乙未良日己卯时"。这表明这座宝山寺大殿建于元至正二十三年（1363年），距今已有600多年历史。

经过一番仔细观察，队员们发现这座历史悠久的大殿无论是大石柱、石斗拱、石雀替、石月梁，还是石椽条、石瓦片，所有的构件都是仿制于木构建筑。

就连榫头、卯眼都准确无比，契合严密。石柱的四面都有一个气孔，这个气孔如同大木座的底部。屋檐所铺的石瓦片看上去非常笨重，安装时需要非常小心。这栋建筑完全参照了木构的建筑，只是把木头全部换成了石头。队员们想起登山时所走的古道，内心不禁产生疑问：如此巨大且考究的石构建筑，所需的材料从何而来？

考察组跟随向导来到山顶的高峰处，这里随处可见裸露出的黑黝黝的岩石。从石头上胶结的各种砂砾来看，初步判断这很可能是砂岩。大家根据此前对福建各地石构建筑的了解，推测主材大都应采用质地坚硬的花岗岩。砂岩一般作为辅料，很少用作主材建造房屋。为何这里的砂岩却能够用来建造房屋呢？虽然找到了宝山寺建筑石材的来源，但队员们心中的疑惑却丝毫未减。

回到古寺门口，队员们看到一些近代修建的院落，所采用的都是更为容易建造的砖木结构。队员了解到，住在这里的是看守寺庙的村民。村民说，山上有时候风很大，在刮风时屋檐的瓦片常常被风吹起。

二

建于宝山之巅的元代古寺采用的是砂岩，这在我国的石构建筑当中非常少见。如果真如住在山顶上的村民所言，宝山山顶常起大风甚至会将屋瓦掀翻，那么山顶上的这座元代古寺全部采用砂岩，而不是木材建造，是否就是为了抵御大风和雨水的侵蚀呢？面对这些谜团，考察组决定邀请专家，扩大考察范围。

天台山是顺昌县境内4座海拔上千米的高山之一，论个头，它是宝山的"小兄弟"，当地素有"宝山腰，天台山脚"的说法。据了解，天台山也拥有大量砂岩，考察组遂决定前往距离宝山不远的天台山展开调查。

来到山腰处，成片的石芽群、各异的石灰岩溶洞呈现在队员们的眼前，然而却始终不见向导口中提及的砂岩。同行的专家告诉队员，天台山地质结构奇特，山脚下是喀斯特地貌，山上则是另一种岩石。上到山顶，可见眼前的山石经过风化，形态各异。天台山上也曾有一座建于明代的小规模仿木石庙，或许是因为天台山的砂岩质地过于粗糙，石庙现已残损严重。考察中，队员还发现天台山的山顶竟然有一口水井。那么宝山山顶是否也有这样的水井呢？为了进一步考察宝山山顶古建筑的修建之谜，考察组邀请了顺昌县博物馆馆长王长军以及气象专家再次探访宝山顶峰。

王长军告诉队员，建造宝山寺的石材属于中粒砂岩，因此每隔一段时间都要进行重修，散落于地面的正是换下来的一些构件。用砂岩来雕刻仿木的造型，对于工匠而言是极具挑战的。一方面，石雕需要一次成型且不可修复，在进行局部细节雕刻时极为考验工匠的手艺。另一方面，由于砂岩颗粒大、密度低且脆性明显，像房梁这样长条形体的石材在雕刻时易断，因此宝山寺作为极其精美的仿木石构建筑更显难得。宝山寺的石鼓和门基是一体的，这样的门基比较牢固，它主要能解决门的受力问题。大殿里会出现石材的颜色新旧不一的情况，这正是重修的痕迹。

王长军带着队员来到山顶的另一侧。这里遍地都是砂砾岩，黝黑的岩石被葳蕤树和其他碧绿的植被所遮蔽，悬崖陡壁间的象形石巍峨挺拔。王长军解释道，砂岩相对于花岗岩和火山岩来说，更容易被侵蚀。如果进行比较，宝山的砂岩石要比天台山的砂岩石胶结程度更强一些，抗风化程度也强一些。虽然同为沉积岩，因砂岩的矿物成分、硬度和胶结程度各有不同，发育的地貌也不相同，所以宝山和天台山虽同为砂岩，却有着明显差异。与天台山上质地粗糙的砂岩相比，宝山的砂岩质地更加细腻，抗风化和抗侵蚀的作用也更强。

考察间隙，热情的村民给队员送来茶水解渴。原来，宝山山顶也和天台山一样，拥有水井，而且水质清澈甘甜。专家告诉队员，宝山的砂岩因为地质运动，造成岩层断层，形成了众多裂隙。这里的井水是宝山顶峰周边植被所涵养的地表水，是宝山良好的生态环境的产物。

村民到周边的树上采摘了一些正盛开的粉色花朵，为队员们做了一道以这种"饭汤花"为材料的当地美食。"饭汤花"学名木槿花，是锦葵科植物木槿的花。将木槿花放入用清澈的山泉水熬煮的米汤中，微凉后入口，便觉满嘴清香。队员饮用之后顿觉脑明心静，连续奔波的疲累消除了大半。感受着眼前安宁静谧的气氛，队员们不禁再次想起村民所说的景象，宝山山顶真的会有大风来袭吗？

同行的气象专家与留守峰顶的村民详细交流后，结合对周边山势的考察，找到了山顶大风产生的原因。顺昌县气象局副局长黄秀芳告诉队员，虽然此时没什么风，但是宝山上一年四季大风出现的时间不是固定的。遇到强对流天气或者台风时，都会产生大风。更重要的是北方冷空气南下时，山下就会下雨降温。宝山山顶由于没有阻挡物，风会更大，所以村民讲的情况是属实的。

地处闽赣两省交界的武夷山脉，是阻挡北方冷空气南下的重要屏障。海拔1300多米高的宝山地处武夷山脉的南部，当强冷空气南下时山下多降温，山顶则常常伴有大风。宝山山顶潮湿、风大，砖木结构的建筑因此不太适合在此建造，因为容易被腐蚀，每几十年就要大修一次。

宝山山顶的砂岩胶结程度高，抗风化和抗侵蚀作用强，古代智慧的匠人便将其作为主材营造宝山寺，较好地抵御了山顶风雨的侵蚀，从而使得宝山上这座元代建筑历经数百年却依然保持原貌。同时，砂岩岩性细腻松软、易于雕凿，尤其在造型细微处精致耐看、韵味天成，成就了宝山寺在中国石构建筑中独树一帜的风采。那么人们为什么不选择在地势平坦开阔、交通往来便利的地方建造寺庙，而偏偏选择在海拔千米之高的山顶营建如此艰巨的工程呢？

虽然没有更多的史籍记载和历史佐证，但在和当地学者及村民沟通中，考察组逐渐了解了宝山之巅这座传奇古寺的身世。

宝山作为武夷山脉中海拔较高的山峰，其山势巍峨险峻，似可通天，周边河道发达。穿流于深山峡谷之中的富屯溪，西接江西经济腹地，东连闽江入东海，自古以来就是一条黄金水道，得天独厚的地理条件让宝山成了一块"风水宝地"。相传，五代十国时期闽王曾选择这里作为祭天之地。据当地人推测，山顶之上的宝山寺或许是家族显赫之士集资所建，为当地百姓祭拜祈福之用。

数百年来，这座凝聚着古人智慧的建筑瑰宝，矗立于逶迤连绵的武夷山脉之上，守护着山与水的秀美，也守护着人与自然的美好和谐。

三

在考察就要结束时，队员们在山顶上还发现了一座占地只有十几平方米的石头小屋。屋里供奉着两座石碑，一座碑刻着"齐天大圣"，另一座刻着"通天大圣"，当地百姓称之为"双圣"祭家。随行专家告诉我们，这是福建民间流传甚广的动物崇拜风俗的实证。

看来在这神秘的宝山中，不仅有先民创造的建筑奇观和丰富的野生动植物资源，还有与之相伴而生的独特民俗文化。

《地理·中国》栏目《宝山探奇》上集节目于2022年11月28日在CCTV-10首播

顺昌·宝山探奇（二）

引言

登上了武夷山脉的宝山山顶，寻访了一座用石材建造、距今已经有数百年的古代寺庙已令大家感到非常惊喜，然而考察组在山顶上发现的一座石头小屋，并由此牵出闽北地区流传近千年的一种神秘风俗则更令考察组感到好奇。据说在宝山的密林山间生活着一种野生动物，千百年间它们和当地百姓产生了一种极为特殊的关系。

一

除了矗立于山顶数百年而保存完好的宝山寺，宝山山顶的一侧至今还保留着一座元末明初修建的建筑。这座同样采用砂岩建造而成的石头小屋，是当地村民口中所称的"双圣"祭冢。

"双圣"是指传说中的"齐天大圣"和"通天大圣"。顺昌县博物馆馆长王长军告诉队员，从资料上看"大圣"是闽地百姓对猴神的尊称，齐天、通天则寓意着本领高强、神通广大。石碑上的宝峰，实际上就是指宝山了。

这座"双圣"墓的修建时间比吴承恩的《西游记》成书时间要早近200年。据专家说，这是国内民间崇猴文化较早的实物佐证。宝山的"双圣"石屋可以说是当地村民崇猴风俗的祖地。据史籍记载，福建山多林密，可谓是"猿猱之墟"，自古以来，猴就是闽人崇拜的灵物。那么当地出现的崇猴风俗与宝山又有着怎样的关联呢？带着这个疑问，考察组跟随专家来到福建顺昌县元坑镇进一步探究。

考察组听说元坑镇的秀水村正在筹备一场特别的民俗活动，正与崇猴文化有关，于是我们来到了秀水村。进入村中，队员们看到当地百姓正在制作一种名为烧馍的传统美食。村民告诉队员，制作烧馍的主要材料有4种：饼料、猪油、白糖、香葱，需将它们按照一定的配比均匀地搅拌在一起，再一个个地捏成形。顺昌县文化馆馆长潘琳解释道，顺昌烧馍这个美食只有在重大活动和节日的时候才有，它们今天的制作就是用于崇猴祭祀。

历史上，顺昌山野间到处是原始森林，林中多猴。等到农民的农作物成熟时，猴群常下山觅食、糟蹋庄稼，让农户们伤透了脑筋。后来村民想出一个办法，在农作物成熟之时，先收一部分作物送到猴子经常活动的地方给猴子吃，这样猴子就不再到农田里糟蹋农作物了。

后人便将最初定点摆放作物的地方当作"祭坛"。当地的村民会于秋收时节，制作糍粑、烧馍等特色美食放于祭台上，求猴神保佑作物丰收，甚至还给猴神盖庙。顺昌境内的山岭峰巅、田间地头、村头庄尾，广泛分布着100余处祭祀猴神的遗址，顺昌本地因此还出现了很多迎送猴神的民俗活动。

顺昌县博物馆馆长王长军告诉大家，北宋理学家杨时家的《杨氏族谱》中记载着杨氏先祖子江公的墓图，在墓图上标识有"通天庙"。据此，我们可知顺昌大圣习俗在北宋初年就存在，可见自宋以来，作为"八闽善地，文献之邦"的顺昌，动物崇拜逐渐成为一种民间信仰，寄托了生活在山林中的百姓祈求平安、富足的心愿。

队员们还发现，顺昌县元坑镇秀水村旁有一个石碑，上面写着"通天大圣仁济真君"，边上的纪年小字因为岁月久远已无法辨识，像这样的石碑在宝山周边的村落随处可见。

闽北地区流传千百年来的崇猴风俗，原来与古代人们的动物崇拜有关。那么，宝山上的猴子真的特别多吗？

二

考察组经过探访得知，当地不仅仅有崇猴风俗，还有一些村子会对生长数百年的古樟树进行祭拜。看来，宝山一带的风俗大都和当地的自然环境和动植物密切相关，这也进一步激发了考察组对宝山秘境探寻的热情。

考察组前两次登山所走的月梯古道是为了方便到达山顶的宝山古寺，沿途只能望见茂密的原始丛林。这次向导建议选择另外一条登山道路，以便真正深入宝山的自然山林之中，从而揭开这座山峰鲜为人知的一面。

在前往宝山的路上，一阵鞭炮声吸引了队员们的注意。向导告诉队员这是洋口镇田坪村在举办樟树祭拜仪式。原来，村中有两株超过600年的樟树王，数百年来当地流传着无数关于这两棵大樟树的传奇故事。当地村民将这两棵大樟树奉为守护神，每逢村中大事必进行祭拜。

和考察组一同前往的廖谢茗是顺昌县林业局工程师，他对宝山的动植物颇有研究。廖谢茗告诉队员，宝山的山腰海拔大概是800米，往下看都是竹林，之后就慢慢过渡到常绿阔叶林，再往上是针叶林。7月的宝山青山如黛、溪水似链，美不胜收。队员们放眼望去，繁茂的森林遮天蔽日，各种植物生机勃勃。正如向导所说，宝山美丽独特的自然环境，向队员们展现了它另外一面迷人的风采。

廖谢茗来到一台红外线摄影机前，仔细地检查了近一个月拍摄到的影像，画面中有野猪和黄腹角雉，但并没有猴群的踪影，这令队员不禁感到有些失望。

上山途中，队员们遇到了几位拿着专业设备的年轻人，他们是福建省林业勘察设计院的工作人员，这次专门为调查金斑喙凤蝶而来。金斑喙凤蝶被誉为"蝶中仙子"，是中国蝶类国家一级保护动物。金斑喙凤蝶是稀有的蝴蝶物种，目前全世界已知的标本数量很少。在和他们的交谈中，队员了解到前些日子科研人员于宝山一处拗口碰巧拍到了猴群。

廖谢茗解释道，宝山上的猴群属于猕猴。它们喜欢在热带、亚热带和暖温带的阔叶林中栖息，中国南方的许多名山大川中也常能见到它们的身影。但是宝山上的猕猴似乎十分神秘，队员们直到快登上山也没能见到猴群的真容。

原来，那些见人不惊与人亲近的猴群通常不是猕猴而是其他猴类。因为猕猴的性格暴躁、凶猛，且具有一定的攻击性。听闻专家谈及猕猴的性情，队员不禁想到在秀水村采访时所了解到村民的庄稼会遭到猴群糟蹋的事，这也是生活在宝山一带的百姓对猴群由怕生敬的原因。

这时，向导为大家提供了一条信息，宝山山顶上看守古寺的村民曾于数年前收养了两只与猴群离散的幼崽。考察队员通过观察发现，这两只猕猴居住的木房子分得很开。村民说两只猕猴放在一起养会打架，甚至会咬人。正当队员半信半疑时，一只猴儿竟然趁队员不注意，龇着牙准备攻击。

专家告诉队员，宝山及周边地区野生的猕猴群，长期生活在原始森林之中，不曾被驯化，所以仍旧保持着原始的动物本能。猴群有着集群生活的习性，一般都有十几只或者几十只一起。一旦个别猴子不慎离散，很难独立生活。幼崽被遗弃，通常是遭遇天敌而猴妈妈无暇顾及才会发生，这两只幼崽是被巡山的村民捡到后分别送上来的。另外，猕猴还有一个习性，那就是取食时较为贪婪。它们通常边抢边吃，只吃熟的不吃生的，且边采边丢弃，所以早年猕猴所到之处皆是一片狼藉，对农作物的危害特别严重。

专家建议队员们，要想看到猴群不妨到此前省林业勘察设计院的工作人员拍摄到猴群的地方去碰碰运气，那里是海拔800米至1000米的阔叶林，是宝山猕猴食物的主要分布区。

到了这里，队员们发现有一类树特别地高，树冠张开像一把大伞。专家仔细观察后，判断是杉树，然而如此高大的杉树，确实与别处所见不同。宝山上这些高大的杉树正是猴群的"岗哨"。原来，猴群在集体行动时会有一"哨兵"站在高处放哨，若发现异常情况就会发出信号，通知猴群迅速转移。这些与众不同的高大杉树，成了猴群的天然"瞭望台"。

宝山及周边地区高大的杉树令大家感到十分疑惑，同行的专家提示队员在距此不远处有一座国家级"杉木种质资源库"，在那里兴许可以找到答案，同时也可进一步了解宝山以及周边地区的地理环境。于是，考察组决定跟随专家前往一探究竟。

在"国家杉木种质资源库"的实验室里，工作人员正在培育杉树幼苗。工作人员告诉我们，自20世纪60年代起，资源库所属的洋口国有林场就开展了杉木良种选育的研究。常年于福建闽北一带做地质科考工作的福建省地质调查研究院高级工程师魏勇对宝山并不陌生。

于是考察组跟随魏勇来到宝山上一处因开道而裸露出的土壤横截面处进行调查，宝山生态环境异常优越的秘密就隐藏在这里。

魏勇告诉队员，顺昌的红壤分为4个亚类、13个土属种，其中宝山及周边分布有168万亩的砂质（岩）红壤。砂质岩红壤的主要特点是土层厚并松软，且发育得比较完全，非常适合植物生长。宝山周边的植被茂盛正是因为有了这片红壤土。顺昌属"八山一水一分田"的南方丘陵地貌，亚热带季风气候给这里带来了充足的阳光与充沛的雨水。而优越的气候条件也使当地拥有了得天独厚的土壤环境。这不仅成就了格外繁盛的植物物种资源，也让宝山成了各种野生动物的欢乐秘境。

此时，从宝山从事动植物研究的工作人员那里传来了一个好消息，在一台放置于山崖边的红外线摄影机拍摄的视频中发现了猕猴的身影。视频中猕猴很有特点，它们坐了下来，好像把红外线摄影机当成自己的照相馆，还拍了个全家福。

每逢农历七月十七日大圣诞辰，当地的人们都要举行盛大的纪念活动。祭祀表演活动在郑坊镇峰岭村的广场举行，现场热闹非凡。在广场的中央，一条长约10米、宽约3米，被炭火带烧得通红的"火焰山"。手持"金箍棒"的表演者整齐列队，依次冲过十几米长的炭火带，勇敢的举动将现场气氛推向高潮。村民说这项充满冒险的表演源自深居山林的百姓不畏艰险、勇于开拓的精神，人群中胆大的村民及游客们也纷纷紧随其后，奋勇冲过火海。

深深扎根于顺昌民间、融入百姓血脉的民俗文化，虽历经风雨，依然传承有序，千百年来生生不息。宝山，这处武夷山中并不为人所熟知的山林秘境，不仅孕育出了闽西北地区独具魅力、传承不息的文化根脉，更谱写了一曲人与自然和谐共生的美丽乐章。

三

游走于武夷山脉的崇山峻岭间，遍览秀美山川，探寻人文和自然之谜。当我们深入宝山秘境之中，去触摸感知山林中的一草一木，我们才真正听懂了这片土地上的人们千百年来与自然的对话。人类的文明与自然生态之间的联结，在这片秘境中焕发出了迷人的光彩。

《地理·中国》栏目《宝山探奇》下集节目于2022年11月29日在CCTV-10首播

顺昌·闽北奇村（一）

引言

深山自结庐，平地起高楼。不同的民居形式不仅蕴含着普通百姓独特的生存智慧，也生动地反映了人与自然的关系。在中国南方的福建省，武夷山脉阻挡了来自北方的干冷气流，使得福建北部气候温和、雨水充沛，从而出现溪流纵横、林木葱郁的景象。丰富的植被使得整个武夷山林间涵养了大量的水分。然而，像闽西北这样雨水充沛的潮湿之地，传统民居建筑的规划和建造却要面临巨大的考验。

一

福建省顺昌县元坑镇地处武夷山脉的山间盆地中。从空中俯瞰，整个镇四周环山，形似一坑，这也是元坑镇名字的由来。古镇里的秀水村，至今还保存着大量清代建筑，其中年代较为久远的是建于清乾隆年间的张上周故居。

与福建其他地区的传统建筑有着较大的不同，闽北建筑从整体上看布局简洁明朗，融合了浙、赣、皖不同的建筑风格，而秀水村尚存的清代建筑群整体规模宏大，布局考究，细微处精雕细琢，让往来的游客和学者感受到不一样的气息。建筑群多为三四进院落，木雕、石雕精美，月梁造型多样。

来到秀水村，首先映入考察组眼帘的是这里的清代吴氏宗祠。高大的门楼、恢宏的气势给队员们留下了深刻的印象。闽地先民极为注重血缘宗亲，宗祠和祖庙是家族祭祀先祖、议事决策的重要场所。除了气势恢宏的宗祠外，当地独具风格的大型府第式民居也吸引了队员们的注意，"陈氏三大栋"便是其中的翘楚。

这种青灰色建筑在当地府第式建筑的基础上，融合了徽派建筑的一些元素，别具一格。

闽北传统民居受相邻地区建筑的影响，外部多筑有高大的风火墙。风火墙通常高出屋面和屋脊，队员却见到一面山墙上竟然有双屋檐，这样的设计在福建民居中很少见。队员们还发现，这些闽北传统民居中还有一些不一样的细节。一座清代的风火山墙因为已经残破，露出了整个墙体。墙体用空斗砖搭建，当地人也称之为空斗墙。同时，墙体里面充斥着大量的黏土以及建筑的残渣，因此又名土库墙。专家告诉队员，秀水村高高的风火墙还有一个作用，那就是隔绝水汽、防潮。秀水村房子的四周是不开窗户的，这样就能保证房子四面的水汽无法进屋。

进到屋内，大家抬眼望去，椽木上铺的不是瓦片而是砖。顺昌县作家协会会员余钟纯告诉队员，这种白色的砖叫望砖，秀水村的古民居的屋顶上、瓦条顶上随处可见。它是先铺砖、再铺瓦，这是因为阴雨天瓦片会渗水，如果没有望砖，水就会直接流到瓦条之上，瓦条受潮回潮就会霉烂。望砖有两厘米厚，可以把上面瓦片渗透下来的水汽全部吸干，所以两百多年来没有出现一根瓦条发霉腐烂的情况。

所谓望砖，是用本地一种名为白膏泥的黏土烧制的砖。由于白膏泥有着质地细腻、黏性强、渗水性小的特点，每块两厘米左右厚度的薄砖在经过手工精细磨制后，便可直接铺于屋顶椽木上。

考察中，队员还发现秀水村古民居地面上铺着厚实的方形砖，也是由白膏泥烧制而成。专家告诉队员，秀水村村民建造房屋时，通常会在地基夯实之后先铺一层粗砂，然后再铺方形砖。粗砂可以阻止水汽上升，即使有一些水汽上来，也会被方形砖阻挡，从而保证了整座房子的干燥。

秀水村作为闽北群山中一个历史悠久的古村落，房屋建筑中的一处处防潮设施，都和村名中的"水"字有着千丝万缕的联系。在走访了当地的气象部门后，考察组了解到的情况是顺昌县的年平均降雨量约1700毫米，这一数值说明降雨量比较大，但对于闽北山区的各县来说这应是一个平均值。为什么秀水村的民居建筑存在着这么多特殊的防潮设施呢？面对这些谜团，那考察组决定扩大考察范围，到村外去调研一下周边的地理环境。

考察组跟随专家来到距此数千米外的蛟溪村。顺昌县博物馆馆长王长军告诉队员，这是蛟溪和金溪的交汇处。古时候，这里是个很繁华的地方。由于地面落差只有两三米高，因此很适合建斜面码头，搬运物品上岸。从金溪上游下来的木材到这里进行整理之后，再运往下游地区。

作为闽江的支流之一，金溪上通将乐、泰宁、建宁，下达福州。据《顺昌县志》记载，秀水村周边的码头每日往来的船只数百艘。元坑古镇在明清时期就已经成为闽西北的交通要衢。在历史上，贡茶、毛边纸等当地特产也均由此销往全国各地。在这些因贸易得利的富商中，有一部分人就在秀水村建起了规模宏大的民居。

王长军说，古时这里以及周边地区山林环绕、木材便宜，造船业很发达。商人到这里进货的时候是先买船再买货。到了目的地之后，便把船跟货一起卖了，以赚差价。下次再来时，他们又是先买船再买货，周而复始。这种买货兼买船的贸易方式比较少见，由此可见元坑古镇以及周边地区有着充足的造船材料。

为了进一步考察秀水村民居所处的地理环境，考察组决定向村庄附近的山林进发。出发前，随行考察的民俗专家告诉我们，秀水村里正在筹备一场特别的民俗活动，活动需要用到传统美食烧馒。

考察中，队员们发现秀水村周边农田里农作物的确与众不同，一种叶子宽大的蔬菜引起了队员们的注意。这种蔬菜被当地人称为长命菜，学名芥菜，一般适宜于土壤肥沃、土层深厚、通透性较好、保水保肥的土壤中种植。村民告诉队员，这里的土地肥沃，种庄稼收成较好，菜的个头也会比别的地方要大一号。另外，队员们还发现，秀水村农田里的土壤虽然也是闽北常见的红壤，但土壤中的腐殖质含量非常高。

当地村民告诉队员，秀水村的地下很神奇。往下挖半米的小坑就有水涌出，过一二日后坑中还会有小虾，看来"秀水村"这个名字或许是因村里水量大和水质纯净而来。这时，考察队员看见洗菜池旁边有一口水井，令队员感到意外的是，村民说这里是村里唯一的一口井，且供全村人饮用。

一口直径2米、深近1.2米的水井就足以保证整个村的用水，这让队员们觉得有些不可思议。一般来说，福建地区的村庄里往往是一家或者几家就需要一口井。为了核实村民提及的地下水状况，考察组来到了村边考察。元坑镇秀水村村民张朝坤告诉队员，这里黑土地的面积较大。靠近山边的土质会更硬一点，靠近蛟溪的地带则很软，人们在干农活的时候会陷下去。所有的迹象似乎都表明秀水村地下水充沛，且土地肥沃。

接下来，考察组跟随地质专家登上了秀水村附近的一座山峰。站在山顶，队员清晰地观察到秀水村的地形特点。福建省地质调查研究院高级工程师魏勇告诉队员，山下面最低处就是秀水村，它是整个山谷的一个汇水处，秀水村所在的这个位置称作汇水口。汇水口形成的原因，是这里汇集周边山谷里大量的水，此外就是秀水村有冷泉涌出。这些都说明秀水村及周边的土壤富含水分，土壤处于一种含水量饱和的状态。因为没有地方可以排出水，所以从地理学角度来说，秀水村所处的位置是低位沼泽，整个秀水村是建于低位沼泽之上的。

地质专家解释，所谓低位沼泽是沼泽发育过程的初期阶段。地表在此阶段低平凹下，水源补给充足。秀水村处于凹地，因此这里就成了地表径流和地下水汇水处；而四周生态环境良好的武夷山原始森林所具有的保水功能，使得秀水村的土壤中常年富水，故而形成了这片大面积的沼泽。

在古代，人类的生存需要更多地依托自然地理环境。建造房屋的第一步，同时也是最关键的一步就是选址。沼泽是地表及地表下层土壤过度湿润而导致的，非经特殊方式处理，并不适合建房。那么，秀水村的先民到底是出于何种考虑，宁愿花费大量心力设置各种防潮设施，也要坚持选择在这里定居呢？

通过走访，考察队了解到一个重要信息。当年秀水村第一栋房屋营造时，秀水村先民经过勘察，已经发现了地下是一片沼泽。而根据专家的解读，闽北建筑选址的依据中一个重要的考量依据就是便于贸易。人们为了能就近进行贸易，便围绕着集市安家落户，这样就形成了最早的贸易聚落。

古代村落常以河流两岸的街市为中心，向四周布局发展。随着人口的繁衍和居住范围的扩大，紧挨着蛟溪和金溪的秀水村所属的这片沼泽地便进入了当地先民的视线中。

地灵则人杰，宅吉即人荣。对于闽北山区的先民来说，山脉、水系是村落选址、建筑规划考虑的重要因素。有山环抱则能挡风聚气，有利于形成温暖适宜的居住环境。同时，水量充沛的河流保障了农田灌溉以及水路交通的需要，形成天然的防御屏障。这使得建于沼泽上的秀水村在数百年光阴里家族兴盛、人才辈出。

在武夷山脉逶迤绵延的山岭间，人与自然的连接浑然天成。先民在创造建筑奇观的同时，也维护了闽北山区生态环境的平衡发展，这是闽北传统民居建筑为后世留下的一笔宝贵财富。

二

闽北地区自然俊秀的山水地理格局与宛如天成的闽北古民居形成了极具地域特色的闽地民居文化，具有重要的文化传承和文物保护价值。秀水村的传统民居在群山之中、沼泽之上，勾勒出一片世外桃源般的生活图景，这其中所凝结的是古代劳动人民的智慧，更彰显着人与自然的和谐之美。

《地理·中国》栏目《闽北奇村》上集节目于2022年9月19日在CCTV-10首播

顺昌·闽北奇村（二）

引言

在中国古代，人们非常重视房屋的选址，山环水绕就是古人认为的"风水宝地"。"山环"就有了物产，"水绕"就有了运力，有了物产和水运便有了生计。福建省顺昌县秀水村这处山环水绕之地便是一片沼泽，然而这里的先民竟然选择将房屋建筑于沼泽之上，一些建筑历经数百年竟然完好无恙地留存到今天。那么秀水村的先民们究竟是采用了什么办法，使这个建在沼泽之上的村庄不仅没有下沉，反而还成了闽北群山当中的一个传奇呢？

一

闽西北多山多水，平原面积狭小。在如群星般散落的山间盆地和网格状的水系之间，孕育出了一座座村落，也造就了闽北地区独特的小聚落、分布广的古村落分布格局。古村常以河流两岸的街市为中心，向四周布局发展，而随着人口的繁衍，与人们活动范围的扩大，秀水村所属的这片沼泽地便进入了当地先民的视线中。这片沼泽覆盖了整个秀水村及其周边大量的农田。由于沼泽中的地下水随着水流带来大量矿物质，因此水质营养丰富，所以经过排水疏干的农田种植蔬菜和水稻，往往会有不一样的好收成。但是，要在松软潮湿的沼泽之上建造房屋可谓是困难重重，那么当年秀水村的村民和工匠师傅们又是如何实现的呢？

考察组跟随专家来到了秀水村开始做进一步的考察。通过与村民的深入交流，大家得知秀水村不仅有大面积的沼泽地，还有3个深不见底的"无底洞"。因为无法探测洞的深度，村民怕有危险，就把它们围了起来。这些奇怪的深洞是否还隐藏着一些秘密呢？

三处"无底洞"所处的位置是距离此前测量水深的池塘数十米远的一个方形小院，小院中间有3个圆形水坑，水坑看上去似乎没有什么特别之处，但上面覆盖着的用钢筋焊就的保护网，突显出它的神秘性。

队员们见到一个地震遗址碑，碑记上清楚地记录了2007年3月13日分别出现了4.9级和4.7级两次地震。当时因地面塌陷而导致作物受损，东郊菜园数米见方就塌陷了3处，状况可谓触目惊心。队员查阅资料后发现，顺昌县极少发生地震。2007年之前的一次地震还是发生在数百年前。那么是什么原因造成如此规模的地面塌陷呢？

考察组从村民口中得知，在地震发生之前，秀水村以及周边的地面就曾经出现过塌陷。

2004年六七月间，周边名为九村的村庄发生了规模不一的塌陷约20处，塌陷坑口直径大小不一，最大的约10米；深度也各不相同，最深的约10米。坑洞分布于缓坡上的稻田中，后来经过填土才得以继续耕作。

考察中队员发现，发生塌陷的地点都分布于低平的洼地，而且间隔并不远，附近有溪流经过。如果说地震之前已发生塌陷，则可认为地震并不是导致地面塌陷唯一的原因，那么塌陷的原因是否和秀水村地下丰富的地下水有关呢？

地质专家告诉队员，地面塌陷是指地表岩、土体向下陷落，并在地面形成塌陷坑的一种动力地质现象。一般来说，能够诱发塌陷的自然因素主要是石灰岩溶蚀作用或者是持续性的暴雨。考察组走访了当地气象部门，顺昌县属于亚热带季风气候，年平均降水量约1700毫米。这样充沛的降水量与闽北近80%的森林覆盖率以及整体的生态环境有关。但2007年3月份顺昌并没有出现大规模的强降雨，因此2007年的那次塌陷与降雨的关系不大。那么是否与石灰岩溶蚀作用有关呢？

所谓石灰岩，一般指湖海中所沉积的碳酸钙在失去水分以后，紧压胶结而形成的岩石。人们建造房屋所需要的水泥、石灰等建筑材料常由石灰岩烧制而成。

为了解秀水村周边石灰岩分布状况，考察组决定回到村里做进一步调查。

明清时期，元坑镇的商贸因当地丰富的物产资源和便捷的水运，已达到相当的规模。当时，元坑镇的毛边纸、土黄酒等土特产销往沿江各地。向导告诉考察组，至今秀水村还有土黄酒酿造坊和毛边纸作坊，而秀水村酿酒的水就是取自地下水。或许因为沼泽就是天然过滤器，对地下水有一定的净化作用，这使得秀水村土黄酒的口感分外地好。

顺昌县毛边纸制造技艺历史悠久，传统手工制作有十多道工序，至今仍在当地传承。毛边纸作坊是一个小院子，考察组到的时候正赶上师傅了院边的长方形浸泡池里作业。浸泡后的嫩毛竹制造的毛边纸，纸质细腻柔韧，书写清晰。

酿酒的碱性水以及用来浸泡毛竹的石灰，这些本地的物产不仅造就了秀水村的风物特产，还指出了一个事实，那就是秀水村周边分布有石灰岩，这为考察组揭开秀水村"无底洞"之谜提供了重要的线索。

这时，考察队员了解到元坑镇之前有个水泥厂，但此时已经停产并改为矿山公园。魏勇告诉队员，矿山下面就是元坑镇了，元坑镇四面环山，处于富屯溪跟金溪交汇处，这两个溪的水流量是很大的。元坑镇的底部是大面积分布的石灰岩，在水的溶蚀作用下形成一些岩溶洞穴。这些石灰岩上面覆盖了一层相对厚且比较致密的第四纪沉积物。2007年，这里曾发生过一次地震，导致下面的岩溶水跟上面的第四纪沉积物的平衡被破坏，从而在地表形成一个裂隙。然后流水通过裂隙继续侵蚀，从而导致岩溶塌陷。魏勇认为，秀水村丰富的地下水会加速石灰岩的溶蚀，即使没有地震等强外力的作用，当地下水位或潜流发生变化时溶洞也会不断扩大，并导致地面塌陷。

总的来说，秀水村面临着三重挑战，一是闽北降雨量充沛，气候潮湿；二是由于秀水村地处元坑镇最低点，地下水汇集形成了沼泽；三是沼泽下发育的石灰岩，溶蚀作用明显，极易发生塌陷。那么在如此不利的环境下，秀水村先民是如何克服重重困难在沼泽地上建房的呢？

考察时，村子里纵横交错的沟渠引起了队员们的注意。在航拍画面中，秀水村依稀现呈出近似乌龟壳的形状。原来，这些水渠正是当年秀水村的先民们想出的一套绝妙的排水方案。据说当时智慧的工匠师傅们按乌龟壳的形状，开凿出横、竖各8条沟渠。横竖交叉出现64段小沟，其目的就是尽可能地将小沟之间空地中的水排出，外围一圈开凿了大渠，排出的水通过暗渠流到蛟溪中。那在水排出以后，又该如何在松软的淤泥之上建造地基呢？

古人的修建方式如今已经无法得见。不过，村子里还能见到一些建造年代比较近的二层小楼，队员们便向房屋主人讨教。通过房屋主人的讲述，队员们得知秀水村附近茂密的山林为民居的建造提供了充足的材料。闽北一带遍布着酸性土壤，这类土壤的特性就是土质疏松、土层深厚，这对林木生长十分有利。闽北松木质地紧密，富含树胶和油脂，有"水浸万年松"的说法。古时智慧的工匠们从山上砍伐来大量的松木，以梅花桩的方式插入相对密实的沼泽里面作为地基。根据土质密实度不同，松木插入半米到两米之间就可以稳固，然后铺上厚0.3米左右的粗砂，再放上石块，就完美解决了在沼泽之上建造房屋的难题。

考察中队员们还发现一个奇特的现象，那就所有已经发现的地面塌陷都是位于农田里，而不是位于民居建筑区域，这究竟是偶然情况，还是采用了某些方式规避的结果呢？

原来，秀水村先民经过多次尝试，最终确定了在靠山处土质相对密实的地方先排水后建房，而在临近蛟溪的含水量大、土质异常松软的地方耕田种地这一规则。即使于沼泽之上建房，秀水村先民也依然保留了闽北古民居的特点。他们采用前低后高的建筑理念来布局，山墙和屋面层层叠落，房屋中的积水都会从前面流出，这也与闽北"水为财"的说法有关。同时，为了加强室内防潮效果，他们创新地将原本用于地面的砖块，改制为厚度为2厘米的"望砖"置于木椽之上。

历史上，闽北地区宗族制度鼎盛，血缘是维系乡土社会的重要纽带，秀水村便是以吴氏宗祠为中心逐渐形成的古民居聚落。从吴氏先祖成功地在沼泽之上建造第一栋房屋开始，秀水村历经数百年，形成如今村庄的样态。

专家的解读揭开了秀水村的"无底洞"之谜和建筑背后的巧思。独特的自然地理环境造就了秀水村的俊美与神奇。世外桃源般的景致，默默诉说着这里曾经农商并举的盛况以及人杰地灵的风流。而从这座古村落的选址、建筑布局和营造技艺中更能折射出闽北先民的生存智慧和审美品格。

二

闽北古民居建筑是目前保存完整的中国传统民居之一，它们不仅完美地体现了自然环境和建筑理念的融合，也让一方水土孕育的文化代代相传。人类的文明与武夷山脉交相辉映的历史还将延续，天地、山水、生灵之间有了人作为纽带，寂寥的山野才能在今天依然流光溢彩，风光无限。

《地理·中国》栏目《闽北奇村》下集节目于2022年9月20日在CCTV-10首播

第八章 宁德篇
寿宁

引言

县在翠微处，浮家似锦棚，三峰南入幕，万树北遮城。

——冯梦龙《戴清亭》

明代大文豪冯梦龙的诗所描绘出的福建省寿宁县，是一幅峰峦叠嶂、宁静优美的山水画卷。

青山碧水间，寿宁人匠心独运，架木成虹，连接起传承的匠心与永恒的乡情。

高台之上，水袖轻扬。一曲北路遗韵，吟唱出寿宁人执着的坚守与创新的魄力。

去天尺五，古道绝险，寿宁人用坚毅和汗水演绎着永不止步的进取，凝聚成福寿康宁的动人乐章。

一

据冯梦龙编撰的《寿宁待志》"城隘篇"记载，寿宁"有三关十六隘……各隘扼要而居，山径尺许阔，高下曲折，非用武之地。虽有长枪大戟，无所用之"。

2004年，一块从原福寿公路路基下挖掘出的花岗岩石碑引起学者关注，石碑正面横排阴刻楷书"绝险关"，右下款书"寿宁县知县江右戴镗立"。"绝险关"石碑的出土，让寿宁县地方志编纂委员会原主任黄立云对寿宁历史上提及的"三关十六隘"有了新的认识。一个偏远的县城为何修建如此众多的关隘？大部分关隘为何又消失无踪呢？

地方学者们走遍了家乡的座座山村，他们发现在寿宁的群山深处隐藏着众多开采银矿的矿洞遗址，这为黄立云梳理寿宁的历史提供了新的线索。

作为中国古代重要的白银产区，今天寿宁所处的群山拥有丰富的银矿。南宋开始的银矿开采使偏僻的山区逐渐兴旺，矿工成为当时这里的主要先民。明永乐年间，官府设立专门机构，专司采办银课。自此，官台山大宝坑银场进入采掘的鼎盛时期。据历史学者考证，当时银场的矿工及家属至少有千户规模。官台山大宝坑银场成为当时闽浙四大著名银场之一。

经过几年的实地勘探，黄立云初步确定了数百个银矿洞位置。这些古银矿遗址多分布于山涧两侧，矿洞内部结构千姿百态，洞内的"银窝"是古人利用烧爆法采矿留下的痕迹。在灯光的照射下，"银窝"银光闪闪，仿佛是一部没有文字的古代矿冶史。

然而，银矿带给这里发展和繁荣，也导致这片地区被盗匪觊觎，灾祸频发。

据《寿宁县志》记载，明嘉靖年间寿宁境内屡有倭寇侵扰，百姓深受其害。特别是倭寇两次攻陷寿宁县城，百姓损失惨重。

明万历十九年（1591），寿宁知县戴镗上书朝廷，在寿宁南部的斜滩、武曲设置车岭关、绝险关、铁关，史称"三关"。"三关"设置后，凡寿宁与外省、邻县的边界要冲皆建造关隘。到清道光年间，寿宁境内共有关隘21处，是古代福建设关建隘最多的县。"三关"之一的车岭关，两边为山，一面峭壁，是福建最险要的关隘。车岭古道，酷似一条天梯直上霄汉。古道一共有12900多级台阶，除岭亭引道稍平缓外，无一节平路。清代道光年间（1821—1850）修造的平氛关，是目前寿宁县保存最完好的古关。

抗战期间，为阻止日寇侵入闽东，寿宁县紧急下令破坏境内险要路段，挖毁车岭关、绝险关等处路面，通途旦夕成天堑。古关隘为抗倭而建，又为抗日而毁，一建一毁之间，寿宁人忠义勇敢的品格早已融入了这里的山川草木间。

承载着古关隘历史的石碑已被寿宁县博物馆收藏，成为永久的记忆。

银矿开采给寿宁带来繁荣兴盛，三关十六隘保卫着安宁。时光拂去历史的尘埃，汗水凝聚成福寿康宁的动人乐章。

二

明崇祯七年（1634），已是花甲之年的冯梦龙离开繁荣富庶的苏南，经历数月的风雨兼程，到达群峰雄峙、形如釜底的偏僻山区寿宁县。被后世誉为中国古代白话小说的先驱和通俗文学泰斗的冯梦龙以知县的身份，开始了他施政为民的不凡岁月。

2008年，为写作一部记录冯梦龙寿宁为政的史学著作，黄立云开始追寻这一时期的历史资料。

为保境安民，冯梦龙积极修缮寿宁的关隘。坑底乡黄阳隘，这座古代军事防御设施至今还保留着冯梦龙在寿宁留下的印记。这是冯梦龙在寿宁知县任上，唯一完整保存的遗迹，也是福建和浙江两省的分界。

为整肃吏治，冯梦龙以清正廉明、秉公为民要求自己。到任的第一年，乡绅来县衙给他送礼，冯梦龙以"天知、地知、我知、子知"的典故劝诫并拒绝受贿。冯梦龙的书房名"四知堂"，以此警醒和勉励寿宁官吏。

为记录下在寿宁从政的见解和心得，在为官的第三年冯梦龙开始编撰地方志——《寿宁待志》。这本长达5万字的县志，以朴素的纪实手法，记录了他"一念为民之心，惟天可鉴"的为官抱负。黄立云认为，《寿宁待志》的"待"字，意思是留给后人来修改，是冯梦龙的自谦之语，该书内容丰富，叙述严谨，文情并茂，是志书中的佼佼者。

《禁溺女告示》是《寿宁待志》收录的一篇布告，"为父者你自想，若不收女，你妻从何而来？为母者你自想，若不收女，你身从何而活？"这言辞恳切的劝诫，将严禁溺毙女婴的道理阐述得深入浅出，深为寿宁百姓所接受。自此，寿宁溺女之风得以扫除。时至今日，寿宁百姓们依然以传说、故事、歌谣等方式，演绎着一代文豪改革吏治、整顿学风、兴利除弊的事迹，表达对这位清官贤吏的追念。寿宁县第一中学的高中生自编自导了话剧《禁溺女婴案》，在《闽东之光·寿宁梦龙》专场演出，广受好评。2019年，寿宁一中"梦龙文化进校园"活动成功申报了全国中华优秀传统文化传承项目。

福建省文史研究馆原馆长卢美松认为，冯梦龙是一位天才的文学家，在福建历史上，也是一位有作为的清官廉吏。受冯梦龙的影响，寿宁人才辈出，为数百年来寿宁发展之路奠定了文化基石。2017年，心怀天下、忧国忧民的冯梦龙被列入福建古代六大历史名人之一。

四载寿宁留政绩，先生岂独是文豪。冯梦龙带给世人的不仅是延绵数百年的中华传统文化精粹，更是永远留存在寿宁人血脉中的崇实尚德的精神力量。

三

抗战时期，全国各地以各种各样的方式开展对敌斗争，支援抗日运动。寿宁县斜滩镇上的大家族郭氏、卢氏、何氏等共同创办了《战生诗刊》，宣传抗日救国的思想。卢氏家族爱国诗人卢少洲、卢双修等，在杂志上发表了许多激励斗志的诗篇，传诵一时。

在烽火连天的岁月里，斜滩人利用码头船运的便利，将《战生诗刊》转运出去，扩大了其影响力。很快，呼吁全民奋起抗战、抵御外侮、不当亡国奴的口号传遍闽东大地，留下了一段斜滩人保家卫国的佳话。

寿宁县斜滩镇，汇聚了发源于浙西南长溪的几条支流，得天独厚的水路交通条件为斜滩赢得了闽东及浙西南物资集散地的地位。20世纪初，斜滩镇成为闽东四大古镇商埠之一，获得了"闽东小上海"的美誉。

商贸的繁盛，成就了历史上斜滩镇的四大家族。

何家巷是何氏家族的祖宅，巷外环绕小溪涧，巷内"之"字形排开8座屋宇。厝与厝相连，门与门相通，高墙小巷，曲径通幽。何氏先祖深知一个人的成才与教育密不可分。于是，经商之余他主张发展以儒家礼仪为主旨的文化教育，并亲自拟定了家训家规。

为树立族人家国大义的情怀，何家订立《家训·明义利》："浊富一时，廉名千古，致君在身，泽民在心。"言辞恳切的教诲成为何氏族众恪守的基本行为准则。而古镇卢氏族训所包含的10个方面的内容，则从狭义的家规延伸到正直、为公、报国等道德范畴，拥有了家国大义的内涵。

在作家卢彩娱眼里，保存至今的160多座明清古宅，每座都有它独特的故事。

正如"一经旧业承科第，两世家风宦晋阳"这副斜滩卢氏家族的门联，讲的是清代卢金锜、卢赞虞父子双双作为知县为官清正、为民造福的佳话。

斜滩人谨记积善怀德、文教兴邦的家风家训，历代从斜滩走出的志士仁人，成就了斜滩的精神品格。

时光荏苒，传统商业文明孕育了斜滩人开放包容、守望相助的理念，而古镇始终秉持的文教兴邦、履仁蹈义的深厚传统，已经成为寿宁人所崇尚和坚持的城市精神。当代寿宁人也在这样的城市精神指引下，探索着一条属于今天的发展之路。

四

2016年，在寿宁县北路戏剧团工作的缪清奇接到县里委托，重排传统剧目《齐王哭将·奔访》。该剧目将参加"福建地方戏经典折子晋京展演"，这是剧团建团近60年以来首次进京展演。

寿宁北路戏，是清代中叶传入福建的乱弹与当地民间戏曲融合形成的一种地方声腔剧种。

福建省艺术研究院研究员叶明生认为，北路戏有着300多年的历史，在中国乱弹声腔剧种中有着特殊的地位，是中国地方剧种里的珍稀剧种。北路戏传统经典剧目众多，表演古朴、诙谐大气，深受闽东乡亲喜爱。

20世纪60年代，寿宁县北路戏剧团编演的经典剧目赴赣、湘展演6个多月，演出400多场，观众达40多万人次，引起了巨大的轰动。

在缪清奇看来，北路戏最独特的地方莫过于其特有的唱腔。由于传授乱弹的师傅来自北方，北路戏受其影响，道白、唱腔均使用官话，唱腔大多数属板腔体，曲调旋律优美，行腔顺畅，带有叙事性的特征。

缪清奇15岁考入寿宁县北路戏剧团"团带班"。在其近半个世纪的舞台生涯中，北路戏早已融入他的生命。

经典剧目复排并非易事，北路戏剧目《齐工哭将·奔访》已经演出近40年，讲述了春秋战国时期齐国上大夫晏平仲星夜出逃、搬兵救国的故事。

缪清奇决定在重排唱腔音乐设计中，突出《齐王哭将·奔访》中老生唱腔高亢明亮的效果。与此同时，缪清奇将中华传统曲艺中的绝技"甩髯口"融入表演中，生动刻画上大夫晏平仲的舞台形象。

2016年9月，北路戏《齐王哭将·奔访》进京展演，舞台上的精彩表演博得了观众的阵阵掌声。

分享了展演成功的喜悦，缪清奇又投入到另一场排练中。

《张高谦》是北路戏的经典儿童剧目，以孩生为主角的表演一直是北路戏独树一帜的特色。缪清奇希望为这部50多年前的剧目赋予新的内涵。缪清奇将北路戏传统曲调基础上沉淀下来的唱调创新而改成的"改良调"，融入现代儿童剧目中，使曲调更加欢快悦耳。为了提高儿童剧目的观赏性，缪清奇还增加了传统曲艺杂耍中甩鞭这一夸张的表现手法，再现少年张高谦赶羊入圈的劳作画面。2018年，北路戏《红色少年张高谦——高山牧羊》以全新的面貌再次进入了观众的视野，获得了诸多奖项。

近年来，寿宁县专门成立了寿宁县北路戏保护传承中心，新开设的北路戏戏曲传承班已正式开班。

老艺人们以对传统戏曲视若信仰的执着，坚守在戏曲舞台上。年轻艺人的加入，让传统戏曲舞台继续演绎各种悲欢离合。北路戏，在寿宁记录着属于中国文化的审美情趣。

五

寿宁交通不便，舟楫难通，缘于崇山峻岭阻隔。高而曲的廊桥跨越深涧大河，在群山之间建立起令人赞叹的道路网。集交往、观赏、祭祀等功能于一体的木拱廊桥，被誉为世界桥梁史上的"活化石"。

"河上架桥，桥上建廊，以廊护桥，桥廊一体。"在寿宁，每个乡镇几乎都有廊桥，因此寿宁被誉为"世界（贯）木拱廊桥之乡"。

2016年，寿宁县大安乡亭溪村要修建一座木拱廊桥，出生于造桥世家的郑多雄受聘成为建桥的主墨师傅。郑多雄祖上从清代开始造桥，建造了寿宁县坑底乡小东村大宝桥，到他已是第8代了。

位于下党乡的鸾峰桥，凌空横跨两岸，单孔跨度37.6米，是当时全国单拱跨最长的贯木拱廊桥。桥底部依托巨大的长木条支撑，中间完全没有桥墩等一切支撑点。

木拱廊桥的绝妙不在廊，而在于拱。木料是直的，如何变直为曲呢？原来，"秘密"藏在桥梁拱架中，即桥面板之下的支撑结构。

木拱廊桥以梁木穿插别压形成拱形桥，木拱部分一般由3节苗、5节苗和8根牛头组成。苗是用于支撑的数十根粗大木料，牛头是用于连接和分配受力的方形梁木，利用了天然木料自身的尺度，令构件紧密交织、相互支撑，形成坚固异常的拱形结构。

木拱廊桥的拱架和桥屋均为榫卯结构，可随意拆卸。建桥时，主绳师傅计算好木构件，在桥边预制，运至现场安装。

寿宁县博物馆原馆长龚健认为，木拱廊桥虽然在跨度、外观和用料上有一定差异，但都有类似的基本结构，我国桥匠首创的纵横相架自成稳定的木拱结构，在古今中外桥梁建筑史上尚无先例。

近年来，寿宁县政府与民间力量群策群力，先后重建的7座木拱廊桥成为游人感受闽东乡村文化、欣赏古建筑艺术的重要载体。

廊桥，是寿宁的文化印记，也是寿宁人勇敢开拓、智慧巧工的体现。一代代寿宁人在传承中留住了廊桥，也留住了心中故乡的记忆。

六

艳阳高照的周末，寿宁乡间迎来了流连忘返的游人。远村炊烟，农家房舍，绿野山林，这样充满诗意的田园让人无法将寿宁与贫困联系在一起。

因为交通不畅，寿宁西部大山深处的下党乡下党村闭塞、落后，一度面临着发展的困境。下党这个地方没有修路的时候，村民没有信心种茶，因为种了也销不出去。近年来，随着寿宁县交通基础设施的不断完善，下党乡村村都通了公路。便捷的交通带来了大量游人，乡里的旅游产业随之兴盛。

2014年，福州大学建筑与城乡规划学院的季宏承接了下党村王菊弟老宅的修缮工程。他将夯土结构的20几项专利技术用于老宅修缮，为保护古民居做了一次有益尝试。在季宏看来，下党村原有民居残旧、墙体开裂，外墙材料不统一的现状，让夯土专利技术有了用武之地。季宏团队针对下党村的夯土墙墙角普遍开裂的现象，对需要加固的部分用适应性更强的锈铁锚杆代替传统的锅铁，对夯土墙开裂部位进行拉接，增加夯土墙整体性。

历时1年多，季宏团队一方面对下党村传统民居的夯土墙病害修缮，另一方面将村落中民居外墙改造成具有历史肌理感的土墙，使之与环境更为协调。

2016年，村民王菊弟被改造后的老屋成为乡里的第一家民宿，给一家人带来可喜的收益。

随着县里的支持，下党人纷纷将自己的老宅改造为民宿。下党乡的茶叶、笋干、地瓜扣等农产品也随着交通的改善、旅游业的发展销往全国。

昔日的九岭古道已成为人们步行健身的好去处，让人们再次体会到古道的险峻、雄伟。

时代车轮的推动下，寿宁始终未停下创新的脚步。

在弘扬传统文化、发展文旅产业的同时，寿宁利用环境和人才优势，大力发展高科技和现代环保型工业经济。

1996年，一直在冶金与材料工程领域从事技术研究的叶旦旺回到家乡，开始从事环保高科技的研发工作。

高纯化电熔氧化锆是一种从普通的含锆海沙中分解出的金属，具有超强耐高温、耐腐蚀的能力，是现代军工领域不可或缺的原材料。不仅如此，这种新材料已经进入太空，被广泛应用于世界航空航天领域。叶旦旺团队通过创新工艺，使生产该材料的能力跻身世界前列。

从文化古城到科技名城，人与自然融合，文化交流互鉴，今天的寿宁已不再是八闽的一块贫瘠之地。现代建筑装点着城市的繁华，展现着寿宁的自信与活力。

结语

山水不言，惠及桑梓。襟山带水的寿宁，牵系起古廊桥悠远的前世今生，绵延出北路戏高亢的古韵。千百年的时光，润泽出丹青之境，厚重的历史，在当代人的足迹中，延续着鲜活的生命。

境平民和，耕读不辍的寿宁人，心怡福寿；

时代岁丰，励精图治的寿宁县，繁盛康宁。

纪录片《中国影像方志·福建卷·寿宁篇》于2020年7月24日在CCTV-10首播

周宁

引言

巍巍鹫峰山，潺潺清溪水。

银光烁烁，照亮诗礼繁华的过往云烟。刻石为碑，记录诚信守则的乡规民约。笔墨文章，写下狮城大地的山高水长。百年廊桥，见证文明沟通的悠久历史。

位于福建东北部的周宁，掩映在白云之间，跨越高山深涧。

一

周宁地处闽东北，山高林密，溪涧纵横，平均海拔800多米，素有"高山明珠"之称。早在新石器时代，境内已有先民繁衍生息。考古学者在周宁县境内先后发现了26处以印纹硬陶、磨制石器为特征的史前人类聚落遗址。

自然的馈赠给周宁带来文明的发展。周宁县博物馆馆长郑勇走遍了家乡的每一座山村，考察隐藏在山里的矿洞遗址。在他看来，这些古老的矿洞是周宁历史变迁的最好见证。

北宋年间，作为中国最大的白银产区，闽东北拥有丰富的银矿。历史学家考证，北宋官府每年在这里收的课税仅一家宝瑞银场就多达500余缗，而银场的矿工及家属至少有千户规模。发达的银矿开采，留下了众多矿场遗址。

周宁县博物馆馆长郑勇发现，这个矿坑从上面到下面，全部都是由古代工人一锤一锤凿出来的。经过几年的实地勘探，郑勇初步确定了数百个银矿洞位置。这些古银矿遗址多分布于山涧两侧，矿洞内部结构千姿百态，形成形态各异的采矿遗迹。洞内的"银窝"是古人利用烧爆法采矿留下的痕迹。在灯光的照射下，"银窝"断面银光闪闪，仿佛是一部没有文字的古代矿冶史。

星罗棋布的矿洞遗址散落在白银古道之间。在众多银矿中，最为珍贵的是宝丰银场遗址。

宝丰银场历史悠久，据文献记载，它开采于北宋元祐年间，至今已有900多年历史。

银矿开采使这片偏僻的山区进入官方视野，北宋朝廷在此设立了东洋里，矿工们成为东洋里最初的先民。到了明代，宝丰银场成为明朝纳银大户，官府派了督银课御史驻收课银，东洋里因此被升为东洋行县。明永乐元年（1403），为加强宝丰银场的管理，明廷在芹溪村建立了宝丰公馆。"银场、井下三千采矿工，井上一万过路客"的谚语展现了当时银场的规模和繁华景象。

随着宝丰银场几度兴废，矿业生产的繁荣景象渐渐淹没在历史长河中。历经近代战争的烽火硝烟，饱尝时代的沧桑巨变。

这些遗落在山间的矿洞遗址，承受风霜雨雪，留存至今，是历史留给周宁的宝贵财富。

从2015年开始，郑勇对冶炼遗址、白银古道等遗址进行了详细调查，历时4年，获取了翔实的资料。为了更好地保护古银矿遗址，县政府将芹溪村附近16平方千米划定为古银矿保护区域。2019年，宝丰银场古矿业遗址被列入第八批全国重点文物保护单位。

雄奇秀美的自然风光，丰富厚重的人文积淀，周宁，在千年遗存的历史里，传承着山高水长的独特文化，拥抱着生生不息的未来。

二

2015年，《周宁县志》编委肖传彬接到一个任务，挖掘整理魏敬中的史料，丰富魏敬中纪念堂的展品内容。当时，一副对联引起他的注意："大乐正教崇四术，太史公言成一家"，这是林则徐赠送给魏敬中的。在林则徐心中，魏敬中是清代的太史公。

福建省文史研究馆原馆长卢美松认为，魏敬中在福建教育史上做出了重要的贡献，是福建重要的教育家、方志学家。

清乾隆四十三年（1778），魏敬中出生于樟源村。清嘉庆年间，魏敬中得中进士，任国史馆总纂。任职期间他勤谨持事，勤于笔耕，每有纂述，都为同僚所推重。

位于魏敬中故里的清代奎光阁的正门楹联写道："殿宇鼎新开甲第，灵光景铄焕人文"，正是对这位周宁第一位进士的人文风采的真实写照。

因深感宦途艰难，魏敬中辞官回到福州。道光十五年（1835），魏敬中接任《福建通志》总纂。接任初期，该志稿由于学界在某些人物的立传问题上争论不止，多年未能定稿。魏敬中采取折中的方式，调和此前闽省学界的不同意见，审慎调整篇目，最终达成共识。

对于《福建通志》中的残篇，魏敬中采取核实资料、秉笔直书、重加删改来修撰。同时，魏敬中根据史实，在《福建通志·国朝人物·儒林传》中补入福建文化界颇有建树的郑光策与陈寿祺两位历史人物，并复立《宋人物·道学传》，删《山川》篇，把《经籍》篇由16册浓缩为6册，全书由原稿400卷凝练为278卷。

为了撰写通志，魏敬中每天五更即起，伏案写作直至深夜。据《福建通志》记载："每置灯床侧，五更辄拨火就案，忍饥耐寒，潜声屏息，惟恐劳人故耳。"经过4年努力，魏敬中终于完成了《福建通志》的总纂工作。重纂的《福建通志》内容翔实、观点鲜明、体例完备。林则徐在看过魏敬中重纂的《福建通志》后，对魏敬中剖析疑义、考证辨伪的学识甚为钦佩，称赞魏敬中是精通"诗、书、礼、乐"的清朝"太史公"。

魏敬中编写的《福建通志》因编著审慎、措辞精当，被人们誉为"善本"，也成为后人编撰方志的典范。

凭借世代传承的方志史籍，中国人拥有丰富的历史记忆，也骄傲于民族的智慧和经验。魏敬中总纂的《福建通志》在中国方志学领域占有重要的地位，其治史的严谨精神深深影响着周宁的民风，四乡学子都因此发奋读书，书香浸染了周边十几个村庄，让周宁成为礼义文教的兴盛之地。方志文化在周宁这片土地上弘扬与传承，历经岁月洗礼，更加璀璨夺目，光耀千秋。

三

每到晴朗的日子，周宁县博物馆馆长郑勇都要把馆里珍藏的契约文书拿出来进行晾晒，这些契约文书有的已有数百年历史。

周宁博县物馆收藏着从闽东北地区搜集来的10万余件契约文书，它们大多来自周宁。闽东山区雨多雾重，传统的契约都装在木质的契盒里，博物馆收集到契盒后，就要及时把它们打开进行晾晒，起到防潮与杀菌的作用，以便进行进一步的研究工作。

郑勇发现，恰恰是周宁封闭的地理环境，为民间文书的保存提供了优越的自然条件。

群山环抱的周宁，自古舟楫难通。明清两代，这里的杉木交易繁盛，每当进行林木交易、土地佃租时，他们都要签订契约文书。长此以往，渐成惯例。

渐渐地，此处居民各种权属纠纷的调解以及民约的制定，都开始签订文书。有的还镌木刻石，形成碑刻，世代遵守。这些文书成为珍贵的历史和文化记录。

周宁礼门乡后垅村张氏家族，运用祖传的建桥技艺，从清乾隆年间开始，先后于闽东和浙江建造了60多座廊桥。从收集到的47份营造契约看，正是这些文书，保障了廊桥建造的顺利实施，也可见当时的人们对于契约文书的依赖和推崇。

周正庆是暨南大学历史学系教授。周宁文书是他研究的重要课题，他也因此成了周宁各镇的常客。在他看来，文书透露的不仅是责任的明晰，更是文化的交融。文书中常常有一行字"永远管业"，表明了这块土地已经卖给别人了，卖家不能反悔，也说明了周宁这个地方的人是守信用的，是讲究契约精神的。周宁文书的内容不光蕴含着商业繁荣带来的契约精神，也体现着儒家传统的诚信与仁善理想。

因为一件件民间文书，周正庆和郑勇成了朋友。每每找到新的文书，两人都要聚到一起研究和探讨。2014年以来，周正庆与郑勇对新发现的文书依据"文书群"的理念进行分类，发现它们具有地域分布广泛、时代连续性强、文书之间具有较强关联等特点，这填补了福建文书研究领域的空白。

一份份文书，一段段记录，将周宁人包容、协商的生活智慧化为文字，世代延续。由此而生的制度、规范与契约精神，构成了周宁的人文精神，至今，依然影响着后世的人们。

四

周宁多山，也多桥。在周宁，每个乡镇几乎都有廊桥形成了"河上架桥，桥上建廊，以廊护桥，桥廊一体"的独特景观。

刘妍是多年专注于闽浙木拱廊桥研究的学者。2014年，正在德国慕尼黑工业大学攻读建筑学博士的她接到德国雷根斯堡建筑方的委托，希望建造一座有中国特色的木桥。经过一番调研，刘妍将目光锁定周宁，并来到这里，寻找世代传承的廊桥营造技艺。

在周宁礼门乡后垅村秀坑自然村，这座距离县城5万多米的偏僻村落，孕育了一个造桥世家——张家。古稀之年的张昌智是远近闻名的张家廊桥匠师。

横跨后垅峡谷之上的后垅廊桥始建于清代，于1964年重建，拱跨30.3米，离水面19米。两端桥台都建在悬崖上，其险峻之程度、工艺之高超，令人叹为观止。张昌智回忆，后垅桥是1964年开始建造（重建）的，那时他才18岁。造的时候那个木头插在河床底下立住，上面架一个横梁，撂上三节苗。三节苗安装好后安装五节苗，五节苗安装好后，就可以通行。

周宁多桥，缘于这里崇山峻岭和深涧曲流的隔阻。没有桥即没有路，没有路即没有民生。人们发明了这种"高而曲"的特殊桥梁，跨越深涧大河，在群山之间连接起令人赞叹的道路网，被誉为世界桥梁史上的"活化石"。

刘妍认为，用木材纵横编织形成拱形的桥梁，在古今中外很多地区都有出现，比如北宋名画《清明上河图》中的汴水虹桥。但这类案例寥若晨星，只有在闽浙山区，编木拱桥形成了成熟的体系，成为造桥匠人家族间代代传承的营造法式。

木拱桥建造理念先进，几百年前就采用"模块化"方法造桥。木拱桥的拱架和桥屋均用榫卯结构形式，可随意拆卸。建桥时，主绳师傅计算好木构件，预制后运至现场安装。维修也十分简单，在重修时仅拆换了部分腐烂和损坏的构件，整座廊桥又焕然一新。

当桥梁建造在深谷或危崖之上时，必须在它的下面预先搭建密实、稳固而安全的脚手架。周宁的造桥匠人便发明了一种巧妙而简单的脚手架系统，使用一对秋千架式的构件，只有一对柱和柱间横梁。借助这套装置，造桥匠人灵巧地在水面或深渊之上完成整座廊桥的建造。

刘妍发现，木拱廊桥虽然在形式、构造、尺寸上有一定差异，其结构原理却是高度一致的，而用两套折边拱系统交织在一起，相互支撑，相互制约，从而建造出受力稳定的大跨度桥梁结构。

经过3个多月的精工细作，廊桥的所有构件加工完成。2015年6月，张昌智等3人飞抵雷根斯堡，踏上异国造桥之路。经过1个多月的施工，一座纯正中国风的木拱廊桥在德国雷根斯堡落成，成为海外建成的首座中国木拱廊桥。当地报纸图文并茂地报道了这座"来自中国'编织'的桥"。

隐藏于周宁山间的木拱廊桥走出国门，让世人领略了中华民族源远流长的精湛技艺。廊桥，连接了周宁的过往与现在，也连接了周宁的山水与世界的目光。

五

"在福建省周宁县城西有个浦源村。村里有条小溪。溪中有六七千条各色鲤鱼，所以这条溪就叫做鲤鱼溪。"这段叙述出自《奇妙的鲤鱼溪》这篇小学课文。朗朗上口的短文在一届届小学生心中种下了美丽的种子。在孩子们的成长历程中，鲤鱼溪就像日月潭、庐山瀑布一样，是长大后要去寻找的童年记忆。

海拔1448米的紫云山麓，汇集数十条山涧清泉奔流而下。在长约500米、宽仅数米的水域及两岸古村落中，"人鱼同乐"的鲤鱼文化已经延续了800多年。

2014年，周宁浦源村村民郑金春受全村人的委托，为筹建浦源村鲤鱼文化博物馆而寻找鲤鱼溪的史料。

相传800多年前，为躲避战乱，浦源先祖举家辗转迁徙到这里。建村之初，不知溪水能否饮用，于是在溪里放养了一些鲤鱼，同时鲤鱼也有清洁溪流的作用。从那时起，村民们就把鲤鱼当成整个族群的一部分。从最初的遵守族规不伤鲤鱼，到后来自发的爱鱼护鱼，人鱼一家亲的深厚感情根植了每个周宁人心中，形成了独一无二的鱼冢、葬鱼祭文等鱼葬礼俗。

到了明代，浦源村族长郑晋十颇有声望，他动员村人拓宽山涧，沿溪建房，形成今天的鲤鱼溪。郑晋十还召集全村人订立乡规民约，禁止垂钓捕捞，违者惩处。

当鲤鱼自然死后，村民会写祭文，并在鸳鸯树下挖洞，村中德高望重的老人会将鱼隆重葬于洞中，以示纪念，如"时维公园两千十九年，九月二十九日，浦源人谨奉三柱篆香，三厄清醑"。

先祖立下的宗法乡规，在村民中世代相传。淳朴的爱鱼村风，久而久之养成了鲤鱼"闻人声而来，见人影而聚"的温顺习性。

福建农林大学教授朱朝枝一直从事中国古代农耕文化课题的研究，数年来，他常常到周宁鲤鱼溪来调研。朱朝枝发现，村民们于溪流里建了一个"L"形的阻水道，溪流两边人行通道下面建造了蓄水塘，就是方便让鱼在洪水暴发的时候躲藏。南方夏季多雨，鲤鱼溪常常因山洪暴发而溪水上涨，浦源村人为了不让溪里的鲤鱼被山洪冲走，想了很多办法。

鲤鱼溪人鱼和谐相处的现象体现了中国传统文化中"和"的哲学，人与自然合为一体，是一个整体，这是农耕文化很重要的形式。

2018年，周宁鲤鱼溪景区荣获全国首个由农业农村部审批的"国家级鱼文化主题公园"称号。周宁鲤鱼溪成为国家发展休闲渔业，弘扬生态文明理念，促进实施乡村振兴战略的典范。周宁在国家生态文明发展史上刻下了属于自己的丰碑。历经5年的资料搜集和整理，郑金春终于在县政府的支持下，于2019年建成了鲤鱼文化展示馆。

水性至柔，却可穿石。读着鲤鱼溪的优美课文长大的人们，带着童年的记忆，来到周宁，在鲤鱼溪畔寻找着人与自然的和谐之道。

六

腊月的山城周宁，气温持续降低，位于浦源镇浦源村的大花蕙兰基地却"花"意正浓。经过精心培育，一株株鲜艳夺目的大花蕙兰盆栽将从这里直运广东、浙江等地，供应春节花卉市场，这也是高级农艺师高镇权最忙碌的时节。

1983年，华中农业大学园艺专业毕业的高镇权作为人才引进周宁。30多年来，高镇权见证了周宁花卉园艺产业的发展。山多地少的周宁县科技薄弱，农业始终缺乏特色。为了让农民的收益得到提高，高镇权开始在周宁的山间寻找突破口。

高镇权回忆，他当年走遍了整个闽东，看到了周宁海拔高，温差也大，所以空气比较湿润，很适合发展花卉产业。在平均海拔800多米的周宁县，喜凉或耐寒的冷凉花卉在这里可顺利越冬度夏。在众多冷凉花卉中，高镇权选中了大花蕙兰。大花蕙兰属冷凉型兰花，进入中国市场的时间虽然不长，但因朵大艳丽、花期长，迅速发展成为畅销年宵花之一。

高镇权的下乡记事本，记录了这位农艺师遍及周宁各地的足迹，也见证了周宁县农业发展从"一花独放"到"百花齐放"的巨大变迁。

看到家乡的花卉产业兴起，大学毕业的张松回到家乡，加入创业的队伍中。周宁的气候、生态优势，使这种名为大花蕙兰的冷凉花卉，在周宁有了很好的发展前景。在乡村振兴政策的推动下，周宁县冷凉花卉产业将实现规模过万亩、产值超亿元的集约化、规模化发展作为目标。

越来越多的新型农民带着新思维、新技术返乡发展农业。高山蔬菜、晚熟水果、冷凉花卉等特色农业产业在山城呈现百花齐放之势，周宁生态与科技并举的新农村发展模式，成为全国山地县域经济发展的典范。

在返乡创业的年轻人中，南平市农业学校毕业的杨娟玲也是其中一员。随着周宁县古民居文化保护、生态旅游政策的制定，杨娟玲回到家乡在浦源古民居办起了生态休闲旅游，让游客在体验智慧农业独特魅力之余，又能全身心地休闲度假。

旅游的发展需要文化的推动，周宁人以修旧如旧的独特方式，在最大限度地保留古民居原有风貌的同时，将周宁文化介绍给每一位游客。一座座饱经风雨的古老建筑，被周宁人赋予了新的生命，变成了名副其实的"富民楼"，书写着这里新的未来。

群山环绕的周宁，云雾缭绕。云端之下，是周宁人与自然互为交织、和谐共生的优美画卷。

结语

山川形胜，楼台掩映下的周宁，白云缭绕，屋舍俨然。

炊烟升起，传递着邻里乡亲的温度；百丈飞瀑，蕴藏着笔墨春秋的深度。

出自群山深处的一脉溪水，流淌过一代大家的门楣，也滋养出文脉根深的雅韵。云烟聚散，鱼翔浅底。周宁，在耕读传家的书香里，企盼春暖花开的未来。

纪录片《中国影像方志·福建卷·周宁篇》于2020年6月19日在CCTV-10首播

柘荣·深山巨宅（一）

引言

我国幅员辽阔，各地的传统民居建筑因为不同的地域特点和文化内涵，呈现出丰富多彩的外在形式，也向人们展示了不同自然环境下人与自然的关系。在福建东北部的深山里却藏有一座历史悠久且带有江南传统建筑风格的青砖大宅。这座古宅规模宏大，创造了"一屋成村"的传奇。更令人称奇的是，这样一座巨宅竟然建造在山腰之上，奇特的选址背后蕴含着的地理奥秘不禁令人好奇。

一

位于福建省柘荣县乍洋乡东南部的凤里村，距柘荣县城约25千米。闽东北境内保存完好的特色古民居之一——凤岐吴氏大宅便坐落于此。因为地处太姥山脉深处，历来不为人所知。

吴氏大宅建于清乾隆、嘉庆年间，占地面积14300多平方米。因地处闽浙交界之地，其建筑风格深受中原传统民居建筑理念的影响，是一座融合了北方四合院及江南园林的民居大厝。从空中鸟瞰，吴氏大宅建于山腰之中，藏身于青竹古松之间。它坐北朝南，状若城堡，总体呈现出"四横三纵"的结构布局。

凤岐吴氏大宅独特的外形与身世，吸引了众多专家和学者的关注。为了破解吴氏大宅与闽东北这片奇秀山地相融共存的奥秘，考察组跟随专业人士来到了福建省柘荣县进行考察。

当考察组来到吴氏大宅前时，其宏伟的气势让大家不由得发出感叹。最让队员感到惊诧的是从前面的平地到最后的围墙，落差高达29.84米，相当于七八层楼房的高度。拾级而上，抬头可见匾额正面行书"凤岐聚秀"四字，背面则是"仁义为庐"四字，结体俊秀，遒劲有力。

走近主楼，一座传统砖木结构的大型山地民居建筑映入队员眼帘。大宅沿用了传统青砖黛瓦原木结构的建筑风格，重要立柱和梁架构件达数百根之多，花窗亦有100多扇。村民告诉队员，以前住在这里的人很多，曾住有200多人，现在只剩50多人。这座大宅内部结构虽小却安排得十分精巧，内部最多可同时容纳270多人。他们都是吴氏宅邸建造者的后人，同宗一姓、同住一宅，逐渐形成了当地的一个村落——凤岐村。

考察组到达吴氏大宅时，宽敞的厅堂里正上演着柘荣布袋戏。在舞台背后，表演者独自一人吹拉弹唱，撑起一台戏。艺人十指飞扬，舞台上的布偶随即被赋予了灵性。艺人可以根据不同的角色变换不同的唱腔，甚至还能模仿各种动物的叫声。柘荣县文化馆馆长黄建辉告诉队员，柘荣县山峦起伏，沟涧纵横，每个村庄之间都相距得比较远，布袋戏是当地文化传播的重要载体之一，人们常常翻山越岭地去观看布袋戏。而且因为布袋戏剧目多与民间传说有关，深受村民欢迎。

布袋戏表演者在演出结束后，只需一个箱子就可将乐器、布袋、木偶等全部收纳，一条扁担就能挑起一个戏班，可谓"帐前可演天下事，箱中能容世上人"。他们挑着戏担，走遍了柘荣各个村庄。

柘荣县布袋戏的主要特点是集演、唱、鼓、乐为一体，尤其是抒情类的文戏，对艺人的音乐素养要求比较高。

福建省非物质文化遗产项目布袋戏传承人郑运德

回忆，早年时他都是一个人就挑着担子前往偏僻的乡村演出。他的到来使乡村变得热闹起来，因此受到大家的欢迎。据说当年吴氏大宅的主人常邀请四方乡亲过来吃饭听戏，这正是生活在闽东北大山之中的乡邻们守望互助文化的一种独特的传承方式。

向导告诉队员，吴氏先祖先后建了4栋这样规模的大宅。明朝中晚期时沿海发生倭乱，许多人离家避难。据族谱记载，万历年间吴氏的始祖为躲避倭乱，由沿海迁居到了三面环山的柘荣，他们于蛮荒之中开辟家园并逐渐繁衍兴盛起来。到了清代，七世祖吴应卯经营竹木制作及茶叶发家，渐成一方巨富，于是开始买田置地。吴应卯之子建造了4座宅院留给4个儿子，取易经中的"元、亨、利、贞"4字为各自的房名，凤岐吴氏大宅便为"亨"房。

据向导所说，其余3栋建筑都分布于今天的宁德市内。其中保存较好的"贞"房，便是距离此地五六千米之外的翠郊古民居。翠郊古民居坐落于福鼎市，整座建筑既有宫殿建筑的恢宏气势，又融合了江南民宅的精雕细琢，其规模大小和精美程度与凤岐吴氏大宅不分伯仲。然而不同于凤岐吴氏大宅，翠郊古民居建于平地之上，建筑的前方是大片的农田。此外，翠郊古民居以砖木结构为主，而凤岐吴氏大宅及其周边都采用了大量更为费力费工的石材。

柘荣县博物馆馆长游再生解释道，翠郊古民居、柘荣凤岐吴氏大宅差不多是同时代建造的，从木作、砖作工艺来看较为接近。不同之处主要还是在于翠郊古民居地处小盆地，地势比较平坦，而凤岐吴氏大宅依山而建，从建筑的前端到建筑的后端落差近30米。

同一时期建造的两座大宅，为何在选址与建造方式上有着不同的考量？

二

通过对福鼎市白琳镇翠郊古民居的考察、对比后队员们发现，无论是选址还是在建筑材料的选择上凤岐吴氏大宅的营造难度都加倍提升。吴氏大宅仅基础部分的建设就花费了五六年的时间，所处的位置也是土质比较疏松的黄土壤。在这样的基础条件下，这座面积巨大的深山巨宅历时200多年依然稳固如初，其设计的精美着实令人感到惊奇。

再次行走在大宅之中，考察队员们发现了一个奇妙的现象。无论队员们身在大宅何处，耳边总能听到蜜蜂发出的"嗡嗡"声。队员们发现吴氏大宅的风火山墙边有一群野生的蜜蜂在那边歇息，而这座山墙的中间是空心的，因此成为野生蜜蜂的一个天然家园。

墙体之中竟然藏有蜂巢，这个发现令考察队员们非常诧异。因为吴氏大宅建于深山偏僻之地，根据历史记载古时的柘荣县"虎纵横村落，伤人不可胜数"，因此修建房屋时首要考虑的便是墙体坚固安全，大家不禁对这样的墙体是否具备防御能力感到怀疑。

游再生告诉队员们，这种结构的墙叫作空斗墙，它普遍运用于当地的传统民居建筑当中。闽东北的青砖空斗墙就是用青砖侧砌或平侧交替砌筑成的墙体，吴氏大宅就是将毛竹烧烤后插入空斗墙中，一旦墙体受到破坏，就会给院内人示警。天长日久，青砖接缝处灰浆遗落，露出的缝隙正好可以容纳蜜蜂进出，同时缝隙的宽度又可以阻挡蜜蜂的天敌——马蜂的进入，故而数年间蜜蜂成了凤岐吴氏大宅中不请自来的"常客"。

不仅外墙，吴氏大宅中还有很多特别的设计令人称奇。在吴氏大宅主卧里，游再生发现了一个长方形的地窖。主人房里的地窖通常是用于存放贵重物品或作紧急藏身的，但在清理过程中，大家发现了一堆谷壳和与之相伴的木炭，由此推断这可能还具备防潮的作用。主卧侧房板壁的中间还穿插着烧烤的竹片，这个竹片用打制的铁钉固定到板壁上。游再生告诉大家，这种加竹片的板壁被称为两面板壁，它的中间横向穿插着烧烤后的竹片，这一做法的好处在于可使板壁两面平整，同时还可起到是增加板壁的坚固度和耐久性的作用，这种做法常运用于一些重要的房间。

由于吴氏大宅所处之地为山腰之处，土地皆为疏松的黄壤，当初的建造者们为了固基使用了大量的垒，而在大宅的墙体、地面的石埕中所使用的则是完全不同的条石。考察组得知，柘荣用石头砌墙垒墙历史悠久，柘荣城关至今仍保留着两座明代石城堡。

双城城堡是明朝开国功臣袁天禄所建，至今已有600多年历史，是柘荣的一个重要地标。元至正年间，为了保境安民，袁天禄举全境之力在龙溪下游砌石为城，历时1年有余方完工。雄伟坚实、易守难攻的柘洋堡也为明代后来抗倭斗争的胜利奠定了基础。明嘉靖年间，朝廷拨款在龙溪上游东部又修筑了一座东安新堡。两座城堡互为犄角，形成了之后的双城格局。

然而考察队员很快发现，两座石城堡所使用的石材与吴氏大宅所使用的完全不同。在古生代石炭纪之前，柘荣所处的地方还是汪洋大海，到第四纪末地貌轮廓基本定形。柘荣处于远古河道流经之地，地下一两米便是卵石砂土层。因此，古堡城墙几乎完全是用鹅卵石砌成的，但是凤歧吴氏大宅营造用的石块显然不是鹅卵石。专家提示大家可以前往距离吴氏大宅大约5000米外的九龙井寻找线索。

在前往九龙井的路上，队员们发现了一座规模不大的石头山，石头的颜色似乎与吴氏大宅垒石所用石材相同，队员便顺道取了石样。

九龙井是一个原生态的大峡谷，巨石林立。专家告诉队员，这里的石头和之前遇到的石头山上的石头有所不同。路边所捡的石块叫糜棱岩，也叫动力变质岩。它所处的位置是在受构造影响的地方，因此显得比较破碎，不够密实且不能成为很好的建材，所以当地先民并不把它们作为建筑材料，只将这样的石块作为房屋后土胚所用的基石。吴氏大宅的主人应是采取就地取材、因地制宜的原则，用大宅附近的糜棱岩作为垒石，将山体加固，然后再搬运九龙井周边的细腻花岗岩作为大宅主要的石材，因此十分坚固耐用。

岁月流转，大宅琐窗飞檐记录着一个家族一茶一饭的温暖，也见证着历史的兴衰变迁。吴氏大宅，是祖先留下的建筑瑰宝，也是柘荣宗亲敦睦、忠孝传家的文化典范。

三

依山而建的吴氏大宅，处处体现着当年建造者的智慧与巧思。透过这些沾满岁月尘埃的古建筑，似乎依稀可见当年工匠们挥汗雕琢的动人情景。

在山腰之上建起的巨宅，不仅仅在营造过程当中困难重重，更要面对雨季到来时可能发生的暴雨、洪水等自然灾害的威胁。当年房屋的建造者，到底是出于何种考量，坚持将房屋建于山腰之上呢？深山之中的百年古宅，又该如何应对自然的考验呢？

《地理·中国》栏目《深山巨宅》上集节目于2023年3月29日在CCTV-10首播

福建纪行·宁德篇

柘荣·深山巨宅（二）

引言

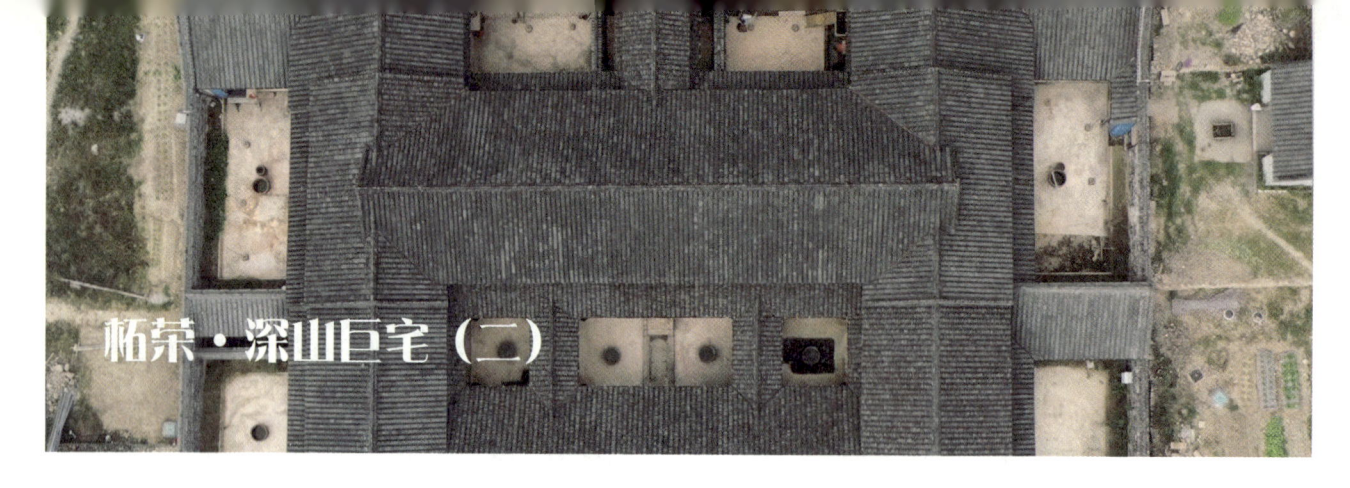

考察队员发现，与凤岐吴氏大宅同时期建造的另外几处大宅虽然同属于一个家族，却都选择在几千米之外的平地之上建造。为何只有这座大宅隐藏在深山之中的半山腰上呢？

一

考察中，队员只在吴氏大宅的后院见到一口水井。吴氏大宅至今还居住着不少后人，而这个井的井口却长满了青苔，看不到使用的痕迹。队员们跟着村民来到后院，只见院墙上镶嵌着一个龙头形状的出水口，一股清澈的水流正从"龙口"中涌出，流进下方一个形状独特的水槽之中，泉水顺着水槽出口的3个饮水竹管流入大宅内部。

柘荣县博物馆馆长游再生告诉队员，大宅后院有一口废弃的水井，是目前凤岐吴氏大宅发现的唯一一口古代留下来的水井。这个水井可能是建造之初就挖掘出来的，因为它的后山就有非常好的天然山泉。有饮用水的资源可能正是当年吴氏先祖选择在这里建造豪宅的重要原因之一。

吴氏大宅地处山腰的凹处，梅雨季节或者台风天等极端天气下，山上极有可能暴发山洪，从而使整座大宅陷入危险之中。吴氏大宅在数百年间遭遇过不止一次狂风暴雨的袭击，然而数百年过去了，吴氏大宅依旧保存完好，其背后的原因令大家深感好奇。

吴式大宅两边侧厅的水池引起了队员们的注意，村民告诉大家这是大宅的养鱼池。大宅左后侧有一个观赏鱼池，这个鱼池的特别之处在于它中间有一个约80厘米宽的方孔。在丰水期时鱼都在上面游，但逢枯水期时鱼可以于方孔里生存，这是古时匠人的一个巧思。专家告诉队员，像这样的水池吴氏大宅约有6个，主要的功能就是收纳大宅的雨水。在水池中养鱼，一方面为了观赏，另一方面则是为了投毒预警。

吴氏大宅有非常多的排水池，但后院的排水池特别大。队员们测量了它的尺寸发现这是一个面积约为10平方米的大排水池，在它的下面有4个口，上方的两个小孔是走廊的雨水排出口，下面的两个口是大宅山上雨水的收集和排出口。专家告诉队员，这些水池除了有蓄水功能外，更为重要的是构成了大宅独特的排水系统。每逢降雨，所有的雨水便可以通过排水孔排到墙外。

队员们走出院墙，发现了围绕着院墙的一溜颇具规模的青石条排水沟。在当地村民的带领下大家穿过一片茶园，来到一处茅草覆盖处。清除杂草后，一个石砌方孔露了出来，这正是最终的排水口。队员们惊叹于吴氏大宅的主人所设计的排水系统的长度，从外墙到这个山脚的排水口，中间还穿越了一条马路，全长竟有40多米。这里也是大宅建筑台埕的最低端，出水口也是在两侧。

吴氏大宅前后花了10多年的时间建造，其中大半时间用于台埕和排水系统相关设施的建设。排出来的水用于大宅下方农田的灌溉，队员们眼前的这片茶园正是靠大宅排水系统进行灌溉的，剩余的雨水会被排到下方百米处的门坑溪当中。

队员们发现，茶园通常都是用土垒成，但是吴氏大宅则是用石头垒成。专家解释，这一方面是因为本地的黄壤比较疏松，垒石头可以用以加固；另一方面能够有效避免土壤中的水分流失以及山下的水塘渗水。

吴氏大宅的主人在选址之初，就考虑到了在山腰之上建房会遇到山洪暴发的潜在威胁，因此开发出了一整套巧妙的排水系统，不仅能够在雨季到来时保证雨水及时排除，还能将雨水蓄积起来用作灌溉，其巧思不禁令人叹服。

二

大家在感叹于房屋主人精心打造出这样精巧的排水防洪系统时，也对身居此地的村民的生存之道产生了好奇。

吴氏大宅地处深山，气候潮湿阴冷。溪涧中的泥鳅被称作"鱼中的人参"，是柘荣人冬天御寒的佳品。在小溪旁，队员们见到村民正在用簸箕捉泥鳅。原来，听闻考察组将要过来的消息后，村民决定用当地的名菜泥鳅面来招待远道而来的客人。制作人游亦华告诉队员，烹制泥鳅面前，要先用本地的菜籽油将泥鳅喂养两个小时，这样既可清理泥鳅的内脏，也可让泥鳅的骨头变得更软；再将自家酿的黄米酒倒入泥鳅中，这样可以较好地去除泥鳅的腥味；腌制好的泥鳅，加上本地的咸菜以及用当地所产的地瓜粉做的"溜溜"，这三样食材一起煮，一碗香喷喷的泥鳅面便完成了。

村民告诉队员，煮泥鳅面一定要用整只的泥鳅而不能切成段。只有这样才能保持其原有的风味，做到鲜而不腥、软而不烂。在清冷的冬日中，尝上一碗柘荣红糟泥鳅面，既能温热润肠，又仿佛为生活增添了足够的能量。

依山而建的吴氏大宅，虽然营造过程中遭遇了颇多曲折。然而，无论是甘甜的山泉水，还是溪涧中的泥鳅，这座大山所给予的慷慨馈赠，都不负房屋主人选址于此。

队员们还了解到，柘荣油纸伞花色多，制作一把油纸伞，需经过上油、绘画等数十道工序，制作周期往往长达数十天。过去，这项工作是由居住在吴氏大宅的女眷利用农闲时间完成。同时，闽东地区茶农比较多，茶叶制作季节过了后，农闲、茶闲时，家里只有老人和孩子，他们就一起做这种传统的手工艺。

吴氏大宅所处的乍洋乡历史上素有"十里翠竹、万担茶乡"之称。吴氏大宅的主人依托当地丰富的自然资源，经营茶叶、制伞等生意，贸易发展至上海、江浙一带，这对他们的发家致富起到了重要的作用。

吴氏大宅周边的区域均为黄壤，其所处的地势海拔高、昼夜温差大且雨量充沛，因此特别适合种茶。村民吴金弟告诉队员，晒茶、养茶的场地位于大宅中，养茶的目的则是为了自然地去除水分，同时去除茶叶中的青草味。

吴氏大宅的大厅部分通风，空气对流相对稳定，更为重要的是吴氏大宅的海拔落差比较大，一进、二进的阳光折射都不一样，二进会稍强一些。茶农们会在上午和下午调整茶叶的位置，这样养茶后茶叶的质量更加稳定。

村民告诉队员，以前他们都是住二楼，一楼通常拿来做仓库，茶叶制作出来就放在大缸里，在阴凉的地方储存许久。大宅的主人还充分利用近30米落差产生的不同程度的光照，而实施差异性晾晒，确保茶叶的优良品质。大宅早期还单独建设了附属楼，专门用于生产存储。凤岐吴氏大宅的附属楼是管理生产跟经营仓储于一体的办公场所。

对于闽东北山区的先民来说，山脉、水系也是村落选址、建筑规划考虑的重要因素。有山环抱能够挡风聚气，有利于形成温暖适宜的居住环境。此外，大宅位置靠近茶园，便于晾晒和运输，这或许都是吴氏大宅最终选择建于山腰之上的原因所在。

周末，吴氏大宅内正举办"柘荣剪纸展"。柘荣剪纸是柘荣极负盛名的手工技艺。临近新年，女主人拿起剪子制作剪纸装饰自己的家居。剪纸是柘荣特别的女红，它的最大的特点是"冒剪"。"冒剪"就是不打稿，随心所欲剪出自己喜欢的图案。这全凭剪纸者的巧手剪出眼中所见和心中所想。一张张剪纸里寄托着喜庆吉祥、平安如意的质朴情感和虔诚祝福。漫长岁月里，大宅里的剪纸给了这片土地塑造了一个精致洒脱的文化窗口，既装点了岁月，又表达了对生活的美好期许。

青山绿水间，历经数百年风霜雨雪的吴氏大宅，如同一本厚重的史书，记录着人对自然的依赖与利用。在这片山水相依的土地上，闽北先民那不屈不挠的奋斗精神，将会一代代地传承延续。

三

福建吴氏大宅的先民依山傍水，依靠勤劳与智慧建起了一座大型传统古民居，成就了福建闽东北深山里一道独特的人文奇景。

翠竹与茶树、山泉与土壤都是大自然的慷慨馈赠。吴氏大宅的先民对待这份馈赠，始终怀着郑重而珍惜的心情。他们在山腰之上克服重重困难筑房安居，只为将自己纳入自然的怀抱，然后用双手将这份自然的馈赠转化为幸福的生活。

《地理·中国》栏目《深山巨宅》下集节目于2023年3月30日在CCTV-10首播

第九章 平潭篇

引言

东海有神兽,英名为麒麟。

从高空俯瞰,拥有126个岛屿的福建省平潭综合试验区,仿佛就是那只福瑞麒麟,雄踞海上,守护着海峡两岸的安宁。

它不仅见证了中国数百年的海防史,还见证着当下平潭人与海洋互惠共生的盛况。

乘风破浪,精雕细琢。这颗镶嵌在台湾海峡西岸的明珠,映照出八闽山水福地的幸福图景,也指引着八闽大地上的人们踏上不懈追"福"与造"福"的征程。

一

在国际南岛语族考古研究基地陈列馆里,纹饰精美的夹砂陶器缊藏着6000多年海洋文化的沧桑往事,它们是平潭壳丘头遗址的标志。

1985年,考古专家对壳丘头遗址进行首次发掘。2004年,进行了第二次发掘,范雪春是福建博物院文物考古研究所(现福建省考古研究院)此次发掘活动的领队。

在平潭壳丘头遗址分布的10000多平方米范围内,考古队经前后两次发掘,共清理出21个贝壳堆积坑和1座墓葬,出土了200多件石器、骨器、玉器、贝器、陶器等遗物,以及数以千计的陶片标本。经过碳-14年代测定,壳丘头遗址年代为距今5500至6500年,属于新石器时代遗址。

在出土的石器中,打制石器和磨光石器并存,并有较多卵石制成的石球,其中最引人注目的是梯形小石锛。范雪春认为,从出土的大量石锛来看,石锛是平潭先民常用的一种多功能的生产工具,这种工具很可能跟制作航海工具独木舟有关。

壳丘头遗址中最具特色的是陶器纹饰,其中麻点纹、贝齿纹、戳点纹、刻划纹、指甲纹、镂孔和绳纹等相互组合在一件器物上,独具特色。贝齿纹夹砂陶釜是范雪春最为珍视的一件文物,通高35厘米,器形饱满,线条流畅,腹部压印精美的贝齿纹,釜口手捏花瓣纹饰。范雪春认为,陶釜是平潭古代先民常用的一种煲汤器具,具有强烈的海洋文化特征。

平潭壳丘头遗址,是迄今为止台湾海峡西岸已发现的年代较早的新石器时代遗址。平潭先民们选择岛上背风向阳坡地为居住点,以渔猎和采集为主要生活方式,出土石器的锐利、陶器纹饰的繁丽、贝壳上的原始雕琢无不展现出平潭海洋文明的早期样态。

在后续的考古发掘中,平潭又发现了东花丘、榕山、龟山等遗址,它们和壳丘头遗址一起构成平潭壳丘头遗址群。

范雪春的考古团队一直在探索着平潭与南岛语族的起源与扩散之间的关系。所谓南岛语族,是语言学家对使用南岛语系的族群起源的称呼。当今国际学术界越来越多的学者认为,南岛语族的发祥地在中国大陆东南沿海一带。2017年,中国首个国际性南岛语族考古研究机构"国际南岛语族考古研究基地"在平潭成立。平潭岛凭借独特的地理位置以及大自然的馈赠,见证了人类海洋文明的开端和发展。

当平潭先民在陶器上一笔一画精心勾勒纹饰的时候,也把对幸福生活的憧憬和向往一同融入了这些生活器物之中。壳丘头文化遗址里,那些经历史长河淘洗之后愈发闪耀的文明之光,正是八闽大地上人们追"福"海洋的起点与最初的梦想。

二

2018年4月2日，在平潭东海陵园"万善同归"石碑前，平潭军民举行了首次海坛水师公祭活动。在清代海坛镇水师于长达211年的班兵戍台换防中，无数水师官兵客死他乡。清政府将烈士义冢丛葬，并立"万善同归"碑以示纪念。

位于平潭的中国海坛海防博物馆里，一件件文物静静地讲述着平潭波澜壮阔的海防历史。

中国古代，战争多发生在西北边陲。然而自明代开始，海上危机四伏，海防随之发展。到了清代，平潭成为海防要塞。清嘉庆三年（1798），朝廷析海坛岛以及周边的9个岛，设置平潭海防厅。"内而襟带浙粤，外而控制台澎。平潭定，东南半壁之海无不定矣"，这是《平潭县志》对平潭战略地位的描述。

海坛镇水师始设于明，虽然历经明清易代，但是始终未变它"镇戍海疆"的历史使命。

清康熙二十三年（1684），康熙皇帝实行了戍兵换班制度。台湾海峡风暴频繁，海事艰难，班兵往返台海两岸历尽千辛，往往是九死一生，民谚"六死三留一回头"，道出了渡海的艰难。

在历次重大事件发生时，海坛镇水师都受命渡海平乱。正是他们的到来，给了台湾百姓以庇护。其中戍台时间最久、年龄最长、影响最大的当数詹功显。詹功显戎马生涯50年，将近一半的时间是在台湾度过。清道光二十年（1840），詹功显受命调任澎湖协水师副将，为澎湖地区最高军事长官。这一年，第一次鸦片战争爆发，詹功显指挥的澎湖防御战取得了胜利，书写了一首"抗英保台海"的爱国史诗。道光皇帝为表彰他的军功，御笔亲题"老臣为国"匾牌。

地处福建海疆最前沿的海坛镇水师，历代戍台官兵的总人数难做准确统计。据史料记载，清政府治台期间，累计派遣戍台官兵超过70批次，赴台的海坛镇将士多达8万之众。平潭军民为保卫台湾岛安全做出了重大贡献。

数百年来，平潭历经战事，名将辈出，先后涌现出8位提督、12位总兵。在鸦片战争中，除詹显功外，还涌现出了另一位平潭籍爱国将领江继芸。

江继芸，平潭潭城镇人，生于清乾隆五十三年（1788）。爱习武艺的江继芸青年时加入了清军水师。鸦片战争爆发后，江继芸率师驰援厦门，在厦门保卫战中统领军事，指挥厦门左翼防线的炮台、陆师和水勇，共同抗敌。江继芸坚守炮台，奋勇杀敌，但最终以身殉国。

海防史绩卓越，先贤风范昭人。英雄虽已远去，精武忠魂却薪火相传，历久弥新。壮美山海，国之领土，是八闽人心中值得为之付出生命来守卫的人间福地。守住了"福地"，就守住了一代代八闽人奋进拼搏出的幸福家园，以及八闽人那从未停下的追"福"之路与造"福"之梦。

三

1958年，电影《小刀会》剧组专程到平潭学习藤牌操的招式，首次将平潭藤牌操展现于世人面前。平潭藤牌操的特色是通过表演队形，展现中国古代的著名阵法，从"一字长蛇"阵到"十面埋伏"阵，再现了历史上平潭水师的英武之姿。

明嘉靖四十三年（1564），东南沿海一带倭寇作乱，抗倭名将戚继光受命来到福建。戚继光操练的"鸳鸯阵"中，藤牌手执轻便的藤盾并带有标枪、腰刀，不仅能掩护队友，还可与敌近战，而手执长枪的长枪手，则照应周边的藤牌手和狼筅手。"鸳鸯阵"使矛与盾、长与短紧密结合，充分发挥了各种兵器的效能，而且阵形变换灵活，抑制住了倭寇优势的发挥。之后，戚继光率领"戚家军"在对倭作战中连战连捷。

戚继光入驻平潭后，藤牌兵向乡勇传授作战阵法以抗击倭寇，久而久之，便形成了平潭藤牌操。《藤牌操传》中记载，当时瘟疫横行，平潭掀起大练藤牌操热潮，以驱邪除灾，强身健体。

为了在由平潭举办的"中国—小岛屿国家海洋部长圆桌会议"开幕式上的表演,藤牌操队伍抓紧排练。藤牌操虽然属于传统体操类,但它具有武术格斗的气氛,这也是它的最大特点。刀棍剑戟的火花飞溅,呐喊声、锣鼓声喧天,堪称"中国军事第一操"。经过精心准备,在开幕式表演上,平潭藤牌操第四代传承人蒋心华率领他的队伍给各国观众奉献了一场精彩的表演。

2018年,在平潭县政府的扶持下,平潭藤牌操传承基地成立。藤牌操破除了传男不传女、传内不传外的旧门规,广招传人。在老一辈的悉心指导下,年轻一代积极学习和传承,为藤牌操队伍补充了新鲜的血液。

藤牌操的一招一式里,是平潭人手手相传的守"福"之术。平潭人深知,来之不易的幸福生活需要牢牢把握在自己手中。

平潭藤牌操,如同八闽人的精神图腾,蕴含着八闽人追"福"路上不畏艰难的勇气,也抒发着八闽人守"福"的感悟与坚持。

四

"网下哪里,遇虾得虾,遇鲜得鲜,发大海。"清晨,伴随着响亮的口号声,敖东镇苍海村捕鱼队出发了。靠海吃海的渔民们每次出海前都要到村中央的霞海禅寺进行拜祭。

霞海禅寺始建于元代,寺庙为木石结构,历经风雨,见证了平潭人数百年的岁月变迁。霞海禅寺旁的"惜字炉"则体现了这个僻静小村崇文重教的优秀传统。

在霞海禅寺的布局中,前殿中间的木构活动戏台独具特色。词明戏艺人林文远常常坐在这个戏台下,给村里的年轻人讲词明戏的历史故事。词明戏原名"高腔",由于最初不用管弦伴奏,强调唱明台词,故称为"词明"。

林文远是向父辈学习词明戏的,传到他已经是第九代了。相传词明戏肇始于明末清初,由于浙江余姚词明戏艺人流落于此,因此流传到了今天。

为丰富词明戏的舞台表现形式,平潭词明戏班引入了观众喜闻乐见的泉州提线木偶戏的表演方式。泉州提线木偶戏古称"悬丝傀儡",每个提线木偶身上设置16至30余条纤细的提线,表演者用灵动的指尖与纤细的提线,让木偶的动作活灵活现,丰富了词明戏的表演细节。

林文远和老艺人们成立了词明戏业余剧团。在第二届平潭"霞海文化节"上,他和伙伴们演出了词明戏经典剧目《打八仙》中的唱段《偷桃》,古老剧种散发出的独特魅力深深打动了观众。

福建省艺术研究院研究员叶明生认为,词明戏有着400多年的历史,在福建戏曲史上,有着特殊的地位和文化价值,是福建省珍稀剧种。

暮色降临,出海一天的捕鱼船队回到了古村。渔民们放下渔网,准时来到霞海禅寺,在前殿中间木构活动戏台前坐下,欣赏即将开演的词明戏,这是苍海村渔民们最喜欢的活动。

词明戏的一腔一调里,是平潭人口口传诵的生活点滴之"福","福"在戏中,更融在平潭人涌动的血液之中。

八闽大地上回响着古韵悠扬的戏腔,唱不尽的是人们对这片福地的热爱与深情,道不完的是八闽人知"福"惜"福"的礼赞。

五

2019年5月,人民日报官方微博转发了数张名叫"蓝眼泪"的照片,引起了社会广泛关注。每年夏天,平潭海域都会出现"蓝眼泪"的奇观。每到这时,平潭绵长的海岸线变成了晶莹的蓝色,好像星空坠入了大海,梦幻而又浪漫。这种由浮游荧光生物形成的神奇景观,掀起了平潭的旅游热潮。

真正让平潭誉享誉国内外的，是遍布全岛的海蚀地貌奇观。

2015年，受平潭综合实验区的委托，福建省地质调查研究院高级工程师魏勇为平潭区域内的奇岩怪石资源进行一次全面普查。

苏澳镇的石牌洋、石蛋海蚀地貌是魏勇调研的第一站。这个石蛋叫作千层石蛋，里里外外总共有18层，石蛋的表面附生有野生的紫菜苗，是非常难得、罕见的。在地质学者看来，千层石蛋的形成是花岗岩在漫长岁月中与大海侵蚀、对抗的结果。菱格状节理构造破坏了花岗岩体的坚固性和不透水性，在强烈的球状风化中，花岗岩一层层剥落后显现出内部核心部分，最终形成千层石蛋的奇特景观。

魏勇发现，平潭的海蚀地貌地质遗迹达百余处，花岗岩象形石形态丰富，于是按照"一石一卡"或者"一景一卡"的原则为平潭建立奇岩怪石档案。

平潭花岗岩海蚀地貌因数量多、规模大、形象逼真、布局巧妙，被前来考察的中外专家们称为罕见的"海蚀地貌博物馆"，平潭因此赢得了"海蚀地貌甲天下"的声名。

随着平潭地质公园正式获批国家级地质公园，得天独厚的景观资源让平潭拥有发展旅游的广阔空间。2016年，《平潭国际旅游岛建设方案》获得国务院批复，平潭一跃成为继海南岛之后中国第二个国际旅游岛。

家乡旅游发展的大好形势，让不少平潭年轻人把海岛的古老民居"石头厝"打造成特色民宿，吸引了更多的人感受到平潭海洋文化。

岛上分布的花岗岩，不仅造就了鬼斧神工的自然奇观，还是平潭渔民建造房子的材料。

"留码头"是平潭石头厝的特色。昔日经济条件不好，渔民常常先盖左房和大厅，并在大厅右边墙上预留虎齿形状墙身，以便他日再建新房时好作衔接。"留码头"成为平潭人向往美好生活的标志。

一座座饱经风雨的古老建筑，被平潭人赋予了新的生命，曾经的"留码头"变成了名副其实的"富民楼"，书写着新的未来。

借助旅游带来的发展，以及传统渔业和海运的升级改造，平潭已成为全国"海运大县"。勇于开拓的平潭人经营着1000多艘运输船舶，占全国总运力近20%。平潭人正以海洋的胸怀走向世界。

这座形似神兽麒麟的岛屿上，人们用广阔的胸怀，送"福"走向世界，而这些"福"的回声，必将在八闽大地奏出崭新的乐章。

福地佑八闽，喜迎四方客。山海画廊里承载着客人们对八闽大地的美好祝福，一张张笑脸更是八闽人向客人们递上的"幸福"名片。

结语

古韵悠扬，高亢激越的词明戏，吟唱出八闽人的福乐绵绵；豪情万丈，虎虎生威的藤牌操，守护着八闽人的福地家园。

海浪之间，烽火狼烟，书写下八闽守"福"的英雄赞歌。孕育文明，传承古韵，麒麟送福，热血追梦福满八闽。

（本文获由中共福建省委宣传部、福建省文学艺术界联合会主办的"福在八闽"全国征文活动二等奖）

纪录片《中国影像方志·福建卷·平潭篇》于2020年5月23日在CCTV-10首播

平潭·海岛石厝（一）

引言

我国传统民居以砖、木建筑为主，成规模的石屋群则不大常见。福建省东部沿海有这样一种奇特的房屋，它们以石头为主体材料，屋顶、墙壁色彩斑斓，像一座座彩色城堡屹立在海岛上，这种房屋被当地人叫作"石头厝"，给大海中的岛屿披上了神秘的色彩。

一

位于福建省东部沿海的平潭，东临台湾海，从高空鸟瞰，其翠山碧海、黄沙黛瓦的明丽景色展示着海岛的独特魅力。

平潭岛海湾众多，几乎每个湾内都有一个渔村。一幢幢大小各异的石头厝，犹如画中景物般分布其间。灰白色的石墙上，一行行瓦垄和压瓦石就像少女头上纤细而精美的发辫，闪耀着迷人的光泽。或许因为是火山岩，色彩斑斓的石墙在湛蓝的海水映衬下，隐约透露出海岛与众不同的身世。

平潭石头厝有着数百年的历史，也是海岛上最常见的建筑样态。考察组到来之时，正值春夏交错时节，晨光洒向海面并悄悄爬到海边由花岗岩砌成的联排石厝上，依山傍海、色彩斑斓的石厝群像极了诗人笔下的世外桃源。

考察队员很快发现了平潭石头厝建造的特别之处。石头厝的屋顶呈"人"字形，每间的窗户都很小，而且屋檐的每一片瓦上都压着石块。而在福建沿海的诸多岛屿中，房屋顶上放置数公斤重的压瓦石的情景并不多见，但平潭当地流传的民谚"平潭岛，光长石头不长草，风沙满地跑，房子像碉堡"为我们形象地道出了这样做的原因。

平潭是福建省台风登陆最频繁的地方之一。与厦门岛相比，厦门岛属于湾内岛屿，台风等恶劣气候造成的影响通常不会特别大；而平潭岛是湾外岛屿，孤悬于海岸线外，毫无屏障，直接面对洋流、寒潮、台风，因此恶劣的天气对平潭岛的生态环境产生了非常大的影响。福建省海洋预报台高级工程师曾银东告诉队员，平潭岛是福建省内遭遇大风天气较多的海岛。由于台湾海峡风浪作用比较强烈，尤其秋冬季节时东北风强盛，大风常会带来巨浪。而每年7月份至9月份，台风的盛行期会给四面环海的平潭岛带来暴雨、巨浪和风暴潮。

大练岛作为平潭群岛中一个居民岛，正好位于"风口浪尖"上。在这里，风是一年四季的"主角"。每年秋冬季的东北风，七到九月份的西南风，都会被台湾海峡的"狭管效应"放大。据当地的村民说，海风猛烈时让人几乎无法站稳，狂风所到之处沙尘满天、海浪四溅。

据史籍记载，平潭在古时几乎寸草不生。因为风太大，树会被连根拔起，而没有了树木的抵挡风则变得更加肆无忌惮。历史上，狂风曾给平潭岛带来巨大的损失。然而，就是在这样不利的自然环境中，人们竟然在海边建造了规模庞大的石头村落。

在接下来的考察中，队员们得知早在数千年前这里就有人类居住。壳丘头遗址是目前考古活动中发现的福建省沿海较早的人类活动遗址。考古工作者在平潭壳丘头遗址进行了两次发掘，发现了数以千计的陶片标本、数百件的打制的器物以及生活遗迹。壳丘头遗址经过碳-14测定，其年代应在距今6500年到5500年。它的周边还有更多类似的早期阶段的遗址分布，是一个遗址群。它是福建沿海地区新石器时代非常重要的一处史前遗址。

平潭岛上有着丰富的石头资源，考察队员在新石器遗址中发现了大量用石头制成的工具，其中最引人注目的是梯形小石锛。从出土的大量的石锛来看，平潭先民很早就开始使用这种石器工具，而从考古的材料来看，它属于磨制石器，是古代先民使用的一种多功能复合工具。装上木柄后可砍伐、刨土，是新石器时代主要的生产工具。

考古工作者在龟山遗址现场发现，山坡的高处是先民的公共议事场所，山坡的下方就是先民的居住点。先民选择营造居住地点的原则是，避风向阳的坡地，同时最大限度地减少狂风暴雨的袭扰。位于坡地下方如今的上攀村，就是当年先民的居住地。

专家告诉队员，随着平潭古人类生活遗迹不断被发现，平潭海岛及周边地区逐渐被学者认为是中国早期海洋文明——南岛语族的发祥地之一。

二

从远古人类使用的石器到先民建造的石头房子，都说明石头是平潭海岛不可多得的自然资源，也是海岛先民们得以在此繁衍生息的重要原因。平潭青观顶村的巨大花岗岩石块旁边就是整片的石头盾，由此可见平潭的先民在早期营造自己家园的时候，都采取因地制宜、就地取材的方式。

侏罗纪晚期时，环太平洋火山带发生了大规模的火山喷发，形成了今天平潭岛上广泛分布的火山岩。岛上的岩石造型奇特、巧夺天工，不禁令人惊叹。海蚀崖上洞龛密布，有的呈沙丘状，有的呈菱形，奇石奇景让队员目不暇接。专家告诉大家，这些花岗岩的海蚀地貌的形成有几个步骤：首先要经过海水的侵蚀，接着要经过雨水和风蚀，使岩石内的结构不均匀，继而使风化程度也变得不均，最终形成这样一种独特的地海蚀地貌。

此时正逢退潮，队员在潮间带上看到了散落的十多个椭圆形"石蛋"。光滑的石头表面上一圈又一圈的纹路呈螺旋状分布，每一个同心圆的间距几乎相等，看上去就像一圈一圈脱落的蛋壳，因此被称为"千层石蛋"。

经了解，"千层石蛋"的形成源自岩石发育的菱形结理。菱形结理发育后破坏了整个岩石的结构，使得岩石开始破碎。经过热胀冷缩及海水侵蚀，最终形成了这种层层叠置的地质现象。它的形成可以说是花岗岩在漫长岁月中受大海侵蚀、与大海抗衡的结果。

平潭岛不仅海蚀地貌与众不同，且由于多条方向的洋流于此交汇，所以所处海域的鱼类资源异常丰富。然而考察组翻阅历史资料得知，像明代实行的"海禁政策"使得当时福建沿海地区"片板不许下海"，即便平潭海域鱼类资源丰富也不能出海捕鱼，这不禁使大家对于古时当地人们的捕鱼方式产生好奇。

平潭先民对石头的开发和利用，并不仅限于使用石球、石锛等石器，他们还利用海岛丰富的石头资源，创造出了一种独特的捕鱼方式。沿大练岛而行，队员们发现潮间带上有一道弧形石堤，石头里的缝隙让海水可以自由进出，但是里面的鱼就留了下来，这是当地的人们利用潮差原理进行捕鱼的方式，称作"石沪"。组成石沪的石块之间并无铁索、黏合剂等固定物，而是充分利用了力学原理使其紧密结合。

队员们发现，大练岛的石沪的造型较为规范，基本是从滩涂的一头到滩涂的另一头，目测超过200米。涨潮时石沪外面的海平面远高于滩涂上的水面，所以海水能从这个石缝中涌入。当地的村民告诉大家，潮水慢慢上涨所带来的鱼群数量并不可观，反而在大风天时海浪会把更多的鱼类带到岸边，从而留在石沪里面，此时所收获的鱼群数量是非常可观的。

专家告诉队员，石沪这一捕鱼方式在中国东南沿海已经传承了千百年。虽然福建沿海其他地区也有类似石沪的设计,但依靠潮差原理捕捞的鱼量非常有限。平潭岛因孤悬于大陆海岸线外,一年四季受东北季风和西南季风影响,强劲的向岸风将鱼群带到岸边,因此渔民可以利用石沪这种传统的捕鱼方式收获大量鱼群。

平潭综合实验区民间文艺家协会主席詹立新告诉队员,为了保护和看护这个石沪,平潭人最早是建了草寮,后来才有了石头厝,渐渐地这些石头厝才成了一个聚落。

在平潭岛,大自然带来狂风暴雨的同时,也赋予了这里丰富的鱼类资源,当地先民就地取材,用海岛上盛产的火山岩,创造了石沪这种独特的捕鱼方式。为了看守石沪里的鱼,人们又用石头垒砌建造了简易石头房,成为石头厝的雏形。这里的先民在与自然的博弈中,产生了属于平潭岛独有的生存智慧。

肆虐的海风搅动起海浪与沙尘,却无法撼动平潭先民对家的渴望与安居的信念,这样的信念如同海岛上坚固的岩石,在漫长岁月中足以抵挡狂风暴雨,也足以描绘一幅欣欣向荣的生活画卷。

三

就地取材的石头厝,处处体现着当年建造者的智慧与巧思。透过这些独具特色的民居建筑,依稀可见平潭先民在狂风暴雨中坚韧不拔的身影。因为捕鱼的需要,平潭岛上的石头厝大都建在海边,但也有不少石头厝建在远离海边的地方,据说住在这里的居民并非依靠打鱼为生。那么,这些石头厝的建造者是谁?他们选在不同的地方建造石厝又是出于怎样的考虑呢?

《地理·中国》栏目《海岛石厝》上集节目于2023年7月7日在CCTV-10首播

平潭·海岛石厝（二）

引言

向海而生的平潭人经历着海洋的考验，也享受着海洋的赐予。在台风、巨浪、暴雨等不利环境中，他们凭借勤劳和智慧就地取材，利用海岛上特有的岩石为主要材料，修建了规模庞大的石厝民居，构筑了我国东部海岸线上一道人文胜景。

随着考察的深入，我们发现位于福建东部这座偏僻的海岛不仅孕育了中国早期的海洋人类文明，还参与和见证了中国重要的历史进程，平潭这个名字也因此具有了非同一般的意义。

一

"厝"在福建方言里是古建筑、老房子的意思。平潭石厝群的建筑材料就来自海岛上分布广泛的岩石。岁月流转，人来人往，但它们始终如一地见证着平潭先民砥砺前行的步伐。为了解石厝的发展历程和建筑工艺，队员们前往平潭青观顶村一座历史悠久的古厝进行考察。

这座颇具规模的石头厝已有数百年历史，虽然已遭废弃但依然能清晰地看到里面的结构。它的地面采用三合土结构，右边的内墙上也有石块，但与外墙形状规整、体积较大的石块相比，这里应该是以碎石填充，并辅以黏土填平。内墙上有一些方孔，应是放置木梁所用，上面应设有阁楼。石头窗呈长方形，它的外沿窄、内沿宽。外沿窄可以起到防风挡雨的作用，内沿宽则使房屋的光线较亮，房里的人们可以更好地观察外面，同时将室外恶劣环境的干扰降到最小。

这座石头厝的造型是平潭石头厝中最主要的类型，被当地人称为"四扇厝"。所谓"四扇"是指房屋内部被四堵墙分为中间一厅、两边四间房的构造形式。平潭石头厝讲究"厅明房暗"，厅是公共场所，房则是按照我国老幼有别的传统进行布局。"四扇厝"最大的特点是没有后门，这是因为平潭的石头厝在选址时通常坐北朝南，而为了防止秋冬季的东北风带来的风沙侵袭，通常不设计后门。

然而，向导告诉考察组，平潭石头厝建筑形式中并非全部没有后门，也有一种建筑形式，是必须留有后门的。

平潭主岛海坛岛的老城区，考察组见到平潭唯一的清代御赐将军宅邸——詹功显故居的周边有许多竹篙厝。这是一种呈带状纵向延伸的建筑形式，它的纵深很长，前后都有门，厅堂两边各有小门可与左右房间相通。据当地村民说，这些石厝里曾经驻扎过军队，从房屋的建筑格局来看确实也符合集中住宿、方便召集的特点。因此，考察组决定深入了解与平潭岛相关的军事史实。

向导带着考察队员观看了一场平潭岛上特有的藤牌操表演。藤牌操是来自古时平潭军营中的藤牌阵，表演者使用的是真刀真枪，对练之时他们矫健的身姿闪转腾挪，金革之声不绝于耳。从"一字长蛇阵"到"十面埋伏阵"，他们依次展示了中国古代的著名阵法。这与其说是表演，不如说更像是战斗，一招一式皆有章法，且颇具气势。

考察组跟随专家来到了中国海坛海防博物馆。在这里，大家了解到平潭自古以来就是我国的海防要塞，它的地理位置决定了它的重要性。

明嘉靖年间，东南沿海一带倭寇作乱，抗倭名将戚继光受命来到福建。戚继光操练的"鸳鸯阵"不但使矛与盾、长与短紧密结合，充分发挥了各种兵器的效能，而且阵形变换灵活，抑制住了倭寇优势的发挥。藤牌兵向乡勇传授"鸳鸯阵"用以抗击倭寇，并逐渐演变成为平潭当地乡勇操练的藤牌操。清末时由于盛行疫病，当地的人们也曾练习藤牌操用以强身健体、驱邪降疠。

专家告诉队员，平潭地处我国东南海岸线中段，扼守台湾海峡和闽江口的咽喉，是东北亚和东南亚商贸往来的连接点。因为南北海运航线从平潭近海通过，这里还成为海上物资集散、停靠、转运的枢纽，自古以来就是兵家必争之地。因此自明代起平潭开始设立海坛镇水师，并延续至清代，始终承担着"镇戍海疆"的历史使命。

平潭距离台湾岛仅68海里，历史上驻守在平潭的海坛镇水师曾多次渡海平乱，肩负着重要的海防使命。据记载，赴台的海坛镇将士前后达数万之众，为保卫台湾岛安全做出了重大贡献，先后涌现出詹功显、江继芸这样的平潭籍水师将领。

我国自明代开始，海上逐渐危机四伏，海防也随之发展。到了清代，平潭已成为海防要塞。清嘉庆年间，清廷合海坛岛以及周边的9个岛设置平潭海防厅。可以说，平潭的发展史就是一部海防史。

专家告诉队员，当年营建竹篙厝四面都有出入的门，就是方便驻军使用。数十间连成一片，每间之间互相连通，在战斗时犹如连续的地道，防守和进攻都十分灵活。但由于竹篙厝进深太长、采光较差，在清末后就较少建造了。

二

平潭岛常年风沙漫天，因此土地较为贫瘠，没有很好的农作物种植条件。岛上居民除了冒着生命危险出海打鱼外，似乎没有其他选择。此外，岛上大量的人口不仅需要食物，还需要充足的淡水。平潭岛四面环海，没有河流注入，淡水资源显然是一个重要的问题。

考察组了解到，平潭先民在选址建造石头厝时，淡水是重要的考量因素。在平潭敖东镇苍海村里有一口水井，数百年里一直在为全村供给淡水，至今仍然在使用。它是村里唯一的一口井，最高峰时可以同时供应600到700人的生活用水。通过翻阅当地族谱，队员们了解到苍海村林氏从二世祖就开始使用这口井了，已有近几百年的历史了。原先这里没有房子，水井边上几十米就是滩涂，但井水十分甘甜。

专家告诉队员，地下水源丰富的区域一般是雨量丰沛或者河流比较发达的，可是平潭四面环海，没有河流注入。

平潭属于亚热带季风气候，夏季多为偏南风，其他季节多为东北风。受地形因素影响，平潭岛全年降水量相对较小，将其作为淡水补给的重要渠道显然无法解决岛上淡水资源不足的问题。这时，向导给考察组提供了一条线索，平潭岛上有一处湖泊，或许可以解开这个谜团。

考察组了解到这片湖在数千年前是海湾，由于地壳抬升而成为潟湖。后经淡水注入，成为淡水湖。成湖之后，湖面高出海面因而淹没了周围的低山丘陵谷地，仿佛多脚的海星，故而得名三十六脚湖。

三十六脚湖是福建省最大的淡水湖。而根据此前的调查显示，平潭是福建省少雨地区，四面环海，岛上缺少大流量的河流，海岛上会出现这样的淡水湖确实令人感到不解。专家告诉队员，从三十六脚湖的水位上看水源应该有一部分是来自地下水，但仅凭地下水绝不可能形成如此大面积的湖泊。

三十六脚湖的水源除了地下水外，主要还是靠雨水补充。虽然平潭的降水量低，但降水量季节性很强，秋冬季主要是干燥的北风，并没有带来太多雨水；到了春夏季，刮西南风，常常有台风伴随着强降雨，一次台风过境就很可能给平潭岛带来大量降水，雨水让三十六脚湖得到补充。而由于三十六脚湖面高过海平面，雨季到来时，湖水外溢起到了自然淡化作用。天长日久，咸水潟湖变成了福建省最大的淡水湖。同时，季节性的强降水也让平潭地下水得到充分的补给，这也是苍海村井水充沛、能够为全村人供给充足淡水的原因。周边大量的耕地依托这里的淡水资源以及湖泊所形成特殊的局部小气候，让海岛居民种植了适合沙质土壤生长的甘薯、花生、西瓜。

队员们发现，三十六脚湖周边石头厝与海边的石头厝相比较存在明显不同。海边的石厝群呈密集分布，这样可以共同抵御恶劣环境，相互间也能有个照应。但三十六脚湖周边的石厝群比较分散，石厝距离农田比较近也便于农垦。

千百年来，正是平潭岛上丰富的石头资源，为平潭先民提供了建造石头厝的材料。大自然带来狂风暴雨的同时，也赋予这块水土"福利"，不仅为平潭岛带来了丰富的渔业资料，季节性强降水更造就了福建省最大的淡水湖。吃苦耐劳的平潭人，不断地在三十六脚湖周边土地上进行适应和改造，将其平整成了良田。

解决了建房材料、食物和淡水的问题，平潭先民找到了和海岛和平共处的方式。石头厝从最初遮风挡雨的居所到独树一帜的海岛民居建筑形态，经历了不断发展和创新的过程，展示出海岛先民的智慧和想象力，也蕴含着平潭人乐观向上、不惧苦难的勇气。

三

神秘的海洋在平潭人眼中是风景，也是资源。大风给平潭的自然环境带来了挑战，而台风之后的暴雨却给平潭送来了丰沛的淡水资源。

有了生存的基础，平潭居民开始将更多的聪明才智运用在为自己遮风挡雨的石头房子上。考察组发现，位于海岛不同区域的石头厝有着不同的造型样式。

向导说，三十六角湖周边山坡上有一个神秘的村庄，那里居住的都是平潭石头厝营造匠人的后代，被当地人称为"石匠村"。那么，这群特殊的居民又会为海岛石厝增添怎样的风采呢？

《地理·中国》栏目《海岛石厝》中集节目于2023年7月8日在CCTV-10首播

平潭·海岛石厝（三）

引言

福建省东部的平潭岛上最具特色的是一座座身姿古朴的石头厝，它们不仅建筑风格独特，更是一把破解平潭海岛身世之谜的钥匙。数百年来，石厝群在平潭的海雨天风中依然保持坚固与舒适的平衡，为这里的人们提供着庇护与温暖。

一

苍海村中的霞海禅寺始建于元代，庙里供奉着当地民间信仰的神灵。由于古时海航技术相对落后，在风高浪急、变幻无常的大海上捕鱼危机四伏，沿海的渔民都将希望寄托于神明的庇佑，因此他们有出海前到村中央的海霞禅寺祭拜的风俗。

苍海村是离海边较近，尤其夏天时台风较多。平潭人的防台风意识是非常强烈的，台风来临之前，平潭人都会严守自家的门窗。

考察组来到苍海村后发现，山坡上散布着大小不一的石厝群，但山脚处的一栋房子与众不同。这座颇具规模的石头厝被绿荫遮住了部分，但依旧气势恢宏，墙面上大小不一的黄褐色石块让队员感受到历史的沧桑。村民告诉队员，平潭在秋冬季都会遇到低温干燥的东北风，春夏季则要面临温暖湿润的西南风以及数场暴雨甚至暴雨。因此，平潭人在营造石头厝时都会背靠东北、面朝西南。

队员发现，石头厝屋顶上除了正常扣着放的瓦片外，还有一些瓦片是仰着放的。它们形成一列列凹槽，凹槽上则密密压着石块。平潭综合实验区民间文艺家协会主席詹立新告诉队员，瓦片凹的部分是用来排水，上面压着的花岗岩石块是为了防止台风来临时把屋顶掀翻。而除了将石块压于瓦片之上，石匠们还常常用蚝壳灰掺泥土调成泥灰，将其填满于瓦片之间，这样就能减少雨水渗入房屋。

考察中，队员发现一个奇怪的建筑结构，裸露出来的石头厝墙体上，每隔一小段就有类似石钉一样的装置。专家告诉队员，石头厝中纵向的"扣钉"和横向的"拼子"相组合所起到的作用不亚于现在的钢筋，加之墙角横竖交叉的石块，可使整座房屋成为一个坚固的整体，以抵御狂风暴雨等不利的气候。

二

考察组得知，距离海边稍远的淡水湖周边也有一处石头厝群，据说那里的石头厝每一栋造型都不一样，在稳固与安全的基础上融入了各具特色的设计理念，赋予了石头厝除实用之外的审美空间。而且，这些石头厝的建造者并非普通的渔民，而是靠手艺谋生的石匠。

这座淡水湖旁的村庄叫瑞岭山村，因为石匠聚居于此，故而被当地人称为"石匠村"。它的规模不大，从远处瞭望可以看到30多栋石头厝散落于湖边的坡地上。与海边石头厝的景象完全不同的是，这里的石头厝掩映在青山绿水之间，宛如一幅山水田园的画卷。周边所拥有的丰富的淡水、农作物、石材等生活资源让平潭石匠们得以在此安居乐业，并逐渐走出平潭，奔向全省各地。

石匠村远离大海且四山环绕，受台风影响较小，故而石匠在营造房屋时考量更多的是周边的地理环境，然后将自己毕生的营造技艺体现于房屋的建造中。

队员根据走访调查得知，平潭石匠是随着海岛石厝的建造和发展慢慢从渔民群体中独立出来的。数百年间营造技艺的传承早已使他们声名远扬，福建沿海各地纷纷邀请平潭石匠们来家乡建房。而在走出去的过程中，平潭石匠也学习了外地的文化和建筑技艺。视野的开拓给石匠们带来了技艺和审美的变革，也为平潭石头厝营造增添了一抹亮丽的色彩。

考察中队员们发现许多平潭石头厝的房前厅堂都有着十分精美的贝饰，这让单调的石头厝增添了浓浓的海洋风，这得益于平潭有100多种贝类，有足够丰富的贝壳材料供人们使用。平潭岛上的人们把贝壳收集起来后，将普通的、破损的贝壳制成石灰作为石头厝建造中使用的黏结剂；将漂亮的贝壳收集起来作为石头厝的一种装饰品。

平潭贝雕制作的关键在因材施艺。天然的贝壳材料需要依势取形，形态各异的贝壳在贝雕艺人的手里变成了一件件艺术品，为简单质朴的石头厝增添了海洋的元素。

经过一番考察之后，队员们发现此前都是对单栋石厝进行观察，然而平潭的石厝并不是孤立存在的，而是以村落为单位形成石厝群。专家提示我们，石厝群的布局不仅是地理环境的产物，也反映出海岛村落朴素的生存智慧。

临近海边的北港村是一座建于山坡上保存较为完好的传统村落。从高空俯瞰，整个北港村就像一把扇子，石头厝有序散布于山坡之上。村里的巷道并不是笔直的，而是弯曲的。这样在起风时，村子不会因为风沙的袭击而受损。

平潭人盖石头厝叫"起厝"。起厝对于一个人来说是大事。村中每逢大事都要选良辰吉日，时辰的选择主要有两个标准，一要找太阳初升的时候，二要找涨潮的时候。太阳升起代表生机蓬勃，潮水涨起寓意步步高升。另外，平潭人在营造石头厝的时候讲究和睦文化。首先，要做到"厝边头尾"即邻居之间一定要和谐；其次，要做到"单块薄厝"，即不能单独建造房子，而要跟大家连在一起形成群落；再次，邻里之间房子的高低、间距要差不多，墙角不能对着别人家。

平潭先民既要向大海讨生活，又要面对平潭岛狂风暴雨的恶劣环境，这显然不是个体的行为可以做到的，而是需要大家群策群力共同克服困难。因此，石头厝在修建时通常会保留合理间距。

天色渐暗，正当考察组准备结束一天的行程，大家却看到出海归来的渔民们三三两两地走向霞海禅寺。只见寺庙中间的活动戏台上，表演者们一边吟唱，一边两手摆动着提线木偶。

台上表演的正是平潭的特色音乐词明戏。词明戏原名"高腔"，特色是不用管弦伴奏，直接唱明台词，故称为"词明"。相传词明戏肇始于明末清初，因浙江余姚词明戏艺人流落于此因而得以流传至今天。平潭先民大多来自北方，词明戏也寄托了他们对故土的思念之情。

为丰富词明戏的舞台表现形式，平潭词明戏班引入了观众喜闻乐见的泉州提线木偶戏的表演方式。艺人们通过灵动的指尖与纤细的提线，让木偶的动作活灵活现，丰富了词明戏的表演细节。专家认为，词明戏唱腔的特点来源于当地百姓的日常劳动。不论是渔民捕鱼拉网时的口号，还是石匠营造石头厝时搬运石块、夯实地基时所吟唱的曲调，都成了词明戏创作的源泉。

考察中我们还发现，平潭石头厝有许多栋建筑并未建造完毕，尚有许多石条裸露出来。二楼的门会预留出来，当地人称之为"留码头"。许多渔民在过去经济状况不理想的情况下，在建房时为了方便与日后的新建房衔接，常在厅墙上预留"虎齿墙"。"留码头"是平潭石头厝的特色，它透露出鲜明的海洋文化特点，也让我们感受到平潭人对生活充满着希望、憧憬。

时光荏苒，历经数百年风雨的平潭石头厝，如同一本厚重的史书记录着人对自然的相生与相伴。在这片山海相依的土地上，福建沿海先民那不屈不挠的奋斗精神，将会一代代地传承相续。

三

岩石、淡水与渔获都是大自然对平潭这座海岛的慷慨馈赠。平潭先民对待这份馈赠，始终怀着感激的心情。他们在此筑房安居，克服了重重困难，只为将自己投入自然的怀抱，然后用双手将这份自然珍贵的馈赠转化为幸福的生活。

《地理·中国》栏目《海岛石厝》下集节目于2023年7月9日在CCTV-10首播

后记

我作为中央广播电视总台科教频道《中国影像方志》《地理·中国》两个栏目中部分节目的编导、撰稿人，在福建省各地从事人文历史、地理旅游文化采访拍摄。五年间，走遍福建省五十多个县区，感慨于中华传统文化在福建大地上生根繁衍发展的盛况。

历史上，中原人士数次南迁，将中原灿烂的文明，包括先进的农耕技术、制陶和制茶技艺，以及甘甜醇香的美食带到了福建，甚至中原已消失的一些习俗，在这里依然可以寻访到。

这一过程中，许多老师给予了我大力支持，历史学方面感谢福建省文史研究馆原馆长卢美松老师；考古学方面感谢福建博物院考古研究所原所长栗建安老师；建筑学方面感谢清华大学建筑学院乡土建筑研究所所长李秋香老师；海洋学方面感谢自然资源部第三海洋研究所原所长余兴光老师；党史方面感谢中共福建省委党史研究和地方志编纂办公室副主任王盛泽老师；艺术方面感谢福建省美术家协会原秘书长赵胜利老师；作品指导方面感谢福建省作家协会秘书长林秀美老师。此外，我的挚友杨逸飞先生对本书进行了一稿审校，于此一并致以衷心感谢。

现将近五年的剧本以及影视文学作品编辑成册，做一个阶段性小结，以飨读者。是为记。

2023 年 8 月 1 日